LA MALÉDICTION DES TRENCAVEL

**

DU MÊME AUTEUR
AUX ÉDITIONS AUBÉRON

LA MALÉDICTION DES TRENCAVEL

1 - Adelaïs, comtesse de Toulouse, *2001.*
2 - La saison des orages, *2002.*

À paraître

3 - L'enfant du miracle
4 - L'agneau cathare

CHEZ D'AUTRES ÉDITEURS

Saint-Sulpice-la-Pointe, une bastide dans l'Histoire,
Toulouse, Privat, 1997.
L'histoire d'une des premières bastides du mouvement historique des bastides du Sud-Ouest.

La Faussaire de Saint-Sulpice,
Paris, Éditions du Sémaphore, 2000.
Une femme au destin singulier pendant la guerre de Cent Ans :
Jeanne de Boulogne et d'Auvergne, duchesse de Berry.
Prix du Roman 2001 de l'Académie
des Arts, Lettres, Sciences du Languedoc.

Bernard MAHOUX

LA MALÉDICTION DES TRENCAVEL

**

LA SAISON DES ORAGES

Aubéron

ISBN : 2-84498-036-8

À Frédéric.

Totz lo joys del mon es nostre
Dompna, s'amday nos aman.
Toute la joie du mondę est nôtre,
Domna,
Si tous les deux nous nous aimons.

(Guilhem de Peiteus, XIe siècle)

Résumé du volume I

À la suite de l'assassinat de son père par les mestres de Béziers Roger Trencavel, vicomte d'Albi, Carcassonne et Béziers, organise une terrible vengeance contre la cité du Bédérès. Pendant le supplice de la ville une femme maudit le jeune vicomte et toute sa descendance. Roger garde de cet événement la conviction d'avoir reçu un sort, et la crainte de choisir une épouse pour envisager la venue d'un héritier.

Mais le comte de Toulouse Raimon V lui propose en mariage sa fille Adélaïs. Ce mariage doit mettre fin à la lutte épuisante que se livrent les deux familles depuis plusieurs générations. En effet les immenses territoires du vicomte Trencavel séparent en deux la principauté du comte de Toulouse, partagée entre le marquisat de Provence à l'est et le comté de Toulouse à l'ouest.

Raimon de Toulouse compte sur le mariage de sa fille Adélaïs avec le vicomte Roger pour contrôler son remuant vassal et, à terme, faire l'unité de tout le Midi sous son autorité. Roger Trencavel, au contraire, redoute d'être encerclé par son beau-père et garde des liens privilégiés avec le roi d'Aragon prêt à le secourir.

Ne faisant aucune confiance à sa jeune épouse Adélaïs, qu'il considère comme un cheval de Troie du comte de Toulouse à sa cour de Carcassonne, il la maintient hors de son entourage.

Adélaïs de son côté est venue à Carcassonne contre son gré, avec ses donzelles et quelques jeunes chevaliers. Parmi eux se trouve son premier amour Aimeric de Castelnau, un jeune noble qui a séduit la comtesse Adélaïs par ses multiples talents alliant des qualités chevaleresques à celles de musicien et de troubadour. Il a de plus d'émouvantes qualités humaines qui l'amènent à critiquer la guerre et la violence. Il est sensible, à ce titre, à la doctrine cathare et à son humanité.

Roger, époux « diplomatique » d'Adélaïs, ne supporte pas longtemps la liaison que sa femme a maintenue avec Aimeric de Castelnau.

Ne pouvant tuer ouvertement un chevalier du comte de Toulouse, il tente de l'éliminer au cours d'une partie de chasse au loup dans la Montagne Noire. Le sachant grièvement blessé, Adélaïs fugue pour retrouver son bel ami et le soigne dans la forêt de la Loubatière jusqu'à ce qu'il soit rétabli.

Roger tente d'éliminer Aimeric une nouvelle fois avec l'aide de ses trottiers, soldadiers d'élite qui accompagnent à pied les chevaliers et sont chargés des basses besognes. Adélaïs fait transporter Aimeric grièvement blessé dans la châtellenie de Bertran de Saissac, pourtant un ami intime du vicomte Roger. Mais Bertran de Saissac est aussi un des piliers de la nouvelle Église hérétique, l'Église cathare. Saissac pense se servir d'Aimeric pour répandre la religion cathare dans le comté de Toulouse, quand il sera revenu à la cour du comte.

Une troisième tentative du vicomte Roger pour éliminer Aimeric de Castelnau aux fêtes de Caritats à Béziers, fêtes en l'honneur de saint Aphrodise et de son chameau, échoue également. Le jeune chevalier qui doit jouter contre un taureau laisse la place par charité à un de ses compagnons et va se cacher dans une lande du Somail, au saut du Vézole, où il vit dans la familiarité des loups qui lui reconnaissent un ascendant naturel. Là Aimeric médite et s'entraîne à conduire sa meute. Adélaïs ne l'oublie pas et cherche à le retrouver.

Malgré sa nouvelle alliance avec le comte de Toulouse dont il est le gendre, Roger Trencavel privilégie ses liens amicaux avec le jeune roi d'Aragon Alfonse, par ailleurs comte de Barcelone, et grand rival du comte de Toulouse Raimon V. Les deux princes se disputent depuis longtemps la Provence. Au cours d'une entrevue organisée à Beaucaire en 1176, le comte de Toulouse et le roi d'Aragon signent une charte de paix qui réglera définitivement, espère-t-on, le partage de la Provence. Le vicomte Roger y est présent comme témoin du pacte, ainsi qu'Adélaïs accompagnée de Béatrix, la demi-sœur de Roger.

À Beaucaire Alfonse d'Aragon est bouleversé par la beauté de la comtesse Adélaïs, tandis que son frère, le jeune comte Raimon cosignataire de la charte, est séduit par la fraîcheur de Béatrix. Adélaïs comprend que Béatrix et Raimon se plaisent et qu'ils voudront se revoir bientôt. Elle avait d'ailleurs prédit à Béatrix qu'elle épouserait un comte.

Le comte Vieux de Toulouse ayant à l'occasion des journées de Beaucaire chargé sa fille d'une mission auprès de l'abbé du monastère de Saint-Pons, au pied du Somail, Adélaïs profite de cette visite au père abbé pour rechercher Aimeric qui vit au-dessus du monastère, dans la montagne. Elle le retrouve. Mais ces retrouvailles de quelques heures sont aussi de douloureux adieux. Il ne peut être question pour Aimeric de revenir jamais au palais de Carcassonne.

Les deux amants se sont quittés sur l'espérance de se revoir un jour.

I

Je n'en croyais pas mes yeux. Nous assistions à un miracle devant la cathédrale Saint-Étienne de Toulouse, sur le parvis baigné de la lumière rousse du couchant. Devant nous mon frère Raimon épousait Béatrix, la sœur de mon mari Roger Trencavel. L'évêque de Toulouse recueillait leur consentement et les guidait pas à pas, mot à mot, sur le chemin de l'engagement éternel.

La foule, poussée par la curiosité, l'incrédulité peut-être, était énorme. Elle avait envahi la place, l'entrée des rues et le grand cimetière qui bordait l'église cathédrale. Des cris en provenaient quand un badaïre chutait dans une tombe à travers une planche vermoulue. Ces exclamations burlesques entretenaient une rumeur joyeuse qui empêchait d'ouïr les serments.

Je dus prêter l'oreille pour avoir le bonheur d'entendre mon frère Raimon déclarer à la jolie Béatrix, ma jeune belle-sœur que j'aimais tant : « Moi Raimon fils de Raimon comte de Toulouse, marquis de Provence, duc de Narbonne et comte de Mauguio, je te prends comme femme et comme épouse, et te fiance de la foi de mon corps, et te porterai foi et loyauté de mon corps et de mes biens, et te garderai saine et malade et en quelque état qu'il plaira à Notre-Seigneur que tu sois ; ni pour pire ni pour meilleure je ne te changerai jusqu'à la fin. »

Raimon avait déclamé sa promesse à la suite de l'évêque d'une voix ferme, assurée, la mine pénétrée, dans un élan de sincérité si visible que Béatrix lui lança un regard énamouré et larmoyant de bonheur. Elle jura à son tour et l'évêque prit à chacun la main droite, les réunit et les présenta à Dieu. Ensuite ils se passèrent une bague au doigt.

Mon frère avait gardé à l'esprit une vieille croyance que, mal inspirée, je lui avais rapportée un jour. On disait que si le mari ne parvenait pas à passer la bague au doigt de sa femme, au-delà de la seconde jointure, c'est elle qui porterait les braies dans le ménage. Mon frère, pour éviter ce risque, avait pris soin de faire faire pour sa future épouse une très belle bague d'or pur, composée de deux joncs emboîtés qui se séparaient en révélant une formule amoureuse, mais d'une taille sans rapport avec les doigts fins de Béatrix. Il put sans difficulté la passer aux trois premiers doigts en récitant la formule : « Au nom du Père, au nom du Fils, au nom du Saint-Esprit », et au quatrième doigt aussi, mais l'anneau flottait. Raimon l'enfila au pouce. On vit Béatrix chatouillée par le fou rire.

C'était ravissant. Qui aurait pu imaginer trois mois auparavant que nos deux familles, celle des Saint-Gilles et celle des Trencavel qui se haïssaient et se battaient sauvagement depuis un siècle, s'uniraient un jour aussi charnellement, jusqu'à se fondre en une seule famille ? Qui aurait pu penser qu'après mon union calamiteuse avec Roger Trencavel mon frère aîné redoublerait notre alliance en épousant la sœur de mon mari ?

J'y voyais une seconde tentative de la Providence, par la voie de l'amour cette fois, pour nous imposer la paix.

C'était pour moi d'autant plus inattendu qu'en octobre mon frère Raimon s'était arrêté quelques jours à Carcassonne sans faire la moindre allusion à cette éventualité.

Il revenait du château de Malaucène où avait expiré sa première épouse, la comtesse de Mauguio. Il m'avait raconté en riant fort – pour cacher sa vergogne car mon frère est un être sensible – de quelle odieuse façon les conseillers du seigneur comte notre père s'y étaient pris pour faire signer à l'agonisante le legs au comte de Toulouse du comté de Mauguio, et de tous ses droits et revenus. Il ne m'avait pas parlé alors de se remarier. Bien au contraire, il m'avait confié que le mauvais souvenir qu'il gardait de ce mariage arrangé avec l'héritière revêche du comté de Mauguio le tiendrait éloigné du mariage pour longtemps. Il avait même mis au défi notre père de lui faire accepter un autre mariage forcé.

Il est vrai qu'il avait réclamé tout aussitôt, comme pour échapper à l'œil vengeur de la morte, de saluer la jolie Béatrix. Nul doute qu'elle attendait mon messager avec impatience car elle fut là dans l'instant. Raimon s'était inquiété de savoir si elle appréciait les parfums qu'il lui avait offerts à Beaucaire, et si elle pensait à lui.

Béatrix avait ri de son rire jeune, sans retenue. Et, comme il lui demandait de partager son souper, elle avait répondu :

– Seigneur Raimon, je ne peux pas rester en votre compagnie parce que mon frère le vicomte Roger est présent au palais et qu'il m'interdit de venir chez la comtesse Adélaïs.

Elle avait dit cela dans un pauvre sourire.

Mon frère avait fait l'étonné et, la petite partie, il s'en était donné à cœur joie sur le dos de Trencavel. Il avait conclu ses injures en m'adressant une grave question :

– Mais jambe-Dieu, Adélaïs, comment ta belle-sœur, si grazide, si large de cœur, si bien faite de corps, peut-elle être la sœur de cet âne ?

Je m'étais sentie fautive.

Deux mois avaient passé – le temps pour la nature de perdre ses feuilles – et nous étions tous sous la lourde façade de la cathédrale Saint-Étienne de Toulouse, entre les deux grosses tours d'argile irisées de lueurs blondes et mauves dans la lumière du soleil couchant, contemplant avec tout le peuple de Toulouse l'union de « Ramounet et de la Trencavelle », comme on disait dans les rues. Que s'était-il passé ?

J'imaginais bien mon frère laissant venir devant mon père quelques évocations gracieuses de Béatrix, découverte à Beaucaire, revue à Carcassonne. Je voyais sans peine mon père découvrant tout à coup que Dieu dans sa bonté lui envoyait l'occasion de nouer un second mariage avec son allié volage, une seconde alliance qui amarrerait définitivement Trencavel à la rive toulousaine.

Le seigneur comte savait que sans Trencavel il ne pourrait jamais reprendre la Provence au roi d'Aragon. Or il ne pensait à rien d'autre, et peu lui importait le prix.

Tout à coup, devant le jeune couple gracieux qui se becquetait en conservant leurs doigts mélangés par la bénédiction, une idée me vint, une idée pénible, atroce. Et si le seigneur comte, notre père, prévoyant (espérant ?) que mon mariage avec Roger Trencavel resterait aussi stérile d'enfants qu'il était stérile d'amour, à qui reviendrait la belle vicomté d'Albi, Carcassonne et Béziers, à la mort du vicomte Roger ? Elle serait fort naturellement revendiquée par sa sœur Béatrix, pour ses enfants, les enfants de Raimon.

La principauté des Trencavel reviendrait aux Saint-Gilles, les comtes de Toulouse régneraient enfin sur le Midi. Ce que notre père ne pouvait obtenir par la force, il allait l'obtenir par deux mariages. L'un stérile, perdu, un leurre, l'autre fécond d'un fruit qui apporterait, si Dieu le voulait, la domination de tout le Midi.

Un mariage d'amour tout de même. C'était, à tout prendre, préférable à la guerre, mais de quel droit s'en prenait-il à nos ventres mon père, ce vieux despote, nos ventres de femmes pour réaliser ses ambitions ? De quel droit se servait-il du fruit de nos entrailles pour étendre ses conquêtes ? De quel droit détournait-il à son seul profit nos destins, nos vies, assuré de les gâter sans retour ? Il sacrifiait ses enfants pour satisfaire son propre orgueil.

Ce jour-là, en contemplant le jeune couple gesticulant de joie sur le parvis de la cathédrale, j'ai commencé à moins aimer mon père.

Ce jour-là le soupçon l'a éloigné de moi. Et je me suis félicitée d'avoir choisi un autre chemin que le sien.

Mais ce que le seigneur comte voulait, Dieu le voulait. Notre père s'était emparé de l'amourette de Raimon et de Béatrix avec la promptitude d'un autour, emporté par son admirable intuition qui l'avait si souvent sauvé de la débâcle. Il avait fait de ce mariage un événement princier, d'une munificence toute raimondine.

Dix évêques allaient dire la messe ensemble après la bénédiction nuptiale. Et derrière le château Narbonnais, entre le ruisseau du Sauzat et le grand chemin de Carcassonne, dans les prairies qui servaient habituellement à nos chevaux, cent tentes avaient été dressées pour accueillir les invités, cent pavillons aux toiles colorées comme des paons et tendues à craquer, sommées de boules dorées et parées de toits festonnés. Des braseros y entretenaient une douce chaleur jour et nuit. Nous étions à deux semaines de Noël.

Roger, mon mari, avait refusé l'invitation de mon père au château Narbonnais. Il s'était installé de l'autre côté des murailles, dans la cité de Toulouse avec sa compagnie et sa jeune sœur. Il n'avait amené Béatrix sur le parvis de l'église qu'au dernier moment, devant la foule et en présence des évêques. Il l'avait remise avec quelque réticence à l'évêque de Toulouse, comme s'il s'était agi d'un échange d'otages.

Béatrix s'était installée sous le porche dans l'attitude de la Vierge de l'Annonciation, à côté des saints grandeur nature qui dansaient avec une préciosité byzantine sur le trumeau et les piliers d'angle, et qui montaient en s'inclinant dans l'ombre du portail ; ils formaient au-dessus d'elle un orbe protecteur.

Elle avait comme eux le corps mince, ondulant sous ses habits soyeux à la mode orientale. Je l'imaginais se mêlant au céleste cortège.

Comme le soleil couchant forçait ses feux sur l'argile de la façade, effaçant les sculptures, l'évêque de Toulouse nous invita à pénétrer dans l'église Saint-Étienne. La foule s'avança précipitamment et une houle bruyante nous arriva dans le dos, nous rattrapa sur les marches et nous bouscula jusque dans l'église, emportant devant nous les deux époux qui s'accotèrent au prélat.

Mon frère, soucieux de préserver sa réputation de donzel extravagant, portait une cotte somptueuse en soie brochée et un manteau de brocard écarlate, semé de fleurs des champs brodées de perles, tenu sur l'épaule par un fermail doré décoré d'une grosse émeraude cernée de petits rubis et de perles. Il avait aux pieds ces nouvelles chaussures à bout pointu et relevé, bourré de coton, qui attisaient la fureur des prêtres. Suprême élégance, les pointes en étaient tortillées.

Il marchait les mains sur la tête parce que ses amis et compagnons l'assaillaient dans son dos pour lui donner de grandes claques. Cette tradition de punir le donzel qui quittait la bande des jeunes n'aurait pas dû avoir lieu, car mon frère avait été marié et avait déjà quitté la compagnie des donzels. Mais il est vrai que personne ne s'en était aperçu.

Nous suivions le seigneur comte mon père tentant de conserver la tête du cortège familial. Il portait une mise éclatante qui dans son esprit devait reprendre à son fils la primauté de l'élégance. Royalement drapé dans un manteau pourpre rehaussé d'orfrois enchâssant des pierreries, les jambes gainées de chausses noires à fil d'argent et de souliers dorés parsemés de broderies de perles, il suivait les prélats et les chanoines en me donnant le bras.

Autour de nous la famille faisait corps, mêlée au clergé chapelain : mon oncle Dodon de Samatan, bien sûr, comte de Comminges quand il y pensait, très élégant aussi dans une chape de soie mauve et blanche doublée de vair, la barbe tressée entremêlée de fils d'or, et coiffé jusqu'aux oreilles d'un chaperon fleuri de broderies chatoyantes. Il redoutait l'humidité froide des églises depuis qu'il était devenu complètement chauve. Ma tante Laurence, sœur de mon père et chef de guerre de son mari au besoin, l'accompagnait fidèlement pour ce jour joyeux sans quitter sous sa guimpe son air martial.

Mon jeune frère Albéric, qui avait épousé sur l'ordre du seigneur comte une donzelle bien née héritière du Viennois, était là aussi avec son épouse. Il y avait des parents de Provence derrière nous, et devant nous parmi les évêques, qui pour beaucoup m'étaient inconnus.

Du côté de Béatrix la jeune épouse, autrement dit dans le camp carcassonnais, en un courant qui ne se mélangeait pas au nôtre figuraient aux premiers rangs avec Trencavel mon mari le comte de Foix et sa femme Cécilia, sœur de Roger. Il y avait aussi les compagnons proches du vicomte, et d'abord les presque frères : les énormes Roquefort, Bernat et Guilhem, le bel ange Aimeri de Laurac, le ténébreux Bertran de Saissac. Ils lui faisaient comme une palissade infranchissable, une barbacane avec beaucoup d'autres barons dont les frères Jourdain et Peire-Roger de Cabaret, Peire-Raimon d'Hautpoul, les Pépieux, tous bataillards, hérétiques et pillards.

Ils étaient à côté de nous une étrange foule bigarrée et dépenaillée, barbue et chevelue, bardée de cuir ferré. Descendue à cheval de la Montagne Noire et du Carcassès, des Corbières, du pays de Béziers, cette marée humaine restée en vêture de chevauchée exhalait des effluves puissants, impatiente de se régaler au château Narbonnais aux frais du seigneur comte de Toulouse.

Mon père faisait semblant d'en être enchanté. Il avait fait monter pour eux une autre ville de toile à la porte Montoulieu, après le cimetière juif, assez loin de celle de nos invités pour éviter des algarades sanglantes.

Dans l'église obscure un chemin marqué de ramures blanches et odorantes menait à l'autel, bordé de buissons de cierges tous les cinq pas. Au passage scintillaient de notre côté les soies et les fils d'or. Du côté de Trencavel la clarté des cierges révélait la luisance des chevelures grasses, et l'éclat redoutable des boucleries et des plaques de fer.

L'église était haute, éclairée de fenêtres élevées et profondes qui déversaient encore sur les poutres colorées du plafond la lumière crue du couchant. La foule s'était répandue dans une rumeur grondante jusque dans les bas-côtés, où tombait depuis des lucarnes rondes une douce clarté poussiéreuse.

Les époux montèrent au pied de l'autel et s'agenouillèrent, disparaissant à notre vue derrière l'agitation des prélats, des chanoines, des prêtres, des chantres et des enfants de chœur, tous vêtus de blanc et si nombreux qu'ils devaient s'éviter sans cesse par des pas de danse. Des cierges par centaines illuminaient le chœur comme une Jérusalem céleste, suspendue brillamment sur un nuage d'encens et de chants juvéniles.

Son reflet rejaillissait dans la nef ténébreuse où nous étions, en faisant luire les visages.

La presse était telle autour de nous que personne n'aurait pu s'agenouiller ni s'asseoir sur le dallage.

À l'Offertoire on étendit sur les jeunes époux un voile rouge tenu par deux chevaliers de Raimon et deux chevaliers du vicomte Roger. Je pensai avec tristesse que cette place aurait dû revenir à Aimeric de Castelnau, mon doux amant comme tout le monde savait, mais aussi et d'abord l'ami intime de Raimon. C'était à lui de tenir le voile au-dessus de la tête de mon frère. Où était-il maintenant ? Je n'avais plus aucune nouvelle.

L'évêque bénit les époux qui riaient à l'abri de son regard sévère. Je pensai avec un certain agacement que mon frère, qui avait vingt ans révolus, était encore un enfant. J'aurais tant aimé pouvoir m'en remettre à lui pour me protéger.

À la fin de la messe des sergents armés de massues blanches firent évacuer l'église pour permettre aux époux et aux deux familles de sortir en cortège. La nuit tombait. Les cloches s'ébranlèrent dans le grincement sourd des charpentes, et partirent à sonner à toute volée, bientôt imitées par toutes celles de Toulouse et des environs. Le seigneur comte avait commandé de les faire sonner depuis Toulouse jusqu'à Carcassonne, de village en village, jusqu'à notre palais.

On distribua des torches, des lanternes, des couronnes fleuries. Des serviteurs marqués de la croix de Saint-Gilles lançaient avec des gestes de semeur des deniers d'argent et des oboles à une foule de miséreux qui se pressait devant le parvis, et qu'ils tentaient ainsi d'éloigner du cortège.

Le seigneur comte avait voulu revenir à pied à travers sa cité, et se présenter devant son peuple la mine benoîte, paternel, sans arrogance ni appareil guerrier. Il allait devant, menant sa mesnie au milieu de ses sujets, sans hâte. Il pensait ainsi se racheter de ses absences, de ses lourds impôts de guerre aussi. Tous ses vassaux, du plus humble au plus grand, avaient été invités à partager sa liesse et à reconnaître son héritier Raimon, joint à celle qui porterait sa race.

C'était de toute façon la coutume à Toulouse, imposée au mari, de ramener l'épouse à son nouveau logis, à pied, en cortège joyeux et paillard. Devant nous des valets brandissant des torches, accompagnés de joueurs de vièle et de tous les instruments accoutumés, ouvraient la marche dans l'obscurité, poussant la foule rieuse qui ne laissait qu'un boyau étroit pour passer. La lancée à la volée des deniers et des oboles ne suffisait plus pour les écarter.

Aux fenêtres des grappes de têtes noires se découpaient sur les pâles carrés de lumière, chantant et buvant, lançant des vœux de bonheur et des bénédictions. Des couples attendaient devant leur porte pour donner des coupes de vin et des pâtisseries. Un élan de joie, d'amitié, de liesse, nous portait d'une maison à l'autre.

Le seigneur comte alla lui-même chercher Roger Trencavel au milieu de ses amis et l'extirpa de son escorte pour défiler avec lui, côte à côte. Il voulait que les gens soient témoins de son désir de paix. Sur la place Sainte-Scarbe nous attendaient des contorsionnistes, des ménétriers, des jouglars et, au milieu d'eux, déguisé en berger d'Arcadie, un bonnet sur la tête et un agneau sur ses épaules, le troubadour Peire Vidal. Il nous accueillit en présentant au comte sa large face hilare. Il avait composé une jolie chanson et la chanta devant nous. Le seigneur comte l'embrassa.

Ils étaient très amis et se boudaient souvent comme les vieux couples. Ils s'appelaient l'un l'autre par le même surnom mystérieux de « Castiat ». Peire Vidal se joignit à nous en jouant et en chantant devant les mariés. Béatrix portait un voile de mousseline à fils d'or qui descendait jusqu'à ses chevilles, retenu sur la tête par une couronne de fleurs brodées. La lumière des torches jouait avec les plis de soie blanche de son voile et de sa tunique, sous une cape traînante d'un vert tendre. À côté de mon frère déjà pesant sa silhouette était légère comme celle d'un ange, ondoyante et serpentine comme celle d'une fée, et fragile comme celle d'une enfant.

Quand une voix laissa encore tomber d'une fenêtre, au milieu du joyeux tumulte : « Que Dieu bénisse cette paix, et n'y revienne avant cent ans ! » je compris les raisons de cette joie populaire : c'était d'abord l'espoir de paix que ce mariage allait apporter.

Le seigneur comte se laissa gagner par la chaleur de la foule et, comme pour répondre à son vœu, il entoura de son bras les épaules de Roger en signe de réconciliation. Ce geste m'irrita car il me rapprochait fâcheusement de mon mari. Mais la différence de taille fatigua mon père, qui devait marcher sur la pointe des pieds parce que Roger s'était volontairement redressé et regardait ailleurs. Les deux hommes se séparèrent rapidement. J'en fus soulagée.

Le seigneur comte gardait toutefois la main levée comme un mannequin de quintaine pour n'oublier personne, lançant dans chaque maison un enjoué : « Dieu vous garde ! » d'une allégresse apprêtée mais qui mettait en liesse toute la maisonnée.

Nous parvînmes longtemps après, épuisés, à la place de la Mounède où un grand banquet populaire avait été apprêté par les consuls. Des fontaines de vin nouveau coulaient à chaque coin, prises d'assaut par des excités mascarés et couronnés. Des braseros brûlaient ici et là en répandant des fumées odorantes d'encens et d'aromates.

Nous passâmes en foule la porte Narbonnaise pour pénétrer dans le château tout proche. Une recluse vivait emmurée dans le pilier de la porte ; elle s'était mise à sa fénestrelle, par où on lui passait la nourriture, et prenant sur elle certainement elle bénit mon frère et le jeune couple en lui souhaitant beaucoup d'enfants. Mon père rappela à quelqu'un devant elle de venir tout à l'heure lui porter un repas festif. Il estimait fort les ermites qui, à portée de voix du Ciel, pouvaient prier efficacement pour son salut.

Le château Narbonnais semblait pris dans un mouvement de folie, bourdonnant comme une ruche dérangée. La salle grande avait été apprêtée avec un luxe inouï. De riches tentures, en soie derrière la haute table, couvraient les murs. Des centaines de cierges réunis en roues de lumière avaient été suspendus aux poutres du plafond et des flambeaux de résine odorante chassaient d'une clarté mouvante l'ombre des coins. Toute la pièce baignait dans un jour solaire.

Les tables étaient recouvertes de nappes doublées d'un côté d'une longière rose pâle pour s'essuyer les doigts. De nombreux convives avaient déjà pris place debout le long des murs, sous le contrôle pointilleux et vain du gouverneur de l'oustal comtal, un vieillard aux cheveux blancs. Bien que de nombreuses salles fussent ouvertes au festin, ainsi que la cour pour les moins nobles, les écuyers, les domestiques, les sergents d'armes, les palefreniers, et deux cents pauvres, le plus petit chevalier voulait cependant garder un souvenir de la salle grande et tentait d'y pénétrer.

Nous aussi, avec les mêmes difficultés tant la presse était énorme. On nous baigna les mains d'eau de rose et des chevaliers qui avaient les consignes du maître de l'oustal comtal nous ouvrirent le chemin pour nous mener à nos places. J'étais à la haute table, bien sûr, avec le seigneur comte mon père et le vicomte Roger, mon mari. Je m'arrangeai pour être séparée de lui et accostée par mon oncle Dodon, sur une main, et mon frère sur l'autre.

Le premier service fut apporté dans un désordre indescriptible, mais qu'il fallait bien tolérer. Chacun, grand ou petit, voulait saluer le nouveau couple, l'assurer de sa fidélité et de ses prières. Un cortège qui semblait s'être enroulé tout autour du château Narbonnais dégorgeait dans la salle de grands magnats encastellés en Provence comme dans le Toulousain et le Comminges, avec leur épouse, et de petits vassaux du seigneur comte mon père, des consuls avec leur famille, des mestres, de gros marchands étrangers, et tous ceux qui avaient à faire avec notre famille et le château Narbonnais. Ils nous saluaient d'un ou deux petits genoux et débitaient leur compliment.

Béatrix débordait de joie, noyée dans un bonheur surabondant qui la transfigurait. Nous répondions aux saluts gaiement, encourageant malgré nous certains à s'attarder. Mon père finit par faire garder les portes pour interrompre la procession qui menaçait de durer toute la nuit.

On apporta alors sur une litière, entre deux joueurs de flûte enguirlandés de treilles, un grand pâté en forme du château Narbonnais. Un écuyer ouvrit le toit et des petits oiseaux enrubannés s'échappèrent. Pendant ce temps des colombes aux ailes mouillées d'eau de senteur s'échappaient d'une cage et firent pleuvoir sur nos têtes, ornées de fleurs brodées et de joyaux colorés, des gouttelettes parfumées qui grisèrent plus d'un chevalier.

Tous les convives étaient en joie ; l'allégresse se lisait sur les visages, et même Trencavel avait quitté sa mine tourmentée et se laissait aller à rire. Mon père l'avait isolé de ses compagnons en le plaçant à la haute table avec sa sœur Cécilia, le comte de Foix son mari, Bertran de Saissac et son épouse Ava. Sans ses compagnons bataillards accoutumés il paraissait plus libre et plus détendu. Il devait aussi jubiler de l'ascension que connaissait sa famille, courtisée également par le comte de Toulouse et le roi Alfonse d'Aragon.

Après le premier service, des ménétriers et des jouglars entrèrent en se déployant le long des tables, hommes et femmes, chantant et jouant ensemble ou séparément. Ajouté au brouhaha, l'effet n'était pas très mélodieux. Je soupirai vers mon frère :

– Quel dommage qu'Aimeric ne soit pas avec nous. Il aurait magnifiquement célébré ton mariage. Je me souviens d'une soirée au château de Couffoulens, où il a joué et dansé avec nos esclaves maures, Sclavus et Adalla... Je n'ai jamais rien vu d'aussi beau.

Me ressaisissant je lui secouai le bras :

– Mais ne crois pas que je sois triste ! Je suis si heureuse de voir Béatrix devenue ta femme. Elle te rendra heureux, si de ton côté tu ne la fais pas souffrir. Mais tu ne la feras pas souffrir, dis-moi ?

Comme il restait muet je le menaçai :

– Si tu faisais cela, je te haïrai et je te le ferais payer au centuple.

Raimon rit :

– Mais, ma petite sœur, que pourrais-tu contre moi ? T'allier avec ton mari, Trencavel le Vandale ?

Je souris :

– Si tu faisais du mal à Béatrix, je m'allierais avec le diable pour te nuire.

Je lui fis un pauvre sourire de blessée. La voix me manquait. Je finis par articuler :

– Je... je vous aime tant tous les deux ! Comme je serais déçue !

Raimon me jeta un regard étrange. Il joua avec son couteau, le planta dans un tranchoir de pain gris et se penchant à mon oreille il me glissa :

– Va chez moi, une surprise t'y attend.

La chambre de Raimon était au-dessus de la salle grande. On la rejoignait par un étroit escalier pris dans le mur de la tour du Midi. Je m'éclipsai et montai.

J'entrai dans l'antichambre peinte de fresques guerrières, et soulevant une portière de drap je passai la tête, émue, déjà bouleversée par ce que j'allais découvrir, si j'en croyais mon cœur qui jamais ne me trompa. Il était là mon chevalier, mon bel amant, mon Aimeric ! Je me jetai dans ses bras. Il me reçut comme un lutteur, me paralysant bras et jambes, et m'embrassa avec fougue. Je lui donnai ma bouche. Je bus à son souffle comme lui au mien, et finis par dire, essoufflée :

– Comment est-ce possible ? J'ai peur de rêver.

La bouche d'Aimeric se retroussa. Je le contemplai. Il avait coupé ses longs cheveux cuivrés et sa tête s'ornait désormais d'une sorte de brosse hirsute, courte et irrégulière ainsi qu'une vieille fourrure de castor. J'y passai les mains. La fourrure était douce, se couchant et se relevant après mon passage avec un sombre éclat doré.

Aimeric avait perdu son visage d'ange déchu, tendre et juvénile ; c'était un homme, un guerrier. Sa barbe blonde avait poussé et rendait sa mâchoire plus volontaire. Ses yeux se plissaient dans une attention soucieuse. Je le vis brûlant d'une passion inquiète, désirante ; j'étais déjà prête à toutes les folies.

– Je rêve... répétai-je en fermant les yeux, cherchant sa bouche piquante avec mes lèvres.

Il s'écarta pour me répondre :

– Je suis venu tournoyer. Ton frère m'a envoyé chercher par les moines de Saint-Pons...

Je m'exclamai :

– Tu n'as pas vu le père abbé, au moins ?

Aimeric sourit, rit franchement :

– Je l'ai vu, ma douce. Il m'a parlé de toi, de ta mission, du rôle que t'a donné l'Église de Rome pour combattre l'hérésie.

Son regard se fit ironique :

– La nouvelle Judith...

– Je ne veux pas être Judith ! Je ne veux être rien ! Que ta femme !

Aimeric me serra dans ses bras à nouveau. Je le sentis tendre, protecteur, seigneurial. Je répétai :

– Je ne veux être que ta femme...

Il rit doucement :

– Débarrasse-nous d'Olopherne. Tu deviendras une sainte veuve et nous pourrons nous marier...

Je revoyais le regard de braise du père abbé, son souffle ronflant menaçant les hérétiques, sa sainte colère aux accents prophétiques. Je revoyais ses ricanements en évoquant mon amour charnel pour Aimeric, son mépris pour les peines de mon cœur, sa condescendance envers mes désirs.

Un doute vint accaparer mes pensées.

– Le seigneur comte sait-il que tu es là ?

– Je le pense.

– Tu le penses ?

– Ton frère Raimon m'a dit que son père avait donné son consentement.

– Oh ! Ce que dit Raimon...

Et pourquoi pas, après tout ? Avec ce second mariage mon père ne pouvait que se réjouir de mon désaccord avec mon mari, qui évitait l'arrivée d'une progéniture inopportune, dangereuse pour le comté de Toulouse. Il était bien capable, compte tenu des intérêts en jeu, de s'employer désormais à jeter de l'huile sur le feu.

À moins que, dans son orgueil immodéré, il ait commandé le retour d'un de ses chevaliers banni par Roger pour montrer au petit vicomte son gendre qu'il était maître chez lui...

Et moi, n'étais-je pas chez moi ? Dans ma famille ? La décision s'imposait d'elle-même :

– Change de vêture et descends avec moi ! Je n'aurais pas de joie sans toi à mes côtés.

Aimeric fronça les sourcils, soucieux :

– J'ai promis à ton frère Raimon de n'apparaître en public que pour le tournoi. Imagine la tête de ton mari si je descendais au banquet en te tenant la main...

Je lui fis de gros yeux :

– Je me moque de mon mari, du père abbé, des combines inavouables de mon père comme je me moque de ce que pense la gent toulousaine. Si tu ne descends pas avec moi je reste là ! Je ne vais pas passer la nuit à table au milieu de la chevalerie qui boit et s'empiffre à vomir pendant que tu dors au-dessus de ma tête.

Je me jetai à son cou et l'embrassai encore. Je n'en revenais pas. Je le palpai comme une maquignonne, encore inquiète de me réveiller à la fin d'un beau rêve. Je répétai :

– Ou bien tu descends manger avec moi, ou je reste là avec toi. Choisis !

Aimeric éclata de rire.

On entendait au-dessous le brouhaha de la salle grande. Aimeric me tint contre lui un moment. Sa main emprisonnait ma nuque. Il me dit :

– Tu ne peux pas t'absenter plus longtemps en pleines noces. Ton frère et ta belle-sœur n'ont pas mérité cela. Tu dois redescendre.

– Pas sans toi.

Je me pressai contre lui. Il s'écarta légèrement, me tenant à bout de bras :

– Je vais me préparer et viendrai discrètement me mêler aux convives, puisque tel est ton désir...

– Mon désir... si tu connaissais mon désir là, tout de suite...

J'étais ouverte à deux battants. Aimeric sourit :

– Tu dois descendre.

Je répétai, la bouche résolue :

– Je suis chez moi ! Je fais ce qui me plaît !

– Je vais venir, me dit-il doucement.

Je redescendis heureuse, et plongeai dans la salle survoltée, embrumée, traversée du rire strident des femmes et de la jactance orgueilleuse des hommes, tous exaltés par le vin. Je fis un détour par la table de mes compagnes, ma cousine Alis, mes donzelles Douce, Douceline et Azalaïs. Celle-ci m'interrogea :

– Alors ma domna, vous l'avez vu ?

– Qui ? dis-je sans réfléchir.

Elles sourirent. Comment connaissaient-elles sa présence ? C'était à croire que j'étais la dernière informée. Douceline de Digne s'inquiéta :

– Viendra-t-il parader sous les yeux de Trencavel ?

Je lui répondis, prenant le mors aux dents :

– Je suis ici chez moi, et j'invite qui me fait plaisir.

L'impudique Alazaïs Azema confirma d'un mouvement de tête :

– Beaucoup de plaisir !

Je rougis. Mes donzelles s'esbaudirent. Je les caressai et retournai à ma place, qu'un page attentif préservait de toute occupation intempestive.

La salle était un champ de foire. Raimon me raconta en riant les tentatives comiques de Peire Vidal pour se faire entendre, et comment il avait dû renoncer à faire cesser le bruit qui se rallumait d'une salle à l'autre. De rage il avait fracassé son instrument sur une table. Sur le coup, la salle s'était tue mais il n'avait plus d'instrument. Boudeur, il refusait de chanter.

Je lui jetai un coup d'œil. Le seigneur comte avait tenu à l'inviter à notre table. Il était complètement ivre et s'accrochait à un évêque pour ne pas tomber de son escabeau.

J'attendais impatiemment l'entrée d'Aimeric. Il arriva juste avant le service des oiseaux. Quand il passa la porte dans son bliaud d'emprunt, à l'autre bout de la salle, j'observai mon père. Son regard furibond m'indiqua mieux qu'un long commentaire qu'il n'était pas averti du retour de son chevalier. Quant au regard de Trencavel, mon mari, il m'effraya. J'y voyais un félin suivant la course de sa proie. Je regrettai déjà de l'avoir persuadé de descendre. Encore une fois je le mettais en danger, par mon entêtement à refuser l'ordre établi des choses et à lui faire partager ma vie.

Aimeric rejoignit ses camarades qui composaient mon escorte à Carcassonne, le chevalier Raimon Garcie et le chevalier Jean de Montaigu, auxquels s'était joint Guilhem de Trenis, un jeune homme herculéen qui appartenait à mon frère. Je me souvenais qu'il m'avait accompagnée lors de ma première sortie dans la nuit de Toulouse sous la conduite de Raimon, voilà longtemps déjà. Cette nuit-là j'étais revenue au bras d'Aimeric.

À sa demande, car il voulait voir du pays, Guilhem de Trenis remplaçait Guilhem de Saint-Clar, mort si piteusement à Béziers en combattant un taureau. Je fus émue de voir mon escorte de nouveau au complet, réunie à mon escadron de donzelles pour ma compagnie, tous rassemblés à la même table qu'ils partageaient avec des chevaliers du comte de Comminges et du comte de Foix Roger-Bernard.

Le service des oiseaux marquait en général le point culminant du festin. Parés dans leurs plumes, accompagnés de sauces de toutes les couleurs, paons, faisans, cygnes, hérons, canards sauvages défilèrent dans une parade gourmande sur des petits chariots tirés par des béliers à la laine teinte en vert, bleu, jaune, pourpre, et les cornes dorées. Ils furent distribués sur les tables, maintenus dans une attitude d'envol.

Un grand paon déployant une immense roue constellée d'ocelles fut placé par quatre pages devant les mariés et le seigneur comte. Un autre fut installé à la table des prélats qui n'avaient pu s'immiscer à la table haute. À la table de mes chevaliers et de mes donzelles on plaça deux cygnes, et entre eux des oiseaux d'eau plus petits. Pour les autres salles passèrent des oies, des grues, des vanneaux, des canards, des pluviers, et encore des coulons ramiers, des bécasses, des oisillons.

Le seigneur comte demanda aux écuyers tranchants d'épargner le paon, dont le plumage soyeux donnait à notre table une somptuosité orientale. De mon côté je couvais des yeux Aimeric, cherchant à me rassurer et voulant à tout prix, contre tout bon sens, me persuader que personne ne l'avait remarqué. En tout cas personne n'avait réagi, et je me plus à penser que tout allait recommencer comme avant, avant mon mariage avec Trencavel, avant mon sacrifice sur l'autel de la paix.

Même si l'ambiance s'était alourdie, et les corps appesantis autour des tables chargées plus que de raison de mangeaille et de vin, je voulais encore croire que la joie, la gaîté et les chants nous accompagneraient jusqu'à l'aube. Je me penchai vers mon frère Raimon pour lui demander qui, de lui ou du seigneur comte, avait eu l'idée de faire revenir Aimeric quand je vis Jourdain de Cabaret, marmottant entre ses lèvres luisantes des imprécations inaudibles, se lever en s'emparant d'un pot de sauce cameline. Il partit à pas hésitants vers la table de mes chevaliers, la trogne rubiconde et les yeux hagards. Je devinai tout en un instant.

Arrivé derrière Aimeric il se campa et leva la saucière d'un geste lent et incertain pour en faire couler le liquide épais, jaune et brûlant, sur la tête de mon chevalier. Tourné vers Trencavel qui le suivait des yeux sans sourire, il annonça :

– Je sauce le paon !

Aimeric se leva d'un bond. Saisissant à pleine main une cuisse de bœuf décharnée sur la table, il se retourna vers Jourdain de Cabaret en se servant de l'os noueux comme d'une masse d'armes. Frappé à la tempe, l'autre tomba à la renverse et disparut à nos yeux. Un silence épais comme un manteau de neige la nuit de Noël tomba sur la salle. Peire Vidal aurait pu chanter à mi-voix.

Aimeric s'agenouilla pour s'essuyer à la longière avec l'aide de mes donzelles. Les compagnons de Jourdain survinrent à grand bruit avec des gestes larges, bousculant les tables, questionnant avec des airs de faux-traîtres :

– Qu'est-ce qui se passe ? C'est quoi ce farnac ? Qui a fait ça ? Qui nous cherche ?

Aimeric se releva. Ils l'interpellèrent :

– Tu es là Castelnau ? Qu'est-ce que tu fais ici ? C'est toi qui as frappé notre ami, foutredieu ! C'est toi qui l'a frappé ! Tu l'as frappé, sangdieu ! On t'a vu ! Il passait, tu l'as frappé !

Et prenant toute la salle à témoin, s'emparant d'Aimeric ils vociféraient :

– Macarèu de macarèu ! Il l'a frappé !

Ils le poussèrent dehors, lui ceinturant les bras pour l'empêcher de se saisir d'une arme improvisée. Mes chevaliers les suivirent armés des couteaux de découpe. Peire-Roger de Cabaret, le frère de Jourdain, quitta sa table et s'adressa au seigneur comte mon père, qui fronça les sourcils :

– Seigneur comte, un de vos chevaliers a frappé mon frère. Vous devez nous faire justice, ou nous la ferons par nous-mêmes !

Il leva les bras en hurlant son cri de guerre : « Cabaret ! Cabaret ! »

« Que le diable emporte ceux qui n'y sont pas nés ! » répondirent en chœur les barons du Cabardès.

On allait à la bataille. Trencavel, qui était après mon père, se leva en s'adressant au seigneur comte :

– Comte de Toulouse, vous avez voulu m'humilier. Vous ne l'emporterez pas au bleu paradis !

Et se tournant vers Bertran de Saissac il lui lança :

– Nous partons !

Tous ceux de la vicomté de Trencavel se levèrent et s'en allèrent. Ils étaient encore en tenue de chevauchée et, comme ils n'avaient amené ni femme, ni amie, ils semblaient une compagnie de routiers. Par bonheur ils avaient peu d'armes.

Mon père tenta de modérer mon mari. Il lui cria, comme il passait la porte, la mine enfélonnée :

– Par les dents-Dieu, vicomte, je n'y suis pour rien ! Je n'en sais pas plus que vous de ce chevalier (il montrait le groupe gesticulant qui venait de disparaître et hurlait dans l'escalier). Allons Trencavel ! Nous n'allons pas nous disputer un jour de noces. Je veux la paix comme vous ! Revenez, sangdieu ! Faisons la paix !

Mon frère commenta, tentant de faire rasseoir mon père qui criait encore :

– C'est un âne bâté !

Mes chevaliers étaient sortis reprendre Aimeric. Au retour ils se heurtèrent à la troupe avinée du Cabardès qui était venue prendre à bras-le-corps Jourdain de Cabaret à demi-mort. Ils le portaient par les pieds et les épaules, parlant haut et fort, dénigrant la noce et menaçant les convives.

La rencontre se fit sous le linteau courbe de la grande porte. Le demi-mort flotta un moment dans la cohue, allant et revenant, comme pris dans une marée. Des horions plurent de part et d'autre bruyamment, des cris, des défis, des injures. Un chevalier de la cité de Carcassonne, tout empoissé de graisse et de sauce, ivre, l'œil poché, s'extirpa du ressac et vint rouler au milieu de la salle, le cul par terre. Il se releva lentement, branlant, tourna vers l'assistance sa face rougeaude et enflée et clama, cherchant le seigneur comte et ne le trouvant pas :

– Vous voulez la mêlée ? Vous l'aurez !

Et un autre, plus vif, lança :

– À demain au tournoi ! Il y aura du sang et des larmes !

Ils disparurent en criant : « Carcassonne ! Cabaret ! » Les autres reprirent en chœur : « Que le diable emporte ceux qui n'y sont pas nés ! » et d'autres cris de guerre. On les entendit jusque dans la cité.

Je notai que le comte de Foix n'avait pas bougé. J'en fus réconfortée. Mais la noce était bien gâchée.

Dans l'apaisement qui suivit l'orage s'élevèrent les sanglots de Béatrix. Ils me brisèrent le cœur.

II

Le seigneur comte mon père rongeait un oisillon, assis sur une bille de bois à l'écart des tables qu'il avait fait installer dans la prairie, devant les tentes. Il m'avait prise à part pour me demander :

– Adélaïs, la sortie de Trencavel l'autre soir me laisse à penser qu'il cherchera tous les moyens pour rompre notre alliance, ou du moins pour ne la respecter qu'à moitié. Mais quelle idée vous a passé par la tête d'inviter à la noce le fringuant Aimeric de Castelnau ?

Il bavardait en broyant bruyamment une aile entre ses mâchoires de glouton, la bouche graisseuse. Je ne pus m'empêcher de me récrier :

– Père, pour l'amour du seigneur Christ, arrêtez de ronger des os, je ne le supporte pas !

Mon père s'esclaffa. Il secoua la tête :

– Allons ma fille, ne cherchez pas à détourner ma question. Qui a eu l'idée de faire venir Castelnau ?

Je restai évasive :

– C'est un grand ami de Raimon...

– Je m'en doutais ! Ce bon à rien l'a fait venir pour le plaisir de voir Trencavel se cabrer. Pourquoi faut-il toujours se garder de sa famille ? Mon fils comprendra-t-il un jour l'impérieuse nécessité d'une alliance avec Trencavel ?

Il but une coupe de vin que lui tendait un écuyer, s'essuya avec la manche de son bliaud de drap épais, et ramena les pans de sa cape soulevés par la bise. Songeur, les yeux levés vers le ciel gris, il ferma ses doigts devant lui.

– Je l'avais dans ma main... murmura-t-il. Deux mariages, il était à ma merci. Et cet innocent de Raimon qui relance les hostilités. Qu'ai-je fait au seigneur Dieu pour mériter un bastard pareil ?

Je n'aimais pas que le seigneur comte s'emporte contre Raimon.

Il était bien capable de l'humilier publiquement, pour se soulager de son ire. Je lui pris le bras tendrement :

– Père, vous savez bien que vous avez beaucoup à vous faire pardonner de Dieu... bien plus que ce que mon frère pourra jamais vous faire expier. Mais rassurez-vous : les moines de Saint-Pons prient pour vous à chaque heure du jour et de la nuit. Avec mon argent, d'ailleurs, maintenant que j'y pense...

Mon père fut saisi d'un rire violent qu'il tenta de maintenir rentré en lui-même. Il n'en dura que plus longtemps. J'étais agacée. J'attendais qu'il se récrie, tout confus d'avoir oublié de me rendre mon argent, et qu'il m'invite le soir même à visiter ses coffres. Rien ne vint. Je continuai :

– Aussi est-il bien inutile d'accuser votre fils. S'il a demandé à Aimeric de venir, c'est parce qu'il est son meilleur chevalier, et qu'il a besoin de lui pour défendre l'honneur des Saint-Gilles dans ce tournoi.

Je lui montrai du menton les commençailles, qui débutaient toujours les tournois avec de jeunes écuyers engageant des charges pour rire. Elles battaient leur plein. Un groupe de cavaliers tournait et virevoltait devant les tables alignées dans le pré, à côté des tentes des invités. Un cheval bouscula de sa croupe un plateau où une bande de guerriers solides, tête nue, se restauraient en attendant l'heure. Ils étaient au comte de Foix. Ils crièrent furieusement après les jeunes en les menaçant. Mais les drôles étaient déjà loin.

Aux autres tables étaient les hommes du comte de Comminges, et ceux du seigneur comte mon père. Le vicomte Trencavel et ses barons n'étaient pas venus se mêler aux nôtres. Mon père sans se décourager leur avait fait porter des mets à leur cité de toile ; ils devaient être encore en train de bâfrer et de boire. Je repris l'attention de mon père qui suivait en souriant dans sa barbe les évolutions des plus jeunes :

– Oui, lui dis-je, Raimon connaît la valeur d'Aimeric de Castelnau, et pour mieux garantir la gloire de votre nom, il lui a demandé de venir. Vous verrez, vous ne le regretterez pas.

– Je le regrette déjà. Si ton frère a appelé le jeune Castelnau, c'est surtout pour qu'il le défende à lui, et le sorte des mauvaises passes. Je connais mon fils. Il n'a ni cœur ni hardiment ; et il manie l'épée comme le premier capélan son goupillon. Sans parler de tenir un cheval. C'est la bête qui le mène...

Il tapa du pied :

– C'est un jean-foutre et un couard !

Je lui fis un sourire contrit :

– Père, vous exagérez. Raimon est un bon chevalier...

– Pour conquérir les domnas, oui, surtout celles des autres ! Mais la lance sous le bras, il est piteux. Osera-t-il seulement se jeter dans la mêlée de toute la vesprée ? Ou bien enverra-t-il son ami le faire à sa place ?

Il se leva et me prit le bras :

– Revenons à notre sujet : j'ai ab-so-lu-ment besoin de Trencavel. Je vous confie une nouvelle mission, Adélaïs, de la première importance. Il vous faut ramener Trencavel dans notre camp. Après tout vous êtes sa femme. Pourquoi diable ne l'aimez-vous pas ? C'est un bel homme, il a du caractère. J'aurais aimé l'avoir comme fils. Et il est presque aussi riche que moi, avec ses mines d'or et d'argent de la Montagne Noire, et des Corbières.

– Père, les élans du cœur ne se commandent pas.

– Même chez une femme ?

– Surtout chez une femme.

Le seigneur comte revint à pas précipités vers les tablées, comme s'il me fuyait. La mine rechignée il marmotta :

– Dieu m'a envoyé mes enfants comme une plaie d'Égypte !

Sur cette confidence aimable il alla rejoindre les comtes à pas vifs et impatients, trébuchant dans le terrain motteux rendu bourbeux par le piétinement des chevaux. La journée était froide et grise. J'allai avec mes donzelles inspecter l'escadron qui se préparait autour de mon frère Raimon. Mon frère s'inquiétait :

– Que t'a dit le Vieux ?

– Rien d'important.

Il était vêtu d'une cotte de mailles à triple épaisseur, dont le poids le paralysait, et d'une cotte d'armes par-dessus frappée de la croix d'or bouletée des Saint-Gilles. Il avait planté dans le sol humide la pointe de son écu, un grand écu portant la croix de Saint-Gilles découpée dans une feuille d'or. Des filigranes d'argent torsadé ornaient de rinceaux compliqués le listel d'acier qui renforçait le pourtour du bouclier, et des rosaces peintes formaient autour de la croix un feston précieux, avec dans leur centre une perle, un cabochon de verre et de belles pierres. Au centre de la croix d'or la saillie de l'umbo formait un médaillon peint de personnages guerriers, bordé de rinceaux de filigranes d'argent torsadé et enrichi de joyaux. L'intérieur était matelassé de satin rouge. Il s'apprêtait à enfiler son heaume renforcé de bandes ciselées d'or fin.

Raimon n'avait pas d'autre manière de faire étalage de sa supériorité lignagère, la lance et l'épée ne lui étant jamais favorables.

Autour de lui ses chevaliers et les miens se préparaient en silence. Aimeric n'était pas là. Comme j'hésitais à le réclamer, Raimon me devança :

– Aimeric va arriver. Il prépare son cheval.

J'examinai mes chevaliers. Raimon Garcie portait une cotte de mailles treslies comme Raimon, et essayait un heaume neuf, bruni d'un vernis verdâtre. Ce casque nouveau était une sorte de cloche de fer sur le devant de laquelle des fentes permettaient de voir et des trous de respirer. Il s'évertuait à le coincer sur le bourrelet de cuir qui entourait sa coiffe de mailles, et tournait la tête en tous sens pour s'assurer que le casque suivait bien le mouvement. Il m'expliqua que le point faible de ce nouvel armement était qu'un simple coup d'épée pouvait faire tourner le heaume et aveugler le combattant. Ce n'était pas un mince défaut.

L'effet de cette cloche d'acier sur les épaules de Raimon Garcie était plutôt comique, car il était trapu et sans cou. Avec ses jambes courtes et ses larges épaules couvertes de plaques d'acier, comme à la guerre, et des mitaines de mailles enfermant ses mains, il n'avait plus la forme humaine. Son écuyer tenait un lourd cheval de guerre moreau.

Jean de Montaigu, grand et sec, sévère, s'était harnaché de même. Une ventaille de mailles de fer qu'il avait accrochée au heaume cachait son cou et tout le bas de son visage. On n'aurait guère pu le reconnaître sans les couleurs de son grand écu qu'il portait au bras gauche, assuré au cou au moyen d'une large guige pour libérer le bras au besoin. Son autre main tenait une lourde lance carrée, multicolore, plantée dans le sol. Quant à Guilhem de Trénis, sa taille herculéenne lui interdisait les cottes de mailles à triple épaisseur, en raison du prix et du poids qui aurait écrasé sa monture. Il préférait se protéger d'une broigne de cuir armée de lames de fer rivetées et d'un court heaubergeon de mailles coiffant, revenant sur les épaules. À la main il avait une grosse lance qu'il dirigeait par jeu sur les flancs de son cheval pour l'exciter. C'était un énorme cheval gris d'Espagne, qu'un valet tenait avec peine tandis que son écuyer finissait de le harnacher. Il avait protégé son poitrail d'un devantier de cuir ferré.

Douceline de Digne, que je voyais se remettre lentement de la mort de son ami (qui le fut si peu), resta pour aider Guilhem de Trenis à s'arranger et à passer sa cotte d'armes.

– Ils se plaisent, me glissa à voix basse ma cousine Alis.

Je ne l'avais pas encore remarqué et j'en fus heureuse pour ma donzelle. Elle avait bien mérité un peu de joie.

Les chevaliers de Raimon fourbissaient leur harnois, gesticulant tour à tour pour vérifier l'emboîtement des pièces d'armure, et l'aisance de leurs bras gainés de mailles. Ils s'essayaient entre eux à donner souplement quelques coups d'épée. Avec les chevaliers du seigneur comte mon père et du comte Dodon, cela faisait bien cinquante ou soixante chevaliers en tout, revêtus d'une croix de Saint-Gilles sur leur cotte d'armes ou sur leur écu.

Alazaïs Azema, ma suivante de Verfeil, réputée pour son verbe impudique, s'était campée au milieu d'eux et leur envoyait des mots crus que seuls comprenaient les hommes. Elle les questionnait sur leur virilité et laissait entendre qu'elle récompenserait le meilleur.

Domnas et donzelles pouffaient de rire, s'enivrant de l'odeur forte des chevaux, du fer fourbi, des cuirs graissés, et par-dessus tout des étoffes que les chevaliers avaient parfumées au musc ou à l'ambre, à leur adresse.

On attendait les guerriers de Trencavel.

– J'espère qu'ils se sont réveillés, ironisa mon frère qui avait pâle mine. Il tripotait nerveusement sa lance sommée d'une enseigne brodée d'or qui allait jusqu'au sol.

– Garde-toi des frères Cabaret, lui dis-je, ils sont sans pitié et francs comme deux ânes qui reculent. Garde-toi aussi des frères Roquefort. Il sont aussi lourds que leurs chevaux et forts comme des taureaux de Crète.

– Je me demande si ton mari viendra batailler...

– Certainement. Il préférera se montrer dans le champ plutôt qu'à côté de notre père. Garde-toi de lui. Je suis sûre qu'il t'en veut.

Raimon se força à rire. On le sentait préoccupé, étranger à la rumeur des fers cliquetants et des chevaux énervés qui se levaient, ronflants et battant des sabots au milieu de la jactance des hommes, et les cris des donzelles faussement effarouchées. Je savais combien ce monde guerrier exaspérait mon frère et au fond lui faisait horreur.

Les hommes du vicomte arrivèrent au galop depuis leur ville de toile, après avoir traversé sans peut-être s'en apercevoir le cimetière juif qui, à côté de la porte Montgaillard, marquait la limite du champ du tournoi. L'autre limite était le ruisseau du Sauzat qui se jetait dans les fossés de la cité de Toulouse en longeant le château Narbonnais. Entre ces deux limites la course était libre, depuis les murailles de Toulouse jusqu'à l'infini vers Carcassonne. Mais des refuges avaient été prévus près du camp de toile et aussi plus loin, marqués par des barrières de bois derrière lesquelles, en principe, personne ne pouvait attaquer personne.

C'est derrière l'un de ces refuges que le seigneur comte avait fait construire quatre ou cinq tribunes pour nous les domnas, des tribunes hautes auxquelles on accédait par un escalier branlant.

Le seigneur comte mon père, le comte Roger-Bernard de Foix et le comte Dodon nous y menèrent gaîment en cortège, précédés de souffleurs de busines et de cors, avec quelques joueurs de vièles, de flageols et de tambours. Une question restait à régler : avec qui devaient s'allier les hommes du comte de Foix ? Avec Trencavel ou bien avec le comte de Toulouse ?

Roger-Bernard de Foix s'en remit à notre décision, nous les domnas.

On bavarda. Chaque domna avait sa préférence. Je proposai de compter les chevaliers, et de mettre ceux du comte de Foix dans le camp le plus faible. Cécilia, l'épouse du comte de Foix, se récria aussitôt et proposa à son mari de mettre les gens du pays de Foix dans le camp de Trencavel, son frère, pour l'amour qu'il avait d'elle.

Mon père rit de l'argument féminin et déclara que, pour l'amour de la comtesse Cécilia, les chevaliers du comte de Foix seraient associés à ceux de Trencavel.

Je comptai rapidement les deux camps. Je me récriai à mon tour :

– Père, le parti de Toulouse est moitié moins nombreux que celui du vicomte Trencavel. Vous ne pouvez pas laisser faire cela !

Le seigneur comte rit et déclara sur le ton de la bravade, en frappant dans ses mains :

– Ainsi les chances sont égales !

– Ils n'auront qu'à courir deux fois plus vite, ricana la comtesse Cécilia de sa voix de crécelle.

Deux hérauts précédés de busines en cuivre étincelant et de tambours vinrent déclamer l'identité des chevaliers présents sur le champ, du moins les plus connus pour leur prouesse ou leur richesse. Ils allèrent ensuite répéter plusieurs fois leur discours devant la foule qui s'était amassée entre les tentes et les murailles de la cité, et qu'une barrière retenait hors du champ.

Mon père invita enfin la comtesse Cécilia à lancer son voile dans le pré déjà bourbeux ; c'était le signal d'ouverture du tournoi. La sœur de Roger était une petite femme boulotte. Elle lança son volet à deux mains de ses bras courts ; le voile n'alla pas jusqu'à terre et s'accrocha en chemin aux poteaux de notre tribune. Cécilia en fut contrariée, et en tira la réflexion que ce tournoi aurait une mauvaise fin. Le vent fit du volet de soie une bannière et les escadrons s'ébranlèrent.

Aimeric entre-temps s'était mêlé aux siens. Il passa sous la tribune dans la première ligne de chevaux qui, soudés les uns aux autres, s'élançaient. Mon favori portait sur le visage, soudé au casque, un masque de fer percé de deux fentes pour les yeux. Cette protection ne m'empêchait pas de reconnaître aisément mon bien-aimé car, contrairement à ses compagnons, il avait conservé son coursier fin et rapide, cet étrange cheval doré qui filait comme le vent.

Les lances levées s'abaissèrent lentement devant nous, provoquant le caquètement des fanions. Dans un cri inhumain les chevaliers de Toulouse pénétrèrent comme des traits vivants dans la ligne serrée de leurs adversaires.

Le choc fit résonner le bois et l'acier, crier les chevaux, hurler les blessés et voler en éclat les lances. La moitié des chevaux s'effondrèrent dans l'herbe humide et se relevèrent. Le cheval d'Aimeric avait glissé aussi, s'était couché et relevé dans l'instant sans que son cavalier ait quitté sa selle.

Tout le monde applaudit autour de moi. Les chevaliers se regroupèrent d'un côté ou de l'autre du champ, attendant les valets d'armes et les écuyers qui venaient en courant leur porter d'autres lances. Sans perdre de temps une seconde vague s'élança. L'escadron de Toulouse passa devant notre tribune dans un grand tapage, faisant trembler le sol. Mon frère menait cette ligne qui ne sut pas rester serrée et unie. Elle fut défaite par les hommes de Trencavel qui partirent à la chasse aux fuyards.

Un cheval resta au sol, se débattant désespérément pour se remettre sur pied. Un sergent ferrant alla le voir, la hache sur l'épaule. Il l'examina rapidement et l'acheva d'un coup de hache.

Raimon revint en clopinant, la mine butée, son cheval à la main, sans son écu ni son casque. Des chevaliers survinrent pour lui prendre le cheval aussi mais ses compagnons veillaient. L'un d'eux culbuta l'audacieux qui s'était emparé de la comtale monture, appâté par le luxe tapageur du harnachement aux cuirs assemblés de cabochons de verre ou émaillés, et décorés de pendentifs et de branlants dorés. Les boucles étaient en argent, la selle de cuir rouge et d'or battu, les étriers dorés, et même le frein du cheval était un objet précieux et unique, composé d'un mors en cristal de roche et de branches en argent.

Raimon faisait partie de ces chevaliers outrageusement voyants dont on se partageait l'adoubement par avance, avant qu'ils aient fait un pas dans le pré. Son cheval s'enfuit vers les vignes qui rayaient les collines à l'horizon. Des chevaliers des deux camps allèrent à sa poursuite.

Raimon vint s'installer dans le refuge au pied de notre tribune. Il s'assit dans l'herbe et commanda du vin. Mon père le suivait de son regard aigu, furibond. Comprenant que mon frère s'installait à demeure, il l'interpella d'une voix tranchante, trop longtemps contenue :

– Raimon, mon fils, que faites-vous là, malheureux ! Ne voyez-vous pas que vos amis se battent pour vous ? Qu'attendez-vous pour aller les soutenir ? C'est vous leur chef !

Mon frère montra vaguement son pied et secoua la tête, fataliste :

– Je suis blessé.

Trépignant de colère, le seigneur comte s'emporta :

– Mais mon fils, vous voulez nous déshonorer ? Ahue ! Prenez un autre cheval, par les jambes-Dieu, et allez donner à Trencavel de vos nouvelles ! Rappelez-vous qu'il a gâché votre noce en y faisant l'esclandre. Allez le punir, par Dieu !

Raimon leva la tête et rétorqua :

– Allez-y vous-même, mon père ! Je n'ai que faire de cet âne mal débourré.

La comtesse Cécilia lui répondit en piaillant que si Roger était un âne, lui était une poule mouillée, ce qui était bien pire. Le comte de Foix riait à gorge déployée. Le seigneur comte mon père ne riait pas :

– Raimon, maudit bastard, remonte en selle tout de suite et va soutenir tes hommes comme un seigneur doit faire, ou je descends te botter les fesses, par le sang-Dieu, et te mettre à rançon sur tous tes biens !

– Mon père, ricana Raimon sans se relever, que pourriez-vous me prendre ? Je n'ai rien, vous avez tout gardé. Vous vous prétendez même comte de Mauguio, titre qui me vient de feu ma femme, et vous en gardez les revenus.

Il leva la tête vers mon père et grimaçant un affreux sourire il poursuivit :

– Qu'ai-je à défendre, par le vit de Bélial ? Vous avez spolié vos propres enfants !

Mon père empoignait le garde-corps de la tribune à pleines mains, doublement vexé de la rébellion publique de son fils et du déballage du linge sale, surtout devant le comte de Foix avec qui il s'opposait pour plusieurs places fortes.

Béatrix me fit une grimace exaspérée. Je lui fis signe de la main de les laisser se disputer. Je reportai mon regard dans le champ du tournoi. Plusieurs groupes s'affrontaient, éparpillés jusqu'à la lisière des vignes, et dans un petit verger où quelques combattants s'étaient égarés dans leur hâte de retraire. La distance n'empêchait pas d'entendre les coups ahanés sur les écus et sur les heaumes.

Je reconnus Trencavel à son écu peint d'or et de vermeil, sa lance de même. Il montait un fort cheval noir. Il rassembla ses hommes pour lancer une charge sur un groupe de Commingeois entourant quelques chevaliers de Foix en mauvaise posture. Plusieurs étaient déjà au sol, comme morts, leurs chevaux pris, et les autres à cheval paraissaient condamnés. La bande à Trencavel serra le rang et prit le galop. Hurlant à plusieurs reprises : « Cabaret ! Carcassonne ! » ils couchèrent les lances lentement et foncèrent dans le tas. Les heurts des fers déchirés et des boucliers éclatés se mêlèrent aux cris des chevaux et des humains. Un véritable assaut de guerre. La gent de Foix qui le put se sauva, et les Commingeois aussi vers leurs alliés toulousains. De nouveaux corps restèrent à terre.

Je remarquai alors qu'une troupe de péons s'assemblait du côté du cimetière juif, armée d'épieux, de faucharts et de crochets fixés au bout de longues perches. Trencavel galopa jusqu'à eux et lança un ordre. Ils se déployèrent et vinrent en meutes hurlantes cerner les nôtres. Je montrai la manœuvre au seigneur comte.

Fou de rage, le corps à moitié passé en dehors de la tribune, mon père menaçait Raimon de descendre et de l'amener lui-même en face de Trencavel. Il n'entendit pas ce que je lui disais mais, observant les gens de pied qui couraient dans le pré, il commenta, importuné :

– Qu'y a-t-il ? Des péons !

– Mais ils n'ont pas le droit de venir dans le champ du tournoi !

– Et pourquoi donc ? Le tournoi c'est comme à la guerre. Y vient qui veut, et comme il veut pourvu qu'il soit chevalier.

– Mais ces sergents ne sont pas chevaliers !

– Les chevaux non plus. Ils ne sont là que pour servir. Tout ça ne compte pas.

J'insistai encore :

– Mais, père, pourquoi donc n'en avez-vous pas vous-même ?

– Pourquoi faire ? Les chevaliers toulousains n'ont pas besoin de piétaille pour gagner. Voilà pourquoi !

Toujours cette jactance chez mon père. En attendant nos chevaliers étaient dans une mauvaise passe. Cernés par les péons de Trencavel qui les harcelaient en les tirant à l'aide des crochets, tailladant les jarrets des chevaux avec les faucharts, certains préférèrent fuir. La cohésion du groupe en fut défaite, et les chevaliers de Trencavel fondirent sur les fuyards, pressés de les prendre, de les dépouiller de tout et de mettre leur corps à rançon.

Car c'était bien le but de ce jeu, si je puis dire, ce jeu venu de France. Je tremblais pour Aimeric. Quelle meilleure occasion pour les bandes de Trencavel d'en finir avec lui, une bonne fois pour toutes. Il avait échappé par miracle aux traquenards de la forêt de la Loubatière, il avait évité grâce à Dieu le piège de Béziers ; Trencavel n'aurait pas de longtemps une meilleure occasion qu'ici de s'en débarrasser, et de venger son honneur sous les yeux de sa propre mesnie.

La vérité m'apparut toute nue : mon mari avait passé la nuit à préparer la perdition d'Aimeric, que Raimon lui servait sur un plateau. Je me penchai vers mon frère. Il était toujours allongé dans l'herbe, répondant avec impertinence au seigneur comte qui parlait d'envoyer son connétable (il ne pouvait décemment se battre lui-même avec son fils, devant les invités et devant les Toulousains).

Le vieux connétable Guilhem de Sabran, entendant son nom, fit grise mine. Il résista assez bien à la poussée du seigneur comte qui lui criait, bouillant de colère : « Va dérranquer ce couard de sous mes pieds. Qu'il aille gagner ses éperons sous les pieds des chevaux, comme ses compagnons ! »

Le connétable ne se voyait pas chassant du plat de l'épée le jeune comte. Celui-ci, avec le goût du désordre qui le caractérisait, continuait à sortir du linge sale pour la plus grande joie des invités. Il apostropha le connétable :

– Seigneur Guilhem, avez-vous oublié tout l'argent que je vous ai donné pour me dispenser des exercices militaires ? Et tout ce que j'ai donné à vos neveux, pour qu'ils me remplacent dans vos chevauchées ? Avez-vous oublié tout ce que j'ai fait en faveur de votre famille, parfois contre le bon droit ? Vous ne m'avez rien appris de la guerre, et vous auriez l'audace de m'envoyer là-bas me faire navrer par des fous furieux ? Tuer peut-être ? Mis à rançon sûrement.

Le connétable ne savait que dire. Il ne voulait déplaire ni au comte vieux ni au comte jeune. Mais mon père ne supportait plus les tergiversations. Il poussa d'une bourrade exaspérée le vieux connétable dans l'escalier en criant :

– Va sortir de ma vue ce fils de pute !

Le vieil officier se présenta devant Raimon avec déférence. Il l'implora :

– Seigneur Raimon, s'il vous plaît, par le Seigneur qui accepta le martyre, remontez sur un destrier. Mes neveux vous prendront en garde. Vous n'avez rien à craindre. Ils mourront plutôt que de vous voir pris.

– Et si je suis pris quand même, réfuta malicieusement le rebelle, combien pensez-vous que le seigneur comte mon père donnerait pour ma rançon ?

Le seigneur comte répondit lui-même :

– Rien du tout pour un jean-foutre ! Pas une maille ! On n'est pris que si on le veut bien !

– Vous avez entendu ? conclut Raimon satisfait en roulant sa cotte d'arme pour en faire un traversin.

J'observai le pré. Je vis loin de nous Aimeric cerné par une meute de péons, tandis que plusieurs groupes de chevaliers aux armes de Trencavel s'en venaient vers lui de toutes les directions. Le cœur me tomba de la poitrine. Je hurlai à mon frère :

– Raimon ! Ils vont tuer Aimeric !

Raimon se leva d'un bond, merveilleusement, et observant la scène que je lui désignais du doigt il se saisit d'un casque et le laça en ordonnant :

– Un cheval, une lance, une épée !

Il monta en selle sur son cheval de rechange et partit au galop. Des chevaliers toulousains vinrent à sa rencontre et ils se mirent tous en ligne pour lancer un assaut.

Je revins à Aimeric. Le soleil bas sur l'horizon apparaissait comme un sou d'argent derrière un voile de cotonnade grise, inondant la plaine d'une lumière blanche. Une brume scintillante flottait au-dessus du sol. Dans ce halo les chevaux se découpaient comme des ombres.

Aimeric était cerné par les péons hérissés de lames. Voyant venir les chevaliers de Trencavel ils s'enhardirent pour ne pas se laisser dérober leur gain, et se jetèrent sur lui tous ensemble, avec des épieux, des faucharts, des crochets. Je vis le cheval doré se rassembler, se contracter, s'arrondir sous la selle dans un balancement sec et nerveux. Tout à coup, d'une détente formidable, il bondit en l'air et envoya les fers avec la vivacité d'un coup de lance. Deux sergents à pied furent projetés au sol violemment derrière lui et ne se relevèrent pas. Le cheval croupionna encore plusieurs fois, dans toutes les directions, puis se leva pour marteler un agresseur, basculant avec légèreté de l'avant-main sur l'arrière-main, botta de nouveau, virevolta, pirouetta sur les postérieurs, les jarrets frôlant le sol, les antérieurs battant l'air avec vivacité. Le cercle mortel s'élargit comme par enchantement.

D'un bond léger Aimeric abandonna l'engagement et s'enfuit. Les péons n'insistèrent pas et ceux qui étaient saufs s'agenouillèrent auprès des blessés.

Mon frère Raimon arrivant avec ses hommes vint barrer la route à ceux de Trencavel qui se regroupaient en tournant jusqu'à former une haie parfaite, serrés au botte à botte. Les chevaliers se précipitèrent les uns sur les autres et s'enfoncèrent dans les lignes avec la force de traits d'arbalète. Beaucoup tombèrent avec leurs chevaux.

Trencavel n'était pas tombé, et sans s'occuper de regrouper ses hommes il alla droit sur Airmeric qui revenait au combat. Mon amant le vit et lui fit face. Il le salua la lance levée et mit son cheval au galop comme Trencavel arrêtait sa lance sous l'aisselle avant de la laisser descendre lentement en travers de l'encolure de son cheval.

Je vis sans comprendre Aimeric conserver la sienne levée, appuyée du talon à la batte de sa selle. C'était une lance longue et mince, fine, plus fine que les autres. Il la laissa retomber d'un coup au dernier moment en écartant son cheval qui croisa Trencavel sur la main qui tenait la lance. Le vicomte ne pouvait plus utiliser la sienne, pointée de l'autre côté. Il tenta d'esquiver le coup en reculant le torse mais le bout de la lance d'Aimeric le piquait déjà à la poitrine. La hampe flexible se courba sous l'effort puis se détendit comme un arc, projetant le vicomte Roger hors de sa selle. Il tomba lourdement dans la prairie.

Aimeric fit une grande boucle et revint vers nous levé sur les étriers en brandissant sa pique. Il trompeta : « Toulouse ! Toulouse ! » et le seigneur comte en joie l'applaudit. « Un beau coup ! répétait-il, jamais vu ça ! Un très beau coup ! » Il en était ragaillardi. Je ne craignais que davantage la vengeance de mon mari qui s'était relevé vivement, comme s'il s'était assis sur un fer rouge.

Pendant ce temps deux chevaliers se battaient avec une rage effrayante, et faisaient un bruit monstrueux qui semblait monter des forges de l'enfer. L'herculéen Bernat de Roquefort avait enfin trouvé un adversaire à sa mesure : l'herculéen Guilhem de Trenis. Leurs chevaux furieux également se frappaient avec le poitrail et la croupe, et se mordaient sauvagement. Entre chaque charge, en attendant une nouvelle lance, comme si le temps leur était compté ils poursuivaient le combat à l'épée d'arçon, sans quitter la selle. Aucun n'était encore tombé. Leurs montures étaient d'énormes nefs inchavirables.

Trencavel s'était remis en selle d'un bond. Il chercha Aimeric. L'ayant trouvé devant nous il vint au galop et le chargea furieusement, la lance oblique, attendant pour l'arrêter de savoir par quel côté il allait être abordé.

Aimeric se mit en position de le recevoir et disposa sa lance toujours de la même manière, le talon buttant contre la batte du pommeau dans une encoche aménagée pour réussir ce coup. À l'approche de Trencavel il lança son cheval et laissa tomber sa lance. Trencavel fonça de la même façon.

C'était une manœuvre très dangereuse, car chacun était abordé du côté sans écu. La lance de Trencavel entra dans l'épaule d'Aimeric. Le haubert crissa et se rompit. La pique de mon chevalier, se courbant sous le choc, se détendit avec le souffle d'un arc et envoya mon mari une nouvelle fois au sol. Je criai.

Le seigneur comte applaudit encore, faisant entendre un rire triomphant. Mais les hommes de Trencavel arrivèrent à la rescousse, emmenés par les frères Cabaret, et mon doux amant blessé dut s'enfuir dans l'obscurité vers les vignes des collines. Il avait abandonné sa lance.

On entendit crier longtemps, bien après que les ombres aient disparu.

Je vis dans le ciel assombri monter la reine de la nuit au-dessus de l'écharpe de brume. À sa froide clarté Guilhem de Trenis et Bernat de Roquefort brisèrent leur dixième lance. Le seigneur de Sabran rappela l'heure au seigneur comte, qui s'était oublié dans la fascination des combats nocturnes. Les coups résonnaient dans l'obscurité avec une force surhumaine.

Mon père sortit de sa contemplation à regret et s'exclama : « La nuit est là, que les combats s'arrêtent ! » Les joueurs de busines firent sonner leurs instruments, soutenus par les tambours. Comme rien ne se passait, ils recommencèrent une fois, deux fois, trois fois.

Aux sonneries répondaient au loin un redoublement de coups ahanés, de cris de douleur, de haine aussi. Les plaintes de ceux qui étaient tombés se mêlaient aux appels de ceux qui poursuivaient le combat et tentaient de se regrouper. Aux ordres des bannerets succédaient les battues précipitées des chevaux sans qu'on puisse rien voir. C'était comme un grouillement invisible et monstrueux.

Le seigneur comte dut se rendre à l'évidence : les combats ne cesseraient que faute de combattants. Le tournoi s'était transmué en véritable guerre. J'étais maintenant épouvantée par le fracas des écus rognés et brisés, le crissement des hauberts déchirés, la violence des coups assenés sur les heaumes. Tous ces heurts dans le noir, mêlés aux hurlements des hommes et des chevaux ! J'en avais les larmes aux yeux, et mes compagnes aussi. Leur regard effaré brillait à la lumière des torches.

Qui a connu ce spectacle une fois, où tant de beaux chevaliers se mutilèrent et s'entre-tuèrent sans raison, ne peut que haïr la guerre, sa violence inutile et atroce.

La foule au contraire laissait monter jusqu'à nous une rumeur exaltée et consentante, admirative. La comtesse Cécilia interpella sévèrement mon père : « Seigneur comte, faites quelque chose, ils s'entre-tuent ! »

Le seigneur comte sembla sortir d'un rêve et se tourna vers son connétable :

– Seigneur de Sabran, que peut-on faire ?

Le connétable hocha la tête :

– Seigneur comte, je ne connais qu'un moyen. Et je vais de ce pas y pourvoir.

Il nous quitta et descendit lourdement l'escalier abrupt et fragile qui menait dans le pré. Il disparut avec quelques sergents dans l'obscurité. Ils revinrent un moment après, poussant devant eux un troupeau de vaches avec des torches pour éclaircir la nuit.

– Vous allez voir comment on arrête une armée de chevaliers, ou qu'on me pende ! dit-il d'un ton assuré qui nous fit du bien.

Il fit lier les torches aux cornes des vaches, que de jeunes vachers maintenaient difficilement avec des cordes, et à coup de piques on les envoya dans les prés. Effrayées les unes par les autres, les vaches s'égayèrent dans la nuit, cherchant refuge auprès des chevaux. Ceux-ci s'enfuirent au galop à l'approche de ces monstres à tête de feu. Les chevaliers n'en étant plus maîtres, ni leurs sirvents à pied, tout combat devenait impossible.

Trencavel ordonna le repli de sa troupe. Négligeant la plus simple règle de courtoisie il s'éloigna sans un mot avec les siens, à pied, une torche à la main. Les péons emportaient de nombreux blessés et quelques morts, certainement. Le funèbre cortège disparut derrière le cimetière juif.

Les nôtres revinrent vers la tribune, tandis que des valets parcouraient le champ à la recherche des combattants trop navrés pour pouvoir se redresser et marcher. Ils ramenèrent de la nuit des hommes ayant perdu un pied ou une main, d'autres à la poitrine sanguinolente, le haubert démaillé de haut en bas, ou de long en large.

Le chevalier d'Eaune fut retrouvé cloué au sol par une lance de guerre qui avait gardé sa pointe de fer, plantée sous le nombril, l'enseigne dans le corps. Il fut ramené devant mon père par les sirvents. Mon père demanda au valet d'armes de lui donner l'enseigne qui était dans le corps. Et examinant la large pointe de fer qui aurait dû être remplacée par une frette, pour tournoyer selon la coutume, il s'exclama vibrant de colère : « Elle ne peut appartenir qu'à un lâche ! »

La tribune était devenue aussi jacassante qu'un poulailler. La foule toulousaine avait sauté les barrières et venait battre le pied de notre perchoir, avide de mesurer la force des combats à l'aune des morts et des corps rompus. La gent toulousaine envahit aussi le refuge entouré de barrières hautes où s'étalait le butin que nos chevaliers avaient gagné. Des trafiquants de toute sorte y rôdaient déjà depuis le début de l'après-midi, espérant la mise en vente des harnachements et des armes à moitié prix, et peut-être aussi de quelques chevaux.

Le long des tentes les prisonniers encordés, la mine sombre, le visage et le cou enrouillés par les mailles de fer, marchandaient encore le montant de leur rançon.

Je scrutai la nuit où les torches dansaient en tous sens, certaines encore sautillantes et accouplées. J'espérai le retour d'Aimeric. Il n'avait pas encore reparu quand je quittai la tribune au bras de mon père. J'interrogeai Raimon qui accompagnait Béatrix pour défiler devant les Toulousains. Il me dit de ne pas m'inquiéter, qu'Aimeric avait le cheval le plus rapide du monde, et qu'aucun cheval de guerre ne pourrait le rattraper. C'était l'évidence, mais où était-il ?

Au souper les domnas décernèrent à mon doux ami le prix du meilleur tournoyeur pour sa vélocité, sa légèreté, et son astucieux coup de lance.

Triste consolation. Aimeric ne reparut pas de la nuit.

III

Nous étions sur le plan de l'oustal de la Mounède, là où le seigneur comte frappait ses deniers toulzas, des deniers d'argent dont il disait qu'ils valaient deux fois ceux de partout ailleurs, de Morlaas comme de Rodez, de Cahors comme de Mauguio ou de Montpellier. Ce n'était pas faux.

Toutes les rues menant au plan de la Mounède avaient été fermées par des barrières et des charrettes, sauf une ruelle étroite par où arrivaient les taureaux après une course folle dans l'enchevêtrement des rues de la cité. Il était en effet coutumier de lâcher des taureaux sauvages à la porte Montoulieu quand le comte voulait plaire à ses sujets de Toulouse, pour les voir courir dans les rues et pour l'amusement de la jeunesse téméraire qui aimait se faire poursuivre. Les plus intrépides s'efforçaient, au péril de leur vie, de faire dévier les fauves pour les perdre dans la cité.

La population paisible appréhendait terriblement ces journées festives et fermait avec des planches portes et fenêtres. Certains plaçaient encore par-derrière des barres et des meubles, car il était arrivé dans le passé qu'une bête isolée du troupeau devienne folle furieuse et fasse voler en éclat une porte branlante, tuant dans la maison tout ce qu'elle rencontrait de vivant.

Ces histoires revenaient ce jour-là dans tous les esprits, obligeant les consuls à installer de fortes palissades et des barrières tout le long du parcours qui menait au plan de l'oustal de la Mounède, où les bêtes étaient combattues.

Le seigneur comte mon père regrettait le temps de sa jeunesse où il affrontait, disait-il, les grands taureaux sauvages venus des montagnes d'Auvergne, couverts de longues jarres au sortir de l'hiver, pareils à des aurochs des temps anciens. Il prétendait d'ailleurs que dans sa jeunesse les taureaux avaient une taille formidable, un air farouche et cruel qu'ils n'avaient plus aujourd'hui, depuis que l'homme s'était répandu jusque dans les lieux les plus déserts.

Je n'avais pu me soustraire à ce divertissement sanglant malgré toute l'horreur que j'en avais. Nous étions dans des hourds en charpente accrochés à la façade de l'oustal de la Mounède. Ils offraient une vue totale de la place. Ma compagne Douceline de Digne, qu'obsédaient encore les combats de Béziers où son ami avait perdu la vie, avait obstinément refusé de venir.

La foule se pressait aux nombreuses fenêtres des maisons qui bordaient le plan, obstruant le moindre fenestron. D'autres étaient sur les toits, et sur des hourds branlants hâtivement accrochés aux façades décorées de ramées et de tapis éclatants. En outre des gradins de bois avaient été installés un peu partout par le seigneur comte, bordés fort légèrement de quelques barrières joignant des charrettes et des chariots entassés sans soin, à la merci de Dieu. Mais le seigneur comte ne voulait pas qu'un seul de ses sujets puisse se plaindre, dans sa cité de Toulouse, de n'avoir pu suivre les combats de taureaux au mariage de son fils héritier.

Il avait commandé dix combats au lieu des cinq ou six accoutumés, dix combats à mort de toutes les manières possibles pourvu qu'elles soient cruelles et sanglantes.

La première fut l'affrontement d'un taureau et d'une grande ourse à qui on avait exposé les petits. Elle sacrifia sa vie pour les sauver et le taureau, qui était jeune et agile mais peu brave, y laissa la sienne aussi car il était si déchiré et sanglant qu'on l'abattit sur le plan dans une mare de sang.

La seconde manière fut avec les chiens. Des molosses à la mâchoire énorme, certainement débonnaires avec leur maître, furent envoyés combattre le second taureau. Dressés pour la chasse, excités par les valets, ils devinrent si furieux qu'ils mirent en pièces l'animal, à mon grand étonnement. Cependant deux moururent devant nous, traînant leur tripaille sur le sol. Un autre s'en tira mal avec un œil crevé et d'autres blessures qui le rendaient impropre à la chasse et le condamnèrent. Les deux derniers, sanglants et déchirés par les cornes, ne paraissaient pas trop souffrir et ne voulurent pas rentrer.

La foule cria sa joie et réclama la suite. Mon père se leva pour demander patience.

– Le meilleur arrive ! lança-t-il à la populace dans un sourire complice.

Un troisième taureau vint affronter des chiens. Il était particulièrement hardi et difficile à tuer. Les valets injuriés par la foule durent relancer les chiens qui se dérobaient. L'un des valets venu trop près fut transpercé par une corne. Le taureau le fit tourner, le perdit, le reprit et le relança pour l'embrocher avec l'autre corne. On entendait les os craquer. L'homme retomba et tenta encore de se relever, les mains sur le trou béant de sa poitrine. Un flot de sang giclait entre ses doigts. Son visage fracassé n'était plus humain.

Les chiens profitèrent de cette diversion imprévue pour se jeter sur le taureau, l'empêchant de charger, et un des valets put l'approcher pour lui planter une dague dans la nuque.

Le valet de chien blessé, relevé à demi, défaillit et tomba brutalement en même temps que le taureau, à côté de lui. Ses compagnons les emportèrent morts tous deux.

La populace n'avait pas apprécié que le combat ait été écourté. Un sombre dépit l'enfelonna et une pluie d'injures s'abattit sur le plan, qui n'épargnait pas le seigneur comte. On envoya vitement un autre taureau qu'attaqua une nouvelle meute de chiens. Le taureau était vif et agile, les chiens encore timides. Aucun valet ne voulut les amener au plus près du fauve, et le combat s'éternisa.

La foule mise en bouche par les premiers massacres s'impatienta. Mon père aussi, qui comptait beaucoup sur ce spectacle pour conserver l'amitié des Toulousains.

Nous étions entassés dans notre tribune avec la mesnie du comte de Foix, qui voulait montrer au seigneur comte mon père qu'il ne s'associait pas à la fronde de Trencavel. On avait tous compris – et mon père le premier – qu'il comptait sur l'humeur nécessairement accueillante du comte de Toulouse, durant cette semaine de festivités, pour régler au mieux de ses intérêts les nombreux litiges qui les opposaient. En premier la dispute ancienne au sujet de la belle forteresse de Saverdun.

Pendant ce temps sa femme, la comtesse Cécilia, occupait tout le champ du bavardage. Quoique fort ignorante des affaires toulousaines comme de celles de son mari, elle parlait de tout et de rien au-dessus des favorites de mon père comme de ses parentes, et de moi-même, médisant sur Toulouse et sur tout le monde sans la moindre gêne. Surtout, elle se récriait à la moindre critique portée sur Trencavel ou sur ses barons, défendant son frère bec et ongles par des piaillements incompréhensibles.

J'en étais arrivée à éviter soigneusement son regard et à me tenir au large de ses bavardages médisants, malgré ma répulsion pour le pénible spectacle qui se déroulait sous nos yeux. Je n'avais pas voulu voir le combat s'achever, mais mon attention avait été reprise par la foule qui réclamait la suite, tandis que le seigneur comte jurait contre les valets qui prenaient leur temps.

Il ne lui venait pas à l'idée que s'ils manœuvraient prudemment portes et barrières, c'était pour sauver leur vie.

Un nouveau taureau entra sur le plan, fougueux et sauvage, un taureau noir comme la suie, nerveux, décidé, arrogant, trottant la tête haute, prêt à tout. Il encornait l'air à grands coups de fourche, une fois d'une corne, une fois de l'autre. Des hommes entrèrent dans l'enclos, à pied et sans armes, légèrement vêtus, tenant à la main des « voiles de Véronique », des capelettes doublées de soie colorée. Ils les agitèrent devant le taureau comme pour lui essuyer les yeux et celui-ci fonça dans l'instant tête baissée, soulevant la poussière du sol de son souffle bruyant. Il ne mit pas longtemps à comprendre où se tenait l'homme quand il encornait vainement le tissu fuyant. Il chargea de travers et une de ses cornes saisit une hanche, la troua. L'homme partit en l'air, retomba, fut repris dans le berceau des cornes et s'envola à nouveau. La foule poussa une clameur enthousiaste.

Les compagnons du valet blessé se précipitèrent vers l'animal pour le détourner, mais il en écharpa un autre de la même manière, lui ouvrant la cuisse jusqu'à l'os avant de le reprendre et de l'envoyer derrière lui. Le seigneur comte mon père jubilait. Il me dit :

– Ce taureau est trop instruit ; c'est qu'il a déjà connu l'homme.

Il se pencha vers moi pour m'expliquer :

– Il sait que le drap de soie est un leurre. Il n'a pu l'apprendre en si peu de temps. C'est donc qu'il a déjà combattu. Et qu'il a déjà tué quelqu'un.

Il rit :

– Et on me l'a vendu pour un taureau sauvage !

Ses yeux pétillant d'allégresse suivaient les prouesses du taureau. Il me dit en connaisseur :

– Celui-là est très dangereux. Je prédis qu'il va faire un carnage.

– Renvoyez-le, proposai-je, déjà défaillante à l'idée de ce qui allait suivre.

Mon père ricana :

– Pourquoi faire ? Nous allons bien rire.

Les hommes avaient compris aussi que le taureau manquait de franchise et de naïveté. Ils se perchèrent sur les barrières et se disputèrent pour ne pas avoir l'honneur d'aller tuer le fauve, refusant obstinément les piques qu'on leur tendait. Le public hurlait de rage et les injuriait.

Pendant ce temps on apprit qu'un taureau s'était échappé de son enclos. Profitant de la fausse manœuvre d'un boucher il s'était enfui dans les rues de Toulouse. On envoya des valets avec des chiens pour tenter de le ramener. Une meute de bacheliers avinés et surexcités partit aussi à sa recherche en hurlant.

Sur la place la situation restait figée. Un des valets ayant eu l'idée de rouvrir la barrière par où l'animal était venu, celui-ci revint dans son enclos et s'y tint tranquille. « Il sera combattu à cheval ! », hurla mon père pour calmer la foule.

Un nouveau fauve fut lâché. C'était un taureau énorme, rouan avec des taches blanches, armé de formidables cornes. Sa force devait être colossale. Ses flancs étaient couverts de boue. Trois « chasseurs » entrèrent, trois hommes à pied armés d'un arc et d'une lance, et aidés par deux gros chiens.

Les hommes envoyèrent les chiens qui occupèrent le fauve pendant qu'ils s'approchaient. L'un d'eux pensa le frapper au moment où l'un des chiens bondit sur son échine. L'homme transperça le chien. La foule éclata de rire.

Le taureau libéré du chien revint sur les hommes qui s'égayèrent. L'un d'eux pressé par l'animal fit volte-face, la pique pointée à deux mains, arrêtée sur sa poitrine. Le taureau chargea, prit la lance dans le poitrail mais accrocha le « chasseur » du bout d'une de ses longues cornes. Il le lança derrière lui. Il le reprit aussitôt et le piétina. La javeline qu'il avait dans le corps s'agitait sans qu'il y fît cas. Les autres « chasseurs » lui décochèrent des flèches dont il fut bientôt tout hérissé. Il ne faiblit pas cependant, faisant face à toute attaque. Le chien survivant finit par happer son museau tendineux. Ainsi tenu un des « chasseurs » lui passa sa lance à travers le corps. L'animal marqua le coup. Il ouvrit la bouche et la laissa ouverte, la langue pendante.

Il se battit encore longtemps, hargneux, fier, souffrant sans une plainte. Sa robe était rouge de sang. Faiblissant mais toujours renaissant, reprenant la garde après chaque moment de lassitude, défendant le peu qui lui restait de vie avec la même volonté farouche, j'en eus pitié.

Un homme lui planta par-derrière le fer de son épieu dans la tête, et le taureau s'effondra.

Un autre taureau apparut, tout noir, plein de fureur, l'œil et le mufle luisants comme le jais, impatient d'en découdre. Mon père commenta :

– Le plus grand plaisir du taureau sauvage est de se battre !

Des chevaliers se préparaient derrière les barrières depuis un moment et l'un d'eux entra à cheval sur le plan, se faufilant rapidement dans un passage qu'on lui ouvrit chichement entre deux charrettes. Le fauve se jeta sur l'intrus avec une fougue terrifiante. Le cavalier était fervêtu comme à la guerre, et son cheval lourd portait également une housse de mailles de fer. L'homme le mit au galop à la vitesse du taureau et celui-ci n'encorna que le fouet de la queue. Il s'arrêta. Les Toulousains applaudirent.

Le long des barrières des valets veillaient, tenant des dogues prêts à intervenir en cas d'incident. Mais le cheval noir connaissait bien son métier, à l'évidence, et se tenait toujours hors de portée des cornes en tournant au petit galop. Le taureau se fatigua et se cantonna près de la porte par où il était entré. Mon pèrc me dit :

– C'est le moment d'en finir !

Le chevalier se prépara, cala sa lance ornée d'une flamme sous son bras et amena le cheval devant le taureau, l'engageant de façon à être abordé du côté de la lance. Quand le cavalier fut près du fauve, celui-ci chargea et s'enferra lui-même par le garrot sur le fer épais. Il poussa longtemps, entêté, les reins cambrés, la nuque gonflée, fou de rage et de douleur. La pointe de la lance ressortit sur un flanc. Quand le cheval se dégagea, le tablier de mailles rougi de sang, le taureau s'effondra sur les genoux, puis se coucha. La foule applaudit. Je demandai à mon père qui était ce chevalier coiffé de mailles. Il haussa les épaules :

– C'est Rostaing, le fils du connétable. Il tue un taureau par semaine...

On dégagea la place pendant que d'autres chevaliers se préparaient derrière les barrières. Revint le taureau que mon père disait « instruit », parce qu'il ne se laissait plus leurrer. Comme s'il était déterminé à venger son compagnon il entra sur la place avec une fougue qui souleva la foule d'une clameur fervente. Un cavalier entra. Le taureau fut sur lui avant qu'il ait eu le temps de se mettre hors de portée, et le malheur voulut qu'il planta ses cornes dans le ventre du cheval du côté de l'arrière-main, où il était mal protégé. Le cheval cria, tenta de se dégager, y parvint et partit au galop, le nez au vent, ses entrailles flottant entre ses jambes.

Rapidement affaibli il fut repris par le taureau qui le souleva et le renversa. Le cavalier se dégagea et tenta de regagner les barrières. Des valets vinrent s'interposer avec les chiens. La bête furieuse chargea les chiens, les valets, le chevalier blessé, passant tout le monde au fil de ses cornes noires et effilées. À croire qu'il avait découvert un coup d'estoc secret et imparable.

Un nouveau cavalier était entré pour secourir son compagnon et avait pris immédiatement le galop pour se mettre hors de portée des redoutables cornes. Son cheval avait les yeux bandés. Le taureau le poursuivit en vain. Mon père m'expliqua que le chevalier faisait tourner le taureau pour le fatiguer et l'amener à une course semblable à la sienne avant d'obliquer et de le frapper. On attendit.

Le cavalier portait cette fois une pique courte qu'il tenait à bout de bras. Quand le taureau se laissa distancer il vint le reprendre et, provoquant sa charge en lui coupant la route, il passa sa pique au-dessus de sa nuque. Mais le taureau ignora cheval et pique et au lieu de foncer tête baissée il se dressa et s'en prit à l'homme lui-même, comme un vil sergent crocheteur. Il arracha le chevalier à sa selle et l'envoya en l'air, le transperçant, s'acharnant avec une obstination féroce sur le cadavre tintinnabulant, l'effeuillant peu à peu de ses plaques ferrées.

Le cheval trottinait de-ci de-là, cherchant à s'échapper du plan. Personne n'était assez fou pour aller le chercher, encore moins déplacer une barrière ou une charrette pour le laisser sortir. Le fauve, décidé à faire le vide sur le plan de la Mounède, fonça sur lui avec une vigueur nouvelle. La tête baissée, la crête du cou gonflée d'une force diabolique, il planta ses cornes sèchement dans le ventre du cheval et le leva. Tous deux unis dans une danse fatale, interminable, abominable, le taureau le maintint ainsi debout et pour finir le renversa. Dans sa fougue il roula sur l'autre animal.

Mon père jubilait :

– Je n'ai jamais vu ça, jambe-Dieu ! Ce taureau est le diable ! On dirait qu'il est dressé ! Il prévoit tous les coups !

Je pensais plutôt à un mauvais coup de Trencavel.

– Est-ce possible qu'il ait été appris ?

– Oui. Il a pu être combattu et revendu, plusieurs fois. C'est un taureau malin. Il est indestructible !

Autour de nous la foule exhala un râle émerveillé, haïssable. Le taureau venait de se précipiter sur les chiens envoyés à la rescousse, et les avait éventrés les uns après les autres avec une adresse diabolique.

– C'est le diable ! répétait mon père, au comble de l'émerveillement.

Les valets s'étaient sauvés derrière les charrettes.

Devant tout ce sang répandu inutilement, devant tant de barbarie et de vice, je me penchai vers mon père :

– Père, ces jeux me déplaisent. Permettez-moi de me retirer.

Mon père me regarda les yeux ronds, la bouche ouverte. Il prit le parti de rire avec condescendance. Je me levai et, jetant un dernier coup d'œil dans l'enceinte sous nos pieds, devenue un charnier puant le sang et les entrailles, je me figeai : un cavalier venait de sauter les barrières sur un cheval doré, fin et nerveux, dans un bond prodigieux. Le taureau le chargea sans attendre.

J'avais reconnu le cheval turc d'Aimeric. Il était nu sous la selle, et son maître n'était armé que de son épée au côté et d'un casque à nasal filigrané, sommé d'une flamme de Toulouse qu'il avait nouée sur son visage pour ne pas être gêné. Mais son long corps mince, sa tenue souple et naturelle au fond de la selle ne pouvaient me tromper, moi sa presque femme. C'était bien mon Aimeric.

Il fit courir le taureau sauvage dans tous les sens, prenant plaisir à lui mettre dans les yeux le fouet fauve de l'akhal téké, heureux comme un enfant de déjouer ses tours et de mettre dans le vide ses coups de corne mortels.

Je me rassis. Cécilia m'agrippa le bras, agacée, et sans quitter des yeux la double course du cavalier et de la bête noire elle siffla :

– Mais qui est ce chevalier ? Pressez-vous de me le dire !

Elle trépignait et me pinçait le bras à me faire mal. Je lui fis un sourire désarmant :

– Souvenez-vous du tournoi, Cécilia. C'est le chevalier qui a mis Trencavel deux fois le cul dans l'herbe. Vous voyez ?

Cécilia se renfrogna et me lâcha. C'était pour elle un âpre souvenir.

Quand Aimeric sentit le taureau à court de souffle, il ferma les mains pour freiner son cheval, réunit le flot des rênes dans une main et se saisit de son épée. S'écartant du fauve trop vif et trop malin, par prudence il le laissa venir à sa hauteur et d'une volte-face périlleuse sur les jarrets il plaça son cheval derrière lui. Sans attendre, déployant son bras armé comme un archange vengeur il arriva sur le taureau qui se courbait à toute force pour retourner. D'un coup de lame bref, net, il lui trancha la nuque. La bête qui s'engageait déjà sous sa monture trébucha et roula au sol.

La foule se souleva dans un exultation débordante, délirante, et mon père avec elle se leva en criant de façon grotesque pour ovationner le chevalier inconnu qui venait de couvrir de gloire les couleurs des Saint-Gilles.

Aimeric n'eut pas le temps de terminer son tour d'honneur. Le taureau sauvage qui s'était échappé revenait à perdre haleine, poursuivi par une horde hurlante de jeunes gens. Passant dans l'enclos qui lui était destiné il trouva étrangement la porte ouverte du côté du plan de la Mounède. Il arriva d'une seule traite devant Aimeric. Celui-ci avait déjà relancé son cheval et repris le même manège. Mon père s'étonna :

– Pourquoi cette porte est-elle restée ouverte ? Il pourrait en venir d'autres...

Saisie d'un mauvais pressentiment j'allai au bord de la tribune, du côté des enclos et me penchai. Mon sang se glaça. Les enclos étaient envahis par les gens de Trencavel qui tenaient en respect les bouchers de Toulouse. Il y avait là les frères Cabaret, les frères Roquefort, et quelques seigneurs du Minervois ou du Razès parmi les plus violents et les plus pillards de son entourage. Pendant que certains immobilisaient les bouchers d'autres libéraient les deux derniers taureaux. Les enrageant à coup de piques derrière les barrières ils les poussèrent vers l'enceinte de la place. Les fauves entrèrent en bondissant vers le ciel.

Un silence de stupéfaction les accueillit puis une clameur tonitruante, une immense jubilation souleva la foule qui se mit toute debout en agitant les bras. Elle ne doutait pas que cette folie venait du seigneur comte désireux de lui complaire. On pouvait en espérer un carnage qui resterait dans la mémoire des hommes jusqu'à la fin des temps. Aimeric avait remis son cheval au galop et tentait d'éviter les taureaux en les faisant courir à sa suite. Je pensai devenir folle.

Je descendis en courant les degrés de l'oustal de la Mounède et allai en bousculant la foule jusqu'aux barrières où entraient les chevaux.

Personne ne faisait attention à moi ; tous les regards étaient fixés vers l'intérieur de la place, là où se déroulait un spectacle digne de la chanson de Roland.

Je vis devant moi un beau cheval blanc, un barbe maure à la tête massive et au corps robuste, sellé et harnaché de cuir rouge, qu'un écuyer tenait près de la bouche. Je lui arrachai les rênes des mains, lui demandai de me faire monter. Je ne sus s'il me reconnut mais il mit un genou en terre et, marchant sur sa cuisse je m'envolai sur la selle, enfourchant l'arçon comme un homme. Je poussai le cheval jusqu'aux charrettes.

– Ouvrez-moi vite, par la Vierge de Miséricorde ! hurlai-je.

Les hommes captivés par le spectacle (je vis du haut de ma monture, en un éclair, le cheval doré tenter d'éviter l'un après l'autre les trois taureaux, mais l'un d'eux l'avait déjà bousculé et sa robe saignait) se retournèrent, ébahis. Me reconnaissant ils hésitèrent.

– Vite ! hurlai-je à nouveau, les menaçant d'une baguette d'osier que j'avais empruntée à l'écuyer.

Ils tirèrent les charrettes sans réfléchir davantage, mais pas de plus d'un pas, et cinglant mon cheval je l'obligeai à entrer dans l'enceinte. Un taureau semblait nous attendre ; il chargea sans avertissement. Je mis mon cheval au galop, le pressant des talons et le cinglant avec la force du désespoir.

Un nouveau râle monta de la foule, des cris de femmes, des jurements, des prières, une tempête d'exclamations.

J'engageai ma monture au petit galop devant le taureau pour obliger le fauve à se courber et ainsi perdre son allure. Mais une corne acérée ouvrit la cuisse de mon cheval qui précipita sa course et s'enfuit. Je priai la Vierge Marie de faire en sorte que la blessure ne l'affaiblisse pas. Elle m'entendit car le barbe ensuite sut mieux se garder.

Mais un second taureau quitta Aimeric et vint sur moi. Je criai. Aimeric me hurla de les faire courir. Je talonnai à grands coups ma belle monture qui accéléra vivement ses battues et s'en tira par une nouvelle estafilade, le long du flanc. Combien de temps pourrais-je rester sauve ? Peu de temps, certainement.

J'entendais derrière moi, sous mes pieds me semblait-il, le souffle puissant et rauque des deux bêtes noires. Je ne savais plus que faire.

Aimeric prit les devants. Réitérant sa volte-face merveilleusement légère, il envoya bouler au sol d'un coup de tranchant sur la nuque son poursuivant, le grand taureau qui s'était échappé et qui était fatigué.

Il me rejoignit et galopa avec moi de conserve, les deux fauves derrière nous. Il baissa son voile, m'inondant d'un sourire éclatant et je lui criai, comme on appelle à l'aide :

– Je t'aime !

Son visage se troubla ; il me jeta un regard égaré, presque douloureux et prit la main que je lui tendais. La foule nous ovationna. On entendait crier : « Saint-Gilles ! Toulouse ! »

Quelle punition pour Trencavel, ce Judas, ce fourbe, et pour ses hommes de main ! Je reprenais espoir ; je me sentais invincible dans l'ombre glorieuse de mon chevalier. Et moi aussi je le protégeais, par mon amour. Il força son cheval et passa devant moi pour l'engager devant un taureau qui avait coupé le cercle et nous attendait.

Aimeric le prit au passage et le fit tourner avant de revenir à côté de moi, le taureau à sa suite. Il m'envoya dans un coin de la place. Les taureaux me suivirent, sans trop de conviction, partagés sur le choix de l'adversaire. Aimeric survint derrière l'un d'eux et d'un geste vif et précis il l'abattit.

Nous étions désormais à deux contre un. Le dernier fauve lassé de la course alla se cantonner vers la porte des enclos. Et y resta. Cette situation, loin d'être avantageuse, était en fait la plus dangereuse car le taureau se présentait toujours de face. On ne pouvait le faire courir ni le surprendre. Aimeric s'approcha. Le taureau fit mine de charger, plusieurs fois, battant le sol, mais il ne quitta pas son nouveau domicile. Je criai d'une voix désespérée :

– Aimeric ! Pas de face, s'il te plaît ! Tu n'as aucune protection. Et ton cheval aussi est nu !

Aimeric sourit et me fit signe qu'il avait bien entendu. Je restai près des barrières, oubliant de respirer. Malgré ma peur j'étais prête à me précipiter sur le taureau s'il accrochait Aimeric. Pour faire quoi, mon Dieu ? Me battre avec lui, avec les dents s'il le fallait.

La foule retenait son souffle aussi, consciente du risque énorme pour le cavalier. Aimeric réfléchit, observa son adversaire et revenant vers moi il descendit de cheval. Il me tendit les rênes et repartit à pied vers le fauve. C'était de la folie.

Il s'approcha du taureau à pas lents et réguliers, l'épée à la main. Que voulait-il faire ? L'égorger comme un agneau ? Comme un porc ? Il avançait, l'épée pointée devant lui à hauteur des yeux, dans l'attitude d'un archer armant une flèche. C'était étrange. Le taureau devait le penser aussi car il ne bougeait pas, balançant juste la tête et sa redoutable armure en signe d'avertissement, comme pour dire : « Va-t'en, sinon je devrai te tuer ! »

Aimeric se précipita sur lui, provoquant l'attaque instantanée du fauve qui s'élança tête baissée, nuque offerte. Mon chevalier évita de justesse par un bond les terribles cornes et lui plongea l'épée dans le garrot, d'un coup d'estoc forcené dans lequel il mit tout son poids. L'épée se planta et resta dressée sur les épaules musculeuses du fauve comme une croix sur le Golgotha. Le taureau poursuivit sa course en brandissant les cornes pour se débarrasser de l'implacable fer ; il tomba sur les genoux. Il se releva, s'affaissa à nouveau.

Il tenta une fois encore d'accrocher l'épée avec une de ses cornes. Ce geste désespéré, plein de vaillance et de noblesse, m'émut. Aimeric bondit et d'un coup de poignard lui trancha la nuque. Le taureau s'écroula sur le sol.

Mon bel ami vint reprendre son cheval, me sourit et remonta en selle pour faire le tour de la place sous les ovations crépitantes de la foule. À côté de moi, de l'autre côté des barrières, des hommes discutaient. L'un d'eux s'exclama :

– Ce n'est pas une manière de chevalier !

Il parlait de la mise à mort du taureau à pied. Je l'interpellai, furieuse :

– Et toi, es-tu chevalier ?

– Non, domna comtessa, je suis pargaminier.

– Eh bien donc vas-y, toi qui n'es pas chevalier, faire ce qu'il a fait !

L'homme baissa la tête piteusement. Son compagnon lui sauva la face :

– Domna, il n'y a plus de taureaux.

Tout le monde rit.

Aimeric revenait. Il s'arrêta, me prit la main pour m'entraîner dans un nouveau tour triomphal. Je vis alors la foule toulousaine hurler de joie, debout. Des hommes passèrent les barrières et envahirent le plan sanglant et comme dévasté par la guerre, maintenant débarrassé de tout danger.

Les femmes nous lançaient leurs manches multicolores, leurs voiles comme on fait aux tournoyeurs, et les hommes me criaient, retenant mon cheval : « Dieu et le seigneur comte vous gardent avec nous, domna comtessa ! »

Je ne demandais pas mieux que de rester à Toulouse.

Je rendis ma monture et revins à la tribune. J'avais été chercher Aimeric et l'amenai par la main à mon père. Le seigneur comte était en grande discussion avec le comte de Foix sur l'efficacité du coup d'Aimeric. Quelle importance ? Aimeric était sauf.

Cécilia, la comtesse de Foix, m'accueillit avec des yeux méchants posés fixement sur ma main tenant la main de mon chevalier. Sa bouche salivait du fiel.

– Je ne savais pas que vous aimiez vous donner en spectacle comme une bateleuse, Adélaïs ! déclama-t-elle d'une voix criarde.

Je haussai les épaules :

– Que savez-vous de moi ?

Elle respira ostensiblement ma vêture :

– Vous sentez fort le cheval... Et se tournant vers mon père :

– Je devrais dire comme une bordière...

Mon père n'écoutait pas. Il m'accueillit à bras ouverts et m'embrassa. Il embrassa Aimeric, le serra et le félicita chaudement, le montrant à la foule joyeuse. Il lui lança avec emphase, assez fort pour être entendu de tout l'entourage :

– Tu es la gloire de la chevalerie toulousaine, Castelnau.

Mon père aimait les coups d'éclat.

Il n'empêchait que mon exhibition aux côté d'Aimeric ne pouvait qu'alimenter désormais à pleines charretées les rumeurs qui couraient sur la femme de Trencavel. J'allais certainement le payer cher, et très bientôt.

Je cherchai des yeux mon frère et Béatrix. Ils s'embrassaient à pleine bouche, coupés du monde, indifférents à notre sort comme à celui des taureaux sauvages que les bouchers découpaient en bas à la hache, pour les présenter demain sur leurs étals.

IV

Roger me fixait de ses yeux noirs, durs et luisants. Le regard armé d'un taureau. J'étais venue sans prévenir dans son antre, cette grande pièce sans tentures ni décorations d'aucune sorte, plafonnée de grosses poutres, où il réunissait ses conseillers dans un compagnonnage toujours confus et souvent aviné. On n'atteignait cette chambre du conseil qu'après avoir parcouru de part en part la salle grande, en longeant une fresque guerrière de croisés chevauchant des chevaux multicolores.

Les écuyers et les chevaliers à quatre sols qui gardaient la porte n'avaient pas osé m'arrêter. Passé la porte j'eus du mal à apercevoir Roger. Il se tenait de l'autre côté d'une grande table massive plus encombrée de mangeaille et de cruches de vin que de parchemins. Mais lui ne mangeait ni ne buvait. Je l'interpellai depuis l'entrée :

– Seigneur Roger, je veux vous parler !

Ses compagnons s'arrêtèrent de boire et vinrent former autour de moi un cercle attentif, comme si je m'adressais à tous. Ils me détaillèrent sans la moindre gêne avec l'application gourmande du chasseur contemplant une belle pièce de gibier, ou d'un maquignon en pleine foire. Roger m'interpella du menton, agacé :

– Parlez !

– Je veux quitter ce palais, et vivre seule.

C'était dit sans finasser. Un murmure réprobateur fit écho à mes propos. J'attendis.

Roger ne réagissait pas, me fixant toujours de ses yeux noirs, les sourcils rapprochés et réunis par l'ombre d'un profond sillon.

– Je veux vivre seule ! répétai-je.

À ses côtés je remarquai la silhouette insolite d'un jeune clerc qui étonnait dans cette assemblée guerrière. Il était habillé d'une tunique sombre, longue, près du corps, serrée à la taille par une ceinture de cuir noir à boucle d'argent, avec des chausses et des souliers noirs très élégants. Ses cheveux noirs également étaient bien coupés sur la nuque, ourlés sur le front, à la différence des compagnons échevelés du vicomte. Je reconnus sans peine Arnaud de Moure, le neveu de l'archidiacre, et l'âme damnée de Guilhem de Saint-Clar qu'il avait envoyé en enfer.

Le jeune homme était-il devenu l'homme de confiance de Trencavel, son secrétaire, partageant ses secrets ? On pouvait le craindre. Décidément ce donzel aimait les jeux dangereux.

Roger me répondit enfin sans bouger un cil, quand le silence revint dans la salle :

– Pourquoi pas ? Où voulez-vous aller ?

Je proposai :

– Laissez-moi Burlats.

– Pourquoi ?

– J'y ai vécu avec ma mère, la reine Constance. Je serais heureuse d'y retourner.

Arnaud de Moure ricana :

– Touchant !

Roger réfléchit et me dit :

– Nous allons en parler. Laissez-nous !

Même dit sans amabilité, le congé de Trencavel me parut de bon augure et me fit du bien. Je savais que Roger se méfiait de moi extrêmement, me considérant comme l'espie du comte de Toulouse, son cheval de Troie. Il ne pouvait qu'apprécier mon éloignement du palais.

Mais il pouvait aussi vouloir me contrarier pour me faire payer toutes les humiliations qu'il avait subies à Toulouse, et tout simplement m'enfermer. Personne n'y aurait trouvé à redire, ni mon père malheureusement pourvu que cela maintienne la paix.

Je revins dans ma chambre des donjons assez confiante. Je me voyais déjà menant une vie indépendante, libre de toute contrainte, entourée de l'affection de mes femmes et de mes chevaliers. J'étais si sûre de moi que je confiai à Ogive Carcassoune, ma petite mère, ma garde fidèle :

– Ogive, nous partons à Burlats. Tu peux remplir les coffres. Pense que nous prenons tout. Je ne veux rien laisser à Carcassonne ; je n'y remettrai jamais les pieds. Plus jamais.

Ogive me fixa de ses yeux sourcilleux à faire fuir une armée de routiers, le visage serré dans une guimpe qui boursouflait ses joues sanguines usées par le plein air et les foyers des cuisines. Elle avait le regard méfiant du jour où j'étais revenue de Toulouse, après le mariage de mon frère.

Je m'étais attardée au château Narbonnais pour y passer les fêtes de la Nativité, dans l'insolite ambiance familiale où deux hommes se surveillaient comme des ennemis : mon père qui ne voulait pas vieillir et mon frère qui rechignait à grandir.

Et, pourquoi le cacher, dans la compagnie amoureuse d'Aimeric. Il était resté au château quelque temps, jusqu'à ce que le seigneur comte, connaissant sa relation amicale avec Bertran de Saissac, le bras armé de l'Église cathare, le renvoie au château de Saissac comme espie de l'Église romaine. Mais savait-il, mon père, qu'Aimeric partageait la sagesse des Parfaits, et qu'il les admirait ? Il était fort peu probable qu'il les trahirait un jour.

Ogive avait été informée par la mesnie du vicomte Roger, mon mari, de mes écarts de conduite à la cour de mon père. Elle l'avait appris en des termes qu'elle ne voulut pas me répéter, tant ils étaient injurieux. Quand je voulus lui raconter les exploits d'Aimeric elle me coupa la parole :

– Que Dieu le fasse moine !

En attendant une nouvelle vie commençait pour moi. Dans ma joie je me montrai attentionnée :

– Ogive, ça ne te fait pas trop de soucis cet exil, au moins ?

Elle haussa les épaules :

– Rien !

– Sais-tu ce que nous trouverons à Burlats ? Je te préviens que la forteresse de Burlats est complètement coupée du monde. Il n'y a rien d'autre qu'un château et un prieuré...

– Mais je ne m'en tracasse pas. Parlez-en à ceux qui partent avec vous.

– Comment ça ?

Elle me défia :

– Moi je ne pars pas ma petite ; je suis trop vieille maintenant pour changer de logis tous les printemps comme une oiselle !

Le ton était acerbe. Toujours cette obsession chez elle de me voir vivre avec mon mari dans la suite paisible des jours, assise au coin de la cheminée en brodant des fleurettes sur des tissus satinés, le ventre gonflé d'enfants à naître. Une vie de couple canonique.

– Voyons Ogive, je vais dans le château de ma mère, tu comprends ?

Elle prit un air pincé et se mit à sautiller en mettant en mouvement ses masses flasques et frémissantes. D'un geste excédé vers la fenêtre elle laissa tomber :

– Eh bien ! Allez retrouver votre mère !

C'était incroyable. Ogive était jalouse de ma mère ! Je me fis tendre, inquiète :

– Mais Ogive, c'est toi ma maman ! Si tu restes là je deviens orpheline...

Elle fit la moue, regarda ailleurs, tordit la bouche en voulant sourire puis fondit en larmes. Je m'approchai ; elle me saisit entre ses bras puissants et me broya les os.

– Tout le mal qu'on dit sur vous... murmura-t-elle.

Le soir même Roger apparut dans ma chambre sans prévenir (il était certes mon mari, mais si peu...), sans compagnon toutefois, et me dit :

– Vous irez à Burlats et n'en sortirez pas. Des chevaliers de mon oustal vous accompagneront, et garderont le château. Ils ont ordre de tuer Castelnau s'il tentait de vous rejoindre...

Une colère sourde m'envahit, assez pour lui répondre en face :

– Seigneur Roger, pourquoi nous haïssez-vous, nous les Saint-Gilles ? Le seigneur comte, mon père, ne cesse de vous tendre la main et toujours vous la refusez. Dites-moi pourquoi !

Roger m'observa avec étonnement, et sa belle bouche large et charnue s'étira dans un sourire mauvais :

– Jamais je ne ferai confiance à votre père, qui ne pense qu'à investir mes États et me mettre sous son commandement. Il doit comprendre que jamais je ne me soumettrai à son autorité. Plutôt me livrer au roi d'Aragon !

– Mais moi, en quoi pourrais-je vous nuire ? Vous ne me voulez pas pour femme et je ne vous recherche pas pour mari. Pourquoi me gardez-vous comme épouse ?

– Vous ne pouvez guère me nuire, mais votre père oui ! C'est pourquoi je vous garde en otage. Et si votre père m'attaquait je vous tuerai de mes propres mains.

Le sang quitta mes joues et mes pensées se brouillèrent un instant. Mais j'avais décidé d'aller au bout de nos intentions réciproques. Je voulais connaître le sort que le vicomte me réservait dans un avenir plus lointain.

– Seigneur Roger, avez-vous pensé à avoir un héritier ? Je n'ai de mon côté aucune envie de vous en donner...

Le regard de Roger se fit pensif. Il revint vers moi, tourmenté et hautain :

– Une femme, une sorcière, m'a jeté un sort à Béziers, qui doit retomber sur mes enfants. Aussi nous n'en aurons pas. Et la malédiction s'arrêtera là.

Il tapa du poing dans sa main comme s'il venait de jouer un bon tour à la sorcière.

Je poursuivis :

– Mais... que deviendra votre belle vicomté, et votre lignage ? Vous ne pouvez pas rester sans enfants !

Il haussa les épaules. Il allait s'en retourner quand je l'interpellai à nouveau. Il avait piqué ma curiosité :

– Vous croyez donc aux malédictions qui ne viennent pas de Dieu ?

– Aucune malédiction ne vient de Dieu, domna, car Dieu est bon ; Dieu ne connaît ni la colère, ni la vengeance, ni la punition. Aucune malédiction ne peut venir de Dieu, mais seulement des forces mauvaises qui vivent ici-bas, séparées de Dieu, sur la terre d'oubli. Elles n'en sont pas moins redoutables.

Je connaissais ce discours que répandait la croyance hérétique. Mais je m'étonnais qu'un esprit fort comme Trencavel se soit laissé émouvoir par quelques cris de femme.

– Que savez-vous du pouvoir de cette femme ? demandai-je amicalement. Qu'est-ce qui vous fait dire qu'elle a prise sur vous ?

– Je le sens, que je suis pris. C'est une impression très forte. Je suis menacé, je le sais.

Je lui souris, maternelle :

– C'est tout à fait possible que vous soyez menacé dans votre État. Vous ne manquez pas d'ennemis, bien réels, à commencer par l'Église romaine.

– L'Église ne me fait pas peur ; la malédiction c'est autre chose, une force contre laquelle je ne peux rien parce qu'elle est invisible.

– Diabolique ?

– Oui, diabolique.

– L'Église de Dieu est là avant tout pour vous défendre des démons. Confiez-vous à elle...

– L'Église du seigneur pape sert le démon, domna. N'en doutez pas. Beaucoup d'hommes sages vous le diront. L'appeler à mon aide, ce serait me livrer sans armes à mon pire ennemi. N'y comptez pas.

– C'est pour cela que vous êtes si méfiant ? Et si mal aimable ? À cause de cette menace... invisible ?

– Ce n'est pas que pour cela. C'est la mort de mon père avant son heure qui m'a appris la méfiance. Et d'abord la méfiance envers votre père, qui a préparé cet assassinat...

– C'est faux ! Mon père n'est pour rien dans l'assassinat du vicomte Raimon votre père. Qu'avait-il à gagner ?

– Que savez-vous des agissements de votre père ? De son esprit orgueilleux et dominateur. Vous étiez une petite fille à l'époque. Vous ne saviez rien de ce qu'il manigançait. Son ambition a toujours été d'unir sous la couronne du comté de Toulouse tous les pays de langue d'oc, et peut-être de passer les Pyrénées. Il pensait mieux réussir avec moi qu'avec mon père, parce que j'étais jeune et, à l'époque, sans goût pour ce genre d'affaires.

Il ricana :

– Il s'est bien trompé.

Je souris d'une joue pour dire :

– S'il vous a envoyé sa fille, c'est bien qu'il souhaite la paix avec vous !

Il hocha la tête d'un air entendu et me déclara d'un ton rogue :

–Il vous a envoyée... Je me demande si ce n'est pas vous, la malédiction de la sorcière...

Je me figeai, pantoise. Dans un effort surhumain je tentai un pauvre sourire et jouant mon va-tout :

–Seigneur Roger, renvoyez-moi à Toulouse ! Notre union n'ayant jamais été consommée, vous pourrez faire annuler notre mariage, et vous débarrasser à la fois de l'espie du comte de Toulouse et de la sorcière...

–Je vous ai dit que je vous gardais en otage.

–Très franchement, seigneur vicomte, si mon père vous attaquait, vous me tueriez ?

–De mes propres mains. Sans hésitation !

Son visage exprimait la haine. Il s'en retourna et je me couchais. Je gardai les yeux ouverts toute la nuit, allant souvent à la fenêtre contempler le miroir de la rivière Aude, ruisselante sous la lune.

Je ne doutais plus des menaces de mon mari. Quel soulagement au moins de quitter Carcassonne. À jamais.

*

On quitta le palais un matin de février dans un froid à pierre fendre. Passant sur le pont glissant de l'Aude je saluai une dernière fois les lavandières qui malgré le froid battaient du linge au-dessus de la rivière, agenouillées sur des planches branlantes posées sur des piques. Les claquements en mesure cessèrent et elles me crièrent :

–Dieu vous garde, princesse !

Une délurée rajouta :

–Et vous conserve vos amants.

On rit sur les deux rives.

Nous nous engageâmes sur la route de Saissac, un chemin large et nonchalant qui traversait les vignes du pays de Moussoulens avant d'attaquer les côtes blanches de Montolieu. Le train était lent car nous avions avec nous les chariots. Ogive était dans l'un d'eux, assise sur les coffres qui contenaient l'argent de ma dot.

Nous parvînmes à Saissac à la nuit tombante. Bertran nous logea dans son château. Ce n'est pas sans émoi que je retrouvai la chambre obscure que j'avais partagée avec Aimeric. Mais mon gentil troubadour n'était plus là. Il s'en était allé plus loin vers le Cabardès.

Il avait confié à Bertran de Saissac qu'il allait voir des amis. Je savais, moi seule, qui étaient ces amis : la meute de la Loubatière. Mais je me gardai bien d'en parler, pour ne pas passer pour folle, ni lui nuire en faisant naître la rumeur qu'il était un redoutable meneur de loups.

J'allai sur les murailles contempler une dernière fois la plaine de Carcassonne. Après la plaine on voyait au fond de l'horizon se découper les montagnes Pyrénées. Le soleil couchant, invisible derrière un bourras de nuages gris, éclairait d'une lumière de jour nouveau, comme sous une porte, d'immenses plaines glacées bordées de pics aigus veinés de bleu, amassés en pavillons blancs du côté du pays d'Espagne.

Je dis à Alis :

– Je voudrais être là-bas dans ces plaines de neige que tu vois au fond du ciel, dans la pure lumière du soleil.

Un sourire éclaira son teint blanc ; elle frissonna :

– Adélaïs, ma douce, il fait trop froid là-bas pour que je t'accompagne.

Le pied des montagnes était déjà dans une ombre bleue, brumeuse.

Le lendemain nous repartions, les chevaliers du vicomte devant, ouvrant la marche, les chariots derrière, moi au milieu, mes femmes et mes chevaliers autour de moi. Seul manquait Raimon Garcie. Il m'avait demandé la permission d'aller chercher la jeune fille qu'il avait sauvée d'un viol à Béziers, et dont il était amoureux. La donzelle avait longtemps hésité à se rendre. J'avais encouragé Raimon à poursuivre sa cour, patiemment :

– Raimon, pensez qu'elle se méfie des hommes. Elle n'est pas de celles qui se donnent au premier venu pour avoir du changement. Mais le jour où elle se donnera, ce sera pour la vie. Sa fidélité sera totale.

La pucelle avait fini par accepter la présence contemplative de mon chevalier, sensible à sa réserve car il n'avait jamais cherché à la toucher.

Elle s'appelait Aiglantine Plajole. Son père était un bourgeois de Béziers enrichi dans le commerce du drap. Raimon Garcie souhaitait qu'Aiglantine vienne à mon service. Il voulait la voir quotidiennement et, pensait-il, elle finirait par l'épouser. J'avais dit oui. Je ne savais pas résister aux belles histoires d'amour.

Le couple devait nous rejoindre à Burlats. De Saissac à Notre-Dame de la Sagne, l'abbaye de Sorèze, la marche fut difficile. Notre-Dame de la Sagne était de l'autre côté de la Montagne Noire, au pied du versant abrupt exposé au vent glacial du septentrion. Malgré des tours et des détours pour rester sur des pentes abritées nous ne pûmes éviter la neige. Elle était déjà profonde dans les dernières combes, s'accumulant entre les roues des chariots et transformant les voitures en traîneaux. Les charretiers s'arrêtaient sans cesse pour les dégager.

La neige faisait aussi glisser les pieds des chevaux. On termina notre étape à pied.

L'abbaye de Notre-Dame de la Sagne avait été construite au cœur d'un théâtre de versants boisés, dans un endroit froid et mouillé, traversé par une multitude de ruisseaux. On disait que le fondateur de l'abbaye l'avait placée en ce lieu épouvantable pour que les moines, toujours malades, aient sans répit la mort devant les yeux.

À notre arrivée au crépuscule l'abbaye était noyée dans la brume. Seul le clocheton de l'église éclairé par la lumière du soir nous guida. Le père abbé me reçut avec une exubérance brutale. Il était, lui tout au moins, en pleine santé. Charpenté comme un bûcheron, il en avait l'odeur boisée ou plutôt celle enfumée et incommodante d'un charbonnier habitant la forêt. Il est vrai que les moines de cette abbaye vivaient surtout du bois. Avec du bois ils avaient construit tout le monastère, sauf l'église.

L'abbé mangea avec nous. On attendit que la quinzaine de moines qu'il dirigeait soient à complies pour entrer dans le petit réfectoire sombre et glacial. Nous étions moi et lui isolés à une table. Je ne savais que trop ce qu'il avait à me dire. À la fin du repas frugal, échauffé par le vin qu'il faisait distribuer à volonté il me confia de sa grosse voix joufflue, en grattant le sommet nu comme une dune de son crâne :

– Aussi scandaleux que cela soit, domna, vous apprendrez que l'Église du Christ n'est pas ici la plus forte. Dans la Montagne Noire, domna comtessa, c'est l'Église de Satan qui règne en maître. Nous les moines, nous sommes devenus ses esclaves. Dites-le au seigneur comte, dites-lui qui est devenu le maître sur les terres de Trencavel !

Il porta encore son gobelet de bois à la bouche, le vida avec un soupir de contentement et ajouta :

– Dites-lui au seigneur comte que dans la Montagne Noire ce n'est plus le vicomte par la grâce de Dieu qui commande, ce sont les hérétiques. Ils excitent les petits seigneurs à s'en prendre à nos prêtres et à nos fruits. L'année dernière nous n'avons pu récolter la moitié de la dîme, à cause d'eux, et cette année nous n'avons trouvé personne, encore, qui veuille bien s'en charger.

Il rota et me souffla au visage :

– La montagne est empoisonnée. Il faut que vous alertiez le seigneur comte, votre père, qu'il lève une armée et vienne l'épée à la main remettre dans le droit chemin tous ces petits seigneurs qui vous accompagnent.

Il m'indiqua des yeux la tablée où s'empiffrait ma garde vicomtale.

– Celui d'Hautpoul, celui de Montredon, et bien d'autres, Roquefort en tête, Vintrou, Verdalle, tous des pillards qui s'en prennent à nos granges, à nos bordes, quand ils ne s'en prennent pas aux abbayes. Ils n'ont plus de vergogne...

Il tapa du plat de la main sur la table comme s'il allait en découdre mais me chuchota assez bas pour ne pas être entendu des intéressés :

– Les frères Roquefort sont venus ici l'année dernière prendre nos provisions. Ils ont chevauché jusque dans le cloître, jusqu'au cœur du lieu saint ! Ils le font si impunément que la population leur obéit en tout, à eux plutôt qu'à nous. Car ils sont les plus forts...

Il rêva, la bouche mauvaise, relevant les manches multiples de ses bures sur des bras velus, écoutant l'écho de ses paroles. Il étira de nouveau le cou vers moi, souriant avec dédain et fleurant un mélange épouvantable d'ail et de vinasse :

– Vous savez, domna comtessa, que la populace choisit toujours le plus fort.

Son visage était lourd et huileux, sanguin, barbu et poilu jusqu'aux yeux. J'étais pressée d'aller me coucher, tombant de fatigue. L'abbé n'en avait cure et me parla de mon mari, qui avait reçu ses plaintes en ricanant, et du rôle que l'Église attendait de me voir jouer pour contrebalancer la complaisance de Roger envers l'hérésie cathare.

Je promis tout ce qu'il voulut. On me mena dans une modeste chambre chauffée par un brasero, et éclairée toute la nuit de la douce lumière d'une lampe à huile. Je pris ma cousine Alis dans mon lit, et les femmes de ma mesnie s'entassèrent comme elles purent dans le logis abbatial. Les hommes allèrent en rechignant dans les granges.

Le lendemain nous repartions pour Castres. L'abbé resta avec nous jusqu'à notre départ, me suppliant d'alerter le seigneur comte, mon père. Je promis encore.

La matinée était bien avancée quand nous nous engageâmes dans la grande plaine blanche de neige qui nous séparait de Castres. Des bosquets et des haies cadavériques fermaient l'horizon sur le ciel gris.

Les faces noires des chaumières, des cabanes et des fenières, des bordes terreuses soulevaient ici et là le manteau de neige. On ne voyait pas d'animaux, sinon une confrérie de corbeaux qui nous suivit jusqu'à Castres en nous accablant de cris d'indignation, se disputant autour des trous noirs fumants creusés par le crottin des chevaux.

La première chose que je distinguai de Castres fut le dessus des murailles qui émergeait d'une brume légère. Les remparts étaient coiffés de fagots de bruyère et de chaume qui formaient un feston sombre et irrégulier, comme l'ourlet d'une méchante fourrure. Derrière les murailles s'érigeait un puissant clocher carré. Il était à l'église abbatiale de Saint-Benoît, où nous devions passer la nuit. Alis rit en me montrant le clocher fort comme un donjon :

– Ma pauvre, tu vas encore avoir droit à un prêche du père abbé, pour te presser de défendre l'Église romaine contre le poison hérétique...

Je souris. Mais je n'avais aucun désir de passer encore une nuit à subir les imprécations d'un abbé exaspéré par les forfaits accomplis par les seigneurs de la Montagne Noire et de l'Albigeois, corrompus par l'hérésie. Je proposai à ma cousine :

– Allons droit au palais du vicomte, au Castelmoutou ; nous verrons bien si nous pouvons nous y installer.

On longea la rivière d'Agoût jusqu'à un pont de bois branlant qui nous fit pénétrer dans la cité. Les maisons étaient basses et les rues minuscules, partant toutes de l'abbaye, ou plutôt du plagnol qui s'étendait devant la grande porte de ses murailles. Le Castelmoutou, la résidence des Trencavel, était rejetée en limite de la ville à l'opposé de l'abbaye.

Parler de palais était prétentieux. Le Castelmoutou n'était qu'une force dont le bas seul était bâti en pierre. Le solier était en bois. La forteresse était prise dans les murailles de la cité, mais isolée de celle-ci par un haut mur de terre et de galets.

Les chevaliers de Trencavel ne voulurent pas me laisser y entrer. Peire-Raimon d'Hautpoul, qui les commandait, intervint :

– Domna comtessa, me dit-il sur un ton faussement amical, nous devons vous loger à l'abbaye Saint-Benoît. C'est la volonté de votre mari. Il n'y a pas d'autre choix. Suivez-moi !

Il s'en retourna mais je retins ma monture. Peire-Raimon d'Hautpoul revint, et saisissant mes rênes sans un mot il emmena mon cheval. Je me laissai glisser de la selle et le regardai s'en aller. Comme ses compagnons s'esclaffaient bruyamment il se retourna. Je riais aussi. La blonde Alis s'interposa, l'ondoyant de son plus beau sourire :

– Seigneur chevalier, lui dit-elle de sa voix colorée et sensuelle, je vous propose un bon accord : la domna comtessa et moi nous logeons au Castelmoutou sous votre garde. Ainsi serons-nous en sûreté, et vous-même serez assuré que nous ne nous échapperons pas. Car nous sommes vos prisonnières, n'est-il pas vrai ?

Peire-Raimon d'Hautpoul ne répondit pas. Le beau visage d'Alis ne lui était pas indifférent, ni ses formes généreuses qu'il avait eu l'occasion de deviner le soir à l'étape. Il sembla réfléchir. Alis se sentit encouragée à continuer :

– Et notre mesnie ira loger chez l'abbé de Saint-Benoît de Castres, avec les chariots et tous nos biens.

– Et nous irons saluer l'abbé demain matin, avant de partir, ajoutai-je.

Le seigneur d'Hautpoul nous fixait d'un regard encore méfiant, un sourcil levé, avançant une lippe dubitative assez comique. Il était vif mais peu bavard, parlant avec l'application de celui qui craint de trop en dire, ou d'être mal compris. Il était bien charpenté, plutôt petit, avec l'enfourchure large des hommes nés à cheval, et qui ne sont beaux qu'à cheval. Sa barbe et sa chevelure étaient brunes.

Son regard noir respirait le courage et la fermeté ; on ne voyait pas ce qui pourrait le distraire de son but. Alis, confiante dans son charme, considéra son silence dubitatif comme un assentiment et poussa son cheval vers les charpentes noirâtres du Castelmoutou qui apparaissaient au-dessus de son enceinte.

Les chevaliers du vicomte la suivirent, et le seigneur d'Hautpoul s'inclina. Il me rendit mon cheval, toujours sans un mot. Il n'était vraiment pas bavard.

Tenant ma Nine par la bride j'allai à pied jusqu'au petit château des Trencavel. Les chevaliers du vicomte avaient déjà appelé le châtelain qui gardait la forteresse. Il vivait là tout au long de l'année, dans un logis bâti à la chaux au-dessus de la porte d'entrée de l'enceinte, formant une sorte de castelet.

L'homme n'était plus jeune ; il était l'ancien viguier des Trencavel pour l'Albigeois. Il fit ouvrir les portes par deux hommes qui étaient à son service, et qui se révélèrent être ses seuls serviteurs.

En voyant le maître de l'oustal aux cheveux gris, le teint rosé et gras, le regard brouillé, je me souvins qu'il avait mauvaise réputation. J'eus l'impression tout à coup de revivre mon escapade avec Alis dans la Montagne Noire, courant à plein galop au-devant des dangers sans la moindre idée de ce qui nous attendait, et cette comparaison me fit sourire. Le gardien du Castelmoutou se méprit sur mon sourire et me fit un visage arrogant de séducteur, visiblement émoustillé de recevoir deux jeunes femmes dans sa forteresse vétuste et inconfortable, sombre comme un tombeau.

On entra dans la cour. En dehors de la porte fortifiée, il n'y avait qu'un bâtiment, un grand donjon plus long que large appuyé aux murailles de la cité, avec un rez-de-chaussée aveugle en pierre et un haut solier en bois. On accédait au solier par un escalier extérieur. Une grande salle s'y trouvait, éclairée par des fenêtres donnant sur la cour, et des meurtrières très étroites vers la campagne castraise, les jardins et les vergers.

Je réclamai une chambre à coucher. L'ancien viguier me répondit avec un sourire narquois qu'il n'y avait sur le solier que deux pièces : la salle grande et une petite pièce jointive, où il comptait passer la nuit pour notre sauvegarde. Il précisa, enjôleur :

– Domnas, nous allons monter votre lit dans la salle grande. Vous y serez mieux que partout ailleurs.

Alis rechigna :

– Je ne vois pas de cheminée...

– Nous vous porterons des chauffe-doux.

– Et pour... notre intimité ?

– Nous allons installer des closets de bois. Il y en a en bas dans le cellier. Vous serez très très bien, conclut-il sur un ton paternel et mielleux.

Ainsi fut fait. Le lit monté, les closets en place, les braseros disposés autour du lit, la pièce avait changé d'aspect. Comme la nuit était tombée l'ancien viguier laissa des chandelles de cire et des lampes à huile qui modelaient les ombres à la forme d'une grotte. Je déclinai son invitation à partager son repas avec les chevaliers, et demandai qu'on nous apporte à manger dans la salle grande, devenue notre chambre.

Malgré les volets de bois rabattus sur les fenêtres nous entendîmes longtemps les chevaliers de Trencavel rire et s'interpeller avec l'ancien viguier, dans le logis où ils soupaient tous de l'autre côté de la cour au-dessus du portail d'entrée. Nous nous amusâmes avec ma cousine à reconnaître leurs voix. Ils étaient cinq chevaliers chargés de nous protéger, c'est-à-dire de nous surveiller : outre Peire-Raimon d'Hautpoul, leur mainadier, il y avait Aimeri de Laurac, le blond angélique, le gentil Isarn de Dourgne, un seigneur du Razès à la voix tonitruante, barbu jusqu'aux oreilles, et Pons de Montredon, un ami de Roger dont la famille tenait un fief fortement encastellé à l'entrée des monts de Lacaune. Sa taille était immense et son savoir-vivre minuscule.

Quand le seigneur du Razès se mit à chanter les autres reprirent avec lui. L'ancien viguier avait une voix douce et légère, Aimeri de Laurac la voix bien timbrée d'Aimeric. Le seigneur de Montredon chantait faux à tue-tête. On finit par s'endormir dans la douce chaleur du lit, sous d'épaisses fourrures. Le réveil en pleine nuit n'en fut que plus pénible.

Je pensai d'abord que ma cousine me roulait dessus, emportée dans la tempête d'un affreux cauchemar. Quand je compris qu'un homme venait de s'immiscer entre nous sous les couvertures je quittai précipitamment le lit, et tâtonnant après une chandelle je l'allumai au chauffe-doux le plus proche en soufflant sur les braises. La flamme s'éleva avec une lenteur exaspérante tandis qu'Alis criait et se débattait. J'élevai ma chandelle au-dessus du champ de bataille : de sous les couvertures apparut la tête chenue, échevelée, de l'ancien viguier. Il était nu, vêtu simplement d'un rubis clair serti dans une monture d'or suspendue sur la poitrine. La pierre jetait des feux sinistres au milieu de sa toison blanchâtre.

Son regard concupiscent nous guignait à tour de rôle. Alis avait dû quitter le lit aussi et nous étions là dans le froid, en chemise de lin, encadrant sur nos pieds nus le lit occupé par un vieillard à la trogne rubiconde fendue d'un sourire sardonique, qui nous invitait à revenir :

– Domnas, belles domnas, vous allez attraper froid. Le lit est assez grand pour trois, il est pour quatre. Par Dieu qui jamais ne mentit je ne suis venu que pour me réchauffer. Je jure sur la tête de mon cheval que je ne toucherai ni l'une ni l'autre, ou que Dieu me confonde ! Je resterai comme une pierre, une épée, une statue de sel !

– C'est bien ce qui va t'arriver si tu ne quittes pas ce lit tout de suite, fils de putane !

C'était Alis qui venait de parler d'une voix rauque, méconnaissable, en s'emparant d'un grand couteau qui avait servi au souper. Elle en menaça l'ancien viguier. Il ricana, lorgnant dans l'entrebâillement de sa chemise :

– Allons, allons belle donzelle, vous n'êtes pas assez méchante pour me faire peur. Vous êtes mieux armée pour l'amour que pour la guerre.

Penchée vers lui dans l'attitude d'un fauve prêt à bondir, Alis ne se rendait pas compte qu'elle donnait à voir sa belle gorge blanche et que cette vision ne faisait qu'exciter notre satyre. Il rit encore :

– Domna Alis, par le sang-Dieu, vous feriez accourir une armée. Soyons sérieux, vous n'êtes pas faite pour la bataille. Donnez-moi cette coutelle.

Il tendit la main. Alis leva la grande lame et l'abattit sans hésiter sur son bras. Le sang gicla ; il se mit à hurler :

– Putagné de putanelle ! Cette garce m'a saigné ! Mille dius, je suis tombé sur une folle !

Il s'emmaillota le bras avec le drap en gémissant, regarda avec ahurissement Alis qui n'avait pas lâché son couteau et le fixait le plus méchamment possible. Malgré le péril, je faillis éclater de rire. L'homme avait quitté sa mine enjôleuse. Il répétait, furieux :

– Des folles ! Mille dius, je suis tombé sur des folles !

Enivrée par son succès, Alis ne le quittait pas des yeux, agitant sa grande coutelle comme elle l'aurait fait d'un instrument magique. Elle lui ordonna sèchement, d'une voix qu'elle voulait grosse :

– Décampe, bastard de truie, ou je te saigne comme un porc que tu es !

Malgré elle sa voix avait repris des intonations plus langoureuses. Sa menace n'eut aucun effet sur l'ancien viguier qui quitta le lit en emportant le drap sanglant dont il rejeta un pan sur son épaule. Il marcha sur Alis comme un homme ivre. Désignant son bas-ventre du bout de la lame ma cousine hurla, prise de panique :

– Si tu me touches, carogne, je te castre !

L'homme hésita, troublé par l'enjeu, engagea un mouvement tournant autour de ma cousine comme on s'approche d'un fauve. Au même moment apparurent à l'autre bout de la salle grande les flammes dansantes de deux ou trois torches. Je reconnus les chevaliers de Trencavel. Ils découvrirent le spectacle peu à peu, par bouts, et un immense éclat de rire retentit sous les poutres du plafond, à fendre les murs et les cloisons.

L'ancien viguier, drapé dans le drap porté à la romaine, ensanglanté, ne sembla pas apprécier l'intrusion. Le seigneur du Razès s'esbaudit :

– Eh viguier ! Tu n'as pas l'air d'avoir réussi ton coup. Sincèrement tu nous dois dix livres.

– C'est clair comme de l'eau de source, rajouta un autre, tu as perdu.

– Si elles avaient voulu de toi pour la nuit, tu n'aurais pas besoin de t'habiller en Romain !

– Et en Romain assassiné !

Tous s'esclaffèrent.

– Tu leur racontes la vie de Jules César ? demanda le seigneur de Montredon.

Ils riaient à gorge déployée. Était-ce la pensée d'avoir perdu dix livres qui l'encoléra, ou bien les railleries de ses compagnons ? L'ancien viguier se jeta sur Alis. La jolie Alis, ma blonde cousine si douce, si grazide dans les fêtes et les soupers, cria comme une bête acculée et le reçut en déployant son bras dans un grand geste rageur. La lame entailla le torse de l'assaillant et crissa sur la pierre précieuse, ce qui lui sauva la vie. Le rubis n'a-t-il pas le pouvoir d'écarter le malheur ? Nous en avions la preuve avérée.

Une vague de sang s'échappa néanmoins de la poitrine du viguier et l'ensanglanta. Il avait une belle estafilade. Les autres se précipitèrent et s'emparèrent de lui avant que l'irrémédiable ne soit commis. Hautpoul chargea le seigneur du Razès de l'emmener se faire soigner à l'abbaye. J'imaginai la tête de l'abbé, demain matin, après le récit qu'on allait lui faire de la bataille du Castelmoutou. Et je voyais déjà les yeux sourcilleux d'Ogive apprenant que j'étais encore mêlée à un scandale. Elle allait finir par penser que j'étais maudite, moi aussi.

Les chevaliers restant là, autour de notre lit, nous observant comme des bêtes curieuses, je compris que nos ennuis ne faisaient que commencer. Car les quatre hommes ne semblaient pas pressés de repartir. C'est Hautpoul qui présenta sans finesse la situation :

– Domnas, nous vous laissons la liberté de choisir celui qui passera la nuit dans votre lit. Nous prenons l'engagement de respecter votre choix...

– Sur l'Évangile, vous vous engagez ? ironisa Alis que je sentais prête à reprendre le combat.

Le seigneur d'Hautpoul ricana :

– Nous ne croyons pas aux sornettes de l'Église, le péché de chair et tout ce qui va avec. Nous serons élus quand Dieu le voudra. Ou au consolament. En attendant nous préférons prendre du bon temps. À vous de choisir avec qui.

J'intervins :

– Peut-être pourrions-nous demander à mon mari, votre seigneur lige, ce qu'il en pense ?

Les chevaliers éclatèrent de rire :

– Trencavel nous a recommandé de vous être très désagréables ! Et nous, mauvais vassaux que nous sommes, nous vous proposons au contraire des déduits très plaisants.

Alis répondit :

– Je suis d'accord pour remplacer mon service par le versement d'une somme d'argent. Comme pour le service d'ost. À combien évaluez-vous une nuit avec moi ?

Les chevaliers se concertèrent du regard. Ils n'avaient pas prévu cette éventualité. Ils discutèrent, certains intéressés. Hautpoul me transperçait de son regard dur, et je pensai qu'il avait davantage envie de moi que d'argent. Le géant de Montredon rigolait, complètement saoul, tandis qu'Aimeri de Laurac semblait ennuyé. Il n'avait pas besoin de forcer les donzelles ; il devait plutôt s'en défendre.

Quant à Isarn de Dourgne, il ne disait rien et semblait mal à son aise. Je m'adressai à Hautpoul et avançai mon pion :

– Seigneur chevalier, je vous offre, à vous et à chacun de vos compagnons un beau palefroi si vous nous laissez tranquilles.

Je me tournai vers les autres :

– Qui accepte ?

– J'accepte, répondit sans attendre Isarn de Dourgne, soulagé.

– Moi aussi, confirma Aimeri de Laurac.

Le seigneur de Montredon répondit par un rire d'innocent qui éclata comme un hennissement. Peire-Raimon d'Hautpoul croisa ses bras avec une mine rechignée. Il me fixa d'un regard appuyé :

– Moi je préfère passer la nuit avec vous, domna. Vous économisez un cheval...

– Ce n'est pas vous que j'aurai choisi, de toute façon. Vous ne me plaisez pas du tout.

Je vis la bouche d'Hautpoul saliver du fiel. Il se contint. Ne m'avait-il pas laissé la liberté de choisir ? Voyant ses compagnons tourner les talons il finit par se résigner :

– Bon, nous prendrons les chevaux. Un beau palefroi pour chacun d'entre nous dès notre arrivée à Burlats, pour nous remercier de vous avoir menées saines et sauves à bon port...

– Saines et sauves, et vierges, reprit Alis, ironique.

Il lui arrivait assez facilement d'être inconséquente.

Les hommes s'en retournèrent en jacassant. On les entendit encore traversant la cour, et dans le logis au-dessus de la porte. Je n'avais qu'une peur : qu'ils changent d'avis et reviennent nous importuner. On se rhabilla, prêtes à fuir à la première alerte. L'aube nous trouva encore éveillées, aux aguets, épuisées mais sauves de toute violence.

Me rendant à l'abbaye Saint-Benoît visiter l'abbé je pensai non sans quelque exaspération que l'Église romaine restait mon plus sûr rempart.

Voulant à tout prix tirer profit de notre nuit Alis me dit :

– Cette mésaventure a du bon : elle nous aura désigné nos ennemis. Tu ne te feras plus d'illusion sur leur franchise.

– Oui, et ce sera une bonne raison pour leur interdire l'entrée du château. Ils iront se loger où ils voudront.

Après la visite à l'abbé de Saint-Benoît – une espèce de saint homme déjà âgé, très doux, la voix soyeuse, un sourire perpétuel éclairant son visage à la peau diaphane – nous quittâmes Castres en suivant l'Agoût sur un chemin confortable qui, une lieue plus loin, se transformait subitement en un étroit sentier muletier en rejoignant la berge de la rivière. On abandonna les chariots et tout fut chargé sur des bêtes de somme.

Les chevaliers du vicomte étaient devant. Je ne leur adressai pas la parole et Alis non plus. Je n'en avais pas pour autant oublié ma promesse.

Ogive s'était juchée sur un mulet robuste, taquinant ses flancs d'un bâton indulgent pour le conserver dans l'allure malgré la montée, et surveillant sans se laisser distraire les coffres de mes finances qu'on avait attachés devant elle sur des ânes bâtés. Elle demandait à tout le monde si le nom de Burlats ne venait pas de « burle », le vent qui décorne les bœufs. On riait et Ogive nous regardait avec suspicion.

Le bourg de Burlats nous apparut au bout du chemin qui disparaissait sous le porche d'une église. On longea le prieuré Saint-Pierre le long de son cimetière herbeux et désordonné jusqu'à la porte du château, la porte de la reine Constance, ma mère. C'est là qu'elle nous avait accueillis, mes frères et moi, après sa répudiation par le seigneur comte. C'est là qu'elle avait disparu définitivement quand elle me renvoya à Toulouse avant de partir pour la Palestine.

J'entrai dans l'enceinte. Rien n'avait changé, le grand donjon veillant sur le côté, masquant les jardins et les vergers qui s'étendaient par-derrière le long de la rivière Agoût, les écuries à dextre, puis la fenière et les communs en face qui fermaient la haute cour avec un bâtiment plus haut et plus ouvert, aux belles façades. Là avait vécu ma mère... Je me souvenais qu'il était couronné d'une belle salle au dernier étage, éclairée par quatre fenêtres doubles donnant sur l'Agoût. J'y passais des heures à jouer avec les petits personnages et les petits animaux qui couraient sur les arcades, quand la reine Constance était à ses pieuses occupations.

Pour ne pas altérer la grandeur de cette salle ma mère avait installé son retrait à l'étage inférieur, pourtant sans ouverture sur la rivière sinon deux ou trois meurtrières très étroites. Il était un peu plus ouvert sur la cour. Le rez-de-chaussée était aveugle de part et d'autre et servait de cellier. Je décidai d'y loger aussi mes servantes et mes chevaliers en y ouvrant une porte et quelques lucarnes.

Le donjon principal était assez fruste, couvert de chaume et de genêts sur une partie du bâtiment, de bardeaux de bois sur l'autre pour protéger tout en haut les hommes d'armes des intempéries, en cas de guerre.

Mais la toiture n'était plus entretenue. Les soliers s'ouvraient par trois baies donnant sur la cour. On y accédait par un escalier de bois qui montait sur la façade.

J'installai mes compagnes avec moi dans le petit palais de ma mère. Comme il avait été construit par la grand-mère de Roger, Cécile de Provence, sa mémoire était restée chez les gens du hameau de Burlats. Ils le nommaient « l'oustalet de Cécile ». Ma mère ne le nommait pas autrement. Je donnais à tous la consigne de conserver cette appellation en souvenir de la reine Constance, et en souvenir de Cécile de Provence.

À côté de l'oustalet de Cécile s'ouvrait autrefois une portanelle donnant sur la rivière. Je la fis rouvrir, allais sur les graves laissés par le courant torrentueux de l'Agoût. Autour de nous la montagne bleutée nous surplombait de toutes parts. L'air était froid, chargé des senteurs de la terre fraîche et des berges boisées.

J'étais au cœur d'une conque, au travers de laquelle passait le fil changeant de la rivière. Je m'apprêtais à finir ma vie dans ce bout du monde oublié des cours et des cités, à l'ombre d'un saint prieuré. Je croyais que Dieu et les hommes allaient m'y oublier. J'étais si jeune !

V

L'intendant Aribert, gouverneur du palais de Carcassonne, se réveilla la tête lourde et le ventre nauséeux. Il resta un long moment les yeux au plafond, comme s'il cherchait à surprendre sur les poutres peintes quelque signe surnaturel lui indiquant le chemin du salut. À ce moment même l'intendant Aribert se haïssait ; il aurait souhaité la mort, si elle avait pu venir aussi vite qu'un trait de foudre.

Il finit par tourner la tête et observa un moment le jeune homme qui lui fermait la vue, étendu à côté de lui, les joues enfouies sous une abondante chevelure noire et bouclée. Il remarqua qu'il avait une ombre autour de la bouche, et s'étonna qu'à son âge il ne se soit pas encore rasé.

Le désespoir l'assaillit comme un trait d'arbalète : « J'irai en enfer ! » murmura-t-il. Il aurait donné cher pour ne pas trouver ce matin dans sa couche le corps adolescent du jeune Arnaud de Moure. Il aurait voulu être seul, au moins pour ergoter avec sa conscience et ranger dans un coin mal accessible de son crâne le péché de la nuit, selon une manœuvre mentale qu'il savait couramment pratiquée chez les religieux.

Il aurait voulu pouvoir clamer en se levant : « Ce n'était pas moi cette nuit, c'était le diable ! » Ou encore, reconnaissant les faits et les assumant avec un certain courage, pouvoir tout effacer dans l'heure, s'engager : « Plus jamais, plus jamais ça ! » et se lever comme un homme neuf.

L'intendant Aribert, surnommé « Grosse-Tête » par les gens de Toulouse dans la mesnie de la comtesse Adélaïs, parce qu'il avait en fait un petit corps, regarda à nouveau le jeune homme et pensa : « J'ai passé les portes de l'enfer. Que Dieu ait pitié de moi. » Il revint en pensée à la soirée fatale chez l'archidiacre Raimon de Moure, l'oncle du jeune homme. C'était quelques jours auparavant.

Il espérait y découvrir l'origine maligne du péché de sodomie qui le souillait à nouveau, et qui bientôt le conduirait, s'il persistait, au pied d'un bûcher. L'intendant Aribert avait peur de l'enfer, mais plus encore du bûcher.

Il avait revu l'archidiacre Raimon de Moure comme il le faisait chaque deux ou trois mois, pour l'alimenter en nouvelles hérétiques. Le coadjuteur de l'évêque en était très friand. Raimon de Moure avait d'ailleurs longuement commenté la nouvelle liste de suspects qu'il lui avait livrée, une liste longue et détaillée comme il s'y était engagé aussi avec sa conscience, justement pour contrebalancer le plus possible ses moments de perdition.

L'archidiacre avait découvert avec un ahurissement feint et une jubilation intérieure bien visible que presque toute la noblesse était dans l'autre camp, dans le mauvais camp de l'hérésie. Du moins y figurait celle qui ne manquait aucune occasion de flétrir l'institution ecclésiastique. L'archidiacre avait murmuré en hochant la tête :

– On ira le moment venu leur demander des comptes, mon bon Aribert.

Il parlait de vrais comptes, pensant à l'argent dû à l'Église et détourné par les châtelains, les viguiers comme les plus petits chevaliers à quatre deniers de solde. Ces redevances de toutes sortes léguées par les pieux fidèles sur leur lit de mort, ces dîmes, ces dons de terres, de forêts, ces fermages, ces églises même qui avaient été confisquées par la force ou par la ruse, il faudrait qu'ils les rendent, les petits coqs des châteaux ! Ces demi-païens qui ne connaissaient pas le latin et qui se croyaient imbattables dans leur attirail ferré, ils ne tarderaient pas à comprendre que l'Église ne laisse jamais ses droits en déshérence, ni les mauvaises actions longtemps impunies.

À la fin le chef des chanoines avait offert à son visiteur, avec une rondeur nouvelle qui seyait bien à sa corpulence, un gobelet de vin au miel aromatisé d'épices, geste rarissime qui sidéra Grosse-Tête. Il avait reçu le gobelet avec la componction d'un communiant, devinant qu'il allait entrer dans des confidences imprévues et graves.

Le chanoine alla plus loin encore. il avait fait préparer des morceaux de melon taillés en dés avec une sauce au miel, au poivre et au vinaigre. Il posa le plat sur une table devant l'intendant, l'invitant du doigt à se servir. Il prit lui-même sans attendre un cube de melon qu'il engloutit sans bruit puis, posant sa main sur l'épaule d'Aribert, il lui confessa l'extrême souci que lui causait son neveu Arnaud, dont la flétrissure publique de Béziers, et les rumeurs de sodomie qui l'environnaient encore – sans preuve – risquaient de retomber sur toute sa famille.

L'intendant ne fit pas de commentaire, parce qu'il devinait que l'archidiacre craignait pour son accession au siège épiscopal quand Monseigneur Othon l'aurait quitté. D'autant que Monseigneur Othon, favorablement connu à Rome à la cour du pape, avait déjà prévu sa succession en plaçant son propre neveu parmi les chanoines. Il ne cachait pas qu'il avait les qualités pour le remplacer.

Grosse-Tête se retenait de sourire et ne réagit pas quand l'archidiacre laissa tomber, en lui remplissant de nouveau le gobelet :

– Mon bon ami, j'ai besoin de vous. Reprenez mon neveu chez vous, gardez-le sur le droit chemin avec fermeté et justice. Comptez que j'appuierai toutes vos décisions. Vous êtes un sage. Mon neveu aura sous les yeux l'exemple d'un homme bon, honnête, chaste, travailleur et scrupuleux dans la manière de servir le vicomte.

Le visage du chanoine se figea quand il prit conscience qu'il s'adressait à un homme qui venait de lui rendre compte des faits et gestes du vicomte avec le zèle d'un traître patenté. Grosse-Tête se sentit doublement coupable. Il chercha à tempérer :

– Je sers d'abord l'Église, Monseigneur. Christ premier servi !

L'archidiacre saisit la perche et esquissa un sourire :

– Bien sûr, mon bon Aribert. Christ premier servi. Toujours !

Il reprit du melon et poursuivit :

– Avec vous mon neveu se redressera. Il reviendra vers la lumière. Et ma gratitude vous sera éternelle.

Quand Grosse-Tête eut pris toute la mesure de ce que l'archidiacre lui proposait, un tourbillon de pensées lui obscurcit le cerveau et l'empêcha de parler. La tête lui tournait. Il aurait pu dire non, mais comment expliquer les raisons de son refus ? Il n'aurait jamais pu évoquer ses nuits troubles passées avec son neveu dans l'année précédente. Il était pris au piège. « Pris au piège ! » répéta-t-il à voix haute dans le lit en contemplant le jeune clerc qui dormait toujours.

« C'est là, pensa Grosse-Tête, là que s'est posée la main du Malin, à ce moment précis quand il aurait fallu dire non. Le diable m'a piégé, et maintenant il va me faire chanter. »

Mais n'était-ce pas aussi une perche que Dieu lui tendait pour atténuer sa faute et lui permettre de revenir dans son giron, après de courageux aveux et une rude pénitence ? Grosse-Tête dut s'avouer qu'il avait longtemps espéré voir le jeune homme revenir chez lui, sous divers prétextes, et rendre à sa chair solitaire et délaissée une jubilation nouvelle, une ivresse des sens incomparablement supérieure à celle que peut apporter la table et le vin. Et même le mariage.

Maintenant que ce rêve secret et honteux se réalisait il aurait voulu s'entendre dire : « Non ! Je ne serai pas le suppôt du diable ! » Mais il s'était tu. L'archidiacre avait pris son silence pour l'acquiescement d'un homme modeste, et l'avait remercié avec une sobriété d'évêque.

Grosse-Tête se souvenait qu'il était reparti en titubant un peu, ivre de tout, effaré et jubilant, apeuré et hardi, furieux, s'en remettant finalement au destin – Dieu ou diable – pour qu'il fît de lui un saint ou un misérable pécheur de la pire espèce. Il se souvenait qu'en quittant la maison l'archidiacre avait passé la tête à la fenêtre du haut, et lui avait fait un petit bonsoir de la main en parlant bas :

– Je vais lui parler et je vous l'envoie. Soyez ferme !

Ferme, il l'avait été, raidi de désir pour ce jeune corps à peine musclé comme les anges, qui s'était glissé nu, sans gêne, dans l'immense lit en ricanant, montrant dans son regard canaille qu'il pensait bien que l'intendant était à l'origine de cette machination. Et, comme pour jouer le jeu à outrance, il avait repoussé le drap jusqu'à la toison de l'aine et sorti une jambe, tout en l'observant avec ses yeux de Christ.

Qui avait le premier touché l'autre, dans ce lit immense de garnison où trois hommes auraient tenu sans s'effleurer ? Grosse-Tête ne se souvenait plus, ou ne voulait pas se souvenir d'avoir dans le noir basculé son corps gras sur le jeune chapelain, comme auparavant, convoitant dans l'étouffant emballement de son cœur d'engageantes tumescences.

Il savait maintenant au réveil, déserté pour l'instant par le diabolique désir, qu'il n'était qu'un lépreux, que sa vie était une léproserie et que son âme mourrait de la lèpre de la concupiscence avant qu'elle fût rendue à Dieu. Il était damné et cette pensée lui arracha un soupir bruyant comme un râle, qui éveilla son compagnon.

Arnaud de Moure fit une moue de dépit en voyant le jour, puis se tourna et s'étira en désordre, insouciant comme un enfant. Il sourit à l'intendant pour lui dire qu'il avait faim. L'intendant se leva, passa une chemise et appela un sirvent depuis le palier de sa chambre. Il commanda le premier repas et referma la porte en la claquant d'un geste vif, car elle ne se fermait que coincée en force dans son cadre. Arnaud s'était levé et pissait dans un seau devant la fenêtre qui donnait sur le quartier canonial, voisin. Il railla :

– Je sais que mon oncle vous a demandé de me surveiller. Nous allons passer un marché. Je garde pour moi le détail de nos nuits câlines, et vous me faites obtenir ce que je désire.

Grosse-Tête s'assit sur le lit, les épaules courbées, résigné :

– Et que désires-tu ?

– Beaucoup de choses, aussi vite que possible. D'abord les dîmes de trois paroisses. J'ai pensé à celles de la manse épiscopale dans le Cabardès. Ce sera sans difficultés. Cela me permettra de vivre honorablement, et aussi dignement que le requiert l'état de ma famille, une des premières de la vicomté. Ce n'est pas que je la remercie de s'être débarrassée de moi entre les grosses pattes de mon oncle ! Mais je tiens à garder mon rang.

– C'est tout ?

– Non. Je veux aussi un bénéfice du chapitre, une part de la manse canoniale et, dès qu'elle se libérera, la place du prochain chanoine qui aura rendu son âme à Dieu.

Grosse-Tête secoua la tête :

– Mon petit, tu es trop jeune pour une place de chanoine. De plus...

– De plus ?

– De plus, Monseigneur Othon veut que son neveu lui succède. Il hésitera à nommer un nouveau chanoine qui, au jour de sa succession, votera pour ton oncle l'archidiacre, et non pour son neveu.

– Que dois-je faire ?

– Attendre qu'un nouvel évêque soit nommé avant de postuler la place de chanoine.

Arnaud de Moure, toujours nu et contemplant le quartier de la cathédrale Saint-Nazaire depuis la fenêtre, se gratta les fesses et dit :

– Nous verrons... En attendant il me faut de l'argent.

– J'en aurai si... tu te plies à ma demande.

Arnaud se retourna, le sourire trouble :

– Que dois-je faire de plus, dit-il en faisant un geste obscène.

Grosse-Tête en fut affecté, choqué même et l'envie lui vint de le passer par la fenêtre. Il prit un ton froid et distant pour expliquer :

– Ton oncle et moi-même nous employons à dresser une liste des hérétiques qui se déclarent de plus en plus ouvertement dans notre diocèse. Nous notons surtout les nobles et, hélas, les curés qui sans renier l'Église de Rome se font aussi les porte-parole de la nouvelle religion, dont tu n'ignores pas l'origine satanique.

Arnaud souleva ses bourses à la recherche des parasites, ce qui agaça beaucoup l'intendant. Il craignait qu'on le voit à la fenêtre.

– Viens sur le lit, lui intima-t-il sur un ton qui le surprit lui-même, et écoute-moi.

Le jeune clerc vint s'étirer sur le ventre, nu. Le menton sur le bras il commenta :

– Les hérétiques ? Vous enquêtez sur les hérétiques ? Mais j'en connais un essaim, moi, d'hérétiques ! Ce sont de braves gens. Eux au moins connaissent les Saintes Écritures, ils peuvent en parler. Et ils sont sobres, chastes, honnêtes bien qu'ils aient sur le péché une opinion à l'inverse de la nôtre.

L'intendant ne put s'empêcher de demander :

– Ah ? Et laquelle ?

– Eh bien, pour eux le péché n'a pas plus d'importance qu'une vieille pomme. Le pécheur est une victime du diable, du monde mauvais, de la tunique de chair qui l'étouffe. Il n'est pas un coupable. Il est un frère plus faible qu'il faut aider.

Grosse-Tête devint rêveur :

– J'ai souvent pensé cela.

Arnaud reprit :

– Ce qui compte est d'aller vers Dieu. Ceux qui sont le plus soumis aux passions terrestres, et qui font les plus petits pas, sont ceux qui ont le plus de mérite.

– C'est juste !

– Il suffit d'arriver à la fin de sa vie en état de pureté totale. C'est le dernier moment qui compte. Tout ce qu'on a fait avant cet état parfait ne compte pas.

– Mais comment peut-on retrouver la pureté originelle, après une vie de péché mortel ?

L'intendant avait crié, furieux d'une telle compréhension de l'âme humaine chez les hérétiques, dans l'autre camp.

– Dieu seul peut absoudre les péchés, qu'il connaît d'ailleurs par avance dans sa prescience divine. Il sait tout de nous avant notre naissance. La confession ne sert donc à rien.

– Mais comment aller au Ciel ?

– Par les œuvres de perfection au moment fatal. Il suffit alors d'un simple vœu, et d'un sacrement.

– Lequel ?

– Le consolament. C'est le sacrement du salut.

– Et si on meurt *avant,* en état de péché mortel ?

Arnaud haussa les épaules :

– C'est embêtant, mais ce n'est pas grave. Votre âme restera sur terre et ira s'installer dans un autre corps. Selon votre degré d'imperfection, vous irez dans un cochon (il rit), dans un coq, un cheval, un homme ou une femme plus ou moins saints. Et vous recommencerez jusqu'à l'état de perfection. Et là ! Pchiiittt !

Il montra du pouce le chemin de l'âme s'élevant tout droit jusqu'à Dieu, à la vitesse d'une comète.

Grosse-Tête resta rêveur. Tout n'était peut-être pas perdu. Il faudrait creuser la question, peser les arguments des uns et des autres. Il faudrait peut-être, par principe de précaution, comme le faisaient tant d'hommes finalement raisonnables, et même des prêtres, garder un œil sur les deux doctrines, se plier à leurs exigences respectives. Les erreurs de l'une seraient compensées par les vérités avérées de l'autre. On ne joue pas avec l'éternité.

En attendant l'intendant Aribert faisait pencher la balance du côté de l'Église romaine. Il jeta un œil soupçonneux à son compagnon :

– Tu es bien renseigné sur la nouvelle hérésie. Comment sais-tu tout ça ?

– Tout le monde en parle à la cour de Trencavel.

– Et toi, tu y crois à la nouvelle doctrine ?

Arnaud regarda le plafond :

– Ça dépend des jours... et des nuits.

L'intendant ne prêta pas attention à la réponse. Il empoigna le jeune homme :

– Arnaud, si tu me fais soigneusement la liste des hérétiques de ta connaissance, et si tu me rapportes tout ce que tu entends à la cour du vicomte Roger, sans oublier la comtesse, tu auras tout l'argent que tu voudras.

Arnaud se retourna et s'assit. Puis il s'allongea, nu, les jambes écartées, les mains sous la tête et les yeux au plafond. Il soupira en imaginant ce qu'il ferait de tout cet argent.

Grosse-Tête se demanda si ce garçon était le diable venu le provoquer avec l'arme de l'impudicité ou s'il était un innocent à qui Dieu avait oublié de donner la raison. Comme on montait dans l'escalier, l'intendant lança sa chemise au jeune homme, et comme il ne bougeait pas il l'en recouvrit lui-même. Deux sirvents entrèrent apportant des soupes, du pain, des oignons, des œufs au lard et du fromage.

Grosse-Tête renvoya brutalement les sirvents qui remplissaient les écuelles. Il avait trop d'angoisses pour avoir faim.

*

L'intendant retardait le plus possible son retour chez l'archidiacre, tant il redoutait d'affronter son regard. Il s'était renseigné soigneusement sur la doctrine des hérétiques et, malgré les divergences assez nombreuses qu'il avait constatées entre les Bons Croyants, il en savait assez pour penser que l'adhésion à l'hérésie ne serait pas plus grave que l'état de péché mortel dans lequel il vivait. Et qu'il ne pouvait quitter.

Arnaud lui rapportait chaque soir ce qu'il savait et ce qu'il avait entendu à la chancellerie du vicomte, et même les rumeurs les plus folles et les plus médisantes qui couraient sur les uns et les autres. Grosse-Tête avait fait monter un écritoire dans sa chambre et faisait tout écrire au jeune clerc sur de grands parchemins. L'intendant lui dictait de temps en temps quelques observations. Il avait noté que l'hérésie avait pris une telle importance dans la vicomté, elle était devenue si familière, au moins à Carcassonne, qu'on se traitait d'hérétique pour un oui ou pour un non, comme on se serait traité de lépreux ou d'innocent. Sans beaucoup de méchanceté.

Arnaud rapportait également avec un malin plaisir les histoires lourdes et grasses qui concernaient les mésaventures des curés et des prélats, et les réflexions de la populace sur l'Église. On y retrouvait souvent l'allusion aux loups romains dévorant le produit du travail du peuple. Comme il ne voulait pas indisposer l'archidiacre, Grosse-Tête omettait les histoires qui contenaient ce genre d'allusion.

L'intendant, rappelé discrètement mais fermement par l'archidiacre, finit par se rendre un soir dans le quartier canonial. Il pleuvait. Le plan dallé de belles pierres des Corbières reflétait la pâle lueur qui tombait des fenêtres des dignitaires et de leur famille.

En d'autres lieux ces lumières auraient évoqué le bonheur familial. L'intendant soupira : le bonheur familial était loin désormais pour lui. Il n'avait d'ailleurs jamais existé. Il avait été marié quelques années, mais sa femme était morte en couches avec leur premier enfant ; et depuis il vivait seul, accaparé par sa fonction.

Il monta l'escalier de bois avec peine, se demandant toujours quelle contenance prendre, et entra dans le studium de son ami Raimon de Moure comme un enfant.

Le gros homme l'accueillit par ces mots : « Ça y est, nous les tenons ! » Grosse-Tête ouvrit de grands yeux :

– De qui parlez-vous Monseigneur ?

– De notre arrogante noblesse, par Dieu notre Juge ! Lisez ça (il lui tendit un parchemin). C'est une copie d'une lettre envoyée par le comte Raimon de Toulouse au chapitre général de Cîteaux. Notre comte a décidé de crever l'abcès. Lisez la lettre : c'est une véritable déclaration de guerre aux hérétiques. Nous allons nettoyer le pays des ergoteurs, des esprits forts et des pillards qui piétinent depuis trop longtemps la sainte face de l'Église.

L'archidiacre était dans un état d'excitation inhabituel. Il n'arrêtait pas de parler en tournant autour de l'intendant, faisant grincer le parquet, ce qui le gênait pour bien lire.

– Le temps de la miséricorde est passé, poursuivit le gros chanoine en ramenant ses cheveux en un chignon qu'il laissa retomber sur sa nuque dans un geste presque féminin. Nous allons demander des comptes. Lisez ! Lisez, mon bon ami. Lisez à haute voix, que tout le monde en profite !

Grosse-Tête se racla la gorge et déclama, sans revenir en arrière : « *... Cette pestilentielle contagion de l'hérésie s'est tellement répandue qu'elle a jeté la discorde chez ceux qui étaient unis, divisant hélas ! le mari et la femme, le père et le fils, la belle-mère et la bru. Même ceux qui sont revêtus du sacerdoce sont corrompus par son infection...* »

– Vous avez entendu ? Même ceux qui sont revêtus du sacerdoce sont corrompus par son infection ! Il faut frapper fort, et tout de suite ! Plus de sermons, du bâton !

L'archidiacre s'emportait en bousculant l'air avec son poing. Grosse-Tête recula d'un pas.

– Poursuivez ! Vous allez voir la suite !

L'intendant tourna le parchemin vers la lumière d'un candélabre à trois bougies et reprit sa laborieuse déclamation : « *On refuse le baptême, l'eucharistie est en exécration, la pénitence est méprisée, on nie obstinément la création de l'homme et la résurrection de la chair ; tous les sacrements de l'Église sont anéantis, et même – ô sacrilège ! – on prétend qu'il y a deux principes...* »

Le comte de Toulouse constatait ensuite qu'il ne pouvait se faire obéir de sa noblesse. Il appelait l'aide spirituelle de l'Église et « *... puisque nous savons que l'autorité du glaive spirituel ne peut rien faire pour détruire une telle perversion, il faut qu'elle soit attaquée par la rigueur du glaive matériel. C'est pourquoi j'engage le seigneur roi de France à venir de votre pays, persuadé que sa présence pourra contribuer à déraciner de si grands maux...* »

L'archidiacre exulta :

– Dieu soit bénit ! Le comte de Toulouse appelle le roi de France ! Nous allons rabaisser le caquet à tous ces petits coqs mal dégrossis et leur tailler la crête. Nous ne ferons pas de quartier.

Il s'approcha de l'intendant en baissant la voix :

– En commençant par le vicomte Trencavel et son âme damnée, Saissac...

Il eut un rire de gorge :

– Vous n'avez rien remarqué de... de particulier dans votre lecture ? Une impression ? Un sentiment ?

Grosse-Tête ne répondit pas. Il craignait un piège. Le gros chanoine mit ses mains derrière son dos et, prenant un air important, il laissa tomber dans les plis de son double menton :

– J'ai eu l'impression d'avoir déjà lu le texte. J'en parlerai à Monseigneur, mais je suis de plus en plus certain que cette lettre a été écrite à la lecture de nos rapports. Notre travail l'a directement inspirée, c'est évident.

Grosse-Tête n'était sûr de rien. Il comprenait que l'hérésie allait être combattue énergiquement par tous les moyens, au moment où il commençait à se demander si certaines interprétations nouvelles des saintes Écritures n'étaient pas pertinentes. Mais il ne souffla mot de ses doutes. Ce n'était pas le moment.

Visiblement, l'archidiacre voulait qu'on sache qu'il avait été un des premiers à réagir, un des plus efficaces aussi, et qu'il serait toujours au cœur du combat pour préserver la lumière de la foi catholique, apostolique et romaine. Il tient à garder de l'avance sur son évêque, pensa Grosse-Tête. Lui revinrent en mémoire les revendications d'Arnaud. Il fit la grimace. Comment allait-il amener ça dans la conversation ?

L'archidiacre reprit le parchemin et le roula en tressautant dans un rire sardonique. Il conclut :

– Nous avons bien travaillé ! Mais sachez pour votre gouverne que cette lettre du comte de Toulouse aura d'autres conséquences que celles de ramener les brebis égarées dans la bergerie de la sainte Église. Il est de notoriété publique que le vicomte Trencavel fraye avec le roi d'Aragon. Le comte de Toulouse et Provence ne le lui pardonne pas. Et le roi de France non plus ! Cette mission armée a aussi pour but de reprendre au vicomte Trencavel ses domaines pour les rendre au comte de Toulouse qui est toujours, en droit, son suzerain.

Grosse-Tête ouvrit de grands yeux :

– Croyez-vous ? Croyez-vous que le comte ait manigancé tout cela ? Mais nous allons à la guerre !

– C'est probable. Et je sais de bonne source que le comte de Toulouse a obtenu la promesse du roi de France, Louis le Septième, qu'il viendra l'épauler avec Henri d'Angleterre.

– Et que va devenir la comtesse dans tout cela ?

– La comtesse Adélaïs devait ramener Trencavel dans le camp de Toulouse. Elle a totalement échoué. Elle ne compte plus.

– Mon Dieu ! répéta l'intendant, nous repartons à la guerre !

L'archidiacre fit un geste d'attaque :

– Profitons-en pour éliminer les hérétiques, et débarrasser nos paroissiens du poison insidieux qui les mine. Quant à la secte des Parfaits, qui s'est emparée de l'esprit de notre peuple sans coup férir et grappille nos revenus, au bûcher !

Il leva les yeux au ciel, passa les mains dans ses cheveux et les ramena en travers de sa ceinture, à plat de chaque côté de sa bedaine :

– Vous connaissez mon esprit pacifique... Mais d'abord couper la tête à l'hydre de l'hérésie cathare...

– Bien sûr, bien sûr... Puis-je vous parler de votre neveu ?

L'archidiacre sourit et plissa les yeux en guise d'encouragement :

– J'allais y venir.

Il fit quelques pas avec un pichet pour tirer du vin au miel et aux épices et revint avec deux gobelets.

– Vous donne-t-il satisfaction ?

Grosse-Tête rougit mais l'archidiacre qui versait le vin ne le vit pas. Il répondit d'une voix qu'il voulait naturelle :

– Tout à fait. Savez-vous que je tiens de lui la plupart de mes renseignements ? Il est très bien vu dans l'entourage du vicomte, et son travail à la chancellerie lui permet de connaître beaucoup d'affaires, même secrètes. Son aide est précieuse. Elle est même indispensable.

– J'en suis bien aise.

–Et d'ailleurs je pense qu'il serait temps de le récompenser pour son zèle. Trencavel ne lui donne presque rien. Il n'est pas chanoine, et sa famille semble l'ignorer.

Raimon de Moure tourna du nez. L'intendant se reprit :

–À part vous, naturellement. En fait sa famille compte sur vous, et lui aussi, pour lui permettre d'assurer son état.

Le chanoine sourcilla.

–Et qu'attend-il de moi ? demanda-t-il, clignant d'impatience.

–Quelques ressources. Les dîmes de deux ou trois paroisses, sur lesquelles il pourrait compter d'une année sur l'autre. Et un bénéfice canonial, pour commencer.

–Pour commencer ? Comme vous y allez...

–Je veux dire, avant qu'il ne soit reçu au sein de votre chapitre. Il l'espère, quand vous jugerez que le moment est venu...

–Oui, bien sûr... Nous en ferons un chanoine. Mais il est encore trop jeune.

–C'est ce que je lui ai dit : le moment venu...

Aribert sourit par en dessous, le regard flagorneur :

–Je crois Monseigneur que nous pensons à la même chose...

L'archidiacre Raimon de Moure laissa venir un petit rire complice. Il conclut :

–C'est bien cela : le moment venu.

Il vida à petits coups son gobelet, humectant ses lèvres qui prirent un ton rosé de nourrisson. L'intendant surveillait le chanoine du coin de l'œil, prêt à toute attaque. Il y eut un long moment de silence et Raimon de Moure s'exclama :

–Vous avez pris les intérêts de mon neveu bien à cœur, mon bon Aribert ! Vous ne m'étonnez pas. Je vous sais consciencieux. Mais ne vous laissez pas faire ! Arnaud est un garçon brillant et il a du charme. Il sait en jouer. Vous verrez, vous vous en rendrez compte... Il cherchera à vous abuser.

L'archidiacre rit et vint donner une tape dans le dos de Grosse-Tête avec une familiarité inimaginable qui fit sursauter l'intendant. Il avala de travers et se tourna vers la fenêtre pour cacher son trouble et tousser sans retenue. L'archidiacre lui tapa à nouveau sur l'épaule. Il était très excité et un peu ivre.

–Nous faisons une bonne escouade tous les deux, lança-t-il, enjoué. Je vous prédis que dans dix ans, si Dieu veut faire de moi un évêque, nous aurons éradiqué cette peste de tout notre diocèse. Souvenez-vous de mes paroles. Je vous les rappellerai dans dix ans.

Grosse-Tête s'inclina, les yeux larmoyants :

–Je n'en doute pas, Monseigneur.

Sa voix s'était enrouée. Il prit congé peu après. Il était près de la mi-nuit. Il se sentait fatigué comme après une longue chevauchée. Il pensa qu'Arnaud était couché et dormait comme un enfançon. Il lui annoncerait que ses affaires avançaient à son réveil. Il aurait le plaisir de le voir s'éveiller dans la joie.

Il pressa le pas pour ne plus penser et passa sous le porche du château en saluant le garde avec autant de naturel qu'il pouvait. L'autre l'avait reconnu et ne s'était pas dérangé.

VI

Aimeric appela : « Eh oh ! Oooooh ! » Comme personne ne venait il recommença, plus fort, les mains en porte-voix, debout sur ses étriers. Une ombre noire sortit bientôt des buissons et lui fit signe d'avancer. Le chevalier reconnut Barthélemy Delpech, le diacre cathare de Saissac. Il poussa des jambes son cheval qui se remit en marche en faisant tintinnabuler sa charge aux branches en travers du passage. Il s'assura que le baudet qu'il avait attaché à sa selle suivait. Le diacre enveloppé dans une cape d'un bleu obscur, la tête cachée au fond du capuchon pour se protéger du souffle froid du cers, avançait silencieusement en laissant une trace dans l'herbe. Le cheval la suivait de lui-même.

Aimeric était heureux d'arriver. Il avait quitté le bourg de Saissac le matin à l'aube avec les deux bêtes chargées de pain, de vin, de farine, de quelques vêtures propres aussi et de flassèles pour se couvrir la nuit. L'homme le guida jusqu'à l'entrée d'une grotte, un abri plutôt sous une dalle de granit dont le surplomb faisait une espèce de porche, spacieux mais peu profond.

Devant l'abri le cisaillement glacial du cers cessait sans que disparaisse son tumulte en haut des arbres. Deux hommes assis à côté d'un feu, un livre à la main, lisaient et commentaient à voix forte. Ils levèrent la tête. Aimeric reconnut Guiraud Mercier, « l'évêque » de Carcassonne et son coadjuteur, le diacre Carlipa.

Au-dessus du feu, suspendu à trois perches liées en trépied, un chaudron fumait qui réjouit le cœur du chevalier.

Aimeric sauta de cheval et salua les Bonshommes d'une inclinaison rapide de la tête et du torse. Les salutations longues et démonstratives des Bons Croyants, un genou en terre, le mettaient mal à l'aise. Il était d'ailleurs trop novice pour suivre le rituel convenablement.

Les deux hommes ne le tinrent pas pour quitte. Ils se levèrent sans quitter leur gravité et s'approchèrent. « L'évêque » porta ses deux mains jusqu'aux joues du chevalier et inclina la tête d'un côté et puis de l'autre dans une esquisse de joue à joue. Aimeric répéta trois fois après chaque baiser de paix : « *Benedicite !* »

Guiraud Mercier paraissait encore plus petit, plus malingre, plus parcheminé dans les bois qu'à Cabaret. Carlipa, qui était aussi maigre que son supérieur mais plus grand lui imposa la main sur le front : « Que Dieu te bénisse. Qu'il fasse de toi un bon chrétien et qu'il t'amène à bonne fin. »

« Amen ! » conclut Aimeric dans une esquisse de sourire.

Les deux hommes se tournèrent vers les chevaux. Aimeric défit les ballots qu'il avait suspendus autour de sa selle avant de la dessangler. Pendant ce temps les Bonshommes déchargeaient le baudet et portaient le tout au fond de la grotte. Ensuite il enleva le bât au baudet et Barthélemy Delpech emmena les deux montures dans une clairière clôturée. « L'herbe y est encore verte et fraîche », dit-il la mine enluminée comme s'il s'agissait de son propre repas.

Le soir tombait. Aimeric ouvrit le couvercle de bois d'un barquet et en tira du choux, des fèves et des féveroles, des navets et une poignée de pois chiches. Il jeta le tout dans le chaudron sans rien demander. Quand la soupe fut prête les Parfaits se mirent en rond, debout, assignant une place précise au chevalier. L'évêque cathare se saisit d'un pain rond et entonna l'oraison de cette voix mâle qui surprenait toujours Aimeric chez un être si pâle et si décharné. Sa barbe grise tombant sur sa poitrine frémissait au rythme de ses paroles : « Notre Père qui es aux Cieux...

Aimeric ne prit pas part à la récitation. Il n'en avait pas le droit.

« Que ton nom soit sanctifié, que ton règne vienne... » poursuivit Guiraud. Il arriva au final de la même voix forte et lente, convaincante : « ... mais délivre nous du mal. » Aimeric fit entendre un beau « Amen ! » de satisfaction et s'assit. Il se releva prestement. Les Pères avaient repris une seconde récitation. Puis il y en eut encore une troisième.

Enfin l'évêque cathare bénit le pain de l'oraison et le partagea. Aimeric s'en goinfra. Il mourait de faim et ces prières interminables le faisaient défaillir.

Guiraut Mercier lui expliqua un peu plus tard, une écuelle à la main :

– Mon fils, la première oraison est pour déblayer le passage sur le chemin du Ciel ; la seconde pour s'en approcher. La troisième seule peut mener à la communion.

Aimeric constatait avec satisfaction que les trois hommes mangeaient de bon appétit en trempant du pain dans la soupe fumante. Il se sentait tenu de répondre de leur santé. Il alla chercher un barriquot de vin placé sur un chevalet de branches, en versa dans des gobelets de bois et les porta aux Bonshommes. Carlipa repoussa le gobelet comme s'il contenait du poison. Les autres s'en saisirent sans réticence.

Le gobelet à la main, le patriarche Guiraut Mercier interrogea Aimeric :

– Dis-nous, chevalier, ce que tu sais des manigances de la putane de Rome. Que font nos ennemis ? En as-tu entendu parler ?

– Que t'en a dit Bertran de Saissac ? compléta le diacre Carlipa.

Aimeric hocha la tête :

– Il m'a dit que le comte de Toulouse avait écrit au chapitre général de Cîteaux pour qu'il alerte le pape que l'hérésie s'étendait dans la vicomté de Trencavel et commençait à gagner Toulouse.

– Nous le savons ! l'interrompit l'évêque cathare. Le pape Alexandre a lancé un appel à la croisade qui a échoué. Il a envoyé à la place une mission de cardinaux. Où est-elle ? Quand sera-t-elle à Carcassonne ?

– D'un jour à l'autre.

– C'est pourquoi nous sommes là. Mais le vicomte t'a-t-il fait connaître ses intentions ? Comment va-t-il réagir ?

– Bertran de Saissac vous recommande de rester cachés jusqu'à ce que les cardinaux soient repartis. Nos seigneurs ont l'intention de les traiter magnifiquement et de les distraire jusqu'à ce qu'ils s'en retournent. Ainsi donneront-ils le mauvais exemple et notre peuple, en voyant l'Église de Rome dévorer son pain, haïra encore plus tous les mitrés.

Guiraud Mercier sourit :

– C'est bien joué. Mais espérons qu'ils se lasseront assez vite. Car nous avons de plus en plus de fidèles, croyants et bons chrétiens qui aspirent à l'entendement du Bien. Il nous faut les visiter.

Aimeric prit un air entendu. Il répliqua :

– Dom Guiraud, je vous mènerai où vous voudrez. Le seigneur de Saissac met ses chevaux et ses hommes à votre disposition.

– Je connais la bonne volonté de Bertran de Saissac. Il est de notre foi. Mais notre Église ne pourra se développer et prendre de la force qu'au grand jour, comme une plante ne peut pousser et croître qu'à la lumière. Nous ne devons pas nous cacher comme des voleurs.

Sa bouche se crispa, ses yeux s'allumèrent d'une colère menaçante. Il prit à témoin ses compagnons :

– C'est dire qu'il nous faudra bien un jour affronter l'Église de Rome, cette maquerelle sanguinaire, fille de Satan, et la renvoyer à celui qui l'a engendrée !

– Le créateur du monde mauvais, compléta d'une voix douce dom Barthélemy à l'adresse du novice.

Aimeric approuva.

– Nous sommes nombreux à nous y être préparés, doms. Il n'y a pas un seigneur dans la Montagne Noire qui ne soit prêt à mourir pour la vraie foi, et gagner le Bon Séjour.

Les Bonshommes sourirent. La nuit était tombée, et seul le rougeoiement du feu entretenu par Aimeric donnait un peu de lumière et de chaleur. Carlipa indiqua au chevalier un trou à la base du rocher, dans le fond de la grotte.

– Tu dormiras dans la chapelle, dit-il. Il y a une paillasse.

Le chevalier déclina l'invitation :

– Dom, je vais voir Longin, le vieil ermite. Je lui ai promis du vin...

Les Parfaits se récrièrent, montrant la forêt devenue une masse noire.

– Il est nuit, dit dom Barthélemy. Le vieil homme ne t'attend plus. Tu iras aussi bien demain matin.

Aimeric se rendit à l'évidence. Il prit ses affaires roulées dans une couverture en fourrure et alla jusqu'au trou, après avoir allumé au feu un petit flambeau résineux. Il le fit passer par l'ouverture et s'engagea sur les coudes. Le trou permettait juste de se glisser en rampant dans la grotte. Son sol était doux.

La « chapelle » était haute de plafond, et dans le fond une faille ouvrait vers les entrailles de la terre.

Dans cette pièce naturelle où l'air était tiède, chargé d'une senteur humide de mousse et de fougère, les Bonshommes avaient installé un sanctuaire. Au-dessous d'une silhouette gravée dans la paroi, entourée du feu de l'Esprit saint, un livre reposait sur une dalle recouverte d'un tissu blanc, posée sur trois pierres. Aimeric reconnut l'Évangile selon saint Jean. De part et d'autre un chandelier permettait une lecture de l'ouvrage à tout moment. La pièce était assez grande pour contenir une quinzaine ou une vingtaine de personnes. Aimeric imagina en souriant la cérémonie du consolament réunissant de nouveaux consolés avec leurs amis et leur famille, chacun passant préalablement à la queue leu leu par le trou d'homme.

Une paillasse bourrée de fougères et de feuilles de hêtre l'attendait dans un coin, sur une natte en écorce de ronces. Il était rompu et se coucha habillé, sans même enlever ses hautes bottes. Répandant la fourrure sur lui il éteignit la torche et écouta la rumeur de la nuit. Les Bonshommes murmuraient autour du feu. Ils passeraient la nuit en prières et en méditations ininterrompues, sauf pour de courtes séances de sommeil sur la dalle froide.

Il guetta longtemps le fond de la nuit, s'efforçant de résister au sommeil. Enfin vint jusqu'à lui un chant poignant, un chœur pathétique et désordonné dont la beauté le fit frissonner. Les longs hurlements s'amplifièrent, se chevauchèrent dans un foisonnement outrancier qui faillit le faire lever. Le chevalier sourit : ses amis étaient bien là, à une heure ou deux de marche. Il lui tarda d'être au lendemain.

*

Dès l'aube Aimeric sortit de sa tanière et, enjambant avec précaution les corps sombres étendus autour du feu presque éteint, il s'empara de l'oule ronde et alla au ruisseau se débarbouiller. Il ramena de l'eau et des feuilles sèches pour raviver le feu. Entre-temps les Bonshommes s'étaient éveillés mais ils le laissèrent s'activer sans bouger. Quand l'eau commença à chanter dans le chaudron, Aimeric en enleva un peu et versa des poignées de millet avec du seigle et de l'escourgeon. Il goûta plusieurs fois avant d'enlever la marmite et de la disposer au milieu des Bonshommes qui se mirent debout pour les oraisons.

Ensuite ils mangèrent en pelletant à tour de rôle dans la bouillie avec des spatules en bois, pour ne pas se brûler.

Aimeric distribua des galettes parfumées à l'ail doux qui, précisa-t-il, avaient été faites par la propre femme du seigneur de Saissac. Guiraud Mercier ne voulut qu'y goûter.

– Je suis repu pour la journée, s'excusa-t-il en souriant enfin au chevalier. Tu diras au seigneur de Saissac, à ton retour, que nous n'avons nul besoin de cette nourriture. La forêt nous nourrit abondamment.

– Ce n'est pas aussi bon ! répliqua Aimeric.

Carlipa releva la tête comme s'il avait reçu un soufflet :

– Chevalier, nous mangeons pour subsister afin d'accomplir notre mission qui est de sauver des âmes. Nous n'avons que faire du plaisir de manger. Le plaisir a été créé par Satan qui l'a répandu sur terre pour nous attraper dans ses filets, comme on attrape les grives.

Il prit un air dolent :

– Ceux qui ne l'ont pas compris n'ont pas fini de souffrir, inconsolés sur la terre d'oubli.

Aimeric comprit tout à coup pourquoi le diacre mangeait toujours une main levée : elle restait en prière et éloignait le démon pendant qu'il cédait au périlleux penchant du rassasiement. Le chevalier se tut.

Après le déjeuner il réunit ses affaires, sa couverture qu'il assujettit sur son dos avec des courroies, un javelot, une dague et une outre de vin pour l'ermite. Il prit congé des Bonshommes qui le bénirent. Il rappela :

– Je serai de retour dans trois jours. Dieu vous garde !

– Que Dieu te mène à bonne fin, chevalier !

Il disparut rapidement dans les halliers, marchant droit vers Bonnecombe, le javelot à la main. C'était une arme tout à fait remarquable, ferrée aux deux bouts. Elle avait été offerte à son père par un seigneur basque. Le bois du javelot était écorcé en luxuriantes broderies qui s'effaçaient là où la main avait l'habitude de le saisir. Un des bouts était armé d'une pointe de fer gravée de volutes. L'autre portait des formules magiques.

Le cers était tombé dans la nuit et la montagne baignait dans une lumière immobile et forte. L'air était brumeux, doux, automnal, chargé d'odeurs. On sentait que le soleil n'était pas loin de percer. Aimeric descendit dans une combe fangeuse ravagée par un torrent qui restait gros. Il dut remonter et chercha longtemps un passage le long de la rive. De l'autre côté il monta encore pour atteindre un lieu élevé et mieux diriger ses pas.

Une odeur de fumée le guida jusqu'à des charbonnières. Plusieurs meules fumaient à travers une carapace de terre lisse qui les recouvrait. Un homme était sur la première, sur une échelle de bois. Il avait la couleur terreuse de la meule et se confondait avec elle. Le chevalier passa sans s'arrêter et rencontrant une sente il la suivit en montant.

Il se sentait moite. Cette chaleur des muscles lui plaisait ; elle le disposait à l'action. Il reconnut le chemin qui devait l'amener à la clairière occupée par une cabane au toit de fougères et de genêts. C'est là que vivait Longin, un vieil ermite un peu fou qui semblait parler seul mais qui en fait s'adressait familièrement aux arbres et aux oiseaux. Et aux ours, quand il avait l'occasion d'en voir, ce qui n'était pas rare. Mais les ours le fuyaient, effrayés par son aspect hirsute ou peut-être son bavardage exalté. Il en ressentait du chagrin.

Parvenu derrière la cabane, Aimeric se figea sur un pied : un beau chevreuil broutait l'herbe en lisière de la forêt. Il pensa qu'il ne pouvait arriver chez ses amis les mains vides. La bête ne l'avait pas vu,tout occupée à se gaver d'herbe et de jeunes pousses. Le chevalier se rapprocha, priant saint Hubert que l'ermite ne sorte pas au même moment. Il contourna les murs de terre hérissés de branches, laissa tomber son paquetage d'un geste rapide et silencieux et, ajustant son javelot, il déboucha sans bruit de l'autre côté de la case.

Le chevreuil lui tournait le dos. Passant devant la porte il jeta un œil et vit un corps étendu sur la natte du sol, immobile, les pieds nus et noirs très écartés dans le soleil. Le chevreuil releva la tête et Aimeric s'élança en faisant de grands pas de côté pour donner de la force à son javelot. La baguette fila vivement avec un bruit d'air froissé et alla se planter dans l'épaule de l'animal. Le chevreuil fit un bond merveilleux et tomba foudroyé. En quelques foulées Aimeric fut sur sa victime qui tressautait. Il tira son couteau et l'égorgea.

Il revint à la cabane, entra, s'habitua à l'odeur de tanière et à la pénombre avant de découvrir le visage de l'ermite, immobile sur sa paillasse. Il était en sang. Un œil pendait. Il pensa d'abord à un ours ou à quelque autre bête sauvage ; puis il s'aperçut que son vieil ami avait les mains liées derrière le dos. Il avait été torturé et tué.

Aimeric resta un moment stupéfait, médusé par ce visage étrange privé d'yeux, de nez et d'oreilles. Il le retourna et coupa les liens, s'assura qu'il était bien mort et se saisissant d'une sorte d'outil en fer il sortit creuser un trou. Il trouva un bout de terre meuble entre des rochers affleurant, l'enleva, y porta le corps enroulé dans la natte en écorce de ronces sur laquelle il couchait et le déposa dans le trou. Il remit la terre par-dessus et des rochers, qu'il entassa pour mettre le corps à l'abri des bêtes charognardes.

Il fit une courte prière : « Que Dieu t'accueille au Bon Séjour, saint homme. »

Il se demanda s'il devait planter une croix. Il savait que les Parfaits honnissaient la croix et ne supportaient aucune allusion ni aucun signe à son sujet. Mais cet ermite n'était pas un hérétique. Bien au contraire, loin de haïr le monde d'ici-bas il avait l'amour de la nature avec qui il caquetait sans cesse. Aimeric prit deux branches et les lia en croix avec du lierre.

Il revint prendre ses affaires, s'arrêta au chevreuil, le mit sur ses épaules et s'en fut. Il avait dans l'idée que le meurtre avait été commis par des hommes de Cabaret, qui venaient chasser fréquemment dans la Loubatière. Les raisons de ce meurtre pouvaient être nombreuses. Le vieil ermite avait coutume d'injurier les chasseurs qu'il considérait comme de véritables meurtriers. Aimeric pensa qu'il n'aurait jamais toléré qu'il tue un chevreuil sous ses yeux, mais qu'il aurait aidé la bête à fuir.

Les hommes de Cabaret étaient aussi de zélés hérétiques. Leur zèle doublé d'une méchanceté naturelle pouvait bien les avoir poussés à commettre cette atrocité sur un représentant de l'Église romaine, à moins qu'ils n'aient voulu débarrasser le massif de la Loubatière d'un espie qui un jour ou l'autre aurait pu devenir gênant.

Aimeric savait maintenant où il devait se rendre. Il continua à monter dans les halliers de plus en plus fermés, s'arrêtant de temps en temps pour reprendre son souffle. La bête était lourde, et les sentes de plus en plus rares et discontinues ; il n'y venait plus assez de monde pour maintenir les passages ouverts. Il franchit plusieurs serres abruptes fermées aux rayons du soleil, montant et descendant sans répit sous les feuillages, dans le bruissement continuel des oiseaux et des petits animaux effarouchés sur son passage.

Il déboucha dans une grande hêtraie. Les pieds énormes des hêtres s'agrippaient au sol par des racines tortueuses dans lesquelles les verdiers s'amusaient le soir à creuser des sabots à pointe recourbée pour leur famille. Aimeric posa le chevreuil, lava le sang sur son hauqueton de cuir, s'essuya le front avec sa manche et s'assit. Les filets d'eau chantaient sous la mousse. Après les frondaisons des hêtres, décaties par l'automne, il apercevait des bouts de ciel, clairs de ce côté de la montagne.

Le chevalier se coucha dans les feuilles et attendit, laissant son esprit vagabonder. Il le sentit s'envoler au-dessus de la Loubatière, survoler une grande meute de loups où il reconnut la louve Blanca et son mâle Wolf. Derrière eux suivaient des compagnons. Il repéra un loup rouquin à l'allure joyeuse et reconnut Ruf. Ils trottaient sans effort et semblaient savoir où ils allaient. Les loups se dirigeaient vers lui et il se vit bientôt lui-même étendu sous les frondaisons rousses. Maintenant ils s'approchaient en hésitant et s'aplatissaient. Un gémissement le réveilla. Il ouvrit les yeux : Blanca était devant lui, sortant d'un buisson en rampant.

Elle était vraiment belle, toute blanche avec des ombres rousses et du noir sur la croupe et la pointe de la queue. Même ses oreilles étaient blanches, et son museau ne portait pas de masque gris ou roux. Ses yeux en amande avaient l'éclat sombre du jais. Elle avançait sur les coudes, les oreilles plaquées en arrière, les yeux fendus, gémissant et jappant. Derrière elle le grand mâle la suivait dans la même attitude et les autres loups restèrent à distance, assis en cercle sur leur derrière. Aimeric parla d'une voix calme :

– Viens, ma belle. Viens ma douce, viens me voir, viens Blanca. Oui, tu es belle, une belle chienne, la plus belle de la Loubatière...

La louve semblait sourire, découvrant dans le rictus de ses lèvres noires des crocs éclatants et acérés comme des dagues. Aimeric se leva lentement, alla jusqu'au chevreuil et, le portant un peu à l'écart, il le lança loin de lui en disant :

– Allez ! Manger ! Blanca, Wolf, manger !

Les maîtres de la meute se précipitèrent sur le chevreuil et le dépecèrent en quelques coups de dents. Ils emportèrent chacun un gros morceau de viande. Le reste de la bande se jeta sur la carcasse en grondant. Aimeric les contempla longtemps, couché dans les feuilles mortes. Blanca et Wolf revinrent s'étendre à côté de lui, repus. Il tendit le bras vers la louve. Elle coucha les oreilles, soumise ; mais elle se tenait trop loin pour être touchée.

Aimeric pensa qu'il n'avait jamais caressé ses loups, aucun. L'amitié que les loups lui portaient sans raison relevait manifestement d'un autre monde que le monde charnel ; elle venait d'un monde spirituel plutôt, un monde de lumière, étrangement différent du monde d'ici-bas. Ce n'était peut-être pas un hasard si les loups l'avaient reconnu après son initiation à la religion cathare.

Dans tous les cas il ne pouvait s'agir d'une amitié commune, ordinaire. Peut-être l'explication était-elle dans le voyage des âmes errantes, qui allaient de corps en corps ? Le lien qui l'unissait si fortement, si chaleureusement aux loups était-il fondé dans une reconnaissance d'âme à âme, une complicité ancienne quelque part dans le monde visible ou invisible, dans le temps présent ou passé ? Avait-il été loup par le passé ? Il avait le sentiment d'une fusion mentale dans l'Esprit des loups, le grand Esprit des loups auquel tous étaient rattachés par-delà les montagnes et les siècles. Les hommes avaient bien le Saint-Esprit.

Mais existait-il, cet Esprit des loups ? C'est pourtant ce qu'il pressentait.

Blanca se leva et se mit à japper en s'éloignant. Aimeric comprit qu'elle l'invitait à la suivre. Il se leva et laissant passer Wolf il les suivit. Les autres loups se mirent sagement à leur suite. Le chevalier se doutait de ce qu'il allait voir. Les loups remontèrent plusieurs versants, passant les torrents en quelques bonds sur les rochers, et finirent par pénétrer des halliers épais qui cachaient une hêtraie aux arbres centenaires. Sous l'un d'eux un grand trou s'ouvrait dans un nœud monstrueux de racines. Des boules de poil apparurent à l'entrée du trou, affublées de grandes oreilles rondes et velues. Les louveteaux observèrent l'intrus avec de grands yeux noirs remplis d'un océan de perplexité.

Aimeric en compta trois, puis un quatrième qui monta sur les autres pour mieux voir. Ils finirent par sortir et vinrent en titubant vers leur mère. Elle régurgita de la viande mâchée et la leur distribua de gueule à gueule. Quand elle n'eut plus rien à donner les quatre nigauds allèrent chatouiller la gueule du père qui restitua quelques morceaux parcimonieusement ; puis passant de l'un à l'autre ils firent le tour de la bande.

Repus, ils recommencèrent à monter les uns sur les autres et à rouler sur le dos, se repoussant de leurs grosses pattes en battant l'air. Ils criaient comme de petits enfants.

Blanca semblait heureuse et fière de sa progéniture. Quand la nuit tomba les loups se réunirent et l'un d'eux lança le chant. Comme dans une chanterie de moines bien entraînés ses compagnons lui répondirent, chacun dans un ton différent. De temps en temps un loup changeait de tonalité, obligeant ses compagnons à passer dans un autre registre pour ne pas marcher sur ses brisées. Aimeric regretta de n'avoir pris aucun instrument. Il avait remarqué que la musique les poussait à réaliser des prouesses vocales.

Il chercha un coin abrité et confortable et s'enroula dans sa fourrure pour dormir. Au matin toute la meute était assise autour de lui, attendant sans impatience son réveil. Ils allèrent ensemble jusqu'à un petit lac où le chevalier se baigna dans l'eau froide et noire. Le bain le revigora et ensuite il se promena en cueillant des baies et des fruits forestiers, qu'il mangea à mesure qu'il les trouvait : des mûres, des airelles, des noisettes. Vers midi il mangea une galette et s'allongea au soleil sur le dos moussu d'une grande roche grise. Il avait coupé une branche de sureau pour confectionner un flageol à trois trous, avec celui pour le pouce. Il s'exerça à en tirer des mélodies simples et gaies.

Le soir il mêla sa musique stridente au chœur des lamentus, provoquant une surexcitation vocale de ses compagnons et des gémissements de pleureuses, sous la clarté grise de la lune. Contemplant longuement le ciel semé d'étoiles, il s'interrogea sur le voyage des âmes et le monde de lumière. Ne disait-on pas que chaque âme rejoignait une étoile, l'incendiant d'un feu impérissable ?

Le sommeil vint d'un coup, sous la garde distraite de la meute.

Au matin il alla au ruisseau en observant le ciel. Une voûte blanche moutonnée comme un champ de neige couvrait le levant, s'interrompant au-dessus du soleil encore invisible où elle formait un puits à la bordure flamboyante. L'astre s'approcha lentement de la lucarne d'azur et quand il apparut, précédé d'un rayonnement insoutenable, Aimeric sentit une joie brûlante l'envahir.

À l'opposé du levant la voûte blanche se désagrégeait peu à peu, s'infusant dans l'azur qui sortait de la nuit. C'était vraiment un beau ciel. Il pensa à Adélaïs.

Tout en mangeant des noisettes il se remit en marche pour remonter vers la Serre Haute. Les loups le suivirent. Blanca et Wolf se tenaient écartés, à sa hauteur sans jamais le dépasser. Derrière eux venaient les autres en deux files, les femelles derrière Blanca, les mâles derrière Wolf.

À l'approche de l'ermitage, ceinturé d'une profusion de houx arboré qui formait à l'entour une sorte de palissade, Aimeric entendit des voix. Il s'approcha lentement et distingua trois hommes qui bavardaient. L'un d'entre eux était debout, les deux autres allongés dans l'herbe. Aimeric attendit et surprit quelques bribes de la conversation. L'homme debout, trapu et barbu, vêtu d'une broigne de cuir ferré sur une tunique sombre dont on voyait les manches déchirées, s'impatientait et tapait du pied :

– Mais puisque les charbonniers l'ont reconnu, sang de Diu ! Ils ont dit que c'était le chevalier de la comtesse ! C'est forcément lui qui passait par là et qui a enterré le vieux fou. Il faut le retrouver...

L'autre couché répondait calmement :

– Va-t'en retrouver un homme dans la Loubatière ! Il est déjà à Saissac...

– Ou à Murat, de l'autre côté du Thoré, dans les monts de Lacaune... Un homme jeune fait du chemin dans une journée. Autant chercher une aiguille dans une botte de foin !

L'homme debout n'en démordait pas :

– Non, non ! Il n'a pas de cheval. Je sais qu'il est par ici. Je le sens. L'homme qu'ont décrit les charbonniers est bien Castelnau. Je le connais, j'étais au mariage du jeune comte de Toulouse. Je l'ai eu au bout de ma lance.

– Et lui t'a eu au bout de la sienne, hélas pour toi, Pépieux ! ricana l'un de ses compagnons couchés.

– Tu l'avais au bout de ta lance et c'est toi qu'on a vu le cul par terre ? insista l'autre, hilare. Explique-nous !

Le nommé Pépieux éructa, rogneux :

– Il ne le fera pas deux fois, si je le retrouve, foutral de Diu ! Nous dormirons ce soir dans la cabane. Et demain nous le chercherons.

Il frappa dans ses mains :

– On dit qu'il se fait avec les loups. Ce soir nous les écouterons hurler. Et demain matin avant l'aube nous irons droit dessus. Et nous le surprendrons.

Un des hommes couchés se releva, ajusta son baudrier avant d'y suspendre une courte épée, reprit son arc et passa aux épaules la bride de son carquois. Il se recoiffa d'un bonnet de feutre et déclara :

– Rien à foutre de ton Castelnau. C'est le gibier de Jourdain et de Trencavel. Moi je suis là pour chasser le chevreuil, le cerf, le sanglier, tout ce que tu voudras, mais pas l'amant de la comtesse, jambe-Dieu !

L'autre ferma un œil dans le soleil :

– Je te rappelle que Jourdain m'a promis deux cents sous d'or si je lui ramenai Castelnau mort ou vif...

Le premier ricana :

– Tu connais les promesses de Jourdain. Elles n'engagent que les innocents qui l'écoutent. Et de toute façon à moi il n'a rien promis.

– Et moi, Pépieux je te promets de partager avec toi, par la mort-Dieu ! Tu voulais acheter un autre cheval. C'est le moment d'en profiter.

Aimeric sortit des broussailles en s'écriant :

– Profitez-en !

Les trois hommes restèrent médusés. Le barbu vêtu d'une broigne fut le premier à réagir. Il sortit vivement son grand couteau de chasse tandis que les deux autres saisissaient leur épée. Aimeric n'attendit pas le premier assaut et lança son javelot dans la poitrine de Pépieux, qui était le mieux protégé. L'arme vibra dans son torse et le coup le renversa. Il agrippa la hampe joliment décorée, mais ne parvint pas à l'enlever de sa poitrine et resta étendu en se tortillant comme un reptile.

Aimeric avait sorti son grand couteau de chasse pour parer le coup du second. Il vit avec inquiétude le troisième homme planter son épée dans le sol et armer son arc. Il cria. Une forme grise, souple, silencieuse, sortit des fourrés et bondit à la nuque de l'archer qui pointait sa flèche sur le chevalier. L'homme hurla et tomba en avant. On entendit le craquement lugubre des os broyés et Wolf revint en bordure des fourrés, où il s'aplatit en passant sa langue autour de ses babines.

On entendit un bruit de galop qui s'estompa rapidement. Les chevaux s'étaient enfuis. Le troisième homme était paralysé par la peur, l'épée en avant mais incapable de faire un geste. Ses yeux allaient compulsivement d'Aimeric au loup et du loup à Aimeric. Le chevalier lui demanda :

– Préfères-tu mourir de ma main ou de la dent du loup ?

L'homme se mit à trembler. Aimeric reprit :

– Qui a tué le vieil ermite ?

– Ce n'est pas moi !

Aimeric ricana :

– Bien entendu ce n'est pas toi, ce sont ceux qui sont morts. Toi tu es innocent... C'est bien ça ?

L'homme avait du mal à articuler une parole. Il hocha la tête :

– C'est la vérité avérée, chevalier. Je le jure sur la sainte Croix. Moi je n'ai rien fait, je suis un bon chrétien. Je ne voulais pas. C'est Pépieux (il montra le chasseur transpercé par le javelot.). Il disait que tous les moines sont les suppôts du diable, les sirvents de la maquerelle de Rome.

Il rajouta :

– C'est-à-dire de l'Église romaine, l'Église du seigneur pape...

– J'avais compris ! Et toi de quel côté es-tu ? Du côté de Rome ?

L'homme ne répondait pas.

– Quelle est ta foi ?

Il sembla se réveiller.

– Moi seigneur ? Je ne sais pas. Je ne connais rien à ces affaires. Sûr que les moines et les curés abusent. Mais il y en a aussi de bons. Comme chez les Bonshommes. Aussi je donne raison à celui qui me nourrit...

– Bon ! Ton manque de foi t'a sauvé, conclut Aimeric en riant. Tu peux partir.

L'autre ne réagit pas. Il le bouscula.

– Allez va-t'en ! Tu diras à celui qui te nourrit que tu m'as vu et que je regrette seulement qu'il ne soit pas venu me chercher lui-même, au lieu d'envoyer ses sergents.

L'homme se récria :

– Nous ne sommes pas des sergents ! Nous sommes des chevaliers.

– Un chevalier ne fait pas ce que vous avez fait à ce vieil homme. Vous êtes des bêtes malfaisantes, des carognes indignes de la miséricorde divine.

L'homme s'en alla et revint, le regard soumis :

– Je vais d'abord les enterrer, dit-il en montrant ses compagnons.

– Enterre-les bien ! Ils pourraient empoisonner mes loups...

Aimeric alla à la tombe du vieil ermite. Elle était bouleversée. Il la remit en ordre, la recouvrit entièrement de roches et poursuivit son chemin. À l'approche du refuge des Bonshommes les loups disparurent.

Barthélemy Delpech était seul à côté du feu, méditant derrière ses paupières d'oiseau. Des corbeilles fabriquées avec du lierre et des écorces l'entouraient. Il ouvrit les yeux à l'approche du chevalier et son visage s'illumina. Il était le seul Parfait qu'Aimeric connaissait n'affichant pas en toutes circonstances une mine funèbre. Le saint homme le bénit et montra les panières tapissées de fougères :

– Voilà les fruits de notre jardin.

Aimeric reconnut d'abord quelques herbes : du cresson, les feuilles ridées de la sauge, des rosettes de salades amères, de la doucette, de la bourrache et des blettes sauvages ; rien qui puisse exciter les papilles ni caler réellement l'estomac. À côté sur un fond de fougères s'entassaient des noisettes encore habillées, et tout autour des petits tas de châtaignes couvraient la dalle. Une odeur de châtaignes bouillies s'échappait de l'oule suspendue au-dessus du feu. Aimeric se rendit compte qu'il mourait de faim.

On entendait murmurer dans la « chapelle ». Bientôt en sortirent par le trou d'homme les autres Parfaits, rampant comme des vers. Ils bénirent le chevalier et, ajustant une cape d'un bleu obscur sur leur tunique de bure effilochée, les jambes nues chaussées de sandales de corde, un bâton à la main, ils s'en furent. Dom Barthélemy expliqua au jeune homme qu'ils allaient donner le consolament à des agonisants. Aimeric les suivit du regard. Leur démarche était décidée, tendue, presque brutale.

– Un jour peut-être nous serons grandement persécutés, ajouta dom Barthélemy. Tu nous accompagneras dans nos visites et tu seras notre ange gardien.

Il remuait à pleines mains une salade sauvage dans un plat de bois, qu'il venait d'assaisonner d'huile d'olive et de sel. Il ajouta, réjoui :

– Pour que nous puissions sauver le plus possible d'âmes avant de disparaître à notre tour.

– Jusqu'à quand ?

– Que veux-tu dire ?

– Jusqu'à quand allez-vous courir plaines et montagnes pour sauver des âmes ? S'il n'appartient qu'à vous qu'une âme soit sauvée, votre tâche n'aura jamais de fin.

– Elle finira quand la dernière âme quittera la dernière tunique de chair encore vivante sur terre, pour revenir au royaume de Dieu. Alors il n'y aura plus de créature vivante sur terre ; alors le monde mauvais n'existera plus. Et notre cauchemar prendra fin.

Aimeric murmura : « Ce n'est pas pour demain. » Il ne pensait pas être entendu du patriarche mais celui-ci approuva :

– Nous ne le verrons pas, ni toi ni moi.

Ils soupèrent seuls. Dom Barthélemy avait laissé refroidir, en guise de dessert, du plantain cuit avec des coins et des nèfles. Aimeric dit que c'était bon.

Il se goinfra néanmoins de châtaignes.

Le Parfait souriait. Il reprit sa méditation après le repas, invitant le chevalier à occuper la chapelle pour la nuit. Aimeric se coucha sur la natte en écorce de ronces et s'endormit sans attendre le chant choral de ses amis.

Demain il reviendrait à Saissac avec les chevaux, dans la société des hommes et des femmes. Il ne savait pas s'il en avait envie.

Il s'endormit en imaginant qu'Adélaïs venait le rejoindre au milieu des bois. C'était au fond la meilleure chose qu'elle avait à faire.

VII

C'est moi qui vis la première la tête du prieur par-dessus le mur du verger. Le chef du petit monastère Saint-Michel, qu'une ruelle séparait du château à Burlats, me cherchait visiblement et m'apercevant au bord de l'eau il se dirigea vers la petite porte qui donnait accès à la grève.

Cette apparition m'exaspéra. Elle troublait notre oisiveté bavarde, à un moment où pour nous guérir de la mélancolie nous nous étions toutes entassées sur des billots de bois que j'avais fait placer là au bord de la rivière. On y prenait le soleil en hiver et la fraîcheur en été.

Nous écoutions la forêt bruisser, absorbées par le scintillement des gouttes d'eau s'allumant comme des joyaux au feu solaire, à l'extrémité des branches souples des saules. Les branches s'égouttaient sur des restes de neige.

La haute silhouette du prieur m'indisposa aussi parce que je ne savais que trop ce dont il allait m'entretenir.

L'homme était grand et raide. Très savant il récitait par cœur des passages entiers de la Bible. Ainsi armé il recherchait l'occasion de débattre avec des hérétiques. Ils en venaient chaque fois aux mains. Lui les accusait d'être d'un entêtement diabolique, et de rester sourds aux vérités les plus avérées. Les Bonshommes disaient la même chose de lui. Il les irritait en citant à tout bout de champ Bernard de Clairvaux, un homme bouillonnant de foi qui était venu prêcher dans notre pays de langue d'oc, il y a quelques décennies, pour en extirper l'erreur manichéenne. En pure perte, d'ailleurs, ce qui le rendit malade dit-on, et hâta sa fin.

Le prieur était très savant et très rigide. Il ne tolérait de la part de ses moines aucun écart de conduite, aucune légèreté de parole, aucune négligence. Aucun doute dans la foi catholique, apostolique et romaine non plus, bien entendu. Or parmi la douzaine de moines sur laquelle il régnait en tyran l'un d'eux, le sous-prieur, se distinguait par une attitude souvent critique, et de plus en plus rétive à son autorité. Il prenait un malin plaisir à le contrarier, à discuter ses décisions et même à lui désobéir. Ce n'était certes pas à moi de régler ces disputes, mais chacun me voulait dans son camp, espérant que j'irai plaider sa cause auprès de l'abbé de Saint-Benoît de Castres, dont dépendait le prieuré de Burlats. Que pouvais-je faire ?

Le prieur de Saint-Pierre sortit du verger où il croyait me trouver et arriva sur moi à pas raides et bondissants. Son allure déjà exprimait tout le courroux dont il voulait m'entretenir. Il portait le nom de Fulcrand. Il était si grand que sa gonelle, son froc, sa chape et tous ses vêtements de moine s'arrêtaient à mi-mollet. Il y remédiait en portant des chausses noires épaisses, été comme hiver, et des chaussures de cuir montantes.

Il me salua sans faire cas de mes compagnes :

– Dieu vous garde, domna comtessa !

– Dieu vous garde, seigneur prieur. Je suppose que vous venez me rapporter quelque mauvaise conduite de votre sous-prieur, dom Béranger ?

– C'est cela même, domna comtessa, et plus encore, répondit-il en sourcillant, la mine préoccupée. Puis-je vous parler seule ?

– C'est inutile. Je n'ai rien à cacher à mes compagnes. C'est déjà bien assez d'être exilée...

Le prieur soupira, jeta sur mes donzelles un regard malveillant pour les chasser. Son attitude n'eut d'autre effet que d'irriter Alazaïs Azéma qui commenta en retour, tournée vers ses amies :

– Mère de Dieu, il me fout la colique verte, ce moine !

Le prieur en prit son parti et de mauvais gré, la bouche raide, il me déclara :

– J'ai surpris dom Béranger en conversation avec un hérétique...

Je m'esclaffai :

– Il y en a partout ici, des hérétiques ! Avec qui voulez-vous parler ? Et n'êtes-vous pas là pour remettre nos sujets sur le chemin de la vérité ? Comment voulez-vous le faire si vous n'allez pas au-devant d'eux ?

Le prieur se redressa et me regarda de haut :

– Je ne vous ai pas attendue, domna comtessa, pour y penser. Mais notre vocation est d'abord la prière. C'est pour cela que nous sommes moines : pour prier le Seigneur inlassablement.

Il prit une mine faussement chaleureuse :

– Par nos prières incessantes nous captons le pardon divin et le distribuons alentour...

– Tu parles ! marmonna Alazaïs. Vous captez les dîmes et distribuez les corvées...

Le prieur sourcilla encore mais laissa passer l'ondée glacée en faisant semblant de ne pas avoir entendu. Il poursuivit son réquisitoire :

– Or mon sous-prieur manque les offices pour aller discutailler avec les gens.

– Jésus n'a-t-il pas dit à ses disciples : « *Allez donc, enseignez toutes les nations, apprenez-leur à garder tous mes commandements* » ?

– Saint Matthieu, chapitre XXVIII, versets 19 et 20, je connais. Vous ne m'apprenez rien... Mais par le seigneur Dieu qui nous juge, il ne doit pas le faire sans mon autorisation. Or il ne la demande jamais.

– Ses tâches de sous-prieur ne l'obligent-elles pas à sortir ?

– Certes. Mais il doit m'en tenir informé. Et s'absenter le moins possible, jamais pendant les offices, seigneur Jésus. C'est à moi de juger de la nécessité de ses absences.

– Vous voulez dire qu'il bafoue votre autorité ?

Le prieur ouvrit de grands yeux et acquiesça :

– Il bafoue mon autorité, c'est cela, et à travers moi il raille celle du seigneur abbé de Castres qui a bien voulu, dans sa grande bonté, me désigner comme pasteur de notre petite communauté. Mais il y a plus grave.

– Quoi encore ?

– Plus grave que rien, c'est pas bien grave ! commenta Alazaïs.

Le prieur resta sourd une fois de plus et poursuivit ses révélations :

– Il répand la dépravation hérétique dans le monastère !

– Comment cela ?

– Il rapporte à ses frères la doctrine cathare, sous prétexte de leur montrer les armes avec lesquelles se battent nos ennemis. Et ainsi il porte habilement le trouble dans leur conscience. Pour être plus clair encore, j'ai la preuve formelle et attestée qu'il diffuse sciemment le poison de l'hérésie à l'intérieur du prieuré. Par Dieu qui voit tout, c'est très grave.

– Par les dents-Dieu c'est très grave ! reprit en écho Alazaïs avec une mine terrorisée.

Le prieur lui tourna le dos pour ignorer sans déchoir ses pitreries.

– Aussi je compte sur vous, comtesse, pour en avertir sans délais notre père abbé de Saint-Benoît à Castres.

Ça le reprenait. Il ne se passait pas de semaine sans qu'il vienne me demander d'aller rapporter à l'abbé de Castres des médisances sur le sous-prieur. Je voulais gagner du temps :

– Assurez-vous d'abord, seigneur prieur, que dom Béranger a vraiment changé de foi. Je n'en suis pas si sûre.

Il répéta :

– C'est d'une extrême importance ; c'est grave, très grave, très très grave...

– On n'est pas sourdes ! lui envoya Alazaïs dans son dos, les yeux mauvais (elle trouvait le sous-prieur sympathique et regrettait qu'il portât la bure).

Le prieur se retourna vivement, décidé cette fois à répondre mais il ne trouva pas le mot qui aurait cloué le bec à la donzelle. Comprenant à mon visage fermé que je n'étais pas de son côté il s'en retourna d'un bloc. Sa silhouette martiale avait disparu sous la portanelle du verger qu'Alazaïs l'injuriait encore à mi-voix. Nous éclatâmes de rire.

Quelques jours après j'interrogeai Béranger de Pomas, le sous-prieur. Il avait la rondeur d'un adolescent et dans ses yeux noirs une malice d'enfant déluré. Je lui demandai s'il était vrai qu'il tenait des propos hérétiques. Il haussa les épaules, exaspéré, tapa dans ses mains puis rit à petits coups étouffés, la bouche moqueuse :

– Dom Fulcrand est passé vous voir, je suppose. Il n'apprécie pas que j'entraîne nos frères à la dispute théologique avec les hérétiques. Il voudrait aller seul au combat, comme Roland à Roncevaux. Je sais qu'il veut se débarrasser de moi.

Sa voix s'altéra soudain :

– Mais je vous préviens, domna, que je ne me laisserai pas faire.

Il s'emporta :

– Il n'y a pas plus dangereux qu'un animal blessé...

Sur ces paroles quelque peu sibyllines il tapa dans ses mains et s'en retourna en sautillant. Il disparut avec ses paniers d'osier au milieu des maisons serrées entre le prieuré et le château. J'étais bien décidée de mon côté à ne pas me mêler des affaires du couvent.

D'autant que je ne manquais pas de soucis. J'avais réussi à caser mon entourage dans l'oustalet de Cécile, comme on disait à Burlats, mais les chevaliers de Trencavel n'avaient pas trouvé de logement dans le hameau. J'avais dû leur laisser le donjon, ce qui avait pour conséquence que nous usions des mêmes cuisines, de la même cour, du même porche d'entrée. C'étaient autant d'occasions de conflits avec mes chevaliers, et autant de risques pour mes compagnes d'être importunées.

Cent fois plus important, mais je ne le disais pas, était que cette disposition rendait périlleuse la visite de mon troubadour, mon bel amant, mon chevalier Aimeric de Castelnau. Son séjour en devenait presque impossible.

Raimon Garcie était revenu avec Aiglantine. Elle me plut avec son visage long et gracieux, ses yeux verts encadrés de belles nattes châtain clair, ses lèvres charnues. Malgré un regard fier où se tapissait cette effronterie toute biterroise qui indisposait Trencavel, je la trouvai avenante.

Elle était aussi très bien faite et plus grande que Raimon. Raimon faisait partie des hommes brefs, même si son cou de taureau, sa force redoutable et son courage rendaient sa présence considérable. Je pris Aiglantine à mon service, sans autre utilité que de faire le bonheur de mon chevalier fidèle.

Raimon en était follement amoureux.

*

À la même époque apparut Arnaut de Mareuil. Clerc sans vocation, il avait quitté l'évêché de son Périgord natal pour mettre sa plume au service de grands seigneurs chez qui il rédigeait des chartes et autres parchemins. Il mettait de l'ordre dans les chartiers entassés dans les salles basses et obscures des tours de châteaux, profitant de ses moments perdus pour s'exercer au *trobar*. S'estimant mal récompensé pour son application, et pour son talent, il avait quitté déjà plusieurs hauts barons.

La rumeur disait qu'il avait été chassé par des maris jaloux, car il s'attachait trop aux femmes. Quand il passa à Castres, allant chez le comte Guilhem de Montpellier, il entendit parler de moi et vint à Burlats.

Il était petit et sec, nerveux, méfiant. Douceline de Digne me l'amena en le poussant devant elle, comme un mauvais garnement, dans le verger où je méditais seule assise sur un rocher, au plus chaud de l'après-midi. La neige pointillait encore de blanc les sous-bois des versants ombreux autour du château, mais sous les arbres du verger les taches de givre nocturne s'effaçaient rapidement avant midi. Et le fond de l'air n'avait plus ce tranchant glacial du mois de janvier.

Arnaut de Mareuil arrivait comme le premier papillon, multicolore avec son bonnet blanc, son bliaud vert à manches noires, ses chausses noires cerclées de jaune, ses bottines safranées, sa cape écarlate aux ombres poussiéreuses ; il semblait avoir rassemblé sur lui, pour me les faire admirer, tous les dons de ses précédentes suzeraines. Sa marche était peu gracieuse, précipitée, colérique.

Je le reçus aimablement parce qu'il annonçait un changement de saison.

Il s'inclina devant moi avec une affectation passée de mode et me déclama : « Domna comtessa, tant de nobles troubadours ont parlé de votre corps, gracieux et plaisant, de votre chevelure d'or, de votre front plus blanc que lis, de vos yeux vairs, et rieurs, de votre teint frais, plus vermeil que fleur... »

C'était une de ses chansons qu'il me récitait ! Je pouvais ainsi goûter de son talent avant de l'engager. De toute façon mes donzelles ne m'auraient pas pardonné de laisser passer cette occasion de nous distraire un peu.

Elles parlèrent d'une petite fête. On disputa longtemps sur le nombre et la qualité des invités. Je me résignai à accueillir les chevaliers de Trencavel qui logeaient dans le donjon. Alis, étrangement, les réclamait avec une véhémence suspecte.

Aiglantine voulut s'occuper de la décoration de la grande salle. Elle emmena quelques femmes dans les bois avoisinants sous la protection de son ami Raimon. Ils revinrent couverts de tout ce qui reste vert en hiver ou porte des fruits colorés.

Enfermée dans la salle grande, tout en haut de l'oustalet, la jeune Biterroise m'interdit l'accès de la pièce tant que son arrangement n'était pas terminé. De fait, quand nous eûmes la permission d'y pénétrer à la nuit noire, la salle était devenue un palais enchanteur dans la seule lueur des cierges et des lampes à huile.

L'amie de Raimon Garcie avait tendu de drap bleu turquin les grands murs, et de rouge ponceau celui devant lequel je devais siéger. Sur ces draperies chatoyantes elle avait accroché des couronnes de fleurs séchées multicolores sur un fond de verdure, et des lampes à huile soutenues depuis le plafond par des guirlandes de lierre. Tout autour couraient des festons de vigne du diable aux colliers de perles rouges, des gerbes de houx et de buis, des boules de gui et des ramées de petit-houx teintées en mauve, en rose.

Au sol la menthe et la sauge, le romarin, des feuillages de mélisse exhalaient sous nos pas des parfums sucrés.

Sous chacune des quatre fenêtres doubles donnant sur la rivière Aiglantine avait placé un coffre peint sur lequel scintillait de la vaisselle d'or et d'argent, de vermeil, des flacons de verre opalescent, des boîtes de nacre et des objets en corne polie, des miroirs, et les pommes d'argent vermeil qui l'hiver nous réchauffaient les mains. Au-dessus de ces dressoirs improvisés les volets étaient joints de guirlandes de violettes séchées et de thym sur un fond foisonnant de grandes camomilles.

Au-dessus des volets les arcs sommant les fenêtres brillaient de reflets rouges et jaunes. J'y avais fait placer depuis peu des vitraux par un habile maître verrier venu de Castres. Une cinquième fenêtre donnait sur le prieuré. À travers le verre luisant, au-dessus des anges des chapiteaux je vis le ciel et au milieu la faucille lumineuse de la lune nouvelle ponctuée de l'étoile adamantine des bergers : Vénus.

L'image formait un grand point d'interrogation. J'y vis un présage : qu'allait être ma vie, ma vie de vicomtesse, ma vie d'exilée. Ma vie de femme au cœur solitaire, et plus que solitaire : mutilé, privé de sa moitié.

Comme pour achever de noyer mon âme dans une vague de tristesse j'entendis d'imperceptibles hurlements venant de la montagne. Je vis devant mes yeux un chœur de loups sur la neige tout autour d'Aimeric. Quand le reverrai-je ? J'étais triste et plus ardente que jamais à revoir mon troubadour.

Aiglantine avait dressé une grande table unique au milieu de la salle. J'en occupais l'extrémité tournée vers la fenêtre du prieuré, sans autre préséance. Pendant que nous nous exclamions, allant de surprise en surprise, j'envoyai l'herculéen Guilhem de Trenis chercher les chevaliers du vicomte mon mari. Je lui avais recommandé de les désarmer avant d'entrer, à l'exception de leur couteau pour la table.

Ils devaient être impatients d'arriver car ils apparurent presque aussitôt et me lancèrent en entrant tous ensemble un sonore et appliqué « Dieu vous garde, domna comtessa ! ». Ils allèrent s'entasser devant le feu qu'on faisait à l'occasion sur une dalle sertie dans le plancher, en dégageant une petite ouverture prévue dans le toit. Ils étaient mal à leur aise et me jetaient des regards furtifs.

Je notai avec satisfaction qu'ils s'étaient bien mis, reflétant un air propre tout à fait inhabituel. Ils avaient passé des tuniques de soie sur des chemises brodées, des souliers fins à bout relevé. Et, c'était à peine croyable, ils étaient parfumés autrement que de l'odeur de leurs chevaux.

Mes donzelles se firent attendre. Elles voulaient que la soirée soit inoubliable et s'étaient longuement baignées dans le cuvier, parfumé à l'huile de jasmin, aux feuilles de menthe ou de romarin. Elles avaient rendu leur chevelure léonine en la rinçant aux eaux de bouleau ou de marjolaine ; elles s'étaient frotté la peau avec des infusions d'achillée. Je les vis entrer resplendissantes, souriantes, offertes aux regards amoureux.

Aiglantine fut la dernière. Je crus voir arriver la reine de Saba. Elle avait ravivé ses yeux d'un large trait de khôl qui revenait vers les tempes, et visiblement agrandi ses prunelles au jus de belladone. Son regard était noir et velouté comme celui des gazelles.

J'avais moi aussi, pour le plaisir des yeux des convives, imaginé quelque chose d'inattendu. L'idée m'en était venue avec celle d'inviter le prieur, dont la présence en aurait imposé aux chevaliers du vicomte. Mais devant les hurlements de ma mesnie j'avais renoncé à solliciter Dom Fulcrand. J'avais toutefois pensé le représenter dans son habit monastique.

Sur une tunique de soie de Damas à gros ramages, aux manches évasées vers le sol j'avais enfilé un scapulaire, un scapulaire de moine à deux pans tombant devant et derrière jusqu'aux pieds, mais un scapulaire en soie pourpre assez étroit pour laisser paraître à chaque pas, par l'ouverture des côtés, le galbe de mes hanches.

Les yeux luisants des chevaliers de Trencavel, attentifs à l'ouverture du scapulaire, disaient assez que ma silhouette était magnifique.

J'avais aussi un capuchon, comme le prévoit la règle des moines, qui m'avait contrainte à serrer mes cheveux en masse dans une résille de soie noire où se mêlaient des fils d'or et d'argent. Et, dans un élan conquérant, j'avais placé sur mon front la couronne comtale glissée par mon père dans les coffres de la dot, afin que dans les grandes cérémonies nul n'oublie le rang des Saint-Gilles. Elle portait sur le devant, sertie dans un cercle d'or, une grosse émeraude. Je m'en coiffais pour la première fois et j'en fus émue. C'était comme un début de règne personnel.

Aiglantine aspergea la table et le sol d'une décoction de buglosse, en souvenir d'une tradition vivace à Béziers et on se mit à table. Si la disposition des convives était déjà délicate en temps normal, elle était périlleuse dans la situation présente. Je ne devais pas oublier que mes chevaliers et ceux de Trencavel ne s'aimaient pas, se haïssaient peut-être. Ils étaient des guerriers, leurs manières étaient vite brutales. Or je ne voulais voir chez moi que des manières courtoises. De Burlats j'avais banni la guerre.

J'invitai d'abord Peire-Raimon d'Hautpoul, le mainadier de l'escouade vicomtale, à s'installer en face de moi, à l'autre bout de la longue table. Nous étions ainsi deux à régner sur l'assemblée, en quelque sorte, deux dans le devoir de contenir la fougue de nos guerriers.

À ma dextre je mis Aimeri de Laurac, et après lui ma cousine Alis, ma belle cousine fidèle avec qui je partageais joies et soucis. Aimeri de Laurac était beau et blond comme un ange ; ils étaient tous les deux beaux et blonds. Les trois cierges du candélabre placé devant Alis donnaient à son teint clair un éclat mordoré, et renforçaient de façon provocante les ombres de sa gorge. Ses grands yeux se tournaient souvent vers Aimeri ; sa bouche charnue lui souriait sans raison et lui adressait des paroles douces et inutiles avec une familiarité qui me fit comprendre alors pourquoi Alis tenait tant à la présence des chevaliers du vicomte. Ils avaient déjà parolé.

Allaient-ils s'unir ? Aimeri de Laurac était un beau parti. Il paraissait sensible et sensé. Il fallait y penser.

Ensuite venait Guilhem de Trenis et Douceline de Digne. Trenis n'avait pas la moindre ressemblance avec Guilhem de Saint-Clar dont ma donzelle regrettait encore la mort, avec un entêtement qu'elle-même ne pouvait expliquer. Et pourtant Trenis ne manquait pas de cœur. Il était noble, généreux, attentionné et sa carrure de géant était rassurante. Il savait que Douceline n'avait pas oublié son ami et il en souffrait en silence.

Après Douceline je mis Jean de Montaigu, mon troisième chevalier fidèle. Peu bavard mais bon mangeur, je le flanquai d'Arnaut de Mareuil, notre nouveau troubadour, qui mangeait peu faute de ne pouvoir s'arrêter de parler. Ils se complétaient. Après lui était le seigneur du Razès qui aimait chanter et ensuite Brune, la femme de l'intendant que m'avait envoyée Trencavel.

Sur l'autre côté se tenait Isarn de Dourgne. Il était aimable et je pensai l'interroger sur la santé de son oncle, l'abbé de Saint-Pons. Aiglantine suivait avec Raimon Garcie qui lui tenait la main. Douce de Peytavit flanquait le seigneur de Montredon, Frézoul, et découpait sa jolie tête blonde, ceinte de tresses fines comme des cordelettes, sur le hoqueton de cuir raide de son voisin. L'odeur en était forte et comme exaltée par un embonpoint monstrueux que cantonnait une ceinture à grosse boucle de fer. Il avait un anneau de fer à chaque oreille, et était paré joliment d'un collier de défenses de sanglier que fuyait le regard de sa compagne. Il s'était ceint d'un chapel blanc taillé dans une peau de mouton, et l'avait piqué de baies rouges.

Alazaïs Azéma qui savait se défendre l'accostait sur l'autre bord. Elle contenait son abondante chevelure brune par un large ruban vert, brodé de fils de soie et parsemé de branlants d'argent, croisant avec un autre ruban passant sous le menton. J'admirai son beau profil volontaire, son regard de braise. Nul doute que Frézoul de Montredon s'en irait vite bourdonner autour de cette fleur à la beauté piquante. Après elle était l'intendant Guis Dalpueg, un homme jeune qui était venu d'Albi pour gérer notre oustal tout le temps que nous résiderions dans la forteresse de Burlats. Avec son épouse Brune qui terminait l'autre côté de la table le couple encadrait Hautpoul. Saurait-il contenir la passion que me vouait le capitaine, s'il lui prenait l'envie de me harceler ?

Ogive était allée renforcer aux fourneaux du donjon l'escouade des cuisines, où s'activaient des femmes du hameau. Elle nous envoya les plats sans ordre au fur et à mesure de leur bonne cuisson, apportés par des galopins morveux qui traversaient la cour en courant et montaient l'escalier de bois, en façade, quatre à quatre pour éviter qu'ils refroidissent.

Pendant que leurs femmes étaient aux cuisines les hommes du hameau assuraient le service, se servant de l'âtre pour remettre en cuisson les viandes qui manquaient de fumet, et d'une petite table en terre cuite sous laquelle on mettait de la braise pour réchauffer les sauces.

Les lumières des cierges sur la table, celles des lampes suspendues nombreuses le long des murs donnaient aux regards un éclat amoureux. Je demandai enfin à Arnaut de Mareuil de nous distraire. Il ne se fit pas prier, certainement impatient de briller devant les domnas dont les rires de plus en plus stridents commençaient à exciter l'assemblée.

Les hommes aussi parlaient forts, chauffés par les vins de Gaillac. Arnaut s'arma d'un luth et, conciliant, attendit les paupières baissées d'avoir le silence. Il joua quelques notes sur son instrument remarquable par l'ampleur de sa table et les incrustations de nacre, de corail, d'ivoire et de jais qui la décoraient, et comme le silence ne se faisait pas il passa la tablée entière au fil de son regard courroucé.

Je lui fis signe de se lancer. Il commença :

Aguiza de fin amador
Ab franc cor umil et veraï,

Viu sol del bon respieg d'amor
Jauzens ab greu pena qu'eu traï [1]...

Arnaut de Mareuil avait une jolie voix, colorée, juste, mais il chantait avec une solennité d'église qui enlevait toute vérité à ses belles paroles. Le public s'impatienta. Alazaïs se manifesta :

– Oh oh troubadour ! Tu nous chantes la messe, ou l'amour ?

On rit de la rime. Arnaut grimaça un sourire et continua en grattant son luth plus fort, mais toujours appliqué et pontifiant :

Pero vers es que ma leujaria
Volh mais pujar que drechura no manda
Qu'eu tenc lo pog e laïs la bela landa
E cas lo joi qu'a mi no tanheria...
Qu'amors me ditz, quant eu m'en volh estraire [2]...

Le chevalier du Razès, qui avait une voix forte, se mit à fredonner un accompagnement, se risquant même à deviner la fin des phrases. Arnaut s'énerva, lui demanda de se taire. Ses compagnons rirent, faisant le geste de lui casser le luth sur la tête. Mais la chanson était terminée.

J'applaudis et tout le monde avec moi. Malgré ces contrariétés et l'indiscipline des convives Arnaut continua, tourné ostensiblement vers moi :

E el cortes ditz e la fresca colors
Que son en vos bona domna valens
Me donan genh de chantar e sciensa...
Mas grans paors m'o tol e gran temensa [3]...

Il avait bien raison d'avoir peur de me déclarer son admiration. Je voyais en face de moi, à l'autre bout de la table, le regard d'Hautpoul brouillé par le vin. Il tapotait la table avec sa coupe toujours vide. À côté d'Arnaut le seigneur du Razès avait repris son accompagnement vocal, la bouche pleine. Alazaïs s'était mise en frais pour faire la conversation à Frézoul de Montredon qui, alléché par sa bonne fortune, n'arrêtait plus de parler, s'essuyant les doigts à sa grande barbe. La fin

1. Comme le fin amant / Au cœur franc humble et vrai / Je vis seul du bel espoir d'amour / Heureux de la lourde peine que je traîne...

2. Mais il est vrai que ma légèreté / Veut davantage monter que le droit ne le demande / Je vais sur le sommet et laisse la belle lande / Et j'investis le « joi » qui pour moi ne devrait pas fleurir / Car l'amour me dit, quand je veux renoncer / (Que maintes fois monte un homme de basse origine / Et conquiert plus que le droit n'y consentirait...)

3. Et le dire courtois et la fraîche couleur / Qui sont en vous bonne dame de valeur / Me donnent le goût de chanter et la science / Mais grande peur me l'ôte et grande crainte...

de la chanson se termina dans le brouhaha.

Ogive arriva à point pour faire diversion. Elle estimait que son rôle en cuisine était achevé, et venait flairer l'ambiance. Arnaut finissait sa chanson, la mine rogneuse et les yeux furibonds. Il vit passer Ogive, qu'il ne connaissait pas vraiment, et se saisissant de sa coupe il la lui tendit avec l'autorité ostentatoire des humiliés :

– À boire, servante ! J'ai soif !

Ogive l'observa ébahie, et le sourcil levé me lança :

– Et qui c'est ce ratichon ?

Je ne pus m'empêcher de rire, mais je me repris :

– Ogive, je te présente le meilleur troubadour de... Burlats. Pour l'instant.

Ogive alla s'asseoir contre le mur derrière moi. Elle me souffla en passant : « Il est beau comme un cul de pauvre. » Je lui fis signe de se taire. Le seigneur du Razès avait pris la suite et chantait une chanson de berger de sa voix puissante et rauque.

Hautpoul commenta à la fin de la chanson :

– Voilà ce qui s'appelle chanter !

Et écharpant de son regard de fauve Arnaut de Mareuil qui ruminait, il ajouta :

– Moi, je ne comprends rien à ces chansons de donzelle. Nous dans nos montagnes, on n'a pas le temps de se contempler le tour du nombril, sang-Dieu !

Je compris que je n'aurais pas dû inviter les chevaliers de Trencavel. Ils n'étaient pas en attente de nouveauté, ni de raffinement. Ils n'espéraient de chaque jour que des plaisirs simples, faciles, coutumiers, et se méfiaient des horizons nouveaux qu'on leur faisait entrevoir. Il était naïf de ma part de vouloir les changer, et présomptueux de croire que sous mon joug ils allaient accepter de se transformer, et surtout de se désarmer.

Il fallait maintenant les mettre dehors. Je comptais sur Ogive. Je l'envoyai discrètement chercher les boute-hors qu'elle avait préparés. Je proposai encore de chanter en dégustant les dernières friandises. Hautpoul, ivre, injuriait Arnaut de Mareuil, le traitant de sodomite. Celui-ci faisait l'apologie des grands troubadours que furent Bernart Marti et Cercamon, et d'autres.

Le chevalier du Razès, soucieux de se montrer du côté d'Hautpoul mais pauvre en arguments, se contentait de répliquer :

– Peuh ! Peuh !

Il changea de pied brusquement et se mit à chanter une berceuse de son enfance, de sa forte voix.

Frézoul de Montredon avait passé son bras autour des épaules d'Alazaïs en lui promettant monts et merveilles si elle consentait à le suivre dans le donjon. Mes chevaliers se fermaient comme aux commençailles d'un tournoi. Je sentais qu'on allait à la bataille.

Ogive le pressentait aussi. Elle se leva, le visage empreint d'une bonhomie rusée, et disparut un moment. Un grand bruit dans l'escalier précéda son retour et elle apparut à la tête d'un conroi de cuisinières, de galopins, d'aides de cuisine et de tous les sirvents qui avaient participé au service, armés d'ustensiles qu'ils faisaient sonner bruyamment.

Ils firent une ronde que tentèrent d'enjoliver en vain Arnaut sur son luth, Aiglantine qui jouait de la flûte et nous l'avait caché, et le seigneur du Razès qui chantait à gorge déployée.

Mes donzelles se mirent dans la ronde, les genoux ployés, m'entraînant. À mon tour j'invitai gracieusement les chevaliers du vicomte. On dut les tirer un à un et les mettre dans la carole. Ils y entrèrent avec réticence, prenant le rythme lourdement, les jambes ployées, assommés par leur bourdonnante saoulerie, la tête levée vers une improbable inspiration céleste. Je fis distribuer les derniers boute-hors : des violettes confites par Ogive, des fruits secs, des avelines avec des oranges confites et des dragées épicées venues du royaume d'Aragon. On servit en même temps l'hypocras, aromatisé aux épices des Indes, et un vin grec avec des oublies. Je pensai en avoir fini.

Mais personne ne voulait partir. Les sirvents du lieu s'écrièrent : « Bourrelha ! Bourrelha ! »

Ils s'élancèrent et se mirent à danser entre hommes. Sur un rythme endiablé tantôt frappé sur place, tantôt glissé, tantôt lent, tantôt rapide, ils se croisaient et tournoyaient en agitant les bras, se défiant et s'attaquant, se frôlant du ventre et s'écartant pour mieux revenir.

Les seigneurs d'Hautpoul, de Dourgne, de Montredon connaissaient cette danse des montagnes. Ils se lancèrent sans invitation dans la balerie, comme des tornades. On enleva les tables. L'intendant Guis Delpueg alla chercher sa chifonie, une grosse vièle à roue que tournait sa femme pendant qu'il tirait avec une grande dextérité des clefs de bois.

Avec Arnaut, Aiglantine, et les cuisinières tapant sur leur batterie de cuisine on fit sonner une musique d'enfer qui transportait les danseurs et les faisait voler au-dessus du plancher. La retombée, ponctuée de coups de talon, tonnait comme un orage.

« Tournez ! Tournez gentils seigneurs ! me disais-je, envolez-vous, fondez comme l'autour, retirez-vous comme la mer Rouge, tournoyez, tournoyez, glissez, tapez du talon comme un chef de horde, partez, revenez, faites-vous grands, forts, tapez du pied, des mains, lancez-vous dans la mêlée, retirez-vous, revenez encore, faites un rempart de votre corps devant l'ennemi, et encore, et encore, et surtout épuisez-vous ! Épuisez votre rogne, votre dépit, votre méchanceté naturelle, votre jactance. »

Les hommes concoururent au plus rapide, au plus haut, au plus tournoyant. Je tapais des mains, heureuse de les voir se défier dans des joutes amicales. Alazaïs, quand elle eut bien compris cette danse de la montagne, guerrière et virile, se lança dans la ronde avec Frézoul de Montredon, guidant d'un éclair de gorge blanche la montagne de chair qui la suivait comme une ombre en faisant voltiger son collier de dents de sanglier. Il glissait sur le plancher avec la légèreté d'un écureuil. Alazaïs l'aiguillonnait de pirouettes et de pas sautés, moulinant sous son nez ses blanches mains et se glissant sous l'anneau de ses bras.

Aiglantine y alla aussi, et Raimon Garcie et puis Alis, maladroite, trop sensuelle pour une danse guerrière mais volontaire, vibrante ; Aimeri de Laurac la suivit, et tout le monde s'y lança.

Il n'y manquait qu'Ogive. Elle se dandinait depuis un moment à mon côté comme une oie grasse, passant d'un pied sur l'autre en tentant de prendre le bon rythme. Mue par un désir incompréhensible de provoquer une catastrophe, peut-être pour en finir, je la poussai au milieu des danseurs. Elle s'y glissa les bras levés avec une souplesse inattendue, et se mit à tournoyer comme une toupie d'enfant, traversant sans frein les cercles mouvants des danseurs, tous les cercles les uns après les autres. On la hua.

Le seigneur du Razès, qui chantait toujours, se laissa emporter par le passage de la comète et vint la défier. Ils se mesurèrent du regard au milieu du cercle, les yeux énamourés tournés vers le ciel, moulinant des bras à qui mieux mieux, les genoux ployés, piétinant rageusement et se provoquant du talon.

Le seigneur du Razès allait comme un étalon à la rencontre du danger, droit et menaçant. Ogive mimait la jument tourmentée, tapant du pied dans un geste impatient avant de se laisser reprendre au passage par le tournis, le pied glissant.

Quand on vit le seigneur du Razès trébucher et Ogive, écarlate, à bout de souffle, on s'écarta tous prudemment. Ma petite mère agrandissait dangereusement ses foulées, les yeux ivres, la jupe gonflée d'un vent de tourmente, la face vers le ciel et la nuque abandonnée au rythme de plus en plus saccadé de la musique, de plus en plus rapide, . Je pressentis le retour imminent de la comète sur terre.

Elle perdit l'équilibre devant Arnaut de Mareuil qui jouait du luth, l'instrument posé sur son genou. Il la reçut dans les bras. Elle le renversa, l'emporta et le recouvrit entièrement sur la table. Sa course s'acheva par un bruit sec, sinistre, regrettable. Le luth était cassé.

La musique s'arrêta. Les danseurs, exténués et rigolards, lancèrent au couple des paillardises qui excitèrent la verve d'Alazaïs :

– Ils se sont embrassés comme deux pommes cuites !

Et à ma petite mère, quand elle eut repris ses esprits :

– Ogive ! Quelle avidité ! Il vous plaît finalement le petit ratichon ! Ne soyez pas si pressée, personne ne vous le prendra... Vous allez lui cassez son manche, à lui aussi.

Je fis servir encore du vin allongé d'eau pour nous rafraîchir, et sans plus attendre je marquai la fin de la fête en éteignant les lampes et en distribuant les bougies.

Tout le monde se replia dans l'escalier, couvert de vapeur, sous la poussée chaleureuse mais ferme de mes chevaliers et d'Ogive qui tombait d'épuisement.

Je laissai Arnaut de Mareuil traîner dans la salle grande, se contant à lui-même ses malheurs : son luth cassé, ses reins aussi, un logement de misère qui l'attendait au donjon avec les chevaliers avinés du vicomte et les sirvents.

Il aurait voulu vivre près de nous. Mais il n'était pas encore assez gracieux pour que mes compagnes se risquent à lui faire une place.

VIII

Le notaire reprit la lecture de l'acte en entier, à haute et intelligible voix : « *Le quatrième jour des nones d'avril de l'an de l'Incarnation 1178, Roger par la grâce de Dieu vicomte d'Albi, Béziers et Carcassonne engage à Ugo de Roumégous, son viguier de Carcassonne, à sa femme et à ses enfants présents et à venir tout ce qu'il possède à Couffoulens et son territoire, tout ce qu'il possède à Capendu et au moulin de Cavanac. L'engagement est fait contre la somme de 28 000 sous melgoriens...* »

La lecture achevée le vieux notaire du vicomte releva la tête et demanda une nouvelle fois à Roger :

– Seigneur vicomte, c'est bien le château de Couffoulens et toutes ses dépendances, et tout son honneur que vous vendez sans réserve à votre viguier Ugo de Roumégous ? En franc alleu, sans clause de sauvegarde, sans albergue ni droit de réquisition ?

Son ton était lourd de reproches. Roger rit :

– Mestre Arnaud, que vous importe ? J'avais de toute façon donné ce château à ma femme, la comtesse Adélaïs. Je n'en disposais plus. Et si maintenant je le revends, c'est pour punir le comte de Toulouse qui a écrit à l'abbé de Cîteaux, au roi de France, au pape, pour médire sur moi et demander une armée pour se saisir de mes terres, et moi au bûcher !

– C'est la première fois de ma vie que je rédige un pareil acte ! Fasse le Ciel que ce soit la dernière...

Roger haussa les épaules :

– J'administre mes biens à ma volonté...

– Mais seigneur vicomte, on ne se débarrasse pas d'un château comme celui de Couffoulens, si près de Carcassonne ! D'autant que ce château était à la comtesse, vous l'avez dit. Il serait de toute façon revenu à votre fils, s'il plaisait à Dieu...

Roger ricana :

– C'était en temps de paix. Et qui sait si j'aurais un fils ? Présentement le comte de Toulouse m'a déclaré la guerre. Je ne vais pas laisser mes forteresses à la disposition de sa fille. Je ne suis pas fou à ce point.

– Mais fallait-il la vendre, cette forteresse de Couffoulens ? Vous pouviez la donner en fief, et non pas vous en dessaisir à tout jamais sans espoir de retour, avec ses dépendances, ses droits de justice...

– Et ses serfs, compléta Roger en s'appuyant sur l'épaule du vieux scribe. Tu as oublié les serfs. Rajoute : « Le vicomte Roger donne avec le château de Couffoulens tous ses bordiers et hommes de corps : Déodat Pelliparu, sa femme et ses enfants et sa tenure servile, Amblard Cucularu, sa femme et ses enfants et sa tenure servile, et tous les autres serfs tenant des terres serviles de l'honneur de Couffoulens.

– Mais pourquoi les vendre ? gémit encore le vieux notaire.

– J'ai besoin d'argent pour faire face à la bataille qui s'annonce.

À court d'arguments le vieux notaire se pencha et compléta le texte avant de tendre sa plume d'oie aux nombreux témoins, pour qu'ils signent. En premier s'en saisit le bayle de Rennes, Raimon Fabri, un parvenu notoire, puis Bertran de Saissac, Peire Raimon d'Hautpoul venu de Burlats avec ses amis Aimeri de Laurac et Isarn de Dourgne, Bernat de Roquefort, son frère, le châtelain de Béziers et beaucoup d'autres qui signèrent ou se contentèrent d'une croix pâteuse, s'ils ne savaient pas écrire.

Après avoir tenu la cour de justice, et fait signer quelques actes de donation ou de vente comme celui du château de Couffoulens, Roger s'apprêta à entendre les jurements de fidélité de ses vassaux du Razès qui tenaient de lui quelque bien. En ce moment indécis qui précédait la bataille contre Rome, Roger ressentait le besoin d'entendre de la bouche de tous ses seigneurs, barons, châtelains, chevaliers bannerets de cette contrée des Corbières l'engagement ferme et définitif de le servir aveuglément et de lui porter secours à son premier appel. Quoi qu'il arrive. Car tout pouvait arriver.

Il avait aussi réclamé le jurement des simples chevaliers de mesnie, ceux qui étaient sans terre et sans le sou, vivant comme des domestiques dans l'intimité d'un seigneur qui les nourrissait et les armait. C'étaient les plus nombreux mais aussi les plus hardis, les plus impatients à se faire remarquer dans les combats.

Deux centaines d'hommes pour le moins, de tous âges – certains n'avaient pas seize ans, d'autres avaient passé les quatre-vingts – défilèrent devant lui en désordre mais déférents, regroupés par châtellenie, par baronnie, jurant à tour de rôle les mains jointes de lui rester fidèles, de se battre et de mourir pour lui et les siens s'il le fallait.

Mourir pour les siens... Roger pensa à la comtesse, son épouse, aux enfants qu'ils n'auraient pas ensemble car ce serait tomber dans le piège de la femme de Béziers qui avait jeté un sort sur sa descendance. N'était-ce pas elle qui lui avait envoyé la comtesse de Toulouse pour le lier à son père le comte Raimon, son ennemi héréditaire ? Et l'asservir à la gloire du camp toulousain ? Oui il le savait maintenant, la comtesse Adélaïs était venue pour asservir sa descendance au char de triomphe toulousain.

Elle était l'instrument de la sorcière, sans aucun doute. Aussi n'aurait-il pas de descendance d'elle. Il ne l'approcherait pas, jamais. Son étreinte serait mortelle.

Il était seul, sans père ni mère ; sa sœur Cécilia mariée depuis vingt-cinq ans au comte de Foix, sa sœur Béatrix désormais à la cour de Toulouse, dans l'autre camp ; un demi-frère, Raimon, qui tentait sournoisement de grignoter sa chevance et n'attendait que l'occasion de se faire acheter par ses ennemis.

Roger pensa qu'il resterait seul pour ne pas donner prise aux diaboliques manigances. Plutôt seul que dominé, plutôt seul qu'exposé au chantage, plutôt seul que trahi.

En recevant les hommages de tous ces hommes frustes qui défilaient devant lui la mine grave, mal fagotés dans des harnachements de cuirot, la barbe et la chevelure fricheuses, il se rendit compte qu'il ne connaissait presque aucun de ces petits seigneurs. Ils semblaient pulluler sur les terres du Razès, ces chevaliers de misère, si nombreux à partager la moindre tour qu'ils avaient tout juste de quoi s'offrir une mauvaise épée. Il pensa qu'il les avait trop longtemps tenus loin de ses yeux, ces hommes de rien qui se révélaient en bataille de dure rencontre, vaillants, impitoyables. Les meilleurs des frères d'armes. Par ces temps troublés, annonciateurs de désordres gigantesques, ils lui seraient indispensables.

Il demanda à son trésorier Guilhem de Saint-Félix de faire distribuer à chacun d'eux pendant le grand repas qui suivrait la cérémonie une poignée de sous d'argent pour l'achat d'un armement nouveau.

Il y avait aussi dans la nombreuse assemblée venue au plaid de justice dans le château de Rennes son châtelain de Béziers Raimon de Vilar, comme de coutume, mais cette fois accompagné de sa fille Séréna. Roger revoyait Séréna de loin en loin à Béziers chaque fois qu'il dormait au château Vieux. Le châtelain lui abandonnait sa chambre garnie de sa fille cadette. Mais c'était la première fois que Raimon de Vilar amenait avec lui sa fille à l'une de ses réquisitions. C'était la première fois qu'il manifestait ouvertement son désir de donner sa fille au vicomte, et qu'il la mettait à sa disposition devant tous, sans le truchement d'une hospitalité parfaite et sans la décence qu'assuraient les murs du château Vieux.

Roger en fut sur le moment agacé, inquiet qu'il était de se voir amené de force à prendre ouvertement une favorite. Mais la pensée d'accueillir dans sa couche le soir même la pulpeuse Séréna lui fit vite oublier les raisons de son inquiétude et lui infusa même une humeur joyeuse. Passant à table à la nuit tombée dans la même salle grande où s'était assemblé le plaid, après que le sol eut été paré de nattes de paille et rafraîchi de rameaux fleuris, il invita Séréna à son côté, ce qu'elle prit pour un grand honneur qu'elle lui manifesta dans un regard énamouré.

Roger sentait l'impatience le gagner. Il observa son entourage : exceptés ses amis proches qu'on aurait pu appeler « les Inséparables », Aimeri de Laurac, Bertran de Saissac, Bernat de Roquefort, le jeune Isarn de Dourgne encore, il connaissait peu de barons, de tenants d'office, d'abbés ou de chevaliers de ces montagnes des Corbières. Ils étaient pour lui comme des étrangers et il en eut de nouveau des regrets.

Il songea qu'il était fatigué. Il avait besoin de plaisir, de plaisir charnel pour se régénérer avant de penser au combat qui s'annonçait. Il se souvint qu'il avait connu Séréna à la veille de châtier Béziers. C'était sa première bataille. Il l'avait menée de main de maître. Pourquoi ne gagnerait-il pas celle qui s'annonçait ?

Une pensée le fit sursauter. Le jour où il avait connu Séréna était aussi le jour où il avait rencontré un ennemi nouveau, inattendu, redoutable car invisible, omnipotent : la force du maléfice. À l'état pur. Une force qui l'avait pris et depuis ne le lâchait plus. Et si c'était vrai que la malédiction allait passer à ses enfants ?

Il n'aurait pas d'enfants. Ou plutôt si, un seul, un premier-né que lui donnerait Séréna et qui servirait à tromper le diable. Au contraire des juifs, pensa-t-il, qui décrient leurs nouveau-nés dans la rue, avec des airs d'inconsolable dépit pour qu'un jaloux n'ait pas l'idée de leur envoyer le mauvais œil, je vais faire un bâtard à Séréna que j'honorerai comme mon fils légitime. Le malheur se jettera sur lui. Je pourrai alors peut-être espérer, avec l'aide de Dieu, engendrer à l'écart un héritier qui poursuivra la prestigieuse ascension des Trencavel.

Il se tourna vers Séréna qui lui sourit à belles dents. Ses joues roses, ses yeux brillants, sa nuque moite où de petites boucles brunes se prenaient comme dans un bain de vapeur, Roger avait d'un coup d'œil considéré tous ces signes enchanteurs qui dénotaient chez la jeune fille un émoi immense. Une exaltation étrange le gagna, peut-être à cause du vin, mais aussi à la pensée qu'il allait livrer deux combats de géants, deux combats herculéens : contre Rome et contre les puissances maléfiques.

Les Parfaits auraient répliqué que le diable ou Rome, c'était bonnet blanc et blanc bonnet. Roger nuançait : l'Église de Rome et l'Église du diable n'étaient pas confondues, elles étaient alliées. Ce n'était pas, comme la sainte Trinité, un seul être en plusieurs personnes. Deux ennemis donc, deux ennemis naturellement alliés qu'il devait battre l'un après l'autre, en bon stratège. Et d'abord le diable, le maléfice, la malédiction de la sorcière, le mauvais œil, la force du mal venue des profondeurs de la terre, de la nature, de la haine sauvage, la force qui s'incarne si facilement dans une femme qui ne s'appartient plus.

Il y croyait maintenant, qu'il était pris. Mais il briserait l'encerclement invisible grâce à Séréna, opposant à la diabolique emprise d'une femme tournée vers le néant son principe contraire, la force fécondante d'une autre femme, d'une bonne fée.

Un désir irrépressible de contre-attaquer sur l'instant le fit se pencher vers la jeune fille, dont le corsage largement échancré lui ménageait la privauté d'un regard sur la naissance rebondie de ses seins. Il lui dit :

– Viens !

Séréna lui lança un regard éperdu, doutant d'avoir bien compris l'ordre de son seigneur et maître. Le festin n'en était qu'à la moitié du service. Des jouglars ceints de chapels de fleurs venaient d'entrer en jouant de la vièle et du luth, du tambourin, et se dirigeaient droit sur eux. Roger se leva sans y prendre garde et prit la main de la donzelle. Tous les regards quittèrent les ménétriers pour se tourner vers le couple qui s'échappait. Séréna se leva, rougissante, reprit machinalement une mèche qui errait sur son visage, saisit le bas de son bliaud terminé par une longue traîne et, roulant des hanches pour revenir à la hauteur du vicomte qui la tirait, elle le suivit en courbant la tête.

– Tout le monde nous voit, lui chuchota-t-elle.

– Le diable aussi, répliqua Roger avec assurance, sans plus d'explication.

Il fallait bien se montrer pour tromper le diable, lui donner le change.

Roger monta dans la chambre que le châtelain du château de Rennes lui laissait de mauvaise grâce pendant son séjour. La cheminée était froide, personne n'avait pensé à y faire du feu. Séréna qui avait les joues rouges lui dit :

– Seigneur Roger, je suis chaude pour deux.

Roger rit.

– Alors déshabille-toi et entre la première dans le lit.

Séréna sourit, s'approcha de lui et lui prit le petit couteau dont il se servait à table. Elle le lui tendit :

– Seigneur, décousez d'abord mes manches...

Roger prit le couteau et coupa d'un geste bref le gros fil qui retenait aux épaules les manches de soie annelées de mousseline noire, gainant étroitement le haut de ses bras avant de s'ouvrir jusqu'à terre. Il mit à nu deux bras blancs et ronds qui formèrent un anneau odorant autour de son cou.

– Continuez, seigneur... murmura Séréna, défaillante.

Roger finit de défaire maladroitement les boutons de verre coloré qui commandaient la fente du corsage pour la tête, et Séréna empoignant la bordure raidie par les passementeries de soie et d'argent fit passer son bliaud par-dessus elle.

Échevelée, elle revint se plaquer contre le vicomte, capturant à nouveau sa nuque bouclée dans l'anneau de ses bras blancs comme neige. Roger vit par-dessus l'encolure de son chainse de fine laine la gorge profonde de ses seins, qui s'écrasaient en débordant de tous côtés. Il passa ses mains sur ses épaules rondes et avec deux doigts souleva le chainse. Les bras levés dans un geste gracieux et confiant Séréna se laissa défaire du chainse. Une petite chemise de lin, au col brodé, à la taille fendue, apparut comme un nouvel obstacle.

Séréna échappa aux mains de Roger en riant et courut jusqu'au lit qu'elle ouvrit pour se glisser dans les draps. Roger eut le temps de voir qu'elle portait des chausses fines de soie verte qui remontaient jusqu'en haut des cuisses, retenues au-dessus du genou par des rubans foncés. Le visage de la jeune fille marqua une surprise heureuse.

– Le lit est chaud, Roger, annonça-t-elle joyeusement.

Une femme avait dû y passer dans la soirée une bassinoire, à moins qu'elle n'ait laissé quelque brasier dans une cage de branchettes. Roger se déshabilla sous le regard guigneur de la donzelle et se glissa dans le lit. Il trouva sous ses mains un corps plein qui vint sous lui sans attendre. Deux jambes soyeuses glissèrent le long de ses hanches nues et le guidèrent sans hésitation. Il se fondit immédiatement en elle.

Ils se donnèrent du plaisir toute la nuit, sans pause. Séréna pleura d'émotion et de fatigue sur le matin, avant l'aube, et parla de dormir. Mais Roger voulait garantir le succès de sa bataille contre les forces du mal. Séréna cria :

– Vous me tuez, seigneur !

Un rictus soulevait ses lèvres tandis que le plaisir les emportait encore une fois dans une jouissance douloureuse.

IX

Arnaut de Mareuil partait chaque matin au monastère voisin faire des écritures. Il avait une belle plume et les moines lui faisaient mettre au propre les chartes, les actes de donation et tout ce qui devait être consigné sur beau parchemin pour résister à l'épreuve du temps, et garantir les droits du monastère jusqu'au Jugement dernier.

Il recopiait aussi des ouvrages enluminés qui appartenaient à la librairie de l'abbaye patronne, le monastère Saint-Benoît de Castres.

Arnaut revenait de chez les moines de plus en plus renfrogné et de plus en plus crispé. Il semblait vivre un cauchemar. On n'osait pas lui demander de chanter, de peur qu'il nous chante la messe des morts.

Chacun y allait de son explication. Ogive :

– Il a marché sur la queue du loup.

Et Alazaïs, menaçante :

– C'est l'autre caramantran qui lui donne la colique verte !

Au soir d'une journée de pluie Arnaut finit par se confier. Comme il était trempé, alors que le monastère était à deux pas de notre enceinte, je lui en demandai la raison. Il me raconta que le prieur, loin de le remercier des tâches qu'il accomplissait gracieusement, lui reprochait d'être troubadour, ce qui pour lui était le dernier état de débauche. Pour l'humilier il l'envoyait travailler à la construction du nouveau logis abbatial qu'il faisait construire le long de la rivière. Mon petit palais lui servait de modèle, mais il espérait le dépasser pour la beauté des ornementations.

Arnaut ne supportait plus ces brimades et commençait à se rebiffer. Le prieur y voyait la signature du poison hérétique instillé par ma petite cour, qu'il prenait pour un dangereux foyer de propagation de la doctrine cathare. Arnaut était pris entre la fureur de travailler pour un tyran et la crainte de me rapporter du couvent de nouveaux ennuis.

Je le rassurai :

– Le prieur Fulcrand voit des cathares partout ! Il accuse même son sous-prieur d'en être. Ne t'inquiète pas de cela. C'est une marotte.

– Domna, c'est plutôt qu'il a des vues sur la succession de l'abbé de Saint-Benoît de Castres, dont l'âge et la mauvaise santé lui laissent espérer une disparition prochaine. Les moines disent que s'il a fait de l'extirpation de l'hérésie son cheval de bataille, c'est uniquement pour conquérir le siège abbatial de Castres.

– Ils ne sont pas très charitables, les moines, avec leur prieur...

– Tous les moines le haïssent, et surtout le sous-prieur qui craint comme la peste qu'il ne devienne abbé de Castres, car il pourrait le renvoyer du monastère. Aussi cherchent-ils à le discréditer en manifestant publiquement la plus grande tolérance envers l'hérésie cathare, et en disant qu'ils y sont encouragés par leur prieur...

– Ils ont en tout cas la sympathie de la population du hameau.

On n'imagine pas tout ce qui peut se passer dans un monastère... Un soir je demandai à Arnaut de Mareuil :

– Où en est-il de son nouveau logis, notre prieur ?

– Il est presque terminé. Les imagiers sculptent les arcs et les chapiteaux des fenêtres. Il n'y a plus que la toiture à finir. Mais les charpentiers ont abandonné le chantier parce que dom Fulcrand ne les a pas encore payés.

– Il manque peut-être d'argent, suggérai-je en craignant qu'il ne vienne chez moi demander l'aumône.

– Non pas, domna. Mais il ne veut rien verser tant que tout ne sera pas fini.

– Ne sait-il pas que les charpentiers mangent comme tout le monde, et qu'ils font des enfants qu'il faut nourrir chaque jour ?

Arnaut hocha la tête :

– Il n'a pas de cœur, domna.

Il ajouta dans un sourire aigre :

– Personne ne l'aime. Il fait lui-même son manger parce qu'il a peur d'être empoisonné !

J'éclatai de rire :

– C'est pire qu'à Rome ! Ce n'est pas étonnant si la nouvelle foi fait autant de progrès. De ton côté ne te mêle de rien mais tiens-moi au courant de ce que tu apprends.

Je lui fis mon plus beau sourire :

– Je t'en saurai gré.

Un sourire bêta éclaira sa face.

– Ma domna, je suis votre esclave. Commandez et je vous obéirai !

Ces élans du cœur, si naïfs, me poussaient à lui complaire et à le loger dans l'oustalet de Cécile. Mais je me contenais car j'espérais toujours la venue d'Aimeric. Je gardais pour mon chevalier la meilleure place.

Quelques jours après je vis une fillette franchir le grand portail de l'enceinte comme je m'en allais au verger. Le portier lui indiquait ma direction. Je ne mis pas longtemps à reconnaître Mondine, la fillette que nous avions connue à Saissac chez les Parfaites. Je l'embrassai et lui demandai ce qu'elle faisait là. Elle me répondit avec cette application sérieuse qu'elle prenait pour révéler ses secrets :

– C'est Aimeric qui m'envoie !

Je dus rougir, car Mondine s'aperçut de mon émotion et chantonna :

– Elle est amoureuse ! Elle est amoureuse !

Je souris :

– Toujours aussi effrontée !

Je lui mis un doigt sur la bouche. Et, lui caressant la joue :

– Que t'a-t-il dit encore ?

– Il va venir vous voir. Il pense beaucoup à vous.

Mondine sourit. Voyant mes paupières battre et mes yeux se remplir de larmes les siens brillèrent aussi. Ses joues rougies par le plein air tressaillirent. Je lui pris la main.

– Sais-tu quand il viendra ?

Elle ouvrit grand les yeux en faisant une moue lippue. Elle secoua la tête, l'ignorant absolument. Elle rajouta cependant :

– Il m'a dit qu'il vous parlerait avant de se montrer, et que vous ne devez pas avoir peur.

– C'est tout ?

Elle hocha vivement la tête, tout à coup muette.

Je l'embrassai encore, et elle me rendit mes baisers.

– Tu n'es pas venue seule, j'imagine ?

– Je suis venue avec mon oncle.

– Et que fait ton oncle ici ?

– Il met des fers aux chevaux, et puis il forge.

– Il vient jusqu'ici ferrer les chevaux ?

Mondine réfléchit et haussa les épaules pour dire qu'elle l'ignorait. Elle ajouta :

– Il faut que je parte, domna comtessa. Mon oncle n'attendra pas.

– Eh bien, s'il ne t'attend pas je te garderai.

Elle me prit la main :

– Moi je veux bien. Je le demanderai à ma mère.

– Dis-lui que je te prends à mon service.

Son front se bourrela de rides.

– Je ne crois pas que mère sera d'accord. Chez vous ce n'est pas comme chez les Parfaites.

Je ris :

– Pas tout à fait, c'est vrai.

Elle m'embrassa et me dit encore :

– Domna Gaillarde vous envoie sa bénédiction, et vous assure de ses prières.

– Tu remercieras domna Gaillarde, et toutes les Bonnes Domnas. Et tu leur feras de grosses bises de ma part.

– Des baisers de paix ?

– De gros baisers sur la joue. Adieu !

La fillette s'en retourna. Avant de franchir la porte elle me fit un joli salut de la main. Je lui envoyai encore un baiser.

*

J'avais décidé de faire Pâques au prieuré malgré l'ambiance tendue qui y régnait, et alors que l'abbé de Saint-Benoît m'avait suppliée de séjourner à Castres pendant la Semaine Sainte. Mais j'attendais Aimeric. Toujours Aimeric...

On se rendit au prieuré pour le premier Office des Ténèbres, le Jeudi saint, à l'heure des vêpres.

Le monastère avait plusieurs entrées. Le porche de l'église d'abord, donnant sur la route des pèlegrins, et naturellement ouvert pour certains offices aux fidèles de Burlats et des environs. La porte charretière, après l'église, donnait aussi sur le chemin des pèlegrins. C'était la grande entrée. Elle était surveillée depuis un fenestron par le frère portier – un vieillard sourd et muet dont le rôle se résumait à tirer le verrou de la portanelle des piétons. La grande porte, qui demandait des bras solides pour être ouverte, ne s'ouvrait qu'aux charrettes.

L'entrée charretière donnait sur la grande cour du monastère, confrontant l'arrière du cloître au couchant, l'oustal des pèlegrins au midi (un bâtiment éclairé de lucarnes étroites au-dessus de la route de la vallée, et flanqué d'écuries), et une longue bâtisse à l'orient, le long des berges de l'Agoût, fermant la cour. Cette aile abritait entre autres la cuisine et le cellier, la boulangerie, l'infirmerie, et le logis abbatial en reconstruction.

Une troisième entrée existait encore, entre l'église et le réfectoire, qui donnait vers le château et permettait d'accéder à celui-ci et aux maisons du hameau sans avoir à contourner le couvent. C'était un passage discret. C'est par là que je pénétrai dans le monastère avec mes filles, mes chevaliers, mon troubadour Arnaut, car je voulais au passage jeter un coup d'œil sur le fameux logis que le prieur se faisait construire aux frais du monastère, et avec la peine des artisans de la vallée qui craignaient fort de n'être payés qu'en prières.

Je voulais savoir s'il ressemblait vraiment à l'oustalet de Cécile, et s'il risquait de l'éclipser comme le prieur, dans une de ses bouffées de rogne orgueilleuse, l'avait laissé entendre.

Le bâtiment paraissait magnifique, monté tout au mortier de chaux avec de belles pierres ocres, comme aucune autre maison dans le village sinon mon petit palais. Au dernier étage une rangée de grandes fenêtres jumelles, répondant aux miennes donnant sur l'Agoût, alignait des arcatures brodées de fines moulures et de personnages inachevés. Une sirène dans un écoinçon s'efforçait de libérer sa queue de poisson de la gangue de pierre. Arnaut de Mareuil nous expliqua qu'il travaillait à ces décors, maniant la plume et puis le ciseau, métier qu'il connaissait un peu par son père. Il aidait les imagiers en avançant les épannelages.

J'allai à la porte du cloître mais elle était fermée de l'intérieur. On se rabattit vers l'église pour emprunter la petite porte du transept réservée aux moines, comme résonnait le dernier coup de cloche. L'église naturellement sombre était noire à cette heure, éclaircie chichement d'un buisson de cierges devant la grande entrée, tout au fond, et d'un autre dans le chœur. Il y avait aussi quelques autres luminaires sur l'autel. On resta dans le bras du transept, si étroit qu'il nous contenait à peine malgré une petite chapelle qui le boursouflait. Le prieur, attiré par le brouhaha que faisait ma mesnie, vint me saluer raidement, engoncé dans ses ornements d'officiant. Il me siffla un « Dieu vous garde, domna, et vous mène à la sainteté ! » plein de fiel.

Un moine vint nous installer un candélabre sur pied, devant moi. La chaleureuse lumière éclaircit le transept noir comme un four et nous soulagea. La clarté du cierge aurait pu me permettre de lire mon livre de prière mais je le tenais volontairement fermé, satisfaite de l'avoir à la main pour en lisser du bout des doigts la couverture rigide tapissée d'une fine peau d'agneau verte, battue d'or et décorée d'une croix d'argent. Un souvenir de mon père.

La cérémonie n'avait pas l'éclat qu'elle revêtait dans les cathédrales. Je restais livrée à moi-même, à ma tristesse, à ma nostalgie. Que serait ma vie à venir, quelles nouvelles épreuves m'attendaient ? L'extension de l'hérésie qui cernait le petit monastère comme une mer montante était préoccupante. Je pensais aussi à Aimeric. Un pressentiment très fort me revenait qu'il n'était pas loin de moi.

Après les prières et les psaumes, et la lecture du récit de la dernière Cène où Jésus partagea avec ses compagnons le pain et le vin, et les avertit de sa proche fin, le prieur Fulcrand ceignit sa taille d'un linge blanc et lava les pieds de douze moines, comme l'avait fait le Christ pour les apôtres. On remarqua avec amusement que dom Béranger était le seul à ne pas faire partie des élus. Ensuite le prieur enfila sa chasuble, tous les ornements nécessaires à l'office et débuta la messe.

Les moines vinrent autour de lui portant chacun un cierge, pour chanter les répons à pleine voix. Leur tête tonsurée sortait seule de l'obscurité. Le chant latin s'écoula lourdement des bouches d'ombre, venu des viriles poitrines comme un grondement léonin. Il alla rouler sous les voûtes massives du chœur et de la nef, autour des épais piliers, rebondissant sur les damiers, les modillons, les palmettes, les créatures de pierre comme un torrent sur les galets.

À la fin de la messe, je m'apprêtais à m'éclipser avant que dom Fulcrand ne vienne me faire part de quelque nouvelle plainte quand une main me toucha, forte, familière, et me prit le bras, le serra. Je me retournai. J'étouffai un cri : c'était Aimeric. Je me jetai sur lui mais déjà il me tirait et m'emmenait dehors par la petite porte du fond.

La lune inondait la cour de sa clarté spectrale. Vénus l'accompagnait fidèlement. Je tendis mes mains et les passai sur le visage d'Aimeric. Sa barbe avait encore épaissi, son visage de nuit était hâlé ; je passai mon doigt sur sa cicatrice. J'avais oublié qu'il avait les cheveux courts. Il était grand, beau, il sentait le cheval et la forêt, les bords de rivière, les prairies fleuries. Il avait une bonne odeur d'homme.

Je n'avais pas envie de parler, pas encore. Je riais de joie à petits coups étouffés et lui, sans un mot non plus, souriait. Ses dents étaient blanches dans l'obscurité. Nous fûmes pendant quelques instants incommensurablement heureux, noyés dans le *joy*.

Je finis par l'interroger :

– Depuis quand es-tu ici ?

Il ne me répondit pas. Il souriait. Puis j'entendis sa voix, brouillée :

– Je t'aime.

Je me serrai contre lui, m'agrippant à son corps imprécis sous la cape lourde et un hoqueton épais.

– Moi aussi je t'aime, murmurai-je en me suspendant à son cou. Je n'ai pas arrêté de penser à toi. Je savais que tu viendrais.

– L'amour ou Mondine ?

– Les deux. Depuis je t'attends. À devenir folle.

Il sourit encore. Je répétai :

– Depuis quand es-tu ici ?

– Je suis arrivé dans l'après-midi. Je me suis enfermé au monastère, à l'oustal des pèlegrins. Personne ne me connaît ici. Je suppose que les chevaliers de Trencavel ne hantent guère ces lieux. Ils ne viendront pas m'y chercher...

– Non. Depuis que nous sommes ici ils n'ont pas encore franchi la clôture du monastère.

Il souriait. J'avais trouvé ses reins et je le sentais vibrant sous mes mains. Je lui dis :

– Je te veux chez moi, avec moi.

– Je viendrai, le temps que je repère les lieux et les habitudes de tes gardiens.

– J'ai déjà peur pour toi. S'ils te trouvent ils te tueront.

– L'amour rend invincible.

– Moi il me rend peureuse.

Ma mesnie sortait de l'église et vint s'agglutiner autour de nous. Chacun voulait toucher Aimeric en guise de salut, ou pour s'assurer qu'il n'était pas une illusion, un spectre.

Ce n'était pas un rêve : sa main broyait la mienne, incrustant mes bagues dans la chair de mes doigts. Je craignais que le prieur ne survienne. Comment lui expliquer que mon chevalier ne pouvait être reçu au château de Trencavel ? J'embrassai la bouche d'Aimeric :

– Va à l'oustal des pèlegrins. Il ne faut pas que le prieur nous voie. Demain après-midi nous serons de nouveau à l'office. Je t'y attendrai.

Aimeric caressa mes cheveux et s'en alla avec ce naturel confiant qui le rendait si attirant, si désirable, si enviable.

En rentrant au château je pris conscience de l'énorme obstacle qui nous séparait, Aimeric et moi. Si par la pensée il n'y avait rien qui nous tenait éloigné, aucune distance, aucun empêchement, dès que nous avions le désir d'être ensemble, dès que nous parvenions à nous voir, à nous réunir chair contre chair, c'était comme une montagne qui s'érigeait entre nous.

Ça ne peut pas durer, pensai-je, nous devons pouvoir nous rencontrer selon nos désirs, et vivre ensemble, quelques jours, quelques heures oubliés du monde.

Le lendemain il pleuvait. Nous étions dans le transept dès la neuvième heure, en début d'après-midi, pour le second office des Ténèbres. Dans leur souci de revivre plus intensément la Passion du Christ les moines avaient prévu des saynètes à chacune des quatorze stations du Chemin de Croix qui faisait le tour de l'église. Ils nous firent revivre l'arrestation de Jésus.

« Qui cherchez-vous ? » déclama d'une voix ferme Dom Béranger qui avait réclamé le rôle du Christ. On assista au reniement de Pierre, à l'interrogatoire chez le grand prêtre que faisait le prieur, et Jésus reçut une vraie gifle du prieur qui fit murmurer les fidèles massés au milieu de l'église. Puis l'interrogatoire chez Pilate, le couronnement d'épines, la condamnation, le chemin à porter la croix et la mort.

Chaque saynète se terminait par les lamentations des frères, révulsés par l'horreur de la persécution de Jésus. Ils geignaient et pleuraient avec des voix de femme, prenant à témoin les fidèles. Certains marchaient dans leur jeu et lançaient les bras au ciel pour dire leur impuissance à sauver Jésus.

Un moment de silence succédait aux cris. Puis venaient les prières à genoux.

– *Oremus. Flectamus genua* [1] chantait le prieur en donnant l'exemple.

Quand les genoux devenaient de bois sous l'effet de la douleur le prieur reprenait son bâton et cantillait, avant de déplier pesamment ses longues jambes :

– *Levate* [2] *!*

Pressée par dom Fulcrand qui voulait éprouver mes sentiments religieux je m'étais incluse dans le cortège après les moines, et ma mesnie avec moi. Quatorze fois nous nous sommes agenouillés sur le sol froid, recouvert de paille pour former un chemin autour de la nef.

Les gens au milieu de l'église, debout sur les galets, étaient trop nombreux pour fléchir le genou et s'inclinaient seulement. Ils se tournaient à mesure que nous avancions. Un chant de méditation nous amenait à tout petits pas à la station suivante, marquée par une croix rouge peinte sur le mur ou, plus souvent peut-être, par une sculpture ornant le chapiteau d'un pilier massif.

Les personnages des scènes sculptées se creusaient fortement à la lueur des cierges et s'agitaient d'ombres mouvantes. Je me souviens encore d'un personnage bras et jambes écartés, qui pouvait être Daniel dans la fosse aux lions, écartelé et comme cloué sur la pierre, sous le regard dur et avide de monstres tapis dans les recoins des chapiteaux. Mais un ange les tenait à distance.

Sur un autre chapiteau tout aussi étrange Ève rampait nue, ondulant comme une nageuse sous une rangée d'arbustes. Ses seins ronds, qui avaient gardé la fermeté de la pierre malgré l'inclinaison du torse, luisaient sous la lumière. Son bras gauche traînait derrière elle, supprimant l'ultime gêne à la contemplation totale de son corps. Au passage elle saisissait une pomme avec une grâce déjà coupable. J'y voyais une pomme d'amour plutôt que le fruit de la connaissance.

Le prieur semblait prendre un malin plaisir à faire durer les stations. Ou bien était-ce mon impatience à rejoindre Aimeric qui les rendait si longues ? Mon ami nous avait retrouvés dès le début de l'office dans l'ombre du transept.

Quand on revint à nos places Aimeric se tint à mes côtés. Je lui donnai la main. Nos doigts se mêlèrent comme pour la bénédiction d'un mariage. Cette main ne m'apportait pas une joie sans mélange. Elle me torturait le cœur à l'idée que ce bonheur était passager, fugace, secret, fini et non pas infini, fragile et non pas inaltérable, brillant mais semblable à une gerbe d'étoiles traversant le ciel d'été.

1. Prions. Fléchissons les genoux.
2. Levez-vous.

La présence d'Aimeric me rendait heureuse et malheureuse.

Je vis les moines s'allonger de tout leur long pour adorer la croix devant l'autel, entourée de cierges qui formaient une couronne de feu ; puis ils chantèrent des psaumes avec la force tragique d'une défaite antique. Le prieur commença enfin la messe. Deux moines le servaient, vêtus de la dalmatique des diacres, raide et luisante comme une cuirasse. Le prieur portait une chasuble en drap de laine pourpre, rouge du sang de Notre-Seigneur cloué sur la croix.

Un nuage d'encens envahit bientôt l'église, qui se mêla au parfum lénifiant des cierges. Je sentis monter en moi une sorte d'ivresse.

Les chants des moines ne cessaient pas, doux comme le zéphyr et puis grondant comme l'orage, à peine interrompus par quelques répons en latin. Le prieur consacra le pain et le vin, devenus corps et sang du Christ, les éleva au-dessus de lui pour les montrer à la foule tout à coup silencieuse. Tenant l'hostie entre deux doigts il lança la récitation du Pater : « *Pater noster, qui es in caelis, sanctificetur nomen tuum. Adveniat regnum tuum. Fiat voluntas tua*[1]... » Les moines reprirent avec lui, entraînant la foule qui s'ébranla dans la récitation comme une procession.

Le Pater terminé, le prieur attendit que les fidèles aient achevé en ordre dispersé leur baragouin d'un latin appris d'oreille, et relança la récitation publique par le Confiteor en langue nôtre : « *Je confesse à Dieu tout-puissant...* » Il se frappa la poitrine quand il s'exclama les yeux baissés : « *C'est ma faute ! C'est ma faute ! C'est ma très grande faute...* » Je songeai : « Tu peux le dire... » Mais j'étais persuadée que dans son orgueil le prieur ne pensait pas un mot de ce dont il s'accusait.

Les moines l'imitèrent et criant : « *C'est ma faute ! C'est ma faute ! C'est ma très grande faute !* » ils se frappaient à grands coups de poings, faisant résonner dans leur poitrine un bruit sourd qui me poigna. Le Confiteor achevé le prieur découpa l'hostie et la porta à sa bouche. Il communia. Il prit ensuite le calice contenant le vin, le présenta à Dieu, murmura une prière et le porta à sa bouche. Il but lentement. Il reposa le calice et s'essuya avec un petit linge qu'il avait à côté de lui. Prenant appui sur l'autel il s'inclina et fit une longue génuflexion. Très longue. Si longue que je compris à force qu'il tentait de se relever mais n'y parvenait pas. Il essaya encore et puis se laissa aller au sol où il disparut dans l'obscurité.

La foule dans la nef murmura. Les premiers rangs s'approchèrent. Les moines qui bordaient le cercle de lumière interrompirent leur chant. Je m'avançai aussi. Le prieur Fulcrand restait étendu de tout son long

---

1. Notre Père qui es aux Cieux, que ton nom soit sanctifié, que ton règne vienne, que ta volonté soit faite...

sur le dallage du chœur, le corps convulsé et le visage blanc, les mains agrippées l'une à l'autre et emmêlées dans les plis de sa chasuble couleur de sang. Le frère infirmier l'examina rapidement, lui souleva la tête qui s'agitait et frappait le dallage. Il souleva les paupières une après l'autre, découvrant des yeux révulsés et éteints. Il tenta de lui ouvrir la bouche et y parvint en se servant de son crucifix de bois. La langue, la bouche étaient enflées. Tout avait pris une teinte violette.

Le frère infirmier reposa le corps parcouru de spasmes. Il attendit patiemment que les sursauts se calment. Quand le corps s'apaisa il tendit la main vers le visage du moribond pour lui fermer les yeux et remodeler son visage ricanant afin de le rendre paisible.

– Il est mort, dit-il.

Un murmure parcourut la nef depuis le chœur jusqu'aux fonts baptismaux. Le moine infirmier me souffla :

– Poison...

Après le premier brouhaha une stupeur générale tomba sur la nef et ramena un instant le silence avant que ne fusent sous les voûtes basses des cris de détresse, des interpellations suppliantes, des pleurs. Quelques moines s'emparèrent du corps du prieur et l'évacuèrent rapidement par le bras du transept que nous occupions.

Revenant vers le chœur je vis monter de la nef des femmes et des hommes apeurés avec des faces de gargouille, se déplaçant sur les genoux et escaladant malaisément la marche du chœur pour recevoir des mains des diacres une hostie consacrée. C'était comme une mer montante vers les dalmatiques luisantes entourées de cierges, semblables à des phares au pied desquels s'accumulaient dans une agitation gémissante des remous et des courants contraires.

La mort du prieur en avait décidé plus d'un à venir communier sur-le-champ, sans passer par la confession.

J'imaginai immédiatement les conséquences que ce drame ne manquerait pas d'avoir sur l'existence d'Aimeric. Il allait y avoir une inquisition. On interrogerait tous ceux qui fréquentaient le monastère. On découvrirait la présence d'un homme seul, inconnu de la contrée, mais connu ailleurs pour fréquenter les hérétiques, et apparu comme par hasard le jour du meurtre. Car le meurtre ne faisait aucun doute dans mon esprit, pas plus que dans celui du moine infirmier et, j'osais le croire, dans la pensée de tous les moines. Je pris une décision rapide. Je dis à Aimeric :

– Tu ne peux pas rester au monastère. On ne doit pas te trouver ici, tu serais accusé immédiatement. Il te faut venir au château...

Aimeric eut un petit rire :

– Ma douce, je veux bien. Mais comment entrer sans me faire voir du portier ni des hommes de Trencavel ?

– J'ai ma petite idée. Va chercher tes affaires et viens avec nous. As-tu un cheval ?

– Non. je l'ai laissé chez des amis avant d'arriver ici.

– C'est très bien. Je t'attends.

Il s'éclipsa par la petite porte. C'était risqué de revenir au dortoir des pèlegrins. Mais d'un autre côté laisser des affaires signifierait qu'il avait quitté le monastère en toute hâte.

Je réunis ma mesnie pendant que la messe s'achevait dans la confusion et nous sortîmes. Dom Béranger sortit avec nous et disparut dans la pénombre du crépuscule. Il allait contempler la dépouille de son ennemi.

Aimeric arriva peu après à la poterne du prieuré. On le fit disparaître au sein du groupe pour sortir et se rendre sur les berges de l'Agoût. Je laissai Aimeric au pied de la façade de l'oustalet de Cécile. Je lui précisai :

– Nous sommes sous les fenêtres de mon palais. Ici personne ne peut te voir à cette heure. On va te lancer une corde et tu monteras jusqu'aux grandes fenêtres du dernier solier, là-haut. Les fenêtres sont très larges. Tu passeras sans difficulté à travers les meneaux.

Je lui serrai le bras et il sourit en mesurant la hauteur de la muraille.

– Ne bouge pas ! lui recommandai-je.

– Où irai-je ? me rassura-t-il, réjoui.

On revint dans le château par la grande entrée et, à peine rendue, j'envoyai mes chevaliers dénicher une longue corde. Ils cherchèrent longtemps, précautionneux de ne pas se faire remarquer du donjon, et me ramenèrent la corde qui servait à sonner les cloches au prieuré. Il n'y en avait pas de plus longue. Ils avaient promis au frère carillonneur de la rendre avant la prochaine heure. Le moine s'était obligé contre un barriquot de vin du Bédérès. Le proverbe « boire comme un sonneur de cloche » semblait au monastère de Burlats avoir quelque raison d'être.

Aimeric se hissa sans difficulté, agile comme un chat. Quand je le vis apparaître dans la salle grande, descendant les deux marches qui menaient à la fenêtre, je n'en croyais pas mes yeux. La mort du prieur était doublement heureuse : elle nous libérait d'un persécuteur qui serait peut-être, à terme, devenu dangereux ; elle avait contraint Aimeric à venir se réfugier dans mon propre logis, dans ma propre chambre, dans mes bras.

Ce soir-là nous étions seuls au monde, moi et lui, voguant jusqu'à l'aube dans une nuit douce et voluptueuse. C'est ainsi que je fis Pâques l'année de l'Incarnation 1178. Dieu me pardonne, j'étais encore si jeune.

X

Le bayle de Castres, accompagné du circateur de l'abbaye de Saint-Benoît chargé de la discipline, apparut dès le lendemain du meurtre, dans l'après-midi. Les deux hommes étaient suivis de l'avoué de l'évêque d'Albi et du lieutenant du sénéchal. Leur première démarche fut de venir me voir pour m'interroger. Le sénéchal d'Albi, Peire de Brens, le leur avait recommandé.

Je ne manquai pas d'évoquer le caractère de la victime, autoritaire et intraitable, orgueilleux, ambitieux au-delà de tout. C'était bien suffisant pour pousser à bout l'un ou l'autre de ses frères, sans parler des artisans qui travaillaient au logis abbatial sans avoir encore reçu le premier denier. Ils auraient pu l'éliminer pour être plus tôt payés par son successeur.

Les trois hommes allèrent confronter mes déclarations avec celles des moines du prieuré. Ils revinrent m'interroger sur un voyageur qui s'était installé à l'oustal des pèlegrins la veille du meurtre, et qui avait mystérieusement disparu le soir même. Est-ce que je l'avais vu ? En avais-je entendu parler ? Aux deux questions je répondis non, sans me troubler. Ils me demandèrent encore des renseignements sur le sous-prieur, dom Béranger. Je répondis que je le connaissais suffisamment pour ne pas mettre en doute son innocence.

Les inquisiteurs me confirmèrent que le prieur avait été éliminé par l'absorption d'un poison violent, certainement un mélange de baies toxiques comme la morelle rouge ou la morelle noire, la belladone, le chèvrefeuille, l'herbe aux tanneurs. Les jus mélangés en proportions savantes pouvaient entraîner rapidement la paralysie des muscles et la mort. Le prieur avait-il une maladie connue du meurtrier qui aurait accéléré son trépas ?

La manière dont le poison avait été administré était remarquable : pendant la messe et dans du vin rouge qui masquait totalement par sa couleur le jus des baies toxiques. Seul le goût aurait pu attirer l'attention de la victime. Or le vin avait été ce jour-là parfumé au miel et à l'absinthe par le frère sacristain. Mais celui-ci ne pouvait être soupçonné a priori, cette pratique étant habituelle dans le temps des grandes fêtes.

Tous ces détails inclinaient fortement le bayle de Castres à rechercher le meurtrier dans le monastère. Je lui signalai que l'abbaye de Castres devait être également l'objet de ses investigations, car la rumeur courait que le prieur Fulcrand préparait à Rome, où il s'était fait connaître pour son zèle à combattre l'hérésie cathare, sa candidature à l'abbatiat. Si les moines de l'abbaye de Castres craignaient de le voir venir régner sur leur communauté, il était moins risqué de l'empoisonner avant sa nomination.

Mes propos furent écoutés avec beaucoup d'intérêt par les inquisiteurs, et je crois bien qu'ils repartirent en ayant oublié la présence d'un pèlegrin le soir du meurtre. Ils avaient suffisamment de pistes à explorer pour s'épargner celle-là.

En attendant je n'avais aucune idée du coupable. Mais au fond peu m'importait de savoir qui avait empoisonné le prieur Fulcrand. Ma nouvelle vie occupait toutes mes pensées. Et d'abord le souci de cacher Aimeric. Il vivait dans ma chambre, n'en sortait jamais, et seules mes femmes pouvaient y pénétrer, mes compagnes et mes servantes les plus sûres, celles qui dormaient dans les pièces voisines et voyaient tout. Ma petite mère, Ogive, qui n'appréciait pas ma vie libre ni les choix de mon cœur, n'y venait plus pour ne pas avoir à parler à notre prisonnier volontaire. Elle refusait de reconnaître son existence et se punissait elle-même en se cantonnant dans le donjon, avec la bande de Trencavel.

Cet enfermement était pénible pour Aimeric aussi ; je voyais bien qu'il manquait d'air. Il se mettait souvent devant l'une des rares ouvertures à cet étage, étroites du côté de l'Agoût, et comme un emmuré laissait filer ses pensées dans le courant tourbillonnant qui s'écoulait à ses pieds. Parfois il portait les yeux vers l'horizon par-dessus les monts, quand la brume se levait en révélant les feux de l'aube. Il disait que les plus beaux ciels se faisaient avec le vent marin poussant de gros nuages blancs au-dessus de la Montagne Noire, accumulant des tours de Babel neigeuses de plus en plus hautes, de plus en plus lourdes, qui s'entassaient sur la barrière de la montagne sans parvenir à la franchir.

Je savais qu'Aimeric ne supporterait pas cette vie indéfiniment, qu'il n'était pas fait pour vivre reclus dans une chambre, que tout l'amour qu'il me portait, et que j'aspirais à lui rendre au centuple, ne résisterait pas à des mois d'enfermement secret. En attendant une échappatoire que je ne pouvais imaginer que commune j'organisais au mieux notre vie quasi maritale. J'avais fait monter un grand cuvier de bois dans lequel nous prenions des bains ensemble, et aussi quelquefois, selon notre humeur, des repas. Nous ne manquions de rien, sinon de grands espaces et d'une vraie liberté.

Aimeric me répétait avec application que j'étais très belle, et qu'il n'avait jamais vu de femme plus belle que moi. Je me demandais parfois si je n'aurais pas dû garder un peu de mystère. Un homme peut-il aimer durablement sans quelques obstacles ? Peut-il désirer sans une part de rêve, sans être tenu éloigné par quelques voiles, sans avoir à franchir le moindre fossé marquant le passage en terre étrangère ?

Quand il s'approchait de moi pour m'aimer, nu, embarrassé de son grand corps finement musclé, je prenais plaisir à le guider de la main sans baisser les yeux, jusqu'au port. Nous nous aimions souvent, et sans entraves.

Ses yeux pouvaient se durcir parfois pour me reprocher d'être trop audacieuse, trop libre, trop consentante. Il aurait peut-être voulu devoir me conquérir par son courage, son mérite, par quelque souffrance surhumaine mesurée à l'aune de son désir. Moi je n'aspirais qu'à son étreinte, parce qu'en me prenant il se découvrait, je le découvrais ; il se donnait, je me donnais.

Cette liberté totale qu'il avait d'user de mon corps exposé sans cesse à son regard le rendait lunatique. Il s'emparait de moi brutalement et me jetait sur le lit où il s'assouvissait dans une sorte de rage souffrante, découvrant avec moi des désirs étrangers à sa vocation, lui semblait-il, et dont il m'accusait des yeux de les avoir suscités. J'étais Ève, la tentatrice.

Je le recevais en moi avec une jubilation pétillante, un bonheur fou dont il profitait, et il n'osait pas se plaindre.

J'avais la prétention d'être sa seule religion. Abolir les distances entre nos deux êtres, voilà mon espoir et mon salut. Ma force et ma tour.

Par moments le bonheur que je lui offrais apparaissait dans ses yeux. Alors il se mettait à chanter, à jouer des instruments qu'il trouvait au palais ; j'aimais le voir danser, insouciant.

Il chantait avec Arnaut de Mareuil, il jouait avec Aiglantine qui avait l'oreille musicienne. Nous apprenions de nouveaux airs venus d'Espagne, de Byzance, et les chansons nouvelles de Peire Vidal, de Raimon de Miraval, et de beaucoup d'autres.

J'avais sermonné Arnaut de Mareuil : « Ne parle jamais d'Aimeric à l'extérieur de ce palais ! » Il avait si bien compris la gravité de la situation qu'il pensait qu'Aimeric était le meurtrier du prieur. Il lui en était reconnaissant, et prêt à tout pour le défendre.

Arnaut avait découvert aussi que je n'étais pas intouchable, que j'étais terrestre, de chair vivante, souffrante et aimante comme toute compagne d'homme. En découvrant ma vraie nature il commença à m'aimer vraiment, charnellement. Il se mit à penser : « Pourquoi pas moi ? »

Je le compris à ses chansons qui se chargeaient au fil des jours de messages de plus en plus clairs et pesants. N'allait-il pas imaginer un jour, dans sa folie, que la disparition d'Aimeric lui ouvrirait les portes de la félicité ? Ne pouvait-on craindre de sa part, sous l'emprise de la jalousie, une trahison ?

Je m'absentais parfois du palais et de Burlats pour le plaisir d'y revenir, et d'y retrouver Aimeric ; je lui laissais du champ pour une journée, qu'il s'ébroue comme les jeunes chevaux. Je revenais tard le soir à la nuit, émue de le faire attendre, de nous faire attendre. Mais je compris vite que mon éloignement ne profitait qu'à lui seul. Il avait beau me dire : « Tu es unique ! », je n'étais pas la seule. Mes compagnes, en mon absence, lui rendaient sa liberté et s'essayaient à le séduire sans trop de scrupules, avec des mines aguichantes qui le faisaient sourire. Elles l'admiraient.

Il y avait aussi Aiglantine. Elle avait avec Aimeric la familiarité qu'ont les amis d'enfance, ceux qui ont des souvenirs communs plus anciens. Cela venait peut-être de leur rencontre à Saissac, ou de l'amitié ancienne et forte que partageait Aimeric avec Raimon Garcie.

Aiglantine choyait Aimeric comme un frère. Hélas ! plus qu'un frère.

Je revenais de Castres une après-midi. Je n'avais croisé personne et j'entrai dans la chambre sans prévenir. Mes donzelles n'étaient pas là. Je trouvai Aimeric dans le cuvier, Aiglantine penchant son long buste mince au-dessus de lui, le frottant et le savonnant. Elle avait enlevé ses manches et plongeait un bras nu dans l'eau jusqu'à l'épaule. Son corsage ouvert laissait entrevoir sa poitrine blanche. Aimeric fermait les yeux, la bouche flottante. Au risque de passer pour innocente je continue à penser que ce grand nigaud ne se doutait de rien.

Mon sang ne fit qu'un tour. Me jetant sur Aiglantine je la giflai en criant :

– Il n'a pas besoin de toi pour se laver ! Et pour le reste je m'en occupe !

Aiglantine me fixa médusée. Ses yeux verts virèrent au gris. Elle lâcha sa lavette, arrangea son bliaud et sortit sans un mot à grandes enjambées, les joues rouges, les nattes défaites.

Aimeric s'était réveillé et m'observait. Sur son visage flottait un mélange d'inquiétude et d'amusement. Il se leva du cuvier et dans un bruit d'eau battant le plancher il me pinça le nez en disant, énigmatique :

– Toi, tu feras de grandes choses !

J'étais prête à faire tout ce qu'il voudrait. Sauf à le partager.

*

Aiglantine ne m'adressait plus la parole, sinon brièvement pour des raisons pratiques et sur un ton plat, emprunté, un ton de service tandis que son regard restait fier et arrogant, biterrois. Elle se disputait de plus en plus souvent avec Raimon, ce pauvre Raimon Garcie qui ne savait que faire de sa force et de son courage devant l'humeur batailleuse de son amie. La jolie Aiglantine réservait son sourire et ses manières avenantes à Aimeric seul. J'espérais qu'elle n'était pas payée de retour.

Mon chevalier semblait garder ses distances. Mais saurait-il deviner tous les pièges que la Biterroise lui tendait derrière son avenant sourire ? Dans les éclats de chair qu'il surprenait au hasard de ses savants débraillés ? Dans les prévenances délicates qu'elle lui manifestait ?

Arnaut de son côté boudait le monastère où on l'attendait pour avancer les écritures des sacramentaires et autres livres liturgiques qu'il avait promis de recopier. Il se consacrait au trobar seul. On le surprenait au verger assis sur une pierre, sur les rives de l'Agoût, rêveur, absent, chantonnant sur son luth ou sa guiterne. À notre passage il se taisait. Je savais que si je me retournais je rencontrerais son regard posé sur moi. Le soir au souper il nous présentait ses nouvelles chansons. On se moquait gentiment de ses souffrances, dont tout le monde connaissait l'origine. Les chevaliers le plaisantaient drôlement. Alazaïs l'imitait avec des chansons de goliard, impudiques. Arnaut tirait de ces railleries une aura de martyr avec laquelle il espérait attirer mon regard, toucher mon cœur. Tisser peut-être une complicité intime. Il tournait vers moi lentement son visage pâle, enfoui sous la masse informe de ses cheveux sombres, et ses yeux m'assuraient de sa douloureuse soumission.

Il me faisait don de sa souffrance, comme un moine l'aurait fait pour la sainte Vierge.

J'avais d'autres soucis du côté du donjon avec les chevaliers de Trencavel. On ne pouvait les éviter totalement. En ma présence ils gardaient leurs distances, mais ils ne manquaient aucune occasion d'accompagner mes filles dès qu'elles quittaient l'oustalet de Cécile, notre cage dorée. Et malgré mes recommandations pressantes Alis avait la première enfreint la règle de l'isolement.

Alazaïs ne tarda pas à franchir à son tour le Rubicon, pour les beaux yeux soulignés de longs cils noirs d'Isarn de Dourgne. Un accort chevalier peut-être, dont Alazaïs ne ferait qu'une bouchée, mais que je ne pouvais accepter chez nous sans risquer de voir venir le reste de la troupe.

J'imaginais que ses compagnons se servaient de lui comme d'un cheval de Troie pour pénétrer dans le «poulailler» (ainsi qu'ils désignaient entre eux sans fioritures mon petit palais), et venir déguster l'une après l'autre toutes les «poules «qui s'y trouvaient.

Alazaïs disparaissait donc de temps en temps, et ma belle cousine Alis, blanche comme le lis, blonde comme les blés en été, et les yeux bleus comme le bleuet dans la même saison. Elle avait suivi à la lettre mon appréciation songeuse concernant Aimeri de Laurac ; il était le plus bel homme du donjon, et son paratge était un des premiers de la vicomté de Trencavel. Elle n'en demandait pas davantage pour légitimer une exploration audacieuse et intéressée du personnage. Ma cousine avait le secret espoir de tisser au fil de l'aventure un fol amour à l'imitation de celui que je vivais sous ses yeux avec Aimeric, et que toutes m'enviaient.

Mais sa répugnance à pénétrer dans le donjon, comme mon interdiction de laisser un « donjon » venir dans ma résidence, retardait leur mutuelle découverte. Elle ne pouvait guère avancer qu'en terrain découvert. Arnaut de Mareuil aurait fait de cette attente son miel ; Aimeri de Laurac était d'une autre trempe. Alis craignait qu'il ne se détourne rapidement d'elle.

Quand je rappelais à ma cousine qu'il ne s'était encore attaché à aucune femme elle me répondait :

– C'est parce qu'aucune n'a su l'aimer !

– Et toi, tu sauras ?

– Moi oui.

Nous attendions qu'elle nous montre. Il était évident que le séjour à Burlats, s'il se prolongeait comme je le pensais, nous obligerait à quelques accommodements avec la règle de clôture que j'avais imposée. Mes compagnes, venues à mon service à la demande de leur famille, ne pouvaient se résigner à une solitude perpétuelle et une vie sans éclat dans la conque froide de Burlats ; elles avaient été placées auprès de moi pour se marier le plus brillamment possible.

Je ne pouvais oublier mon devoir de domna comtessa, et ce rôle, j'y tenais car il était un des derniers honneurs qui marquaient mon rang.

La visite impromptue de dom Béranger un matin déjà chaud de mai, sous les dais neigeux des fruitiers en fleurs, ramena dans l'ombre toutes ces préoccupations. Il nous annonça des nouvelles ahurissantes : le comte de Toulouse mon père avait si bien inquiété le chapitre de Cîteaux que celui-ci avait décidé le souverain pontife, le seigneur Alexandre, à envoyer une mission cardinalice dans le Languedoc sous la férule du cardinal Pierre de Saint-Chrysogone.

La mission était déjà à Carcassonne, accueillie par l'évêque et les chanoines qui enfilaient avec zèle messes et offices religieux du lever au coucher du soleil pour faire défiler et jurer toute la population. Dom Béranger commenta :

– On dit que l'archidiacre a remis au légat une liste de tous ceux qui dans le Carcassès sont de la nouvelle foi. Le vicomte Roger, votre mari, n'est pas épargné, ni son entourage. Aussi le seigneur vicomte, craignant de devoir s'humilier publiquement, et d'être forcé à châtier ses amis, a-t-il refusé de recevoir la légation. Il s'est éclipsé.

– Il s'est sauvé ? Et où ?

– Dans la Montagne Noire.

– Il ne viendra pas à Burlats, j'espère ?

Dom Béranger secoua la tête et me rassura. Ses yeux avaient perdu leur malice habituelle et brillaient d'une excitation belliqueuse :

– Personne ne sait où il est. La mission a décidé de poursuivre son expurgation des hérétiques jusqu'à Toulouse. Elle a demandé au seigneur comte votre père la liste des principaux hérétiques de sa cité.

J'étais abasourdie. Je pensai immédiatement à Aimeric dont la vie me parut tout de suite en danger, si on peut rajouter du danger au danger. Mais le moine n'avait pas fini. Il restait là, tout agité, passant ses doigts dans le bourrelet roux de cheveux épais et drus qui ceignait son crâne comme un col de fourrure. Mes filles tendaient l'oreille pour surprendre la suite. Il s'en inquiéta et me prenant le bras il m'entraîna sur les bords de l'Agoût. Sa bouche, ordinairement souriante et moqueuse, tremblait. Nous marchâmes au bord de l'eau, sur la berge :

– Domna, il y a autre chose qui vous concerne...

– Parlez. Je vous écoute.

– Il s'agit de votre chevalier plus précisément, Aimeric de Castelnau. Il est chez vous et vous le cachez.

Ce n'était pas une question, mais il attendait de ma part une confirmation. Je lui dis sans me découvrir :

– Continuez !

– Les inquisiteurs qui recherchent le meurtrier du prieur ont eu vent de sa présence au château.

Je dus m'asseoir sur un rocher, assommée. Le moine continua sur le même ton, précis, concentré :

– Ils seront là demain pour le saisir. Il doit filer cette nuit.

Le cœur me tomba de la poitrine. Je demandai d'une voix blanche :

– Mais qui leur a dit ?

– Pas moi. Ce serait une femme, mais peu importe. Il faut qu'il aille dans la montagne, dans le Sidobre. Là-bas il y a des cavernes partout ; il s'y cachera sans peine.

Il comprit à ma mine défaite que la fuite d'Aimeric représentait pour moi beaucoup plus qu'un éloignement. C'était un abîme qui s'ouvrait sous mes pieds.

– Il ressortira après l'orage, dit-il en guise de consolation, avec un pauvre sourire.

Il m'observait toujours avec ses yeux petits et ronds, mordillant sa bouche comme un enfant. Il semblait encore tracassé par quelque révélation à me faire.

Il lut dans mes pensées.

– Je vais encore vous surprendre...

– J'ai entendu le pire.

– Ce n'est pas sûr...

Son visage poupin s'échauffait au soleil. Il éructa comme on crache un fruit pourri :

– Vous ne savez pas tout : j'ai de la sympathie pour la nouvelle foi et...

Je m'exclamai :

– Je m'en doutais. Ainsi vous haïssez l'Église romaine ?

– Celle qui se sert du glaive pour convaincre et rapiner. Pas celle de la prière et de la sainte pauvreté.

– Vous parlez des monastères.

– Certains seulement. Mais j'ai aussi autre chose à vous dire...

– Encore ?

– Quelque chose de très grave.

Son visage se rida comme une vieille pomme.

– C'est... c'est une confession, bégaya-t-il.

Il était devenu blanc. Sa voix était d'outre-tombe. Je m'efforçai de sourire :

– Je ne suis pas habilitée à recevoir les confessions, dom Béranger. Prenez un confesseur à Castres, si votre faute est trop difficile à avouer.

Il secoua la tête :

– Ma pénitence serait la mort.

Je commençais à comprendre. Je dis d'une petite voix :

– Dom Béranger, je ne tiens pas à partager tous vos secrets. Certains doivent être portés toute la vie, comme une lèpre. Ils participent à la pénitence. Et si vous parvenez à toucher la pitié de Dieu, il vous enverra quelqu'un qui vous soulagera, et vous en délivrera. Je n'ai pas été désignée pour cela.

– J'ai fait un rêve, domna comtessa, où vous m'êtes apparue comme la Vierge Marie. Je vous ai bien reconnue.

– Seigneur Dieu ! Vous m'effrayez !

– Vous me guérissiez d'une plaie à la jambe qui m'empêchait de marcher. J'étais comme entravé.

– Et je vous ai délivré ?

– Aussi j'ai confiance en vous.

– Ne pensez pas pour autant vous éviter le poids d'une pénitence.

Je remarquai alors qu'il avait sous la coule, visible sous le col, une chemise en crin qui provoquait à la base du cou une ligne rouge. Il portait un cilice. Il arracha une herbe qu'il mit à la bouche et mâchouilla fébrilement. Il soupira, toussa, et débita dans un souffle expirant :

– J'ai empoisonné le prieur Fulcrand !

Je criai, non pas de surprise mais plutôt de voir mes craintes se réaliser. Dom Béranger m'observait, inquiet. Que pouvais-je dire ? J'étais assommée, éteinte. Je me levais sur des jambes tremblantes et commençais à revenir vers le verger. Mes filles nous observaient par-dessus le mur et s'empressèrent de venir me rejoindre.

Dom Béranger sourit nerveusement et me répéta : « C'est moi, oui c'est moi ! » Il soufflait comme s'il se brûlait les lèvres. Voyant mes compagnes s'approcher il s'enfuit vers son monastère en criant :

– C'était lui ou moi, domna !

Mes filles m'entourèrent inquiètes, et curieuses. Je fondis en larmes. Elles se posèrent sur moi toutes ensemble pour prendre leur part de ma souffrance et ce poids de chair me fit du bien. Quand je me sentis capable de parler je leur dis :

– Aimeric doit s'enfuir cette nuit. Demain les inquisiteurs viendront le saisir.

– Mais qui leur a dit qu'il était ici ?

Je haussai les épaules. Je ne voulais soupçonner personne. Relevant la tête je vis à travers mes larmes une branche enjambant le mur du verger, ruisselante de rosée. Les perles d'eau rayonnaient d'un feu de couleurs étincelantes, un feu de pierreries entre les jeunes bourgeons attirés par le printemps. L'air était lourd de nouveaux parfums. Le ciel d'un bleu pur reprenait sa netteté sous la force du soleil.

C'était vraiment un matin radieux, avec des papillons et des fleurs jaunes le long de la rivière. Mais qu'est-ce que cela pouvait me faire ? Aimeric s'en allait. Je retournais à ma nuit.

XI

Quand le légat du pape quitta Nîmes pour Béziers, Roger quittait Carcassonne avec une petite troupe de fidèles. Il avait laissé au palais de la cité son intendant Aribert, alias Grosse-Tête, et son capélan flanqué du jeune clerc Arnaut de Moure. Arnaut lui rendrait compte fidèlement des propos du légat, comme il lui avait rendu compte de la lettre alarmée du comte de Toulouse au chapitre de Cîteaux, dont il avait vu la copie chez son oncle l'archidiacre. Il l'avait même dérobée au gros chanoine pour la recopier, ainsi que celle envoyée par l'abbé de Cîteaux au pape Alexandre. Un demi-pape d'ailleurs, soulignait volontiers Roger, puisqu'ils étaient deux à se battre comme des ivrognes pour le siège doré de saint Pierre.

Roger avait aussi laissé à Carcassonne son vieux sénéchal à moitié sourd et quelques tenants d'office apeurés pour amuser les prélats. Ils avaient reçu mission de discuter de tout ce qu'on voudrait et de ne rien décider, rien signer, rien sur rien.

Sur ces consignes le vicomte avait filé dans la vallée de l'Orbiel jusqu'aux châteaux de Cabaret, avec Jourdain et son frère Peire-Roger. Les châtelains étaient venus le chercher à Carcassonne. Il y avait aussi dans la bande Raimon de Termes, le grand seigneur du Termenès qui se levait chaque matin les yeux sur les sommets blancs des montagnes Pyrénées, et en tirait une grande fierté ; s'étaient joints pour le plaisir autant que par devoir de vassalité les deux Roquefort, le seigneur de Minerve, un Pépieux, guerrier redoutable, et d'autres, tous heureux de chevaucher dans le matin frais et gris.

L'agitation et les désordres qu'ils pressentaient les exaltaient d'une joie sauvage. Ils en attendaient, si Dieu y consentait, le plaisir de quelques bons coups d'épée et de fructueux pillages.

Roger ne riait pas, lui. Il était muet de rage, furieux de ne pouvoir répondre à l'agression du pape sans se désigner lui-même comme l'agresseur, par un tour de magie papale véritablement diabolique. Bertran de Saissac, le frère de lait, le frère d'armes, l'ami perspicace qui voyait si loin, l'avait convaincu de se retirer avant l'arrivée du légat pour éviter tout risque d'un geste irréparable. Car il s'y entendait le cardinal de Saint-Chrysogone, ce vieux renard, pour faire sortir les hommes de leurs gonds et les pousser à la faute.

Roger chevauchait vers le soleil levant, observant le bas du ciel qui était très clair au-dessus de la masse noire, dure, de la montagne. Le soleil avait passé un liseré de ciel pur et se débattait derrière un bourras de nuages gris entassés comme un chaos de rochers, entre lesquels filtraient quelques rais de lumière.

Emporté par sa rage, Roger se sentait dispos pour tout risquer dans l'étrange course-poursuite qu'il engageait avec les Loups de Rome, comme les Parfaits appelaient les mitrés prétentieux qui vivaient dans l'entourage du seigneur pape. Le vicomte avait le sentiment de reprendre enfin l'initiative. Certes il était à la fois le chasseur et le gibier, mais il pouvait changer de rôle à sa convenance.

Ses compagnons riaient et les chevaux aussi montraient leur joie en restant au galop sans qu'on ait à les talonner, envoyant les uns après les autres vers le ciel quelques croupades sans conséquence.

Sous les murailles vertes de la forteresse de Cabaret Roger ressentit l'étrange exaltation que suscitait toujours la vue de ce nid d'aigle, certainement imprenable. Il regretta que les quatre châteaux nouvellement reconstruits et renforcés n'aient jamais eu l'occasion de démontrer leur force.

Il suivit Jourdain au château mage, le plus vaste et le plus confortable du piton. Roger aimait résider chez Jourdain. La servilité de son vassal l'amusait, et sa cautèle tortueuse ; la coquetterie provocante de son épouse aussi, ainsi que leurs disputes haineuses qui pouvaient divertir à tout moment les invités.

Au château Na Louba les accueillit à moitié nue, ignorant leur venue s'excusa-t-elle. Mais sans chercher à remédier à sa vêture indiscrète elle vint dans la salle grande recevoir les chevaliers d'un baiser de paix sensuel qui laissait l'impétrant plonger ses yeux dans l'échancrure bâillante de sa chemise. Jourdain roulait des yeux furieux et Na Louba, son devoir d'oustalière accompli avec une conscience sans reproche, s'enfuit vers son retrait en lui tirant la langue et en sautillant avec grâce. Tous les chevaliers pensèrent en même temps qu'elle viendrait se glisser dans leur couche la nuit prochaine. On la savait rôdeuse.

Le souper fut servi tôt car le lendemain était jour de chasse. Roger avait pensé en montant qu'il devait profiter des circonstances pour faire plaisir à ses vassaux. Ils le suppliaient depuis des années de pénétrer dans la fameuse devèze de l'archevêque de Narbonne, du côté de l'Espinassière. La devèze de l'Espinassière était une magnifique réserve de chasse sur les versants boisés de l'Argent-Double, un parc incomparable dans tout le Midi, entièrement clos. Le prélat qui menait le train de vie d'un duc y invitait ses amis, couverts de cuir et de fer sur de lourds chevaux de guerre.

« L'archevêque de Narbonne s'est joint à la meute », lui avait dit Saissac. La meute des Loups romains.

« Il espère certainement participer au pillage de ma vicomté », avait pensé Roger.

Il prenait les devants. Il attaquait le premier en allant piller la devèze d'un pilleur.

– Ça le fera réfléchir, avait-il concédé aux frères Cabaret qui réclamaient cette incursion depuis longtemps.

– Sûr qu'il en sera davantage abattu que si on avait ravagé sa cathédrale, avait commenté Jourdain.

– Une chasse ne se repeuple pas comme ça, compléta son frère.

Au souper Roger eut à soutenir le regard provocateur de Na Louba qui manifestement avait jeté son dévolu sur lui. Roger observait Jourdain, qui tentait sans succès, par des coups d'œil furibonds, de faire baisser les yeux à sa femme. L'idée vint au vicomte de sonder le degré de soumission de son vassal. Il connaissait sa soif d'argent et d'honneurs.

Roger considérait qu'il était bon de connaître les limites à l'obligeance de ses vassaux. Il avait toujours pensé que ceux qui n'avaient pas de limites dans la veulerie étaient toujours les premiers à trahir.

Comme Jourdain ne quittait plus des yeux sa femme qui aguichait aussi d'autres chevaliers, par habitude, Roger lui envoya son coude dans les côtes :

– Jourdain, arrête de regarder ta femme. Si Dieu lui a donné un corps à ébranler tous les saints du paradis, c'est bien pour qu'elle apporte de la joie à tous les hommes. Tu ne peux t'opposer aux desseins de Dieu !

Jourdain se tourna vers Roger, surpris, et lança dans un rire forcé :

– Seigneur vicomte, Dieu ne peut vouloir la perdition de mon épouse. Et mon déshonneur.

Il secoua la tête.

– Il ne tolérerait pas qu'elle soit infidèle à son époux.

– Et toi, tu n'as jamais été infidèle à ta femme ?

Jourdain se rengorgea :

– Seigneur vicomte, moi je suis un homme ! Ce n'est pas comparable.

– Tu sauras que les Bonshommes devant lesquels tu t'agenouilles si complaisamment enseignent que le mariage n'existe pas, et qu'il n'y a pas de copulation qui soit meilleure qu'une autre. Marié ou pas, une fornication est une fornication, inspirée par le Mal. Pour les hommes comme pour les femmes.

Jourdain réfléchit. Il était agacé de ne pouvoir repérer à l'avance le piège que lui tendait malicieusement le vicomte, et vers lequel il l'amenait. Il finit par avouer son ignorance.

– Et alors ? demanda-t-il, méfiant.

Roger le regarda en face :

– Et alors tu m'enverras ta femme cette nuit...

L'autre le regarda bouche bée, le manger immobilisé sur la langue, pensant avoir mal compris. Roger lui sourit et, montrant Na Louba du menton, il lui répéta sur un ton amical :

– Je dois être le seul à ne pas connaître ta femme, ici. Je veux que tu la laisses venir dans mon lit cette nuit. C'est ce qu'elle semble me demander, depuis un moment...

Jourdain fit entendre un petit rire grinçant, croyant encore à une plaisanterie. Elle ne lui paraissait pas plus mauvaise que celles qui circulaient habituellement autour des tables, ni plus déplacée que les siennes. Sauf que la remarque du vicomte sur les infidélités notoires de sa femme, qu'il ne pouvait entendre, commençait à l'enfieller malgré lui. Le courroux l'envahit et il ne put le cacher. Ses yeux sourcillèrent, tout à coup luisants, son teint rougit violemment et sa voix s'enroua de rogne quand il voulut répliquer, sur un ton qu'il tentait malgré tout de faire paraître léger :

– Seigneur Roger, je vous ai juré fidélité pour tous les châteaux, toutes les forces, tous les mas et tous les biens dont vous m'avez fieffé. Comme je l'ai juré je les remettrai entre vos mains à la première interpellation. Mais je ne me souviens pas que vous m'ayez donné ma femme. Elle ne peut donc faire partie d'une reprise, par Dieu.

– J'entends bien, Jourdain, par Dieu. Je n'ai aucun droit sur ta femme. Je n'en discute pas. Disons que ce serait un don de bienvenue, une façon de me prouver ton affection. Et réciproquement, bien sûr : tu me donnes ta femme, je te donne la mienne...

Jourdain le regarda ébahi :

– Foutre-Dieu ! La comtesse Adélaïs ?

– Oui, la comtesse. Je te la donne. Mais il te faudra l'attraper. Ce ne sera pas facile. Elle est combative, la bougresse !

– Mais, seigneur Roger, son père va nous faire la guerre ! Vous m'avez dit vous-même, il y a quelques années, dans cette même salle, que vous ne pouviez vous permettre une guerre contre votre beau-père. Vous vous amusez, reconnaissez-le !

– Mon pauvre Jourdain, la guerre contre mon beau-père est déjà déclarée. C'est lui qui nous envoie les Loups de Rome. Il croit m'affaiblir. Mais je lui réserve un chien de ma chienne, par Dieu notre Juge.

Jourdain prit un air intéressé, espérant des confidences :
– Ah ?
– Tu le sauras bientôt. Mais revenons à notre échange. Es-tu d'accord ?
– Non.
– Et si je te donne le château de ton beau-père, que tu me réclames depuis longtemps, serais-tu d'accord ?
– Le château de Pennautier ?
– Oui, répondit Roger en fermant les yeux.
– Avec tous ses honneurs, ses droits, ses revenus ?
– Oui oui ! Avec tout.
– Il entrera dans ma chevance, pour toujours ?
– Bien entendu.
Jourdain secoua la tête :
– Non, non ! Ce n'est pas possible.
Il observa Roger en coin, l'air rusé.
– Vous vous moquez de moi, seigneur vicomte. Vous voulez me mettre à l'épreuve, et me jouer...
– Tu sais Jourdain, l'occasion ne repassera pas deux fois. C'est maintenant que tu dois te décider. Ta femme contre le château de Pennautier.
– Je dois réfléchir...
Roger ricana :
– Tu as déjà réfléchi, je le sais. Vous serez toujours prêts à vous vendre, les Cabaret. Bon, tu recevras le château de Pennautier, de toute façon. Ton beau-père est trop vieux pour tenir un château tourné vers Toulouse, par les temps qui courent. Et ta femme fera ce qu'elle voudra, comme elle a toujours fait.

Entrèrent deux Parfaits en bure sombre. Leur cape passa au bleu noir devant la lumière. Ils saluèrent l'assemblée et s'approchèrent de la haute table. Jourdain se précipita pour recevoir leur triple bénédiction. Roger ricana et se contenta d'une inclinaison de tête, sans se lever. L'un des deux hommes revint au milieu de la salle et commença à prêcher, tandis que l'autre s'installait maladroitement à la haute table.

L'homme qui prêchait était le diacre Carlipa. Il bénit l'un après l'autre tous les convives autour du vicomte pour se donner le temps de préparer son sermon et commença à parler en se raclant la gorge. Il évoqua l'arrivée du légat du pape, et cette évocation du saint Père l'anima d'un emportement coléreux. La salle réagit dans l'instant, s'associant à son courroux d'une seule voix, puissante et guerrière.

Roger alla se coucher rapidement pour ne pas entendre les prédictions apocalyptiques des Parfaits, dans lesquelles ils se complaisaient avec excès. Sa conversation avec le gros Jourdain l'avait mis de bonne humeur, pour une fois, et il voulait conserver ces bonnes dispositions pour la nuit.

L'attaque romaine l'embrasait lui aussi, mais autrement. C'était comme un temps nouveau qui s'ouvrait, un air frais qui lui caressait le visage. Une liberté nouvelle venait à portée de la main, qui serait au bout de cette lutte contre les Loups de Rome, les gardiens du vieux temple. Un autre monde se préparait.

Il remarqua combien il se sentait heureux au cœur de la Montagne Noire, dans la forteresse formidable de Cabaret, au milieu de ses chevaliers buvant bruyamment dans la touffeur de la salle, serrés comme en champ de bataille.

Les rumeurs guerrières soulevées par le diacre Carlipa venaient jusqu'à lui ; il avait déjà le cœur allègre des lendemains de victoire.

Il se voyait hors d'atteinte, hors du temps ; un roi en son royaume. Le roi de la Montagne Noire.

XII

Le départ pour la devèze fut donné à l'aube. Roger resta assoupi toute la matinée sur son cheval moreau, un solide cheval pyrénéen infatigable, aussi calme qu'une eau dormante. Les événements de la nuit repassaient dans sa tête et il y cherchait quelque sens caché. Mais s'était-il passé quelque chose d'important cette nuit ?

Roger en quittant la table avait planté ses yeux dans le regard de Na Louba et lui avait fait un signe, sous les yeux égarés de son mari. Elle lui avait répondu en baissant les paupières et en plissant le nez dans un sourire retenu qui avait retroussé sa lèvre sanguine. Puis elle avait éclaté de rire. Son rire charnel avait brisé dans son élan le sermon imprécatoire de Carlipa.

Le vicomte s'était couché en se demandant si Na Louba oserait le rejoindre. Il n'était pas du tout certain qu'elle viendrait dans sa chambre, en raison de la jalousie de Jourdain. Il pouvait très bien l'enfermer au dernier moment, au verrou, comme on serre une chienne qui rôde. Roger aimait le sel de l'incertitude en attendant une femme.

Une situation peu fréquente. À vingt-neuf ans, en pleine force de l'âge, beau de visage, bien fait, riche et puissant – un des premiers seigneurs du Midi – le vicomte n'avait que l'embarras du choix parmi les centaines de donzelles qui rêvaient du fond de leur lit de tomber dans ses bras.

Sans compter les femmes des autres. Il n'y songeait que pour exercer son pouvoir sur les hommes qui suscitaient son mépris, au fond. Non sans quelque perversité peut-être. Il se demanda toutefois, somnolant sur son cheval noir, s'il ne cherchait pas de nobles raisons pour justifier son désir de posséder la plus belle et la plus célèbre putanelle de la Montagne Noire.

Roger avait attendu longtemps dans son lit. Il s'endormait, soulagé au fond d'avoir découvert chez son vassal une limite à la soumission, un socle dur sur lequel il pourrait s'appuyer au besoin, quand il entendit trottiner quelque part dans l'escalier. Bientôt une ombre s'avança devant le tronçon de chandelle qui finissait de brûler dans l'entrée de sa chambre. Na Louba apparut devant lui, la bouche carminée éclairée d'un sourire complice, enfouie sous une fourrure d'ours qu'elle laissa glisser au sol avant de se faufiler dans sa couche avec une adresse de serpent. Il avait juste senti un corps chaud se poser contre le sien et puis ce fut un moment de silence.

Une bouche molle, parfumée à la réglisse, était venue fermer hermétiquement la sienne tandis qu'une main froide et avide se glissait dans la toison de sa poitrine avant de suivre, hésitante et puis résolue, le chemin soyeux de son ventre. Il l'avait arrêtée en la prenant dans ses bras et elle avait gémi.

Na Louba avait alors violemment rejeté draps et fourrures. Prenant sa main dans la pénombre, elle l'avait portée sur le côté de son visage qu'elle lui avait caché. Il était tuméfié. Puis elle avait entraîné sa main à la découverte d'une épaule, déformée par les coups, et d'une hanche meurtrie et arrondie par une énorme bosse.

– Il m'a battue, lui confia-t-elle avec un air de martyr.

Roger ricana :

– Et puis il t'a laissée venir...

– Je me suis échappée.

Comme Roger ne répondait rien, elle ajouta d'une voix chaude :

– J'ai fait ça pour toi, pour être avec toi cette nuit.

Elle reprit ses deux mains, l'obligea à les refermer sur ses seins plantureux et le rassura :

– J'ai sauvé le meilleur...

Elle se recoucha en riant et s'allongea sur lui sans rabattre les couvertures :

– Pour toi, souffla-t-elle.

Roger avait gardé le souvenir d'une nuit étrange. Elle s'était relevée pour souffler la lumière, « pour être cachée de Dieu » avait-elle dit en souriant à demi, et était revenue à tâtons sur son corps avec une avidité débridée. Il avait eu l'impression d'être englouti. Il avait tiré de Na Louba une suite de plaintes et de cris infinis qui faisaient penser à un déchant, un contrepoint où se poursuivaient et se répondaient les cris du plaisir et ceux de la douleur. Et les cris de douleur qu'elle transformait en plaisir.

Il avait pensé au chant étrange des loups, la nuit. Au petit matin il l'avait persuadée de dormir. Elle était restée couchée à moitié sur lui, la tête sur son épaule, le bras sur son cou, et lui avait confié :

– Je t'aime. Désormais je n'aimerai jamais un autre que toi.

Roger avait failli éclater de rire. Lui qui évitait soigneusement les complications sentimentales, voilà qu'il était pris dans d'inextricables démêlés conjugaux. Il ne croyait pas un mot de ce que lui révélait Na Louba mais il ne trouva le sommeil qu'un peu avant l'aube. Il se réveilla le bras endolori par le poids de la châtelaine qui s'était endormie comme une masse, la respiration bruyante.

La troupe arriva joyeusement dans l'après-midi en vue de la devèze. Un hameau avait été bâti un peu à l'écart de l'entrée, quelques cabanes de bois couvertes de bruyère et de mottes herbeuses qui formaient au milieu d'elles une aire encombrée de nombreux portiques de toutes les tailles. Sur ces portiques de bois étaient tendues des peaux de toutes les espèces de bêtes sauvages. Le frère de Jourdain, Peire-Roger de Cabaret, commenta en montrant le hameau du menton :

– Ce sont les serfs de l'archevêque.

– Va leur dire de nous ouvrir les portes, dit Roger.

Le palenc qui cernait la devèze était haut comme deux hommes. C'était une palissade faite de troncs d'arbres serrés les uns contre les autres, plantés dans un talus de terre qui s'était vite enherbé et d'où montaient des tiges volubiles de chèvrefeuille, de lierre, de tamier. Des arbustes aussi cachaient le mur de bois sombre, le long de l'étroite sente qui faisait le tour complet du parc de chasse.

Peire-Roger revint dépité : les serfs refusaient d'ouvrir sans l'autorisation de l'archevêque de Narbonne. Roger s'encoléra :

– Brûlez les cabanes !

Un feu d'enfer emporta bientôt dans le ciel des nuées fuligineuses où s'enroulaient des guirlandes brillantes d'escarbilles, tandis que les femmes avec la marmaille s'enfuyaient dans toutes les directions en criant comme des bêtes sauvages. Les hommes furent amenés devant la grande porte. Ils firent sauter à la masse d'énormes chevilles de bois qui libérèrent les madriers entravant les battants. Passant derrière le portail ils dégagèrent et aplanirent le sol avant de pousser les deux lourds ventaux. Des chemins s'en allaient en tous sens sous la hêtraie.

Les chevaliers se répartirent les chiens, assurèrent leur arme de chasse, arc, épieu, javelot, et par deux ou trois s'en furent sur les chemins. La devèze était peuplée de cerfs et de biches, de chevreuils. Les lapins y pullulaient. Il n'y avait ni ours ni loups.

Le soir ils se réunirent autour des brasiers qui marquaient l'emplacement des cabanes et firent cuire à la broche des quartiers de biche et quelques lapins. Les sirvents qui accompagnaient la chevauchée s'étaient installés devant la porte de la devèze avec les valets de chiens. Ainsi les serfs ne pouvaient sortir de l'enclos.

Roger et ses compagnons restèrent deux jours et deux nuits sur place, à chasser, à manger, à dormir. On ordonna aux serfs de détruire le palenc, en commençant autour des portes.

Ils s'y mirent à tous pour déraciner les troncs qui servaient de montant aux deux battants, puis ils abattirent les pieux sur une distance de cinq cents pas, de part et d'autre.

Le dernier jour Roger envoya les serfs faire d'autres brèches dans le palenc, à plusieurs endroits, sous la surveillance des sirvents qui les maltraitaient pour complaire aux seigneurs. Pendant ce temps les chevaliers repartirent chasser dans la devèze après avoir découplé les chiens.

Roger alla le long du palenc jusqu'à la rivière, après une longue roque grise et verte dont l'échine divisait la réserve en ombrée et soulane. Il voulait chasser le gibier d'eau qui habitait les sagnes, dans les replis de la combe.

Le soir les hommes firent des feux pour cuire la viande et réchauffer l'air. Ils burent le vin jusqu'à la dernière goutte pour ne pas charger le convoi du retour, le lendemain, et au milieu de la nuit s'éparpillèrent dans l'herbe fraîche, complètement saouls.

Revenu à Cabaret, Roger fut accueilli par un messager qui était monté de Carcassonne. Il lui annonça que le légat du pape était arrivé, qu'il avait fulminé contre le vicomte et qu'il se rendait sans plus attendre à Toulouse. Roger décida de s'en rapprocher et d'installer dès le lendemain son commandement à Saissac.

Pour ne pas tourmenter Jourdain il alla dormir chez son frère, Peire-Roger, qui tenait le château de Quertinheux, la plus élevée des quatre forces de Cabaret. Elle surplombait vertigineusement la vallée de l'Orbiel au bout de l'éperon, et Roger aimait cette impression qu'on avait, sur les murailles, d'être au milieu du ciel.

Depuis l'étroite fenêtre du donjon le vicomte devinait en face, après la gorge, la maigre forêt de chênes verts et de buis qui remontait tout là-haut jusqu'au bord d'un grand plateau désertique, là où les Cabaret exploitaient des mines de fer et d'argent, des mines prospères qui les avaient rendus riches et arrogants.

Roger se demanda s'il ne devrait pas les confisquer, ces mines, comme il avait fait à Villemagne, ou réclamer une meilleure part que le simple quart. Car en fait il ne savait pas ce qu'elles rapportaient vraiment. Les Cabaret n'en parlaient jamais. Il poserait la question à Na Louba, qui se ferait un plaisir de trahir son époux. L'idée qu'elle allait apparaître dans sa chambre, la chambre de Peire-Roger que son vassal lui avait laissée, le fit sourire.

Peire-Roger était allé partager le lit de son épouse dans la pièce d'à-côté. Le châtelain de Quertinheux devait traverser la chambre de sa femme chaque nuit pour aller dans la sienne, et aussi pour en sortir. Le vicomte songea que ce devait être assez désagréable d'être ainsi surveillé par sa femme. Il se demanda s'il aurait aimé être marié. Il s'esclaffa : il l'était déjà. Mais si peu.

Ne devrait-il pas annuler son mariage avec Adélaïs, qui n'avait pas empêché les deux familles de rester ennemies ? Et pour sa part de s'allier à nouveau, totalement, de cœur et d'esprit, avec le roi d'Aragon, son allié de toujours, au risque d'une nouvelle guerre ouverte, meurtrière, sans merci avec le comte de Toulouse ? Avait-il le choix ?

Son beau-père n'avait jamais renoncé à soumettre les Trencavel pour les ramener à une obéissance déférente, tels de modestes tenants d'office. Roger s'insurgea : les Trencavel ne devaient rien aux comtes de Toulouse, ils s'étaient faits eux-mêmes par l'audace, l'habileté, et le tranchant de l'épée ! « Trenca-bel », « Tranche-bien », leur nom disait assez à quoi ils devaient leur puissance d'aujourd'hui.

Roger n'avait plus envie de tergiverser. Pour contrer les manœuvres sournoises de son beau-père qui cherchait à le faire excommunier dans le but évident de s'emparer de toute sa chevance, et les menaces d'intimidation de Rome, complice de la tentative de spoliation, il allait se mettre ouvertement sous la protection franche et loyale de la couronne d'Aragon. Il lui fallait au moins un roi pour le protéger contre autant d'ennemis, aussi puissants.

Il se rendait compte avec un certain amusement qu'il se retrouvait dans la même situation qu'avant son mariage. La princesse Adélaïs ne lui avait rien apporté de bon. L'idée qu'elle pourrait être une diablesse envoyée par la sorcière de Béziers pour qu'advienne la malédiction lui semblait de plus en plus plausible. Pourquoi alors ne pas annuler son union, stérile de toute façon, et tenter du côté de l'Aragon un accouplement matrimonial plus utile, plus fécond ?

Tout en réfléchissant Roger observait la chambre où il reposait. Éclairée de deux cierges gros comme des cierges d'église le jour de Pâques, la pièce était lumineuse parce que petite, minuscule même, prise dans la tour du donjon. D'ailleurs dans ce château toutes les pièces étaient petites, sauf la salle grande rajoutée récemment. Au-dessus de sa tête des ogives grossières et sinueuses se rejoignaient en hésitant contre une clé ronde sur laquelle serpentait un monstre marin, peut-être la baleine de Job. Mais il était douteux que cet animal soit tiré de la Bible. Il y avait longtemps qu'ici à Cabaret on n'appréciait plus l'Ancien Testament, le livre du créateur du monde d'ici-bas, le livre du Dieu mauvais.

Les murs étaient blanchis à la chaux, sans peintures, sans tentures à l'exception du drap qui fermait la porte aux vents coulis et un curieux tapis venu d'Orient, coloré et soyeux, suspendu à deux clous rouillés. Il alla soulever le tapis et découvrit une niche qui recélait un coffre fermé à clef.

Le trésor de Peire-Roger, peut-être. Roger s'étonna que le châtelain l'ait laissé là à sa garde, ou peut-être l'avait-il oublié. Oublié, certainement.

Du remue-ménage s'entendit dans la pièce voisine, là où dormaient Peire-Roger et sa femme. Une dispute ? Des voix d'homme et de femmes s'interpellant avec vivacité lui parvinrent à travers la porte. Se pouvait-il que Peire-Roger, poussé par sa femme, se soit relevé pour venir chercher le coffre ? La porte s'ouvrit, se referma. Roger attendit. Quelqu'un se tenait sur le seuil, derrière la portière de drap épais. Celle-ci bougea, se souleva lentement et apparut Na Louba. Roger éclata de rire.

Na Louba rit aussi, ravie de son effet et s'approchant du lit elle se déshabilla lentement dans la lumière chaude des cierges. Elle s'en expliqua :

– J'ai quitté Jourdain ! Je suis libre. Nous pouvons tout faire devant Dieu.

Roger pensa qu'elle était vraiment folle, folle de son corps blanc tacheté d'aréoles bleutées aussi, sur les bras et sur les hanches, ce corps qu'il avait empoigné quelques nuits plus tôt sans le voir. Son regard s'enferra sur ses seins qui n'en finissaient pas d'apparaître dans leur lourde somptuosité, puis sur son ventre rond fuyant abruptement sous une rousseur touffue. Dans un geste gracieux Na Louba se tourna, tendit ses fesses au contact du lit et se glissa dans les draps. Elle posa sa tête délicatement en tendant le cou puis ferma les yeux. Elle attendit.

– Je suis ton épouse désormais... murmura-t-elle.

La bouche de Roger vint se prendre lentement dans l'auréole sanguine, pulpeuse et palpitante qu'elle formait avec ses lèvres. Il se sentit aspiré dans un long baiser trop mouillé à son goût et que Na Louba acheva par une morsure sauvage. Roger ne put y mettre fin qu'en tirant sur ses seins. Essoufflé il remarqua :

– Tu n'as pas pris de rouste, ce soir ? Pas encore ?

Na Louba sourit :

– Tu me protèges...

– Un homme reste toujours maître de sa femme, même devant son seigneur...

La bouche de Na Louba dessina une moue triomphante :

– Jourdain sait que j'obtiens toujours ce que je veux. Il ne pourra rien y changer.

Roger hésita, puis lâcha :

– Lui aussi, il a obtenu ce qu'il voulait...

– C'est-à-dire ?

– C'est-à-dire que je lui ai donné le château de Pennautier, le château de ton père !

Na Louba resta interdite. Elle grimaça et prit la mine triste d'une fillette abandonnée.

– Pauvre père ! Il ne s'en remettra pas.

– Tu le consoleras. De toute façon nous repartons dans la guerre avec Toulouse. Il est trop âgé pour tenir ce château qui regarde le comté de mon beau-père.

Le visage de Na Louba s'éclaira d'une idée lumineuse :

– Vierge Marie ! Et c'est moi le prix du château ?

– Voilà ! Tu sais que tu vaux au moins un château. Et pas des moindres. Tu es contente ?

– Non ! Je vaux un royaume !

Elle réfléchit :

– Au moins une vicomté...

– La place de vicomtesse est déjà prise.

– Si peu... Disons que le château, c'est un début...

Elle lui coula un regard en coin et le repoussant des mains pour le faire basculer elle s'exclama en le recouvrant de sa chair biffée :

– Aimons-nous avant que le château ne soit pris !

Roger rit et roula sur elle, rampant voluptueusement sur son corps chaud, et comme elle l'enserrait furieusement entre ses jambes il poussa ses reins en lui fermant la bouche avec sa main. Il ne voulait pas qu'elle gémisse aux oreilles de son beau-frère et de sa rêche belle-sœur.

En s'endormant au milieu de la nuit Roger se demanda lequel des frères Cabaret avait fait le plus mauvais mariage.

Le lendemain la troupe repartit pour Saissac. Bertran était au château. Il y avait aussi Raimon Garcie, le chevalier d'Adélaïs qui raccompagnait une jeune femme jusqu'à Béziers. Bertran raconta à Roger que la jeune fille, Aiglantine Plajole, fille d'un drapier de Béziers, ne s'était pas entendue avec la comtesse et qu'elle revenait chez elle.

– Son ami le chevalier voudrait rester à Béziers, commenta Bertran. Il sollicite un emploi dans ta chevalerie. Il se contenterait d'un fief de bourse, ou d'une solde de soldadier, révisable d'une année sur l'autre.

– Non, impossible. Nous allons repartir en guerre contre Toulouse, nous n'avons pas besoin de traîtres. Qu'il la ramène et qu'il retourne chez la comtesse !

Le soir Aiglantine vint sur les remparts trouver Roger. Il discutait avec son ami Bertran, chacun tourné vers la plaine de Carcassonne au milieu de laquelle on distinguait dans la lumière brumeuse du soir la couronne sombre de la cité. Roger répéta à Aiglantine, sans s'impatienter, qu'il ne pouvait prendre dans un de ses conrois son chevalier, parce qu'il risquait d'y avoir la guerre avec Toulouse, et qu'il était toulousain. Aiglantine secoua la tête.

– Seigneur vicomte, je suis venue vous avertir.

– Et de quoi donc, jambe-Dieu ? demanda Bertran qui se sentait en quelque sorte garant du jeune couple qu'il hébergeait.

Aiglantine réprima un sourire.

– Je sais que vous recherchez un chevalier de la comtesse, Aimeric de Castelnau, qui vous a fait beaucoup de tort. Il est aussi accusé d'avoir empoisonné le prieur du monastère de Burlats...

Elle attendit une réaction de ses interlocuteurs qui ne vint pas. Elle continua :

– Il a été obligé de s'enfuir et, présentement, il se cache dans le Sidobre du côté du lac Noir. Il y attend la fin de l'inquisition à son sujet et le départ du bayle de Castres, avant de retourner à Burlats.

Bertran l'interpella brusquement :

– Que t'importe le sort de ce chevalier ? Que t'a-t-il fait ?

– Il m'a manqué de respect...

Elle regarda ses bottines de cuir jaune au bout de ses longues jambes, releva la tête brusquement, la bouche étirée dans un sourire aigre :

– Et la comtesse également !

Roger fit entendre un rire féroce :

– Les hommes qui te manqueront ne connaîtront jamais leur fortune ! Et le chevalier qui t'accompagne, qui a l'air d'un bon bougre, est-il à ta plaisance, lui au moins ? Quel est son secret ?

Aiglantine haussa les épaules.

– Oh lui ? C'est la patience incarnée...

Roger rit de nouveau :

– Il pourrait se lasser.

Aiglantine planta son regard vert dans celui du vicomte :

– Que m'importe, je ne l'aime pas !

Roger lui rétorqua :

– Alors dis-le-lui franchement et ne le fais plus souffrir.

– J'attends d'être à Béziers...

– Quand il ne te sera plus utile ?

– Quand je serai revenue chez moi.

– En tout cas je te remercie pour la confidence.

Aiglantine fit un semblant de révérence, la tête inclinée :

– C'est naturel. Dieu vous garde, seigneur vicomte.

Elle s'en retourna.

Bertran murmura entre ses dents :

– Quelle putanelle !

Roger l'entendit et rit. Ils revinrent en plaisantant dans le donjon. Ils riaient en pensant que jamais une femme ne pourrait les séparer.

XIII

Aimeric s'était étendu sur une roche plane et chaude, le menton sur ses bras croisés, écoutant les oiseaux pépier au-dessus de sa tête. Les arbres étaient clairsemés autour des rochers ; leurs feuillages légers filtraient la lumière en restituant une clarté verdâtre assez étrange. Les troncs des arbres étaient verdâtres, les énormes boules de granite entassées les unes sur les autres comme des ballots avaient des reflets verts ; la terre, l'air, tout apparaissait changé par les minces feuillages.

Le chevalier cherchait à reconnaître les oiseaux à leur chant, comme le lui avait appris un maître veneur de son père. Mais ils étaient si nombreux le matin à s'égosiller que son oreille allait de l'un à l'autre sans pouvoir se fixer sur aucun. Il renonça.

Indifférents à ce qui se passait dans les frondaisons les loups sommeillaient devant les entrées sombres des caunes qui s'ouvraient partout sous les amas de rochers, tout autour de lui à même le sol sableux et doux. Les louvarts s'étaient allongés au soleil sur des dalles chaudes très bleues.

Aimeric en quittant Burlats à la hâte avait retrouvé la bande sur le versant qui faisait face à l'oustalet de Cécile, après l'Agoût du côté de la montagne. Il les avait emmenés dans le Sidobre proche.

Au bout de quelques jours le chevalier s'imaginait séjournant dans une immense cave. Des centaines de caunes et caunettes s'enfilaient sous les amas de roches grises où se perdaient les chemins sablonneux, comme des ruisseaux. Les loups s'étaient répartis les trous dans les environs du sien, et ils défendaient avec hargne leur retrait qu'ils n'occupaient jamais.

Wolf, Blanca – Na Blanca l'appelait Aimeric – et les petits occupaient une caverne surplombée par une immense dalle bleue. Plus loin Rufus le Pitre partageait sa tanière avec deux louvarts d'un an ou guère plus, qui venaient d'ailleurs. L'un était plutôt sombre avec une pelisse de poils gris à bout noir sur le dos et les épaules, et un masque noir qui faisait soigneusement le tour des yeux avant d'aller border le museau d'un trait d'encre. La ligne s'épatait ensuite sous le menton en remontant vers la truffe. L'autre était franchement roux, surtout la queue. Son pelage hirsute et une oreille qui ne tenait pas droite lui donnaient un air d'ivrogne ou de sonneur de cloche. Aimeric appelait le noir Mûret, et l'autre Débraillé.

Des femelles aux pattes isabelle, les yeux bordés d'un large trait noir, le pelage mordoré avec l'échine et le cou grisés d'un mouchetis de mèches sombres, se tenaient un peu à l'écart par timidité ou coquetterie. Les mâles qui les approchaient se heurtaient à une herse de crocs blancs effilés comme des aiguilles. Ils n'insistaient pas, sinon par jeu et sans prendre de risque. L'une répondait au doux nom de Grazide, pour sa grâce et sa finesse bien que son caractère fût plutôt irascible, une autre fut appelée Rousse parce qu'elle avait le cou et la queue d'un beau roux cuivré, une autre Brune, une autre encore Enide, sans autre raison que la délicatesse du nom. En fait elles se moquaient de l'appel de leur nom et n'écoutaient que Wolf ou Na Blanca.

Les autres mâles avaient des noms de troubadours anciens, parce qu'ils s'en donnaient à cœur joie dans les soirs de chanterie et de hurlements.

Aimeric avait dénommé également les petits du couple royal, quatre louveteaux pataudes, trois mâles et une femelle. Le plus clair tirait sur sa mère, un autre était plus sombre que son père, presque noir. Peut-être le retour d'un ancêtre. Il appela l'un Blanquet et l'autre Mauro. La petite femelle aux reflets mordorés sur le museau portait le joli nom d'Alissende. Il baptisa le dernier, chétif et maladroit, Trabuquet.

Les loups chassaient tous les deux ou trois jours, ou plus souvent si l'occasion s'en présentait. Ils avaient si bien accepté Aimeric dans leur manœuvre qu'ils rabattaient le gibier vers lui pour qu'il le transperce au passage. Les loups attendaient qu'il ait prélevé sa juste part avant de se jeter sur la dépouille dans un ordre immuable : d'abord le chef, le roi, puis Na Blanca, la reine, puis les mâles les plus anciens, les nouveaux, les femelles enfin. Les petits couraient de l'un à l'autre lécher les museaux, tapotant les babines du bout de la truffe en jappant avec des voix aiguës. Des boulettes revenaient dans la gueule des adultes comme sous l'effet d'un vomissement irrépressible et les petits s'en emparaient.

Aimeric trouvait ce rituel amusant et évitait de nourrir les louveteaux pour les voir faire la quête. Le plus étonnant était qu'ils recevaient de tous la même attention, sans réticence aucune, et la même quantité de viande.

Le chevalier avait erré dans le Sidobre au hasard des sentiers, attiré ici et là par l'éclat gris-bleu des énormes rochers sous les feuillages.

Il avait découvert avec surprise un monde vieux, usé, calciné par les siècles des siècles, dissimulé sous la mousse, le lierre et le lichen, étouffé par le houx. Il était passé sous des rochers énormes, grands comme des maisons, couverts de manchons de mousse noire ; il s'était couché sur des dalles immenses creusées de cuvettes rondes où les loups allaient laper l'eau de pluie, par pur plaisir ; il avait bondi sur le dos lisse de roches bleues et longues comme des baleines. Il s'était lové à l'abri du vent dans des creux d'épaule grise, au granit tavelé, des plis de ventre humide, des cuisses fortes de géantes surgies de terre, arrondies par le vent, ruisselantes de sources ; il avait traversé en riant des prairies vertes occupées par des troupeaux de rochers gris à l'échine courbe, brisée, comme des vaches couchées.

Traversant des rivières de rochers bleutés il était passé sous des falaises grises et dorées lissées par le temps, striées de traces blanches laissées par les pluies, comme des cascades sèches.

Aimeric avait fini par trouver ce monde inquiétant, de plus en plus inquiétant. Quoique vide d'homme, parce que vide d'homme ou à peu près il ressentait sans cesse le poids d'une présence indéfinissable mais forte, immense. La présence de géants peut-être, de créatures d'autrefois, celles dont on parlait dans ses enfances.

Il n'était pas loin de penser qu'il était chez le diable.

Un soir, traversant une hêtraie fournie couverte d'un épais tapis de feuilles mortes, il s'était oublié dans la contemplation de la litière formant un fleuve ocre qui contournait les rochers verts de mousse, comme le courant d'un fleuve bouillonne autour de ses îles. Il avait aimé la couleur ocre des feuilles mortes, plus franche, sèche et saine. Il s'était installé.

Il avait aménagé là une caunette avec un foyer et un châlit fait de branches de hêtre et de gaulettes de noisetier. Il avait aussi fabriqué quelques ustensiles, mais le minimum indispensable. Il ne pensait pas rester dans le Sidobre bien longtemps.

Au dernier hameau où il avait demandé son chemin et du pain, un hameau de granit retenu par miracle aux saillies d'un versant abrupt, on l'avait averti de ne pas s'approcher de la sagne autour du lac noir. Le bétail s'y noyait, les hommes qui la traversaient n'en revenaient pas. Et des divinités terrifiantes habitaient les profondeurs du lac.

Aimeric avait découvert le lac noir à côté de la hêtraie. Il pensa que nulle part ailleurs il serait aussi tranquille que dans le voisinage de cette bouche froide de l'enfer. Les divinités infernales, auxquelles il ne croyait pas trop, le protégeraient de la curiosité des hommes.

De toute façon il comptait revenir bientôt au château de Saissac, et reprendre ses courses en forêt jusqu'au camp des Bonshommes. Mais avant de repartir vers Saissac et la montagne de la Loubatière il devait revenir sous les fenêtres d'Adélaïs, quelques instants au moins. Il ne voulait pas s'en aller sans le consentement de sa domna, sans s'emplir le cœur d'un dernier regard avec qui il entretiendrait un dialogue continu et solitaire, comme un feu sacré.

« Demain j'irai à Burlats, décida-t-il. Avant que la faim ne les réveille et qu'ils repartent rôder. »

Le matin à l'aube il avait chassé avec sa meute. Ses amis étaient rassasiés. Aimeric agissait comme s'il avait à charge une famille. Autour de lui les loups encore lestés par le festin ne bougeaient plus, sommeillant dans le silence, bâillant à tour de rôle à s'en décrocher la mâchoire. De temps en temps l'un d'eux s'éclipsait pour revenir aux reliefs du carnage prendre une dernière bouchée de plaisir. On entendait les cris d'indignation des corbeaux chassés de leur légitime tour de manger.

Aimeric alla au bord du lac lancer une nouvelle fois un fil de chanvre avec un hameçon d'épines appâté de vers rouges. Sans succès. L'eau noire ne contenait peut-être aucun poisson.

Il revint à la tombée de la nuit comme les loups commençaient à s'étirer. La lune apparut dans le ciel en répandant une même clarté grise sur les êtres et les choses. Aimeric aimait les nuits de pleine lune, quand le monde prenait un drôle d'air, et qu'il n'y avait plus de différence entre l'aspect des feuilles et celle des rochers, la couleur des loups et celle du lac. Tout semblait de la même matière sauf le blanc des loups, le blanc des fourrures, plus blanc que dans le jour.

Il aimait aussi quand le feu allumait l'or en fusion de leurs yeux, et par-dessus tout il aimait les entendre chanter.

Un des loups qu'il appelait Marcabru, un jeune mâle agité et nerveux, commença à donner le ton, l'œil brillant, en émettant de petits grincements et puis des jappements, gueule ouverte. Les autres lui emboîtèrent le pas et se mirent à glapir, à geindre, à gronder, laissant venir des plaintes comme des morceaux de viande régurgités, en claquant les mâchoires. Enfin le premier hurlement, clair, métallique, et pour finir langoureux traversa la nuit. Tous reprirent en chœur, tête levée, les yeux clos, le museau vers le ciel, la gorge éclatée, la gueule à peine entrouverte, les crocs pareils à des perles entre leurs lèvres noires. « Chacun dans son registre, chacun sa modulation », jubilait Aimeric qui regrettait d'être parti de Burlats sans instrument de musique.

Mais les loups n'avaient besoin d'être entraînés par personne. En cercle sur les dalles devenues blanches sous la lune, encore tièdes du soleil, ils paraissaient « en joy », au comble de la félicité, réunis dans un même plaisir de s'épancher. De petites voix un peu éraillées et assez discordantes vinrent remplir les pauses. Aimeric tourna la tête et vit devant le trou de leur tanière les louveteaux assis sur leur derrière touffu, la tête levée, les yeux grands ouverts vers la lune, s'essayant au chant la gueule ouverte comme un four, un trou noir surmonté d'une truffe. Les petits crocs blancs s'agitaient fébrilement pour moduler les hurlements. « Modeste début ! », leur lança Aimeric en riant.

Le lendemain matin le chevalier se prépara au départ. Un brouillard à couper au couteau unissait le ciel et le lac. Les berges ne se distinguaient qu'aux broderies noires des roselières, illuminées fugacement de pointes cristallines sur les perles de rosée. Il y avait aussi le dos noir des rochers dans l'étang.

Quand ses loups pointèrent leurs oreilles rondes tous ensemble dans la même direction Aimeric comprit qu'il venait du monde. Le chevalier se demanda si ce n'était pas Adélaïs qui s'en venait le visiter et lui apporter les dernières nouvelles. Peut-être allait-elle lui annoncer que les inquisiteurs étaient repartis. Mais reviendrait-il dans la cage dorée de l'oustalet de la vicomtesse Cécile ? Il ne savait pas.

Il jugea toutefois la venue d'Adélaïs improbable dans ce brouillard, et il s'en retournait chercher son épée et son javelot quand il perçut le piétinement d'une troupe nombreuse, accompagné de jurons, de commandements, et du tintement clair des armes. Il fila silencieusement dans le chaos de rochers, souple comme une fouine, et les loups disparurent aussi dans les creux. Un brouhaha d'éclats de voix et de hennissements, de branches cassées, lui firent penser que les chevaux avaient éventé les loups, et faisaient des difficultés pour aller plus loin.

La brume se déchira. Aimeric vit dans les brandes, de l'autre côté du lac, s'en venir de nombreux péons armés. Ils avançaient prudemment et semblaient flotter dans l'air dense au milieu des roseaux, contournant les troupeaux de rochers noirs qui encombraient les berges et semblaient venus boire. Certains disparaissaient tout à coup dans des trous d'eau.

Ils finirent par se rassembler sur une ligne le long du ruisseau qui allait dans le lac et qui leur barrait complètement le passage. Ils hésitèrent un moment avant de le sauter ici et là, en désordre. Ils reprirent leur marche.

Aimeric s'inquiéta du nombre. Revenant du côté des chevaux il vit apparaître dans la brume étincelante que dissipait le soleil l'ombre de cavaliers montés sur des chevaux de guerre. C'était une battue, une drôle de battue au gibier humain. Car il ne doutait plus que ce déploiement était ordonné à son intention.

Le chevalier se demanda si ces hommes savaient qu'il vivait avec des loups. « Ils vont l'apprendre vite », pensa-t-il en voyant deux des « troubadours » filer entre les rochers sur leurs larges pattes, arqués dans une volonté farouche d'attaquer. Ils bondirent sur une dalle bleue ravinée pour sauter plus vite à la gorge des premiers soldadiers.

Les hurlements qui lui parvinrent le renseignèrent sur l'efficacité de leur attaque surprise.

Sans pour autant le rassurer. À leur tour les hurlements de détresse des chiens lui confirmèrent la vanité de se défendre, et d'exposer la vie de ses amis. Il chercha Wolf des yeux, s'approcha de lui et lança le bras vers le septentrion, dans une direction qui évitait le lac et leur permettrait encore de s'échapper, peut-être sans d'autres pertes. Il lui cria : « Raoust ! Raoust ! » Wolff se leva, se recoucha en geignant, couina la gueule fermée, les oreilles aplaties, les pupilles sous les paupières. Aimeric répéta son ordre, le hurla sans retenue : « Raoust ! Raoust ! Va-t'en ! Va-t'en vite ! » Il lançait le bras vers les massifs impénétrables où s'amoncelaient des rangées de puechs jusqu'aux gorges profondes de l'Agoût.

Wolff fit mine de s'en aller et se cacha derrière un arbre. Bientôt sa tête réapparut à demi le long du tronc. Son œil droit l'observait avec tristesse, avec humilité. La mâchoire fermée, les crocs cachés sous les lèvres tombantes, la bouche piteuse, il faisait le mendiant. Aimeric grogna : « Cet innocent va y passer, ils vont tous y passer ! » Il alla le déloger derrière l'arbre, le prit par le cou (c'était la première fois qu'il le touchait, et le loup se raidissait mais sans grogner) puis il le poussa vers le septentrion : « Raoust ! Raoust ! Va ! File ! » Wolf se résigna, trottina entre les rochers et fila à découvert droit dans la forêt épaisse. Les autres suivirent.

Na Blanca attendit ses louveteaux. Les femelles derrière eux les poussaient du nez, les mordillaient. Ils décampèrent. Mais les petits traînaient, ils roulaient, se redressaient, repartaient sans méfiance à la poursuite de leur mère.

Aimeric assista alors à un spectacle incroyable. Les deux autres « troubadours », tous deux joyeux drilles et fervents chantaïres au crépuscule, n'avaient pas suivi la bande et filaient droit sur les chevaux. Ils leur passèrent entre les pattes en les mordant au ventre et revinrent vers les péons qui autour du lac refermaient leur nasse. Les chevaux s'emballèrent, piétinant, bottant, levant le cul et tentant de s'en retourner. Les hommes autour du lac se débandèrent, puis se regroupèrent et leur coururent sus.

Les chevaliers avaient mis pied à terre pour retenir les chevaux. Des flèches volèrent en direction des fuyards qui ondulaient dans les fourrés comme des saumons remontant le courant. La pagaille était énorme. Grisés par le désordre qu'ils avaient provoqué les loups recommencèrent un autre tour vers les chevaux. Un tour de trop. Un nuage de flèches et de javelots s'abattit sur eux et les cloua au sol. Ils agonisèrent la gueule ouverte jusqu'à ce que des hommes viennent les achever au couteau.

Le cœur d'Aimeric se serra. Mais le manège des jeunes loups avait permis à la bande de s'enfuir avant que le filet ne se referme. Dans un instant il serait trop tard pour lui. Il hésita, observa les chevaux nerveux, les chevaliers qui s'en venaient à pied, les péons qui avaient repris leur manœuvre d'encerclement. Il ne pouvait plus s'enfuir sans relancer la chasse. Il entendit des chiens aboyer d'une voix grave. Ils avaient aussi des limiers.

Les louvarts lui avaient montré le chemin du sacrifice. Il n'allait pas les décevoir. Le chevalier se glissa entre les rochers et quand il fut en vue des cavaliers il se montra d'un coup. S'il devait mourir, autant que ce soit tout de suite. Il montra ses mains nues. Il se voulait confiant : un chevalier qui a l'esprit de chevalerie ne tue pas un homme sans arme, encore moins un autre chevalier.

Les hommes se précipitèrent vers lui. Jourdain de Cabaret lâcha son cheval que reprit prestement un écuyer et, bousculant tout le monde, il arriva le premier pour se saisir d'Aimeric. Il criait : « Il est à moi ! Il est à moi ! »

Raimon de Termes tentant de le calmer ironisa :

– Personne ne te le prendra. On ne saurait qu'en faire.

– Moi je sais ! Je sais ! répliqua Jourdain habité d'une joie mauvaise.

Raimon de Termes croisa ses bras massifs et observa le jeune homme ficelé en un tour de main comme un saucisson. Jourdain l'emmenait avec l'aide de son frère Peire-Raimon, visiblement agacé par l'excitation outrancière de son cadet.

Le seigneur de Termes commenta, l'œil maquignon : « C'est lui le fameux troubadour de la comtesse, dont tout le monde parle... beau chevalier, en effet ! Calme et sûr de lui. Il aurait fait un bon chevalier banneret et un bon capitaine. » Il le regarda partir entre les deux frères de Cabaret. Par sa taille et sa prestance on aurait dit que le jeune chevalier emmenait les deux autres.

« Courageux et plaisant, songea Raimon de Termes. Quel dommage de l'abîmer. »

Jourdain vociférait :

– C'est un meneur de loups ! Vous avez vu, tous ? On en a la preuve avérée.

– C'est le bûcher qui l'attend, confirma un chevalier de la cité à barbe blanche, par ailleurs seigneur de Cabrières.

Jourdain se renfrogna :

– Il est à moi. C'est mon prisonnier et j'ai déjà préparé sa niche, à ce chien.

Il le tira du bout de la corde comme on fait sonner une cloche. Il poursuivit, une main gantée de fer levée vers le ciel, trébuchant à chaque pas :

–Le feu est trop rapide pour un meneur de loups. Il n'aura pas le temps de se repentir. J'ai mieux pour lui.

Aimeric restait impassible. Il ne pouvait s'empêcher de sourire à la vue des deux frères de Cabaret fervêtus comme pour aller à la guerre contre les Sarrasins. Jourdain portait une broigne armée de lames de fer qui se chevauchaient à la façon des pièces d'un thorax d'insecte, les épaules protégées en outre par des épaulières de bronze, celle de sénestre massive et débordante dans le dos et sur la poitrine. Le tout recouvrait un haubergeon de mailles de fer dont le capuchon roulait sur sa nuque. Il avait le crâne pris dans un casque conique à large nasal épaté en forme de croix. Un épais baudrier soutenait une épée massive sur le côté gauche qui lui embarrassait les jambes et tintait sur les cailloux.

Son frère était aussi lourdement armé mais sa plus grande taille et sa stature plus déliée le rendaient moins embarrassé, moins grotesque. Aimeric s'adressa à Jourdain en souriant :

–Seigneur Jourdain, pensiez-vous que j'avais réuni une armée contre vous ? Pâques-Dieu ! On dirait que vous partez à l'ost royal ! Quelques loups vous font si peur que ça ?

Jourdain tira sur la corde pour le faire taire. Il hocha la tête, l'œil rouge :

–Je n'ai peur de rien ni de personne. Dans quelques jours tu riras moins, sang-Dieu ! Tu n'auras plus la force seulement de parler, macarou ! Et je te jure foutral que tu me supplieras de t'amener au bûcher pour abréger tes souffrances, par la mort-Dieu !

–Seigneur Jourdain, jurer est un péché. Mortel, disent les Bons-hommes.

Jourdain s'arrêta. Il se tourna vers Aimeric.

–Je ne jure pas, je parle, commenta-t-il le verbe haut. Profite de rire ! Je t'avertis que bientôt tu ne seras pas à la fête, foutre-Dieu !

Ses compagnons les avaient rejoints et formaient un cercle, amusés et curieux. Aimeric prit une mine inquiète :

–Seigneur Jourdain, vous n'allez pas me livrer à votre femme, au moins ?

Jourdain qui reprenait sa marche vers les chevaux s'arrêta d'un bloc, comme tout le conroi éclatait de rire. Il se retourna, interdit. Il n'arrivait pas à croire qu'on ait pu lui envoyer une pareille insulte à la figure aussi débonnairement, devant ses meilleurs compagnons. Aimeric lui fit un pauvre sourire comme s'il requérait sa pitié. Les péons qui revenaient se pressèrent d'arriver.

Jourdain se jeta soudain sur le prisonnier et lui envoya en pleine figure un formidable coup de poing de sa main gantée de fer. Aimeric tomba à la renverse, assommé, et incapable de se relever. On le tira pour le remettre sur ses jambes. Sa mâchoire était devenu un objet de bois, totalement étranger, et sa nuque lui lançait des coups de poignard. Jourdain lui envoya un coup de pied dans les côtes mais comme il était court il toucha seulement la hanche et son pied glissa. Il se retrouva sur le cul. La compagnie éclata de rire à nouveau, sans la moindre retenue.

Jourdain se releva la bouche enfiellée. Il tira de sa ceinture une grande coutelle et la glissant sous la gorge d'Aimeric il la fit aller et venir en hurlant :

– Je te tue quand je veux ! Quand je veux !

– Attention de ne pas glisser, le railla Aimeric. Vous pourriez vous blesser !

Jourdain reprit la corde, le désignant de la pointe du couteau :

– Là où tu vas finir tes jours, tu n'auras pas la force de railler longtemps. Tu peux m'en croire, macarou !

Il ricana en cherchant l'approbation de son frère :

– Tu vas connaître l'envers de la terre des Cabarets, les ténèbres de Géhenne. Là où ne sont que les pleurs et les grincements de dents. L'enfer sur terre. Ou plutôt sous terre ! Tu regarderas les arbres par les racines !

Il éclata d'un rire forcené qui le rendit écarlate.

– Dans les mines, précisa Peire-Raimon pour en finir avec le lyrisme de son frère.

En arrivant aux chevaux Aimeric aperçut en retrait un cavalier au visage ombré par une barbe de quelques jours, et dont la silhouette bougeait au gré de sa monture impatiente. Les sourcils levés, l'homme l'observait fixement sans manifester aucune humeur. Aimeric reconnut, sous la cape courte et la toque de mouton noir, le vicomte Roger Trencavel.

XIV

Je pensais à Aimeric sans cesse. Après son départ Ogive était revenue parmi nous avec des airs de reine mère. La présence d'Aimeric avait été comme un récif périlleux l'empêchant de venir naviguer dans nos eaux. Un empêchement moral. Sa répugnance ne venait pas de sa personne – Ogive reconnaissait les nombreux talents d'Aimeric et la qualité irréprochable de sa naissance – mais sa présence entretenait une situation dont elle ne pouvait être complice. Elle ne voulait pas qu'on dise dans les siècles futurs qu'elle avait participé, ne serait-ce que par omission, au retour de la guerre entre les deux paratges des comtes de Toulouse et des Trencavel, au moment où ils se trouvaient unis dans ma personne. Sous sa surveillance.

Ogive espérait toujours une réconciliation avec Trencavel. Elle me disait :

– Ah ! Adélaïs ! Quand vous aurez mon âge et que vous serez ridée comme une vieille pomme...

– Mais tu n'es pas ridée, petite mère, tu es joufflue comme une grosse courge...

– Moquez-vous ! Quand vous vous retournerez sur votre vie, vous le regretterez le temps perdu au dévergondage. Mais ce sera trop tard...

– La vie ne connaît qu'un seul printemps. Je verrai après...

– Après ce sera trop tard !

Ogive passait son index sous son nez, les yeux plissés dans une mimique rusée :

– Bistofine ! Personne ne voudra plus de vous et vous resterez seule comme une vieille jument bréhaigne.

Ma petite mère savait bien que je n'étais pas la seule responsable de la dureté des relations entre le vicomte et le seigneur comte mon père, ni entre Roger et moi. Elle le savait parfaitement et ce qu'elle me reprochait c'était de ne pas avoir essayé une fois, une seule fois d'aimer mon mari. Ensuite, exhibant en retour un visage blessé de femme trahie, maltraitée, on aurait su que les torts ne venaient pas de moi.

J'étais coupable faute de preuves !

Un messager venu de l'abbaye de Castres mit fin à nos discussions et resserra nos rangs. Le légat du pape avait quitté Toulouse et s'en venait à Castres rencontrer Trencavel, ayant eu vent qu'il se tenait dans les alentours. Certains disaient qu'il était dans le Sidobre, d'autres qu'il dormait toutes les nuits au château de Saissac, d'autres encore qu'il avait rejoint son Castelviel d'Albi, au-dessus du Tarn.

Dans l'ignorance des intentions de mon mari, l'abbé de Saint-Benoît de Castres me demandait de venir accueillir en son nom le légat du pape, le cardinal de Saint-Chrisogone, et les sourcilleux prélats accourus sonder les consciences du Midi.

Nous partîmes le lendemain, tout le château. Les chevaliers de Trencavel étaient devant, les miens derrière nous. Entourée de mes compagnes, d'Ogive qu'excitait fort la venue des prélats romains, parce que romains, et de quelques femmes à mon service, je tentais d'imaginer dans la rumeur insouciante de mon entourage ce que j'allais dire au légat du pape pour désarmer son courroux et le détourner de son désir brûlant de châtier notre province.

Avec l'intendant et sa femme qui fermaient le cortège étiré le long du chemin de rive, nous étions vingt personnes. C'était bien peu pour sauver notre vicomté.

À Castres le peuple déjà se massait dans les rues, guettant les cortèges. Des femmes traversaient les places en courant, inquiètes et avides de nouvelles. Il y avait de quoi être dans l'inquiétude.

Au monastère mes filles furent cantonnées dans l'oustal des voyageurs pour ne pas distraire les moines de leur pieuse méditation et j'allai seule rencontrer le bon père abbé qui me vit arriver avec un soulagement perceptible. Son logis était rempli de clercs, de prêtres, de moines et d'hommes en armes qui tous parlaient dans un brouhaha continuel, inconcevable dans une maison vouée au silence. L'abbé m'accueillit avec son bon sourire. Il était assis dans sa chaire des grands jours ; son long corps ascétique flottait comme une descente de croix dans la cathèdre monumentale.

Je m'agenouillai devant lui et il se précipita pour me relever. Sur son froc noir et son scapulaire orné d'une croix d'ivoire il portait une chape doublée d'écureuil, bien qu'on soit aux portes de l'été. Sa santé était chancelante, depuis toujours. C'était peut-être sa façon de durer, en ne se faisant pas remarquer de la mort par une santé insolente. Il m'accueillit de sa voix douce :

– Dieu vous bénisse, domna comtessa. Je vous ai mandée car nous attendons d'un jour à l'autre Sa Grandeur le cardinal de Saint-Chrisogone. Vous en avez entendu parler je suppose ?

– Sans cesse, révérend Père. C'est le légat du seigneur pape Alexandre, qui vient enquêter sur l'hérésie.

– À la demande de votre père... Mais il ne vient pas seulement enquêter. Il vient aussi redresser, et châtier les fauteurs de la fausse religion. Le seigneur vicomte, votre mari, inquiète Rome, vous le savez. Il devra rassurer Sa Grandeur et s'expliquer quelque peu devant la légation. Savez-vous où il est, à l'heure présente ?

– Mon mari ? Sancta Maria ! Je n'en ai aucune idée.

L'abbé eut l'air contrarié.

– C'est dommage. C'est très dommage. Si votre mari ne vient pas s'expliquer il sera accusé de soutenir l'hérésie et excommunié.

– Excommunié ?

– Sans aucun doute. Banni de l'assemblée ecclésiale, rejeté de l'Église, traité comme un pestiféré, un païen de la dernière espèce ; pis qu'un chien s'il ne se présente pas au légat. Soyez assurée, domna comtessa, que le seigneur légat ne repartira pas à Rome sans l'avoir sévèrement puni.

Il se plongea dans des pensées sombres et sembla m'oublier.

– C'est très inquiétant, finit-il par conclure en revenant de sa nuit.

Je me souvenais des conversations au château Narbonnais sur le sujet de l'excommunication. Quiconque se sentait assez fort pour s'y risquer avait le droit de prendre les terres de l'excommunié. Et quiconque était assez téméraire pour le tuer n'encourait pas de poursuite. Or quel seigneur n'avait pas d'ennemi, proche ou lointain, et déjà dans sa propre famille ? Trencavel n'échappait pas à cette règle.

J'imaginai mon mari excommunié, la vicomté mise en proie. Tout le monde pourrait se servir. Ce serait terrible. J'en connaissais un qui n'hésiterait pas à se servir le premier et qui devait déjà rassembler son armée pour fondre sur les terres vicomtales : mon propre père. Je me sentis prête à me battre pour empêcher mon père que j'aimais de se saisir de ce qui appartenait à mon mari que je haïssais. Je m'exclamai devant le père abbé :

– Je ne me laisserai pas dépouiller, moi sa fille !

Il était tout aussi certain que Roger ne se tiendrait pas pour battu, et que ses vassaux le défendraient jusqu'à la mort. On allait à la guerre inexorablement. Il n'y avait pas d'autre issue.

Je dis au père abbé qu'il y avait à mon sens de la part de mon époux de la folie d'aller se cacher dans les forêts de la Montagne Noire à l'approche de la délégation romaine. Il secoua la tête d'un air entendu, visiblement chagriné :

– C'est un chien fou ! l'excusa-t-il.

Il était inquiet mais pas du tout enragé contre Roger. Il regrettait son absence pour ses conséquences, et c'est tout. Le visage plus émacié que jamais il me demandait à chaque instant, sans cesse repris par un improbable espoir :

– Domna comtessa, vous ne pensez pas qu'il va revenir, votre mari ?

Je ne le pensais pas mais je n'osais pas le lui dire. Il ouvrait la bouche comme un homme qui cherche l'air, le front tombant de fatigue, les sourcils sur les yeux. Il paraissait à bout de forces. Un peu plus tard il sembla visité par une illumination :

– Domna, par Dieu qui de l'eau fit du vin, pourquoi n'iriez-vous pas le chercher vous-même, votre mari, avant que le légat n'arrive ? Et s'il arrivait avant votre retour je le retiendrais. Vous êtes la mieux à même de lui représenter les dangers qu'il fait courir à sa principauté, et à lui-même, à sa postérité. Je pense qu'il y sera sensible...

– Plus qu'aux arguments de la foi, dis-je en m'esclaffant, c'est certain. Mais où voulez-vous que j'aille le chercher ? Où ?

Je n'allais pas demander à Aimeric, parti dans le Sidobre, de me ramener mon mari ! Et je n'allais pas risquer ma vie en sillonnant la Montagne Noire à moitié païenne, infestée de pillards et de bêtes sauvages, pour lui rappeler où se trouvait son intérêt. Il serait capable de me punir pour m'être mêlée de ses affaires. Je ne voyais pas de solution, et je ne savais que dire au bon père abbé qui m'observait avec une attention inquiète, attendant de moi un prodige.

Mais je n'étais pas d'humeur à faire des prodiges.

On apprit que le légat arrivait le lendemain dans la matinée. J'accédai aux vœux de l'abbé et fis une veillée de prière avec mes compagnes. On suivit dans l'église abbatiale sombre comme un tombeau tous les offices de la nuit, réfugiées dans le chœur éclairé par quelques cierges, importunées par l'odeur froide et humide de la pierre qui ne se mélangeait pas avec les odeurs d'encens et de cire chaude.

Mais je voulais faire du bien au vieil abbé.

*

Le matin nous partîmes tôt accueillir Sa Grandeur à l'entrée de la ville et, comme Elle tardait, on avança plus loin sur le chemin de Toulouse, jusqu'à Verdalle. Devant nous la Montagne Noire avait revêtu sa chape bleutée des temps beaux et clairs. Un groupe d'hommes de peine vint à notre rencontre. Ils étaient armés de toutes sortes d'outils, des pioches, des masses, des pelles, des haches et des serpes, pour défricher, aplanir et élargir au besoin le chemin.

– Sa Grandeur vient-elle avec une armée ? m'inquiétai-je.

Quand apparut le cortège au loin, miroitant au soleil, mon cœur se serra. Un conroi de chevaliers ouvrait la voie sur des chevaux caparaçonnés. Les hommes avançaient sous une forêt d'étendards serpentant au bout des lances, tous coiffés de casques pointus aux reflets fauves, adoubés de cottes de mailles verdâtres et de lourdes épées.

Je me tournai encore vers le père abbé :

– Les Romains prennent-ils les terres de Trencavel pour des terres sarrasines ?

Le vieil homme sourit, convaincu qu'il était lui-même de la maladresse du légat. Derrière les guerriers avançaient sur des mules les clercs et les chapelains du seigneur légat, précédant de peu leur patron avachi sur une mule blanche houssée d'un drap blanc. Derrière lui, l'entourant plutôt, ses coadjuteurs, les archevêques de Narbonne et de Bourges, les évêques de Poitiers et de Bath, l'abbé de Clairvaux, tous invités à la promenade par le pape Alexandre. Comme ils approchaient je constatai qu'ils n'étaient pas sans bagages. Derrière les mules des prélats suivait à pied une foule de pages, d'écuyers et de serviteurs entourant des chariots. Je comptai au coup d'œil deux centaines de personnes.

Sa Grandeur cardinalice se présenta à nous imperturbable, le regard luisant dans l'ombre de son grand chapeau. Son visage long avait le teint olivâtre. À côté de lui un écuyer tenait sur un faisceau de trois baguettes un chapeau rouge orné de rubans et de cordons de soie décorés de glands qui dansaient à la brise. Sur son autre côté un second écuyer exposait sa crosse.

À la mine fermée, hautaine du légat je présumai que notre cause était perdue d'avance. Notre procès était déjà fait. L'abbé du monastère de Saint-Benoît de Castres se présenta et me présenta. Le prélat, entendant mes qualités d'épouse de Trencavel, hocha la tête d'un air entendu et levant un sourcil :

– Domna, par Dieu notre juge j'ai entendu du bien de vous à Toulouse, dit-il lentement. Où est votre mari ?

– Seigneur légat, je n'en ai aucune idée.

Le teint de Sa Grandeur fonça encore et il tonna :

– S'il n'est pas là demain, devant moi, ma colère sera terrible. Il sera excommunié et perdra tous ses droits... Il ne vaudra plus le dernier de ses sujets.

Il se tourna vers l'abbé de Castres pour le prendre à témoin.

– Il apprendra qu'on ne se moque pas impunément de notre sainte mère l'Église !

Je voulus répondre. L'abbé de Saint-Benoît jugea plus habile de quitter ces propos menaçants et invita Sa Grandeur à avancer jusqu'au monastère de Castres, afin de s'y rafraîchir et de s'y reposer. Le légat y consentit. Marquant sa satisfaction d'arriver par un long soupir il fit signe à son sénéchal de repartir. Le sénéchal qui se tenait derrière lui se dressa sur les étriers, leva le bras, la main ouverte, et se retournant à demi il cria à tout le cortège :

– En marche vers la Terre promise... à l'erreur.

Des rires éclatèrent, ici et là, suivis d'une rumeur joyeuse qui ne retomba pas. Le légat ne broncha pas. Indifférent à ces petits amusements il se renferma en lui-même et tirant un bréviaire d'une sacoche suspendue à sa selle il se mit à réciter des psaumes. Sa mule habillée d'une couverture blanche à liserés d'or était tenue par un écuyer à pied qui le débarrassait de tout souci de la chevauchée. Son murmure scandé ne s'interrompit qu'à Castres. Il ne m'avait pas dit un mot de plus.

Les consuls et le peuple gros avaient passé le pont et nous attendaient. Tout devant, les moines de Saint-Benoît dressaient croix et bannières devant les autres monastères et le clergé des paroisses. Derrière eux le peuple agitait des rameaux d'olivier ou de buis. Tous s'agenouillèrent au passage du légat qui les bénit. Les plus audacieux demandèrent des indulgences, mais le légat fit la sourde oreille. En matière d'indulgences, pensai-je, ils vont plutôt recevoir une pluie de pénitences.

On alla jusqu'à l'abbaye à travers les rues noires de monde. L'abbaye se remplit après nous comme un champ de foire. Le légat, devenu soudain disert, imposa à l'abbé la présence de son médecin, de ses clercs et de ses notaires apostoliques, de son sénéchal, de son juge, de ses valets. Ses cuisiniers, maîtres queux, marmitons italiens s'étaient déjà emparés de l'austère cuisine. Un épicier italien était spécialement chargé de la couleur des plats.

Chacun des autres prélats signifia ses exigences et le reste du cortège alla se répandre dans la ville et dans les autres monastères, où ils furent accueillis gracieusement. Après la messe et l'office de none le légat me convoqua et me posa de nombreuses questions sur mon mari. Il ne semblait pas avoir reçu un accueil très chaleureux à Toulouse. Il évoqua d'un ton rogneux les réticences à collaborer qu'il avait constatées chez le seigneur comte, mon père.

Il s'emporta devant moi :

– Qu'attend-il de Rome, votre père ? Des prières ? Des bonnes paroles ? Tout cela a déjà été fait. En vain. Il faut maintenant extirper l'hérésie comme une mauvaise herbe qui envahit le jardin de l'Église ! La détruire par le fer et le feu !

Il s'oublia dans une vision de bûchers flamboyants. Son regard se posa à nouveau lourdement sur moi.

– Quand je pense que le seigneur comte votre père nous appelle à l'aide, prétend que tout le pays est gangrené par l'hérésie, même sa mesnie... et quand nous arrivons il ne peut nous désigner qu'une poignée d'hérétiques ! Et tous drapiers et marchands qui s'opposent à lui au capitoulat ! Nous prend-il pour des enfants ?

Je me gardai de sourire.

– Seigneur légat, dis-je le regard exalté comme une bonne fille, peut-être mon père a-t-il espéré que votre venue suffirait à intimider les contempteurs de l'Église romaine, à terroriser les ennemis de la vraie foi. Peut-être pensait-il que la peur réduirait leurs chefs au silence.

Le légat ne perdait pas de vue son idée :

– Une poignée d'hérétiques à Toulouse en tout et pour tout ? Tous les autres, une véritable armée de Satan, seraient sur les terres de Trencavel ? Un peuple entier serait soumis au poison de l'hérésie par la volonté du vicomte ? Est-ce possible ? Est-ce vrai ?

Le légat semblait s'adresser aux poutres du plafond badigeonnées de chaux. J'allais me récrier, proclamer qu'il n'y en avait pas plus, ni moins, à Carcassonne ou à Albi qu'à Toulouse et à Saint-Gilles, que l'hérésie ne connaissait pas les frontières des États, et que tous les pays de langue d'oc connaissaient pareillement la séduction de la nouvelle foi. Mais je compris juste à temps que le prélat romain, tout en regardant ailleurs, m'amenait dans un piège. Il prêchait le faux pour savoir le vrai sur Toulouse.

Il voulait me faire dire que l'entourage du comte mon père n'était pas moins infecté de doctrine cathare que celui de mon mari, le vicomte Trencavel. Je haussai les épaules :

– Ici je n'en connais pas personnellement, des hérétiques. Si les hérétiques étaient aussi nombreux et aussi forts qu'on le dit, je pense que leur « évêque »...

Le légat sursauta :

– « Évêque » avez-vous dit ? Domna, évitez ce mot pour l'amour de Dieu ! Comment pouvez-vous mêler une dignité de notre Église aussi vénérable que l'épiscopat à cette bande de pestiférés adorateurs de Satan ?

– Un de leurs chefs, disons, serait venu me voir et m'aurait prêchée...

– « Prêchée » ? Prêcher ! *Predicare,* annoncer l'Évangile, enseigner la parole de Dieu ! Vous ne manquez pas d'audace ! Comment pouvez-vous sans frémir vous servir du mot « prêcher », qui est la substance de notre mission apostolique et divine, pour désigner les mensonges des manichéens s'efforçant de transmettre l'infecte pestilence du poison hérétique ? Et détourner le peuple de Dieu de sa mère aimante, la Sainte Église ?

Il songea tout haut :

– Je vois qu'ici, en effet, l'infection a déjà gagné tous les usages...

Il vrilla de nouveau son regard dans le mien :

– Et vous n'avez jamais vu d'hérétique, me dites-vous ? Jamais ? Alors que vous parlez leur langage ! Alors que vous ne faites plus la différence entre nous et eux ? C'est à croire qu'il n'y a plus que ça, dans vos États, des hérétiques, et que vous n'êtes plus capable de les distinguer des ministres de notre Église, parce que notre Église a été sapée, submergée, emportée par leurs mensonges !

Il commençait à m'agacer, ce gros prélat.

– Il est vrai qu'il est quelquefois difficile de reconnaître les ministres de l'Église romaine, répondis-je excédée. Ici les scandales de prêtres surpris avec des femmes sont quotidiens, les prélats vivent dans l'opulence, vendent la justice et sont sans pitié pour collecter les dîmes et les redevances. Mais ils sont sourds aux plaintes des pauvres, dont le nombre ne fait que croître...

Il me lança un regard furieux :

– Domna comtessa, vous parlez comme une rebelle, comme... comme une hérétique... comme eux !

– Et vous comme un homme de guerre. Vous vous servez de la menace de l'hérésie pour défendre des prêtres et des évêques indignes, qui absolvent le riche et condamnent le pauvre. Ils tondent la laine sur le dos de notre peuple sans la moindre compassion, et vous les tolérez parce qu'ils vous sont dévoués et qu'ils vous apportent de la finance, et les dons que vous leur réclamez. Si vous voulez mon avis...

– Je n'ai que faire de l'avis d'une femme !

– Je vous le donne quand même : commencez par éliminer les bergers galeux de l'Église romaine, et vous verrez que les brebis galeuses disparaîtront tout naturellement du troupeau.

Son visage était congestionné.

– Que savez-vous des affaires de l'Église ? Ce que le vicomte vous en dit ? Ce pilleur de monastères, ce suborneur de femmes, batailleur et infracteur à la paix, hérétique et païen, mécréant et corrupteur...

– Il n'est pas si mauvais...

– Nous savons tout sur lui !

Le légat s'étranglait, le visage cramoisi couronné d'un diadème de cheveux blancs délicatement bouclés. Ses yeux noirs et brillants comme du jais me transperçaient de fureur. Ses joues couenneuses mastiquaient la colère. Je comprenais mieux les hésitations de mon père à désigner ses sujets hérétiques à ce fou furieux. Il ne lui avait donné en pâture que quelques capitouls et quelques marchands qui le gênaient. Je reconnaissais bien là la rouerie du seigneur comte et cette pensée me fit sourire malgré moi.

Le légat se méprit et me lança :

– Vous marchez avec votre mari, à l'évidence ! Vous êtes du complot ! Et bien, vous subirez son sort !

Je haussai les épaules et m'en retournai. Le soir je dormis avec mes compagnes dans une pièce du logis abbatial que j'avais réclamée à l'abbé, ne voulant revenir pour rien au monde au Castelmoutou. J'espérais simplement que mes chevaliers qui y couchaient ne se prendraient pas de bec avec ceux de Trencavel. Une bataille rangée entre nos deux mesnies aurait été en ce moment du plus mauvais effet.

*

Le légat du pape avait soupé avec sa délégation sans se mêler aux moines. Il avait toutefois suivi les offices de la nuit dans l'église abbatiale. J'y étais aussi, pour qu'il ne puisse pas dire que je me détournais de la religion romaine. J'eus ainsi l'occasion de le voir s'endormir plusieurs fois, la bouche ouverte. La fatigue du voyage peut-être...

Le lendemain, condescendant à écouter les supplications de l'abbé, le légat attendit jusqu'à none la venue de Trencavel. Quand le soleil eut bien engagé sa descente au milieu de l'après-midi il se remit à bouillir et disposa son armée en ordre de bataille, tandis que j'allai l'accueillir au Castelmoutou, résidence de Trencavel. J'y représentais mon mari pour y subir son sort.

Le légat arriva à pied par la rue Droite entouré d'une escorte, derrière une grande croix de bois qui se balançait fortement, tant le porteur avait du mal à se frayer son chemin dans la foule grondeuse. Je crois que toute la population de Castres et des environs était venue assister à cet étrange chemin de croix. Était-ce parce qu'il se refusait à accorder la moindre indulgence, ou bien parce qu'il s'en prenait à son seigneur naturel, mais le peuple était à l'évidence hostile à Sa Grandeur et le lui montrait par une attitude farouche. Personne ne s'agenouillait ni ne se signait. C'était comme si l'envoyé du pape venait évangéliser un peuple de païens.

Le légat marchait néanmoins sans hésitation en appuyant ses pas sur la hampe de sa crosse dorée et niellée, avec le frappé sec et résolu des bergers sur un chemin difficile. Il opposait à l'hostilité de la foule le masque terrible de sa propre fureur, qui bourrelait sa face olivâtre. Le cortège pénétra en chantant des hymnes dans la cour du Castelmoutou et s'arrêta devant moi. La gent curieuse se répandit sur la muraille de l'enceinte tout autour de nous, et bientôt les coursières furent pleines. Dans le donjon derrière moi les façades débordaient de têtes blondes et brunes aux fenêtres. Tout était prêt pour le spectacle !

Derrière la grande croix entre deux torches enflammées suivaient des étendards chamarrés portés par des écuyers apostoliques à l'ombre de grands chapeaux noirs, puis des prêtres en habits sacerdotaux qui entouraient le légat du pape.

Le cardinal de Saint-Chrisogone s'était coiffé de son grand chapeau rouge de cardinal et enfermé dans une chape pourpre. Les archevêques et les évêques avaient revêtu des chapes brochées d'or et d'argent. Le soleil faisait briller la soie, incendiait les mitres et l'or magnifiquement au point de me faire oublier quelques instants la raison de tout ce déploiement. On me le rappela aussitôt.

Douze prêtres portant à la main un gros cierge allumé vinrent se mettre autour de moi, raidis dans une solennité redoutable. Le légat leva le bras et fit taire les moines qui chantaient continûment des psaumes derrière lui. La foule qui murmurait autour de nous devint attentive.

Le légat récita une formule assez longue en latin et demanda :

– Roger Trencavel, vicomte d'Albi, Carcassonne et Béziers, seigneur du Razès, du Quercob et autres lieux, fils et héritier du vicomte Raimon, es-tu là ?

La foule ricana. Un silence pesant suivit. Je ne savais pas si je devais répondre que le vicomte n'était pas là. J'attendis. Le légat poursuivit en latin, lisant dans un énorme pénitentiel tenu par un moine tremblotant une longue déclaration qu'il conclut en langue nôtre, dans les feux du soleil couchant :

– Roger Trencavel, moi Pierre de Pavie, cardinal du titre de Saint-Chrisogone, envoyé par sa sainteté Alexandre, le troisième du nom, je te déclare traître, parjure et hérétique !

Il fit une pause le temps de laisser passer le grondement de la foule et prenant du souffle il poursuivit avec une voix terrible :

– Roger Trencavel, je te somme de te présenter devant nous et de reconnaître tes erreurs et tes fautes, de les réparer avant de demander pardon à Dieu pour tes péchés, par son fils Jésus-Christ qui seul peut te sauver.

Comme il ne rencontrait que le néant il répéta :

– Roger Trencavel je te somme de te présenter devant nous...

Il attendit encore et répéta une troisième fois :

– Roger Trencavel je te somme de te présenter devant nous...

Personne ne sortit du Castelmoutou. La foule agacée par cette parodie murmurait de plus en plus fort. Le légat conclut :

– Roger Trencavel, par Jésus-Christ et par la sacro-sainte Église de Rome, en vertu des pouvoirs qui m'ont été conférés par mon souverain le seigneur pape Alexandre, je t'excommunie de l'assemblée des fidèles, et je te déclare homme pernicieux, ennemi de la foi apostolique et romaine.

Le légat fit un signe et les douze prêtres qui m'encerclaient jetèrent au sol brutalement les douze cierges qui s'éteignirent. Ils s'acharnèrent encore sur eux, les brisant avec leurs pieds en criant des malédictions, attirant sur la tête de Trencavel et de tous les ennemis de l'Église les pires malheurs. Ils levaient haut les pieds sur les cierges en miettes et s'échauffaient les uns les autres en hurlant des anathèmes devant moi.

J'éclatais en sanglots. Le murmure de la foule gonfla comme une houle. On entendit une voix d'homme :

– Assez ! Ça suffit cette carnabalade ! Vive la comtesse de Toulouse !

– Que Dieu la bénisse ! rajouta une femme.

Et une autre :

– Et qu'il la protège des Loups de Rome !

Le cardinal de Saint-Chrisogone se raidit puis reprit le fil de la condamnation :

– Par nous tu es désormais retranché de la communion des fidèles, privé de tous les sacrements, interdit de gouvernement. Au nom de Jésus-Christ et de la part des rois de France et d'Angleterre je te défie de tenir tête à l'Église romaine et au seigneur pape !

C'était une déclaration de guerre. Le tumulte s'accrut dans la foule et il la regarda avec une inquiétude nouvelle. Un homme lui lança depuis une coursière :

– Retournez à Sodome, bande de mascarats !

Le légat sourcilla, perdit un instant sa contenance puis revenant vers moi il poursuivit sans traîner :

– Que ton nom, Roger Trencavel, soit effacé du livre de Vie et ne soit pas écrit avec ceux des Justes. Que la mort descende sur toi et te conduise en enfer. *In nomine Patris et Filii et Spiritus Sancti. Amen.*

Il se retourna pour jauger encore l'humeur de la foule, estima qu'il lui restait quelques instants avant son débordement et poursuivit, de plus en plus vite :

– Je te commande de faire une prompte pénitence, proportionnée à tes fautes qui sont incommensurables. Si tu persistes dans ta rébellion, nous te ferons ôter tous tes domaines. Nous enjoindrons à tous les princes voisins et à ton suzerain de se dresser contre toi, ennemi de Jésus-Christ, avec permission pour chacun de garder toutes les terres dont il pourra s'emparer...

Un trognon de choux l'interrompit, emportant son chapeau. Le cardinal se retourna.

Des raves, des choux, des branches, puis des tessons de tuiles et de la vaisselle commencèrent à pleuvoir sur le cortège tandis que montait de la foule une immense clameur. Le groupe des prélats s'en retourna aussitôt, en conroi serré.

Imaginant tout à coup qu'il allait rester seul enfermé dans la cour du château, le cardinal de Saint-Chrisogone engagea son repli. Il cria tout en s'éloignant, s'enfuyant plutôt :

– Domna, je donne trois jours au vicomte votre mari pour venir se repentir de ses abominations. Après il sera trop tard : la sentence sera exécutoire et son domaine lui sera enlevé...

Le reste – s'il y eut un reste – se perdit dans le charivari des sonnailles, des crécelles, des poêles et des casseroles frappées avec des bâtons. Le légat brandit sa crosse et fonça dans la tempête.

Des trompes d'alerte se mêlèrent au vacarme, soulevant le cortège en fuite. Les clercs s'en retournaient à grands pas, se servant de ce qu'ils avaient à la main, crosse, bâton, cierge, étendard, comme d'une arme pour éloigner la foule grimaçante et sortir du piège.

Je restais là un moment au milieu des débris de cierges, entourée de mes compagnes qui séchaient leurs yeux brouillés par l'émotion. Je pensai : je n'ai plus rien. C'était comme si on m'avait pris mes biens. Je dis à mes filles, et à mes chevaliers :

– Rentrons chez nous.

– À Toulouse ? demanda Alis qui craignait d'être éloignée d'Aimeri de Laurac.

Je lui caressai le visage :

– À Burlats, ma douce ; je n'ai pas d'autre asile. Nous passerons la soirée dans le verger, sous les arbres en fleurs. Arnaut nous distraira, s'il le peut. Je suis trop lasse du monde.

XV

Un mois, deux mois, trois mois peut-être... Aimeric ne savait plus depuis combien de temps il était sous terre. Il connaissait intimement la paroi de la galerie qu'il parcourait chaque jour pour rejoindre le front d'abattage. D'abord les panneaux à grandes facettes, chacune d'un éclat particulier, puis le passage des veines sombres suivi d'un gribouillis mystérieux, un énorme escarre terreux; ensuite le dessin évocateur d'une cuirasse d'écailles croûteuse, puis des plaques de roche humide luisant au passage de la lampe, fraîches comme une joue sous la pluie.

Une lampe à huile pour cinq heures, deux pour dix heures, et ensuite le repos dans le noir profond de l'envers de la terre, dans une odeur écœurante de terre ferreuse et mouillée.

Ils étaient quatre dans la galerie, quatre esclaves aux pieds entravés, obligés de travailler pour manger, pour avoir le droit de vivre encore un jour. Aimeric n'avait plus le goût de vivre, depuis longtemps, mais la présence constante d'Adélaïs dans son esprit le retenait de tout lâcher, masse et pointerolle, pic et pelle, et d'aller s'allonger pour un sommeil sans fond sur la couche froide de sa « chambre », une cavité à demi remblayée par des cailloux au-dessus d'une poche d'eau qui peu à peu s'élargissait.

Il frappa encore de son pic la roche bombée et scintillante qui résonna comme une cloche. Rejetant l'outil il dit à son compagnon d'abattage, un serf de l'archevêque de Narbonne condamné aux mines pour meurtre :

– On n'y arrivera jamais.

– Je vais essayer à la massasse.

Il souleva une énorme masse de fer.

– Pas la peine, l'arrêta Aimeric. Il faut faire un feu, éclater la roche. Sans ça on n'y arrivera pas.

L'autre le regarda fixement. Son visage luisait en imitant la roche mouillée sous la lumière de la lampe. Ses cheveux noirs, bouclés, se collaient sur son front et sur sa nuque. Il ricana, ouvrant une bouche d'ombre où, à chaque fois, Aimeric cherchait en vain la saillie d'une dent.

– Pas de feu ! La dernière fois on a failli y rester, répliqua-t-il d'une voix sifflante.

– Mais Dieu n'a pas voulu qu'on y reste. Nous verrons bien cette fois-ci. Faisons un grand feu qui disloquera ce gros caillou, et ensuite nous pourrons nous reposer. Ce sera comme de piocher dans du beurre.

– Nous pourrons nous reposer parce que nous serons morts ! Tu sais bien qu'il n'y a pas d'air dans cette galerie. On arrive déjà pas à respirer normalement.

– On n'a pas le choix.

Le compagnon agita les bras.

– Moi je ne veux pas crever ici, rétorqua-t-il. Ton feu, tu te le feras tout seul. Ne compte pas sur moi. Plutôt crever de faim que d'étouffement. Je suis pas pressé de connaître l'enfer.

– À ta guise. Je resterai seul. Va appeler le gardian.

Un gardian se tenait en principe sur le plancher de rondins qui formait un palier dans la galerie principale, en dessous du puits d'accès. Le compagnon d'Aimeric – Prades était son nom – partit à petits pas entravés, remontant péniblement sans lampe, en baissant la tête, la mince galerie adventive qu'ils creusaient à la poursuite d'un bon filon ferreux. Le boyau qui suivait le filon s'enfonçait dans une forte pente pour ne pas le perdre. Bientôt le chevalier entendit Prades parler au gardian. Aimeric comprit sans peine qu'il réclamait le mainadier pour faire un feu. « La roche est trop dure, expliquait-il. C'est du cristal. On est arrêtés. »

On entendit résonner les pas du gardian qui s'éloignait sans se presser. Aimeric le suivit à l'oreille pas à pas, sur les rondins, puis le long de la rampe de la grande galerie, enfin montant l'échelle de bois qui parvenait à l'air pur.

Il crut humer l'air pur remué par les pas du gardian arrivant en haut de l'échelle.

Depuis des mois le chevalier ne goûtait l'air du dehors qu'en écoutant le pas des gardians d'une ouïe aiguisée par les semaines passées dans la nuit de la mine.

Un moment après arriva le mainadier qui surveillait les groupes de mineurs et décidait des travaux. Il était grand et massif, roux, les yeux ciliés de blanc et un groin de porc pour visage. Aimeric revint l'attendre dans la grande galerie car ils n'auraient pu se croiser dans le mince boyau.

Le mainadier alla voir la roche blanchâtre et vitreuse à la lueur d'une lampe à huile qu'il prit dans une niche. Sur le front d'abattage deux entailles larges d'un pan avaient été faites de part et d'autre pour tenter de casser la boursouflure luisante du centre. Des coins d'acier y étaient encore plantés. En vain. Le travail était trop dur. Seul le feu...

Le mainadier grommela, passa sa grosse pogne sur la roche et approuva d'un grognement. Il repartit courbé en respirant bruyamment. Un moment après des brassiers non entravés apportèrent au fond du boyau des branches et des troncs refendus qu'ils entassèrent sur un lit épais de fougères sèches. Le tas monta rapidement jusqu'à la voûte basse. Ils laissèrent des provisions de bûches, de branches et de fougères en retrait. Puis ils apportèrent pour finir des seilles d'eau froide qu'ils laissèrent à l'entrée du boyau, et qu'il faudrait jeter sur les roches brûlantes. Ils s'en retournèrent sans un mot.

Aimeric prit la lampe à huile et alluma les fougères. Le feu prit lentement. Il le porta en plusieurs endroits. Des flammes falotes rampèrent entre les tiges des fougères, sans force.

– Pas assez d'air, dit Prades. Même le feu s'étouffe ici. Moi je file.

Il s'en alla en claudiquant. Les deux autres compagnons d'abattage étaient déjà sur la plate-forme de rondins, prêts à s'éloigner encore si la fumée devenait trop épaisse. Le cliquètement des entraves finit par s'éteindre complètement.

Resté seul, Aimeric observa les flammes qui prenaient de l'assurance et commençaient à lécher les branches. Il n'était pas satisfait et retourna à sa couche. La lueur du feu éclairait toute la galerie montante, bosselant le sol et la voûte d'ombres nouvelles. Il prit un pot de terre qui contenait une provision d'huile pour la lampe, et revint en verser le contenu sur le feu. Les flammes sifflèrent et le tas de bois s'embrasa bruyamment.

La fumée et la chaleur lui sautèrent au visage. Il s'obstina à rester, tourné vers la lueur du foyer qu'il devinait plus qu'il ne la voyait à travers un brouillard étouffant, et les larmes de ses yeux. Sa tête devint lourde, si lourde qu'elle s'enfonçait dans son corps et son corps dans le sol, un corps devenu immensément pesant. Il tomba à genoux, resta là à suffoquer dans les plis de sa chemise raidie par la terre de fer et se laissa aller sur le sol. Il pensa qu'il allait enfin revoir le ciel.

Quand il reprit ses esprits il vit le ciel et n'en fut pas étonné ; c'était un ciel bleu incendié par le couchant. Des filaments embrasés traversaient la voûte azurée comme un fin voile de laine peignée. Il n'avait jamais vu un firmament aussi beau. Aimeric pensa qu'il était parvenu enfin au bleu paradis. Mais un gardian marchant vers lui, venu d'une cabane, le fit douter d'être passé dans l'autre monde. Quand l'homme fut près de lui il lui demanda, la voix pâteuse :

– Je suis vivant ?

L'homme haussa les épaules et lui donna un grand coup de pied.

– Devine ! lui dit-il en ricanant.

Le coup le ramena brutalement sur terre.

– Demain faut que tu sois sur pied si tu veux manger, reprit le gardian. T'as la fraîcheur de la nuit pour te remettre. Le mainadier n'est pas content.

– J'aurais dû mourir...

– Tu aurais dû... mais le caillou a éclaté et de l'air d'une ancienne galerie est venu dans la tienne. On t'a récupéré encore vivant.

Aimeric embrassa le plateau incurvé dominé par les cabanes et troué d'une dizaine de puits. Les puits étaient cerclés de talus comme des taupinières. Le gardian reprit :

– Faut pas faire de feu sans aération.

– J'ai voulu mourir.

– Le mainadier n'est pas content.

– Si j'ai cassé le caillou, qu'est-ce qui le dérange ?

– Il aime pas perdre des hommes. Il doit les remplacer à ses frais, tu comprends ?

Aimeric se sentit à la fois désespéré et heureux. Il n'avait pas imaginé qu'on pourrait aussi lui interdire de mourir. Ainsi le mainadier prenait soin de ses hommes, même des condamnés, des esclaves, des serfs, des oubliés. Ils avaient tous une valeur. Une valeur en argent, certes, un intérêt purement marchand, mais c'était bon à savoir. Le mainadier n'abîmait pas ses hommes pour le plaisir.

Aimeric chercha à se tourner pour s'allonger sur le ventre. Ses jambes étaient toujours entravées et reliées par une chaîne à un anneau scellé dans un gros rocher.

Le gardian revint, portant une écuelle de soupe épaisse avec un morceau de pain, qu'il laissa devant lui. Une tranche de lard se cachait au fond de l'écuelle. En venant reprendre l'écuelle le gardian lui dit :

– Tu passeras la nuit ici.

– Qu'est-ce qu'il y dans ces cabanes ? demanda le chevalier en montrant le hameau qui les entourait.

– Des ateliers, des fournels, des forges, des logements, des remises, tout ce qu'il faut pour une mine.

– Comment ça s'appelle ici ?

– Les Fournels, on dit.

– Qui y habite ?

– Ceux qui sont libres. Ils vivent là.

– Avec leurs femmes ?

Le gardian éclata de rire :

– Ceux qui ont des femmes assez laides pour ne pas risquer d'être cornutés.

Aimeric s'allongea, la face vers le ciel. Les premières étoiles apparaissaient, à peine perceptibles, pareilles à un défaut du fil de toile sur l'azur sombre. Il imagina des têtes d'épingle en argent oubliées sur l'ouvrage.

Il garda ses yeux tournés vers le ciel, tentant de deviner les constellations qu'elles annonçaient avant qu'elles apparaissent. Il crut distinguer Aldébaran, l'œil rouge du Taureau, mais la constellation du « Taureau au mufle menaçant », comme la nommait le maître veneur de son père, n'apparut pas. C'était Mars, la planète de feu, qui s'installait dans le ciel. Son apparition s'accompagna d'un chant sauvage et rauque, tantôt aigu et plaintif, se déployant dans l'immensité du crépuscule en volutes enchanteresses.

Le cœur d'Aimeric bondit de joie. Il sourit. Ils étaient là, ses amis les loups. Depuis combien de nuits, soir après soir, se demanda-t-il, ce chant s'était-il élevé sous le ciel semé d'étoiles, à la manière d'un lamentu catalan, appelant à travers le firmament l'ami disparu ?

Il faillit poser la question au gardian mais il y renonça, malgré l'envie qu'il en avait. Il ne fallait pas raviver cette mauvaise réputation de meneur de loups qu'il avait acquise et qui justifiait amplement, aux yeux de tous, sa peine dans les mines. Il ne fallait pas non plus attirer l'attention des hommes sur ses amis les loups.

Le chant dura longtemps et s'éteignit comme les flammes d'un feu à l'abandon, avec des reprises et des silences. Puis tout se tut. Les cabanes s'éteignirent à leur tour, les unes après les autres en désordre. Resté seul Aimeric tourna de nouveau sa face vers le ciel pour tenter d'oublier la souffrance lancinante qui montait de ses chevilles, meurtries par les anneaux de fer remplaçant les gros bracelets de bois qu'il portait en bas, sous terre.

La voûte céleste était maintenant totalement habitée. Le Bélier tournait son mufle vers Persée, le Cocher portait Capella sur l'épaule, pareille à une broche diamantée, le Taureau pointait ses cornes vers la Voie lactée, les Pléiades derrière lui jetées comme une poignée de grains d'argent. Tout le monde cavalcadait d'un bord à l'autre du ciel dans un joyeux désordre. Il s'endormit.

Quand il se réveilla la nuit blanchissait. Sa première pensée fut pour les loups qui l'avaient appelé la veille au soir. Il n'était plus seul. Cette idée le réconforta. Il s'en sortirait s'il restait au jour, à l'air pur, sur la terre. « En bas, grogna-t-il, il ne faut pas que je retourne en bas. En bas je creuse mon tombeau. C'est pire que la mort. Cette carogne de Jourdain avait raison : le bûcher est plus doux que la mine. »

*

Prades prit la place d'Aimeric et mesura la largeur du front de taille avec le manche de sa masse. Il dit comme s'il se parlait à lui-même, sur le ton recueilli d'un maître de cuisine surveillant son rôti :

– Il en manque un peu.

Il recula d'un pas et assena de grands coups de masse sur les saillies de rocher qui rétrécissaient la mince galerie. Des éclats crépitèrent dans toutes les directions et s'amoncelèrent sur le sol en tas désordonnés. Il rangea un peu les éclats du bout du pied et jura. Son gros orteil était passé au travers de la poche de cuir qui enveloppait ses pieds en guise de chaussures, et saignait.

Aimeric s'approcha, empoigna sa pointerolle d'acier, en fit courir le tranchant sur le front de taille, à coups de marteau francs et nets, s'appliquant à façonner la courbure de la voûte et les angles entre les parois et le front. Il revint en arrière pour laisser la place à Prades qui commença à ramasser les morceaux de roche et à les jeter dans une panière faite de larges éclisses de châtaignier renforcées de gaulettes. Quand elle fut pleine ils la tirèrent ensemble sur le sol irrégulier, poudreux par endroits, dur et glissant à d'autres, jusqu'à la grande galerie où les brassiers viendraient la prendre.

Le minerai était transvasé ensuite dans des paniers ronds et remonté à la surface par un puits étroit à l'aide d'une corde graissée, qui passait dans la gorge d'une roue de bois avant d'aller s'enrouler autour d'une cage d'écureuil.

Chaque fois qu'il entendait la machine se mettre en branle, grinçant sous le poids des paniers, Aimeric pensait à la vie qui se déployait à la surface, là-haut sous le ciel qu'il imaginait toujours bleu. Le jour y succédait à la nuit, le printemps à l'hiver. C'était présentement l'automne, les feuillages roux, roux comme la fourrure des écureuils, comme la fourrure des loups. Tout ce qu'il aimait était là-haut.

Aimeric dans cette épreuve ne pouvait donner raison aux Parfaits. Le monde était méchant en bas, mais *sous* la terre, dans les ténèbres. Il était splendide sous le soleil, sous la lune, sous le ciel couvert de nuages, sous la pluie fine, sous l'orage. Jamais il n'avait trouvé la nature aussi belle que depuis qu'il vivait dans le noir, dans l'odeur de la terre mineuse, chargée de fer et d'eau.

Ce matin, un matin comme les autres dans le noir et l'humidité, et le chant obsédant des gouttes d'eau s'écrasant sur la roche, il avait décidé de ne plus attendre, de ne plus espérer. Quand le gardian apparut à la première heure du jour (mais était-ce vraiment la première heure du jour ? le gardian pouvait tricher), apportant une soupe avec une torche pour allumer sa première lampe, Aimeric lui demanda si le mainadier passerait le soir. L'autre ne le savait pas. Aimeric pensa : « S'il passe je lui dirai : sortir ou mourir. Pas d'autre choix. »

Le mainadier passa, très tard. Aimeric ne l'attendait plus. Il avait l'impression que sa lampe s'était éteinte depuis la moitié de la nuit, la vraie nuit d'en haut, quand des lueurs de torches parvinrent à son alcôve taillée dans le roc. Le gros homme passa devant les prisonniers sans dire un mot et descendit au front de taille. Il jura. Peut-être s'était-il cogné la tête, car ils n'avaient pas fini d'égaliser la voûte.

L'homme revint de méchante humeur et interpella le chevalier et son compagnon, que la torche faisait cligner :

– Vous avez avancé de deux doigts ! Vous croyez que je vous nourris pour rien ?

Prades se rebiffa :

– On est dans le dur ! Le très dur ! Personne n'irait plus vite, même à se crever.

Aimeric s'appliqua à parler calmement :

– Crevés on l'est. Tellement que je préfère tout arrêter si je ne suis pas au jour demain !

Le mainadier avança la torche en ricanant.

– Tu préfères... tu préfères tout... tout quoi ?

Son haleine sentait le vin.

– Tout arrêter : et de piocher et de manger. Je ne pioche plus dans ta maudite mine, je ne mange plus, je ne bouge plus.

Sans prévenir Prades enfourcha la même monture :

– À crever, autant tout de suite !

Le mainadier lui envoya une gifle :

– Toi, l'archevêque te remplacera si tu crèves. Il ne manque pas de vauriens dont il veut se débarrasser. T'as juste le choix des armes : crever au travail ou sous le fouet. T'as droit à cent coups par semaine...

Il rigola. Son gros ventre s'agita de spasmes. Il se tourna vers le chevalier :

– Quant à notre donzel, bon ! C'est un chevalier... T'es plutôt un oiseau rare par ici. T'es même mon premier. On ne te remplacera pas, c'est sûr. Ça ne se trouve pas sous les pas d'un cheval, un chevalier qui tient la pioche.

Il rit de son propre esprit et sembla réfléchir. Il fit venir un rot qui le travaillait et décida :

– Bon ! Justement « l'écureuil » vient d'y passer, comme fait exprès. Tu le remplaceras.

Il s'en retourna. Aimeric entendit décroître ses pas lourds froissant le sol caillouteux, puis le halètement du gros homme remontant l'échelle qui craquait dangereusement. Il n'en croyait pas encore ses oreilles. Il avait bien dit : « Tu remplaceras l'écureuil. » Écureuil, arbre, ciel, forêt, loups, vallons à la verdure ombrée, ruisseaux blancs d'écume, toutes ces images dansèrent dans sa tête toute la nuit jusqu'au matin, jusqu'au retour des torches.

En guise d'adieu Prades lui dit :

– Méfie-toi ! L'écureuil, c'est celui qui meurt le plus vite ici.

– Je me sauverai.

Prades leva les bras en signe de désespoir :

– Que Dieu qui créa le paradis te vienne en aide.

– Amen.

Aimeric remonta jusqu'au plancher de rondins en faisant claquer ses entraves et, arrivant à l'échelle, il en empoigna les montants à peine équarris. Il leva la tête et vit passer au-dessus de lui, dans le petit rond de lumière, des nuages gris.

– Comme le ciel est beau, s'exclama-t-il.

La tête d'un gardian vint l'obscurcir. Aimeric lui sourit et commença à grimper malaisément. L'échelle verticale était longue, très longue, devenue lisse par le cheminement des seaux. En haut il s'inquiéta du tremblement de ses membres. Il avait remarqué ça chez les chevaux de race à l'approche d'une grande peur, ou d'un grand plaisir.

XVI

Quand Guilhem de Trénis, l'ami de Douceline, vint me dire de sa voix tonitruante que le seigneur d'Hautpoul voulait me parler sans délai, sur l'instant j'en fus contrariée. Je ne voulais rien avoir à faire avec les « donjons ». Trénis me conseilla pourtant de le recevoir en cérémonie, dans la salle grande, car ce qu'il voulait me dire était de la première importance.

Je regardai Guilhem de Trénis bien dans les yeux, ce qui n'était pas facile car il avait la taille d'un géant, et lui demandai en fronçant les sourcils :

– Que savez-vous, Guilhem ? Je vois bien que vous me cachez quelque chose.

– Domna, se récria-t-il, je ne vous cache rien que vous n'allez savoir bientôt. Mais je peux vous dire une chose : vous allez être surprise.

– Vierge souveraine, que de mystères ! Que savez-vous vous-même ?

– Le vicomte vous veut à Carcassonne sans faute dès demain. C'est tout ce que je sais.

– C'est déjà beaucoup, et plutôt surprenant, je le reconnais. Pourquoi veut-il me voir tout à coup ?

Trénis haussa les épaules et secoua la tête comme un enfant.

Je réunis sans plus tarder mes filles et mes deux chevaliers (Aimeric et Raimon Garcie étant absents) qui s'installèrent autour de moi dans la salle grande éclairée par le soleil du matin, et les reflets de la rivière dansant au plafond entre les poutres peintes. Ma mesnie ainsi disposée et apprêtée, j'envoyais Trénis chercher le seigneur d'Hautpoul.

Le capitaine de Trencavel vint seul, la bouche boudeuse. Les coins de ses lèvres se relevèrent ironiquement en apercevant mes compagnes. Son regard s'attarda longuement sur elles avec des airs de bourreau de cœur. Il me détailla ensuite d'un air arrogant, une main sur la poignée de son épée ramenée au milieu du ventre. Il cherchait visiblement une saillie qui amuserait l'assemblée et lui épargnerait de me saluer avec assez de courtoisie pour reconnaître publiquement ma prééminence ; mais rien ne lui venait à l'esprit.

La vérité était qu'il se sentait très mal à l'aise devant nous, humilié chaque jour de ne pas être invité dans ma demeure, et d'être ravalé au rôle d'un soldadier de garnison. Il profitait des rares moments où il était autorisé à fouler mon auguste demeure pour la parcourir en seigneur et tenter d'en prendre le contrôle, faute d'en avoir la possession.

Il finit par s'adoucir sous mon regard de marbre et me salua en s'inclinant légèrement :

– Domna comtessa, Dieu vous garde.

Je lui répondis d'un léger hochement de tête. Il monta comme un condamné les degrés d'une fenêtre et s'appuya le dos aux colonnettes, la tête auréolée d'un orbe sculpté de dragons et de diablotins. D'un ton exagérément amical, à la manière d'un grand baron qui sait recevoir, il me dit :

– Domna Adélaïs, j'ai reçu hier un courrier du vicomte Roger me demandant de vous ramener à Carcassonne au plus tôt. Avec votre permission...

Avec ma permission ? Ce n'était ni dans les habitudes de Trencavel, ni dans celles d'Hautpoul. Je souris peut-être, et le regard d'Hautpoul reprit sa dureté coutumière. Le plus vraisemblable était qu'Hautpoul avait reçu de mon mari l'ordre de m'emmener aussitôt, de force s'il le fallait. Mais le capitaine espérait encore parvenir à me séduire, en l'absence d'Aimeric. Son visage se fit doux à nouveau avant de poursuivre :

– Votre époux Roger va recevoir le roi Alfonse d'Aragon, et il aimerait que vous soyez auprès de lui pour l'accueillir, avec vos compagnes. Votre présence, bellas domnas, apportera un éclat sublime aux festivités qui lui seront offertes...

Le compliment ne me toucha guère et je m'interrogeai immédiatement sur les raisons de la venue du roi d'Aragon, dont je n'ignorais pas le désir qu'il avait d'établir sa suzeraineté plénière sur tout le Midi. Mon père ayant la même ambition, son opposition belliqueuse et obstinée au roi Alfonse l'en avait empêché.

Mais qu'avait cette fois en tête le roi d'Aragon, pour venir provoquer aussi ouvertement le seigneur comte ? Car par le droit et la justice Trencavel restait le vassal de Toulouse.

– Et que nous vaut l'honneur de cette visite royale, seigneur d'Hautpoul ? Qu'en savez-vous ? demandai-je avec mon plus beau sourire.

Hautpoul répondit à mon sourire malgré lui ; son regard se troubla et sembla perdre pied dans les eaux violettes de mes yeux, comme sous l'emprise d'une fascination d'enfant. Mais il se reprit et, cachant le reflet fugace de son âme sous une hautaineté de baron richement fieffé, il me répondit d'une voix ferme et tranchante :

– Je ne peux pas vous le dire, domna comtessa. Vous savez que le roi Alfonse et le vicomte Roger vivent dans une grande amitié. Disons que c'est un motif suffisant pour festoyer ensemble...

Je pensais plutôt que cette visite avait un lien avec l'excommunication de Trencavel, qui se démenait comme un beau diable, c'était le cas de le dire, pour faire revenir le seigneur pape sur sa sanction. Car la situation commençait à prendre mauvaise tournure pour lui. Les curés fidèles à Rome prêchaient chaque dimanche à la messe, jusque dans les paroisses les plus reculées, la rébellion ouverte au vicomte, et de plus en plus nombreux étaient ceux qui prétextaient de l'interdiction faite par le légat d'avoir le moindre commerce avec Trencavel pour refuser de payer les redevances, ou d'exécuter ses ordres. Certains avaient déjà rompu tout lien de vassalité.

Trencavel commençait à mesurer la force de Rome, la puissance de son ordre. Il en était réduit à remettre ses droits à ses fidèles afin qu'ils en touchent les fruits à sa place.

Je voulais en savoir plus et, sous le coup d'une inspiration divine, peut-être, j'invitai solennellement le seigneur d'Hautpoul et ses chevaliers à un dernier souper le soir même au palais de Cécile, avant de reprendre le lendemain ensemble la route de Carcassonne.

Ce voyage d'ailleurs tombait bien. J'avais su quel sort avait été fait à Aimeric, et je pensais le racheter à mon mari d'une façon ou d'une autre. Je pouvais espérer une médiation, même intéressée, du roi Alfonse d'Aragon. L'idée que mon ami mourait à petit feu au fond d'une mine me tuait aussi, et j'étais prête à beaucoup pour qu'il soit libéré, fût-il exilé loin de moi. Mais au moins qu'il vive, et pourquoi pas en Aragon ?

À la nuit tombée arrivèrent en belle vêture les chevaliers du donjon.

Nous avions préparé pour chacun un présent. Ogive avait bougonné, en voyant les joyaux : « Les largesses de la reine, voilà ses tours et ses créneaux. »

Mes compagnes insistèrent pour n'accorder de présents qu'à ceux qui le mériteraient, en particulier par leur élégance et leur courtoisie, et de donner la plus belle récompense à celui qui nous paraîtrait le plus raffiné.

Peire-Raimon d'Hautpoul entra le premier. Il bombait le torse sous un bliaud ajusté sur une cotte bleue. Le bliaud était trop long et tombait en plis serrés sur ses souliers à la dernière mode, la pointe entortillée et relevée. Elle soulevait le fond du bliaud comme les cornes du diable. C'était déjà assez comique. Alazaïs rajoutant la réflexion :

« Il a encore rétréci, Hautpoul » provoqua un fou rire mal venu chez mes compagnes.

En fait les chevaliers du vicomte s'étaient efforcés de s'habiller à la « barbaresque », comme disaient les prêtres pour dénigrer la nouvelle mode. Mais ils avaient beaucoup forci le trait barbare.

Le seigneur du Razès portait sa chevelure sur les épaules, ourlée tout autour et sur le front, la barbe divisée en mèches galonnées séparées par des fils d'or. Les pointes enserrées dans des anneaux se choquaient dans un bruit argentin, balayant sur sa large poitrine une scène de bataille brodée de fils de soie multicolores. Malgré sa taille il n'avait pu tout contenir sur le devant du bliaud et la frise de cavaliers se poursuivant et de châteaux assaillis se continuait dans son dos. Mes filles lui tournèrent autour un moment pour ne pas perdre le fil de l'histoire pendant qu'il commentait chaque scène. L'ensemble représentait une bataille de la première croisade en Palestine. Je lui rappelai qu'elle avait été menée par mon arrière-grand-père Raimon de Saint-Gilles.

Isarn de Dourgne portait un bliaud vert d'emprunt qui lui entravait la marche et qu'il faisait blouser au-dessus de sa ceinture de cuir jaune, la rendant invisible. Ses manches s'arrêtaient au coude sur une cotte brune et se poursuivaient par-derrière en coudières trop longues qui auraient traîné sur le sol s'il ne les avait pas nouées dans son dos par commodité. Elles battaient ses mollets. Il portait sur la poitrine un collier d'or déployant des croissants de lune en argent, et un diadème sur la tête. Sa chevelure nouée sur la nuque se mélangeait à des fils d'or.

Le plus étonnant était Frézoul de Montredon, qui avait remplacé les anneaux de fer qui lui étiraient les oreilles par des dinars andalous tintinnabulant à chaque mouvement de tête. Sa chevelure longue était mêlée de rubans de couleur et de fils d'or. Elle revenait en une longue tresse sur le devant qui descendait entre ses jambes courtaudes jusqu'aux genoux. Il avait ceint son front étroit d'un chapel en écorce de bouleau travaillé et peint. Renonçant au gambison de cuir ferré il portait un bliaud en drap de Damas, noir et moiré, bordé de martre. Ses manches bouffantes étaient liées au bliaud par des lacets de cuir détendus pour ne pas le gêner aux entournures. Entre les cordons les plis de sa chemise sortaient comme des oreilles de chat blanc.

Il avait remplacé sa large ceinture par une courroie étroite de cuir rouge qui creusait son ventre d'un profond sillon et le coupait en deux, supportant d'autre part le lourd couteau de chasse à manche d'os dont il se servait pour manger. Sa barbe découpée en tourons emmaillotés dans des rubans d'orfroi bruissait d'un raclement métallique sur le col passementé du bliaud. C'était très agaçant. Alis lui dit qu'il ressemblait à une statue persane. Suprême élégance ou suprême abomination, il avait gardé sur ses épaules, pour nous la faire admirer je suppose, une chape en écureuil dont le pélissier avait conservé les têtes. Les yeux remplacés par du verre noir brillaient de mille pointes sur la vaste fourrure. L'effet était fascinant et terrible. Surtout terrible.

Seul Aimeri de Laurac, peut-être conseillé par ma cousine Alis avec qui il passait de longs moments, avait su se garder des excès « barbaresques », et nous apparut dans une tenue harmonieuse. Alis, qui avait pour l'occasion rajouté à sa chevelure blonde des nattes postiches sur lesquelles elle s'asseyait pour ne pas s'encombrer, insista en sous-main pour que son ami soit élu le meilleur chevalier du bon goût et de l'élégance.

À table je repris les dispositions du précédent souper à une différence près : j'avais placé à mes côtés Peire-Raimon d'Hautpoul, puisque ce repas n'avait pas d'autre but que d'en apprendre davantage sur ce qui se tramait à la cour de Carcassonne, et sur le rôle que je devais y jouer.

Bien avant que les vins du Gaillacois et ceux de Sauvian, que je comptais comme de précieux alliés, aient eu le temps de donner leur plein effet, Hautpoul m'avait déjà déballé les vraies raisons de la venue du roi Alfonse d'Aragon.

– Domna, puisque vous me le demandez, me dit-il en goûtant largement de mon vin aux épices, sachez que le roi Alfonse va devenir par droit le suzerain du vicomte. Ils vont se lier l'un à l'autre pour l'éternité.

Je fis des yeux ronds :

– Comment cela ? Ils vont se marier ?

Hautpoul ne releva pas ma plaisanterie outrancière. Il se souleva pour rajuster le carreau de soie qu'il m'avait réclamé afin de rendre son siège plus confortable (et qui sans doute devait le grandir pour le rapprocher de ma taille) :

– Domna, tenez-vous bien ! Ce que je vais vous apprendre est encore secret jusqu'à l'arrivée du roi. Je compte bien que vous n'irez pas le répandre à Toulouse, vous me comprenez ?

J'acquiesçai :

– Je vous le promets !

J'étais de plus en plus attisée par la curiosité. Hautpoul poursuivit pendant qu'Arnaut de Mareuil nous dévoilait à pleine voix les dernières perles de son trobar :

– Car quand le seigneur comte votre père saura ce qui s'est passé à Carcassonne, il va en avaler son épée, avec le fourreau et le ceinturon...

– Mais parlez, Hautpoul ! Que va-t-il se passer à Carcassonne de si important ? Sortez-le !

Le chevalier prenait plaisir à me tenir en haleine, et plus je le pressais et plus il retardait le moment de s'expliquer. Il but encore une coupe, claqua de la langue et fermant les yeux comme pour aller sous l'eau il plongea dans le sujet :

– Voilà, domna comtessa, ce qui va se passer : Trencavel donne tous ses biens au roi d'Aragon.

– Quoi ? Mais il est fou ! Qu'est-ce que vous entendez par « donne » ?

– Parfaitement, tous ses biens vont appartenir au roi d'Aragon. Le vicomte Roger va lui remettre l'Albigeois, le Carcassès, le Bédérès, le Quercorb, le Razès, les villes, les châteaux, les droits, les seigneuries grandes et petites, les colombiers, les étangs, tout !

– Et... même le palais de Carcassonne ?

– Même le palais.

– Et même Burlats ?

– Même Burlats.

– Il est complètement fou ! Que lui restera-t-il ?

– Rien ! Il ne lui restera rien et les Loups de Rome qui veulent profiter de son excommunication pour s'emparer de ses honneurs, de ses fiefs, de ses droits, et de son commandement de la vicomté n'auront rien non plus. Leur gueule grande ouverte va se refermer sur de l'air... car tout ce qu'ils ont mis en proie sera dans deux jours entre les mains du roi d'Aragon. Joli coup, non ?

– Oui, pour le roi d'Aragon. Qui ne peut se vanter d'avoir ses biens à l'abri s'il n'a plus de biens ?

– Oui, certes. Mais je ne vous ai pas tout dit...

Je soupirai :

– Je vous écoute !

– Bon. En retour de cette donation, le roi d'Aragon rend tout en fief au vicomte. Le seigneur Roger disposera donc de tous ses biens comme auparavant, mais sous la protection du roi d'Aragon. À la mise en proie de Rome répond la reprise en fief du roi d'Aragon. Et personne ne pourra s'emparer d'une émine de terre de la vicomté de Trencavel sans l'accord du roi d'Aragon. Sous peine d'y perdre la vie.

– Et qu'en pense le roi de France ?

Le chevalier haussa les épaules.

– On ne le lui a pas demandé, me répondit-il, ironique ; il est trop loin. Henri d'Angleterre a bien reçu l'Aquitaine de sa femme sans l'accord du roi de France.

Je restai songeuse :

– C'est donc pour cela que le roi Alfonse vient à Carcassonne...

– Oui, et il vous y réclame.

– Lui ?

– Lui-même. Il vous veut en personne, domna. En chair et en os.

Il ricana :

– Il a gardé un souvenir inoubliable de votre chair à Beaucaire...

Beaucaire... Je n'étais pas prête d'oublier cette rencontre, qui scella le destin de Béatrix. Que d'événements s'étaient passés à Beaucaire, en premier la trahison ouverte de Trencavel qui s'était affiché aux côtés du roi d'Aragon, l'ennemi mortel de mon père. Ma rencontre avec le roi d'Aragon ensuite, qui devait retarder, disait-on, la guerre avec Toulouse de dix ans. Mais on s'en rapprochait, de la guerre, de la vraie guerre, la guerre ouverte qui incendie les villages et ravage les champs, affame les peuples, rend les femmes stériles, et le meilleur des hommes méchant comme une bête fauve.

J'admirai cependant, malgré moi, l'ingéniosité et l'audace de Roger qui au nez du seigneur comte mon père mettait sa principauté tant convoitée sous la protection du roi d'Aragon. Un coup de maître. Mais aussi un inéluctable *casus belli,* car jamais l'Église ni le comte de Toulouse n'accepteraient ce tour de passe-passe, aussi fondé soit-il aux yeux des jurisconsultes.

Je levai les yeux. Hautpoul parlait encore, il ne pouvait plus s'arrêter. Il rêvait d'un nouveau royaume à cheval sur les montagnes Pyrénées, et dont les peuples aragonais, catalans et de langue d'oc seraient les heureux sujets. Le comté de Toulouse ne serait plus qu'une terre étrangère, une autre nation.

Ses propos étaient couverts par Arnaut de Mareuil qui, le regard sourcilleux, la voix coléreuse, chantait une chanson d'amour déçu sur le ton d'un chant de bataille. Je compris que mon long aparté avec le seigneur d'Hautpoul le faisait enrager.

Arnaut se leva et jouant son va-tout il vint gratter son luth entre nous deux, nous assenant avec l'application d'un précepteur de latin un nouveau *salutz d'amor* dont il se faisait une spécialité. Il recommença pour moi sa chanson, jouissant du regard mauvais que lui envoyait Hautpoul :

Domna, nos tres
Vos, et ieu et amors
Saben tot sol sens
Autra guirentia
Quals fo li convens
No-s tanh plus vos en dia
Car vostre sui [1]...

Sur ces entrefaites apparut en haut de l'escalier ma bonne Ogive. Elle était allée aider en cuisine et venait faire un tour, histoire de voir s'il n'y avait pas de disputes et quelques coups à distribuer, à l'occasion.

---

1. Dame, nous trois / Vous et moi et amour / Savons tout seul sans / Autre garantie / Quelle était la convention / Non tant plus vous en dis / Car je suis vôtre...

Elle cachait dans les plis de sa jupe un gourdin carré – une arme de guerre – qu'elle laissa discrètement dans un coin. Arnaut tournait maintenant autour de la table en chantant à tue-tête. Elle sourcilla en l'entendant s'exalter :

Votre corps noble et gracieux
Et plaisant
Votre belle chevelure dorée
Et votre front plus blanc
Que lis
Vos yeux vairs et rieurs...

Ogive vint me voir, dubitative, et me montrant le malheureux d'un air de miséricorde elle me souffla :

– Qu'est-ce qu'il a le ratichon ? Il crie comme un cramé !

– Il chante fort pour se faire entendre. Il proclame la passion qui le consume, ma bonne Ogive...

Ogive le suivait des yeux avec compassion. Elle n'avait aucun goût pour la poésie, ni la nouvelle ni l'ancienne, mais elle avait du cœur.

– Il est tendu comme un arc turc, le pauvre !... Comme il souffre !

Arnaut portait la vêture dans laquelle il était apparu à Burlats, avec ses chausses noires cerclées de jaune, son bliaud vert émeraude et ses bottines safranées. Il avait laissé pousser ses cheveux qu'il avait fait friser au fer avec la barbe. Sa tête petite et son visage maigre disparaissaient sous une masse de bouclettes brunes. Sa bouche sans lèvres s'ouvrait grand pour porter ses paroles d'amour plus loin et plus fort, exhibant à l'auditoire une langue plate et mauve, sur laquelle sa voix rebondissait avec une dureté d'airain, difficilement supportable. Ogive haussa les épaules, fataliste, me prenant à témoin :

– Quelle femme en voudrait ?

Arnaut se tut subitement. Il me regarda fixement, l'air rusé, leva les bras :

– Domna, me dit-il, je lance un défi à tous les chevaliers ici présents. Que la plus belle voix ait votre faveur, et puisse assister à votre coucher tous les soirs du mois de mai.

Surprise, ahurie même, je parai au plus pressé :

– Je garde la première partie de la proposition. Nous allons faire une joute en chansons. La récompense, ce sera pour le vainqueur un joyau donné avec un baiser par la compagne de son choix. Qui commence ?

– Moi ! répondit Ogive.

Encore une fois j'étais prise au dépourvu. Je regardai l'assistance réjouie. Frézoul de Montredon partit d'un grand éclat de rire, applaudit et ouvrit ses bras massifs vers Ogive en criant :

– Allez filheta ! Sers-nous la ta cançonnetta !

Ogive sourit et se laissa admirer. Elle chercha dans mes yeux un signe d'assentiment que je lui donnais, et prenant le pas sur les encouragements amusés qui jaillissaient ici et là elle se campa en essuyant ses pieds sur le plancher de la salle. Son visage serré par la guimpe enfla, rougit, et d'une voix stridente de petite fille elle récita avec application, sur un air connu de chanson de toile :

Mon père m'a donné un mari
Mon Dieu quel homme ! Quel petit homme !
Mon père m'a donné un mari
Mon Dieu quel homme ! Qu'il est petit !

On applaudit. Grisée, elle reprit sans respirer :

Mon père ici m'a mariée
J'entends le moulin tique-taque
À un vieillard il m'a donnée
Qui n'a ni maille ni denier
J'entends le moulin tique-tique-taque
J'entends le moulin ta-que-ter...

Frézouls de Montredon prit la suite avec une chanson de berger que j'avais entendue dans mon enfance. On la chantait pour garder l'allure en marchant. Le chevalier la débuta en guise de plaisanterie comme un chant de messe, d'une voix grave et puissante, solennelle :

A l'entrada del tems clar e-e-ya !
Per joia recomençar e-e-ya !
E per jelos irritar e-e-ya
Vol la regina mostrar
Qu'el'es si amorosa

Tout le monde reprit le refrain avec entrain :

A la via a la via e-e-ya
Laissatz nos, laissatz nos
Bailar entre nos, entre nos [1]...

Sentant son heure venue Arnaut reprit la main. Il me fixa avec des yeux amoureux et, égrenant quelques notes harmonieuses sur son luth, il déclara :

1. À l'entrée du temps clair é-é-ya / Pour le plaisir d'amour recommencer é-é-ya / Et pour les jaloux irriter é-é-ya / Veut la reine montrer / Qu'elle est si amoureuse... Refrain : à la vie à la vie é-é-ya / Laissez-nous laissez-nous / Danser entre nous, entre nous...

– Domna Adélaïs, ce que je vais dire, jamais jusqu'à ce soir je n'ai osé le dire à une domna.

Ogive plissa ses yeux, en état d'alerte.

– Celui-là il est mordu, marmonna-t-elle.

Un silence attentif, inopportun, s'installa dans la salle. À mon grand regret personne ne voulait manquer un mot. Arnaut se lança debout, un pied sur son siège. Je remarquai qu'il portait une bague à chaque doigt. Il chanta ce soir-là la chanson qui le rendit célèbre :

Si me destrehetz domna,
Vos e amors,
Qu'amar no-us aus
Ni no m'en posc estraïre[1]...

Personne ne dit mot. Arnaut apaisé avait retrouvé sa belle voix colorée et souple, que la sincérité de ses aveux rendait poignante. Nous avions devant nous un désespéré qui exprimait sa souffrance. Même Ogive fut touchée. Une larme vint perler sur sa joue rouge avant de disparaître sous le tissu de la guimpe.

Le seigneur du Razès s'empressa de prendre la suite d'Arnaut pour couper court aux épanchements qui s'annonçaient torrentueux. On rit quand Alis perdit sa natte postiche, et quand Trenis, mon chevalier, revint déguisé en ours et la gent de la cuisine tout autour de lui frappant sur les oules et les poêlons. Il fit la danse de l'ours autour de Douceline qui pleurait de rire et mouilla sa robe.

Après on dansa. Arnaut voulut bien jouer de la vièle à archet sans quitter son air de martyr, négligeant le vin aux épices, indifférent aux friandises, aux joyaux, aux bagues, aux bracelets, ceintures, bourses, couteaux, que nous distribuâmes largement pour que chacun ait un souvenir de cette soirée.

Aimeri de Laurac reçut la distinction de l'élégance – un chapel de soie brodée de fils d'or et d'argent, avec de petites perles qui dessinaient deux cœurs enlacés – Isarn de Dourgne celle de la courtoisie et Arnaut celle du meilleur troubadour et du meilleur chantaïre de la soirée. Je l'embrassai sur la bouche comme le veut la coutume et aussitôt je compris que j'avais mal fait.

Son regard flamboya et nous embrasa tous deux, moi de crainte, lui d'un désir ravageur. Mais mon esprit était ailleurs, tout occupé par la venue du roi Alfonse à Carcassonne. Que me préparait le destin dans la formidable cité fortifiée des Trencavel ? Était-il venu, le moment d'apparaître comme la nouvelle Judith qu'avait prophétisé l'abbé

1. Tant vous me tourmentez, domna / Vous et Amour / Que vous aimer je n'ose / Ni ne peux m'en défaire...

de Saint-Pons ? Judith, peut-être, mais pour quelle mission ? Pour défendre l'Église romaine ? Ou plutôt préserver nos beaux pays romans de la guerre, la sale guerre que répandaient à plaisir nos beaux seigneurs au sourire arrogant ?

Telle était ma préoccupation. Et je n'avais pas tort de m'inquiéter.

XVII

À Carcassonne je constatai en arrivant un bouillonnement inhabituel dans le palais et dans la cité. On me dit que le peuple attendait avec impatience le roi Alfonse, roi d'Aragon et comte de Barcelone, souverain de cette Catalogne amie avec qui il faisait si bon faire des affaires et vendre du drap. Chacun supputait les avantages et les profits qu'il allait tirer de cette union. Aucune inquiétude ne venait ternir l'excitation joyeuse des Carcassonnais. Le légat du pape et le comte de Toulouse étaient tous deux déjà oubliés.

Je retrouvai ma chambre « ronde », ma fresque de chevaux multicolores sur le tour des murs et, depuis la fenêtre, le miroir de la rivière Aude avec son port et ses lavoirs. Sans vouloir me l'avouer, j'étais heureuse de ce retour dans mon palais. Comme on retourne adulte dans la maison de ses enfances, je revenais sur le lieu de mes premières épreuves, là où j'avais fait front et, découvrant ma propre hardiesse, j'étais devenue moi-même.

Cette résistance aventureuse m'avait laissé le sentiment troublant d'avoir beaucoup vécu, à vingt et un ans. Le plaisir de retrouver mes traces et de mesurer le chemin parcouru me plongeait à certains moments dans une sorte d'ivresse. La joie d'avoir réussi à conserver mon indépendance, d'une certaine façon, m'enlevait toute retenue. Je devenais provocante.

Le roi Alfonse arriva dans la semaine qui suivit mon retour de Burlats. Il n'était pas seul. Sa cour l'accompagnait avec une armée de soldadiers, des vauriens payés de rapine qui vinrent bivouaquer sur les bords de la rivière Aude, sous mes fenêtres. La nuit un long chapelet de feux de camp se reflétait dans l'eau en suivant les serpentements de la rivière ; aux gués mille éclats jaillissaient des cailloux qui brisaient le courant.

Je n'avais pas revu le roi d'Aragon depuis Beaucaire. Il avait forci. Ses jambes de héron s'étaient remplumées, mais il avait mis de l'embonpoint, ce qui surprenait à son âge. Il n'avait pas vingt-huit ans. Il apparut dans la cour du palais sur un beau cheval blanc, un palefroi de pure race espagnole. Il descendit comme tout le monde en se servant du banc de pierre sous le vieil orme comme d'un montoir. Il était chez lui.

Je l'accueillis avec Roger qui se précipita un peu vite, à mon sens, et le roi le lui montra d'un sourire condescendant et ironique. Alfonse portait une tunique courte couleur de la chair du saumon, quadrillée de blanc et constellée de flammes rouges. Il occupait ses mains lourdement baguées en retenant une cape blanche dans laquelle il s'était drapé pour chevaucher. Elle n'avait pas d'attaches. Ses chausses noires se perdaient dans le cuir épais de ses bottes.

Le jeune roi portait toujours une barbe courte et noire ; ses sourcils hérissés formaient un arc continu abritant dans l'ombre la luisance fiévreuse de ses prunelles noires, bordées de longs cils. Le port royal de sa tête compensait la longueur excessive du nez en lui donnant un air volontaire, presque téméraire. Mais le voûtement précoce des épaules, peut-être venu de sa grande taille, contredisait son air altier et résumait fort bien la réputation incertaine qui était la sienne, d'un roi chevalier et profiteur, audacieux et prudent, généreux et cupide, franc et calculateur, amoureux et froid comme l'hiver, selon la saison.

Il releva Roger qui portait un genou en terre et, me prenant les mains comme je lui faisais ma révérence, il s'exclama avec des yeux de hibou, simulant la surprise ou oubliant qu'il m'avait réclamée :

– Domna Adélaïs, vous êtes ici ? Par le Dieu qui fit le ciel et la terre, et la mer, vous êtes plus resplendissante que la *Maris Stella*, plus rayonnante que ne le fut jamais la Vierge Marie tenant le divin enfant dans ses bras, plus belle que la Grecque Héléna au jugement de Pâris...

– Seigneur roi, le coupai-je, vous me comparez toujours avec l'ancien temps, dont il n'y a plus de témoins. Vous ne risquez pas d'être contredit.

Il prit un air désolé et laissant fondre ses traits il soupira, les yeux chavirés sous ses lourdes paupières.

– Domna, me susurra-t-il, je ne connais personne du temps présent qui puisse vous être comparée.

Il se tourna vers sa suite et interpella son compagnon le plus proche qui était Ponç de Mataplana, un de ses grands barons. Le prenant à témoin :

– Ponç, connais-tu une femme plus belle que la comtesse ? Parle-moi franchement.

Un murmure joyeux accueillit l'interpellation, et un autre plus joyeux encore la réponse :

– Seigneur, vous savez bien que j'ai renoncé depuis longtemps aux femmes, pour l'amour de Dieu.

Un compagnon du roi, Arnau de Mols, me souffla discrètement :

– Ponç de Mataplana est un sodomite ; il n'apprécie guère les femmes, sauf si elles sont très riches.

Des gens continuaient à entrer dans la haute cour, des Catalans, des Aragonais, des Carcassonnais aussi, et une armée de sirvents. Dans la presse un cheval rua et cassa la jambe d'un moine. Il criait et tout le monde rit.

La foule était trop nombreuse. Je coupai court aux bavardages :

– Seigneur roi, lui dis-je en bonne oustalière, ne restons pas dans la cohue. Entrons au palais. Je vous y servirai des rafraîchissements et de doux entremets...

Je lui souris. Il en fut tout énamouré. L'œil étoilé il déclama royalement :

– Allons !

Il entra dans le palais précédé de ses chevaliers, de concert avec le vicomte qui s'enquit maladroitement de la santé de son épouse, la reine Sancha. Le roi répondit distraitement qu'elle allait bien tout en montant l'escalier, se tournant vers moi pour me jeter un œil critique et vérifier quelque détail anatomique qui lui aurait échappé.

Après nous venaient les principaux dignitaires de sa cour, des évêques et Ponç de Mataplana. La salle grande fut pleine en un clin d'œil. Le roi se réfugia avec Roger derrière une grande table où devaient être servis des rafraîchissements, des oublies et des friandises. Il prit Roger d'un côté et moi de l'autre. Avant que la table ne fût prise d'assaut par les évêques et les barons, j'imposai ma cousine Alis. Le roi l'examina soigneusement, arrêta ses yeux sur sa poitrine qu'elle avait belle, blanche et épanouie, et dont des indices irréfutables s'observaient par le col fendu de sa cotte. À regret il porta ses yeux sur la foule.

Alis envoya un baiser à Aimeri de Laurac qui tentait de se maintenir près de la table mais, emporté dans un remous, il disparut. De solides gaillards alignés en rempart devant nous, armés de bâtons blancs, tentaient vainement de résister à la multitude. Le roi Alfonse, ayant bien observé la presse se plaignit :

– Seigneur vicomte, voyez comme cette gent est mal apprise. Voyez comme elle force l'entrée pour apercevoir le roi. Mais il n'en rentrera pas plus que la salle n'en peut contenir, par san Jordi ! Si personne ne les arrête nous mourrons étouffés ou nous devrons nous enfuir par la cheminée....

Je ris :

– Seigneur roi, la cheminée est à l'autre bout de la salle. Il ne faut pas y penser. Mais il nous reste les fenêtres...

Le roi s'étonna de mon rire :

– Domna, vous n'avez pas peur de la foule ? Ne riez pas, j'ai vu pour ma part bien des hommes étouffés dans de semblables désordres.

– Seigneur roi, je vous protégerai.

– Vous comptez affronter la foule, comme Athéna le casque sur la tête ? Pauvres de nous !

Et tourné vers Roger :

– Voyez seigneur vicomte dans quels périls vous nous mettez...

Roger n'était pas du tout ému par la bousculade autour de nous, qui lui était familière. Se reprenant le roi se pencha vers moi, l'air important :

– Ne vous éloignez pas de moi. S'il le faut je serai votre rempart, votre armure, votre...

– Je ne crains pas !

Il se tourna à nouveau vers Roger d'un air royal :

– Et notre beau vicomte va mettre de l'ordre dans tout ça !

Roger sembla se réveiller. Il était temps, la table bougeait, bousculée par les hommes qui devaient la protéger.

– Seigneur vicomte, s'alarma le roi, vous n'avez donc aucune autorité sur vos sujets ?

Roger leva un bras, montrant la salle pleine de Catalans et d'Aragonais. Il renonça à répliquer et cria brutalement un ordre aux frères Roquefort qui, une coupe à la main, gardaient la porte avec désinvolture. Oubliant sans regrets les consignes de modération et de courtoisie que je leur avais moi-même répétées abondamment, ils se jetèrent avec enthousiasme sur les derniers arrivants, les refoulèrent brutalement, fermèrent la porte. Bernat de Roquefort se jeta dans la foule et fit vider les lieux à tous ceux qui ne parlaient pas la langue nôtre, sans considération de rang ni d'âge, tandis que son frère, ouvrant l'huis à bon escient, les poussait dans l'escalier.

Le roi parut impressionné par l'efficacité des frères Roquefort et le zèle avec lequel ils obéissaient à Roger. On put enfin servir le vin aux épices avec des oranges amères farcies de dragées, et des gâteaux au miel. Le service était entièrement effectué par des chevaliers de bon lignage à qui j'avais appris à plier longuement le genou avant de servir le roi.

Quand je voulus prendre congé le roi Alfonse me retint :

– Domna Adélaïs, je ne peux vous voir me quitter sans que mon cœur s'attriste. Vous serez ma reine ce soir au souper. N'y manquez pas.

– Seigneur roi, comment pourrais-je remplacer la reine Sancha ?

– Ne vous tourmentez pas, vous êtes cent fois plus belle qu'elle, et vous avez de l'esprit.

J'en oubliai de sourire et m'en allai. Je n'avais qu'une idée en tête : comment me servir du roi Alfonse pour faire libérer Aimeric. Ce ne serait pas facile avec un roi si amoureux.

Dans la soirée un chevalier aragonais vint me chercher pour m'amener à table. Il n'y avait qu'une table ; c'était le souper du roi. En étaient Roger avec moi, l'archevêque de Tarragone, les évêques de Saragosse, de Jaca, et les premiers barons avec leurs épouses, ceux qui en avaient.

Le reste de sa suite, et notre cour, cernaient la salle debout contre les murs en nous regardant manger. Cette disposition libérait le centre de la salle grande pour les divertissements.

Le repas fut somptueux. Roger voulait séduire le roi qui représentait sa dernière planche de salut. Le roi Alfonse de son côté ne se déplaçait jamais sans ses musiciens, ses jouglars et ses chantres, ses acrobates des pays d'Aragon, de Provence, de Catalogne. Le troubadour Guillem de Berguedà, qui passait pour un esprit drôle et terriblement caustique, le suivait partout comme son ombre. Il était la bête noire de Ponç de Mataplena qu'il attaquait ouvertement et tournait sans cesse en ridicule, au grand plaisir du roi et de sa cour.

Le troubadour chanta en catalan et tout le monde comprenait. Nous étions vraiment germains par la langue.

Le roi avait aussi amené ses danseuses, de toutes jeunes Sarrasines qui apparurent vêtues de simples voiles transparents, ondulant au rythme des nacaires et du son aigrelet des mauraches et des rebabs frottés par l'archet. L'une d'elles se détacha et se mit à virevolter devant nous comme une libellule, répandant dans les plis de ses voiles de mousseline une odeur bouleversante d'ambre et de cèdre. Son corps était gracile, ferme et lisse.

Elle était d'une souplesse inimaginable. Deux autres pucelles entrèrent dans la danse vêtues de voiles sous lesquels elles avaient enfilé des sortes de braies soyeuses. Elles firent d'incroyables acrobaties et achevèrent leurs tours par une pirouette sur la tête, les jambes écartées donnant la force nécessaire à leur mouvement.

Adalla me fit demander par une de mes compagnes la permission de se mêler au joli essaim. J'en fus ravie et me tournant vers le roi :

– Seigneur Alfonse, nous allons rajouter de la couleur et du mouvement à ce joli spectacle.

Les autres petites mauresques tournaient aussi comme des toupies sur leurs pieds, soulevant leurs tuniques légères jusqu'en haut des cuisses, quand bondirent au milieu d'elles deux éclairs soyeux jaunes, rouges et verts. C'étaient Adalla et son frère Sclavus, mes deux esclaves maures. Les filles non prévenues s'égayèrent comme des moineaux, revinrent à petits pas trottés, tournèrent avec les hommes qui volaient au-dessus d'elles et retombaient sur leurs pieds nus sans bruit. L'une des danseuses vint devant nous et laissa ses mains s'envoler autour d'elle. Ses longs doigts aux ongles nacrés s'ouvraient et se refermaient avec un bruit de bec, roulaient des objets imaginaires, s'évasaient, s'ouvraient dans un geste brusque d'éclatement, comme sous la force d'une onde courant le long de ses bras. Le roi était fasciné.

Elle ramenait souvent ses jambes l'une contre l'autre, un pied nu frappant l'autre dans un rythme de plus en plus rapide, de plus en plus fou. Ses petits seins se mirent à trembler, l'ombre de son ventre se creusa, ses cuisses firent entendre un bruit mat et lisse, bientôt couvert par sa respiration saccadée. Elle ruisselait de sueur tandis que l'odeur fraîchie d'eau florale de son jeune corps échauffé nous parvenait avec une puissance troublante. Quand la musique s'arrêta abruptement elle tomba sur le sol et se figea dans une pause gracile, les cuisses dénudées.

Le roi resta comme abattu par le brusque silence, les épaules voûtées, puis se redressa et se penchant au-dessus de la table pour mieux voir il guigna la danseuse qui s'était laissée aller sur le dos, rompue de fatigue. Alfonse l'applaudit frénétiquement et lui donna deux pièces d'or. La petite nous fit un adorable sourire et s'éclipsa avec ses compagnes.

Comme le roi, troublé, se perdait dans des pensées lascives je m'éclipsai sans prévenir. Je ne revis le roi Alfonse que le lendemain, en début d'après-midi, quand un chevalier vint me chercher parce qu'il me réclamait.

Alfonse s'était assis débonnairement sous l'orme portant son feuillage doré d'automne, épuisé d'avoir dirigé toute la matinée la réunion des clercs et des notaires qui tentaient de mettre au point les chartes de donation et de reprise en fief de tous les territoires, villes et châteaux de Trencavel. C'était une tâche énorme à laquelle je n'étais pas associée, bien que mon douaire – tout le Razès avec les belles cités de Rennes et de Limoux – et mes biens propres fussent concernés. Mais Roger voulait négocier seul, et personne n'y trouvait à redire.

Quand j'apparus le roi se leva et vint me prendre la main pour me faire asseoir à côté de lui sur le banc de pierre froide. Roger avait disparu, laissant le champ libre à la concupiscence royale, en bon maquerel qu'il était. La suite du roi se tenait discrètement à l'écart. C'était l'heure, certainement, où le seigneur roi prenait ses petits plaisirs. Il tripota ma main et me tança gentiment :

– Domna Adélaïs, pourquoi vous êtes-vous enfuie hier au soir ? J'avais tant de choses à vous dire. Vous n'ignorez pas que je vais être tantôt votre souverain, quand le vicomte m'aura fait don de sa vicomté. La cérémonie se tiendra demain ou dans peu de jours, si Dieu le veut. Et si vous, vous le voulez ! J'ai exigé devant votre époux d'avoir votre consentement pour les biens qui vous sont propres ou qui du moins vous concernent. Et ce consentement je veux l'entendre de votre bouche !

– J'y consens.

Le roi posa vivement sur ma bouche sa main gantée de cuir parfumé, tanné au myrte et au lentisque.

– Taisez-vous ! me gronda-t-il. Je ne veux rien entendre pour l'instant. Vous devez réfléchir à votre engagement. Je viendrai ce soir vous le réclamer dans votre chambre, sans témoins qui pourraient forcer ou du moins influencer votre jugement. Je n'en veux rien savoir à présent.

Et avant que je rétorque quoi que ce soit il se tourna vers ses compagnons, les compta, s'enquit de l'absence de l'un d'eux, revint vers moi et me dit, les yeux ailleurs :

– Ce soir vous me direz ce que vous êtes disposée à m'accorder. En attendant, domna Adélaïs, faites-moi connaître votre belle cité de Carcassonne. On dit qu'elle est imprenable...

Il resta songeur, murmura « tout comme vous... », rit de son esprit et se leva, s'emparant d'un voile de tissu fin qu'il mit sur sa tête, serré par un diadème de perles. Je lui trouvais une tête de Sarrasin. Il surprit mon regard moqueur et me sourit en disant : « Le soleil est encore fort. » Il me présenta le dos de sa main comme un chasseur à l'oiseau.

J'y déposai délicatement ma main blanche. Nous sortîmes à pied du côté de la ville, et allâmes jusqu'à la place de la cathédrale. Alfonse hésita à y entrer, marmonna « je n'ai pas la tête à la prière... » et, rebroussant chemin, se dirigea vers le quartier des Tisseyres. Les métiers à tisser claquaient dans toutes les rues comme des fléaux. Le passage du roi les arrêta les uns après les autres et peu à peu le silence se fit dans les maisons à mesure que dehors les rues se remplissaient de monde et d'une rumeur de foire.

Au bout de la rue un petit homme en noir se précipita vers le roi, vite arrêté par les chevaliers qui ouvraient la marche. L'homme maintenu à distance interpella le souverain :

– Seigneur roi, souverain du monde d'ici-bas, puisses-tu un jour connaître le royaume de Dieu, qui est le seul vrai royaume.

Le roi le remercia d'un hochement de tête et lui sourit. Les rois attirent tellement de fous, d'innocents, de lunatiques ! Il n'était pas à un fou près. Mais l'homme s'approcha encore, repoussa les chevaliers avec colère et ôta son capuchon. Je le reconnus sans peine, le visage qui apparut à la lumière, un visage blême, fripé, raviné de rides profondes. C'était Guiraud Mercier, l'évêque cathare de Carcassonne. Vrillant son regard dans celui du roi, qui en fut intimidé et recula d'un pas, il lui lança d'une voix terrible :

– Alfonse, Alfonse, pourquoi me persécutes-tu ?

Le roi resta un instant stupéfait, puis reprit de l'assurance et poursuivant la référence évangélique il répliqua en ricanant :

– Mais qui es-tu seigneur ?

L'autre ignorant la plaisanterie s'emporta :

– Je suis celui qui défend la vérité que tu persécutes. Je t'adjure de cesser tes attaques pernicieuses contre mes frères croyants, contre la vraie foi, contre le Dieu du Ciel. Aveuglé par la malice du diable, tu sers la louve romaine et prêtes ton bras armé à son avidité rapace. Reprends-toi, seigneur roi, ose te mettre en péril pour la vérité contenue dans l'Évangile, et renonce à tout commerce avec Rome, la prostituée de Babylone. Nous qui sauvons les hommes en libérant leur âme de leur prison de chair, nous délivrerons la tienne et l'amènerons à bonne fin, jusqu'à Dieu où elle contemplera son image radieuse dans la joie éternelle.

Et il s'en retourna sans attendre la réponse, bientôt happé par la foule qui s'agenouillait à son passage.

Le roi fronçait les sourcils, la bouche fielleuse. Il s'adressa à moi :

– Par le sel de mon baptême, domna, vous avez entendu toutes ces sornettes ? Qu'ai-je à faire avec le seigneur pape ?

– Seigneur, il vous a aussi demandé de vous délivrer de vos désirs de chair...

Le roi gratta du pied comme une chèvre, retrouvant tout à coup sa pugnacité.

– Par san Jordi mais quelle impudence ! s'exclama-t-il. Parce que nous avons quelques curés paillards et dans les cités quelques évêques cupides, il faudrait abattre tout le troupeau ? Nous n'allons pas abattre tout le troupeau pour quelques brebis galeuses !

– Ce qu'ils veulent, intervint l'évêque de Jaca, rouge d'exaspération, c'est prendre notre place !

– Il est vrai qu'elle est enviable, ricana le roi Alfonse en me prenant à témoin.

On continua. Les gens pliaient le genou au passage du roi tout en relevant le nez pour avoir le temps de me dévisager et de me détailler des pieds à la tête. Je tentais de sourire à tous et de paraître détendue sous les regards avides, une main posée sur celle du roi, l'autre suspendue au cordon de ma cape devant ma gorge, ou les saluant amicalement. Je voulais que ma longue absence paraisse naturelle.

Les gens étaient d'ailleurs plutôt amicaux :

– Domna Adélaïs, Dieu vous garde !

– Restez avec nous !

J'entendis aussi quelques cris hostiles :

– Comtesse de Toulouse, repartez chez vous !

– Allez raisonner votre père, cet innocent !

Je surpris même une médisance à voix forte qui m'était évidemment destinée :

– Voilà qu'elle fait la putanelle, maintenant, avec le roi d'Aragon...

Je voulus répondre : « C'est bien ce que me demande votre vicomte ! » mais le roi prévint la dispute et avec l'aisance de l'habitude il m'entraîna en souriant.

Une farceuse lança devant son étal de chausses :

– Dieu vous garde, domna, et vous fasse reine !

Alfonse se tourna vivement vers la jeune femme brune qui venait de lancer cette énormité et lui répondit :

– Dieu vous entende, commère ! Pour ma part j'y suis prêt !

La jeune femme poussa un hurlement de joie, repris par la foule sans savoir très bien de quoi il retournait. Nous revînmes au château portés par une vague joyeuse.

Passant sous le châtelet d'entrée Alfonse ferma les yeux comme un moine recueilli et me dit en faisant la chattemite :

– Douce amie, souvenez-vous que j'attends ce soir votre réponse sur nos accords...

– Doux ami, avec votre permission j'attendrai pour vous répondre d'avoir lu les chartes que vos notaires sont en train de rédiger. Je ne m'engagerai pas à la légère.

Alfonse gardait les yeux fermés, mi-contrarié, mi-amusé, se fiant à mon bras. Il buta sur un caillou et faillit s'étaler. Rouvrant les yeux vivement il me prit le bras avec une force mal contenue :

– Mais ne voyez-vous pas, domna Adélaïs, que je suis disposé à satisfaire *tous* vos désirs ? Ne voyez-vous pas que vous me mettez au tourment ? Que craignez-vous ?

Je faillis lui répondre : « Tout ! » Je me retins, parce que le roi d'Aragon était une pièce essentielle sur l'échiquier de ma vie. Je ne pouvais pas la gâcher.

On monta dans la salle grande. Roger nous attendait en haut des marches, rongeant son frein. À notre vue il ouvrit les bras. Pas à moi, Dieu me garde, mais au roi.

*

Les accords furent signés dans la salle grande du palais de Carcassonne au début de novembre, par une sombre journée de pluie fine qui obscurcit la salle comme une église. J'ai encore en mémoire les chartes qui me furent lues dans ces jours-là, où Roger donnait tout au roi Alfonse en échange de son amicale protection.

Comment les oublierais-je, ces chartes ? Roger y écrivait à la face du monde sa volonté de trahir le seigneur comte mon père, son suzerain, son beau-père, pour se mettre non seulement sous la protection du roi d'Aragon, mais aussi à son service : « *Roger, vicomte de Béziers et de Carcassonne, promet aide et alliance à son seigneur Alfonse... contre Raimon, comte de Toulouse et de Saint-Gilles.* » Et en retour : « *Alfonse par la grâce de Dieu roi d'Aragon promet d'être l'allié du vicomte Roger contre le comte de Toulouse et de Saint-Gilles.* »

Et comme si boire la coupe de la trahison ne suffisait pas à son déshonneur, mon mari avait accepté d'en boire aussi la lie en accusant mon père de tromperie : « *Séduit tout enfant par ses courtisans,* était-il écrit, *Roger s'est reconnu vassal du comte de Toulouse pour Carcassonne et ses autres domaines alors qu'il devait les tenir du seigneur roi d'Aragon...* »

Séduit tout enfant... Comme si mon père l'avait jamais menacé enfant ! Mon père ne s'intéressait pas aux enfants.

Le roi Alfonse avait tout rendu en fief à Roger. Il y avait rajouté en guise de remerciement trois forteresses de Provence disputées à mon père, et tenues par le frère du roi.

Il y avait encore dans cet acte une disposition insensée qui établissait que dans le cas où Roger mourrait sans enfant le roi Alfonse donnerait à fief les domaines de la vicomté à qui il voudrait ! Qui aurait pu penser ce jour-là, dans la salle grande du palais de Carcassonne, pleine comme un œuf, enfumée par les torches en surnombre qui venaient au secours des vieillards chargés de lire les parchemins, qui aurait pu imaginer que je lui en donnerai, des enfants ? Pas moi en tout cas.

Quand je compris que je détenais dans mon ventre les clefs de la vicomté des Trencavel, le salut de la lignée des Trencavel, de la race des Trencavel, je dis au roi Alfonse avec l'assurance d'une reine : « Ce n'est pas vous le maître de ce pays, seigneur roi, désormais c'est moi ! »

Mes propres paroles me stupéfièrent. Roger qui avait tout manigancé m'avait sans le vouloir donné le pouvoir de décider de sa vie. Y avait-il pensé, lui qui me poussait dans les bras du roi pour mieux négocier son affaire ? Avait-il imaginé que le roi Alfonse pouvait se débarrasser de lui, répudier la reine Sancha sous un prétexte quelconque et en m'épousant me faire un enfant qu'il doterait de la vicomté d'Albi, Carcassonne et Béziers ? Il serait alors le souverain des deux Pyrénées, doublant son royaume et devenant le pair du roi de France, l'égal du roi de Castille, du roi d'Angleterre ? Et la lignée des Trencavel serait effacée des terres d'oc pour les siècles des siècles.

Pourquoi Roger avait-il pris un tel risque ? Pour protéger les hérétiques ? Mais le roi Alfonse était un pourfendeur d'hérétiques ! Pour gagner son indépendance ? Mais sans héritier il construisait sur du sable.

Avant le souper je pris Roger par le bras et l'amenant un peu à l'écart je lui posai la question crûment :

– Seigneur Roger, pourquoi vous donnez-vous au roi Alfonse d'Aragon ? Avec tout votre lignage ?

Son regard se planta dans le mien sans ciller :

– Pour me venger de votre père, domna comtessa. Il n'aura jamais une seule émine de mes terres. Jamais il ne mettra la main sur une obole de mes revenus.

Je me fis prévenante :

– Mais Roger, avez-vous pensé que sans enfants le roi accaparera toute votre chevance, et que votre lignage disparaîtra de la surface de la terre ?

Je vis le visage de Roger frappé de stupeur. J'insistai :

– À votre mort votre lignée glorieuse sera oubliée de Dieu et des hommes, effacée de la terre...

Roger me fixait de ses yeux noirs, hébété :

– Vous parlez comme...

Sa voix grondeuse me fit comprendre que mes paroles lui en rappelaient d'autres, qui le tourmentaient. Il s'écarta de moi en me lançant :

– Vous parlez comme la femme de Béziers, la sorcière !

Et prenant un air entendu :

– Je savais que vous étiez sa complice !

Puis il cria avant de s'en retourner :

– De toute façon tout est déjà écrit !

Parlait-il de son destin ou bien de l'acte qu'il venait de parapher ? Acte que je refusais de signer le lendemain, résistant à la foule des courtisans empressés qui murmuraient contre moi. Je leur criai, à bout de patience :

– Jamais je ne signerai un acte de guerre contre mon père !

Des pensées me tourmentaient encore au milieu de la nuit quand les cris de mes compagnes m'avertirent qu'une créature s'en venait vers ma chambre. Je n'avais pour m'éclairer que la flamme d'une petite lampe à huile posée dans une niche et qui devait brûler jusqu'à son assèchement total, avant l'aube. La lampe n'était pas loin de s'éteindre quand je vis entrer une forme blanche que je pris tout d'abord pour un revenant, une de ces âmes qui, dit-on, rôdent la nuit à la recherche d'un asile qui adoucirait leur tourment.

La forme prit corps et à la lumière je reconnus la coule des moines blancs. Le visage du moine était dans l'ombre inviolable du capuchon. Quand il l'ôta apparut le grand nez du roi Alfonse. Il laissa glisser sa bure et se présenta devant mon lit en chemise. Surprise, je me levai à demi, oubliant que j'étais nue. Le roi découvrit la blancheur de mes épaules et de ma poitrine dans la pénombre. Je le vis grave et pénétré, une main levée comme un chien à l'arrêt.

Il s'approcha du lit sans un mot, le regard brûlant, attiré irrésistiblement par ma peau blanche. Je me sentis prise dans un piège sans retour quand je m'entendis appeler :

– Ogive, viens voir, vite !

Ma petite mère fut là dans l'instant. Elle vit le roi penché sur moi, une main déjà se portant vers mes dures mamelettes, sa chemise tendue comme le toit d'un pavillon. Elle s'exclama : « Oh Jésusse ! » et sans se laisser intimider par la royale manifestation d'un irrépressible désir charnel elle se courba vivement, ramassa dans un geste de moissonneuse l'habit blanc qui traînait par terre et le tendit au roi Alfonse, prenant une voix mielleuse pour dire :

– Seigneur roi, sans vous commander laissez dormir la comtesse qui n'est pas bien. Elle a la fièvre et je crains la contagion.

Alfonse recula d'un pas. Elle agita le froc blanc et le lui posa sur l'épaule. Il le prit sans un mot, le mit sur son bras. Ogive s'immisça entre lui et moi, ses bras nus croisés saillant comme des jambons. Le roi nous observa l'une et puis l'autre. Ogive lui répétait : « S'il vous plaît, seigneur roi ! »

Je constatai que l'intrusion de ma petite mère en chemise et cale de lin lui avait fait perdre son bel élan. Impressionné certainement par la belle charpente d'Ogive Carcassoune il soupira et se résigna à se rhabiller. Ma petite mère s'empressa autour de lui comme une fée, gracieuse, sautillante, babillant en le vêtant et le coiffant. Elle le rechaussa et l'étouffa sous les prévenances.

Le roi ne découvrit aucune faille dans sa défense et comprenant qu'il ne pouvait espérer se maintenir dans la chambre par aucun moyen de lui connu il s'en retourna lentement, le visage dépité, vers la solitude de son grand lit. Il nous laissa sans rire sous la garde de la Morenita de Monserrat, la Vierge noire des Catalans.

On l'entendit marmonner : « Par san Jordi, mon heure n'est pas encore venue. » J'avais remarqué qu'il aimait les citations bibliques.

Je respirai. J'avais un répit, mais à combien d'assauts du roi pourrais-je ainsi résister, avant que son heure vienne ?

Je décidai de repartir le lendemain discrètement pour Burlats.

XVIII

À travers les barreaux de sa cage d'écureuil Aimeric surveillait avec insistance le soleil couchant. Non pas qu'il fût davantage pressé qu'à l'accoutumée de le voir disparaître pour arrêter le travail. La chute du soleil apportait le repos, certes, mais aussi le froid, l'humidité, la faim, qui n'étaient pas plus enviables que la peine. Ce soir-là était différent parce qu'il en espérait la liberté.

Il avait décidé de s'évader. Il s'y préparait depuis des mois, pensant s'enfuir depuis la cage. Il y pénétrait le matin par un trou obtenu en enlevant un double barreau de fer sur le côté de l'appareil cylindrique. Ce double barreau était ensuite replacé et verrouillé, les verrous bloqués dans une double serrure fermée à clef, la clef à la ceinture du mainadier. Aimeric avait imaginé tout d'abord ouvrir la serrure dans les moments de repos, quand les mineurs au fond des galeries étaient arrêtés par un obstacle et qu'il fallait prendre des mesures particulières. La machine ne tournait plus. Il avait alors du temps devant lui.

Le chevalier s'était longtemps acharné sur les serrures, cachant dans les plis de ses haillons des bouts de fer récupérés et modelés avec patience pour les introduire à l'intérieur des mâchoires de bronze et tenter de les forcer. En vain. Il avait ensuite éprouvé la solidité des barreaux de bois sur lesquels il grimpait comme un écureuil pour faire tourner la cage sous son poids, entraînant la corde qui remontait du puits en passant dans la poulie d'une chèvre de bois. La corde venait ensuite s'enrouler autour de la grosse cage au-dessus de sa tête, en remontant de lourds paniers de terre mineuse. Ses gros tortis peu à peu lui fermaient le ciel.

Les barreaux s'étaient révélés en buis massif et d'une dureté de fer. Il avait repris espoir quand il avait trouvé dans sa cabane, à côté de la forge, là où des serfs chargés d'agiter les grands soufflets des foyers avaient été logés à une certaine époque, un morceau d'acier bien aiguisé qui ressemblait à l'extrémité d'une lame. Avec ce bout de lame il grattait un barreau, toujours le même, soigneusement choisi pour sa moindre épaisseur et son aspect plus délabré. Accroupi au fond de la cage comme une bête, faisant semblant de dormir pendant les arrêts de la machine, il était parvenu à entamer le bois entre ses pieds, sur plus de la moitié de son épaisseur. Le travail n'était pas visible. Il avait ensuite entrepris d'amincir un autre barreau, car il était peu probable malgré son amaigrissement qu'il puisse passer dans le trou fait par l'enlèvement d'un seul.

Et maintenant il était prêt. Les barreaux étaient prêts, ils n'attendaient que le coup de grâce. Il le pressentait à leur gémissement quand il pesait sur eux de tout son poids pour les fissurer encore, afin que le moment venu ils éclatent au premier coup de talon. Il n'aurait plus alors qu'à faire tourner la cage vers le puits pour se débarrasser de la corde qui lui fermait le ciel, à l'extérieur de la machine, suffisamment du moins pour se glisser entre les lés.

Malgré l'importance infinie de l'événement qu'il préparait, et qui le rendait fébrile, bouillonnant d'une force inconnue, étrangère à sa quotidienne soumission, il s'efforçait de paraître aussi lent que les autres jours en fin de journée, quand l'épuisement ôtait toute sensation à ses membres.

Il ne fallait surtout pas éveiller l'attention. Mais dès que la corne du soir aurait sonné et figé toute activité sur le plateau, il devrait s'échapper avant que les gardians ne viennent le chercher pour le mener à la cabane, où il serait enchaîné pour la nuit. En principe il aurait du temps devant lui, car les gardians allaient demander la clef au mainadier. Quelquefois le mainadier venait en personne, sans se presser, quand il avait besoin de descendre dans le puits.

Il devait aussi attendre le plus possible la tombée de la nuit pour que les loups se rapprochent du camp, comme ils le faisaient en vain chaque soir.

Quand la corne mugit les brassiers qui travaillaient autour du puits – des volontaires, qui venaient aux Fournels pour la solde – s'en furent, laissant tout en plan pour le lendemain. Ceux d'en bas réapparurent à l'air libre souillés d'une terre rougeâtre qui en faisait des créatures de l'enfer. Aimeric s'accroupit, animé d'une joie violente. Sa dernière journée à la mine s'achevait, et son châtiment, si Dieu le voulait.

Il laissa passer les brassiers loqueteux allant à pas lourds vers le village des hommes libres, et commença à marteler un barreau avec ses pieds, sans se lever. Le bois gémit, plia, rebondit et ne cassa pas. Il s'acharna sur l'autre, reprit le méticuleux travail avec la lame. La lame mordit le bois puis grinça, glissant sur un objet dur. Le chevalier élargit l'entaille. Une tringle de fer apparut. « Dieu n'est pas avec moi ! » s'exclama-t-il en découvrant que les barreaux en mauvais état avaient été renforcés d'une tige de fer.

Aimeric resta un moment accroupi, assommé, le menton sur les genoux, tassé au fond de la cage, recroquevillé sur sa poitrine comme pour protéger les dernières braises d'un feu intérieur qui menaçait de s'éteindre. Il murmura : « Il ne faut pas renoncer ! Rester rogneux... Je suis un obstiné, un obstiné. » Puis : « Adélaïs est avec moi, avec moi ! » Il releva la tête, la tourna vers les cabanes : « Mon évasion ne se fera pas sans verser de sang, celui des gardians, si je réussis, le mien si j'échoue. Mais elle se fera ce soir même. Ou jamais. »

Il pensa que les gardians allaient venir. L'un d'eux ouvrirait la grille sur le côté ; Aimeric passerait ses pieds d'abord et le gardian lui mettrait des anneaux de fer aux chevilles qui l'entraveraient d'une chaîne. Pendant ce temps l'autre gardian veillerait sur leur sécurité, à l'extérieur, la main sur la poignée de son épée, prêt à réprimer toute velléité de rébellion ou de fuite. Ils l'emmèneraient entravé dans une cabane à côté de la forge où la chaîne serait fixée à un anneau scellé dans un bloc de rocher.

Il devait s'échapper coûte que coûte avant l'arrivée des gardians ! Après ce serait impossible. Une étrange volonté d'en finir l'envahit et le releva. Il observa le plateau autour de lui, creusé comme un entonnoir. Les puits étaient au fond de l'entonnoir. En haut il y avait les cabanes, la chapelle, le ciel, le soleil. Entre les puits et les cabanes, sur le pourtour de la cuvette, s'alignaient les fournels, dressés comme des petites tours, adossés à des montagnes noirâtres de cailloux et de scories. Après les tas de cailloux stériles une prairie jaune remontait jusqu'aux bords de l'entonnoir, jusqu'à la forêt. Mais la forêt on ne la voyait guère ; ce n'était qu'une frange. Aimeric savait qu'elle s'étalait hors de sa vue sur les versants vertigineux qui redescendaient jusqu'à la vallée de l'Orbiel, au pied des châteaux de Cabaret.

La nuit tombait. Le chevalier observa la steppe jaunâtre, immense, qui allait jusqu'à la forêt et siffla. Seuls les loups pouvaient encore le sauver, mais il ne savait trop comment. Il siffla encore, plus bref mais plus fort. Il rit. La belle grosse tête de Wolf, aux favoris blancs, venait d'apparaître comme une tache claire dans les fougères. À voir les tressautements qui parcoururent ensuite la fougeraie, la bande devait suivre au grand complet. Aimeric tenta de les compter mais les fougères étaient trop hautes et l'empêchèrent d'aller jusqu'au bout. Il se réjouit de les imaginer nombreux.

Un aigle planait au-dessus de la crête, s'élevant au gré des courants ; puis il bascula de l'autre côté et disparut. Lui n'avait pas de mal à s'échapper. Aimeric songea : quel prisonnier n'a pas rêvé d'être un oiseau ?

Il vit un gardian qui descendait des cabanes avec le mainadier. Il aurait donc droit à la visite du chef en personne. Mais les loups arriveraient-ils à temps, avant qu'il soit enchaîné ? S'il se laissait entraver, il pourrait à peine marcher. Et courir lui serait impossible. Il siffla encore, plusieurs fois. Wolf, alerté par cette succession de sifflements, comprendrait certainement qu'il devait aller vite.

Le gardian arriva, la trogne fermée, coiffé d'un bonnet de cuir jaune qu'il ne quittait jamais, et peut-être pas même la nuit. Aimeric le haïssait. Il était suivi du mainadier. Sans s'arrêter à l'écureuil le chef alla jeter un œil dans le puits, appuyé à la grosse échelle qui dépassait. Il parla dans la cheminée et quelqu'un l'appela du fond de la mine. Il enjamba l'échelle. Aimeric vit qu'il avait la clef à sa ceinture. Il fallait qu'il soit là quand les loups fondraient sur la cage. Le chevalier cogna aux barreaux et l'apostropha :

– Mainadier ! Délivre-moi d'abord ! Tu iras voir tes esclaves après. J'ai faim !

Le gros homme tourna vers Aimeric son groin de porc et, indifférent à l'interpellation, commença à descendre. Aimeric lui lança :

– Fils de putane, viens m'ouvrir, tête de porc ! Un bastard de truie ne fait pas attendre un noble chevalier, que je sache. Ou je te botterai le cul, sac de merdaille !

Le gardian l'injuria derrière les barreaux et tenta de le faire taire en le piquant avec son grand couteau. Aimeric chercha à lui saisir le bras. Le mainadier s'arrêta comme il avait descendu trois ou quatre pas. Ses épaules et sa tête étaient encore visibles. Aimeric lui envoya un crachat mais il était trop loin pour penser l'atteindre. L'homme l'observa fixement, plus surpris que furieux, semblant réfléchir puis remonta.

Aimeric ricana :

– Enfin tu m'obéis ! Il t'en sera tenu compte sur le livre du Jugement dernier, quand on t'inscrira sur la page des sodomites. Je témoignerai que tu as obéi bien comme il faut à un chevalier de grand paratge, gros porc !

L'homme s'approcha lourdement, silencieux, l'œil rivé sur le chevalier, tout à coup tendu, haineux. Soupçonneux aussi. L'attitude du chevalier était trop inhabituelle pour être honnête. Voulait-il en finir, se faire tuer une bonne fois pour toutes ? Le mainadier, lui, n'y tenait pas : il allait perdre l'homme de l'écureuil, il lui faudrait en trouver un autre, grand et lourd, qu'il prélèverait sur les piocheurs du fond. Moins de terre mineuse, moins de fer, moins de revenu.

Il avança prudemment, sans se presser, sans un mot, pressentant qu'un piège se mettait en place. Il lui fallait le détruire avant qu'il ne soit installé. Mais il n'arrivait pas à comprendre d'où viendrait le danger.

Pendant qu'il réfléchissait Aimeric vit du coin de l'œil Wolf puis bientôt ses compagnons se découper sur les terrils de scories qui bordaient les fours. Son cœur bondit de joie. Il hurla, rit et cracha au visage du gardian qu'il tenta d'agripper pour le retenir contre la cage. Mais celui-ci avait surpris son regard et se retourna. Assurant son grand couteau dans une main il chercha la poignée de son épée de l'autre et la tira précipitamment. Le mainadier se tourna à son tour, vit les loups et chercha une arme de jet. Il n'en vit pas, saisit son couteau de chasse qui pendait à sa ventrière et recula lentement vers le puits. Il n'était qu'à quelques pas.

Wolf alla droit sur le gardian et lui sauta à la gorge avant que le malheureux ait pu achever son geste de taille. Il tomba à la renverse. Son arme sonna sur les rochers. Le loup, avec une précipitation frétillante, l'égorgea en grondant. Le mainadier reculait toujours. Il tâtonna d'une main le montant de l'échelle, tendit lentement la jambe quand Blanca arriva derrière lui sans un bruit. Elle bondit par-dessus l'ouverture du puits et s'agrippant à son dos lui saisit la nuque. Le gros homme tomba en avant. Le bruit répugnant des os broyés fit grimacer le chevalier. Il tomba à genoux de saisissement, de reconnaissance. Il y resta, figé dans le désespoir : le mainadier avait la clef de la cage ! Il était à vingt pas ; il ne pourrait jamais l'atteindre.

Aimeric se releva d'un bond. Il se révolta : « Dieu ne peut m'abandonner si près du but ! J'ai payé pour mes péchés, largement ; j'ai droit à la miséricorde divine, à la liberté. C'est mon droit ! » Or cette liberté, elle était à vingt pas tout au plus. Il fallait qu'il y ait un moyen.

Il s'avisa que le gardian était beaucoup plus près. Il passa le bras à travers la grille de grosses barres de fer qui fermait les côtés de sa cage, de façon désordonnée mais efficace, et tenta de saisir le cadavre sanguinolent. Il voulait faire comprendre à Wolf quel était son désir, son besoin, sa nécessité, une nécessité vitale pour lui et que le loup finirait par comprendre en voyant le maître s'acharner à cette tâche. Wolf et Blanca vinrent flairer la main qui s'ouvrait vers le cadavre. Aimeric crocheta ses doigts et les agita, comme s'il voulait s'emparer du corps pour assouvir une monstrueuse faim. Blanca alla lécher le sang noirâtre qui s'écoulait de la gorge déchirée du gardian et vint rosir la main d'Aimeric à grands coups de langue.

Il félicita Blanca qui répéta son manège. Aimeric la félicita encore, mais continua de lancer sa main avide vers le cadavre. « Moi ! Moi ! disait-il, j'en veux moi ! » Il poussait son bras hors de la cage par à-coups violents, à se démonter l'épaule. Wolf vint s'attaquer aux barreaux de fer en gémissant. Aimeric lui caressa le museau et le refoula gentiment, le poussant vers le cadavre. Le loup mordit le corset de cuir clouté que portait l'homme, s'empara d'une cuisse, puis revint vers Aimeric en gémissant, s'aplatissant devant lui les oreilles couchées, la queue basse, les babines étirées dans un « sourire » de soumission.

Tous les loups étaient autour des deux cadavres, flairant l'un puis l'autre et se croisant sans cesse. Aimeric identifia toute la troupe, supposant que les plus beaux modèles étaient les fils de Blanca qu'il avait connus petits dans le Sidobre. Le plus fort, presque noir, devait être Mauro. Justement il se mettait à table sans plus de cérémonie et, prenant dans sa gueule de fer une jambe, il s'arc-bouta pour emporter le cadavre. La dépouille du gardian commença à bouger et s'éloigna de la cage d'écureuil. Aimeric hurla. Wolf se redressa, hérissé, les oreilles pointées, aboya furieusement. Il enferma dans ses puissantes mâchoires l'épaule de l'homme et le ramena vers la cage. Mauro avait déjà lâché prise, terrorisé par son père.

Aimeric le félicita chaudement, exprimant par des bonds assis sa joie. Les loups semblèrent comprendre où était son plaisir et se mirent tous à tirer le cadavre du gardian vers la cage. Quand Aimeric put le saisir, il l'aligna le long de l'écureuil et le fouilla. Peut-être avait-il une clef lui aussi. Les clefs qui entravaient les prisonniers étaient souvent semblables.

Il ne trouva pas de clef et se saisit du couteau de chasse. Mais il savait bien qu'il lui serait inutile pour s'évader. Il leva les yeux vers les cabanes. Il vit des hommes qui discutaient, agitaient les bras, s'interpellaient, se tournaient vers lui tous ensemble et se remettaient à discuter. L'irruption de loups, semblait-il, laissait les gardians assez désemparés. Pour combien de temps ?

Négligeant le cadavre du gardian, Aimeric recommença son manège avec celui du mainadier. Il ne distinguait dans la semi-obscurité qu'une masse informe dans l'herbe, dominée par la proéminence d'un ventre montagneux qui tremblait sous les coups de dent des loups. Il lança ses bras aux mains crochues vers le cadavre, s'adressant à Wolf : « Va ! Va mon loup ! À moi ! À moi ! » Wolf sembla comprendre et s'empara de la dépouille du mainadier qu'il commença à tirer. Mais les autres loups grondèrent et s'opposèrent au rapt de la proie. Wolf gronda et retroussa les babines, exhibant un redoutable peigne de dents acérées encadrées par d'énormes crocs. Il fit mine d'attaquer les jeunes loups qui s'enfuirent. Wolf reprit sa tâche. Les jeunes loups revinrent s'accrocher aux pieds bottés du cadavre.

Mauro était resté près de la cage, se faisant petit, yeux clos, oreilles couchées, frottant son museau aux barreaux en signe d'hommage. Aimeric le poussa vers son père : « Va ! Va ! » Le loup noir se jeta sur ses compagnons qui entravaient les efforts du grand loup et les dispersa. Wolf, Blanca, Mauro, les femelles Grazide, Rousse et Brune tirèrent de toutes leurs forces le gros tas de viande qui tressauta dans l'herbe rosie de sang. Aimeric lançait les bras, empoignait l'air à pleines mains, criant : « À moi ! À moi ! » Le cadavre glissa par petites étapes et finit par arriver au pied de la cage. Aimeric se saisit du pélisson en peau de taupe qui couvrait les épaules du mainadier et amena le corps à portée de sa main. Il fouilla sa ceinture, priant Dieu pour que la clef ne soit pas tombée. Le mal serait irréparable. Mais la clef était retenue par un lien de cuir. Dans sa hâte il souleva le corps pour l'asseoir contre la porte de la cage et engagea la clef dans la serrurerie de bronze. Le moraillon qui bloquait les verrous s'ouvrit.

Aimeric tira les verrous et les deux barreaux assujettis tombèrent. Le chevalier s'enfilant dans le trou sortit. Il rit aux éclats comme s'il apparaissait au grand jour. Il surprit dans un coin du ciel la lune mince, transparente, pareille à un napperon de mousseline.

Il était libre. « Dieu m'a pardonné ! » dit-il pour toute oraison, observant attentivement un groupe armé qui descendait des cabanes, hérissé de lances, de javelots, et d'arcs. Il prit le temps d'enfiler ses pieds nus dans les bottes trop justes du gardian. S'emparant du pélisson en taupe grise du mainadier et de l'épée abandonnée dans l'herbe il s'en fut vers les jardinets installés à l'abri du vent, à l'opposé des cabanes. Ils quadrillaient de murets en pierre sèche un des bords du plateau. Il y avait aussi de minuscules vignes. Il les longea en remontant vers le septentrion.

Le groupe armé vint occuper le terrain libéré autour de la cage. Les hommes s'agenouillèrent auprès des victimes pendant que deux d'entre eux, munis d'un arc, reprenaient la poursuite en courant. Aimeric les laissa s'approcher et tirer quelques flèches ; l'une d'elles bousculée par un coup d'air lui égratigna le bras, mais elle avait perdu toute sa force.

Il fit signe par de grands gestes à ses poursuivants de s'approcher. Les deux hommes attendirent l'arrivée du reste de la troupe et ils s'avancèrent tous, sans grande conviction. Peut-être avaient-ils seulement l'intention de le suivre, et de le faire prisonnier à la première occasion ?

C'est ce qu'Aimeric ne voulait pas. Il attendit. Les hommes s'immobilisèrent aussi. L'un d'eux envoya une flèche dans le ciel, qui contrariée par le vent revint vers eux. Les hommes de la mine se concertèrent et s'avancèrent tous ensemble en courant. Ils tirèrent des flèches. L'un d'eux lança une javeline. On était bien loin d'une portée de javeline. Et le terrain montait.

Aimeric reculait à mesure que les flèches se rapprochaient dangereusement. Les loups qui l'entouraient se retournaient en gémissant, inquiets, grondaient vers les gardians et revenaient à sa hauteur. Il entendit une voix donner des ordres, parlant d'encerclement. Aimeric décida d'en finir et lança Wolf et ses compagnons qui filèrent comme le vent vers le groupe armé. Celui-ci se débanda en un instant et les hommes repartirent en courant vers les cabanes. Aimeric rit comme un forcené et, profitant de la pagaille, il reprit sa route. La nuit était presque noire. Toutefois une lumineuse transparence pâlissait encore le fond du ciel au couchant ; devant elle les montagnes dessinées à l'encre bleu-noir moutonnaient jusqu'au plateau. Les plus lointaines étaient presque blanches.

Le visage éclairé par ce merveilleux spectacle Aimeric arriva sur la crête. En face, sur l'autre bord de la cuvette, l'aigle avait repris ses ascensions dans le couchant. On ne le distinguait que parce que le ciel était encore lumineux de ce côté, comme un vitrail éclairé. Aimeric siffla les loups mais ils étaient déjà sur le retour. Il chercha à distinguer dans la nuit de l'entonnoir si quelqu'un les suivait encore. Il ne vit personne et rien ne bougeait autour des cabanes.

Il se retourna et bascula vers l'immense plateau nu qui s'inclinait du côté du pic de Nore, où s'étendaient jusqu'à l'infini les parcours à moutons.

La lune éclairait ses pas. Les sentes blanchâtres des troupeaux sillonnaient la garrigue en tous sens. De temps en temps la coupole blanche d'une cabane de troupelier, montée en pierres sèches, sortait de la nuit. Il aurait aimé s'arrêter, entrer dans la cabane, se coucher sur un lit de branches souples, caler ses épaules dans les feuilles sèches en humant l'odeur froide et piquante du charbon de bois laissé dans le foyer, et dormir de son premier sommeil d'homme libre. Mais il voulait mettre le plus de distance possible entre lui et les mines des Fournels. Il lui fallait marcher au moins jusqu'à la mi-nuit.

Les loups le suivaient à la queue leu leu comme un troupeau. On entendit devant, dans le lointain, des bêlements et des sonnailles. Le chevalier bifurqua plusieurs fois pour éviter à ses compagnons la tentation d'un massacre.

À matines il se coucha dans la nuit printanière, les loups autour de lui comme un rempart infranchissable. Quand il rouvrit les yeux dans les lueurs de l'aube, engourdi par le froid, ébloui par la lumière, son regard tomba sur un entassement de fourrures mélangées, serrées les unes contre les autres. Les loups dormaient. Il mit un moment à comprendre que ce qui se mêlait aux cailloux blancs autour d'eux, dans la prairie rase qui avait pris dans la nuit de curieux reflets rosés, étaient des restes de moutons éparpillés dans le plus grand désordre. Il se leva et alla reconnaître sur l'herbe ensanglantée des pattes, des crânes, quelques côtes. Il restait peu de choses. Il compta au moins cinq victimes.

« Ils n'ont pas pu s'empêcher », murmura-t-il pour excuser ses compans.

XIX

Nous parvenaient de temps en temps des échos de la cour de Trencavel, qui se déplaçait d'une seigneurie à l'autre à travers tous les pays de la vicomté pour remettre solennellement les terres, les seigneuries, les châteaux et leurs dépendances, les justices et tous les droits au seigneur roi Alfonse.

Le roi Alfonse, avec cet entêtement qui faisait le premier trait de son caractère princier, refusait absolument de se faire représenter et prenait part à toutes les cérémonies d'hommage. Quels que soient le temps, le lieu et l'heure il était là pour saisir dans ses mains les mains de ses nouveaux vassaux, recueillant le baiser de paix et de fidélité sur la bouche comme le dernier des barons, prenant avec une componction de chanoine le brin de paille ou la motte de terre qui lui était remise selon la coutume en représentation de la seigneurie donnée, avec tous ses honneurs et dépendances.

Il était clair que le roi Alfonse, au grand dépit peut-être de Roger, ne considérait pas cette donation de la vicomté comme un simple artifice, une convention de façade, un joli tour joué à l'Église apostolique et romaine. S'il tenait à rencontrer tous ses nouveaux vassaux, même ceux qui n'étaient riches que d'une tour sans toiture, et s'il désirait se montrer en personne à ses nouveaux sujets, en particulier aux bourgeois des villes qui l'attendaient de pied ferme pour qu'il jure de respecter les chartes et les libertés communales, c'est qu'il réalisait un rêve cher, et jusqu'ici cher payé par une multitude de guerres et de combats. Il désirait régner sur tous les pays de langue d'oc, les pays du trobar.

Je me plaisais à penser que Roger s'inquiétait un peu plus chaque jour.

Cette longue chevauchée du roi Alfonse dura sans interruption jusqu'en avril, jusqu'à ce qu'il ne reste qu'une seule seigneurie à remettre : Burlats. Je soupçonnais alors le seigneur roi de s'être astreint à cette longue tournée d'hommages dans le seul but de s'autoriser à venir m'assiéger à Burlats. Le sachant à Castres, où il occupait sans la moindre gêne tout le quartier bien remparé de l'abbaye Saint-Benoît, je m'armai d'une volonté farouche de lui résister et l'attendis de pied ferme.

Les chevaliers de Trencavel avaient rejoint Castres pour profiter des fêtes somptueuses en l'honneur du roi. Roger y paradait au milieu d'une cour brillante, cherchant à faire oublier derrière l'éclat de son accueil la sombre ignominie de sa traîtrise et peut-être, pensais-je avec délectation, l'incertitude de ses jours à venir. Notre château restait donc presque vide, et dans la conque de Burlats il n'y avait guère que notre oustalet qui s'éclairait aux fenêtres, après complies, d'une pâle lumière dorée.

J'eus la joie un peu avant la venue du roi d'Aragon de voir réapparaître Raimon Garcie. Il avait définitivement rompu avec sa maudite Biterroise. Je ne lui en demandai pas les raisons et, par un accord tacite de ma mesnie, on ne parla plus jamais d'Aiglantine. J'espérais seulement que Raimon puisse l'oublier aussi facilement que nous. Mais nous savions tous que ce serait long. Il avait trop souffert.

Nous étions au passage des cavaliers du froid. Le jour de saint Marquet, je crois, survint à l'heure du souper un moine blanc de grande taille, au nez fort et à la prestance princière. Ogive le trouva au milieu de la cour et quand il eut rejeté son capuchon elle le reconnut sans peine. Elle vint me prévenir :

– Le roi David vient vous voir, Bethsabée ! me lança-t-elle d'un air mystérieux et aussi exaspéré, le pouce tourné vers la cour. Elle s'esclaffa : « Il vient vous montrer sa lyre... »

J'allai à une fenêtre haute qui regardait la cour et remarquai tout d'abord qu'une petite compagnie à cheval pillait le hameau. Des chevaliers et des soldadiers vidaient les maisons de leur meilleure nourriture. Je m'insurgeai et interpellai le faux moine :

– Seigneur roi, êtes-vous venu ici pour piller mon château et mes sujets, ou venez-vous en ami ?

Alfonse ouvrit les bras, déployant les grandes emmanchures de son froc, et sans me rassurer commença son jeu habituel :

– Bella domna, la colère fait foncer vos yeux comme des violettes sous la pluie...

Il me sourit d'une joue, espérant un juste retour de ses efforts poétiques.

– Allez d'abord faire cesser ces rapines, sinon je ne vous adresserai plus la parole. Et ma porte vous sera fermée, tout roi que vous êtes.

Tout autre aurait pris mon palais d'assaut. Mais le roi d'Aragon se piquait de courtoisie et de bonnes manières, et je croyais encore que pour rien au monde il n'aurait pensé châtier une domna, quelle que soit sa faute.

Il agita ses mains :

– Domna Adélaïs ! Ne voyez ici qu'un ami, votre meilleur ami qui pense à vous et désire ardemment votre bien.

– Mon bien ? Commençons tout de suite : allez retenir vos gens, et qu'ils rendent tout ce qu'ils ont volé. S'ils ont faim je les nourrirai.

Le roi frappa dans ses grandes mains et cria au capitaine qui courait vers lui :

– Rassemble tes hommes et fais restituer ce qu'ils ont pris. Ensuite venez dans la cour. On y dressera une table et vous serez banquetés.

Alfonse se tourna vers moi, souriant :

– Voyez princesse comme votre vie serait simple auprès de moi. Tous vos désirs seraient satisfaits sur l'heure, je m'y engage publiquement (il n'y avait personne).

– Montez, seigneur moine, plaisantai-je. Mes chevaliers vont vous conduire.

Notre dialogue s'était échangé en criant à tue-tête. Raimon Garcie le Courtaud, Jean de Montaigu le Sec, Guilhem de Trénis le Géant descendirent sans joie saluer le roi et l'encadrèrent pour l'amener jusqu'à moi. Trois cavaliers passèrent alors la porte de l'enceinte et vinrent trottiner jusqu'à mon petit palais. Le roi les attendit et les invita à le suivre.

J'avais pris l'un d'eux pour un enfant. Quand il fut devant moi je reconnus un nain. Le montrant du doigt le roi le présenta :

– Domna, Nino est ma conscience. Il me rappelle à chaque heure du jour que je suis mortel. Et il lit dans mes pensées les plus secrètes pour m'éviter de me mentir à moi-même.

Le nain grignotait ses chapardages, me faisant face d'un air insolent.

– S'il est votre conscience, elle n'est pas exemplaire, dis-je en guise d'accueil.

Le roi haussa les épaules. Il soupira :

– Je n'ai pas de plus pénible compagnon, il est vrai...

– Ni de plus utile, répliqua le nain d'une voix grinçante. Je ne connais pas d'homme qui se voile la face plus que toi, roi ! Ni qui passe plus de temps à domnejar qu'à la bataille.

Il avait le visage bouffi, et tenait à la main un fouet en lanières de cuir dont il menaçait mes compagnes. Le roi rit et se tournant vers moi, compréhensif :

– Nino n'aime pas les femmes. Il est vrai qu'elles le lui rendent bien.

– Pour être aimé il faut être aimable... dis-je sur un ton neutre.

Le roi soupira :

– Il ne pense jamais à faire plaisir.

Les deux autres personnages ne m'étaient pas inconnus. Le marquis Ponç de Mataplana était un grand baron de la couronne d'Aragon, un des plus puissants et des moins fidèles. Le roi pour se l'attacher en avait fait son confident ; ainsi pouvait-il le garder sous les yeux et, pensait-il, prévenir toute rébellion.

Le marquis Ponç de Mataplana était réputé pour ses mœurs dissolues, ses caprices, son cynisme et sa totale absence d'humanité. On m'avait raconté à Carcassonne qu'il faisait crever les yeux des villains qui braconnaient sur ses terres, même en période de disette.

Son apparence était trompeuse, car elle n'était pas déplaisante au premier abord. Il était plutôt mince, léger, agité ; il marchait en sautillant dans ses bottes fines brodées. Ses cheveux pâles tiraient sur le blond et son visage clair ne reflétait rien d'inquiétant, sinon l'étrangeté d'un regard un peu boiteux par l'écartement soudain et le désordre de ses prunelles. Coiffé avec soin, il ressemblait à un vieux donzel aigri. On ne pouvait pas lui donner d'âge.

On le disait redoutable. Il s'était si bien emparé de l'esprit du roi, qui le craignait, qu'il était devenu le maître indispensable de ses petits plaisirs comme des grands Conseils. L'autre compagnon du roi était un chevalier svelte et alerte, brun, beau de visage, très courtois et d'un cœur franc. Il semblait être là pour contrebalancer la force de destruction du marquis. Il s'appelait Arnau de Mols. C'est lui qui à Carcassonne m'avait confié tout le mal qu'on devait penser de Mataplana.

Je présentai au roi ma mesnie, mes donzelles, mes chevaliers. Je m'attardai un peu sur Arnaut de Mareuil, connaissant le goût du roi pour la poésie, et demandai à notre troubadour d'accueillir par une tournade gaie et bien enlevée nos amis aragonais et catalans. Arnaut portait sur son visage de fouine, enseveli sous une avalanche de boucles brunes, sa mine rechignée des mauvais jours. Mais tous les jours étaient mauvais pour lui, et je n'y prêtais pas cas.

Le roi si ! Avec ce sixième sens venu du cœur le roi et Arnaut se haïrent au premier regard. De mauvaise grâce mon troubadour chanta *A l'entrada del tems clar e-e-ya !* en mimant l'exaltation d'un niais qui aurait bien pu être le roi Alfonse d'Aragon. Le roi ne sembla pas deviner la moquerie, mais son poison de nain la releva avec un sourire perfide :

– Domna, dites à votre rimailleur à la triste figure que seul le nain du roi a le droit de se moquer du roi...

Le roi Alfonse leva un sourcil interrogateur, et son front se bourrela d'une soudaine inquiétude. Je crus bon de faire diversion en invitant chacun, sans plus de cérémonie, à s'installer autour de la grande table. Le roi me fit la remarque que cette disposition – tous autour d'une même table, sans préséance, sans table haute – lui rappelait son enfance, quand il séjournait dans la forteresse de Loarre, en Aragon. Toute la mesnie se réunissait ainsi autour d'une immense table, et même les serviteurs partageaient souvent leur repas dans une chaleureuse familiarité. Ceux qui voulaient chanter, ou jouer d'un instrument, ou faire des tours le faisaient au milieu des plats sur la table, sans cérémonie.

Le nain, qui s'était perché sur une montagne de coussins, ouvrit de grands yeux et questionna le roi en montrant du menton Arnaut de Mareuil :

– Et même les jouglars mal embouchés comme celui que nous venons d'entendre ?

– Même ! répondit le roi avec conviction.

Il était si habitué à l'arrogance de son nabot qu'il n'y voyait plus de malice.

Pendant ce temps Ogive organisait un service improvisé. Comme je priai le roi de se servir dans les plats qu'on venait d'aligner devant nous, il s'insurgea et me servit lui-même de sa royale main, avec beaucoup d'affectation, me faisant goûter de tout la première. Peut-être cherchait-il à se protéger des poisons ?

Tout en mangeant je songeais aux longues journées que nous allions partager et qu'il faudrait bien meubler pour ne pas avoir à le repousser sans cesse. Cette façon de venir me rendre visite secrètement, habillé en moine, m'indisposait grandement et je crois que j'aurais préféré le voir arriver derrière tambours et busines, emmené par mon époux.

J'eus une idée magnifique :

– Seigneur Alfonse, je sais que vous êtes venu avec vos chiens et vos oiseaux de chasse. Pourrais-je voir vos chiens et vos oiseaux ?

Alfonse me fit un sourire dépité :

– Domna, tout est resté à Carcassonne. Je ne pensais pas que vous aimiez la chasse. J'en suis surpris.

Je lui envoyai mon plus beau sourire :

– Que savez-vous de moi ? J'aime la chasse. Et mon désir est d'assister dès demain à une chasse au vol. On dit qu'il n'est meilleur maître d'oiseaux qu'en Aragon.

Le roi se rengorgea :

– C'est une vérité avérée. Et puisque tel est votre désir, il sera aussi le mien.

Il se tourna vers ses compagnons, Arnau de Mols et Ponç de Mataplana.

– Et à nous tous, ajouta-t-il.

Il pria Arnau de Mols de s'occuper de la chasse du lendemain. Celui-ci s'en alla immédiatement organiser les choses. J'aurais bien aimé que le nain décampe aussi. Mais il s'empiffrait comme un cochon et il aurait fallu des dogues pour lui faire quitter la table. À la fin du repas il demanda au roi, malicieusement, où il désirait coucher. Je répondis à la place d'Alfonse, prestement, que nous n'avions plus le temps d'aménager l'oustalet de Cécile, ma résidence, et que donc tout le monde dormirait dans le donjon, qui par bonne fortune était presque vide.

– Tel est mon désir, dis-je à Alfonse en le fixant droit dans les yeux.

– *Car no vol ço qu'om deu voler et ço qu'om li devada fai, ma domna*[1]... chantonna le nain en ricanant.

Son emploi semblait être de semer la zizanie sans relâche.

*

Nous partîmes le lendemain en grand équipage vers midi en remontant les rives de l'Agoût. Le roi Alfonse portait un chapeau de feutre vert à bords retournés, qui retenait sur sa nuque un voile de mousseline. Le soleil était vigoureux. Le roi avait le poil brun mais le teint clair et craignait excessivement le soleil. Je montais un palefroi espagnol d'un blanc virginal, offert par le roi, harnaché de cuirie verte décorée de branlants d'argent.

C'était un cheval ambleur très confortable. J'en fus heureuse car dans cette noble assemblée je ne pouvais monter décemment qu'à la manière des amazones. J'avais pourtant davantage l'habitude d'enfourcher mon cheval comme un homme, comme les villaines, comme les soldadières. Mais ni moi ni mes compagnes n'osions le faire devant le roi.

Arnau de Mols était revenu avec des maîtres fauconniers, des valets d'oiseaux, des valets de chiens, et tout ce qu'il fallait pour mener une belle chasse au faucon sur les rives de l'Agoût et dans les forêts voisines. Les nouveaux feuillages étaient mis, partageant la lumière en taches claires sur le sol entre les troncs des arbres, comme sur le dallage d'une église entre les piliers.

Un grand nombre de chevaliers et de domnas d'Aragon et de Catalogne étaient revenus avec Arnau de Mols, mourant de la curiosité de connaître la fameuse comtesse dont le roi était amoureux. Je les avais accueillis tous avec le sourire, et mes donzelles aussi. Je n'entendais autour de moi que des compliments.

Devant nous marchaient les rabatteurs le long des deux rives. Ils battaient des tambours pour faire lever les oiseaux d'eau. Le roi portait un faucon sur son poing, protégé d'un gant de cuir fauve orné de pierreries. Cet oiseau était, aux dires du roi Alfonse, tout à fait prodigieux. Mais les rabatteurs qui battaient le tambour et les pages qui battaient les rives avec des fléaux ne levaient aucun oiseau digne du faucon. Le roi brûlait de me démontrer sa connaissance et son art de la volerie, et la vaillance de son rapace ; à la fin il se plaignit :

1. Car elle ne veut pas ce qu'un homme doit vouloir et ce qu'on lui défend elle le fait, ma dame... (Bernard de Ventadour).

– Arnau, vous n'avez pas assez prié san Jordi cette nuit, qu'il se moque ainsi de moi. Où sont les beaux oiseaux que vous m'avez promis ?

Arnau de Mols se tourna vers le maître fauconnier. Chacun des deux hommes tenait sur son bras un énorme faucon pèlerin au ramage chiné.

– Jean, que se passe-t-il ? Les sirvents avaient annoncé de nombreux oiseaux sur la rive...

– Ils se sont bien moqués de vous, Arnau, intervint le roi.

Jean de Fontjoucouse, le maître fauconnier, sourit et d'un clignement d'œil fit comprendre au chevalier de patienter. Le roi soupira :

– Je sens venir une crampe dans mon bras. La douleur est presque insupportable...

Et se tournant vers moi :

– Sachez comtesse que mon bras sénestre reçut un méchant coup de lance dans ma folle jeunesse. Et que depuis il me trahit. Mais cet oiseau est bien lourd pour n'avoir pas mangé depuis hier.

– Et pourquoi donc n'a-t-il pas mangé ?

– Pour qu'il soit plus vaillant et plus brutal sur sa proie. C'est un secret de fauconnerie que nous sommes peu à partager.

La vallée s'élargit et les compagnons du roi s'écartèrent, s'égaillant jusqu'aux bois. De cette foule fusaient plus de rires féminins que de cris de chasseurs. Je commençai à douter de voir un seul oiseau d'eau dans la journée. Seuls les chiens qui suivaient les batteurs de fourrés s'intéressaient sérieusement à la chasse et donnaient de la voix.

Le vallon s'élargit encore. Une plaine verte apparut devant nous, incrustée de mares et d'étangs scintillants autour desquels des oiseaux blancs au long cou, alertés depuis longtemps par les tambours et les chiens, se préparaient à s'enfuir. Ils s'envolèrent lourdement à la vue des premiers veneurs et des chiens. Le roi Alfonse s'écria, en enlevant prestement le chaperon de son faucon :

– Vous pourrez remercier san Jordi, que j'ai prié ce matin. Il nous a bien tirés d'affaire.

Jean de Fontjoucouse sourit. Le bel Arnau de Mols commenta :

– Seigneur roi, remercions aussi Jean.

– Je le remercie aussi, je ne suis pas dupe. Mais san Jordi m'en voudrait de ne pas l'honorer. Alors que Jean ne m'en voudra pas.

Je ris et le roi en fut tout heureux. Chacun attendait qu'il lance son oiseau avant de lancer le sien. Je portais moi-même sur le poignet un émerillon, que je n'avais pu refuser sous peine de me contredire. Cette sale bête tentait de s'envoler et me battait le visage du bout de ses ailes. Je tenais son lacet dans mon poing fermé, protégé d'un gant épais, mais quand le roi lança son faucon d'un bel allant du bras je me débarrassai du mien en espérant ne plus le revoir.

Les autres chevaliers lancèrent leur oiseau à notre suite et tous filèrent dans le ciel, pressés d'aller batailler au milieu des oiseaux blancs. Le chant des petites clochettes qu'ils avaient accrochées aux pattes laissait un sillage argentin qui fut vite couvert par les cris. Très nombreux, les hérons, les grues, les garzettes, les courlis cendrés couvraient le ciel au-dessus de la sagne scintillante dans un vacarme oppressant.

Ce fut un carnage.

Le faucon du roi, reconnaissable aux reflets d'or de ses clochettes, et des lacets qu'il traînait aux pattes, attaqua un grand héron avec un compagnon. Ils se jetaient sur lui violemment pour le faire tomber, lui donnant au passage des coups de bec sur le crâne. Le grand oiseau finit par basculer et chuta comme une pierre, tombant sur le sol avec un bruit sourd. Les chiens vinrent le prendre tandis qu'un valet s'approchait prudemment.

– Le coup de bec d'un héron vaut un coup d'épée, m'enseigna le roi sentencieusement pour expliquer la prudence extrême de son valet de chien.

– Je veux bien vous croire, seigneur Alfonse.

Des grues, des poules d'eau, des hérons, des grèbes, des courlis tombèrent du ciel avant d'avoir pu s'enfuir, achevés par les chiens et ramenés en courant par les sirvents. Les fauconniers firent tournoyer longtemps des leurres de cuir rouge affublés de plumes pour faire revenir les oiseaux qui continuaient à patrouiller dans le ciel, ivres de sang.

Je constatai que les deux faucons pèlerins que portaient Arnau de Mols et le maître oiseleur n'avaient pas quitté leur bras. Le roi surprit mon regard et m'enseigna :

– Domna, les faucons pèlerins sont de trop beaux oiseaux pour la basse volerie. Ils sont réservés au haut du ciel. Nous les verrons à l'œuvre tout à l'heure.

Je pris un air entendu. Ainsi donc le carnage n'était pas fini. On allait vider le haut du ciel après le bas, et anéantir les créatures que Dieu y avait mises pour le plaisir de nos yeux.

Je me demandai tout à coup ce qu'était devenu Arnaut de Mareuil. Que pensait-il de cette chasse ? Je le fis appeler et il vint sur un cheval bai écouteux et méfiant qu'il avait du mal à mener. Le roi s'en aperçut et lui dit, sans méchanceté :

– Ami troubadour, vous auriez dû prendre une mule.

Le nain, que j'avais oublié, se rappela à nous :

– Seigneur roi, avez-vous déjà vu deux mules une sur l'autre ?

Le roi rit aux éclats, déclenchant un rire de commande dans son entourage. Je demandai à Arnaut de Mareuil :

– Arnaut, que te semble la chasse au vol ?

Arnaut haussa les épaules, préoccupé par sa monture qui lui prenait toute son attention. Il lâcha :

– Domna comtessa, c'est moins drôle que de voir un singe sur un cheval.

Il regardait le nain. Alfonse éclata de rire à nouveau, et nous tous aussi. L'affreux nabot mastiqua du fiel, le visage rouge de colère, et brandissant son fouet il cingla la monture d'Arnaut qui bondit en avant. Mon troubadour bascula dans l'herbe épaisse. Le cheval fila au milieu des chiens et des oiseaux, augmentant le désordre si c'était possible. Des chevaliers l'arrêtèrent et le ramenèrent en riant. Arnaut ne voulut pas le reprendre et rentra à pied en boudant. Il se sentait trop humilié devant le roi qui jubilait.

Les oiseaux de bas vol rentrèrent avec leurs victimes. On monta dans la forêt, sur les crêtes, pour une nouvelle chasse. Je repris sans plaisir mon émerillon.

– Ce sera plus difficile, me dit le roi. On quête désormais à l'aveuglette. Mais je fais confiance à san Jordi une nouvelle fois pour guider les pas de mon cheval.

– Et à Jean de Fontjoucouse, ajoutai-je.

– Et à Jean, consentit le roi, cela va de soi.

On montait. On déboucha dans un champ. Des alouettes s'envolèrent. Dans un même geste Arnau de Mols et Jean de Fontjoucouse ôtèrent le chaperon de cuir qui aveuglait leur pèlerin et, lançant le bras, ils lâchèrent les oiseaux qui s'envolèrent lourdement, tournant au-dessus du champ. Les alouettes avaient disparu.

– Ne vous inquiétez pas, me dit le roi. Elles sont montées droit vers le soleil pour nous échapper. Mais nos oiseaux vont les rejoindre, et nous les renvoyer.

Les oiseaux de proie réapparurent tournoyant haut dans le ciel. Les alouettes s'installèrent plus bas. Elles disparurent à nouveau, revinrent voleter entre nos chevaux. Le roi rit :

– C'est leur ruse favorite, me dit-il, le visage convulsé par la gaieté. Vous allez voir nos petits bataillards, s'ils s'en laissent compter.

L'ombre des faucons pèlerins passa sur les chevaux. Ils tournèrent et revinrent au milieu de nous. Les alouettes avaient filé, s'exposant de nouveau à leur attaque. Les rapaces fondirent sur elles et elles tombèrent, le crâne fracassé. Le roi jubilait :

– Elles pensaient nous enganer, les perfides. Mais nos petits bataillards ont été dressés par Jean, à qui je n'ai pas mesuré mes conseils.

Il chercha Jean de Fontjoucouse :

– Ho ! Jean ! Je disais à l'instant que nous les avons bien dressés, nos faucons ! Hé ! Jean ? Nous n'avons pas ménagé notre peine...

Jean approuva.

– Allons, remercions aussi san Jordi, on ne sait jamais.

– On ne sait jamais, approuva Jean.

Les oiseaux revinrent se poser sur le bras de leur maître à grand bruit d'aile. Ils avaient décimé la compagnie d'alouettes. On revint en forêt et on envoya les pèlerins avec des autours sur une compagnie de palombes. Les autours planaient entre les arbres avec une habileté diabolique. Sur leurs ailes courtes et larges ils réussissaient en plein vol de merveilleuses volte-face qui surprenaient les pigeons tentant désespérément de les mettre dans le vent.

Après la capture des palombes on sortit de la forêt pour reprendre le vol par champ. On longea des champs de blé à la recherche de compagnies de perdrix ou d'alouettes. Je demandai au roi, en vain, d'interdire à sa cour le piétinement des bleds.

– J'ai toujours eu le souci de voir mes sujets manger à leur faim, expliquai-je.

– Dieu y pourvoira, me répondit le roi agacé en s'engageant dans un champ de seigle.

Tout le monde suivit.

On retourna à Burlats en fin d'après-midi. Le roi invita sa cour à rester au château pour le souper. On ne manquait pas de gibier. Des tables furent dressées dans la cour, dans la salle grande du donjon ; mais au milieu de la salle de mon palais une seule table fut disposée, pour le roi et ses proches.

Alfonse disparut un moment dans le donjon pour se baigner et se parer ; il revint flanqué de son nain, de Ponç de Mataplana, d'Arnau de Mols accompagné de Jean de Fontjoucouse que le roi voulait honorer pour la belle chasse qu'il nous avait donnée. Il y avait aussi le très noble baron de Berga, Guilhem de Berguedan, connu pour ses chansons au vinaigre et sa vie amoureuse mouvementée. Un chantre se tenait prêt à interpréter les chansons royales (Alfonse n'avait pas une jolie voix et, sans en être tout à fait persuadé, il écoutait les conseils de prudence de ses amis). Il y avait encore dans sa suite deux jeunes chevaliers de grand lignage, avec quelques donzelles parmi les plus belles de sa cour.

Trouvant peut-être ma salle un peu sombre, il avait fait venir une charretée de cierges de cire pure, cerclés de fils rouges, qui donnaient les heures. Quand j'eus expliqué à Ogive que la fonte de la cire entre deux cercles prenait une heure, elle s'exalta devant le roi Alfonse et s'interrogea tout haut, l'œil flatteur :

– Mais jusqu'où ira l'intelligence humaine ?

Des courriers passaient sans cesse, portant des nouvelles de Catalogne, d'Aragon, de Provence ou de Carcassonne. Je demandai au roi pourquoi il avait cru bon de venir la veille incognito, déguisé en moine. Il me répondit sur un air d'évidence :

– Mais, belle comtesse, que savais-je de l'accueil que vous me réserveriez ? J'avais tout prévu, même d'être éconduit et de devoir cacher ma défaite...

– Par san Jordi, seigneur Alfonse, je ne suis pas domna Carcasse.

J'avais un doute sur la sincérité du royal propos.

– Et vous n'auriez pas tenté de forcer ma porte ?

Je le fixai droit dans les yeux. Le roi soutint mon regard et se troubla. Il confessa :

– Raison de plus pour venir incognito...

On fit un tour de chant. Arnaut mon troubadour le débuta. Comme il ne voulait plus s'arrêter le roi l'obligea à boire et le chantaïre royal prit sa suite, mêlant les œuvres du roi Alfonse à celles des troubadours catalans. Il émailla son récital de beaux cantiques à la Vierge, qui étaient son gagne-pain. Le roi me précisa que ces cantiques à la Vierge que nous entendions étaient à l'origine de la mode des « amours de loin », inventées par Jaufre Rudel, le seigneur de Blaye.

Quelques chevaliers se risquèrent à prendre la suite, quelques domnas aussi puis se leva enfin Guilhem de Berguedan, âgé et chenu mais qui avait conservé une belle voix. Bien chapitré par le roi il évita de se quereller avec Ponç de Mataplana, dont il était le vassal récalcitrant, et nous charma de belles chansons d'amour, fruit de son merveilleux trobar, et d'autres glanées jusque dans les îles des Baléares et dans Al Andalus.

Ogive tournait dans la salle, s'assurant de la bonne marche du service. Quand elle avait présenté elle-même au roi l'aiguière d'eau parfumée pour le lavement des mains, Alfonse l'avait remerciée en la traitant aimablement de « Cerbère de la comtesse ». Ogive lui avait pardonné parce qu'il était roi. Elle était fascinée par les rois.

Ses yeux me parlaient pour me dire qu'elle désirait chanter devant le roi. Je me penchai vers Alfonse et lui soufflais que mon « Cerbère » aurait bien aimé l'honorer d'une petite chanson, s'il voulait bien.

– Il chante votre Cerbère ? ironisa-t-il. Je pensais qu'il ne savait qu'aboyer aux visiteurs et protéger votre vertu.

– Vous voulez bien ? répétai-je, enjouée.

Levant une main devenue lourde il obtint aussitôt le silence et me dit :

– Lâchez le fauve...

D'un signe de tête je fis comprendre à Ogive que c'était son tour. On n'avait pas échangé un seul mot.

Ogive rougit, roula des yeux, sourit au roi qui s'en effraya, se gratta la gorge, frotta le plancher, se campa, respira à pleins poumons, ouvrit sa grande bouche carnassière et libéra un filet de voix effilé par l'émotion. Elle chanta une chanson de toile, de travail, qui commençait par :

Mon païre me marida
Ai-ai-ai, tra-la-la
Plan mal a mon plaser (ter)
E m'a donat un ome
Ai-ai-ai, tra-la-la
Que segur no val ren (ter)
M'en vau trobar ma maïre
Ai-ai-ai, tra-la-la
Per i contar ço qu'es (ter)
Fai-le conhol ma filha...
Ton païre l'èra ben (ter) [1]...

Le roi s'esbaudit, tout le monde rit avec lui et on applaudit très fort ma petite mère. Ogive s'éclipsa écarlate de bonheur. Alfonse me dit :

– Elle est amusante, domna Ogive, sous son apparence... rugueuse.

– Amusante ? Ça dépend des jours...

Il claqua la langue :

– Oui, ça dépend des jours... et des nuits.

À la fin du repas, au moment des vins parfumés et des friandises qui annoncent habituellement le boute-hors, je me surpris demandant au roi de nous chanter lui-même une de ses belles chansons. Sachant qu'il n'avait pas une jolie voix, pourquoi donc le mettre dans une situation difficile qui ne serait pas à son avantage ? Pour l'éprouver ? Pour l'humilier ? Pour me venger du nain qu'il protégeait sans raison ? Ou pour le comparer avec Arnaut de Mareuil, peut-être, le troubadour de mon oustal ?

Sans se troubler le roi répliqua :

– Domna, le prix en sera très élevé. Suivez-vous ?

Nous avions tous beaucoup bu.

– Je suis.

– Vous me permettrez d'assister à votre coucher...

– Oui.

Le roi s'illumina d'un grand sourire triomphal et déclara à l'assistance :

1. Mon père me marie... / Bien mal à mon plaisir (*ter*) / Et m'a donné un homme... / Qui c'est sûr ne vaut rien (*ter*) / Je m'en vais trouver ma mère... / Pour lui conter ce qu'il en est (*ter*) / Fais-le cocu ma fille... / Ton père l'était bien (*ter*)... (Anonyme)

– Je vais chanter !

Il réclama son luth arabe, égrena quelques notes et sans plus de manières commença :

Per mantas guisas m'es datz
Joys e deportz e solatz
Que per vergiers e per pratz [1]...

C'était une assez jolie chanson, et le roi la chanta d'une voix douce et intime qui me berça. Je fus peut-être la seule à l'entendre.

Après les boute-hors au gingembre et une dernière coupe de vin grec l'assistance se dispersa. Certains allaient dormir dans le donjon ; la plupart retournaient joyeusement à Castres, en pleine nuit, à la lueur des flambeaux.

Je les aurais bien suivis dans la nuit douce et complice, le long des berges fraîches de la rivière Agoût jusqu'à l'abbaye de Castres. Mais je devais une promesse. Je ressentis alors le même malaise que le soir de ma nuit de noces où je dus m'exposer au regard de Trencavel. Je me rendis dans ma chambre. Il était convenu que mes compagnes guideraient le roi jusqu'à moi, puis me déshabilleraient et me coucheraient sous ses yeux ; ensuite elles le raccompagneraient dans le froid donjon humide où il aurait tout loisir de faire de beaux rêves en pensant à moi.

En même temps cette situation m'amusait, grâce au vin peut-être. Quelle femme n'aime pas être admirée ? Laquelle n'aime pas lire dans les yeux d'un homme qu'elle est belle et désirable ?

Le roi arriva en se courbant sous la porte basse de ma chambre. Mes filles riaient à belles dents, bien décidées à lui donner d'elles-mêmes le meilleur souvenir possible. Elles virevoltaient, pouffaient et s'agitaient comme des sottes. Aucune n'avait encore connu d'aussi près un roi.

On installa Alfonse sur une chaière confortable pendant que Douceline défaisait ma coiffure et me brossait les cheveux. J'avais enlevé ma cotte et mes cheveux ruisselaient dans mon dos, se mêlant à la soie de mon corsage. Douceline enleva mes manches, découvrant mes bras blanc qui captivèrent le regard du roi. J'enlevai ensuite mon bliaud que j'enjambai avec légèreté. Je descendis moi-même mes chausses de soie, retenues au-dessus du genou par un lacet, sans trop me montrer. Le roi penchait la tête.

J'étais en chemise, dernier écran à ma nudité. J'hésitai à passer le pas. Quand je me sentis assez d'audace pour aller au bout de mon défi je me campai devant le roi et défis les perles de nacre qui fermaient

1. Par maintes manières m'est donné / Joie et détente et plaisir / Que par vergers et par prés... (Alfonse d'Aragon).

le col de ma chemise. Je me retournai alors vivement et, aidée de mes filles qui m'entourèrent d'un rempart soyeux, je la fis passer par-dessus ma tête. J'allai jusqu'au lit où je me tournai pour m'asseoir sur le rebord, croisant mes jambes avant que mes filles ne s'écartent. Le roi me vit dans ma blancheur première, dans ma blondeur de femme. Je souris. Il gémit.

Son regard accrocha mes mamelettes, mes cuisses, mon ventre. Mes filles me frictionnèrent avec une touaille imprégnée d'eau de rose. Je me levai, souris au roi et dans un mouvement vif et gracieux je me glissai entre les draps, sous les lourdes fourrures de martre. À demi soulevée par des coussins je regardai le roi.

– Seigneur Alfonse, il vous faut partir, lui dis-je dans un pauvre sourire. Je suis si lasse que mes paupières tombent.

Le roi se leva :

– Bien sûr, Adélaïs.

Il vint vers moi, crocheta avec deux doigts ma couverture de martre rousse pour découvrir à nouveau ma poitrine, soupira encore, remit tout en place et se pencha pour déposer un baiser sur mon épaule. Quand je rouvris les yeux, il se dirigeait vers la porte. Il se retourna encore une fois, revint vers moi :

– Vous êtes si belle, Adélaïs... vous méritez un royaume en Espagne.

– En attendant je me contenterai de celui des rêves... Que Dieu vous garde !

– Que Dieu vous garde, bella domna.

– Et san Jordi !

Il rit :

– Et san Jordi ! Vous avez vu ? C'est le meilleur des saints.

– Sans nul doute il vous aime.

Il s'en alla à grandes enjambées, le dos voûté.

XX

Je ne savais que faire du roi Alfonse. J'aurais dû lui faire promettre, en échange de sa présence à mon coucher, de disparaître le lendemain. Le roi ne me quittait plus, ni des yeux ni du cœur.

Je l'emmenais dans le verger. Des arbres de toutes espèces y venaient dans un désordre apparent. Pêchers, pruniers, cerisiers, amandiers avaient perdu la plupart de leurs fleurs qui dessinaient encore dans l'herbe des cercles roses ou blancs. Des massifs de cornouillers, arrangés comme des haies d'enclosure, avaient depuis longtemps annoncé le printemps avec leurs petites fleurs jaunes, disparues dans les dernières giboulées.

Plus tard, quand des guirlandes de cornouilles naissantes disposées comme sur des mains ouvertes envahirent les haies, je confiai au roi sur le ton du secret :

– Ogive les ramasse pour en faire des gelées au goût de framboise.

Le roi qui s'efforçait de m'écouter ne s'en émut guère.

– Nous, répliqua-t-il, nous nous servons de son bois pour faire des javelots et des hampes de lance. Car ce bois est très dur, et il ne vibre pas.

– Chacun ses préoccupations...

Après le verger s'étendaient les carrés bien tirés du jardin potager et des herbes médicinales. Tout le hameau s'y servait, et les moines du prieuré. J'amenai le roi jusqu'à la chenevière que j'avais fait planter en suivant, sur un terrain sagneux impropre à toute autre culture. Une épaisse saulaie bordait le lit de la rivière.

– Nous produisons assez pour nos besoins, dis-je fièrement au roi.

– Mais comtesse, s'étonna-t-il, qu'avez-vous à vous occuper de ces choses ? Vous devriez être à la cour du vicomte, répandant autour de vous, sur vos vassaux, une lumière céleste comme le diamant...

Au fond on n'avait rien à se dire.

Au retour survint Arnaut de Mareuil, armé d'une vièle et disposé à nous divertir.

– Tiens ! Voilà « Face de Carême » murmura le roi sur un ton rogneux.

Arnaut avait l'air buté et sournois d'un trouble-fête. On voyait qu'il mourait de jalousie. Le roi Alfonse me confia vitement :

– Ma domna, je ne dors plus de l'amour que je vous porte. Je veux être votre seul vassal, et votre troubadour. Renvoyez-le (il montra du menton Arnaut de Mareuil qui s'approchait à pas raides et biaisés). Que sait-il de l'amour, ce parpaillol ? Il faut un cœur immense pour vous aimer, conclut-il en se frappant la poitrine.

Je raillai :

– Vous ne m'aimez que de cœur, seigneur Alfonse ?

– Parfaitement, ma domna, de cœur seulement. Et si vous ne me croyez, mettez-moi à l'assag !

Je m'empressai de dire :

– Et vous nous quitterez après l'assag ?

– Si vous me l'ordonnez... dit-il imprudemment.

– Je vous l'ordonne.

Alfonse devint blanc. Il murmura :

– Ainsi soit-il.

Arnaud de Mareuil était devant nous. Sa présence rendit au roi ses couleurs. Ils se disputèrent, chantèrent à tour de rôle, refusant de chanter ensemble même pour mes beaux yeux.

Le roi Alfonse était sans cesse interrompu par des messagers, des capitaines, des clercs, son chancelier ou quelque grand baron. Je leur interdis de passer la porte du verger. Bientôt une foule s'y agglutinait, agitée, nerveuse, bourdonnant comme une ruche. Le roi finit par s'en retourner en me glissant à l'oreille, pour qu'Arnaut ne l'entende point :

– À ce soir...

J'allai rejoindre mes compagnes à qui j'annonçai fièrement que j'avais permis au roi de partager ma couche une nuit. Je m'empressai d'ajouter :

– Mais je lui ai interdit de me toucher même avec un doigt. Ainsi me prouvera-t-il la pureté de son amour, et la confiance que je peux mettre en lui.

– L'assag, c'est l'assag quoi, s'exclama Alazaïs en tapant dans ses mains. La première fois où j'ai autorisé un chevalier à faire l'assag avec moi, c'était chez mon père. Un beau chevalier gascon, rencontré au mariage d'une cousine. J'étais naïve, à l'époque.

Elle chantonna en sautillant : « J'y ai perdu le nom de pucelle. Et au matin fus domna nouvelle... »

Alis me prit le bras :

– Tu te rends compte, le roi d'Aragon ! On ne refuse rien à un roi, ma belle.

– Si tu étais à ma place...

– Si j'étais à ta place je lui permettrais tout. J'ai toujours rêvé d'être la favorite d'un roi.

J'étais bien décidée à ne permettre au roi aucune familiarité, aucune privauté, aucune caresse. À la moindre incartade je le mettais dehors. Ce serait un bon prétexte pour m'en débarrasser.

Je demandai à mes donzelles de veiller à tour de rôle auprès de ma porte et d'entrer sans hésiter au premier appel. Il n'était pas question que le roi connaisse autre chose que les courbes de mon corps sous les draps, et le bruit régulier de ma respiration.

Le roi vint souper seul dans mon palais. J'avais demandé à Ogive qu'elle veille à ce qu'on nous serve un repas léger, et peu de vin. On bavarda tard dans la nuit. Quand je vis que le sommeil le gagnait (il avait sur nous une nuit de retard, par ma faute) je quittai la salle et rejoignis ma chambre, accompagnée de mes donzelles.

Elles me déshabillèrent et me cachèrent sous les draps. Je ne voulais pas que le roi me vit nue une seconde fois. Mes filles allèrent le chercher. Il vint. Une seule petite lampe à huile brillait. Elles entreprirent de déshabiller le roi dans la pénombre, en riant ; il fut décousu, dévêtu, déchaussé, délié de sa ceinture, de son braïel, de tout ce qui le couvrait et le serrait. En un clin d'œil il apparut nu. Totalement nu.

Il n'était pas laid. Je m'aperçus que les manipulations et les rires féminins commençaient à l'émouvoir, ce qui ne faisait qu'accentuer les éclats de rires de mes compagnes.

« L'assag prend un mauvais chemin » pensai-je. Je dis d'une voix ferme :

– Seigneur roi, venez auprès de moi. Mais promettez-moi à nouveau, devant mes donzelles, de ne pas me toucher même avec votre petit doigt.

– Je promets sur la tête de san Jordi, le pauvre homme.

– Et sur la couronne de la Morenita de Monserrat ?

– Et sur la couronne de la Morenita.

– Si vous dépassiez le mitan du lit, vous ne me reverriez plus.

Le roi vint à grands pas, faraud comme un étalon. Il se glissa dans le grand lit. Je dis à mes compagnes dissipées de rejoindre leur couche.

Nous restâmes en silence un grand moment. La petite lampe répandait une douce pénombre dans ma chambre toute simple, sans décor si ce n'est quelques tentures décorées par Ogive d'un semis de fleurs de millepertuis, non pour le plaisir des yeux mais parce qu'elles avaient la réputation de chasser le diable, et d'autres maux. Le roi finit par sortir de sa méditation :

– Adélaïs, par quel mystère avez-vous pu vous amouracher d'un petit chevalier de rien du tout, qui n'a même pas comme moi le talent du trobar ?

J'en restai muette. Le roi continua :

– Ne voyez-vous pas le fossé qui vous sépare ?

Je m'entendis répondre :

– Il n'y a pas de fossé entre deux êtres qui s'aiment.

Me vinrent à l'esprit ces vers d'Azalaïs de Porcairagues :

Domna met molt mal s'amor
Que ab ric ome plaideja,
Ab plus aut de vavassor,
E s'ilh o fai, ilh foleja [1]...

Le roi soupira :

– C'est N'Azalaïs qui est folle... Car imaginez que votre chevalier...

– Don Alfonse, je ne veux pas parler avec vous d'Aimeric. Sinon...

J'hésitais à poursuivre.

– Sinon ?

– À moins que vous me proposiez de le tirer de la mine des Fournels, où il est en train de mourir.

Le roi soupira :

– Votre mari m'approuverait-il ?

– Je ne sais. Mais vous approuverait-il en vous voyant dans le lit de sa femme ?

– Il le sait et n'a jamais montré de l'impatience pour l'amour que je vous porte.

– Quoi ? Vous dites que Roger sait que vous voulez coucher avec moi ?

– Comment le lui cèlerai-je ? Mais je vous rassure, il est tout à fait complaisant. Et je pense, pour bien le connaître, qu'il saura tirer de ma passion extrême pour vous de grands bénéfices.

Il se tourna vers moi et me sourit :

– Et moi un grand joy !

Ainsi Roger tirait les ficelles de ce benêt.

– Bèl amic, n'avez-vous pas le sentiment que ce maquerel est en train de se jouer de vous ?

– Bèla domna, c'est de vous dont je suis le jouet. Parlez et je vous obéirai !

– Dormez !

1. La domna met mal son amour / Qui avec un homme puissant s'accorde / Plus haut qu'un vavasseur / Et si elle le fait elle est folle... (attribué à Azalaïs de Porcairagues).

J'avais parlé sans ménagement. Je sentis le roi tendu auprès de moi, marmottant, la pensée au travail. Il murmura :

– Pour votre petit chevalier, je vais voir ce qu'il faut faire. Peut-être m'en serez-vous grazide, un jour.

– Peut-être, don Alfonse...

Je veillai toute la nuit. À l'aube je me glissai hors du lit, pris mes vêtements et une grande cape, ouvris la porte sans bruit et tombai sur Alazaïs profondément endormie. Elle m'aida à m'habiller et je la renvoyai dans son lit.

– Je suis sauvée, lui dis-je pour la rassurer.

Pour me rassurer, plutôt. Car Alazaïs ne se faisait aucun souci, pensant elle aussi qu'on ne refuse rien à un roi, tant on en retire de la renommée pour l'éternité.

Je m'en fus seule dans le verger humide et frais. La rosée perlait sur les jeunes feuilles au vert léger, sur les brins d'herbe, les gaulettes qui bordaient les parterres du jardin aux herbes. Le jaune des nouvelles pousses d'osier était éclatant.

Oui, bien folle est celle qui recherche les bonnes grâces d'un homme trop puissant. Elle restera son jouet, sa plus belle vaisselle entre deux flambeaux.

Au pied du versant qui bordait le jardin des jonquilles portaient au-dessus des herbes leur lumière de lutin. Plus loin des orchidées lilas à l'attache brune de velours remontaient comme en jouant sur le versant. La chènevière était envahie d'iris jaunes.

Un écureuil à queue noire descendit autour d'un tronc et disparut dans le sous-bois en quelques grands sauts légers. Je revis mes petits écureuils de la fenêtre de ma chambre, au château Narbonnais. Comme ils étaient loin ! C'était une autre vie.

Je m'arrêtai en bordure de la chènevière parce que son sol était détrempé.

Tout était frais, nouveau, bientôt baigné par la lumière rouge du matin. Je revins en chantonnant.

Et si le roi parvenait à faire libérer Aimeric ?

XXI

Aimeric avait marché plusieurs jours à travers la Montagne Noire entouré de sa horde, chassant, passant les hautes serres comme autant de portes qu'il refermait sur ses poursuivants.

Évitant soigneusement les villages il ne parlait qu'aux hommes des bois, verdiers, bûcherons, charbonniers, chasseurs de sauvagine, partageant une gourde de vin tandis que son escorte passait silencieusement dans la pénombre des sous-bois.

À l'approche de l'abbaye de Saint-Pons il laissa ses compagnons dans la châtaigneraie et se rendit seul au quartier des Ostes. Il pensait s'y reposer, reprendre des forces et, dans le silence de l'église abbatiale, envisager l'avenir. Il était si maigre et si épuisé que le frère portier lui servit sans attendre un bol d'orge bouillie parfumée au cumin.

Aimeric savait qu'à l'abbaye de Saint-Pons personne ne le livrerait aux hommes du vicomte, si tant est que quelqu'un le reconnaisse. Mais par prudence il se cantonna dans le quartier des frères convers, ne quittant les communs et l'oustal des pèlegrins que pour passer le petit pont de pierre sur la rivière Jaur et aller converser avec les artisans de Thomières. Il se renseignait au mieux sur les événements qui avaient marqué la vicomté pendant son absence, avant de retourner à Saissac, et pourquoi pas à Toulouse.

Un soir il croisa deux chevaliers à l'étrange apparence qui venaient dormir à l'abbaye. Il les retrouva dans la salle du réfectoire. Les deux hommes étaient assis à la pointe de la grande table. Ils portaient une longue robe blanche fendue, défaite à la taille et encore marquée de la déteinte bistre du baudrier de cuir qu'ils venaient d'abandonner dans leur cellule. Leur poitrine s'ornait d'une grande croix pattée de gueules, d'un rouge foncé comme du sang noir.

« Les Templiers, pensa Aimeric, mieux vaut les éviter. Ils savent beaucoup de choses et se mêlent facilement des affaires des autres. »

Intimidés par la mine farouche des moines-guerriers, ou parce qu'ils partageaient la même méfiance qu'Aimeric, les pèlegrins attablés se serraient comme des chiots loin d'eux, laissant libre une grande partie du banc. Aimeric se résigna et vint s'installer à côté du plus jeune des chevaliers du Temple, qui lui semblait plus amène. Il salua la tablée, récita le *Benedicite* et s'assit.

Les pèlegrins le choisirent aussitôt comme confident et lui racontèrent tous ensemble qu'ils venaient de Saint-Gilles et se rendaient à Toulouse sur le tombeau de Monseigneur saint Saturnin, avant d'aller visiter Monseigneur saint Jacques à Compostelle.

Le plus âgé des templiers observait Aimeric attentivement, sans gêne. Ses cheveux grisonnant tout autour de sa tête, épais et longs jusqu'aux épaules, étaient marqués par le pli d'un chapeau. L'homme masquait son grand front bombé et chauve par une longue mèche qu'il ramenait devant, plaquée par la sueur. Il avait un visage carré, rouge, et des yeux gris froids comme une épée. Sa barbe poivre et sel était longue et soignée, marquée d'une balafre qui descendait sur le cou, un cou épais et musculeux. De sa bouche goulue, luisante, charnue comme un appendice entre les poils, il suçait des os bruyamment avec une avidité canine.

Son compagnon était jeune, mince, moins fort. Son visage anguleux et mobile, à la barbe juvénile, au regard assez doux, faisait comme une mésalliance avec celui de son compagnon, coloré et couenneux. Le jeune homme ne parlait que pour approuver les remarques de l'autre.

Quand il eut rincé son écuelle d'un gobelet de vin le plus vieux interpella Aimeric, lui faisant comprendre d'un coup de menton qu'il s'adressait à lui :

– Où vas-tu, pécheur ?

Aimeric sourit :

– Vers le paradis.

L'autre répliqua abruptement :

– Sais-tu où il est ?

– Je ne sais ni où, ni quand. Pas plus que vous.

Les pèlegrins, qui s'étaient tus dès que le templier avait ouvert la bouche, rirent d'un air entendu et s'empressèrent de commenter : tout le monde en est là, tout le monde espère le paradis, mais personne n'est sûr de le trouver, vraiment sûr.

C'est bien pour cela qu'ils étaient depuis des semaines à pèlegriner sur les chemins roumieux, poussiéreux, exposés aux dangers... Ils s'esclaffaient.

– Que sais-tu faire, demanda le chevalier du Temple qui gardait un visage imperturbable, indifférent au verbiage de la tablée.

– Beaucoup de choses, répondit Aimeric, le regard vague.

Il n'aimait pas les questions du templier. Il n'aimait pas son regard froid qui semblait flotter sur le monde avec une fausse indifférence, et qui pouvait cacher des intentions rapaces. Un sentiment de méfiance l'empêcha de décliner son identité et sa qualité de chevalier. Il s'en tint là.

Avec ses habits puants, son corps amaigri et son visage creusé et comme dévié par l'épuisement et la souffrance dans la mine, il ne risquait pas d'être reconnu. Ni deviné.

Le chevalier pensa qu'il pouvait en profiter pour en savoir plus, en particulier sur Toulouse. Il prit les devants :

– D'où venez-vous, doms ?

– Que t'importe ? répliqua le plus vieux d'un ton mal aimable.

– Si vous veniez de Toulouse vous pourriez me donner des nouvelles de ma cité...

– Tu es de Toulouse ? réagit le plus jeune.

– Nous en venons, daigna déclarer son compagnon. Nous venons de voir le comte Raimon en personne, qui s'inquiète des agissements félons du vicomte Trencavel. Il y aura bientôt une nouvelle guerre.

Aimeric faillit leur avouer qu'il était un chevalier du comte jeune. Mais il se retint encore.

– La ville est-elle en défense ? demanda-t-il.

– La ville est calme, répondit le plus vieux. Et riche. Nous avons dormi chez nos frères de la commanderie de Toulouse et...

Il s'interrompit pour regarder son compagnon. Sa bouche dessina un sourire amer :

– Ah ! Nous ne sommes pas logés à la même enseigne...

L'autre sourit à son tour :

– Du moins pas encore.

Le plus vieux laissa venir un ricanement et se tourna à nouveau vers Aimeric :

– Oui, il va y avoir la guerre. Il y aura du travail pour les vagabonds comme toi, s'ils savent tenir une épée. Le métier de soldadier est bien payé.

– Je ne sais pas tenir une épée, laissa tomber Aimeric.

– Par la queue du diable, tu mens !

Les yeux gris s'étaient allumés d'une lueur bleu acier. Le moine-chevalier continua :

– Je donne mon âme au diable si tu ne sais pas te battre et monter à cheval. Nous aussi nous employons des gens comme toi. Suis-nous et tu ne le regretteras pas.

– Je ne suis pas chevalier.

– Soit ! Mais il n'y a pas que des chevaliers dans les commanderies du Temple. Il y a de la place aussi pour ceux qui ne sont pas chevaliers.

Si tu aimes travailler nous t'accueillerons comme un prince. Aimes-tu le travail bien fait ?

– Le travail est comme une prière. S'il est mal fait il est inutile.

Le chevalier du Temple rit bruyamment.

– Tu parles comme un moine ! Que sais-tu faire ?

– Soigner les chevaux.

– Si tu aimes les chevaux tu pourras être écuyer. C'est une bonne place.

– J'aime les chevaux.

Aimeric réfléchit. Finalement, suivre les chevaliers du Temple permettrait de se faire oublier quelque temps. Il sourit en pensant à la tête d'Adélaïs le voyant revenir à Burlats habillé en templier, drapé dans une cape blanche...

Le plus jeune précisa :

– Nous sommes de la commanderie de Sainte-Eulalie, dans la vallée du Cernon. Nous commandons tout le désert du Larzac. Tu la connais, cette commanderie ?

Aimeric hocha la tête :

– J'en ai entendu parler.

– Ah oui ? Et que t'a-t-on dit ?

– Que les moines y sont comme à Saint-Pons.

– C'est-à-dire ?

Aimeric se rendit compte trop tard qu'il parlait à des guerriers qui étaient aussi des moines. Mais une irrésistible envie de provoquer ces chevaliers mal embouchés le poussa à continuer :

– On dit qu'ils sont aussi rapaces que ceux d'ici. Et pourtant...

– Et pourtant ? demanda le plus fort des templiers.

– Et pourtant les moines de Saint-Pons sont sans pitié pour le petit peuple.

L'homme plissa ses yeux gris. Sa bouche dessina une moue ironique :

– Toi, tu parles comme un hérétique.

Aimeric fut surpris de ne percevoir dans l'exclamation du templier aucune colère, mais plutôt de l'amusement. L'autre lui servit du vin, se servit à nouveau et regarda venir un sirvent qui portait du fromage et de la fouace.

Aimeric répliqua d'un ton léger :

– Moi hérétique, seigneur moine ? Je ne suis qu'un errant dans la nature que Dieu a faite. Tout au plus, j'ai parfois la tête dérangée.

Le jeune templier éclata de rire. Il avait déjà de mauvaises dents.

– C'est ton métier, la folie ? demanda-t-il en s'esclaffant.

Aimeric sourit :

– La parole de Dieu passe librement dans l'esprit des fous qui ne sont pas aveuglés par le savoir. Aussi je m'efforce d'en savoir le moins possible sur les affaires de Dieu comme des hommes. Mais ce n'est pas un métier. C'est une sagesse.

– Et que sais-tu faire avec les chevaux, fou errant ?

– Tout des chevaux.

– Le débourrage, le dressage ?

– Aussi.

– Le ferrage ?

– S'il le faut.

Le templier aux cheveux gris hocha la tête et se cala sur les coudes :

– Je suis le précepteur des bêtes. Tu t'occuperas des chevaux sous mon autorité, sur le causse du Larzac, à la Cavalarié. Tu auras le vivre et le couvert, l'habillement et quelques sous. Tu pourras devenir frère de métier. Cela t'agrée-t-il ?

– Oui.

– Et la grâce de la Vierge Marie t'accompagnera sans compter, par-dessus le marché.

Il avait dit cette dernière phrase sur un ton ironique, encore une fois. Aimeric pensa : « L'habit ne fait pas le moine. Celui-là ne croit pas tout ce qu'il dit. »

L'autre rajouta pour lui donner raison, toujours railleur :

– Elle aime les beaux garçons.

Il rit. Et se détournant de la tablée il laissa tomber sur le ton de la confidence, observant le fond de son gobelet :

– Et moi aussi...

Le jeune templier ne broncha pas. Avait-il entendu ? Le sentiment de méfiance revint, plus fort, définitif.

Le plus vieux des moines-chevaliers finit d'un trait son gobelet de vin et reprit son ton autoritaire :

– Nous repartons demain à l'aube. Sois devant le monastère au lever du jour, sans faute. Nous n'attendrons pas. Nous avons quatre chevaux. Tu en monteras un.

Ils se levèrent sans un mot de plus, ni un regard pour la tablée bavarde. Aimeric attendit qu'ils aient disparu et s'en alla aussi. Il traversa l'église abbatiale et sortit par une petite porte qu'il connaissait, ouverte aux frères convers et aux familles qui vivaient autour de l'abbaye. Il sortit de l'agglomération et partit dans la montagne, dans la châtaigneraie. Il siffla dans le crépuscule. Des têtes blanches, brunes et rousses aux favoris fournis apparurent de partout à la fois. Aimeric se coucha au milieu d'eux.

*

Il se releva à la pointe du jour, alla jusqu'au ruisseau faire quelques ablutions et reprenant ses penailles il intima à ses amis l'ordre de retourner, en leur montrant au loin les puechs couverts par la forêt de la Loubatière. Wolf comprit l'ordre du maître et se mit en route. Les loups disparurent derrière les troncs des arbres à la queue leu leu, se retournant un instant avant de reprendre le chemin, sans hâte.

Aimeric sourit. « Ce sont des agneaux », songea-t-il.

Il redescendit au monastère. Il vit en arrivant devant la grande porte les chevaux attachés aux anneaux de la muraille. Les templiers apparurent chargés de pochons et les accrochèrent aux selles par des lacets. Ils portaient leur baudrier, un épais ceinturon fauve qui soutenait par un savant entrelacs de courroies un fourreau sombre d'où surgissait la poignée de fer d'une grande épée.

Aimeric s'approcha tout en examinant les épées. La poignée, entourée de plaquettes de buis poli comme de l'ivoire, était assez longue pour une prise à deux mains, et protégée d'un grand quillon de fer. Un pommeau rond et gros, dans lequel s'inscrivait la croix templière, retenait l'arme dans la main.

Les deux hommes étaient chaussés de bottes à chevaucher armées d'éperons. Un grand manteau blanc à croix de gueules sur le cœur couvrait leurs épaules, retenu sous la gorge par une grosse cordelière. Le plus vieux portait un chapeau de feutre noir. Ils ne prêtèrent aucune attention à Aimeric jusqu'à ce qu'il les salue :

– Dieu vous garde, seigneurs moines !

– Dieu te garde, pécheur, lui répondit le plus vieux.

– Je suis prêt !

– Où est ton bagage, pèlegrin ?

– J'ai tout sur moi.

Le jeune moine rit :

– C'est peu de choses !

Le plus vieux lui indiqua de la main un tas d'affaires contre le mur.

– Alors habille ton cheval et partons.

Aimeric trouva une flasselle épaisse et courte, une selle, une sangle, un bridon et des rênes. Il prit le tout et sella le dernier cheval qui restait nu, l'autre roussin étant déjà chargé de baluchons et d'armes prises dans un gros filet. Il lui mit le mors, boucla le bridon, ajusta les rênes, le tout en un instant. Le plus vieux des chevaliers du Temple l'observait avec attention. Il cria sans se retourner :

– En selle, et que la clémence divine nous mène à bon port.

– Amen. Et que la reine d'innocence nous protège ! répliqua l'autre chevalier en parlant de la sainte Vierge.

Aimeric ne put se retenir de monter en selle en s'enlevant d'un bond. Il riait. « Ah ! avait-il envie de crier, que c'est bon de remonter sur un cheval après la nuit sépulcrale de la mine, le noir perpétuel, les pieds dans l'eau, les épaules percluses de douleurs ! »

Le moine le regarda d'un air rusé :

– Toi ! Tu ne m'as pas tout dit...

– Quoi, seigneur moine ?

– Que tu es un *miles,* par le feu de l'enfer, et pas des moins redoutables. Je ne sais pas pourquoi tu te caches, mais je te rassure : dans les commanderies du Temple, on ne demande jamais aux égarés qui viennent se mettre à notre service qui ils sont, ni d'où ils viennent, ni ce qu'ils ont fait. On ne cherche même pas à savoir s'ils sont excommuniés, ce que les évêques nous reprochent.

Sa voix s'exalta :

– Nous sommes au-dessus des évêques, et ne rendons des comptes qu'au pape seul ! Mais sache que notre discipline est sévère. Veux-tu toujours nous suivre ?

Aimeric hocha la tête.

– Eh bien allons ! Prends l'autre roussin.

Aimeric prit la longe du second roussin qui portait les bagages et, talonnant son cheval, il l'entraîna.

Les deux templiers allaient côte à côte sans se soucier de leur nouvelle recrue. À Bédarieux ils s'arrêtèrent pour laisser reposer les chevaux et manger. Le plus vieux dit à Aimeric, assis sur une pierre, la bouche pleine :

– Je m'appelle Aldebert de Calatau. Tu peux m'appeler frère Aldebert, ou encore seigneur Aldebert, ou encore seigneur chevalier, ou encore seigneur templier, ou encore frère précepteur. Mais ne m'appelle plus seigneur moine. Les moines ont fait vœu d'humilité.

Il finit son énorme bouchée qu'il avala laborieusement et désignant son compagnon de la pointe du couteau :

– Ce jeune chevalier est Pons de Luzençon. Tu as entendu parler de la famille des Luzençon, certainement, rajouta-t-il sur le ton de l'évidence.

Aimeric acquiesça.

– Tu sais beaucoup de choses pour un vagabond. Soit !

Aimeric comprit qu'il s'était fait piéger. Mais cela avait-il de l'importance ? De toute façon il ne pourrait pas cacher éternellement son lignage, et donc le fil tourmenté de sa vie. Ce qu'il voulait, c'était quitter les terres de Trencavel, et ne plus risquer de retourner dans les mines des Fournels ni d'ailleurs. Plus jamais la mine ! Plutôt mourir.

Ils remontèrent en selle et s'enfilèrent dans la haute vallée de l'Orb, longeant la rivière qui serpentait sur un sable rouge doux au pas des chevaux.

En fin d'après-midi ils se détournèrent vers l'abbaye de Joncels, dans les monts d'Orb. En descendant de cheval frère Aldebert de Calatau tira son épée du fourreau et la lança à Aimeric. Celui-ci laissa passer la lame et saisit la poignée, d'un geste vif, avant de la mettre en garde dans le même mouvement. C'était un exercice d'entraînement bien connu, qu'il avait répété des centaines de fois.

Le templier rit aux éclats et sa bedaine trembla. Il ricana :

– Pèlegrin, tu es bien aise avec les armes, pour un va-nu-pieds. Dieu t'a gratifié d'un don, par le diable. Je te recommande de le faire fructifier...

Il reprit son épée en ricanant, déboucla son ceinturon et les armes à la main se dirigea vers la porterie du monastère.

Ils dormirent dans la même cellule. Frère Aldebert invita Aimeric à venir coucher près de lui. Le chevalier déclina l'invitation et s'installa sous la lucarne. Il craignait moins le froid que d'être mal accompagné.

Le lendemain le crépuscule leur révéla la vallée de la Sorgue. Ils se firent accepter au château de Montpaon. Déjà se découpait au loin le crénelage gigantesque du plateau du Larzac, resplendissant dans la lumière ocre du soleil couchant. Aimeric s'endormit en proie à une exaltation envahissante. Peut-être serait-il templier un jour ? Il demanderait à aller guerroyer en outre-mer.

Ils repartirent dès le lever du jour ; à midi ils étaient au pied de la gigantesque falaise. Le sommet se découpait sur le ciel comme une ruine. De temps en temps une énorme faille fendait la falaise, obstruée par une coulée de chênes verts. Aldebert de Calatau montra le sommet :

– Là-haut c'est le désert du Larzac : les nuits glacées, les journées brûlantes. Il n'y plus qu'à monter.

– Par là ? demanda Aimeric en montrant une crevasse dans l'immense façade.

Les moines rirent.

– Non ! Par là.

Un chemin longeait le pied de la paroi, montant insensiblement. Bientôt ils dominèrent un vaste plateau aux formes douces et moutonnées. Une chevelure jaune, frisée, couvrait le crâne blanc du désert en ondoyant sous la main du vent. Le chemin monta encore, doux, facile, menant à un nouveau palier. Une autre falaise moins haute, boursouflée de tours et de castelets de roches grises, barrait l'horizon.

Les moines changèrent de direction et trottinèrent longtemps. Le paysage devint plus vert, plus vallonné. Ils finirent par tourner complètement le dos au Larzac et bientôt leur regard se vida dans un paysage merveilleux. Un vallon d'une verdure éclatante s'étendait loin devant eux, en pente douce jusqu'à un bosquet qui le fermait comme un verrou.

Au milieu du vallon s'érigeait une fière bastide, autour d'une haute tour carrée sommée du gonfanon baussent. « L'étendard du Temple ? »

demanda Aimeric. « D'argent au chef de sable, commenta Pons de Luzençon, mi-parti de blanc car nous sommes francs et bienveillants pour nos amis, mi-parti de noir, car nous sommes funestes à nos ennemis. »

Les lignes blanches et noires alternées se courbaient mollement sous la brise.

La masse imposante et bien appareillée des bâtiments de la commanderie – un rectangle autour d'une cour centrale – avait attiré de petites maisons basses qui se serraient contre elle, si massives et si compactes qu'elles lui servaient de contreforts. On ne voyait aucune limite entre la pierre des murs et celle de la toiture, mais les lauzes de couverture dessinaient des ombres plus fines, comme un filet. Les pierres devenaient aussi plus blanches en montant. Aimeric remarqua que les maisons qui bordaient l'entrée de la commanderie s'alignaient en formant une rue.

Des maisons et des cabanes de bois couvertes de branchages s'éparpillaient sur les coteaux, mêlées aux bosquets, aux haies enclosant les pâturages, ou longeaient le chemin qui montait au Larzac. Il y avait aussi, sur un versant lointain, un grand mas entouré de prairies piquetées de moutons blancs.

Le petit groupe se retrouva vite devant l'entrée de la commanderie, entre les maisons trapues et presque aveugles qui abritaient les familles au service du Temple. Un passage sombre les mena dans la cour. Des hommes sortirent des écuries en saluant respectueusement le précepteur, et prirent les rênes des chevaux. Aimeric débarrassa le sien de son harnachement et l'accompagna à sa stalle.

Une dizaine de chevaux étaient à l'attache dans des stalles de bois dont les bordures étaient polies par le passage des bêtes et la suspension des harnachements. L'un des jeunes hommes qui l'avaient accueilli dans la cour était un écuyer.

– Je m'appelle Aimeric, le salua le chevalier qui lui trouvait un air avenant.

– Et moi Cornus, répliqua l'écuyer.

Aimeric lui demanda pourquoi il ne portait aucune croix sur sa vêture.

– Je suis un écuyer gagé, révéla Cornus. On me donne deux sous par jour pour le service de jour, deux et demi pour le service de nuit, trois à l'étranger. Rien si je m'absente.

– Tu as été en outre-mer ? lui demanda Aimeric brusquement.

L'autre rit :

– Je ne suis pas assez fou.

Pendant qu'ils parlaient un jeune garçon bouchonnait les montures et examinait les sabots. Il appela :

– Seigneur Cornus, Branc va perdre un fer.

– Enlève-le et porte-le au frère ferrant. Il viendra le lui remettre.

L'écuyer et Aimeric sortirent dans la cour. Cornus se comportait comme un guide. Après les écuries il y avait encore une bergerie, puis la grosse tour carrée qui formait un angle. Un grand bâtiment revenait vers l'entrée, abritant les ateliers et les frères de métiers.

En face était la résidence du commandeur, qu'on avait à main droite en pénétrant sous le grand porche. L'oustal du commandeur était prolongé sur le même côté par une grande salle voûtée éclairée d'ouvertures rondes. Au-dessus s'étendait le dortoir des frères. Ce bâtiment allait buter contre l'église dont le chevet rond, presque aveugle, saillait à l'extérieur comme une tour.

Aldebert de Calatau sortant de chez le commandeur aperçut Aimeric et l'appela. Cornus s'éclipsa, la mine rembrunie. Frère Aldebert remonta son ceinturon et prenant le chevalier par les épaules il lui confia :

– Le seigneur commandeur veut te voir avant de t'accepter dans notre communauté. Reste humble et obéissant, en promettant de bien faire, et tout ira bien.

En haut des marches il le poussa par la nuque dans une salle claire, ouverte sur la cour par une baie géminée. Le commandeur était assis dans une chaire où il venait de s'installer, observant avec un regard d'une rare intensité la trouvaille de frère Aldebert.

Aimeric posa un genou en terre en déclarant :

– Dieu vous garde, seigneur commandeur.

L'homme le dévorait des yeux, de ses yeux noirs et perçants. Il répondit d'une voix sourde, étrangement voilée :

– Que la Vierge Marie te prenne en sa sainte garde, pèlegrin, et intercède en ta faveur auprès de son Fils, Notre-Sauveur.

– Amen.

Aimeric se souvint que toutes les églises du Temple étaient dédiées à la Vierge Marie, et que la mère du Christ était follement vénérée par les moines-chevaliers. Il serait bon de s'en souvenir.

Le commandeur continua :

– Frère Aldebert m'a dit que tu désirais ardemment travailler au service du Temple. J'y suis favorable, d'autant que tu connais bien les soins aux chevaux. C'est du moins ce que tu prétends. Si cela s'avère vrai je consens à te garder. Nous avons beaucoup de chevaux et peu de gens qui sachent mener à bien leur dressage. Tu seras logé à la Cavalarié, où nous avons nos troupeaux. Tu travailleras sous les ordres de frère Aldebert, tu lui obéiras en tout, humblement comme un bon fils, et tu te garderas de prendre aucune décision sans avoir son consentement. T'engages-tu à faire cela ?

– Je m'y engage, seigneur commandeur.

Le commandeur passa sa main dans ses cheveux gris et ras, comme pour les redresser. Quel âge peut-il avoir, se demanda Aimeric, pas loin de la soixantaine. Il était très agité et se leva d'un bond, abandonnant sa position « en majesté » dans la cathèdre.

Aimeric songea qu'il avait toujours désiré connaître une vie active comme ici, sous la bannière d'une communauté glorieuse et puissante, mais dont la puissance et la force militaire étaient au service du bien. Il pensa que le moment venu il révélerait son nom, ses qualités, et en paix avec lui-même prononcerait ses vœux afin de partir en Palestine. Mais pourrait-il se détourner d'Adélaïs ? L'abandonner ? Il le faudrait bien, pour qu'elle puisse vivre enfin les heures glorieuses que Dieu lui avait destinées. Il le faudrait, un jour. Le plus tard possible...

Il avait beau souhaiter ardemment partir pour la Palestine, il savait bien qu'il ne trouverait pas en lui-même, dans l'immédiat, le courage de dire adieu à la comtesse. Il aurait fallu que ce soit elle qui le rejette, qui lui donne son congé. Alors se serait-il peut-être résigné.

Frère Aldebert le sortit de sa rêverie en le tirant par le bras et Aimeric salua le commandeur d'un genou en terre, sans réfléchir. Le commandeur le laissa retourner en gardant le silence.

En sortant ils croisèrent le chapelain qui montait l'escalier. Frère Aldebert, replaquant sur son front, d'un geste vif, sa huppe que la brise venait de relever, lui présenta Aimeric.

– Vous avez une âme de plus à sauver, frère capélan, plaisanta-t-il.

L'homme rondouillard sourit et tapota la joue d'Aimeric aimablement. Il dit sur le même ton :

– Il a les yeux de l'innocence, malgré sa balafre de soldadier. Mais c'est chez nous qu'il risque le plus de pécher. Sois assuré, frère Aldebert, que je veillerai à ce qu'il ne lui arrive rien...

Et, s'adressant directement à Aimeric il cria :

– Le diable n'est pas loin ! À la moindre alerte, viens me voir.

Aldebert de Calatau, campé sur ses jambes robustes, prit dans ses mains son ceinturon sans armes et sourit d'une seule joue. Ses yeux d'acier n'avaient rien d'amical.

La cloche de l'église se mit à sonner. Le chevalier du Temple commenta : « Ce sont les vêpres » et se dirigea vers une petite porte qui permettait d'entrer dans l'église depuis la cour. Il lança à Aimeric sans se retourner :

– Demain matin nous irons à la Cavalarié. Rassemblement à prime devant les écuries.

Depuis qu'il avait croisé le capélan il parlait sur un ton irrité. Il disparut dans la pénombre de l'église. Derrière lui entrèrent d'autres chevaliers du Temple, tous vêtus de la robe blanche frappée d'une grande croix vermeille sur la poitrine et d'un manteau marqué d'une croix plus petite au-dessus du cœur. Sans armes. Aimeric compta une douzaine de chevaliers blancs. Il y avait des jeunes, des vieux, mais peu dans la force de l'âge.

« Les plus forts sont en Palestine, rêva Aimeric, dans les forteresses qui regardent la Syrie ou l'Égypte. Ou en Espagne. »

Le chevalier alla retrouver Cornus. L'écuyer lui dit en confidence, dès qu'il fut près de lui :

– Méfie-toi de frère Aldebert, il est vermoulu de perversité.

– Ah !

Et plus bas encore :

– C'est un sodomite. Tu t'en rendras vite compte, là-haut !

Il montra du doigt le plateau érigé du Larzac, où ils allaient demain.

*

Le lendemain matin à l'aube une petite troupe quittait la commanderie de Sainte-Eulalie sous le commandement du précepteur des bestiaux, le frère chevalier Aldebert de Calatau. Le frère était accompagné de Pons de Luzençon, sérieux et attentif sur son cheval d'Espagne gris pommelé – un jeune cheval entier qui piétinait d'impatience – et d'un autre chevalier du Temple, frère Frédol, qui paraissait aussi âgé que le commandeur. Des écuyers les accompagnaient et, parmi eux, Cornus, à la grande joie d'Aimeric qui avait sympathisé avec ce compain du même âge.

Tout en cheminant Cornus lui expliquait les différences de rang entre les hommes, cherchant à lui faire partager son admiration pour la règle du Temple, et à lui démontrer combien elle était précise et juste.

– Car rien ne dure qui ne soit juste, conclut-il en empruntant quelque sermon.

Il reprit son explication en montrant les chevaliers blancs qui étaient devant eux :

– Les chevaliers fournissent la pointe, dit-il, c'est la règle. Ils sont les premiers au danger.

– Quel danger ? demanda Aimeric, amusé.

– Ici ? Aucun. Depuis notre installation on ne voit plus guère de païens. Mais autrefois, avant la construction de la commanderie, les pillards pullulaient. C'est pourquoi les gens menus nous vénérèrent...

– Continue !

– Donc derrière les chevaliers suivent les écuyers, avec les chevaux de rechange. Chaque chevalier a au moins un écuyer, sinon deux. L'un d'eux porte le gonfanon baussent, noir et blanc en commençant par le noir.

Le chemin caillouteux se mit à monter raidement. Les chevaux frais n'y prêtaient pas cas, et tentaient plutôt de se dépasser. Cornus reprit :

– Les écuyers et les sergents d'armes qui ont prononcé leurs vœux sont frères du Temple ; ils portent une bure sombre, marron ou noire car ils ne sont pas chevaliers, mais ils ont droit à la croix vermillonnée du martyre. Ceux qui, comme moi, sont simplement gagés et destinés à revenir dans le siècle un jour ou l'autre, sont vêtus et armés à leurs propres dépens. Ils ne portent pas de croix.

– Tu n'as jamais songé à prononcer tes vœux ? lui demanda Aimeric.

L'écuyer branla du chef énergiquement en fermant les yeux :

– Jamais. Je ne suis pas fou !

Aimeric rit, ce qui fit se retourner mauvaisement le précepteur des bêtes, frère Aldebert qui formait la pointe dans l'attitude altière du Grand Maître de l'Ordre.

La brise gonflait joliment les manteaux blancs, comme des voiles. Frère Aldebert portait un chapeau noir, les autres chevaliers un chapeau blanc qui était davantage la couleur de l'Ordre.

Après eux chevauchaient sur des mules les frères des métiers, dont un forgeron ferrant qui venait pour examiner les pieds des chevaux, soigner et parer ceux qui nécessitaient des soins. Enfin les sirvents chargés d'installer le campement et la cuisine fermaient la marche avec des bêtes de somme.

Une heure à peine après leur départ ils étaient en vue de la Cavalarié. Aimeric découvrit un hameau de granges et de masures entassées sans ordre au milieu d'un bosquet de chênes bas déviés par le vent. En avant du hameau se dressait une tour en bordure du grand chemin de Lodève à Millau, devant laquelle deux sergents armés semblaient attendre le Jugement dernier. Ils observaient quelques silhouettes qui apparaissaient à l'horizon.

– C'est le péage, précisa Cornus. Le Temple apporte la sécurité sur le Larzac contre une modeste offrande à Dieu.

– Modeste ?

Cornus éclata de rire. Il montra du pouce l'orient :

– L'argent va en outre-mer pour la sauvegarde du tombeau du seigneur Christ, à Jérusalem. Ça mérite bien un petit effort de chacun.

Ils finirent d'arriver. Les serviteurs déchargèrent les mules et les roncins, puis se mirent en peine de monter les pavillons de toile des chevaliers, un peu à l'écart du hameau. Des femmes et des enfants sortirent des cabanes en pierre sèche, environnés de bêlements, de chevrotements et de furieux aboiements.

Les cabanes étaient reliées par des enclos de pierre sèche protégeant de petits jardins potagers. Certaines constructions étaient montées en hauteur comme des tours, coiffées d'une coupole, d'autres s'allongeaient, massives et hermétiques, comme des coffres. Au loin sur les courbes douces du plateau des centaines de moutons broutaient entre les touffes de buis et de genévrier. Chaque mouton, chaque chèvre portait une croix rouge sur son dos. Aimeric plaisanta :

– Les moutons ont plus de justice que nous. Ils ont tous droit à la croix vermeille.

– C'est à cause des transhumants, et du passage. Et aussi des rapines. Chacun doit pouvoir retrouver son bien.

– Ils sont comptés, ces moutons ?

– Certes, chaque semaine. Mais surtout pas les agneaux !

– Ah ?

Cornus murmura, la mine grave :

– On ne compte jamais les agneaux parce que ce serait faire la part du loup.

Aimeric rit. Cornus lui jeta un œil sévère. Des bergeries de pierre s'étiraient à mi-pente, à peine sorties du sol, se confondant avec les éparpillements des clapas. Tout autour allaient et venaient des troupeliers.

La lavande commençait à bleuir les sommets.

Cornus poursuivit son enseignement avec le sérieux d'un clerc d'évêque :

– À sénestre, ce sont les moutons. Des milliers de moutons. Nous allons jusqu'aux gorges de la Dourbie, jusqu'à Millau. À dextre (montrant une ligne de crête qui cachait l'étendue du désert véritable) ce sont les chevaux. Des centaines de chevaux. Nous irons les voir tout à l'heure, avec frère Aldebert et le frère ferrant.

Cornus l'emmena dans une cabane. En face de la porte une lucarne donnait un peu de jour qui tombait sur une jeune femme vêtue d'une tunique marron déchirée. Elle donnait son sein rebondi à un bébé. Pieds nus, elle cachait derrière sa jambe un pied bot. Cornus la salua, et commenta :

– C'est la Jacquette. Son mari est troupelier.

Il se tourna vers Jacquette, qui avait perdu son air inquiet en voyant Cornus, et lui souriait. Elle était plutôt jolie.

– Il est par là ton homme ?

Elle haussa les épaules sans un mot. Cornus plaisanta :

– Il préfère ses brebis à sa femme. Il passe de temps en temps lui faire un gosse et il repart.

Le visage de la jeune femme s'éclaira d'un sourire narquois :

– Et toi, pour quoi tu passes ? rétorqua-t-elle vivement.

Cornus lui répondit d'un rire rentré et ils allèrent rejoindre la tente de frère Aldebert, devant laquelle le précepteur des bêtes siégeait, assis sur un escabeau. Des hommes et des femmes en haillons, très sales, lui présentaient à tour de rôle leurs doléances, leurs querelles, leurs misères. Certains demandaient une remise des redevances, d'autres l'autorisation de conserver un bouc, une brebis, des agneaux. On s'accusait beaucoup de vol.

Pour finir un groupe d'hommes accusa un troupelier de sorcellerie. Frère Aldebert demanda où était l'accusé. Il était dans la Plaine des Templiers, au milieu de ses moutons. Le précepteur des bêtes profita du défaut de l'accusé pour renvoyer l'affaire au jugement du commandeur de Sainte-Eulalie, compte tenu de la gravité des accusations.

Il était midi passé quand frère Aldebert se leva. Il invita Cornus et Aimeric à partager son repas frugal, composé de pain et de fromage, d'une soupe et de fruits secs. Ils burent du vin frais tiré d'une cabrette.

Le repas terminé, les chevaliers du Temple se réunirent et remontèrent en selle avec les écuyers. Aimeric était du nombre. Ils quittèrent le hameau de pierre et se dirigèrent vers le midi. Passé une crête leur regard embrassa un paysage mouvementé, ponctué de puechs ruinés, de champs de rochers dressés comme des sentinelles et d'escarpements délabrés par le mauvais temps.

– On dirait des châteaux en ruine, songea tout haut Aimeric.

Cornus sourit. Au pied de ces « châteaux » le sol semblait s'effondrer dans de larges vasques couvertes d'une verdure éclatante. Des chevaux de toute taille et de toutes robes y paissaient.

– Nous faisons venir les chevaux dans les sotchs, commenta Cornus. L'hiver on complète avec le fourrage coupé au printemps autour de la commanderie.

Ils passèrent un point culminant. Des taches vertes s'égrenaient ici et là, couvrant les dolines. La plupart de ces fraîches prairies rondes contenaient des chevaux.

Des abris de pierre s'appuyaient aux escarpements. En débordaient des litières de paille souillée. Arrivant sur une étendue plane, couverte d'une herbe éparse, Aimeric distingua un enclos de buissons épineux à côté d'une longue bâtisse, d'où provenaient des hennissements auxquels leurs chevaux répondirent.

– Ce sont les écuries « sarrasines », précisa Cornus. On y attache les chevaux dressés pour la Palestine. Des chevaux de guerre, bien sûr. Ils ont été accoutumés à tout, à la soif et à la chaleur, aux marches de nuit, à la fatigue, au manque de fourrage.

Ils entrèrent. Dans l'ombre fraîche de l'écurie les chevaux étaient attachés à des anneaux scellés dans la roche, une trentaine. Des palefreniers en haillons, cuits au soleil comme des Sarrasins, se rassemblèrent au bout de l'abri.

Frère Aldebert convoqua Aimeric du menton et lui dit :

– Aimeric, voilà ton ouvrage. Ces trente chevaux sont prêts pour la Palestine. Une trentaine d'autres devront être prêts dans quelques mois pour l'Espagne, où ils iront combattre les Maures avec l'aide de nos frères templiers. Tu t'appliqueras au dressage de ces trente chevaux pour l'Espagne.

Il désigna deux frères habillés de bure brune :

– Voilà les frères écuyers de Sainte-Eulalie chargés d'élever les chevaux du Larzac. C'est avec eux que tu travailleras. Ils monteront dresser chaque semaine. Toi tu resteras ici à l'estage. Tu auras deux sous par jour, comme Cornus, nourri et logé là où bon te semblera. Mais les chevaux à portée du regard.

Aimeric approuva. Frère Aldebert précisa :

– Tu dresseras les chevaux à la guerre. Sais-tu faire cela, en vérité ?

– Je sais, seigneur précepteur, je sais.

– C'est bien ce que je pensais. Où sont les frères écuyers ? Ils sont là.

Les frères écuyers s'avancèrent.

– Avez-vous quelque objection sur cette manière de faire, frères ?

– Aucune, s'inclina un des frères. Nous ne plaindrons ni notre peine ni nos conseils.

Cornus dit à Aimeric en aparté :

– Ne te laisse pas faire. Les frères écuyers, tu les auras plus souvent à l'église à réciter des patrenôtres que sur le Larzac à dresser des chevaux. Si le précepteur t'emploie, c'est bien pour décharger la commanderie du dressage des chevaux.

– Que dois-je faire ?

– Attends !

Cornus s'adressa au précepteur, dont le visage disparaissait dans l'ombre de son chapeau noir :

– Seigneur précepteur, je crains que nos frères moines n'aient guère le temps de venir dresser les chevaux, logeant à Sainte-Eulalie et soucieux comme ils le sont de ne manquer aucun office. Car nous savons tous qu'ils sont d'une grande piété, ce qui est bien naturel pour des moines. Aussi je vous propose de rester à la Cavalarié avec Aimeric. Le travail de dressage n'en ira que plus vite, et les chevaux rejoindront l'Espagne sans délai, où l'on dit que les combats ont repris autour de Valence.

Le précepteur des bêtes réfléchit, hésitant. Cornus reprit :

– Seigneur précepteur, je suis écuyer comme vous savez. Or ma présence est inutile dans la paisible commanderie de Sainte-Eulalie. Elle serait plus utile au milieu des chevaux. Je pourrai aussi aider à la défense du péage contre les mauvais payeurs, contre les routiers s'il en venait.

Les frères écuyers approuvèrent avec force ce raisonnement.

– C'est bon, conclut le précepteur, tu resteras ici avec Aimeric, Cornus, à la garde du seigneur Dieu.

– Et de la Vierge Marie.

– J'allais le dire, railla le précepteur.

La troupe remonta à cheval. Frère Aldebert restait en tête, chapeau noir et manteau blanc, encadré par les autres chevaliers blancs. Avant de remonter en selle Cornus envoya une grande claque dans le dos d'Aimeric, heureux d'avoir un compagnon laïc davantage intéressé par les chevaux que par la récitation des psaumes. Sa bouche sans lèvres s'étira sous son grand nez.

– J'ai bien mené notre affaire, souffla-t-il.

La troupe poursuivit son incursion dans le désert, rencontrant des chevaux de toutes les races, de toutes les robes, de toutes les tailles. Certains filaient d'aussi loin qu'ils les voyaient, d'autres s'approchaient, curieux, et les suivaient.

– Des centaines, il y a là des centaines de chevaux, s'étonnait Aimeric.

Cornus reprit :

– Il nous faudra choisir les plus robustes, et les destiner selon leurs qualités à telle ou telle tâche. Les plus beaux iront à la guerre.

Il montra un animal boitillant.

– Les rétifs, les boiteux, les malingres sont vendus à la foire de Millau.

Aimeric acquiesça. Une brise tiède s'était levée, d'une extrême douceur, chargée d'arômes balsamiques. Le chevalier ressentit un grand amour pour ce désert qui en évoquait un autre. Il y vit un signe du destin. Cornus continuait à parler. Comme il lui montrait un beau modèle qui ferait un splendide palefroi, Aimeric lui fit un sourire de benêt. L'autre sourcilla d'abord et puis éclata de rire :

– Par la Vierge pucelle, tu ne m'écoutes pas !

Aimeric pensait au cheval arabe qu'il avait vu dans les écuries. Un beau cheval bien délié à la robe gris pommelé. Il avait hâte de le monter et d'éprouver sa vivacité, sa souplesse, sa soumission aux ordres. S'il convenait il le garderait pour lui, laissant partir à sa place pour la Palestine le brave cheval qu'il montait, et qui appartenait à frère Aldebert. Ainsi frère Aldebert aurait fait à son insu, et peut-être malgré lui, quelque chose de bien pour ses frères d'outre-mer.

XXII

Aimeric se leva sur les étriers. Apercevant entre les rochers la tête d'un cheval noir qui s'en venait au galop il cria :

– Attention, l'étalon noir arrive !

C'était trop tard. Les palefreniers et les écuyers qui encerclaient trois chevaux semi-sauvages pour leur passer une corde, et les emmener au courtil de dressage, n'eurent pas le temps de se garder. L'étalon, massif, formidable, surgit comme un diable et se jeta sur eux les dents en avant. Il mordit un écuyer qui hurla, s'en prit à un autre homme qu'il renversa avec ses antérieurs, et commença à envoyer de méchantes ruades dans toutes les directions.

Aimeric avait déjà lancé son cheval gris sur lui. Il le frappa d'un coup de trique en passant et fit ruer sa monture. L'étalon les prit en chasse. Aimeric sortit du sotch au galop et s'en alla, le cheval noir derrière lui.

Cet étalon leur menait la vie dure depuis une semaine, depuis qu'ils avaient entrepris de sélectionner rapidement de jeunes mâles. Parcourant les plaines quelque peu enherbées de chaumes secs et poilus, visitant les sotchs frais un à un, et les bosquets ombreux au pied des puechs, ils étaient tombés sur un groupe de chevaux contenant de beaux modèles. Mais aussi hélas ! le grand étalon, trop vieux pour être dressé, trop résolu pour être intimidé et trop fort pour être contenu hors du troupeau.

Sa vie semblait-il, n'avait d'autre plaisir que de chasser les étrangers. Il en oubliait de brouter comme ses semblables.

Son comportement totalement sauvage et imprévisible confirmait ce que Cornus disait des frères écuyers de Sainte-Eulalie, qu'ils ne prenaient jamais le temps d'aller visiter les chevaux vivant en liberté sur le Larzac. Ceux qui se tenaient loin du mas de dressage n'avaient encore jamais vu d'homme.

Aimeric se retourna et constata que l'étalon se rapprochait. Quoique plus lourd et moins rapide que son cheval arabe, il gagnait du terrain car il ne portait personne. Il se fatiguait aussi moins vite. Aimeric était toutefois satisfait de l'éloigner du site des opérations, et de laisser à ses compagnons le temps de terminer leur « picorée » de la journée, à savoir trois jeunes chevaux beaux et bons à dresser.

Apercevant un puech rocheux qui marquait l'horizon il changea de direction et galopa vers le relief qui formait comme une citadelle au-dessus de la plaine. « Là-bas, se disait-il, je pourrai me dissimuler et semer ce fou furieux. »

Le cheval noir le rattrapa et tendit l'encolure pour mordre. Aimeric le cingla de sa trique sur la joue. L'étalon se détourna, ralentit, interloqué, contourna un fourré de buis et revint à plein galop en balançant furieusement son encolure. Il se remit dans leur train.

La montagne rocheuse se rapprochait lentement, pareille à une forteresse avançant dans le désert. Aimeric priait le Ciel que sa monture ne trébuche pas sur le sol caillouteux, couvert d'herbe rase. Il remarqua que la plaine était de plus en plus encombrée de grands buis et de genévriers qui obligeaient l'étalon à contourner ces obstacles avant de revenir sur eux. Il perdait à chaque fois du terrain qu'il rattrapait rapidement, mais un nouvel obstacle l'obligeait à s'écarter à nouveau.

Bientôt le sol changea, rocheux par endroits, sableux à d'autres, montant par degrés. La citadelle de pierre s'érigeait au-dessus d'eux dans le ciel pur. Une vaste faille apparut qui coupait la falaise en deux. Le chevalier s'engouffra dans l'échancrure sablonneuse et déboucha dans une espèce de cirque blanc, entouré d'une paroi ravinée et creusée d'orbites profondes. Au pied de la muraille s'ouvrait une dizaine de grottes. Le centre de l'esplanade, incandescent sous la lumière de midi, était encombré d'une construction grossière qui semblait être une chapelle, à en juger par le petit clocher mitral qui la coiffait.

Aimeric freina son cheval et s'arrêta devant la chapelle. Il jeta un regard circulaire et se figea, stupéfait : des êtres dotés d'une apparence humaine se tenaient devant les grottes, dans une immobilité totale, le visage tourné vers le ciel comme s'ils étaient tous ensemble frappés par la même vision.

Le chevalier se retourna et constata que l'étalon ne l'avait pas suivi. Peut-être avait-il quitté son territoire ? Mais alors où était-il ? Cornus n'était pas là pour le renseigner. Le chevalier s'approcha des caunes. Les êtres humains qui se tenaient agenouillés dans le soleil torride devant les entrées tournèrent leur face hirsute et noire vers lui. Il alla jusqu'à une espèce de géant qui portait à nu, sur son torse, une cuirasse et sur la tête un casque de fer. Aimeric pensa qu'il était le gardien de cet étrange lieu.

S'approchant encore il vit que la cuirasse portée à nu et le casque, dans l'air brûlant de ce cirque, avaient entamé les chairs, formant des plaies purulentes autour de la tête et autour des épaules. L'homme l'observait avec des yeux sombres profondément enfoncés dans les orbites, la bouche déviée, souffrante.

Aimeric voulut lui enlever le casque. L'autre lui retint le bras d'un geste faible :

– J'expie, murmura-t-il.

Il portait ces armes comme un cilice.

Plus loin un homme presque nu était à genoux sur de petits cailloux. Un autre avait les doigts de pied sous un rocher, et gémissait. Tous portaient la marque d'une flagellation récente. Aimeric descendit de cheval et demanda à celui qui s'était estropié le pied s'il voulait qu'il le délivre du rocher. L'homme acquiesça de la tête. Aimeric alla attacher le cheval et s'accroupissant sur les talons il saisit le morceau de rocher à pleins bras et le leva d'un coup. L'homme cria.

Le chevalier jeta le rocher et vint examiner les plaies. Le vieillard le repoussa :

– Va-t'en d'ici, chevalier. Laisse-nous à notre géhenne.

– Vous êtes blessé. Vous avez peut-être des fractures. Il faut des pansements, des onguents, des emplâtres, des bandages... Je vais revenir !

L'homme leva la main :

– N'en fais rien, voyageur ! Laisse-nous à notre sort. Nous sommes tous de grands pécheurs qui expions nos fautes. Peu d'entre nous auront le temps d'achever leur repentance avant de paraître devant le juge suprême, en tremblant. Ne nous fais pas perdre de temps.

– Mais de quoi vivez-vous ? Je ne vois ni champs, ni fontaine, ni troupeaux...

– Nous sommes des pécheurs qui vivons de la charité du Temple. Les moines nous prodiguent leurs soins généreux et bienveillants à profusion. S'abstenant de juger nos vies misérables, ils nous donnent bien au-delà de ce que nous méritons.

Des grottes émanait une odeur forte, animale, qui rappela au chevalier celle que l'on rencontrait à la chasse en passant devant la tanière d'un fauve. Il jeta un œil circulaire :

– Elle ne se voit pas beaucoup, la générosité du Temple. Ils la gardent secrète par humilité, je suppose ?

L'homme ricana. Il n'avait plus de dents.

– Donzel, dit-il, va-t'en et ne reviens pas ici. Ce n'est pas un endroit pour un jeune homme comme toi. Ici nous avons tous un pied dans la tombe.

Aimeric acquiesça :

– C'est bien ça, un bon pied dans la tombe. Bientôt les deux. Misère !

Une plainte s'éleva, provenant du pied de la falaise là où elle était profondément cavée. Une créature semblait agoniser dans l'ombre.

– Va-t'en, donzel, tant qu'il est temps, répéta le vieillard d'une voix cassée. Et ne dis à quiconque que tu es venu ici. Tu en serais cruellement châtié.

– Qui t'a fait ça ? lui demanda brusquement le chevalier en montrant son pied écrasé.

L'homme lui jeta un regard furibond :

– Ne t'occupe pas de ça ! C'est une punition méritée. Tu ne peux comprendre la lèpre qui suinte de nos cœurs. Va-t'en, par Dieu notre Juge !

Aimeric s'en retourna. Il avait oublié l'étalon noir et revint directement au mas des écuries sans faire de mauvaise rencontre. Cornus et ses aides avaient ramené les trois chevaux, de jeunes mâles bien campés et fougueux, volontaires mais sans nervosité excessive. C'était une bonne journée.

– Il n'en manque plus qu'une vingtaine, plaisanta Cornus en renvoyant les serfs venus du hameau.

Aimeric ne pouvait oublier sa sinistre découverte. Elle lui avait retourné le cœur et obsédait sa tête au point que rien d'autre ne pouvait y demeurer. Il en parla à Cornus :

– J'ai vu tout à l'heure une géhenne où des hommes à moitié morts souffrent le martyre avec la complicité du Temple...

Cornus s'étonna :

– Tu es allé jusqu'aux laures ?

– Les laures ?

– Ce sont des ermitages dans les caunes du désert, où vivent de grands pécheurs coupés du monde. Ils expient jusqu'à leur mort.

– Mais qui les nourrit ?

– La commanderie. C'est frère Aldebert qui leur porte des vivres. Personne n'a le droit d'y aller sans lui. Et d'ailleurs je n'y suis jamais allé.

– C'est une vraie géhenne. Un pourrissoir...

Cornus soupira :

– On dit que frère Aldebert les aide à expier avec beaucoup de zèle.

– Il les maltraite ?

– Pire que ça, il les torture ! C'est du moins ce qu'on dit... Bon, revenons à nos chevaux. Et vous, ajouta-t-il en désignant du doigt les serfs de la Cavalarié qui tendaient l'oreille, revenez à vos moutons !

Aimeric s'ébroua. L'image des laures lui faisait encore l'effet d'une chape glacée sur les épaules. Il savait déjà qu'il n'en resterait pas là. Il était chevalier. Il ne pouvait tolérer l'abus de violences sur des êtres faibles et sans défense, quelle qu'en soit la raison.

Cornus lui proposa du fromage avec du pain, et une gourde de vin. Aimeric refusa net. Sa gorge restait serrée.

– Je ne peux rien avaler, s'excusa-t-il.

Il ne pouvait avaler le fait qu'un moine prenne plaisir à torturer de pauvres hères comme l'auraient fait de vils routiers avinés.

XXIII

Aimeric guettait le passage des templiers. Son ami Cornus l'avait prévenu que frère Aldebert allait se rendre aux laures du Larzac. Quand il le vit sur le chemin des laures, tirant après lui un sommier gris chargé de paniers, le chevalier quitta le plateau et descendit au trot à la commanderie. Il voulait voir le commandeur seul à seul, hors de la présence du précepteur des bêtes.

Il n'avait aucune autorisation pour redescendre. Si on l'arrêtait en chemin il pensait répondre que Cornus l'avait envoyé à la chevesterie chercher des mors spéciaux pour un cheval rétif. Il priait comme les chevaliers du Temple, récitant des patrenôtres pour se donner du courage, et pour que Dieu fasse en sorte que le commandeur ne soit pas absent ni trop occupé pour le recevoir.

Soucieux de ne pas attirer l'attention il laissa son cheval à l'extérieur de la commanderie. Passant silencieusement sous l'entrée couverte il gravit rapidement les marches jusqu'au logis du commandeur, ouvrit la porte brusquement et se glissa dans la salle grande sans manières. Le commandeur Bernart Escaffre était là, priant sur un carreau de cuir devant un grand crucifix qui étendait ses immenses bras d'un côté à l'autre d'une mandorle de buis et de fleurs.

Le chevalier mit un genou en terre. Le commandeur surpris l'observa avec ce regard fixe, halluciné, qui l'avait frappé la première fois. Aimeric le salua, le genou toujours ployé :

– Dieu vous garde, seigneur commandeur. J'ai une affaire à vous révéler de la plus grande gravité.

Le vieux mestre du Temple s'approcha :

– Relève-toi. Vas-tu me parler d'un frère ?

Sa voix était sourde et semblait venir d'outre-tombe. Aimeric acquiesça :

– Oui par Dieu, seigneur commandeur.

Il se releva, étonné de n'avoir pas remarqué la première fois tous les trophées guerriers qui décoraient les murs, des écus, des épées, des casques de toutes les nations et, au milieu de ce bric-à-brac, la grande croix de bois.

Le commandeur poursuivit en s'agitant :

– Alors réfléchis bien à ce que tu vas me dire. Ne porte pas d'accusation dont tu ne puisses avancer la preuve. Sinon tu seras mis en pénitence comme faux hypocrite, et peut-être puni gravement comme calomniateur. Y as-tu pensé ?

– J'y ai pensé, seigneur commandeur. Mais je ne peux rester sans rien dire sachant les abominations dont j'ai été le témoin, involontaire, et qui se perpétuent chaque jour que Dieu fait.

Le commandeur sourcilla, plissa son front. L'agitation permanente de son long corps maigre s'accentua :

– Es-tu certain de n'avoir pas été le jouet de ton imagination, ou la victime risible du diable ?

– Non, seigneur commandeur, je n'ai pas été le jouet du diable. J'ai vu, de mes yeux vu, les horreurs que j'ai à vous révéler.

– Voyons Aimeric, la sagesse voudrait que tu remettes ces révélations à plus tard, après un rigoureux examen de conscience. Tu dois avoir la certitude que tu ne parles pas sous le coup d'un élan mauvais, que tu ne cherches pas à te donner de l'importance, ni à te venger en portant tort à un frère. Tu ne dois pas parler pour d'autres raisons que le respect de la règle, la défense de la foi et la gloire de notre Ordre. La diablerie t'apparaîtra plus clairement après une nuit en prières dans notre église vouée à la Vierge.

Le commandeur sautillait sur la pointe de ses chaussures avec impatience, les mains jointes tournées vers le chevalier comme un fer de lance, l'invitant à s'en retourner.

– Tu reviendras demain... insista le commandeur.

Aimeric le coupa, résolu :

– Seigneur commandeur, je suis allé aux laures, sans savoir ce que c'était.

Le mestre du Temple leva les bras d'impatience :

– Nous y sommes !

– J'y ai trouvé des hommes malades, méshaignés, mutilés et souffrant de blessures qui leur ont été infligées par d'autres ! poursuivit obstinément Aimeric. J'ai de bonnes raisons de croire que c'est le frère précepteur des bestiaux qui les maltraite.

– Le frère Aldebert les visite régulièrement et leur apporte des vivres, le coupa le commandeur vivement. Il n'y va pas pour leur faire subir des sévices, jusqu'à preuve du contraire.

– J'ai la preuve du contraire !

Le commandeur répliqua :

– Tu *crois* avoir la preuve, mais tu ne sais pas tout. Ces hommes que tu as vus sont de grands pécheurs. Ils ont soif de repentance, ils réclament des châtiments et s'y complaisent à outrance. Ils veulent avoir expié avant de paraître devant Dieu.

– À ce train ils y seront vite !

Le commandeur secoua la tête :

– Tout ce que nous pouvons reprocher à frère Aldebert, c'est de ne pas chercher à éloigner leur esprit de ces exercices de contrition, inutilement brutaux et sanglants.

Il se détourna en haussant les épaules :

– Dieu ne demande pas de répandre le sang, comme il l'a exigé de son Fils dans l'élan de son immense amour pour tous les hommes.

Aimeric fit trois pas pour revenir devant lui :

– Seigneur commandeur, il ne s'agit pas d'action sur les esprits. J'ai vu des hommes mutilés, flagellés, les pieds écrasés par des rochers. J'y suis revenu il y a peu de temps...

– Tu n'en avais pas le droit !

– Je l'ai pris ! J'ai vu un homme la langue transpercée par une pointe...

Le commandeur mit les mains sur son visage.

– Un autre, insista Aimeric, la cuisse ouverte jusqu'à l'os... un autre mort étranglé...

– Mon Dieu ! s'exclama le commandeur dans un hoquet.

Il s'assit et resta prostré.

– Cet homme mérite cent fois la mort ! s'emporta Aimeric. Au moins qu'il soit renvoyé du Temple, et remis à la justice du comte de Millau.

Le commandeur se retourna d'un bloc :

– Aimeric, dit-il avec colère, jamais un frère du Temple n'a été remis à la justice laïque. Et de toute façon ce n'est pas si simple...

Il le regarda intensément. Il avait repris son balancement.

– Ce n'est pas seulement l'âme de frère Aldebert qui est ici en question, Aimeric (le chevalier s'étonna que le commandeur le traitât tout à coup si amicalement), c'est aussi la survie de notre commanderie. Sache que frère Aldebert, le seigneur Aldebert de Calatau, est d'une famille riche et puissante du Roussillon. On nous l'a confié justement pour le guérir de certains penchants à la cruauté qu'il manifestait depuis sa plus tendre jeunesse. C'est pourquoi nous l'avons chargé des bêtes car il aime les animaux plus que les hommes.

Le commandeur s'interrompit pour laisser le temps à son interlocuteur de prendre la mesure des efforts que le Temple avait mis en œuvre pour sauver un homme victime du diable, et l'arracher aux flammes de l'enfer. Il se leva et continua en sautillant :

– En contrepartie la commanderie a reçu une dot importante, très importante, qui consiste dans les revenus de grands domaines proches de Perpignan. Et à la mort de frère Aldebert, ces domaines reviendront au Temple.

Aimeric ouvrit de grands yeux. Le commandeur précisa avec vigueur :

– Ces domaines reviendront au Temple si frère Aldebert meurt sous le manteau blanc des templiers, comprends-tu ? Sinon, ils resteront dans la famille des Calatau...

– Et c'est pour ça que vous ne punissez pas le précepteur des bestiaux ? s'indigna Aimeric, que vous ne le renvoyez pas ? Pour de l'argent ?

Le commandeur Bernart Escaffre passa sa main dans ses cheveux ras et reprit son balancement.

– Attends ! Tu ne sais pas tout. Sache que la commanderie aurait du mal à survivre sans ces ressources, que nous avons à l'époque considérées comme un don du Ciel.

– Et devenues depuis un don du diable !

– Pense que sans ces ressources on ne pourrait rien envoyer à nos frères de Palestine. Or sans nous ils seraient menacés de mort... Sans nous leur présence devant le tombeau du Christ serait remise en question chaque jour, chaque nuit. Sans notre aide nos frères templiers seraient chassés d'Orient. Et je ne parle pas des réquisitions du roi Alfonse, qui sous couvert de participer à la reconquête de Valence nous réclame chaque an des chevaux, de la laine, des deniers...

– Le roi Alfonse ?

– Alfonse d'Aragon. Son père était comte de Millau, par mariage. C'est lui qui nous donna la seigneurie du Larzac. Le roi Alfonse d'Aragon est aujourd'hui le souverain du comté de Millau, de tout le désert, et depuis peu de toute la vicomté de Trencavel. Il ne nous oublie pas et réclame chaque an ses redevances. Et d'ailleurs nous allons le voir bientôt. Il se plaît davantage de ce côté des Pyrénées que de l'autre, hélas ! pour nous.

– Le roi d'Aragon, il va venir ici ?

– En personne. Il doit passer à Millau, allant sur Rodez et dans le Gévaudan, qui lui appartiennent aussi. Il s'arrêtera un moment dans notre communauté, et tu seras chargé de lui présenter les chevaux qui doivent lui être donnés. J'espère qu'ils seront prêts.

Le commandeur esquissa un pâle sourire :

– Seront-ils prêts, chevalier ?

Aimeric demanda, méfiant :

– Pourquoi m'appelez-vous « chevalier » ?

Le commandeur sourit franchement, et son visage émacié se brisa de mille rides. Il dit d'une voix douce, voilée :

– Mon enfant, nous savons tout sur toi depuis longtemps. Nous savons que tu es un chevalier du comte de Toulouse – Dieu le bénisse et lui montre le chemin de la paix ! – que tu es au service de sa fille la princesse Adélaïs, recluse à Burlats. Nous savons même qu'à tes moments perdus – en voie de perdition en tout cas – tu frayes avec les hérétiques, les protégés du vicomte Trencavel. Ce dont le vicomte ne te sait aucun gré à ce qu'il semble, puisqu'il t'a envoyé dans les mines des seigneurs de Cabaret. Tu vois, nous savons tout sur toi... Mais la tradition du Temple est de ne jamais demander le passé d'un frère, pourvu qu'il fasse bien ce qu'il doit faire.

Aimeric en resta muet. Ainsi donc son effort vigilant pour cacher à tous son lignage, son passé, ses démêlés avec le vicomte Trencavel, n'avait servi qu'à amuser les frères ? Il eut envie de rire. Mais il ne pouvait oublier le but de sa démarche. Il interpella le commandeur :

– Seigneur, j'ai une faveur à vous demander.

– Je t'écoute, chevalier de Castelnau.

Aimeric sursauta. Ça faisait si longtemps qu'il n'avait pas entendu prononcer son nom ! Le commandeur l'avait repris dans son regard d'halluciné :

– Accordez-moi la faveur d'accompagner frère Aldebert quand il ira visiter les laures, afin qu'il n'y commette plus de crime. Et qu'il puisse penser à son salut.

– Je te l'accorde bien volontiers. Cette démarche t'honore, je ne peux que l'approuver. Mais j'en parlerai d'abord moi-même à frère Aldebert.

Il étendit ses mains :

– Je te bénis, au nom du Père, du Fils et du Saint-Esprit. Va en paix mon enfant et souviens-toi : le roi Alfonse. Que tes chevaux soient prêts.

– Ils seront prêts, seigneur commandeur.

Aimeric salua d'un petit genou et s'en alla. Il alla souriant et détendu saluer les frères des métiers. Il avait le sentiment d'avoir bien engagé sa mission, et de vivre à nouveau dans l'honneur son destin de chevalier errant. Il quitta la commanderie, délia son cheval et s'agrippant des deux mains à la selle il s'éleva d'un bond par-dessus le troussequin. Retombant dans la selle sans heurt, et sans chercher à chausser les étriers il lança la bête à plein galop. Il voulait savoir si le cheval arabe tiendrait la distance jusqu'à la Cavalarié, à plein galop. Il en était bien capable. « Celui-là, pensa Aimeric, le roi d'Aragon n'en aura jamais le bout de la queue ! »

Il décida de l'appeler Bayart, comme le Bayart de Renaud de Montauban, un nouveau roman qu'il avait lu avec Adélaïs dans la librairie du comte de Toulouse, au château Narbonnais. Comme la monture de Renaud qui s'allongeait à volonté, son cheval semblait se raccourcir et s'étirer aussi avec facilité, selon qu'il lui demandait un rassembler de parade, la queue dressée en panache comme le pennon d'une lance, ou un galop à bride abattue là-haut sur le causse, à la poursuite d'un cheval sauvage.

*

Les templiers attendaient le roi au péage de la Cavalarié, à l'ombre de la tour, sur le grand chemin qui venant de Montpellier allait à Millau, et jusqu'à Rodez. Les serfs, les troupeliers, les palefreniers, les écuyers, les serviteurs, tous avec leur famille, les frères des métiers, les frères sergents, ceux des granges, les chevaliers blancs, le commandeur et le gonfanon baussent de Sainte-Eulalie, il ne manquait personne pour accueillir le roi Alfonse d'Aragon.

Depuis le matin des fourriers menant des charrettes et des mules passaient sans cesse, précédés d'hommes de peine qui comblaient les ornières du grand chemin. Le défilé s'épaissit en début d'après-midi, tandis que des hommes d'armes survenaient de plus en plus nombreux, certains si mal vêtus et si mal armés que les chevaliers du Temple se demandaient s'il ne s'agissait pas de bandes de routiers mêlées au convoi pour éviter les péages et préparer des rapines.

Au milieu de l'après-midi passèrent les Almogavars, coureurs à pied des montagnes d'Aragon, vêtus d'un gambison épais, de jambières de cuir et d'un bonnet de cuir à résille d'acier. Ils portaient un sac sur l'épaule. On aurait dit des bergers, mais combien plus redoutables. Le roi qui les aimait beaucoup les comparait aux trottiers de Trencavel, pour dire qu'ils étaient encore plus forts, plus rapides, plus féroces. Les Almogavars menaient une guerre quotidienne contre les Sarrasins d'Espagne, pénétrant dans leur territoire jusqu'à plusieurs jours de marche, et en ramenant beaucoup de prisonniers et de richesses. Ils rendaient les prisonniers au roi d'Aragon et gardaient tout le butin.

Les arbalétriers qui suivaient étaient aussi à pied, marchant d'un bon pas en frappant en cadence leur carquois de sagettes de fer sur l'arbrier de l'arbalète, qui résonnait comme un rebec. Puis passèrent les dardiers navarrais aux trois javelots jaunes, une courte épée et un couteau de chasse à la ceinture, un arc pour certains, et un chapeau aux larges bords sur les yeux ; enfin les sergents à cheval catalans, montés à la genette sur un tapis de cuir et une selle plate, légers, rapides comme le vent. Les barons aragonais les appelaient « les chevaliers villains », par dépit, parce qu'ils leur avaient sauvé la bataille trop de fois. Ils portaient au bout d'une fine lance le pennon d'or à pals de gueules de la Catalogne.

Ensuite apparurent des chevaliers couverts d'un manteau noir et la tête sous un capuchon. Les templiers murmurèrent. Aimeric demanda qui ils étaient.

– Ce sont les chevaliers de Saint-Lazare, s'exclama un frère blanc, des chevaliers lépreux. Je n'en ai vu qu'en Palestine.

Ils passèrent le visage dans l'ombre des grands capuchons, défigurés, effrayants. L'un d'eux qui avait les dents à nu sortit de sous son manteau une main aux doigts raccourcis et la tendit vers une gourde, suspendue à l'un des chevaux du Temple de Sainte-Eulalie. Un frère la lui passa avec empressement. Il la leva et but à la régalade entre ses dents, en prenant soin de ne pas toucher à la gourde. D'une étrange voix de fausset il remercia :

– Dieu te bénisse, frère !

– Que Dieu t'aime et t'amène à bonne fin, mon frère, et t'accueille en paradis.

L'homme sourit des yeux.

Enfin arrivèrent en lignes compactes les chevaliers du roi, vêtus de mailles et par-dessus de cottes d'armes de soie, et leurs chevaux de même couverts de housses à leurs armes. Ils étaient tête nue, l'écu suspendu au pommeau de la selle. Après leurs écuyers suivaient des clercs, des moines, des évêques. Toute la religion défila et enfin apparut le gonfanon or et rouge du roi Alfonse. Les chevaliers blancs du Temple s'alignèrent devant la tour du péage, la lourde épée de fer au côté, un cheval à la main. Derrière eux les autres frères, puis les gagés, les tenanciers, les serfs, les familles.

Le roi était entouré de femmes montées à la manière des amazones, riant et plaisantant sans retenue, fermant le chemin aux officiers, aux grands barons et à toute la mesnie qui suivait derrière comme elle pouvait. C'était une véritable foule qui fermait l'horizon après le roi. Alfonse s'arrêta devant les chevaliers blancs et se redressa de toute sa haute taille. Le cortège s'arrêta avec lui dans une joyeuse bousculade. Le commandeur de Sainte-Eulalie fit un pas en avant, posa raidement un genou en terre et lança, assez fort pour être entendu de l'entourage du roi :

– Seigneur roi, notre souverain, c'est une grande joie que Dieu nous donne en ce jour, et la très sainte Vierge Marie mère de Dieu, en l'honneur de qui notre Ordre a été fondé...

Cornus murmura à Aimeric :

– Tu as vu toutes ces femmes... Sa poule ne lui suffit pas !

– Quelle poule ?

– Tu ne sais pas qu'il a une favorite dans notre pays ? On dit qu'elle est belle comme le jour, et le roi en est fou.

– Qui c'est ?

– La femme de Trencavel. Comme son benêt de mari l'a exilée à Burlats, le roi peut aller la voir à sa plaisance. Il se déguise en moine pour ne pas être reconnu.

– Et qui te dit qu'il a ses faveurs ? répliqua Aimeric, tout à coup rogneux. Elle reçoit à Burlats tous les troubadours qui désirent la voir. Le roi va à Burlats pour y chanter ses chansons...

Cornus haussa les épaules :

– Chante toi-même ! Il y passe ses nuits, il en est fou je te dis. Et le Trencavel qui serait complaisant ! Quelle famille !

Aimeric sentit la colère le submerger. Il voulut clore la conversation :

– Tu ne sais pas de quoi tu parles. Si tu écoutes tous les racontars...

– Racontar toi-même ! Lui, c'est un retrousseur de jupes de la pire espèce et elle, c'est une putanelle ! Tout le monde le dit !

– Ce n'est pas vrai !

Aimeric avait crié. Le commandeur se retourna en pleine harangue, les sourcils froncés, et le roi lui-même eut son regard attiré vers le grand jeune homme à la chevelure cuivrée, hirsute, qui s'emportait contre son voisin en le transperçant d'un regard mauvais.

Cornus, interdit, sentit qu'il avait dit quelque chose de travers. Il s'interrogea puissamment mais en vain.

Pendant ce temps le roi était descendu de son palefroi blanc, un bel andalou fortement marqué de Barbe, à considérer sa tête massive, son regard tranquille et têtu. Écartant ses longues jambes pour les détendre un peu, il soupira et répondit au commandeur quelques mots aimables, puis l'œil allumé il demanda :

– Et mes chevaux ? Où sont mes chevaux seigneur commandeur ?

Le chef de la maison templière sourit et lui désigna Aimeric :

– Voici, seigneur roi, le précepteur de vos chevaux. Ce chevalier est un mestre dans l'art du dressage. Vous allez en juger par vous-même.

Aimeric s'avança de mauvaise grâce, rogneux, plia à peine le genou avant de saisir son cheval et de monter en selle d'un bond, sans un mot. Tout le monde avait les yeux sur lui.

Le chevalier avait choisi de faire sa démonstration sur Bayart car il était beaucoup plus avancé que les autres. Il lui demanda des piaffer, des jambes croisées, des traverser, puis le lança et lui fit faire des volte-face en plein galop, dans un sens, dans l'autre, tournant sur les jarrets près du sol dans un équilibre parfait. Il le fit croupionner à volonté, se pointer, les antérieurs en avant frappant les ennemis, sabotant les boucliers. Il le fit s'enlever d'un bond en lançant les quatre membres, bottant des quatre fers, puis marcher au pas, lentement, vite, à l'amble, en travers, changer de pied, reculer, faire des demi-tours sur les épaules, et d'autres tours utiles en bataille pour écarter les péons et les sergents à pied, et intimider les autres chevaux. Le roi était émerveillé.

Cornus se demandait pourquoi le commandeur avait présenté Aimeric avec le titre de chevalier. Pour faire plus respectable devant le roi ? Par erreur ? Il pensa que c'était pour ne pas humilier les chevaliers du Temple, qui auraient paru moins adroits à cheval qu'un simple sergent.

– À qui est ce cheval ? demanda le roi ébahi.

– À moi ! répondit Aimeric sèchement, avant que le commandeur n'ait eu le temps de se manifester.

– Donne-le-moi, chevalier ! sourit le roi.

– Non !

Le visage du roi se figea un instant et il se força à rire :

– J'aime qu'on me résiste, commenta-t-il à son entourage.

Puis il prit un air sévère :

– J'ai besoin de ce cheval.

– C'est un cheval de guerre...

Le roi sourcilla, releva la tête, le regard encoléré. Puis, résistant encore une fois au brûlant désir de châtier l'impudent donzel il allongea le cou et baissant la voix il parla à Aimeric en confidence :

– J'aime une domna qui ne se refusera pas longtemps si elle me voit faire ce que tu as fait sur ce cheval.

– Parce qu'elle ose vous résister, seigneur roi ? s'étonna faussement Aimeric, mi-compatissant et mi-ironique.

– Elle est comme toi ! Mais si elle me voit sur ce cheval elle ne me résistera plus, par la Vierge pucelle et toutes celles du paradis.

Aimeric se remit tout à coup à espérer. Après tout que lui importait de perdre un bon cheval. Ce n'étaient pas les chevaux qui manquaient sur le Larzac. Une curiosité irrésistible le poussa à l'indiscrétion :

– Seigneur roi, comment une femme peut-elle vous faire attendre ?

Le roi haussa les épaules :

– Elle est encore dans le souvenir d'un autre, un chevalier du comte de Toulouse. Il a eu du malheur. Il expie présentement ses fautes dans les mines de la Montagne Noire. Ça le rend intéressant aux yeux d'une femme, vois-tu. Les femmes se complaisent dans l'affliction et la pitié, la mélancolie, et prennent autant de plaisir à se remplir le cœur de tristesse que nous le gosier de bon vin.

Il se tourna vers le commandeur :

– Encore un mystère que seul Dieu pourrait éclaircir, s'il en avait le goût.

– Et le temps, seigneur roi, et le temps. Il a tant à faire sur terre...

– Bien sûr. Aussi nous ne saurons jamais pourquoi les femmes se complaisent autant dans les larmes.

Se tournant à nouveau vers Aimeric, bruissant des lames de fer toutes neuves de sa lamière, le roi frappa dans ses mains :

– Bon, chevalier, tu me le donnes ton cheval ? Comment s'appelle-t-il ?

– Bayart.

– Comme celui de Renaud de Montauban ?

– Oui, seigneur roi, car il s'allonge et se rassemble à volonté.

– Je n'en demande pas tant. Il me suffit qu'il fasse les tours que je t'ai vu faire. Les fera-t-il ?

– Certainement, seigneur roi, si vous êtes bon cavalier. Il obéit au souffle de la botte.

– C'est bien suffisant. Et s'il n'entend pas le souffle de ma botte, il sentira mes éperons. Allons, donne-le-moi !

Aimeric sauta de cheval et tendit les rênes au roi, subitement joyeux :

– Seigneur roi, je le crois à peine digne de vous. Mais il me faut la permission du seigneur commandeur...

Aimeric venait de se souvenir que le cheval appartenait à la commanderie du Temple. Mais il s'en moquait bien. Son cœur débordait de joie. Adélaïs n'avait pas failli, elle n'avait rien permis au roi Alfonse. Et il savait que ce n'était pas un cheval qui la ferait se rendre aux volontés du roi d'Aragon, pas plus qu'à celles du roi de France ou du roi d'Angleterre. Rien ne pouvait peser sur le cœur d'Adélaïs.

Il eut envie de rire. Le commandeur ayant incliné le buste en signe d'assentiment Aimeric abandonna les rênes dans la main gantée de vert du roi et plia le genou sans réserve. Le commandeur, prenant un air doucereux de chattemite, commenta :

– Nous vous donnons notre plus beau cheval avec joie, seigneur Alfonse, par Dieu notre Juge souverain. Et tout aussi joyeusement les vingt-neuf autres qui sont là-bas à l'attache sous le bosquet.

– Ah ? Il n'est pas *en plus* ? s'étonna le roi.

Le commandeur murmura, les yeux baissés, les mains jointes :

– Nous sommes si pauvres...

Il releva la tête et fixa le roi de son regard fiévreux :

– Et tant de gens réclament nos soins, attendant notre secours.

Le roi prit un air rechigné et tendit les rênes de Bayart à un donzel de sa garde :

– Tiens, Jaume, prends ce cheval et fais-lui faire les tours que tu as vus. Qu'il ne les oublie pas avant le jour où je reverrai la princesse Adélaïs !

À ces mots Aimeric tressaillit. Un torrent de gratitude déborda de son cœur. Jamais il ne connaîtrait une autre femme, car jamais il ne rencontrerait une femme aussi franche de cœur, aussi belle de corps, aussi passionnée et généreuse, aussi éprise de justice. Aussi fidèle. Aussi proche, aussi complice. Une femme et une sœur.

Il pensa : « Je voudrais mourir pour elle ! »

Le roi tapa dans ses mains :

– Allons voir ces chevaux !

Ils allèrent sous les chênes chétifs qui agrémentaient d'un peu d'ombre le hameau de la Cavalarié. Un foyer de plein air y avait été bâti à l'usage de la communauté. Aimeric interpella le roi joyeusement :

– Seigneur roi, lequel voulez-vous essayer ?

– Celui-là ! dit-il en désignant un cheval noir, puissant, nerveux, qui grattait le sol avec un sabot.

Aimeric hésita. C'était l'étalon noir si belliqueux qui les avait attaqués sans cesse quand ils prélevaient les beaux modèles de son troupeau. Faute de pouvoir le chasser, ni le contenir, ils avaient dû le capturer pour tenter de le dresser *a minima.* Il était encore rétif et à moitié sauvage. Du moins à la guerre serait-il courageux et agressif à souhait dans la mêlée.

« Si le roi monte ce cheval il va droit à l'hospice des pèlegrins de Millau, pensa Aimeric, et moi tout aussi vite vers de nouveaux ennuis. » D'un autre côté il avait là l'occasion de se débarrasser de son rival.

C'était autant de répit pour Adélaïs. Le roi s'impatienta :

– Il vient ce cheval ?

– Oui seigneur roi, je vous l'amène, s'empressa Aimeric tandis que Cornus lui faisait des signes désespérés pour qu'il en choisisse un autre.

« À la plaisance de Dieu », murmura le chevalier en détachant le cheval noir.

Il fit signe à Cornus de venir l'aider. L'autre accourut en lui faisant de gros yeux et en se frappant la tête à coups de poing.

– Tu es fou ! lui souffla-t-il.

– C'est la volonté de Dieu, ricana Aimeric. Je te le tiens, habille-le !

Le chevalier avait déjà placé une flassèle sur son dos et attendait la selle. Résigné, fidèle, Cornus s'exécuta. Qu'Aimeric soit passé d'un seul coup de la place de sergent à celle de chevalier, voilà qui le stupéfiait. Mais cela ne remettait pas en cause leur amitié. Depuis longtemps ils étaient deux frères. Ils le resteraient.

Les deux jeunes hommes réussirent à harnacher le cheval noir qu'ils appelaient Alexandre. Ils le sortirent du rang et le présentèrent au roi. Le roi hocha la tête en connaisseur, la mine faraude :

– Beau modèle ! Grand, puissant, fort !

– Et belliqueux ! rajouta Aimeric.

Comme dans un excès de zèle le cheval se pointa, battant des antérieurs. Le roi ne s'en émut point, recula néanmoins d'un pas et se retournant il désigna un chevalier :

– Jordàn, essaye-le pour l'amour de Dieu et la gloire de la Couronne d'Aragon.

Le chevalier désigné pâlit et sembla avaler du fiel. Il s'approcha en traînant des éperons. Il dit au roi :

– Monseigneur, je n'en suis pas digne...

Le roi ferma les yeux, tapotant l'épaule du fauve prêt à se lever à nouveau et à botter :

– Mais si, mais si, Jordàn... le rassura-t-il d'un ton badin. Il est moins méchant qu'il n'a l'air.

Aimeric et Cornus immobilisèrent Alexandre un court instant et le chevalier monta. Les jambes tendues, les pieds en avant pour prévenir toute tentative d'éviction par-dessus l'encolure, il desserra ses doigts et rendit les rênes. Aimeric et l'écuyer lâchèrent le cheval noir qui partit dans un galop effréné.

– Vous pensez que nous les reverrons ? demanda le roi malicieusement.

– Le cheval, peut-être, répondit Aimeric en échangeant un sourire.

Le roi se redressa et commenta avec l'assurance d'un vieux guerrier :

– Ce sera un très bon cheval de guerre. Il va terroriser les Sarrasins.

Il tapota ses mains poudreuses, dégageant un parfum de lentisque et de lavande, retendit les doigts en les bougeant et lança à la ronde :

– Allons ! Les consuls de Millau nous espèrent pour nous assommer de récriminations. Ne les faisons pas attendre davantage. Et ne traînons plus si nous voulons prendre quelques déduit avant le souper.

Il se tourna vers le commandeur, tout à coup soucieux :

– Commandeur, que vaut la chasse aux oiseaux sur les bords de la rivière Tarn ?

Le commandeur reprit son air de chattemite, et se balançant sur ses doigts de pied, geste qu'il affectionnait en toute circonstance, il répondit dans une courbette :

– Seigneur roi, je n'en ai aucune idée. Souvenez-vous que notre règle, écrite par saint Bernard, nous impose de ne chasser aucun gibier sinon le lion. Comme il n'y a ici aucun lion, nous n'avons pas d'expérience dans ce domaine.

Le roi compatit en faisant un regard lunaire, et monta à l'étrier que lui tenait un écuyer tandis qu'un autre tenait le cheval, et un troisième le second étrier prêt à chausser. Le roi s'arrangea avec lenteur et chercha des yeux Aimeric.

– Chevalier, lui lança-t-il, quand tu auras fait tes gages au service du Temple, viens dans ma mesnie. Je te donnerai le commandement d'une de mes écuries. Dis-moi ton nom !

– Aimeric de Castelnau, seigneur Alfonse, répondit le commandeur en premier. Il est d'une vieille famille gasconne.

Le roi dégusta le commentaire :

– Un Gascon ? Les Gascons sont les amis d'Henri d'Angleterre, et le roi Henri est mon ami, pour l'instant. Les Gascons sont donc mes amis. Mais ton nom me dit quelque chose d'autre. Une chose dont je n'ai pas gardé un bon souvenir... Bah ! Allez savoir pourquoi... Peut-être nous sommes-nous connus dans une autre vie, ajouta-t-il en riant, toisant d'un regard provocateur le frère commandeur.

Celui-ci ne répondit pas. Il n'appréciait pas que l'on s'amuse avec les croyances de l'hérésie cathare.

Le roi éperonna son cheval et s'en fut, rattrapé par les amazones qui poussèrent leurs chevaux en gloussant, avec assez de pugnacité pour reconquérir leur place. Elles provoquèrent l'amusement du roi et un énorme remous.

Aimeric et Cornus s'en retournèrent aux chevaux. Ils montèrent en selle pour aller à la recherche d'Alexandre et de son malheureux cavalier.

– Il a dû revenir surveiller son troupeau, pensa Cornus tout haut.

– Certainement, acquiesça Aimeric dans un soupir résigné.

Ils mirent les chevaux dans une bonne allure. ils voulaient être revenus avant la nuit.

– Je pense qu'Alexandre n'est pas tout à fait prêt, lâcha Cornus au bout d'un moment.

– Je le pense aussi.

Les deux cavaliers se regardèrent et éclatèrent de rire.

XXIV

L'intendant Aribert s'était assis sur un tronc d'arbre en bordure de la rivière Aude, en amont de la cité, observant attentivement derrière un regard vague les ébats des jeunes clercs. Surprenant des bribes de conversation il constatait avec irritation que le surnom ridicule de « Grosse-Tête » lancé par les Toulousains de la comtesse Adélaïs s'était répandu comme une tache d'huile dans l'enclos canonial.

Il y avait là des clergeons du chapitre et des clercs du vicomte, et quelques jeunes donzels boutonneux qui profitaient des dernières journées chaudes de l'automne pour maintenir le plus tardivement possible la tradition du bain du vendredi. Aribert se chagrina en pensant qu'il venait les voir pour la dernière fois de l'année, certainement, tant l'eau de la rivière descendue du pays de Sault lui paraissait fraîche.

Parmi tous ces jeunes qui s'agitaient il y avait Arnaud de Moure.

Depuis qu'Arnaud avait de nouveau quitté son lit, Grosse-Tête avait le sommeil fuyant. Il se sentait habité d'une irritation sourde que rien ne pouvait adoucir. Elle était une preuve tangible que Satan maintenait son effort pour le remettre dans le péché. Les jeunes garçons se poussaient dans l'eau, riant et bataillant en toute innocence. Les plus grands avaient gardé leur petit linge, un caleçon moulant retenu à la taille par une ficelle et qui, au sortir de l'eau, se plaquait en ombrant leur virilité. L'eau froide rendait les chairs rouges et fermes. Certains qui étaient restés trop longtemps dans l'eau étaient pris de tremblements, et sur leur corps apparaissait un réticule de veines violettes.

L'intendant remarquait tout cela sans s'arrêter sur rien en apparence. Mais il prenait plaisir à détailler les jolis corps encore potelés, guettant sans s'attarder les plus âgés qui trahissaient déjà des désirs charnels pour leurs compagnons. Il avait surpris de fugaces attouchements sous le couvert de luttes viriles. L'un d'entre eux avait laissé filer son caleçon et s'ébattait nu. Quand l'intendant vit son membre entreprendre une ascension sans retour, qu'il alla mollement cacher dans le courant, Grosse-Tête en fut si ému qu'il se leva et s'en retourna, tourneboulé, gardant devant les yeux jusqu'à sa chambre la turgescence splendide de l'adolescent sans pudeur.

Il se morigéna d'être allé se distraire au bain des clercs. Ce n'était pas le moment de perdre la tête et de se disperser quand tout allait si mal dans la cité. L'excommunication de Trencavel avait davantage fait pour le développement de l'hérésie que pour son éradication. De plus la vicomté tout entière était maintenant dans les mains du roi d'Aragon, ce qui ne simplifiait pas les choses, du moins pour lui. Jamais il n'y avait eu autant de monde dans l'oustal vicomtal, autant de bouches à nourrir, autant de couches à installer, chaque soir, dans tous les recoins du palais jusque sous les combles.

Pour couronner le tout son ami l'archidiacre s'était mis en tête de mettre au pas sans plus tarder la cité de Carcassonne. Il tenait des discours guerriers et parlait de porter à la vicomté de Trencavel, avec tous ses lignages et ses vasselages, un coup mortel. Il en avait pris l'engagement devant le légat du pape, lors de sa venue, passant par-dessus la tête de son évêque. Il prédisait à l'intendant Aribert qu'on parlerait de lui à Rome avant longtemps.

Grosse-Tête s'inquiétait maintenant de cette bouffée d'ambition qui enlevait au premier des chanoines toute prudence. Malgré ses conseils de modération l'archidiacre se déclarait ouvertement contre le vicomte avec l'espoir que son zèle accélérerait son avancement à la tête de l'évêché. Son idée fixe de remplacer au plus tôt Monseigneur Othon s'était exacerbée avec la venue du légat. Il était devenu sourd à tout conseil.

Grosse-Tête en voulait terriblement à l'archidiacre Raimon de Moure de les mettre ainsi tous deux en danger.

– Le vicomte n'a rien perdu de sa force militaire ni de sa pugnacité, lui répétait-il. Il bénéficie en outre aujourd'hui des renforts aragonais. Que fera le roi d'Aragon ? Nous n'en savons rien. Pensez que vous ne pouvez présentement vaincre Trencavel dans une attaque frontale.

L'autre n'entendait rien. Excédé, Grosse-Tête lui avait lancé un jour :

– Vous allez au martyre !

Mal inspiré qu'il avait été, ce jour-là ! L'archidiacre avait rosi de plaisir en entendant ce mot glorieux de « martyre », car c'était la première fois qu'on l'évoquait à son adresse. Il avait ouvert les mains vers le ciel, la figure extasiée, récitant : « Que la volonté de Dieu soit faite ! » Puis, reposant ses mains blanches sur son aimable rotondité dans une attitude familière, il avait braqué son regard conquérant dans celui, inquiet et fuyant, de l'intendant. La bouche arquée par une moue méprisante il lui avait répondu :

– Ami Aribert, souvenez-vous de ce que je vais vous dire : les jours du vicomte sont comptés. Je sais de source sûre que le seigneur pape envisage d'envoyer une armée contre Trencavel. Vous avez bien entendu : une armée !

Il était vrai que l'arrogance du vicomte n'avait fait que s'affermir, comme attisée par l'excommunication. Elle n'avait plus de bornes. N'avait-il pas emprisonné l'évêque d'Albi sous le prétexte qu'il aurait déclaré être désormais le seul seigneur éminent de la cité, après l'excommunication du vicomte ?

Trencavel ne l'avait pas encore libéré et le faisait garder par des hérétiques avérés dans un de ses châteaux de la Montagne Noire. Grosse-Tête se servait de cet exemple pour raisonner l'archidiacre :

– Monseigneur gardez-vous de subir le même sort, lui disait-il avec conviction. Ne vous exposez pas inutilement. C'est à Rome de terrasser l'hydre de l'hérésie. Nous-mêmes, seuls au milieu de nos ennemis, nous n'en viendrons pas à bout. Au premier affrontement nous serions exterminés.

– Mon pauvre Aribert, comme vous êtes de peu de foi. Vous manquez de confiance en Dieu et en nos forces. Sachez que nombreux sont les amis de Rome ici, dans la cité. Le jour où nous déclarerons la guerre au vicomte, innombrables comme les étoiles dans le ciel seront nos alliés. Ils se lèveront comme l'armée des saints et viendront faire un rempart de leur corps autour de notre enclos.

Grosse-Tête se méfiait du lyrisme du chanoine et ne croyait pas un instant que la population viendrait mourir en défendant l'évêque et ses chanoines. Il pensait plutôt que les amis de Rome allaient former un rempart avec leur cadavre. L'intendant côtoyait chaque jour la gent de Carcassonne et des alentours, et croisait sans cesse au palais de petits seigneurs venus réclamer une faveur. Il était bien placé pour dire qu'il ne voyait partout que des ennemis de la religion. Il craignait comme le jour du Jugement dernier le moment de la grande confrontation entre l'ancienne foi et la nouvelle. Sans aucun doute les défenseurs de la nouvelle foi, les « cathares » comme ils s'appelaient eux-mêmes, les « purs », étaient plus résolus et plus fanatiques. Ils l'emporteraient aisément.

La seule lueur, pensait-il, qui pouvait encore éclairer cet avenir très sombre était dans les paroles d'Arnaud de Moure prétendant que les cathares étaient très tolérants avec le péché de chair, dont la seule sanction était de retarder l'entrée en paradis. Quelque retard à connaître la félicité éternelle était moins éprouvant que le bûcher ou la pendaison, et les affres de l'enfer. Mais tout ceci n'était encore que spéculations rêveuses. Autrement solide et assurée était l'imminence de la guerre.

Aribert se sentait de plus en plus seul. Malgré ses conseils l'archidiacre s'entêtait à aller à la bataille contre le parti du vicomte. Il lui avait révélé, dans un rire provocateur, qu'il comptait interdire à Carcassonne les fêtes d'avant Carême. Grosse-Tête s'inquiéta sérieusement.

Il avait souvent constaté que les troubles, les émeutes, les émotions populaires les plus sanglantes commencent souvent par peu de choses. Mais elles finissent toujours par le meurtre des suspects. Or il était on ne peut plus suspect. Le vicomte savait maintenant, depuis la mission romaine, le rôle qu'il jouait à sa cour ; on le tenait pour l'œil de Rome. Grosse-Tête s'attendait chaque jour à une réaction violente de Trencavel, et pour cette raison évitait de le rencontrer. Il avait pratiquement laissé se perdre l'habitude de l'entretenir chaque semaine des questions d'intendance. Curieusement Trencavel ne réclamait rien. Il semblait au contraire satisfait de ne plus avoir à connaître de ces questions, et se contentait de le saluer d'un grognement méprisant quand il le rencontrait par hasard.

Très abattu d'avoir encore cédé au démon de sa lubricité en assistant au bain des clercs, Grosse-Tête alla à complies à la cathédrale. Il voulait aussi s'assurer de la présence de l'archidiacre Raimon de Moure dans les stalles du chœur. On le disait souffrant. L'ayant aperçu ou plutôt deviné sous son capuchon, car le chef des chanoines aimait cacher son visage pour ne pas se laisser surprendre en état de somnolence, l'intendant en fut réconforté et rentra au palais avec le désir de se coucher tôt.

Il lisait les Psaumes dans son lit à la lueur d'un lumignon quand apparut, sortant de la nuit, le jeune clerc Arnaud de Moure. La venue du neveu de l'archidiacre n'avait rien de surprenant, sinon l'heure. Il lui apportait régulièrement des nouvelles de la cour de Trencavel, où il avait un rôle de secrétaire et plus largement de conseiller qui n'était pas négligeable. Cependant ses visites s'espaçaient. Plus grave et plus inquiétant, ses renseignements étaient devenus sans intérêt. On ne pouvait s'en servir pour éclairer la future armée romaine.

Arnaud de Moure le salua comme à l'accoutumé d'une manière irrévérencieuse :

– Dieu te garde, Grosse-Tête ! lança-t-il, goguenard, en s'asseyant sur un siège.

L'intendant se contenta de hocher la tête en grognant, irrité de cette intrusion qui maintenant ne lui apportait plus que des soucis. Il sursauta quand apparut silencieusement dans la lueur de la chandelle un autre jeune homme, hésitant à entrer dans la pièce. Grosse-Tête reconnut avec stupéfaction le donzel qui s'était mis nu à la baignade tout à l'heure. Il était brun, le visage poupin, et les cheveux ras avec un anneau d'or à chaque oreille. Plutôt rond sans être dodu, son corps gracieux et bien nourri trahissait sa naissance noble. Arnaud de Moure le présenta :

– Anthoni Cardonna est venu de Catalogne pour m'assister dans l'administration des chartes du vicomte. Il est encore écolier, mais il est très intelligent et bientôt le vicomte lui confiera des tâches très importantes. Il sera chargé du courrier apostolique.

Comme Grosse-Tête le regardait bouche bée, Arnaud de Moure précisa :

– Il sera chargé de suivre à la chancellerie les courriers avec Rome. J'ai pensé que tu aimerais le rencontrer. Au fond vous avez les mêmes occupations...

Grosse-Tête rougit, ce qui n'avait aucune importance dans la pénombre, mais il en fut gêné et il s'agita dans son lit. Arnaud ricana :

– Voyons Aribert, le vicomte lui-même est le premier à me dire : « N'oublie pas de dire ça ou ça à ce bon Aribert, qu'il en informe l'archidiacre. C'est le chemin le plus court jusqu'à Rome... »

Arnaud éclata de rire. Il reprit :

– Plaisanterie mise à part, j'ai pensé que tu pourrais héberger mon ami Anthoni pendant quelque temps. Sachant ton dévouement sans bornes pour les jeunes clercs...

Aribert était furieux. Le jeune Anthoni en conçut une certaine crainte car il s'empressa de dire, avec un accent catalan sifflant :

– Seigneur Aribert, je ne veux pas vous gêner. Si je vous dérange je chercherai un autre lit...

– Il n'y a pas d'autre lit ! le coupa Arnaud de Moure. N'est-ce pas Aribert ?

Il prit le jeune homme par l'épaule :

– L'intendant est bien placé pour le savoir. Il t'accueillera volontiers ; il est toujours heureux d'avoir de la compagnie.

– J'ai peur d'abuser, objecta Anthoni.

Arnaud ricana :

– Attends de voir qui abusera le plus...

Il se leva et se planta devant l'intendant :

– C'est une idée du vicomte de te demander de l'héberger.

Aribert pris de vertige hocha la tête machinalement. Il n'avait plus ses esprits. Le diable lui remettait dans le lit une de ces jeunes créatures qui l'enfonçaient irrésistiblement dans le péché. « Je ne peux pas refuser ce service au vicomte ! » répliqua-t-il à sa conscience qui s'offusquait.

Certes Satan lui posait des pièges une fois de plus, des pièges qu'il ne prenait même plus la peine de cacher. Grosse-Tête pensa qu'il expierait sa perversité inavouable en se consacrant doublement à la lutte contre les hérétiques, les ennemis de la vraie foi. Mais la lutte contre les hérétiques pouvait-elle le protéger de la colère de Dieu ? Quelle dérision. Il pensa : « C'est la dernière fois ! Après celui-là je me fais moine. Je le jure ! »

Arnaud de Moure repartit comme il était venu, sans cérémonie, laissant son compagnon entre les mains de l'intendant. Le jeune clerc s'était saisi d'un sac de cuir qu'il avait à ses pieds et en avait sorti un livre, une touaille pour se débarbouiller, des sandales de cuir souple et un torchon dans lequel étaient roulés un morceau de pain et de fromage. Il mangea.

– Veux-tu du vin ? lui demanda Aribert paternellement.

Le jeune homme hocha la tête :

– Oui.

Aribert sortit du lit. Il était nu et enfila sa chemise. Il alla dans un placard du mur et en retira un cruchon avec un gobelet de terre cuite peint. Il le remplit et le lui tendit. Il prit un autre gobelet pour l'accompagner. Le garçon lui sourit.

– Il est frais, ça fait du bien.

Pendant que le jeune homme se déshabillait Aribert se remit au lit. Il hésita à enlever sa chemise mais finalement, de peur d'être gêné, il la fit passer par-dessus sa tête. Il n'avait pas de raison de faire différemment des autres jours. Pendant ce temps le clerc s'était déshabillé et venait nu vers le lit. Aribert le contempla, le regard troublé. C'était bien le jeune corps qu'il avait distingué à la baignade, rond, poli, ombré d'un duvet noir. Il souffla la bougie, et sentit les draps se soulever.

Aribert resta immobile dans la nuit, comme tapi à l'approche d'un danger. Il espérait que le jeune homme allait s'endormir. Il ne savait pas ce qu'il ferait, mais au moins qu'il soit seul à le faire. Il avait trop souffert d'avoir montré ses turpitudes à Arnaud de Moure, involontairement, pour risquer l'ignominie une seconde fois. Aribert avait l'impression que de pécher sans témoins avait moins de poids, moins de conséquence, et que l'existence de la faute dans la conscience était infiniment plus courte. C'étaient les témoins, les curieux, les juges qui en la rendant publique maintenaient la faute en vie au-delà de son âge. Ils lui donnaient une importance démesurée.

Il pensa : « Prudence... » Et s'endormit, brisé par les émotions.

Au matin quand il se réveilla son jeune compagnon était déjà debout, pissant dans le seau devant la fenêtre. Il comprit qu'il s'était réveillé au bruit du jet. Une douloureuse bouffée de désir le souleva. Il s'assit, contempla le jeune homme qui agitait ses fesses, et qui lui sourit en revenant au lit. Aribert s'affola. Il faisait jour, et il lui semblait que ses pensées se lisaient sur son visage. Quand le jeune homme lui demanda d'un ton détaché s'il voyait souvent l'archidiacre, Aribert en oublia d'être surpris et lui répondit :

– Il n'y a pas de règle. J'y vais quand j'ai quelque chose d'intéressant à lui dire.

– On dit que Rome prépare une croisade armée contre le vicomte. C'est la vérité ?

– Oui, c'est la vérité.

– C'est pour quand ?

– Avant l'été prochain.

– Avec quelles armées ?

– Je ne sais pas encore. On parle de Guilhem de Montpellier. Et du comte de Toulouse. Et aussi du roi de France. Pourquoi me demandes-tu ça ?

– Parce que je dois me former aux affaires romaines. Alors je me renseigne. Arnaud dit que vous savez beaucoup de choses, et que vous pouvez m'aider à me préparer à mon office...

L'intendant haussa les épaules :

– J'en sais comme tout le monde.

– Arnaud dit que vous savez tout ce qui se passe dans la cité. En particulier qui va être condamné pour hérésie à Carcassonne. Il y en a beaucoup, des hérétiques ?

– Beaucoup de monde. Tout le pays est infesté.

– Vous avez une liste ?

– Oui.

– Et vous, vous n'êtes pas de la nouvelle foi ?

– Moi ? Bien sûr que non. Pas du tout. Qui t'a dit ça ?

– Arnaud dit que vous n'êtes pas hostile à la nouvelle foi, au fond, mais que vous n'osez pas vous déclarer pour sauver votre peau...

Aribert sourcilla. Quel insolent cet Arnaud !

Le jeune clerc lui sourit, un sourire ironique mais désarmant. Grosse-Tête sentit fondre sa rogne. Ne restait que l'envie de faire plaisir au jeune homme, de le retenir. L'autre s'assit sur le rebord du lit et lui tournant le dos il demanda négligemment :

– Que va-t-on faire du vicomte ?

Aribert, le souffle court, se débarrassa rapidement de la question :

– On va l'emprisonner, le juger et, si Dieu le veut, l'emmurer jusqu'à la fin de ses jours.

– Et que va devenir la vicomté ?

– La vicomté ? La vicomté sera confisquée, bien sûr. Roger n'a pas d'héritier.

– Et à qui sera-t-elle donnée, la vicomté ?

Aribert sentait qu'il perdait patience. Mais il ne voulait pas effaroucher l'ange brun. Craignant que son silence n'incite le jeune homme à rompre le dialogue, et à se lever, il répondit-il d'un ton neutre :

– À qui ira la vicomté ? Je ne sais pas.

– Au roi d'Aragon ?

– Ou au comte de Toulouse. Ils sont tous les deux bons chrétiens, fidèles à Rome, et les deux ont des droits. À moins que ne survienne un petit malin... Je veux dire une tierce personne.

– Qui ?

Aribert fronça les sourcils :
– Pourquoi me demandes-tu tout ça ?
Anthoni se retourna et lui sourit, angélique, rassurant.
– Je vous l'ai dit, j'essaye de comprendre la situation. Nous n'avons pas d'hérétiques en Catalogne. Et notre roi Alfonse est l'ami de Rome. Il n'y a rien de comparable entre les deux côtés des Pyrénées, vous voyez ? Il lui sourit encore, le regard franc, attentif.
– Alors ? Qui est la troisième personne qui pourrait accaparer la vicomté de Trencavel ?
Aribert resta muet. Décidément ce jeune clerc posait des questions bien pertinentes pour un écolier, et pour un Catalan arrivé de fraîche date. Surtout, il ne posait que des questions intéressant le sort de Trencavel. Il imagina le vicomte écoutant derrière la porte.
Le jeune homme se leva et passa sa chemise. Aribert sentit la panique lui troubler l'esprit. « Je vais le perdre ! » pensa-t-il. Le clerc le regardait de nouveau avec de grands yeux innocents, des yeux doux et étonnés, légèrement inquiets. Émouvants.
– Qui ? demanda-t-il encore d'une voix douce.
– L'Église de Rome ! s'empressa de répondre l'intendant d'une voix voilée, tournant son visage vers la fenêtre pour que le donzel n'y vit pas son air d'égarement. Rome confisquerait la vicomté et en toucherait les revenus jusqu'à ce qu'on ait choisi un nouveau vicomte. Comme il faudra l'accord du roi de France et du roi d'Aragon, ça prendra du temps. Des années.
– Et pendant ce temps le pape et l'évêque de Carcassonne se partageront les revenus de Trencavel. C'est bien ça ?
– Oui.
– En effet, on peut penser que ça prendra beaucoup de temps.
Le jeune homme laissa entendre un rire rentré et s'empressa d'enfiler ses chausses violettes et tous ses habits de la veille. Aribert sentit venir une irritation sourde en voyant sa proie lui échapper ; puis il se gourmanda. Après tout il avait la conscience en paix – il n'avait rien fait, rien fait vraiment – et sa journée serait plus facile à vivre. Le clerc se coiffa rapidement et partit. Aribert lui lança : « À ce soir ! »
L'autre ne répondit pas.
Aribert se débarbouilla d'un peu d'eau froide, s'habilla et descendit dans le palais. Il ne tenait pas en place. D'avoir parlé d'une menace de guerre devant un étranger l'avait rapproché d'un coup de l'orage qui allait s'abattre sur Carcassonne, Béziers, Albi, et toute la vicomté.
En bas de l'escalier Bernat de Canet, un capitaine du vicomte, l'attendait avec quelques sergents. Il l'interpella, lui signifia que le vicomte lui interdisait désormais la cité de Carcassonne et qu'il devait la quitter dans l'instant. Sans rien. Les mains vides.

Encadré par des sergents l'intendant Aribert quitta le château par la porte d'Aude et, passant sur le pont de bois, il ressentit comme un étrange soulagement. Il était en train de devenir un martyre de la foi avant l'archidiacre. Dieu s'en souviendrait.

En même temps il s'étonnait de ne ressentir aucune émotion, aucune exultation, ni désespoir non plus, ni tristesse ni rien. Sa tête était vide, désespérément vide. Ne restait gravé dans son esprit, avec un irritant entêtement, que le corps du jeune homme qui était venu l'interroger et lui avait tiré les vers du nez.

Quand un prêtre de la paroisse Saint-Vincent le salua, Grosse-Tête se rendit compte qu'il avait passé les remparts et qu'il ne savait pas où il allait. Il ne savait même pas où aller. Les quelques biens qu'il avait dans le Carcassès lui seraient certainement confisqués. De toute façon il ne voulait pas s'y trouver quand la croisade arriverait, car il serait le premier à y mourir.

Il marcha comme un somnambule et fit le tour de la cité en suivant les murailles, traversant sans les voir les deux faubourgs populeux et sales de Saint-Vincent et de Saint-Michel. Il trouva une poterne ouverte et entra de nouveau dans la ville pour se donner le temps de réfléchir. L'habitude le ramena devant la grande porte de l'enclos canonial, « la porte de Rome ». Il entra et se dirigea vers la maison de l'archidiacre Il allait lui demander asile. Après tout, c'est à son bénéfice qu'il avait travaillé.

*

Grosse-Tête avait finalement trouvé à se loger dans l'enclos canonial, à l'étage vide d'une maison dont le rez-de-chaussée était occupé par une famille d'artisans. Le dessus était inhabité en raison du risque d'effondrement du toit. Ce n'était pas un refuge parfait, et l'intendant s'y attardait le moins possible. Mais c'était un asile hors d'atteinte du pouvoir vicomtal. Du moins en principe.

Il se rendait souvent chez l'archidiacre, qui le recevait avec plaisir bien qu'il ait refusé tout net de le loger. Le chanoine profitait de la venue de l'intendant pour affiner sa stratégie de déracinement de l'hérésie. Il disait qu'il allait mettre les Carcassonnais « au pli de l'Église ». Sa méthode préconisait de rendre les sujets du vicomte aveuglément obéissants, strictement respectueux de leurs pasteurs avant de songer à leur apprendre quoi que ce soit. Ce n'est qu'ensuite qu'on pourrait revenir à l'étude des dogmes fondamentaux de la foi chrétienne, apostolique et romaine.

– Voyez le dressage d'un cheval, disait-il joliment ; si la bête ne vous écoute pas, si elle n'a pas la tête au travail, si elle n'est pas attentive, ou pire si elle est rétive à votre autorité, tout ce que vous pourrez lui apprendre ne servira de rien. Elle oubliera tout à mesure et reviendra à son indiscipline naturelle.

Pour commencer l'œuvre de redressement, et frapper fort les esprits toujours prompts à l'amusement, l'archidiacre avait pensé interdire les réjouissances qui précèdent Carême-Prenant.

– C'est risqué ! s'était empressé de rétorquer Grosse-Tête en agitant ses mains.

L'archidiacre avait pris un ton impérieux :

– C'est indispensable. Ce sera l'occasion de rappeler aux Carcassonnais que les fêtes liturgiques sont destinées à honorer Dieu, et à commémorer le saint sacrifice de son Fils. Tout le reste n'est que fioritures. Et quand les fioritures deviennent un prétexte à beuverie et à des débordements de toute nature, il appartient à ceux qui conduisent le peuple depuis Abraham de le remettre sur le droit chemin. C'est ce que nous allons faire tambour battant, mon brave Aribert.

Aribert pensait en son for intérieur qu'il serait impossible d'interdire les fêtes précédant Carême, parce que justement elles avaient pour but de se gaver avant de s'engager dans quarante jours de jeûne et d'abstinence. Il était bien légitime de vouloir profiter des fruits de la vie avant d'entrer dans une longue période de privations.

Voyant arriver avec angoisse la fin de l'hiver et les fêtes d'avant Carême, l'intendant s'était efforcé encore une fois de ramener le chanoine à des restrictions plus mesurées :

– Monseigneur, lui avait-il dit, vous n'allez tout de même pas interdire les réjouissances de la Chandeleur !

– La Chandeleur ? Savez-vous ce que c'est, la Chandeleur ? lui avait rétorqué l'archidiacre d'un ton sec.

L'intendant ignorait la signification profonde de la Chandeleur, comme il ignorait quel événement en marquait l'origine. Il s'en tenait à la procession aux chandelles qui se faisait dans l'église le 2 février, et qu'on emportait chez soi après leur bénédiction. C'était bien assez si les chandelles bénites protégeaient de la foudre et des maladies.

– La Chandeleur, s'était impatienté l'archidiacre, la Chandeleur commémore la présentation de Jésus au Temple de Jérusalem. Reçu par le vieillard Siméon, qui reconnut dans l'enfant « la lumière qui éclairera les nations », l'Église a perpétué le souvenir de cet instant prophétique par une « fête de la Lumière », où chaque fidèle apporte un cierge qui fait de lui « un enfant de lumière ». Voilà ce qu'est la Chandeleur. Et voyez ce qu'en a fait la populace de Carcassonne...

Aribert vit passer devant ses yeux un défilé braillard et aviné, où chacun vêtu de haillons et de chiffons, mascaré de boue, de feuillages, de plumes et de crins accompagnait un homme vêtu d'une peau d'ours.

Cet ours était censé sortir de son sommeil hivernal pour observer l'éclat du soleil. Il disait alors si l'hiver était fini ou s'il retournait se coucher.

On était loin de la parole prophétique du vieillard Siméon, Aribert ne pouvait le contester. Il avait tenté cependant une plaidoirie :

– Monseigneur, vous ne pouvez interdire à vos paroissiens de se réjouir de la fin de l'hiver.

Certes le fameux ours était si heureux de renaître à la vie qu'il poursuivait les pucelles et les femmes mariées, sans distinction, avec une fougue et une impudeur jubilatoires, une allégresse si communicative que ses gardiens devenaient ses complices. Le défilé de l'ours provoquait chaque année un énorme scandale.

Mais la plaidoirie d'Aribert parut si naïve à l'archidiacre qu'il se laissa fléchir, pensant ainsi mieux assurer ses positions pour les fêtes suivantes :

– Je veux bien laisser passer les amusements de la Chandeleur, qui annoncent la fin de l'hiver. Mais pour le reste...

Pour le reste, Aribert attendit un autre jour, un jour de pluie qui l'avait chassé de sous son toit percé. Il s'était réfugié chez l'archidiacre. Il pensa profiter de la compassion aussi fausse que démonstrative du chanoine pour tenter de lui couper encore quelques griffes. Comme celui-ci, se préparant à son futur ministère épiscopal, s'en prenait encore aux paillardises de la plébaille carcassonnaise, l'intendant lança :

– Monseigneur, vous n'allez pas condamner la Saint-Blaise !

La Saint-Blaise se tenait le lendemain de la Chandeleur, le 3 de février. Nul n'ignorait à Carcassonne que saint Blaise avait reçu le martyre en se laissant écorcher avec des peignes à carder la laine. Il était le patron vénéré des cardeurs, fileurs, tisseyres, drapiers de la cité, ami du menu peuple travaillant le fil comme il l'était des gros négociants, ceux qui bâtissaient des fortunes en vendant le drap.

Tous payaient à l'Église des redevances sur leur travail . Interdire la Saint-Blaise était dénué de sens. Même si la fête, après la messe chantée en la cathédrale, et le concours de tir à l'arc sur un aigle empaillé fixé en haut d'une longue perche, se clôturait par un branle infernal dans les rues de Carcassonne qui menait à un lieu de perdition, là où se tenait le banquet ouvert à toute la population. Même si on y voyait après la nuit tombée des scènes luxurieuses dignes des pires saturnales, sans parler des rixes, chaque année plus nombreuses.

– Oseriez-vous empêcher les tisseyres, les cardeuses, les fileuses, et tous nos alliés dans le négoce de fêter la Saint-Blaise ? Personne ne le comprendrait, et Monseigneur Othon moins qu'un autre.

L'archidiacre Raimon de Moure sourcilla. Dans sa fougue répressive il avait oublié l'évêque, son évêque, un patron bien pâle en vérité. Il était si peu présent dans la lutte contre le paganisme et l'hérésie, réunis par l'archidiacre en une même calamité, que le chanoine en oubliait son existence. Il avait dû concéder :

– Je vous accorde, Aribert, que supprimer la Saint-Blaise pourrait être mal compris, et servir de prétexte à remettre en cause quelques redevances. Je n'exclus pas que Monseigneur Othon puisse ne pas approuver cette décision. N'en parlons plus. Il reste le Lundi gras et le Mardi gras.

L'archidiacre agita les bras :

– Je vous dis tout de suite : pour ces deux jours c'est non ! non ! non !

L'intendant sourit, et sur le ton d'une mère tançant son enfant :

– Monseigneur, qu'est-ce que vous dites ! Vous voulez supprimer le Lundi gras et la foire au vin des chanoines ?

Raimon de Moure pinça ses lèvres sanguines.

– Emporté par mon zèle et mon tempérament volontaire je l'avais oubliée, cette foire, s'excusa-t-il sur un ton boudeur. En effet, il n'est pas envisageable de supprimer la foire aux vins. Elle est indispensable pour nos vignobles et nos vignerons.

– Évidemment, acquiesça Grosse-Tête.

Il avait envie de rire. La foire aux vins des chanoines n'était qu'un privilège – un de plus, notait l'intendant au passage – qu'exerçait le chapitre de la cathédrale. Entre le vin que produisaient les vignes du chapitre, et les prélèvements en nature de la dîme, les chanoines pouvaient se considérer comme les premiers vignerons du Carcassès. Du diocèse. Ils ne pouvaient tout boire bien sûr et revendaient une bonne partie de la récolte le Lundi gras. Or, et c'était là le privilège, personne ne pouvait vendre son vin tant que celui du chapitre n'avait pas trouvé preneur, sous peine d'une énorme amende et de la destruction des barriques.

L'intendant Aribert avait presque gagné la partie. Il avait sauvé trois jours de fête sur quatre. Mais ce quatrième jour serait un morceau dur à emporter : c'était le Mardi gras, veille de l'entrée en Carême, et à ce titre une journée complètement folle, déchaînée, où tout se faisait à l'envers, où personne ne respectait personne, ni l'Église ni rien. Grosse-Tête savait d'avance qu'il ne l'emporterait pas. À quoi bon tenter ? Le chanoine l'attendait.

Il voulut malgré tout plaider. Un autre jour il relança la cause du Mardi gras. L'archidiacre l'arrêta en levant le bras :

– Halte-là mon ami ! le devança-t-il campé sur ses jambes dans l'attitude d'un lutteur. Pour le Mardi gras c'est non, trois fois non. Il n'y aura pas de Mardi gras.

L'intendant Aribert soupira. Il n'avait pas d'arguments en faveur du Mardi gras. Il fallait donc se préparer à fuir dès Carême Prenant. Il voulut s'en amuser : « Au moins moi, je ne serai pas retardé par mes bagages... »

– Cette année, s'exclama encore l'archidiacre en frappant dans ses mains, déçu du peu de combativité de son ami mais d'autant plus émoustillé par le combat qui se préparait, cette année sera l'année de la reconquête. Il n'y a pas qu'en Espagne que nous devons mener la « Reconquista », mon cher Aribert ; ici aussi nous devons reconquérir les vérités de la foi. Et si vous vous battez bien je vous aurai un office à l'évêché. Vous y serez comme un oisillon au nid.

Il sourit :

– Et avec un toit solide...

Aribert remercia. Il avait le pressentiment que le chanoine allait provoquer un énorme cataclysme qui allait emporter l'évêque et l'évêché, l'archidiacre et tout le chapitre, et lui-même, hélas !

Et bien avant que le toit branlant de son logement ne finisse de s'effondrer.

XXV

Trencavel m'avait rappelée à Carcassonne pour accueillir les Aragonais, soi-disant, et tous ceux qui venaient exprimer leur fidélité à l'excommunié. Ils étaient nombreux.

J'y allai en pensant que la vraie raison n'était pas celle-là, mais plutôt qu'il voulait m'avoir près de lui pour me surveiller et se servir de moi comme d'un appât. Aimeric s'était sauvé des mines des Fournels magnifiquement, et personne ne savait où il était allé se cacher. Moi pas davantage. Mon mari devait penser qu'il reviendrait rôder autour de Carcassonne si j'y étais.

Mes filles apprenant la nouvelle de notre déplacement à Carcassonne pour Carême Prenant avaient hurlé de joie. Faire Mardi gras dans la cité aux cent tours plutôt que dans la conque désertée de Burlats, il y avait vraiment de quoi jubiler. Elles jubilaient.

Nous arrivâmes au palais de Carcassonne au milieu de la journée, impatientes de nous répandre dans une ville en fête. Mais la cité n'était pas en fête, elle était en insurrection. On nous fit entrer à la sauvette par la porte de l'Aude, au milieu d'une garde nombreuse. Je montai en courant en haut de la tour Pinte.

Le spectacle qu'on découvrait depuis les créneaux était inimaginable. Devant nous, nous faisant face, le clocher de la cathédrale supportait le corps de trois chanoines suspendus aux cordes des cloches par leur ceinturon. Les plus hauts dignitaires du chapitre, cheveux aux vent, agitaient les pieds et les mains par à-coups, ruant comme des chevaux pour tenter de s'accrocher à quelque charpente.

À chaque effort les cloches tintaient.

Baissant les yeux je vis une foule énorme roulant comme un torrent fou dans la rue qui allait de la cathédrale au château, accompagnant, portant plutôt, emportant deux hommes liés l'un à l'autre sur une mule, tandis qu'autour d'eux se balançaient d'étranges objets.

Alazaïs qui ne tenait pas en place s'écria, surexcitée :

– Descendons voir !

On redescendit en courant. Longeant le corps principal du palais nous nous engouffrâmes sous le châtelet qui défendait la porte de la ville. Des chevaliers et des sergents en nombre nous arrêtèrent net :

– Domnas, vous ne pouvez entrer dans la cité (comme si le château était hors de la ville ! Mais Trencavel marquait ainsi sa différence avec le territoire des consuls). Vous entendez l'émotion du peuple ? L'archidiacre a voulu lui interdire de faire Mardi gras. La gent menue s'est soulevée. Elle a pillé les maisons du chapitre.

Un donzel nous avertit :

– Il va y avoir du désordre...

On entendait des cris, des insultes, des chants, des rires, des coups de trompe. Si ce n'était pas encore du désordre, ça y ressemblait beaucoup. Malgré tout il régnait comme un air de raillerie qui laissait penser qu'il n'y aurait pas mort d'homme.

Du haut de la porte, depuis le gabion en encorbellement une sentinelle passa la tête et lança :

– Ils arrivent. Ouvrez le battant !

Des gardes retirèrent des murs les madriers qui bloquaient la porte du château et ouvrirent un battant. La foule entra en cortège mortuaire, mascarée, et avec elle une forte odeur de vinasse. Devant, brandissant une sonnaille, le clocheur des morts en robe rouge et noire ouvrait la marche, suivi de faux chanoines qui montraient leurs fesses à tout venant, et se jetaient sur les pleureuses pour les couvrir de cendre. Celles-ci n'étaient que des hommes déguisés en femmes. Ils entouraient tous de leurs cris stridents et de leurs vagissements outranciers un couple d'hommes liés dos à dos sur un baudet. Je reconnus sous la cendre Grosse-Tête et l'archidiacre Raimon de Moure.

Malgré le froid ils étaient en chemise. Grosse-Tête roulait des yeux effarés, tourné vers la croupe du baudet. Il sanglotait, répétant : « Pourquoi moi ? Je n'ai rien fait ! »

– Tu étais avec lui, tu es son complice ! répliquaient les faux chanoines en le flagellant avec une gerbe d'osiers trempée dans du purin. Ils faisaient de même à l'archidiacre.Le chef des chanoines portait un visage fermé, les joues grises de poussière, les lèvres pincées, obstinément muet. Au-dessus de sa tête, accrochées à des perches, des guirlandes d'andouilles, de boudins, de saucisses, se balançaient au pas de la monture en formant une joyeuse couronne en l'honneur du cochon. Tout autour des deux hommes dansaient le branle des hommes et des femmes habillés à l'envers, la chemise en dernier, armés de râteaux, de balais, de fléaux à battre le blé, de pelles en bois à enfourner le pain avec lesquelles ils frappaient les deux prisonniers.

D'autres encore portaient des sonnailles, soufflaient dans des trompes de troupeliers, tambourinaient. Des hommes étaient habillés en femme, des femmes en homme. Il en passa encore par la porte travestis en ours, en corbeau, en monstre nocturne. Des sortes de revenants couverts de leur linceul, le teint terreux, cendreux, enfarinés de la tête aux pieds, fermaient la marche en récitant l'office funèbre.

Tandis que l'intendant et l'archidiacre passaient devant nous, sous les guirlandes de cochonnaille qui formaient un dais au-dessus de leur tête, un chevalier nous expliqua sur le ton de la badinerie :

– Le Mardi gras est la fête de l'Âne à Carcassonne. On y promène les maris battus. Mais cette année ce sera plutôt la fête des andouilles...

Le cortège s'étala dans la cour, prenant naturellement un mouvement tournant autour de l'orme, ce qui permit aux charrettes de vin d'installer confortablement les barriques dans les angles. On poussa le baudet dans le grand escalier. Comme il rechignait à monter la foule impatiente le porta et il atteignit d'un seul trait la salle grande, sans toucher les marches d'un sabot. Nous montâmes à sa suite.

Trencavel sérieux comme un pape attendait les coupables. Siégeant dans sa cathèdre à cinq côtés, il se disposait à rendre la justice. Il me salua d'un hochement de tête et m'indiqua un siège bas près de lui. Grosse-Tête et l'archidiacre me dévisagèrent un moment, aussi étonnés de me voir là que moi de les contempler dans leur étrange posture.

On les délia et ils descendirent de leur monture dans un nuage de cendres pendant que le baudet crottait.

Devant le vicomte l'archidiacre durcit son air rogue. L'intendant gardait sa mine apeurée, plaignante. Il se tenait aussi éloigné que possible de Roger, dont il craignait les emportements violents. Roger les fit mettre tous deux à genoux. Il interpella d'abord son ancien gouverneur du palais, Aribert, le regard noir :

– Je t'avais dit de quitter la cité. Qu'as-tu à me dire pour éviter la mort, sangdieu ?

Grosse-Tête roula des yeux de cheval fou. Il répondit d'une voix plaintive, le visage dans sa chemise :

– Seigneur, je ne savais où aller ! Je me suis réfugié au chapitre, qui a bien voulu de moi.

– Tu es allé te réfugier dans ce repaire de vipères lubriques ?

Raimon de Moure eut un haut-le-corps :

– S'il y a un repaire de vipères lubriques, s'indigna-t-il, et hérétiques par-dessus le marché, c'est bien ici, dans votre palais !

Trencavel se tourna vers lui :

– Toi l'espie de Rome, tu parleras quand je t'interrogerai. N'aie crainte, ton procès viendra.

L'archidiacre reprit son visage buté, les yeux baissés, semblant dormir comme aux offices. Mais on voyait bien qu'il écoutait de toutes ses oreilles.

– Donc, reprit Roger Trencavel, tu as négligé ma sentence d'exil, et tu es allé t'installer tranquillement chez ton ami l'archidiacre. Si tu pensais revenir un jour à mon service, sache que je t'ai déjà remplacé.

– Par un juif ! clama l'archidiacre. Un enfant d'Israël, de la lignée des meurtriers du Christ ! Un jour vous paierez toutes ces infamies, vicomte ! On ne nargue pas impunément l'Église de Rome, par Jésus-Christ notre Sauveur.

Roger ricana :

– Les nouvelles vont vite. En effet j'ai pris comme nouvel intendant un juif. Au moins lui ne me trahira pas pour faire plaisir au pape... Et comme il est déjà riche, il ne se fera pas acheter. Il ne pensera même pas à me voler...

– Je ne vous ai jamais volé ! s'offusqua Grosse-Tête.

– Non, tu ne m'as jamais volé, admit Roger. Tu aurais eu trop peur d'être surpris. Mais on m'a dit que tu avais d'autres vices...

Il appela Arnaud de Moure qui observait du coin de l'œil son oncle. Le jeune clerc s'avança la bouche mauvaise, serrant les poings, et invectiva l'intendant :

– Sodomite ! Par Dieu qui voit tout je t'accuse d'avoir cherché à abuser de moi, et de m'avoir infligé des caresses répugnantes quand je logeais chez toi !

Ses beaux yeux de jais étincelaient. Ils n'avaient rien d'enjôleur. L'intendant se réfugia à nouveau entre ses mains grises :

– Mon Dieu ! Mon Dieu ! gémit-il en sanglotant, ayez pitié de moi.

L'archidiacre s'était redressé, les yeux grands ouverts sous la cendre :

– Mais... mais Aribert ! Ne me dites pas que vous avez fait ça ! Mais vous avez trahi ma confiance !

– La mienne aussi, ricana Roger.

L'archidiacre haussa les épaules, outré :

– Ce n'est pas la même chose ! Je lui avais confié mon neveu...

– Bien, conclut Roger, regardant l'intendant avec une expression d'ennui, je ne vais pas me mêler de vos histoires de famille. Tu es libre d'aller te jeter dans la rivière Aude, maintenant que chacun sait quel homme répugnant tu es.

Il fit signe aux hommes mascarés qui l'entouraient. Ils le libérèrent. Aribert s'en alla à petits pas précipités, le visage dans ses mains, sanglotant. Il disparut à notre vue et redescendit l'escalier sous les insultes et les coups.

Roger observa l'archidiacre, et sourit. Un sourire carnassier. L'autre faisait semblant de ne pas le voir, renfermé derrière ses paupières, le visage impassible mais les joues animées de petits tressautements.

– Moine, l'interpella Roger, le regard à nouveau dur, pourquoi voulais-tu empêcher la bonne gent de Carcassonne de danser un Mardi gras ? Quelle est cette nouveauté ? C'est encore une idée du pape, ou bien une nouvelle règle inventée au dernier concile ?

Le chanoine soupira, garda un moment le silence et laissa tomber, méprisant :

– Je ne te reconnais aucun droit de me juger ! Je n'ai de comptes à rendre qu'à Dieu et à Monseigneur Othon.

– Ce qu'il vous manque à vous les gens d'Église, poursuivit Roger en se levant, c'est de travailler... Vous n'auriez pas le temps d'imaginer toutes ces contrariétés pour gâter la vie des braves gens. Regardez vos confrères...

– Confrères ?

– Oui, ceux de la nouvelle Église, ceux qu'on appelle les Bonshommes, les Parfaits. Ils travaillent, eux, et vivent l'Évangile qu'ils prêchent.

– Les « Parfaits », répliqua l'archidiacre en raillant les propos du vicomte. Qui sont-ils ces hommes qui ont l'arrogance de se déclarer « *perfecti* ». Qu'on me les montre, que je voie leurs œuvres ! « *Perfecti* », ces fils du diable ?

Il ricana outrancièrement et hennit :

– Ils ne sont même pas nobles !

Une rumeur hostile enfla dans la foule. Il reçut par-derrière quelques coups de balai sur la tête. Roger leva la main pour arrêter le désordre et reprit d'une voix calme :

– Ils mettent en pratique ce qu'ils prêchent, eux. Ce qu'ils demandent à leurs fidèles, ils sont les premiers à s'y soumettre. Ils donnent l'exemple. Vous les chanoines vous faites le contraire de ce que vous dites. Voilà pourquoi on les écoute, eux et pas vous.

L'archidiacre balaya l'argument d'un revers de main et reprit son air hautain :

– De toute façon je ne débattrai pas de religion avec un excommunié, martela-t-il.

Il se tourna vers la foule, cherchant en vain une connivence. Sans se décourager il déclama une main levée :

– J'attends mon supplice avec sérénité, confiant en l'amour de Jésus-Christ. Il est mon seul but, mon soutien, mon rocher.

Roger le regarda droit dans les yeux, le visage grave, et d'un ton compatissant :

– Tu en auras besoin Raimon ! Tu te souviens du martyre de saint Blaise ? Tu sais comment il est mort, bien sûr...

L'archidiacre tressaillit. Il murmura d'une voix mal assurée :

– Bien sûr !

–Lacéré par des peignes à carder la laine. La mort est lente, la souffrance insupportable. Mais le salut est assuré. C'est bien ça que tu veux ?

–Seigneur vicomte, je n'ai rien demandé. J'ai dit seulement : s'il le faut je suis prêt.

–Il le faut.

–Mais je n'ai pas dit que je le réclamais.

–Tu ne l'as pas dit, mais moi je le dis. Car il le faut.

–Pensez, seigneur vicomte, au terrible châtiment que vous allez attirer sur votre cité. Le meurtre d'un chanoine...

–Le martyre... pas le meurtre. Ce n'est pas la même chose. Tu devrais me remercier : tu gagneras le Ciel d'un seul coup d'aile et par ton sacrifice tu sauveras la moitié de Carcassonne.

–Le pape enverra une croisade... pour me venger.

Roger soupira :

–L'Église se venge désormais... il n'y a plus rien qui la gêne. Mais tes arguments m'ont touché. Je ne vais pas donner aux Loups de Rome un prétexte supplémentaire pour venir dévaster ma vicomté. Je vais t'envoyer au mur, au pain et à l'eau, dans une de mes forteresses du pays de Sault. Les gens là-bas sont à peine chrétiens. Tu auras tout le temps de les évangéliser et de les ramener dans le sein de l'Église. D'une Église, peu importe laquelle. Et s'ils veulent faire de toi un martyr, comme tu le souhaites... tu t'arrangeras avec eux.

L'archidiacre transpirait. Il soupira :

–Seigneur vicomte, je préférerais rester à Carcassonne. Je témoignerai que j'ai été bien traité...

–Non. Tu iras dans le pays de Sault ! Là-bas les hivers y sont rudes, mais les été frais. On ne peut pas tout avoir. Et tu témoigneras ce que tu voudras.

Roger réfléchit et rajouta :

–Mais sache que si par malheur le pape envoyait une croisade contre moi, tu en serais la première victime. Pendu sur l'heure !

L'archidiacre se lamenta :

–Vous faites de moi un otage, seigneur vicomte.

–On ne peut rien cacher à ton intelligence supérieure. Il ne te reste plus qu'à faire savoir au pape que ta vie est entre ses mains, et à prier pour qu'il ait pitié de toi, s'il n'a pas de pitié pour mon peuple.

Le chanoine secoua la tête, les yeux baissés :

–Il ne va pas se retenir pour moi...

–Tu es mieux placé que moi pour le savoir. Peut-être voudra-t-il épargner son meilleur espie. Dans un noble élan de reconnaissance.

Le chanoine fit une lippe dubitative :

–Ça m'étonnerait.

Il tenta d'essuyer ses yeux avec son coude et se reprit. Secouant la tête dans un nuage de cendres qui se déposa sur ses épaules et sur la boursouflure de son embonpoint, il ajouta doctement :

– Un pape n'arrête pas de bâtir son Église pour sauver la vie d'un de ses ouvriers.

– Alors prépare-toi à mourir.

Roger se leva et déclara le plaid de justice terminé. Les hommes mascarés qui entouraient l'archidiacre s'emparèrent de lui et le poussèrent vers le grand escalier, une corde au cou. Il n'opposait plus de résistance, suivant les hommes grimés comme un ours dressé.

– Au pain et à l'eau... pensai-je tout haut. On ne va pas le reconnaître.

– Que la fête continue ! lança le vicomte à la foule haineuse qui crachait sur le passage du prisonnier et le bourrait de coups de poing.

La fête continua et se répandit dans le palais, dans la cité, passa les remparts et gagna les faubourgs, bruyante, délirante, énorme, immensément avinée et d'une grossièreté impensable. Le soir il y eut un grand banquet offert par les négociants en draps. Pour fêter la victoire du peuple de Carcassonne sur le fanatisme romain incarné par les chanoines, la ripaille se tint dans l'enclos canonial, devant les maisons vides des dignitaires du chapitre. De longues tables avaient été dressées sur des tréteaux. On y servit tout ce que le pays produisait de meilleur, tiré des celliers de l'enclos canonial.

– Demain nous serons en Carême, s'excusaient les convives en enfournant d'énormes morceaux de viande.

– Quand le vin est tiré il faut le boire, riaient les buveurs autour des tonneaux percés, rapinés dans les maisons des dignitaires.

Roger avait tenu à ce que nous honorions de notre présence ce festin populaire. On repartit assez tôt après avoir assisté à quelques entremets, l'un parodiant un combat de chevaliers, un autre mimant des farces de curés abusant de leurs paroissiennes, ou encore l'histoire d'un benêt trompé par sa femme, une belle garce qui se déshabilla dans le froid devant les tablées.

Au retour on se heurta jusqu'au palais à des couples qui se vautraient dans les coins sombres, des hommes habillés en femme sur des femmes habillées en homme, des chanoines avec des diablesses cornues.

Comme je faisais remarquer à Roger le désagrément de ces rencontres il haussa les épaules :

– C'est bien pire dans le cimetière à l'heure qu'il est, devant la cathédrale.

À minuit les cloches sonnèrent à toute volée. Quand elles se turent, nous étions entrés en carême. Chacun devait revenir chez lui et se tourner vers la pénitence. Mais des bandes parcoururent les rues en chantant toute la nuit.

Ogive se souvenait qu'on appelait la vigile du Mercredi des Cendres, du temps de son enfance, « la nuit des gros péchés ». Les temps n'avaient pas changé.

Roger vint me voir le lendemain dans ma chambre « ronde ». Il se montra amical pour me révéler les raisons qui l'avaient poussé à me faire venir à Carcassonne. Je tombai des nues.

– Domna, me dit-il gravement, visiblement préoccupé, sachez que le pape a convaincu plusieurs comtes du Midi, et même le roi de France, de mettre chacun cent chevaliers à la disposition du nouveau légat, le cardinal d'Albano, pour venir me faire la guerre. Cent chevaliers, c'est cent lances, c'est presque mille hommes. Si personne ne les arrête, cette armée sera ici en juin. Et ma vicomté ne sera plus qu'une terre brûlée. J'ai besoin de vous pour intervenir auprès du comte de Toulouse, votre père, et lui demander d'écrire au pape, au roi de France, à Dieu le Père, à qui il voudra, mais d'arrêter cette croisade.

Je lui répondis sur le même ton grave, et fermement :

– Mon père vous hait, seigneur Roger, par votre faute. Il ne vous aidera pas.

Roger reçut patiemment ma réplique et continua :

– Alors acceptez les avances du roi d'Aragon, et donnez-lui satisfaction en échange de son intervention auprès de Rome, pour empêcher un désastre.

– Jamais ! lui répondis-je indignée. Me prenez-vous pour une putane ?

Il me répondit calmement :

– Vous êtes une très belle femme. Le roi d'Aragon vous aime comme un fou. Vraiment. Il est bien vu de Rome et il est désormais le suzerain de mes États. Il a le pouvoir de protéger la vicomté. À vous de le convaincre d'empêcher cette croisade, avant qu'elle ne se mette en route.

Je secouai la tête :

– Je ne suis pas certaine qu'il s'afflige de l'arrivée des croisés. À l'issue de cette guerre il pourrait bien se voir attribuer tous vos domaines... après un beau procès en hérésie.

Roger sourit faiblement :

– C'est aussi ce que je pense. Il ne protégera la vicomté que pour vous protéger à vous.

Il m'inonda d'un regard brûlant :

– Demandez-le-lui, par Dieu !

– Seigneur vicomte, ce que vous me demandez est au-dessus de mes forces. Plutôt brûler vive que de me donner à un homme que n'aurait pas accepté mon cœur.

Roger sourcilla. Il prit un air narquois :

– Mais que lui manque-t-il pour vous plaire, à celui-là ?

– Qu'il me fasse envie de lui plaire à mon tour.

– Et... rien ne vous attire chez lui ?

– Rien.

Roger repartit, irrité. Il me lança :

– Vous faites des manières... Alors attendez-vous au pire !

Que pouvais-je vivre de pire que ce que j'avais connu ? J'avertis mes filles que nous approchions de la saison des orages, et qu'elles se tiennent prêtes.

À la première alerte, profitant du désordre, nous irions nous mettre à l'abri dans la conque de Burlats, dans l'oustalet de Cécile. Mon dernier refuge.

XXVI

Il était midi passé. Aimeric et Cornus pansaient les chevaux avec les palefreniers quand apparut un frère du Temple qu'ils ne connaissaient pas. L'homme vêtu du manteau blanc croisé de vermillon sur le cœur se présenta en levant la main :

– Dieu vous garde, frères en Jésus-Christ.

Un murmure lui répondit. Les palefreniers s'agglutinèrent autour de l'inconnu pour ne manquer aucune de ses paroles. Le chevalier du Temple s'adressa à Cornus :

– Je cherche le chevalier Aimeric de Castelnau.

Cornus montra Aimeric qui sortait de derrière un cheval. Il tenait une poignée de paille à la main, qu'il jeta en saluant le nouveau venu.

– Que me veux-tu ?

Le regard du templier balaya rapidement l'homme qui venait vers lui. Débraillé, la chemise ocre de poussière, il n'avait pas fière apparence. Une de ses chausses avait lâché le braïel et tirebouchonnait sur son mollet. Il sentait fort la sueur et le cheval, et ne se distinguait en rien des autres hommes.

Le frère du Temple le prit par le bras et l'emmena à distance des oreilles importunes.

– Chevalier, lui dit-il sans élever la voix, je suis le frère qui commande le mas du Rajol, sur le causse Noir.

Il montra l'orient :

– Nous sommes de l'autre côté de la vallée de la Dourbie. Nous avons eu beaucoup d'attaques de loups cet hiver. Trop. Et l'hiver n'est pas fini, il va durer jusqu'à Pâques cette année. La neige n'a pas fondu, là-bas.

Aimeric l'observait en écoutant. L'homme avait un front étroit, un nez fort, des yeux enfoncés et ombrés par les nuits blanches. Il était maigre, mais son regard farouche annonçait un caractère bien trempé, une volonté indestructible.

Il s'arrêta de marcher et se tourna vers Aimeric :

– On m'a dit que tu avais de l'influence sur les loups. C'est une rumeur. Je ne sais pas ce qu'il faut en penser. Mais si tu as le moindre pouvoir sur les loups ne me le cache pas. Si nous ne nous débarrassons pas de ces meutes, nous devrons quitter le mas du Rajol.

– C'est si grave que ça ?

– Les brebis avortent, les moutons ne mangent plus, les chiens deviennent fous, et les troupeliers ne veulent pas sortir les troupeaux. Ce sont des milliers de bêtes que nous avons là-bas, et qui vont être gâchées.

Aimeric réfléchit, marchant à grands pas en faisant des cercles comme s'il accomplissait quelque rite. Le frère lui lança :

– Si nous ne pouvons pas sortir nos moutons au printemps ils mourront !

Aimeric revint vers le frère en hochant la tête :

– On y va.

Il alla vers les caselles et disparut en s'inclinant sous le gros linteau d'une porte basse, dans une cabane montée tout en hauteur comme un clocher. Il relaça ses chausses, quitta sa chemise et se débarbouilla avant d'en passer une propre, raidie par le séchage au soleil. Il enfila des braies épaisses, une tunique à chevaucher, ouverte devant, derrière et sur les côtés, et par-dessus un hauqueton. Il se chaussa de grosses bottes, s'enveloppa dans un manteau et ressortit. Il choisit un bon cheval, l'habilla lui-même et monta en selle. L'instant d'après les deux hommes disparaissaient derrière les touffes de buis et de chênes maigres.

Aimeric rattrapa le templier qui impulsait un pas rapide à sa monture. Il l'interrogea sur le mas du Rajol, dont il avait entendu parler sans jamais y être allé. Les buis, les genévriers, hauts comme les chevaux, les obligeaient à se séparer sans cesse et à crier pour s'entendre. En fin d'après-midi, comme ils approchaient des gorges de la Dourbie les chevaux entrèrent dans un fleuve d'herbe blonde qui ondulait sur un sol rouge sang, avant de disparaître dans l'ombre tranchante de la gorge.

Au-delà du sillon ténébreux s'étendait le causse Noir, couvert de forêts sombres saupoudrées de neige. Un plateau dénudé leur faisait face, cerné par la forêt. Le frère templier montra du doigt la tache claire, enneigée :

– Le mas du Rajol, en face, dit-il.

Ils empruntèrent un chemin tortueux et secret pour descendre rapidement dans la vallée. Afin d'économiser les chevaux ils marchaient à pied. Le frère récitait des *Pater Noster*, Aimeric pensait à Adélaïs. En bas ils s'arrêtèrent pour dormir dans une auberge où le frère était connu. Il fournissait le hameau en laine et en moutons.

Le lendemain dans l'après-midi une falaise blanche était en vue, érigée au milieu de la lande. Le frère montra la haute façade rocheuse :

– Nous sommes arrivés.

Aimeric cherchait des bergeries, des granges, des troupeaux et ne voyait rien. Mais en se rapprochant il distingua dans la falaise des ouvertures bien distribuées, des portes et des lucarnes, et même deux fenêtres doubles, partagées par une colonnette.

– Ils habitent dans la falaise ! s'exclama-t-il en ouvrant de grands yeux.

Son compagnon approuva.

Les deux chevaliers arrivèrent sans peine au pied de la roque, où un muret de pierres sèches formait un vaste enclos à moutons.

Des têtes sortirent ensemble de tous les trous en poussant des cris, et puis apparurent en foule des hommes et des femmes, des vieillards dégorgés par les portes basses ; des enfants venaient de derrière.

La foule s'amassa autour des cavaliers, des enfants sales, haillonneux, couverts de peaux de brebis entières dont les pattes et la queue formaient des appendices terreux autour de leurs jambes grêles ; des femmes, méfiantes, le visage fermé, le regard ravagé par l'anxiété, coiffées de longs fichus de laine brune qui les enveloppaient jusqu'aux pieds et les transformaient en Vierges noires ; des troupeliers, des hommes de peine, le forgeron ferrant, des vieux aussi au visage tourmenté et couperosé, qui s'approchaient en clopinant, couverts de peaux de mouton, la tête prise dans une cale en drap blanc sous un bonnet en peau lainée.

Le frère templier les harangua depuis sa selle :

– Amis, ce chevalier est venu nous aider à chasser les loups du Rajol. Faisons-lui bon accueil. Et réclamons l'aide de Dieu, sans laquelle rien ne peut se faire sur terre. Ce soir une messe sera dite à la chapelle, avant complies. Soyez-y tous sans faute.

– Même moi ? demanda une jeune femme qui se relevait des couches.

– Même toi. Il ne doit pas manquer une seule voix à notre prière.

– Et le vieux Esquieu, qui est impotent ?

– Même lui. Vous le porterez sur une planche.

– Et la Saurimonde qui a péché...

Le frère du Temple hurla :

– J'ai dit : TOUT LE MONDE !

Il s'en retourna. Aimeric pressa son cheval qui rechignait à repartir.

– Tu te croyais arrivé, lui dit-il en riant, la main flattant l'encolure. Allez, nous n'allons pas loin.

Ils empruntèrent un chemin qui montait raidement en contournant le piton. Quand ils parvinrent à son sommet ils étaient passés sur l'autre côté, sur un ayral encore couvert de neige. Une construction massive en grosses pierres équarries coiffait l'éperon. Des lucarnes l'éclairaient sous de petits toits en bâtière.

Le templier indiqua le contrebas qu'ils dominaient :

– C'est là-bas !

Au milieu de la prairie à moutons encore couverte de neige une sorte de tour carrée, trapue, blême dans le crépuscule, se distinguait sur le fond sombre de la vaste forêt. La tour s'appuyait à un bâtiment long et massif épaulé de robustes contreforts, couvert d'immenses lauzes. La neige avait totalement fondu sur les grandes pierres.

Un sentier glissant les amena jusqu'au pignon de la grosse bastide, fermé par un bardage de planches autour d'un grand portail. Le templier appela et la grosse porte du bâtiment s'ouvrit lentement, poussée par un vieil homme qui portait sur sa tunique brune une petite croix.

Les hommes se saluèrent et, mettant pied à terre, les deux chevaliers descendirent avec les chevaux, par trois paliers successifs, dans une salle immense, beaucoup plus longue que large. Ils furent accueillis par le bêlement des brebis, les braiments hoqueteux des ânes, et un brouhaha formidable. Un air tiède et odorant les enveloppa agréablement.

Sur le sol rocheux chaque pas des chevaux tintait. La beauté naturelle de la charpente frappa le chevalier. De gros troncs d'arbres courbes formaient des berceaux tous les quinze pas qui supportaient une longue panne de faîtage. Des arbres droits, minces, mieux équarris s'appuyaient sur la panne et les énormes murs pour supporter la lourde toiture de terre et de roche. Les grosses poutres en berceau étaient couvertes de crânes de boucs, de taureaux, de loups et d'ours, enrubannés de fleurs de la Saint-Jean qui pendaient au bout de fils de laine, formant tout le long une guirlande colorée et mouvante qui s'agitait devant les lucarnes, des archères plutôt d'où venait le souffle froid du dehors.

Aimeric le sentit sur son visage au passage. Il demanda au templier, montrant la charpente qui se multipliait dans une perspective infinie, qui avait construit ce chef-d'œuvre. L'autre lui répondit qu'il l'ignorait. Il avait toujours connu cette bergerie.Les chevaux furent attachés tandis que les ânes, parqués entre quatre planches, venaient les renifler. Le reste de la bâtisse contenait des centaines de moutons. Aimeric suivit le frère du Temple qui remonta toute la bergerie en s'ouvrant un sillage dans la mer de laine. Il salua au passage de jeunes troupeliers occupés à tailler des bâtons ou à jouer aux dés.

Au bout de la longue salle ils passèrent une petite porte basse et ils accédèrent à la tour.

– Nous sommes chez nous, se félicita le frère du Temple en refermant la porte, laissant venir pour la première fois sur son visage buriné un sourire maigre. Il quitta son manteau et prit celui d'Aimeric. La pièce du bas était humide et froide. Ils montèrent un escalier de bois qui les mena au premier étage. Un autre frère du Temple les attendait. Les deux hommes se donnèrent le baiser de paix, et aussi à Aimeric. La pièce était tiède en comparaison du dehors. Un feu dans un angle servait à la préparation des repas. Un sirvent s'y affairait, tournant dans une oule suspendue un brouet indéfinissable, odorant et peut-être savoureux.

– J'ai une faim de loup, dit Aimeric.

Les frères sourirent d'un air entendu.

Le second moine était chauve avec une fine couronne de cheveux gris, presque blancs.

– Alors, c'est lui ? demanda-t-il, la mine réjouie.

L'autre hocha la tête.

Le moine chauve regarda Aimeric droit dans les yeux et l'interpella d'une voix étrangement douce :

– D'où te vient ce don, ami des loups ? De Dieu notre Père ou de Satan notre ennemi ?

– Ni l'un ni l'autre. J'ai été loup dans une autre vie. Mon esprit parle à leur esprit.

– Ne serais-tu pas de la nouvelle foi, mon gaillard ? De ceux qui croient que les âmes se réincarnent de corps en corps vivant, passant dans les bêtes comme dans les hommes jusqu'à leur salut éternel ?

– Ce que je pense, c'est qu'il y a un esprit des loups qui me protège parce que j'ai été loup dans le passé.

Le moine railla :

– Un Esprit des loups comme nous avons le Saint-Esprit ? Et aussi peut-être, pourquoi pas, un Esprit pour les moutons ?

– Je pense qu'il y a un esprit des loups. C'est tout ce que je sais.

Le vieux frère se tourna vers son jeune compagnon en contrefaisant un clerc savant, les yeux ronds :

– C'est foutrement intéressant !

L'autre grogna. Il ne semblait pas apprécier les conversations philosophiques. Le moine poursuivit en devenant sérieux :

– J'ai connu ces doctrines en Orient, quand je gardais le tombeau du Christ. En Orient tout est Esprit. Le monde visible est une illusion, un mirage ; le monde matériel n'est que le reflet du monde spirituel. Telle est la doctrine des Grecs. En Orient beaucoup de gens croient que l'âme se promène de corps en corps jusqu'au jour où elle connaît enfin le repos. Elle peut faire ainsi des centaines de lieues en une nuit !

Aimeric confirma :

– C'est ce que j'entends dire chez nous.

– On le dit ici aussi, grogna le jeune templier, comme s'il voulait mettre fin à la discussion.

Le moine vieux se tourna vers son compagnon ostensiblement fermé avec dans le regard une sympathie amusée, et sans se préoccuper de son humeur il poursuivit :

– Esquieu me dit qu'il y en a beaucoup qui se promènent sur le plateau, de ces âmes errantes. Il me dit qu'il les voit. Je ne sais pas si l'on doit croire tout ce qu'il dit...

L'autre secoua la tête, agacé. Il précisa néanmoins à l'adresse d'Aimeric :

– Nous avons un armier au mas qui prétend guider les âmes et les protéger. Il les aide à trouver un asile. Mais aujourd'hui il est grabataire.

Le frère chauve se leva, épousseta sa tunique de bure constellée d'épluchures et frappant dans ses mains :

– Bon ! Je vais préparer la messe.

– Il est prêtre ? s'étonna Aimeric devant son compagnon, quand le frère eut quitté la pièce.

– Oui. Nous n'avons pas de capélan. Il a reçu l'ordination en Palestine, quand on manquait de prêtres là-bas. On s'en contente...

Ils descendirent à la chapelle. Elle occupait la plus grande partie du rez-de-chaussée de la tour. Comme elle ne pouvait contenir tous les manants du mas avec leur famille, les frères du Temple avaient ouvert une porte dans le fond qui donnait dans la bergerie. Tout le monde pouvait ainsi entendre les offices au milieu des moutons, et le manque de place ne pouvait servir de prétexte à s'éviter les exercices de piété.

À la fin de la messe le prêtre interpella l'Esprit des loups, le suppliant de prendre en pitié les habitants du mas du Rajol, et lui suggérant d'emmener ses paroissiens sous d'autres cieux, là où la vie était moins rude. Aimeric rit de bon cœur. Les troupeliers s'indignèrent. Il ne fallait pas se moquer des esprits, quels qu'ils soient. Ils parlaient d'expérience.

Après la messe les chevaliers se restaurèrent en puisant avec une louche dans l'oule suspendue au-dessus du feu, pleine de légumes et de viande salée. Ils y trempèrent du pain. Quand il eut fini de manger le chevalier déclara :

– J'y vais !

Il rangea dans un petit sac de cuir du fromage et un morceau de pain. Il se rhabilla et se munit de deux torches. Le vieux frère l'arrêta :

– Sortir ici de nuit, c'est de la folie ! Attends au moins le jour.

Il fit mine de lui reprendre le sac. L'autre moine du Temple observait sans rien dire. Aimeric sourit et força le passage. Il avait hâte de se trouver seul dans la forêt.

Le vieux frère le bénit en criant : « Que Dieu te protège, insensé ! »

Aimeric marcha jusqu'à la lisière de la forêt qui formait un mur noir. Les moines ont bien défriché, pensa-t-il. L'air était froid et sec, vivifiant. Quand il eut marché longtemps dans la forêt, sur le sol encore saupoudré de neige, il s'assit sur un rocher sec et chaussa par-dessus ses bottes de grosses soques de bois garnies de paille, qui l'isolaient du froid. Il attendit.

Son manteau de laine épais, tissé serré, le protégeait de la bise qui chantait dans le capuchon.

La nuit était noire. Aimeric cala sa torche entre de gros cailloux. Sa flamme dansante sifflait et remuait les ombres autour de lui. il savait que les loups allaient venir. Il avait déjà établi mentalement une liaison. C'était comme une intuition, un souffle qui faisait éclore dans son esprit un dialogue.

Il vit deux perles jaunes en face de lui, qui grossirent et devinrent deux sous d'or. Ils se multiplièrent en un instant. Aimeric rejeta son capuchon et se tourna : des paires d'yeux phosphorescents l'entouraient de tous côtés.

L'encerclement lui causa une légère inquiétude. Et pourtant il était heureux d'être au centre de ce cercle terrible, ce cercle magique qui faisait de lui un roi, le roi de la forêt. Les loups s'approchaient encore, hésitants, timides, la queue basse, le poil plat. Soumis. Ils se couchèrent autour de lui et une étrange veillée commença.

Le fredon du vent dans les arbres croissait et décroissait comme un chant de moine, et le berçait. Aimeric avait peur de s'endormir. Il restait inexplicablement inquiet.

Un grondement insolite derrière lui le sortit de sa somnolence. Se tournant brusquement en pivotant sur son rocher il se saisit de la torche et la leva à bout de bras. Les grondements forcirent. Les loups reculèrent pour s'éloigner de la torche. Il n'arrivait pas à situer le danger, mais il y avait danger sans aucun doute.

Il finit par distinguer dans l'obscurité une herse de dents éclatantes, encadrée par des crocs énormes, au ras du sol. Deux poignards qui lui étaient destinés. Le loup était presque invisible, certainement tout noir, et avançait en rampant, les babines retroussées. Quand le fauve se redressa, le fixant de ses yeux rouges de fureur, le chevalier recula, cherchant vainement son épée. Il n'était pas armé. On ne va pas armé chez des amis.

Le loup bondit mais en plein vol une forme sombre s'interposa, un autre loup plus gros, plus fort, tout aussi déterminé. Les deux fauves roulèrent aux pieds du chevalier, cherchant à se prendre à la gorge. D'autres loups vinrent à la rescousse et bientôt le loup noir se s'occupa plus que de s'enfuir au moindre dommage, harcelé par le groupe, pantelant, déjà ensanglanté. Aimeric n'avait pas crié, il n'avait pas dit un mot. Chacun reprit sa place.

La torche menaçant de s'éteindre, le chevalier la remplaça. Il espérait que la seconde tiendrait jusqu'à l'aube. Il se laissa engourdir par le froid, et plongea dans une béatitude inerte, une sorte de sommeil hivernal. Il était bien.

Il sentit son esprit s'envoler, irrésistiblement, quitter son corps et revenir au mas par-dessus la masse sombre des arbres. Passant d'une pièce à l'autre il vit la communauté endormie dans sa falaise, les bêtes mâchonnant leur litière, les porcs roundinant, les chiens dans la paille ne dormant que d'un œil.

Il passa dans la tour templière et surprit les sirvents endormis, les deux frères chevaliers en prière (était-ce vigiles, matines, laudes, il n'en savait rien). Ils étaient en chemise dans la salle tiède. Ils ne sont pas descendus à la chapelle, pensa le chevalier. Elle est trop froide.

Il retourna dans la forêt. Il vit en revenant à lui que la seconde torche finissait de se consumer. Elle n'était qu'une braise et n'éclairait plus ; les arbres lui apparurent sur le sol blanc comme une foule dégingandée sortant de l'ombre. Un ciel verrier s'éclaira devant lui, au-dessus des crêtes, et il comprit que la nuit commençait à déteindre. Il chercha la constellation du Lion ; elle avait disparu, et Regulus le petit roi aussi, et bientôt la Vierge. Le Bouvier s'éloignait. « La Grande Ourse est sur le dos, l'aube arrive à toutes jambes », murmura-t-il avec amusement, se souvenant de l'enseignement du maître veneur.

Il s'endormit quelques instants, lui sembla-t-il, et à son réveil constata qu'il faisait grand jour. La lumière de l'aube rosissait le pelage gris et blanc des loups. Il voulut se lever mais ses jambes s'étaient figées dans le rocher. Il prit ses pieds avec ses mains, les bougea, plusieurs fois. Des fourmillements remontèrent dans ses membres et la vie revint peu à peu dans son corps. Il finit par se lever lentement, chancelant, maladroit. Des loups qui s'étaient étendus à deux pas de lui se levèrent d'un bond, puis étirèrent lentement leur arrière-train en bâillant. D'autres se devinaient au mouvement badin de leur queue.

Le plus difficile restait à faire. Aimeric traversa le champ des meutes, leur parlant avec des mots doux et tendres, et se dirigea droit vers le soleil. Il marcha longtemps dans l'aube froide et brumeuse, les meutes autour de lui qui suivaient en désordre. Il n'avait jamais vu autant de loups. Ils arrivèrent dans une vaste clairière tachée de grandes dalles blanches.

Il monta sur un rocher qui saillait au centre de la clairière et embrassa l'orient et le septentrion. Il tendait les bras vers la grande ombre qui rompait le plateau, vers les monts qui à l'orient se poursuivaient jusqu'à l'horizon, vers les montagnes d'Auvergne. Il cria :

– Raoust ! Raoust ! Allez ! Partez ! Allez !

Il les chassa avec ses mains comme on époussette devant soi le devantal qui a porté le grain des volailles. Il lançait les bras, criant d'une voix ferme et sans colère, paternelle. Les loups l'observaient avec une intense curiosité, le nez en l'air, sans bouger. Certains commencèrent à gémir, à pleurer, à chanter. Puis tous reprirent le chœur des lamentations. Surenchérissant les uns sur les autres, chacun dans un ton distinct, personnel, ils entourèrent le chevalier d'un magnifique chant d'amour. Les yeux d'Aimeric s'embuèrent. Il pensait : « Vous devez partir... il vous faut partir... partez maintenant amis... obéissez à votre maître comme votre maître obéit au sien. »

Il savait qu'il n'avait pas besoin de paroles pour être compris. S'il parlait, criait, gesticulait, c'était pour faire les choses normalement. Mais la pensée suffisait.

Et les loups pensèrent : nous devons partir.

Le chant s'arrêta d'un coup quand un grand chef de meute se leva et prit un sentier descendant dans la vallée. Des loups le suivirent, sa femelle, ses proches, puis d'autres, bientôt tous. Ils se retournaient avant de disparaître, comme pour s'assurer qu'ils avaient bien compris l'ordre du maître. « Allez ! » les encourageait Aimeric d'un ton amical, chaleureux, la voix cassée par l'émotion, la tristesse, la honte.

Ils disparaissaient. Aimeric avait le cœur pris entre deux désirs : les voir partir, les voir rester.

Quand tous les loups eurent disparu, le chevalier s'en retourna vers le mas, le cœur lourd. Il pensait : « Ils vont devoir conquérir un nouveau territoire de chasse, ce sera dur ». Il tenta de faire le vide dans son esprit mais revenait l'impression amère d'avoir trahi les siens. Il se gourmanda : « Tu es un homme, ton devoir est de défendre les hommes. »

Il retrouva le chemin du mas, moucheté de neige, marqué de ses pas. L'air était de plus en plus brumeux à mesure qu'il s'éloignait de la forêt. Devant la tour du Temple, sur laquelle flottait le gonfanon baussant mi-parti de noir et de blanc, tout le mas s'était réuni et attendait son retour. Figés en grappes sombres dans la brume, l'entassement des bordiers emmaillotés dans des capes raides et des fichus sombres se confondait avec des amas de rochers.

Quelques pas en avant, les deux frères du Temple montés sur leurs destriers scrutaient les ombres de la forêt avec une attention douloureuse. Aimeric leur avait défendu de venir à sa recherche avant que le soleil n'ait quitté l'horizon de la largeur d'une main.

La nuit avait été très froide. L'air brillait d'une vapeur scintillante, et la robe grise des chevaux. Les bêtes encensaient et grattaient le sol, les naseaux empanachés de vapeur blanche, pressées d'échapper à la main de leur maître.

Aimeric sortit de la forêt et avança à grandes enjambées. Un murmure de soulagement s'échappa de cent poitrines. Puis des hommes s'avancèrent, les enfants les dépassèrent en courant, les femmes coururent après les enfants et tout le peuple du mas arriva au pas de course en criant sa joie. C'en était trop pour les chevaux des moines qui partirent au trot, au galop et les frères arrivèrent les premiers. Aimeric les salua d'un joyeux et ironique : « Dieu vous garde, frères ! »

– Dieu te garde du mal, chevalier ! répondit le plus jeune des templiers.

Aimeric comprit qu'il voulait à tout hasard l'exorciser, et sans se rembrunir il leur annonça :

– Ils sont partis !

Les enfants l'entourèrent de cris joyeux, sautant sur place, lui prenant les mains et tirant sur son manteau. Le chevalier leur distribua son pain et son fromage ; il n'avait touché à rien. Les femmes s'approchaient avec des sourires peureux pour caresser ses vêtements. On ne savait jamais : peut-être était-il un saint.

Aimeric rejoignit le logis des templiers et leur raconta son aventure nocturne. Le frère âgé s'enthousiasmait à chaque épisode du récit, tandis que son compagnon restait sur sa réserve.

Le vieux moine tenta de mettre dans son camp son jeune compagnon et parla de « miracle ».

– Qu'est-ce qui nous prouve qu'il n'y a pas diablerie dans tout ça ? répliqua fermement le jeune templier qui n'avait pas quitté son air sévère.

L'autre haussa les épaules :

– Tu apprendras que le diable ne fait jamais de bonnes actions. S'il y a eu diablerie, c'est dans l'invasion des loups, pas dans leur disparition.

Il s'était assis à côté d'Aimeric, à le toucher, et voulait tout savoir.

– Mais que leur as-tu dit ? Qu'as-tu fait exactement pour qu'ils s'en aillent ? Quels gestes ? Quelles paroles ? Comment sont-ils partis ? Couraient-ils ?...

Aimeric tâchait de répondre le plus précisément possible. Il résuma :

– Je leur ai dit de s'en aller parce qu'ils faisaient mourir le pays. Je l'ai pensé avec mon esprit et l'esprit des loups le leur a répété. Et ils sont partis.

– C'est une feinte du diable, répliqua le plus jeune des templiers avec assurance, le visage fermé.

Son compagnon ouvrit les bras, hilare. Il secouait la tête avec incrédulité :

– Il leur a dit de partir et ils sont partis ! Les pattes jointes comme des enfants de chœur ! Et c'est tout ! C'est incroyable.

Aimeric précisa :

– Je vais rester trois jours. Si au troisième matin ils ne sont pas revenus vous pourrez être tranquilles.

Le moine sourit :

– Ils sont partis. Allons rendre grâces à Dieu, mes enfants.

Ils descendirent à la chapelle remercier la Vierge Marie, leur protectrice, qui avait intercédé auprès de son Fils pour que se réalise ce miracle. Le templier jeune se rallia finalement à cette interprétation de l'événement, qui maintenait le causse Noir sous la loi de Dieu.

Aimeric ne comprenait pas pourquoi les moines tenaient absolument à parler de « miracle ». Il ne voyait pas ce qu'il y avait d'extraordinaire à parler avec ses frères les loups, dont seule l'enveloppe de chair les différenciait présentement de lui-même. Mais il préféra ne pas débattre de ce sujet.

Ces discussions l'éloignaient encore un peu plus des hommes.

XXVII

À peine revenu à la Cavalarié, Cornus se précipita sur Aimeric pour lui annoncer que le commandeur de Sainte-Eulalie l'attendait. Le chevalier se restaura avec son écuyer et remonta en selle. À Sainte-Eulalie il entra dans la cour de la commanderie et laissa sa monture aux mains du frère ferrant avant de monter sans hâte les degrés qui menaient au logis du commandeur. Il savait d'avance de quoi il allait l'entretenir. « C'est à vous décourager de rendre service ! » pensa-t-il en riant.

Le commandeur était en prières. Aimeric attendit patiemment qu'il achève son oraison. Quand le vieux templier se releva en faisant craquer ses genoux le chevalier mit un genou en terre. Dom Bernart Escaffre le laissa agenouillé et l'interpella durement :

– J'ai su que tu étais allé au mas du Rajol chasser les loups sans ma permission. Te crois-tu ici dans une auberge, à la cour du seigneur comte, en pèlerinage ? Tu es dans un monastère ! Tu ne peux quitter ton poste sans mon autorisation, ou celle du précepteur des bêtes. L'ignorais-tu ?

– Je ne l'ignorais pas, seigneur commandeur. Mais au mas du Rajol la situation était pitoyable. Chaque nuit apportait un nouveau malheur, et nos frères commençaient à désespérer...

– On dit que tu es un meneur de loups, de la pire espèce.

– Si j'ai péché, c'est pour faire le bien.

– Et comment expliques-tu ton pouvoir sur les loups ? Ne vois-tu pas qu'il s'agit d'une séduction du diable ? Et toi jeune présomptueux, avide de puissance, qui vas tête baissée dans le piège qu'il t'a tendu !

– Seigneur commandeur, les loups ne sont pour moi ni plus ni moins que des amis...

– Des amis ?

– Sauf un.

– Sauf un ?

– Un loup m'a attaqué, et a tenté de m'égorger. Mais les autres se sont interposés. Dois-je penser que celui qui s'est révolté contre moi appartient à l'Église, si les autres sont à Satan ?

Le commandeur ignora l'ironie de la remarque.

– Je ne le pense pas. Mais comment expliques-tu que celui-là ait voulu te tuer ? Un vrai loup, en somme...

– Je ne me l'explique pas. Toute mesnie a ses rebelles, comme tout paratge, tout monastère. Comment expliquez-vous qu'il y ait des assassinats dans les monastères ?

– L'homme est aussi un loup pour l'homme, a dit un philosophe grec.

– Et les loups sont mes amis. Le monde est plein de contradictions.

Le commandeur se radoucit :

– Relève-toi, chevalier.

Dom Bernart Escaffre se perdit dans ses pensées, le menton dans ses mains, se balançant sur la pointe des pieds. Sa tête s'encadrait devant un bouclier rond peint en vert, listé d'un cercle d'or. Il dessinait autour de son crâne ras une sainte auréole. Le mestre du Temple pensa tout haut :

– Je devrai signaler ton aventure à l'évêque de Rodez. Il lui appartiendra de juger s'il y a soupçon de diablerie dans cette histoire. Qu'en penses-tu ?

– J'en pense, répliqua Aimeric, ironique, que l'évêque sera trop heureux de venir mettre son nez dans les affaires de la commanderie de Sainte-Eulalie, vu que le pape vous a accordé l'exemption épiscopale. Il doit attendre cette occasion depuis longtemps, l'évêque de Rodez...

Le commandeur éclata de rire :

– Tu es malin comme un diable ! Mais tu as raison. L'évêque de Rodez supporte mal que nous dépendions directement du seigneur pape. Il pourrait profiter de cette affaire pour faire lever l'immunité qui interdit à toute autre institution de nous surveiller. Et surtout de nous imposer la dîme...

Dom Bernart Escaffre alla jusqu'à sa cathèdre et s'y glissa, appuyé sur les coudes :

– N'en parlons plus, conclut-il. Mais à l'avenir ne fait rien sans ma permission.

Aimeric fit un petit genou, le garda le temps de recevoir la bénédiction du commandeur et s'en retourna.

Comme il était sur le perron il vit venir frère Aldebert, la lippe hautaine, la poitrine bien éclatée, le geste large et altier. Son visage coloré se tourmenta d'un sourire forcé en voyant le chevalier. Il l'interpella au passage :

– Je vais voir le commandeur et ensuite je vais aux laures. Viendras-tu ?

Aimeric acquiesça :

– Alors attends-moi à l'écurie. Nous avons un sommier à prendre. On est en train de le charger.

Quand frère Aldebert de Calatau sortit de chez le commandeur le sommier était déjà dans la cour, chargé de victuailles pour les laures. Aimeric avait repris son cheval et discutait avec le frère ferrant des avantages respectifs d'une ferrure à chaud et d'une ferrure à froid. Ils s'accordèrent sur l'impossibilité de referrer à chaud sur le champ de bataille, ou au cours d'une longue chevauchée.

Ils se mirent en route. Aimeric tenait en longe le sommier tandis que le précepteur des bêtes ouvrait la marche coiffé d'un chapeau de paille, le blanc manteau sur les épaules. Il tenait une espèce de crosse ornée d'un fanion baussant appuyée sur l'étrier. Il avait son épée au côté.

À la Cavalarié Aimeric s'arrangea pour avertir Cornus qu'il allait aux laures avec frère Aldebert.

– Ne le quitte pas des yeux, lui souffla l'écuyer. Il est vicieux comme une sorcière, fourbe comme un évêque et méchant comme un Navarrais.

Aimeric rit :

– Tu veux me faire peur...

– Ne le quitte pas des yeux, répéta Cornus.

Aimeric lui tapa fraternellement sur l'épaule et remonta en selle. Le templier avançait déjà à travers les collines de buis sans attendre. Le chevalier mit sa caravane au trot pour le rejoindre.

Ils atteignirent les laures dans l'après-midi, sous un soleil de printemps déjà chaud et blanc qui exaltait l'odeur de tanière. Le grand planel, au milieu duquel se dressait la modeste chapelle communautaire, était vide. C'était l'heure où chaque ermite, retiré dans la solitude ombreuse de sa caune, priait ou lisait les saintes Écritures, ou quelque autre livre saint emprunté à un monastère.

Aimeric entendit geindre dans une grotte. Il s'en approchait quand le frère Aldebert l'interpella :

– Viens par là, chevalier (il lui montra la bête de somme). Tu as le sommier à débarrasser avant d'aller te mettre à l'ombre.

Son ton était à la fois amical et pressant. Aimeric retourna et déchargea le sommier, apportant les paniers d'osier, les pochons et les balluchons devant la chapelle. Il était convenu que les ermites faisaient eux-mêmes la distribution entre eux à l'occasion du premier office, dans le meilleur esprit d'entraide et de charité.

Le templier surveillait son aide sans faire le moindre geste pour l'aider. Aimeric fut bientôt en nage. Il avait déjà retiré son bliaud et enleva aussi sa chemise, heureux d'exposer son long torse musclé et pâle au soleil nouveau. Quand il eut terminé de décharger et de ranger vêtements et victuailles devant la chapelle le frère templier s'approcha de lui, le regard trouble. Il lui mit un bras sur l'épaule, pinçant sa chair nue.

– Pissons un coup, mon frère, lui dit-il. Cette odeur de tanière me chatouille la vessie...

Aimeric se laissa emporter, méfiant cependant, surtout préoccupé par les gémissements qui venaient des caunes. Il était maintenant persuadé que frère Aldebert était venu récemment sans lui – et sans bête de somme – pour satisfaire son penchant à la cruauté. Le moine chevalier se campa devant une touffe de buis, à côté d'un rocher en forme de dos de chameau. Il souleva sa tunique à chevaucher, fendue des quatre côtés, baissa ses braies, son blanchet. Il se tourna tout à coup vers Aimeric, les yeux brouillés, la trogne écarlate tordue d'un sourire sardonique, picotée de lumière sous le chapeau de paille. Il exhibait sa virilité et s'exclama :

– Ah ! Dieu de Dieu ! J'ai le diable !

Il avança son membre arqué vers le jeune homme en criant :

– Prends mon épée ! Prends-la !

Aimeric s'approcha d'un pas, tendit la main, se saisit de l'épée – la vraie, celle que le templier portait au côté – et la tirant du fourreau dans un geste rapide il fit faire à la lame un huit de chiffre. Elle miroita au soleil puis sur le ventre nu du gros homme. On entendit le bruit doux d'une chair tranchée.

Le templier baissa les yeux et vit sous son ventre écorché un flot de sang pulsant entre ses cuisses. Il hurla :

– Mais il m'a coupé ! Il m'a coupé ! Il est fou, il m'a coupé !

Il criait comme s'il s'adressait aux ermites, terrés là-bas au fond des laures.

Le templier regarda Aimeric, incrédule, fixa l'épée rougie, de nouveau son ventre. Le chevalier le vit chanceler, pâlir. Il sanglota :

– Je ne te voulais pas de mal. Je voulais m'amuser... juste m'amuser. Tu es complètement fou...

Il avança d'un pas :

– Ramène-moi, vite !

Son visage était blanc. Il tenta de s'appuyer sur Aimeric qui le repoussa avec le pied.

– Crève, carogne ! lui lança-t-il en guise de viatique.

L'autre tomba à la renverse avec un bruit sourd. Aimeric pensa à lui couper la tête, puis se ravisa. « S'il survit il sera puni plus longtemps », murmura-t-il.

Il planta l'épée près du templier gémissant et observant les laures il ricana : « Ton salut est entre les mains des ermites ! »

Le frère templier tentait d'arrêter le sang qui s'écoulait de son ventre. Aimeric se détourna brusquement et retourna aux chevaux. Prenant le galop, la longe du sommier à bout de bras, il revint à la Cavalarié et chercha Cornus. Il le trouva dans la caselle de la Jacquette et sans cérémonie interrompit leur sieste en lançant :

– Il a son compte !

– Frère Aldebert ?

– Oui. Il a fini de nuire.

Cornus resta silencieux. La Jacquette fixa Aimeric et éclata de rire. Le chevalier reprit :

– Je m'en vais. Si tu veux voir du pays je t'emmène.

Comme si la réponse allait de soi Cornus demanda :

– Où allons-nous ?

– Au château de Saissac, dans la Montagne Noire. Ensuite nous aviserons.

La Jacquette protesta, tenta de retenir Cornus qui la rassura :

– Je reviendrai. Et avant de partir je te laisserai de quoi.

La jeune femme sortit du lit complètement nue et se colla contre l'écuyer qui se rhabillait. Aimeric sortit pour ne pas troubler leurs adieux.

Il revint aux caselles des écuries et ramassa ses affaires dont il fit un balluchon. Il rangea ses armes dans un filet de cuir, sauf son épée qu'il ceignit autour de sa taille avec satisfaction. Aux écuries il choisit un cheval de selle et un robuste cheval de bât.

Cornus réapparut bientôt et sautant de sa monture il alla chercher ses nippes et ses armes, qu'il encorda au bât du sommier. Il prit l'animal en longe et ils partirent au trot dans le désert.

Ils ne revinrent sur le grand chemin de Lodève que bien plus tard, pour brouiller les pistes.

*

Ils allaient droit vers le couchant, gardant devant les yeux, sur l'horizon, l'endroit où le soleil s'enfonçait chaque soir dans la terre. Ils franchirent sans hâte des combes ombrées et froides, enfarinées de neige, puis des prairies chaudes et ensoleillées, des versants fricheux où il fallait battre les buissons pour avancer, des côtes d'une raideur désespérante et plus d'un gros ruisseau blanc d'écume.

Aimeric aimait rencontrer des gués caillouteux où l'eau vibrait comme la lumière ; il aimait les essarts couverts de genêts qui saupoudraient d'une pluie d'or le ventre des chevaux, les forêts hautes comme des cathédrales. Ils atteignirent un soir le sommet éreinté d'un puech venteux. Leur regard se vida dans une immensité bleutée où s'alignaient des monts rangés comme des moutons en troupeau. Des moutons bleus.

– Les monts de Lacaune, commenta Aimeric à son compain.

Cornus s'empiffrait de pain frais. Il contempla en grognant les horizons mauves qui s'entrecroisaient jusqu'au fond du ciel en pâlissant vers le couchant.

Une grange les retint pour la nuit, à côté d'une rivière. Sur l'étendue d'eau verte glissaient de lents tourbillons. De temps en temps des dos noirs rayaient la surface.

– Des truites, précisa Cornus.

Il en pêcha quatre, alluma un feu et les fit griller. Il avait aussi du pain et un reste de fédou, un gâteau au fromage de brebis que lui avait donné la Jacquette.

Le lendemain ils atteignirent Lacaune. Cornus y avait un parent maselier, qui habitait une petite maison de granit avant la muraille de la ville. Par-derrière la maison des appentis et des bourdils branlants retenaient les cochons à l'engraissage avant l'ordonnancement rituel de leur sacrifice. Les deux voyageurs passèrent la nuit dans le roundinement des porcs et la puanteur des bauges. Le lendemain, chargés d'un jambon entier, de melsat et de bougnettes, ils gardèrent dans les narines, toute la journée, l'odeur prégnante des bourdils.

Aimeric voulut revenir à la Salvetat et revoir le saut du Vézole. Comme visité d'une intuition fine Cornus le laissa seul faire le tour du petit lac aux reflets ardoisiers, et méditer sur les roches vertes des cascades.

La lande avait les couleurs vives des printemps anciens, une mosaïque de mauve, de rose et de jaune. Aimeric se coucha dans les brandes pour s'imprégner des lourds parfums capiteux qu'agitaient des myriades d'insectes. Il revit dans un éclair le visage ombré d'Adélaïs, nimbé d'un voile transparent à la lumière quand elle apparut entre les rochers comme un archange descendu du Ciel. Une messagère du destin, venue mettre fin à son année de solitude.

Un désir douloureux de revoir son amie, de la serrer dans ses bras, d'explorer son corps de ses mains et de ses lèvres, le surprit au plus profond de son être et il s'en retourna comme un fou en courant vers les chevaux. « J'irai coûte que coûte jusqu'à Burlats ! » cria-t-il aux rochers.

Cornus l'attendait aux montures, rêvassant sur le garrot de son cheval. Aimeric déclara :

– Nous dormirons à l'abbaye de Saint-Pons. Nous arriverons juste à la tombée de la nuit pour éviter d'être vus au réfectoire et à complies. On ne sait jamais sur qui on peut tomber.

Cornus acquiesça. Ce n'était pas la nourriture qui leur manquait.

Ils attendirent le crépuscule pour se présenter au frère portier qui les envoya au quartier des Ostes, sans pénétrer dans le couvent. S'il reconnut Aimeric il n'en dit rien.

Le lendemain à l'aube les deux compères reprenaient le chemin de Castres, qu'ils laissèrent à la hauteur du village d'Hautpoul. Contournant le pied du nid d'aigle ils disparurent dans la Montagne Noire par la vallée de l'Arnette. Ils s'arrêtèrent dans une grange pour la nuit.

Le soir tombait quand ils arrivèrent devant le château de Saissac, dressé au milieu du ravin. Les derniers rayons allumaient la pierre verte des murailles d'une lueur d'émeraude. Aimeric se sentit ému jusqu'aux larmes. Il avait tant rêvé de le revoir, ce château orgueilleux et impénétrable, comme son maître Bertran. Un sentiment de force, d'éternité l'envahit et le fit rire. Non, celui qui devait l'abattre et le détruire n'était pas encore né, pas plus que n'était né celui qui allait abattre et détruire le château de Saissac.

Cornus restait bouche bée devant le spectacle qui s'ouvrait entre les oreilles de son cheval. Il rit pour accompagner Aimeric et chacun pressa sa monture. Ils finirent d'arriver jusqu'au bourg, entrèrent dans la ville qu'ils traversèrent avant de ressortir du côté du château. L'échine rocheuse qui reliait le bourg au château, en passant devant l'église-forteresse, était si étroite que Cornus hésita à passer avec les deux chevaux. Aimeric lui ouvrit le chemin. Ils pénétrèrent dans la haute cour sans s'arrêter. Un des gardes qui pissait derrière la porte avait reconnu Aimeric et l'avait salué joyeusement, avant de lancer à son compagnon, un jeune homme plein de zèle : « Laisse passer ! »

Dans la cour le seigneur Bertran se préparait à monter en selle. Il observa les arrivants de ses yeux noirs, luisants dans l'ombre de sa grande mèche en aile de corbeau. Son visage s'éclaira et il s'esclaffa en tapant dans ses mains.

– Castelnau ! s'exclama-t-il. Tu t'es encore échappé ?

– Il y a longtemps, répondit Aimeric.

Le jeune baron de Saissac se tourna vers ses écuyers, sa femme Ava, ses compagnons et commenta :

– Ce donzel est une anguille.

Il s'approcha du chevalier et, lui prenant des mains la bride de son cheval, il le laissa descendre et l'accueillit en tentant de le serrer dans ses bras. Aimeric était trop grand pour lui et il se contenta de lui tapoter amicalement les épaules.

La joie du seigneur de Saissac était sincère. Sans le laisser souffler il lui dit encore :

– Tu tombes bien. Il me faut des hommes sans peur et sans reproche pour mener nos Bonshommes à Lavaur. Tu commanderas l'escorte.

– Pourquoi Lavaur ? demanda Aimeric quelque peu abasourdi.

Bertran le fixa de ses yeux de jais :

– D'où viens-tu que tu ne saches rien de ce qu'a manigancé le seigneur pape ?

– Je viens du désert du Larzac. J'étais chez les templiers de Sainte-Eulalie.

Bertran laissa venir encore un rire chaleureux. Il hocha la tête, incrédule.

– Les templiers ! Il était chez les templiers ! Il faut donc que je t'apprenne quelques nouvelles : la première, le pape a envoyé un nouveau légat, le cardinal d'Albano, pour combattre la nouvelle foi ; la seconde, le cardinal d'Albano se fait accompagner d'une armée pour capturer nos Bonshommes et les faire abjurer ou brûler ; la troisième, il veut aussi capturer le vicomte Roger et le mettre en prison, peut-être le brûler s'il en a l'occasion ; et quatre, il prétend récupérer dîmes et taxes qui nous servent à nous, seigneurs de la Montagne Noire, à administrer avec justice notre peuple. C'est pourquoi nous avons prévu de mettre tous nos amis menacés à l'abri derrière les murs de Lavaur.

– Mais pourquoi Lavaur ? répéta Aimeric.

– Parce que la cité de Lavaur a de bonnes défenses, qu'elle abrite de nombreux oustals de Parfaits et de Parfaites où nos amis seront bien accueillis, et que la population y est presque toute de la bonne croyance. Et tu te doutes bien qu'il est plus facile de défendre une ville qu'un pays. C'est là que tu amèneras tous ceux qui se sentent en danger. Le rendez-vous est ici.

– Nous partons dans combien de temps ? s'inquiéta Aimeric qui se serait bien reposé quelques jours.

– Dans deux jours au plus tard. Si nous attendons davantage, nous risquons de ne plus pouvoir entrer dans Lavaur.

– Et cette armée qui accompagne le légat, d'où vient-elle ?

Le baron de Saissac haussa les épaules.

– Elle est envoyée par tous ceux qui attendent des faveurs du pape, et des morceaux de notre vicomté en récompense, comme les chacals qui chassent derrière le lion et profitent de ses dépouilles. D'après nos espies le comte de Montpellier en serait, avec le vicomte de Narbonne et celui de Turenne. Bien entendu le comte de Toulouse enverra aussi des hommes. Il sera le premier devant Lavaur.

– Des milices bourgeoises ?

Le seigneur Bertran ricana :

– Les milices défendent leur ville, pas les dîmes du seigneur pape. Non, ces seigneurs qui se sont associés avec les Loups de Rome ont envoyé des soldadiers, des routiers, des mercenaires de la pire espèce, qui ne croient ni à Dieu ni à diable.On leur a promis le Ciel, par-devant, et un beau butin par-derrière. Pour éviter de les payer...

Aimeric réfléchit, la mine soucieuse. Saissac s'inquiéta :

– Qu'est-ce qui te préoccupe ? Aurais-tu peur ?

Aimeric sourit :

– Non, seigneur Bertran. Mais je voulais visiter d'abord la comtesse...

– Tu la verras après, je te le promets.

Aimeric acquiesça. Il n'y avait rien d'autre à faire. Le seigneur de Saissac monta en selle et lui dit de s'installer dans le château avec son écuyer. Cornus ne disait mot, découvrant avec effarement que le chemin d'Aimeric n'était pavé que d'aventures sans fin. Il n'y avait jamais place pour le repos.

Ils s'installèrent. L'épouse de Bertran, Ava, fille du vicomte de Fenouillèdes, se montra enjouée et prévenante. Cornus décela dans son attitude un penchant particulier pour le chevalier.

– Elle est pincée de toi, dit-il à Aimeric avec sa simplicité coutumière. Je ne me trompe jamais sur les femmes. C'est comme pour les chevaux.

Aimeric rit. Il répliqua :

– J'en aime une autre.

– Qui, Dieu du Ciel ?

– Une princesse...

Il le prit par le bras en riant :

– Je t'emmène la voir.

Ils sortirent, revinrent dans la cité et se rendirent dans l'oustal des Parfaites de domna Garsende et domna Gaillarde, sa fille. Les deux femmes poussèrent des cris de surprise et de joie en reconnaissant Aimeric. Aimeric oubliant leur vœu de stricte chasteté les prit dans ses bras et les embrassa sur les joues. Après quelques cajoleries fort peu coutumières il alla visiter les autres salles de l'oustal à la recherche de Mondine.

Il la découvrit peignant de la laine dans un atelier de tissage tout en écoutant sagement une vieille femme qui leur lisait à haute voix un passage de l'Apocalypse de saint Jean. Quand elle vit Aimeric la jeune fille poussa un petit cri et lâcha ses peignes. Elle courut se jeter sur le chevalier en poussant des hurlements de joie. La vieille femme la tança d'une voix rogneuse mais Mondine n'en eut cure et quitta la pièce en emportant le chevalier. Cornus flaira la vieille de l'œil et suivit sans comprendre.

Mondine avait une quinzaine d'années. Ses cheveux étaient pris sous un voile noué sous le menton, mais on en devinait la couleur brune à ses sourcils réguliers et bien marqués. Elle avait des yeux verts bien écartés, vifs et malicieux, une bouche rieuse qui laissait à découvert en permanence une dentition carnassière. Sa peau blanche, douce et fine, était celle d'une jeune femme sur le chemin de l'amour. La blancheur de sa peau formait un contraste vif avec ses vêtements de bure grossière tissée dans le couvent cathare par des apprenties. Sa tunique sombre et son devantal de chanvre en faisaient une petite bordière mal fagotée.

Aimeric aurait voulu plaisanter, la bousculer chaleureusement, mais il voyait maintenant en elle une jeune femme et il en fut intimidé. Mondine, elle, ne se voyait pas et de toute façon ne connaissait pas la timidité. Prenant la taille du chevalier elle l'implora :

– Emmène-moi, dis, sors-moi d'ici. Je deviens folle.

– Ta mère t'a placée auprès des Parfaites pour ton éducation et le salut de ton âme. Je l'approuve, sache-le. Ne compte pas sur moi pour satisfaire tes caprices.

Un rictus déforma la bouche de la jeune fille :

– Vous m'aviez promis, toi et Adélaïs, de me prendre à votre service. Vous n'avez pas de parole.

– Je ne t'ai rien promis du tout.

– La comtesse si ! Et comme tu n'as rien dit, tu étais consentant, espèce de lâche !

Des larmes vinrent sur ses cils et les firent scintiller. Aimeric sourit et s'attendrit.

– Écoute, si la comtesse est d'accord, je viendrai te rechercher. Je te le promets. En attendant j'ai une mission très importante et très dangereuse. Je ne peux pas t'emmener.

Mondine se gratta l'aile du nez :

– On dit que les Parfaits et les Parfaites du « diocèse » de Carcassonne vont tous à Lavaur, avec les diacres et tous les Bons Chrétiens. Si mes Bonnes Domnas vont à Lavaur, pourquoi je n'irais pas aussi ? Je les servirai là-bas. Il faudra bien des femmes pour nourrir et laver toute cette gent en exode...

Aimeric la regarda en souriant :

– Tu as pensé à tout. Je vais en parler au seigneur Bertran et à domna Garsende. Peut-être seront-ils d'accord pour t'emmener.

Mondine claqua dans les mains, sauta sur place et se suspendit au cou d'Aimeric :

– Merci, merci par la sainte Vierge, mon beau chevalier.

Elle enfonça des baisers sonores sur ses joues mal rasées, et finalement sur la bouche.

– Je vous aime plus que tout, tous les deux ! Vous êtes des dieux pour moi ; toi tu es un dieu et la comtesse Adélaïs la plus belle déesse du ciel !

Aimeric prit un ton sérieux :

– C'est ça que tu racontes à tes Bonnes Domnas, dans leur couvent ?

Mondine pouffa :

– Non. Elles me mettraient au pain et à l'eau. Mais je ne veux pas vivre avec elles, je veux vivre avec vous. Je veux bouger...

– Pour ça... s'exclama Cornus en secouant la tête.

– Je vous servirai, reprit Mondine. Et aussi je veux me marier !

Aimeric rit et se tourna vers Cornus qui croquait des yeux la pucelle.

– Tu l'as entendue ? lui lança-t-il. Un cœur tout neuf à prendre.

Cornus ne quitta pas des yeux la jeune fille qui retournait en courant, pieds nus, vers l'oustal des Parfaites. Le jeu rapide de ses chevilles fines le plongeait dans un irrésistible enchantement.

– Reviens sur terre ! lui lança Aimeric en le bousculant. Nous avons du pain sur la planche.

XXVIII

Je ne reconnus pas ma chambre, à mon réveil. Puis me revinrent peu à peu à l'esprit les événements des jours passés. Roger d'abord, apparaissant à Burlats dans le soir où tout reposait pour la nuit. Silencieux comme l'ange de l'Annonciation je le vis tout à coup devant moi. Il me dit sans préambule, avec cette précipitation abrupte, rogneuse, qu'il me réservait toujours :

– Domna, le pape a lancé sa meute à mes trousses. Ce lépreux veut se saisir de moi, et aussi de nos amis cathares. C'est pourquoi nous les envoyons tous à Lavaur, pour les protéger. Vous devez y aller. Votre présence soutiendra le courage des habitants et vous pourrez vous opposer aux attaques du nouveau légat, le cardinal d'Albano. Vous le connaissez : il était déjà venu il y a trois ans avec le cardinal de Saint-Chrisogone, pour m'excommunier. Mais à l'époque il était abbé de Clairvaux. C'était un emburé. Aujourd'hui il est cardinal, il est empourpré de soie rouge.

Je me récriai :

– Mais que voulez-vous que je fasse contre le bras armé de l'Église ? Et pourquoi n'y allez-vous pas vous-même ?

Son front se bourrela ; le haussement des sourcils manifestait l'évidence de sa réponse :

– Si je ne vais pas à Lavaur, c'est pour faire échouer le plan du seigneur pape, pardieu. Si je faisais l'erreur d'aller m'enfermer dans Lavaur, pensez à ce qu'il adviendrait : la ville assiégée jusqu'à la famine, la reddition sans conditions, quel qu'en soit le prix, son pillage et sa destruction. Et pendant ce temps le ravage de tout le pays au nom de l'incommensurable amour divin.

Il sembla me laisser réfléchir et poursuivit :

– La ville prise, ils me mettraient au mur jusqu'à la fin de mes jours, dépossédé de tout. Non, je ne leur donnerai pas ce plaisir...

Il m'observait. Comme je me taisais il précisa :

– Si c'est vous qui allez à Lavaur, le siège ne durera pas longtemps, je pense...

Je secouai la tête :

– Vous pensez...

Il m'exhiba son sourire carnassier :

– Vous arriverez bien à parlementer avec les soldadiers de votre père, que diable !

– Je croyais que vous me preniez pour un suppôt de la sorcière ! Cette lubie vous a donc passé, devant la nécessité de mon aide ?

Roger laissa revenir son sourire carnassier :

– Nécessité fait loi !

– Et qu'allez-vous faire pendant que je vais au-devant de nos ennemis ?

Il caressa la poignée d'ivoire de son épée, sans défaire ses bras croisés, et observa :

– Nos ennemis, dites-vous ? Votre père n'est pas votre ennemi. Mais il est le mien. Il y aura aussi, si mes renseignements sont bons – et ils sont toujours bons – les soldadiers du comte Guilhem de Montpellier, un rapace de la pire espèce, ceux du vicomte de Narbonne, fourbe comme Judas, et ceux du vicomte de Turenne, qui vendrait sa mère pour un marc d'argent. Tous unis dans la même foi romaine pour me déposséder. Mais s'ils ne parviennent pas à leur fin rapidement ils s'en retourneront bientôt. Une armée en campagne coûte cher, très cher... Et s'ils ne sont pas assurés de pouvoir se rembourser par les pillages, ils décamperont vite.

– Et si je leur ouvre les portes ? Y avez-vous pensé ?

Il ricana :

– Bien sûr, vous ne serez pas seule. Vous ne pourrez négocier que leur départ. Si vous réussissez vous ne le regretterez pas.

– Qu'est-ce à dire ? J'aurais les faveurs du roi d'Aragon ? raillai-je à mon tour.

Roger rit franchement.

– Le roi d'Aragon, puisque vous en parlez, vous aidera en allant ravager le pays toulousain pendant que les soldadiers de votre père iront se distraire devant Lavaur. Mais je vous donnerai davantage. Je vous rendrai votre liberté.

Il me salua de la tête et s'en retourna. L'Annonciation était terminée. Mais avant de disparaître dans l'escalier il me rappela presque amicalement :

– Partez demain sans faute. Après il sera trop tard.

J'allai à une fenêtre de la cour, d'où montait le crépitement d'une cavalcade. J'eus à peine le temps de voir Roger monter en selle au milieu de ses compagnons et ils disparurent au galop.

Je restai longtemps à rêver sur le banc de pierre d'une des fenêtres donnant sur la rivière d'Agoût. L'eau grossie par l'hiver roulait encore, dans l'ombre du crépuscule, des eaux épaisses et noires sur lesquelles glissaient de lents tourbillons. Des bois flottants semblaient y danser. Je m'y voyais engloutie comme dans le tournoiement des événements, et ma première idée fut de ne rien faire.

Toutefois les dernières paroles de Roger me revenaient avec une insistante séduction. « Je vous rendrai votre liberté ! » avait-il dit. Voulait-il faire annuler notre mariage ? Mais il ne pouvait y parvenir sans le consentement du seigneur pape, et le moment était mal choisi pour lui demander une faveur.

Peut-être m'avait-il laissé entendre que je pourrais désormais organiser ma vie à ma convenance, là où je voulais et avec qui je voulais. Et en premier avec Aimeric.

Peut-être avait-il parlé à la légère, pour m'amener à me plier à ses désirs dans l'impérieuse nécessité où il était.

Mais au fond de moi j'avais déjà décidé d'aller à Lavaur. Il allait s'y passer des événements terribles et je ne pouvais pas imaginer de m'en désintéresser. J'étais ainsi faite que je ne pouvais rester hors du monde.

J'appelai mes filles aux aguets et leur dis :

– Mes douces, demain nous allons à Lavaur. Nous devons y être avant que l'armée du pape ne l'investisse. Ensuite nous ne pourrons plus en sortir jusqu'à tant que l'armée du pape reparte.

– Belle promenade ! s'exclama Alazaïs Azéma.

Douceline de Digne renvoya nerveusement ses longues nattes couleur des blés derrière ses fines épaules et demanda précipitamment :

– Et nos chevaliers ?

Elle n'aimait pas voyager sans son chevalier servant, le géant Guilhem de Trénis. Je la rassurai :

– Nos chevaliers viennent avec nous. Nous aurons peut-être à nous battre.

Ma cousine Alis s'empara d'une quenouille oubliée dans un coin et se défendit face à des ennemis imaginaires. On rit. Depuis qu'elle avait saigné l'ancien viguier du Castelmoutou, elle se croyait invulnérable. L'idée d'un siège l'excitait prodigieusement.

– Ma belle, lui dis-je en souriant, ne fais pas trop la brave. Les armées qui s'en viennent à Lavaur sont de la pire espèce. Ce ne sont que routiers et mercenaires excommuniés.

– L'Église sait fermer les yeux quand ça l'arrange, nota Alazaïs.

Le lendemain nous étions sur le chemin de Lavaur, mes filles, mes chevaliers, quelques servantes et, depuis Castres, une troupe de chevaliers et d'hommes d'armes à qui Roger avait demandé de se joindre à nous.

Nous allions dans un ciel noir. La chaleur était étouffante. Alis me prit le bras :

– Tu nous disais l'autre jour à Carcassonne que nous entrions dans la saison des orages... Nous y sommes, sous l'orage.

Elle souleva devant ses yeux son voile de soie verte pour mieux observer l'horizon devant nous, qui se fondait dans l'obscurité du ciel.

– Prions Dieu que la foudre nous épargne.

– Plutôt le foutre que la foudre, amen ! reprit Alazaïs avec une vulgarité forcée qui ne parvint pas à nous faire rire. Nous étions toutes dans l'angoisse.

En fin de journée la cité de Lavaur nous apparut au détour du chemin, sur le ciel charbonneux et gras. Comme nous la contemplions, immobiles, un rayon de soleil alluma un instant l'ocre de ses murailles et l'argile de ses toitures.

On s'exclama en chœur :

– Quelle belle cité !

Le château s'élançait en premier devant nous comme une nef au-dessus de la rivière d'Agoût que nous n'avions pas quittée depuis Burlats. Mais le torrent changeant et capricieux qui roulait aux pieds de l'oustalet de Cécile était devenu sous nos yeux un fleuve majestueux et lent, promenant à la surface de ses eaux vertes des guirlandes de feuilles jaunes.

Un donjon massif le dominait, couronné d'un étendard à trois tours d'argent sur une onde de même chargée d'une ancre. C'était bien un vaisseau à l'ancre qui se dressait face aux eaux pesantes de la rivière, et l'obligeait à se détourner.

Le chemin traversait le port et remontait sous les murailles jusqu'à une porte. On entra dans la cité sous les vivats de la foule qui trouvait dans notre présence un puissant réconfort et l'assurance que la cité ne connaîtrait pas une de ces atrocités coutumières dont le souvenir parcourait les siècles.

Les placettes étaient déjà occupées par les chevaux et le bétail, autour de montagnes de foin. Dans les rues s'entassaient les réfugiés, assis ou couchés le long des murs, entourés de volailles entravées et s'efforçant d'étendre au-dessus d'eux quelque fragile abri de toile. Les ateliers de tisseyres avaient été vidés de leurs métiers et étaient occupés par des familles entières réunies autour de petits balluchons. Des porcs, des volailles affolées parcouraient les rues et allaient s'abriter à l'ombre des charrettes. On se déplaçait malaisément ; la cité était déjà pleine comme un œuf.

L'évêque d'Albi appelait Lavaur « la synagogue de Satan », car on y trouvait davantage de communautés de Parfaits et de Parfaites que d'églises. Pour les croyants de la nouvelle foi elle était au contraire l'antichambre du paradis, une ville sainte pour les Bons Chrétiens qui venaient y mourir consolés. C'est pourquoi on mourait à Lavaur plus que partout ailleurs, on y mourait sans cesse car quitter la vie à Lavaur était réputé le plus court chemin jusqu'à Dieu.

Nuit et jour sans interruption les Bonshommes administraient dans la joie le consolament de bonne fin. Aussi les réfugiés gardaient-ils devant l'épreuve du siège une humeur joyeuse et décidée. Ce n'était pas la mort qu'apportaient les soldadiers du pape, au pire. C'était le salut éternel.

On finit par accéder au château réputé imprenable. Il était commandé par les frères Guilhem-Bernat et Pierre, une famille au service des Trencavel depuis la nuit des temps. Ma chambre était assez belle, avec un ciel étoilé et sur les murs quelques draperies peintes. Aucune fleurette, aucune épopée guerrière.

J'appris que la famille du châtelain était hérétique au dernier degré. On avait depuis longtemps banni du château toute image de violence ou de désir charnel. L'austérité qui y régnait, voulue et appliquée, me rappela l'air du château de Saissac.

J'entendis trottiner. Je me penchai hors du lit et vis venir une chatte suivie de cinq petits. Les petits chats noirs bientôt s'égayèrent dans la chambre sans le moindre souci de ma personne, totalement occupés par leurs jeux et leurs combats pour rire. Ils avançaient en crabe l'un vers l'autre, le dos rond, le cou tordu, la queue animée de convulsions sataniques, et s'empoignaient comme des lutteurs en mimant un combat à mort. J'avançai ma main vers l'un d'eux. Il se gonfla en soufflant, se leva, ouvrant ses pattes comme pour m'enlacer, les doigts écartés et griffus qui formaient deux soleils aux rais affûtés. Encouragé par le retrait de ma main il vint vers moi le dos rond, les oreilles couchées, le museau effilé dans un regard mongol, prêt à en découdre. J'avançai de nouveau ma main. Il fit mine de bondir et... se sauva à toutes jambes.

J'éclatai de rire et me levai. J'allai à la fenêtre – une lucarne étroite – et observai le ravin vertigineux que le château surplombait au midi. Il n'y avait personne, sinon quelques chèvres et des moutons qui paissaient sur le versant de l'autre côté du ruisseau de Naridelle. Le ruisseau de Naridelle faisait office de fossé avant de se jeter dans la rivière d'Agoût.

Je sortis discrètement, faisant signe à mes compagnes de ne pas me suivre, et par un escalier creusé dans le mur je quittai le donjon pour m'enfiler sur les remparts, comme un capitaine d'estage à qui on aurait confié la défense du château.

Je fus frappée par le bruit des armes. Un escalier aux marches de grosses briques sur champ, mal commodes, étroites et très hautes pour monter plus vite, me mena au sommet d'une tour d'angle sans toit.

La coursière qu'elle dominait était remplie d'hommes d'armes en cotte de mailles, pour la plupart, ou vêtus de broignes de cuir ferré avec des plaques de fer sur les bras et les jambes. Ils portaient tous au côté une épée qui sonnait sur les merlons, et un casque accroché au ceinturon. Certains tenaient une lance, un fauchart, un dard, et d'autres un arc ou une arbalète de bois clair.

Ce déploiement de fer m'émut et me fit comprendre que Trencavel m'avait embarquée dans une aventure fatale. Il y aurait des morts, des blessés, des souffrances, des vies gâchées et des atrocités peut-être. Ma résolution de trouver au plus vite un accommodement s'affermit et devint définitive.

Le châtelain Guillem-Bernat apparut sur la coursière et indiqua aux chevaliers des remparts un événement qui survenait de l'autre côté du château, dans une direction qu'il montrait du bras. Les hommes d'armes restèrent là mais les chevaliers suivirent le châtelain et disparurent à pas pressés dans une tour. Je les revis plus loin sur le mur d'enceinte de la ville, où ils allèrent grossir la foule qui s'entassait sur les courtines tout autour des gabions de la porte de Toulouse. Je redescendis et pris mes compagnes au passage.

–Il se passe quelque chose ! leur lançai-je.

Nous quittâmes le château pour aller aux nouvelles. Elles couraient déjà dans les rues de la cité : l'armée du comte de Toulouse était en vue. À la porte de Toulouse je me fis conduire en haut des murailles. Devant nous se déployait au milieu des champs une grande compagnie d'hommes à pied, de cavaliers portant sur la cotte d'armes la croix de Toulouse, et un groupe de chevaliers qui se mit à l'écart autour de l'étendard écarlate à la croix bouletée de douze besants d'or de mon père.

Bien que prévenue je n'en croyais pas mes yeux : le seigneur comte mon père venait assiéger sur ses terres son propre gendre, sa propre fille ! J'observai attentivement le groupe de chevaliers qui commandait les compagnies de soldadiers. Je crus reconnaître à sa chevelure blanche le vieux connétable de mon père Guilhem de Sabran. Sa présence me redonna espoir. Le seigneur de Sabran était un homme pondéré, que l'âge et l'expérience avaient rendu pacifique.

Il y avait autour de lui de jeunes chevaliers. Un mot qui circulait dans la foule me fit dresser l'oreille : « Ramounet... Ramounet... » J'observai attentivement le groupe qui était descendu de cheval sous l'étendard de Toulouse. À sa démarche je reconnus la silhouette un peu lourde de mon frère Raimon. J'eus envie de rire. Ainsi mon frère faisait ses premières armes contre des hérétiques désarmés qui avaient la guerre en exécration, la violence en horreur et qui se refusaient à verser la moindre goutte de sang !

Ce n'était pas cette chevauchée qui allait lui faire connaître la gloire.

Les hommes installèrent leur campement à l'orée d'un bois, tandis qu'on dressait à part les grandes tentes des chevaliers, du connétable et du jeune comte mon frère. Son pavillon se distingua bientôt par le luxe extravagant de son apparence. D'une taille double des autres, couronné d'un aigle doré déployant ses ailes, il était mi-parti de vermeil et mi-parti de vert, avec des galons d'or cachant les coutures.

Je retournai au château parler à Guilhem-Bernat. Je restai à l'attendre dans la salle grande. Il n'y avait là que des hommes qui se tenaient loin de moi sans me perdre de vue. Des chevaliers, des écuyers et des familiers du châtelain discutaient avec son frère Pierre, qui gardait la force avancée de Flamarens mais logeait dans la cité.

Pierre était peu remarquable par sa taille ; il l'était davantage par sa voix, qu'il avait forte et autoritaire, trahissant un caractère abrupt et peu malléable. Il portait une barbe noire et des cheveux longs qui retombaient sur un œil perdu dans une embuscade. Méprisant avec les femmes, je j'évitais autant que possible ; son frère Guilhem-Bernat était plus sage, plus courtois, comme poli au contact des Parfaits nombreux qu'il recevait quotidiennement dans son château.

Ces moines de la nouvelle foi étaient nombreux autour de moi, dans la salle grande ; je les reconnaissais sans peine à leur visage pâle émacié par les jeûnes et leur longue barbe de sage oriental frémissant sur leur poitrine. Leurs vêtements de bure noire hors saison cachaient entièrement leur corps maigre torturé par les privations.

L'un d'eux, qui se rapprochait de moi par petites étapes, finit de me rejoindre pour me parler. Je lui fis bonne figure, tentant de distinguer les traits de son visage qui restaient dans l'ombre du capuchon. Il s'inclina et sortit la tête : j'avais devant moi dom Béranger, l'ancien sous-prieur de Burlats. Son visage était resté poupin et ne portait pas encore les marques implacables de la privation.

– Domna comtessa, m'implora-t-il, mon destin est entre vos mains. Vous avez le pouvoir de me condamner sur l'heure ou de me laisser vivre ma foi véritable jusqu'à son terme. Au moins jusqu'au bûcher, ajouta-t-il avec une importance qui me fit sourire.

– Dom Béranger, répondis-je, il ne m'appartient pas de vous juger. Dieu le fera à son heure.

– Amen ! me répondit-il, rassuré et malicieux.

Il m'assura de son dévouement et s'éclipsa dans la foule. Un autre Parfait me fixait depuis un moment de ses yeux d'un bleu intense et ronds comme des billes de verre. Je ne le connaissais pas. Il s'approcha de moi sans me quitter des yeux et inclinant la tête il me salua :

– Dieu vous garde et vous mène à bonne fin, domna comtessa. J'ai beaucoup entendu parler de vous... Mais me connaissez-vous ?

– Point du tout ! répondis-je franchement.

– Je suis Bernat Raimondi, l'évêque de Toulouse.

– L'évêque... cathare ?

Il sourit sans me quitter des yeux :

– Bien entendu ! L'évêque de la nouvelle Église, la seule qui témoigne d'une foi véritable.

Il se tourna vers son compagnon :

– Et voici mon associé, mon fils majeur, Raimon de Baimiac, qui est appelé à me remplacer dès que Dieu aura la bonté d'accueillir ma pauvre âme dans les plis de son manteau.

Je me souvins que ces deux hommes avaient eu leur heure de gloire lors de la première incursion du légat romain, trois ans auparavant. Ils étaient venus débattre avec le légat sur les principes de la foi chrétienne. Déclarés hérétiques et excommuniés, ils avaient pu s'enfuir, ayant eu la prudence de demander un conduit qui fut respecté.

Ils continuaient à « évangéliser » le pays toulousain. Je leur demandai :

– Le seigneur comte vous connaît-il ?

– Domna, sans vouloir blesser votre piété filiale, je dois vous avouer qu'il nous a en exécration.

Il tourna le pouce en direction du campement de l'armée toulousaine.

– Je sais qu'il aimerait bien nous ramener à Toulouse, enchaînés comme des ours.

Je conclus :

– En quelque sorte, c'est pour vous qu'il a envoyé une armée ?

Bernat Raimondi cligna des yeux. Il baissa les paupières jusqu'à ce que son visage, étrangement plein malgré les jeûnes, ait retrouvé un aspect serein. Il laissa alors venir un petit rire intérieur et murmura :

– En effet c'est nous que le seigneur pape veut capturer et brûler à la gloire de Babylone.

Il me vint une idée :

– Et si vous vous rendiez à mon frère Raimon, qui est venu à la tête de l'armée ? Peut-être s'en retournerait-il satisfait ? Et vous éviteriez beaucoup de souffrances à la gent de Lavaur...

Bernat Raimondi rouvrit les yeux comme s'il avait été brûlé au fer rouge et ses yeux bleus m'incendièrent.

– Vous êtes folle ? laissa-t-il échapper.

Il cachait mal sa colère. Comme je le fixai froidement en attendant une explication, je vis passer sur son visage une onde de peur.

– Domna comtessa, vous ne parlez pas sérieusement. Et que vont devenir nos fidèles que nous baptisons tous les jours du feu du Saint-Esprit ? Et les malades que nous consolons, et les enfants que nous éduquons ? Le malheur ne serait pas sur nous, si nous étions pris, il serait sur notre peuple, sur le pays tout entier ! Songez que sans nous le Ciel serait fermé aux âmes du comté toulousain. Nous sommes les passeurs !

– D'ailleurs notre mort ne servirait à rien, rajouta son confrère. D'autres prendraient notre place. Jusqu'à la disparition du monde d'ici-bas.

– Votre mort servirait au moins à votre propre salut... répliquai-je. Vous mourriez en martyr de la nouvelle foi.

Le Parfait secoua la tête :

– Que Dieu décide de notre sort, et nous l'accomplirons. Mais qu'il nous garde de l'orgueil de décider par nous-mêmes de notre destin.

– Vous préférez les massacres ? L'extermination du peuple de Lavaur ?

L'évêque cathare s'énerva. Son coadjuteur lui prit le bras et répondit à sa place :

– Domna comtessa, nous ferons selon la volonté de Dieu.

Et il me bénit pour me clouer le bec.

J'avais échoué dans ma première entremise.

Sur ces entrefaites apparut le châtelain Guilhem-Bernat. Il me vit et s'empressa :

– Domna, me dit-il, avez-vous vu votre frère Raimon dans l'ost de Toulouse ?

– Oui. Sa tente se distingue aisément.

– Voulez-vous aller lui parler ?

– Je pense qu'il est encore trop tôt pour négocier. De toute façon, nous ne pouvons le faire sans une contrepartie.

– À quoi pensez-vous ?

– À la nécessité pour quelques chefs de la nouvelle Église de se livrer.

– Personne ici ne peut souhaiter une pareille chose.

– Je ne la souhaite pas plus que vous. Mais je ne vois pas comment le légat pourrait s'en retourner à Rome sans avoir obtenu quelque succès.

– N'en parlons plus.

Je m'en retournai. Je tins une véritable réunion militaire dans ma chambre, avec mes filles et mes chevaliers. Je demandai à chacun de me donner son avis, très librement. Mes filles hurlèrent qu'elles ne voyaient pas ce qu'elles faisaient à Lavaur, n'étant ni hérétiques ni romaines, ni d'ailleurs très pieuses, ni véritablement sujettes du vicomte, qui par ailleurs ne daignait même pas venir soutenir les assiégés.

– Il est trop tard pour pleurer, mes belles. La route du retour est coupée.

Alazaïs fanfaronna :

– On les connaît tous, les chevaliers toulousains, tous avec leur nom de baptême. On peut les appeler et quitter la ville quand on veut !

– Tu oublies les soldadiers navarrais, les Gascons, les Brabançons peut-être. Ceux-là, ils n'ont même pas été baptisés. Mieux vaut que tu n'aies pas à les connaître...

Douceline battait nerveusement ses nattes. Elle lâcha :

– Quand je pense que certains vont mourir pour des histoires de dîmes ! Car ce n'est pas autre chose. Ce qui inquiète le pape, c'est toujours les sous !

– Tu simplifies beaucoup, répondis-je. C'est aussi une question de foi.

– Mais puisque les gens sont heureux de vivre avec les Bonshommes ! Pourquoi vient-on les leur prendre ? Ce n'est pas ce qu'ils coûtent !

– Oui, pourquoi les persécuter ? Ils ne font de mal à personne ! renchérit Douce de Peytavit.

– Surtout pas aux femmes, s'esclaffa Alazaïs.

Je repris la parole :

– Ma demande était de trouver une bonne idée pour éviter de faire couler le sang, et pour épargner à la population un siège interminable. Et à nous aussi. Que fait-on ?

– On élit un autre pape.

– Le prochain sera peut-être pire.

– Nous allons toutes ensemble dans le camp de Toulouse prendre d'assaut les chevaliers du comte, insista Alazaïs. Mais nous ne leur céderons que contre leur départ !

– Tu as déjà tout cédé, et tous t'ont oubliée, rétorqua Alis, puisque tu es encore avec nous à espérer un époux.

– Et si on attendait les autres armées ? Il suffirait de les amener à se battre entre elles...

– C'est une bonne idée, repris-je. Roger m'a dit qu'un siège coûtait cher et ne durait jamais longtemps. Cherchons comment le renchérir encore.

Deux jours après arrivèrent les soldadiers du vicomte de Turenne, avec ses gonfanons et ses archers génois. Ils escortaient le légat en personne qui venait de Lescure en Albigeois. L'ost du comte de Turenne s'installa loin des Toulousains pour éviter les rixes, dans la grande boucle que faisait l'Agoût juste après Lavaur, à l'ombre des vergers.

Des femmes nombreuses les suivaient et se mêlaient aux soldadiers. Elles passèrent bientôt d'une armée à l'autre, en toute justice, traversant sans hâte le camp du légat qui s'était installé entre les deux. Une chapelle de toile y abritait des messes qui bourdonnaient sans interruption de l'aube au coucher du soleil.

Les Parfaits venaient sur les remparts railler la pompe pontificale, les messes et la maraude des soldadiers qui le jour partaient rapiner et la nuit vaguaient avec des putanes. Le peuple reprenait leurs sarcasmes en écho en déambulant dans les rues puantes de la cité.

Un soir, entendant de légers bruits sous ma fenêtre je m'inquiétai et passant la tête je devinai dans l'obscurité un groupe d'hommes, des ombres défilant dans le ravin de Naridelle. Ils disparurent sous le château. J'envoyai aussitôt avertir le châtelain qui vint dans l'instant. Je lui indiquai où j'avais vu les hommes.

– Je crois comprendre, me dit Guilhem-Bernat. Il y a là une entrée secrète qui permet d'arriver jusqu'aux souterrains du château. Il doit s'agir de quelques retardataires qui viennent se réfugier entre nos murs. Mais il faut sans attendre vérifier.

– Emmenez-moi ! demandai-je sans réfléchir.

Il haussa les sourcils, puis serra les épaules comme pour dire : « Quel est ce caprice ? » J'insistai, mue par une force intime. Il se résigna.

Le châtelain prit au passage quelques chevaliers et des hommes d'armes. On descendit par une tour dans les caves de la forteresse. On passa sous un assommoir, un second, puis dans un couloir en chicane qui obligeait d'exposer un côté du corps puis l'autre devant des archères. Une herse se leva en grinçant et retomba lourdement derrière nous. Le sol trembla.

On entra dans une salle voûtée. Au centre une trappe carrée donnait accès à une échelle qui permettait de descendre encore. Nouvelle salle voûtée, nouvelle trappe, nouvelle échelle. Et encore une troisième. À chaque étage un guetteur restait posté, prêt à passer les messages et, si nécessaire, à fermer le passage en remontant l'échelle. Attendrait-on notre retour pour enlever les échelles si on criait à l'arme ? La question ne me quittait pas.

Arrivés dans un cul de basse-fosse creusé dans la roche on se courba pour emprunter un étroit couloir, pataugeant dans des flaques d'eau.

Devant marchaient les chevaliers, l'épée à la main, allant prudemment. On traversa des grottes. Le chemin descendait toujours. Enfin je distinguai dans le fond une timide lumière indiquant l'approche des visiteurs.

Des ruisselets de plus en plus nombreux chantaient à nos pieds, sourdant des failles de la roche masquées par une végétation filamenteuse, aux minuscules feuillages.

Devant moi les chevaliers s'étaient arrêtés, se découpant comme des ombres dans la lumière de leur torche. Que voyaient-ils ? Amis ou ennemis ?

Je débouchai à la suite du châtelain dans une salle aux parois d'ombre, cavée dans le grès. Des formes noires encapuchonnées s'entassaient là sans rien dire, muettes et patientes, attendant l'arrivée du châtelain. Quelques hommes rejetèrent leur capuche et le visage de Guilhem-Bernat s'éclaira. Il mit un genou en terre devant Guiraud Mercier, l'évêque cathare de Carcassonne, et réclama :

– Bon Chrétien, la bénédiction de Dieu et la vôtre !

Il répéta sa réclamation une autre fois, et encore une autre, ajoutant pour finir :

– ... et priez Dieu pour moi, qu'il fasse de moi un Bon Chrétien et me conduise à une bonne fin.

L'évêque répondit en le bénissant. Nous étions en famille. Mais était-ce bien le lieu pour s'attarder à l'accomplissement scrupuleux du melhorier ?

Des visages de femmes apparurent. Quelle ne fut pas mon émotion en découvrant celui de domna Garsende et de sa fille Gaillarde. Une jeune fille se jeta sur moi.

– Je suis Mondine, ma domna, me dit-elle en riant.

Je m'étouffai de surprise et la serrai dans mes bras.

Un homme restait obstinément masqué par l'ombre de son capuchon, à demi assis sur la banquette taillée dans le grès.

– Qui êtes-vous ? lui demanda brutalement le châtelain, tout à coup méfiant. Nommez-vous !

Tous les regards se tournèrent vers lui.

L'homme finit de se lever, lentement, son bras monta au-dessus de sa tête comme à regret, sa main passa sur le capuchon, l'agrippa et l'enleva lentement en tremblant. Une chevelure cuivrée vint flamber à la lueur dansante des torches, tandis que ses yeux cerclés d'or me fixaient intensément. Je criai, tendis les bras... et perdis connaissance.

Je n'eus pas le temps de prononcer son nom : Aimeric.

XXIX

La troupe du comte Guilhem de Montpellier, arrivée la dernière, s'était installée en face du donjon, de l'autre côté du ravin de Naridelle. Depuis ma chambre je voyais les soldadiers vaquer à leurs occupations, traînassant entre les toiles tendues autour des feux, au milieu d'un bric-à-brac inimaginable de charrettes et de tombereaux, de ballots et de butin, d'armes, de harnachements, sans oublier les enclos à bétail et les poulaillers que certaines lances avaient construits pour se garder de la monotonie des repas.

Mais plus remarquables encore étaient les montagnes de tonneaux. Au milieu de cette mer démontée les pavillons des chevaliers paraissaient des îlots de terre chrétienne, avec leur toit de toile bien tendue supportant un gonfanon qui roulait comme une vague dans le ciel bleu. Devant l'entrée les fanions colorés frétillaient à la brise, à côté des écus armoriés suspendus sur des lances fichées dans le sol. Le jeu le plus prisé des chevaliers de la cité était d'identifier chaque baron à son gonfanon. Le goût des beaux paratges était tel dans notre chevalerie qu'il n'y eut pas un seul étendard qui put garder quelque temps son mystère.

Des feux fumaient en permanence, nuit et jour. Le matin les fumerolles se mêlaient à la brume accrochée à la rivière. Les hommes et leur attirail sortaient de la nuit comme des ombres du royaume des morts, révélant chaque jour une armée plus nombreuse. Car aux soldadiers se mêlaient des femmes, des enfants, des colporteurs et des gens du pays qui venaient vendre. On aurait cru voir un immense pèlerinage, sans les potences où le matin apparaissaient dans les déchirures du brouillard de nouveaux pendus, les mains liées, emportés dans la danse du vent.

Avec l'arrivée du comte de Montpellier la ville se trouva complètement encerclée, sauf au septentrion où la cité et le château élevaient leurs murailles au-dessus de l'Agoût, à une hauteur vertigineuse qui empêchait d'écheller.

Le siège pouvait durer longtemps. Personne n'avait d'engin capable de faire une brèche. Après quelques assauts contre les portes, comme le veut la coutume, et quelques morts on attendit.

– Le siège s'enlise, jubilait Guilhem-Bernat.

– Faisons une sortie en masse, qu'ils se souviennent de l'air de Lavaur, proposait à tout propos son frère Pierre.

Guilhem-Bernat jugeait que c'était une folie, coûteuse en vies humaines.

– Après cette bataille d'autres nous attendent, disait-il, autrement plus dures et plus sanglantes. Réservons nos forces, au moins jusqu'à la fin des vivres.

J'approuvais ouvertement la position prudente du châtelain, n'hésitant pas à me jeter la bouche mauvaise contre les bataillards qui, dans le sillage de Pierre, rêvaient de se couvrir de gloire. Ils voulaient à tout prix se venger du comte de Toulouse.

Dieu sait que mon attitude n'était pas toute de charité. Mais depuis l'apparition miraculeuse d'Aimeric je n'avais qu'un souci en tête : le conserver vivant, et que sa joie ait comme seule source ma joie intarissable de l'avoir avec moi, et non pas la vaine gloire des combats et des monstrueuses mutilations.

Aimeric gardait ma chambre toutes les nuits, sur une couche placée en travers de ma porte. Du moins au regard de tous.

Mes proches seuls savaient qu'il dormait dans mon lit. Notre première nuit, depuis si longtemps, fut une étrange nuit de noces. Tandis que je m'offrais à lui sans réserve il resta longtemps perdu dans ses pensées, aveugle à mes désirs et aux agaceries de mes diables, comme retenu par quelque vision infernale qui le privait du bonheur de jouir de l'instant et de ma beauté de femme dans son plus bel âge. Je venais d'avoir vingt-trois ans.

Je pris ses mains. Il se laissa guider comme un enfant, sans résistance et sans volonté, pareil à un aveugle qui chemine avec prudence sur un nouveau sentier, et qui n'a pas d'autre but que d'éviter la chute.

– Je pensais que tu m'avais oublié, me dit-il pour donner le change.

– Non, je ne t'avais pas oublié. Je ne t'oublierai jamais. Si tu en doutes une autre fois tu n'es plus digne de moi.

Il sourit :

– De toute façon je ne serai jamais digne de toi.

Je lui fermai la bouche d'un violent baiser, mais je voyais bien qu'il était empêché de m'aimer charnellement et de s'emparer de mon corps pour en tirer tout le bonheur que je brûlais de lui apporter. Je le pris entre mes bras, sur ma poitrine, et le berçai en chantonnant pour qu'il revienne à lui, et lui à moi.

La chaleur de mon corps l'éveilla et l'anima assez pour me complaire. Il s'en alla ensuite à la lucarne s'empiffrer d'air frais, à pleins poumons, surveillant la nuit. Quand il revint sur notre couche il s'assit et parla. Il me raconta son aventure de bout en bout, le Sidobre et la nuit éternelle dans la mine, la commanderie et comment il avait dû quitter le Larzac en désertant le Temple.

Je trouvai des mots d'amour qui nous durèrent jusqu'à l'aube. Je me levai follement heureuse. S'était évanouie avec la nuit l'ombre redoutée d'une rivale.

Les nuits suivantes nous dormîmes la main dans la main, jusqu'au soir où, dans la chaleur de l'été caniculaire et la pesante rumeur des camps, mon troubadour se délia de ses funestes souvenirs pour caresser mon corps avec un appétit nouveau.

– Tu es belle, crut-il bon de noter, rompant mon silence.

– Sers-toi ! répondis-je en riant, heureuse de sentir venir les frémissements d'une nuit de fête.

– J'ai envie de te manger. Je me sentirai mieux après.

Je m'offrais sans pudeur dans la clarté lunaire :

Il se mit à genoux et m'ouvrant délicatement comme on déploie un bouton de rose il parcourut mon corps de sa bouche sans prévoir sa route. Je n'avais plus de répit et je devenais folle. Je voulus faire de même pour connaître l'autre moitié de moi-même dont j'avais été si longtemps mutilée mais il n'attendit pas et me poigna comme un tournoyeur impétueux. Je ne pus retenir ma joie, mon plaisir, mon bonheur. Je criai :

– Je suis heureuse, heureuse !

Il mit sa main sur ma bouche et je le mordis jusqu'au sang. Je l'enlaçai des bras et des jambes avec la force d'une bûcheronne, implacable comme une mante à son festin amoureux.

– Tu es folle, conclut Aimeric en se séparant de moi.

Puis :

– Je t'aime folle.

– Tu n'as encore rien vu, insinuai-je pour l'effrayer.

Il rit.

Je pensai tout à coup que nous étions dans la ville sainte des Bonshommes, au milieu des jeûnes et des macérations, des humiliations de la chair. Une vague torride se répandit dans tout mon corps à la pensée d'avoir enfreint l'austère loi cathare. Le sentiment d'être ailleurs, caracolant en liberté, m'apportait une ivresse étrange, une délivrance infinie. Je ressentis de nouveau l'euphorie du joy, comme je l'avais connue au château de Couffoulens, cette allégresse qui me faisait piétiner la mort et côtoyer en riant l'immortalité.

On s'endormit à l'aube, après le dernier mugissement des trompes qui réveillait la cité.

Ainsi passèrent deux semaines, deux semaines où rien ne se passa au dehors. La seule alerte fut un soir, quand se présentèrent de faux clercs venus disputer avec les Bonshommes. Ces clercs avaient des visages balafrés et des épaules de bûcherons. On voyait sous leurs capes hors de saison la luisance des armes qu'ils cachaient. Les veilleurs de la porte ricanèrent et envoyèrent quelques flèches. La ruse échoua.

Un matin je dis à Aimeric :

– Allons rencontrer Raimon en secret.

– Je t'accompagne.

J'allai voir le châtelain Guilhem-Bernat. Lui aussi commençait à s'impatienter. La chaleur de l'été ne nous était pas favorable. Il accepta ma proposition d'aller en secret rencontrer le comte jeune mon frère, hors de la surveillance soupçonneuse des bataillards qui n'y auraient vu que de la traîtrise, et en se cachant aussi du légat qui n'espérait que l'heure de la pénitence et du bûcher.

Je devais négocier les conditions d'une levée du siège qui laisserait un goût de victoire aux assiégeants, qui satisferait le légat sans pour autant causer du tort aux assiégés. C'était aller chercher la quadrature du cercle. Et le sort du vicomte Roger, mon mari, n'avait même pas été évoqué !

*

Je n'avais voulu personne pour m'accompagner dans le camp toulousain, à l'exception d'Aimeric qui pouvait se prévaloir d'être l'ami de mon frère. La première difficulté était de rester en vie jusqu'à la tente de Raimon, mais aussi de ne pas se faire prendre. Ma capture aurait servi le camp des croisés, et en face laissé le champ libre aux bataillards.

À la nuit noire, avant que la lune ne soit haute dans le ciel nous descendîmes par le souterrain dans le ravin de Naridelle. Le châtelain nous accompagna jusqu'à la grotte où nous avions trouvé les hérétiques du Carcassès. Il y laissa un veilleur avec une lampe à huile. On poursuivit notre chemin dans le boyau étroit et bas qui reprenait après la grotte, descendant encore en pente douce. Nos pieds pataugeaient dans un ruisseau grossissant, de plus en plus profond.

Le ruisseau cascadait dans un bruit d'eau continu ; on sauta dans le noir. Je sentis sous mes pieds une plage molle, sableuse, jusqu'au ruisseau de Naridelle, tout au fond du ravin. Aimeric prit ma main et me tira le long de la berge opposée pour remonter sur le plan où bivouaquait l'armée de Guilhem de Montpellier.

Un souffle d'ailes invisibles traversa la nuit. La lune commençait à éclairer la campagne, assez pour nous guider mais aussi pour nous faire voir. On redescendit dans le ravin, marchant sur le versant malaisément, sans bruit, drapés et encapuchonnés dans des capes noires de Bonshommes qui sentaient la soupe et le feu de bois.

Après avoir passé les derniers feux du camp de Guilhem de Montpellier on remonta pour se diriger vers le camp toulousain. Des ombres battaient la campagne en tous sens. Des couples geignaient dans les fourrés, d'autres se poursuivaient. Des soldadiers avinés déambulaient et chutaient lourdement. Leur armement se perdait dans les cailloux. Aimeric riait :

– Quelle armée ! Ce ne sont pas les Toulousains qui feront tomber Lavaur.

– Mon frère n'aime pas la guerre, répondis-je pour l'excuser. Ses gens d'armes le savent et n'en font qu'à leur tête.

Les feux des bivouacs toulousains apparurent dans la nuit. J'avais repéré dans la journée le camp des chevaliers mais maintenant, dans l'obscurité, j'étais perdue. Aimeric me dit :

– Nous ne pourrons pas nous approcher du campement de ton frère. Les guetteurs vont nous tomber dessus sans bruit. Il vaudrait mieux chercher quelqu'un de notre connaissance et nous faire voir avant d'être égorgés.

– Il vaudrait mieux, acquiesçai-je chaleureusement.

On se rapprocha des premiers feux. Un homme venait de quitter le cercle de lumière pour s'écarter dans la nature. Aimeric, qui avait des yeux de chat, me chuchota :

– Celui-là, là-bas, qui s'est éloigné pour aller pisser, je crois que je le connais.

L'homme se débrailla, se campa confortablement.

– S'il fléchit les genoux en se secouant, après la dernière goutte, c'est bien Gaucelin, un bon écuyer.

On observa, dissimulés derrière un bouquet d'arbres tranquille, qui devait à sa proximité du camp des chevaliers et du jeune comte mon frère de ne pas servir chaque nuit de bordeau. L'écuyer se secoua violemment en fléchissant les genoux et je ris derrière ma main. Le donzel se retourna vivement. Aimeric s'avança : « Gaucelin ! chuchota-t-il, Gaucelin, viens voir ! »

Le jeune homme saisit son couteau à la ceinture et s'approcha prudemment. Aimeric se nomma, se montra. L'autre s'en vint en poussant des cris de surprise. Les deux hommes s'embrassèrent. Aimeric ne perdit pas de temps :

– Je suis avec la comtesse Adélaïs, la sœur du comte jeune. Elle veut le voir en secret. Va le prévenir.

Gaucelin partit. Il revint longtemps après.

– Venez, nous dit-il. Les guetteurs sont prévenus.

Je relevai mon capuchon, et celui d'Aimeric. Personne ne devait savoir qui allait chez mon frère.

À chaque veilleur Gaucelin répéta par prudence le mot de passe : « Babylone ! » Le cercle des grands pavillons colorés, qui abritaient les premiers barons du comte, et mon frère, apparut à la lueur des feux. L'aigle doré luisait dans la nuit. Des chevaliers étaient assis autour des foyers fumeux, des écuyers, des clercs. On passa vite, incognito. Gaucelin entra dans le grand pavillon. Je reconnus sur l'écu peint qui marquait l'entrée les armes de mon père.

L'intérieur était bien éclairé, le sol jonché d'herbe fraîche, odorante et fleurie, sur des tresses de paille, de chanvre, et par-dessus des tapis par endroits. Mon frère vint à notre rencontre pieds nus, en chemise, et nous embrassa tandis qu'on nous débarrassait des capes. Il était coiffé d'une cale de lin blanc nouée sous le menton, et sur laquelle revenaient ses cheveux en rouleaux soyeux. Le front était barré d'un rouleau plus gros. Son visage s'empâtait.

Il laissait derrière lui deux jeunes femmes brunes, plantureuses, qui s'étaient levées à notre arrivée. Je compris immédiatement la situation. J'interrogeai mon frère :

– Qui sont ces domnas qui te gardent ?

Raimon haussa les épaules et lança le bras vers les poutrelles peintes en rouge de son vaste pavillon.

– Aucune importance, dit-il, des amies...

Il me fit un sourire mielleux. J'étais furieuse.

– Sortez ! leur dis-je sur un ton sans réplique.

Les jeunes femmes hésitèrent, regardèrent Raimon qui leur fit un petit signe des yeux et elles s'en allèrent mollement, en silence.

– Comment va Béatrix ?

Raimon fit un sourire de blessé, s'efforça de se redresser et les yeux dans le vague laissa tomber :

– Elle prend un mauvais chemin. Elle fréquente les hérétiques...

– Avec ta complaisance intéressée ! criai-je. Je le sais, tu veux te débarrasser d'elle ! Je t'interdis de te séparer de Béatrix, tu entends ?

Raimon ricana :

– Tu es venue me parler de Béatrix ?

– Non, mais ton comportement avec les femmes me déplaît. Autant que tu le saches.

– Je le sais.Ce n'est pas de ma faute, c'est... familial. Si tu veux bien nous allons revenir sur le sujet qui t'amène.

– Oui. Je suis venue en secret...

Raimon ricana de nouveau :

– Alors tu devrais arrêter de hurler...

– Tu as raison. Donc, seul le châtelain de Lavaur sait que je suis ici. Nous pensons tous les deux qu'il serait préférable pour tout le monde – et même pour ta femme... – donc qu'il serait préférable de trouver un arrangement avant que la dysenterie et les fièvres ne s'installent.

– Tu parles d'or ; mais qu'as-tu à proposer ?

– J'y ai beaucoup réfléchi et je n'ai rien trouvé. Je comptais sur toi.

– Je ne vois pas non plus...

– Cherche bien.

Il me fit un sourire contrit.

– J'ai l'esprit très occupé en ce moment... Beaucoup de tracas...

– Je les connais tes tracas !

– Et n'oublie pas le légat, le cardinal d'Albano. C'est un grand chasseur d'hérétiques. Il ne repartira pas sans son trophée.

– J'ai déjà discuté de ça avec le châtelain, Guilhem-Bernat. Pour lui il est exclu de livrer des Parfaits.

– Le légat ne repartira pas sans quelques Parfaits dans son apostolique besace. J'en connais deux qui feraient l'affaire.

– Qui ?

– L'évêque cathare de Toulouse et son fils majeur.

– Le châtelain m'a déjà répondu qu'il n'en était pas question.

– Il les connaît ?

– Je ne sais pas.

– S'il connaissait bien ces deux oiseaux il changerait d'avis. Bernat Raimondi, l'évêque, est un ancien moine de Moissac qui a tenté de tuer l'abbé par esprit de vengeance. Il s'est enfui chez Trencavel à Carcassonne où il a rencontré Raimon de Baimiac, évêque du val d'Aran qui venait d'être chassé par ses paroissiens. Il les pillait sans vergogne. Les deux compères se sont convertis à la nouvelle foi sur les terres de ton mari et sont venus à Toulouse représenter la nouvelle Église cathare, vierges de tout reproche.

– Et tu doutes de leur sincérité ?

– Je n'en doute plus : je suis certain qu'ils trichent. Ce sont des imposteurs avérés. Tu remarqueras comme ils ont le teint rose et la joue ronde. Ils jeûnent le jour et s'empiffrent la nuit. Je les ai vus, de mes yeux vus, faire mardi gras dans une auberge. Ils ne se sont privés de rien, même pas des servantes !

– Ce que tu dis est grave.

– Grave et à mourir de rire. Si le châtelain accepte de les livrer, ils ne manqueront à personne.

Il sourit :

– À toi de convaincre Babylone, petite sœur.

– Et tu penses que de livrer deux Parfaits, faux par-dessus le marché, suffira à décider le légat à lever le camp ?

–Je sais que nos trois armées sont venues en traînant des pieds, et sont prêtes à repartir à la moindre brise. Car l'ost nous coûte cher à tous, et le pape n'y a pas mis un denier.

–Mais le légat du pape ?

–Le légat du pape, le cardinal d'Albano, va accélérer le mouvement, sans le vouloir, en interdisant désormais le butin. Nos soldats n'ayant rien à espérer de ce siège, sinon des fièvres, on ne les retiendra pas longtemps.

–Bien. Je vais revoir le châtelain. De ton côté sonde le légat. Et demain fais-moi part de ses prétentions, veux-tu ?

Raimon s'inclina et me fit un petit genou :

–Il sera fait selon ta volonté, petite sœur.

Je ris. Aimeric aussi. Raimon avait le don de me désarmer. Je l'embrassai et nous repartîmes dans la nuit sous la conduite de Gaucelin qui nous accompagna jusqu'à la limite du camp toulousain.

Avant de parvenir au campement de l'ost de Montpellier nous plongeâmes à nouveau vers le ruisseau de Naridelle, assez bas pour nous tremper les pieds malgré nous. À la source qui cascadait à l'entrée du souterrain Aimeric me poussa pour remonter la pente abrupte et mouvante. On pataugea dans le noir jusqu'à la première grotte où le veilleur nous attendait avec la lampe à huile. Il nous guida.

Le châtelain vint nous accueillir et entendre les propositions du comte jeune, mon frère. Je lui répétai ce qu'il m'avait dit sur les Parfaits toulousains. Guilhem-Bernat s'encoléra et refusa de me croire. Mais je savais bien que sa confiance dans les deux hommes était ébranlée.

Le lendemain un archer vint du camp toulousain me porter un message. Comme le capitaine qui commandait la porte de Toulouse refusait de le laisser entrer il envoya le parchemin enroulé autour d'une flèche. On me le porta immédiatement. Raimon avait fait écrire par un scribe :

« Ma très chère sœur, par le Dieu Tout-Puissant qui fit le ciel et la terre, et tout le reste, par sa sainte mère la très miséricordieuse Vierge Marie, mère de tous les affligés, par tous les saints du paradis, par les cornes du diable et les braies du seigneur pape je te confirme que l'auguste cardinal d'Albano, légat dudit seigneur pape, serait disposé à signer une trêve contre la reddition de l'Église hérétique de Toulouse, à savoir ses deux principaux chefs, Bernat Raimondi et Raimon de Baimiac, qu'il considère comme de redoutables suppôts de Satan. Il n'imagine pas à quel point !

Toutefois inspiré par le Saint-Esprit ou formé à l'esprit retors qui règne à Rome autour de la chaire de saint Pierre, il a rajouté une condition qui pourrait présenter quelques difficultés. En effet il veut que les deux Parfaits de Toulouse soient amenés et rendus la corde au cou par le vicomte Roger en personne, ton mari, sous les yeux de la foule assemblée.

Cette condition est nécessaire et absolue. Elle pourrait être utile à ton mari car ce geste aurait pour effet de lever son excommunication. Il cesserait d'être un banni et retournerait dans le sein de l'Église catholique, apostolique et romaine. Mais le souhaite-t-il ? Ton mari faisant tout à l'envers de Toulouse, rien n'est moins certain.

Je prie donc la Vierge Marie, si miséricordieuse, de te donner courage et patience, non pas pour convaincre ton mari de rentrer mais déjà pour l'attraper, à cause de sa réputation de faire le lièvre avant chaque bataille. Comment arrêter un lièvre, voilà la vraie difficulté. Le reste ira tout seul.

Je te conseille à toutes fins utiles de te faire belle avant de partir à sa recherche. Almodis et Saurimonde te suggèrent de te coiffer en retenant tes cheveux avec un diadème, qui est plus élégant que les nattes, même en campagne, et surtout d'être plus souriante. Peut-être ton mari finira-t-il par s'apercevoir qu'il a la plus belle femme du monde ? Mais il est si bête !

Dieu te garde, ma chère sœur. Qu'il guide tes pas sur le chemin du vicomte Roger, afin que nous puissions nous en aller rapidement avant que ne se déclarent les fièvres. Le seigneur comte notre père t'en sera reconnaissant, j'en suis sûr.

Je prie pour toi avec Almodis et Saurimonde, malgré notre mauvaise réputation à la cour du paradis. Ton frère Raimon.

Un mot encore : je viens d'apprendre que le roi d'Aragon a passé le val d'Aran avec une armée et qu'il ravage le comté de Comminges avant de venir en pays toulousain. Fais vite ! »

À la lecture de la lettre de mon frère je n'avais pu retenir de petits rires rentrés qui laissèrent l'assistance dubitative et quelque peu grogneuse.

– Domna, m'interpella Guilhem-Bernat, excédé, quelles sont ces nouvelles qui vous mettent en joie ? Dites-nous vite, car notre peuple souffre.

– Seigneur châtelain, c'est la manière d'écrire de mon frère qui m'amuse. Pour les nouvelles, elles sont bonnes et mauvaises.

– Ah ? Quelles sont les mauvaises ?

– Le cardinal d'Albano veut voir sous sa tente le vicomte Roger en personne.

– Est-ce tout ?

– Avec l'évêque cathare de Toulouse et son fils majeur.

– Et quelles sont les bonnes ?

– Il lèvera l'excommunication du vicomte Roger, et lèvera aussi le camp. Savez-vous où est le vicomte, mon mari ?

Guilhem-Bernat me rassura :

– Je le trouverai sans peine. Et je ferai en sorte qu'il vienne. Mais quelle assurance avez-vous que le légat fera ce qu'il dit ?

– Aucune sinon le désir pressant du comte jeune, mon frère, de s'en retourner.

– Est-ce suffisant ?

– Oui, car les troupes du roi d'Aragon ont passé le val d'Aran, et viennent ravager le pays toulousain. Si vous livrez les deux Parfaits de Toulouse, dont vous connaissez l'imposture, mon frère partira en toute hâte. Les autres seigneurs suivront, parce que le siège leur coûte. Et le légat sera bien obligé de partir à son tour.

Le châtelain prit un air songeur.

– Dans une semaine, ajoutai-je, la vicomté sera libre et le vicomte réconcilié avec l'Église.

– Et les souris pourront à nouveau danser ! s'exclama Pierre, hilare, en tapant sur l'épaule de son frère.

Toute l'assistance éclata de rire.

XXX

Je me pinçai pour m'assurer que je ne rêvais pas : Roger devenu le défenseur zélé de Rome, là devant mes yeux ! Mon mari menait la corde au cou les faux Parfaits Bernat Raimondi et Raimon de Baimiac, pieds nus et en chemise, devant le cardinal d'Albano.

Le légat les attendait patiemment en habits d'apparat cardinalice, assis en majesté sous un vaste toit de toile claire qui faisait office de chapelle entre l'ost du seigneur comte de Toulouse et celui du seigneur comte de Turenne. La chaleur caniculaire et les reflets pourpre de sa chape donnaient au visage du prélat le teint carminé des fresques de nos églises, dans une lumière scintillante sous la toile écrue. Devant la foule ricanante, émue aussi, Roger montait contre son gré à la rencontre de Dieu, le Dieu de la Bible, le Dieu de la colère et du châtiment. Le Dieu jaloux, plein de rancune, qu'abominaient les Parfaits.

Des gardes s'emparèrent des deux hérétiques et les menèrent devant un moine qui leur fit décliner leurs noms et surnoms. En guise d'inquisition il leur lut une liste de forfaits inimaginables dont ils devaient dire s'ils se reconnaissaient ou non coupables.

À la stupéfaction de l'assistance ils avouèrent tout, le faux comme le vrai. Ainsi furent-ils reconnus coupables, outre de répandre le poison hérétique, de se livrer aussi à la sodomie, d'inciter à la débauche, de se complaire dans les accouplements avec des sorcières, de pratiquer l'avortement, de favoriser l'adultère, de jeter des sorts et de manger des enfants, et bien d'autres turpitudes tout aussi invraisemblables.

La raison en était simple : répondre par un non à une question du moine aurait entraîné une séance de torture pour s'assurer qu'il n'y avait pas mensonge. Les deux accusés préférèrent reconnaître tout en une fois puis se faire absoudre de même, en une séance, et se réconcilier plus vite et sans douleur avec l'Église. On les emmena à Toulouse.

Après ce curieux procès mon mari invita sans aménité le légat à entrer dans sa bonne ville de Lavaur. Les portes furent grandes ouvertes. Le cortège passa sous les gabions. Devant marchait sans attendre mon mari, à grands pas pressés, et loin derrière lui s'essoufflaient le légat mitré, chapé et crossé, les évêques et les abbés qui l'accompagnaient, chamarrés d'orfrois, des prêtres, des moines, des clercs de toutes les espèces et un conroi de chevaliers.

Après eux venaient le comte Guilhem de Montpellier et sa mesnie, ses barons et ses premiers chevaliers, le comte de Turenne et ses compagnons, le comte jeune de Toulouse mon frère, accompagné de ses barons, du connétable, et de sa mesnie.

En étaient aussi, vêtues avec extravagance, Almodis et Saurimonde.

Le cortège rutilant traversa lentement les rues poisseuses, pleines d'une foule inquiète et méfiante. Le légat avançait à pas hésitants, glissant sur le sol luisant d'évacuations fétides, contournant largement les grands tas de fumiers couverts de volaille où les assiégés, chaque nuit, étaient venus vider leurs entrailles.

Il s'arrêtait souvent pour reprendre haleine, envoyant pour la paix sa bénédiction aux quatre coins des rues, sur les bêtes et sur les gens.

Le châtelain et moi-même accueillîmes le cardinal d'Albano dans la cour du château. Nous avions fait disparaître Parfaits et Parfaites, Bonshommes et Bonnes Domnas, Bons Chrétiens, consolés, évêques et diacres, et tous ceux qui par la pâleur de leur teint et leur silhouette émaciée auraient pu rendre rogneux le clergé romain. On les avait descendus dans le souterrain. Pour d'autres raisons Aimeric les accompagnait.

Ne restait bien en vue qu'une foule innocente, certes malade de privations et de la chaleur caniculaire mais tellement soulagée de l'ouverture des portes et de la fin des hostilités qu'elle montra vite au légat du pape un visage léger et riant. Les hommes remerciaient le Ciel, le Dieu Tout-Puissant sans préciser lequel, les femmes criaient leur joie tout à coup comme des folles, emportées à nouveau par le désir de vivre.

– C'est un triomphe ! exulta le légat, ivre d'amour pour le peuple de Lavaur.

Dans un élan irrépressible d'allégresse il monta à l'échelle de meunier qui accédait en deux volées au gabion surplombant la porte du château. Il apparut au-dessus de la foule massée sur l'ayral. Une ovation tonitruante le fit rougir. Il leva les bras pour apaiser la tempête de joie qui agitait la foule. Accumulant du souffle il lança :

– Voulez-vous rester fidèles à Dieu qui fit le ciel et la terre, et la mer, et tous les êtres du ciel, de la terre et de la mer ?

–Nous le voulons ! répondit une seule voix énorme formée dans des centaines de poitrines.

–Croyez-vous que Dieu envoya son Fils sur la terre pour racheter tous les hommes ?

–Nous le croyons ! répondit l'énorme voix.

–Ferez-vous pénitence pour avoir osé tenir tête à la sainte Église ?

–Nous le ferons ! répondirent les faces devenues rieuses.

–Renoncez-vous à Satan et à ses suppôts qui en répandant des paroles fausses et mielleuses tentent d'étouffer la vérité de l'Évangile ?

–Nous renonçons ! lui répondit en écho l'assistance de plus en plus réjouie.

–Croyez-vous aux vertus du mariage ?

–Nous y croyons.

–Acceptez-vous de vous multiplier comme Dieu l'a prescrit dans la Bible : « Et de deux ils seront une seule chair », par une copulation modérée et chaste, jusqu'à la vieillesse ?

–Nous copulerons !

Les visages étaient hilares.

–Accepterez-vous de manger et de boire, de goûter sans réserve de tous les fruits de la terre, de chair ou non de chair, que Dieu a mis à notre disposition ?

–Nous mangerons !

–Nous boirons !

–Croyez-vous au Christ fait homme ?

–Nous y croyons !

Le légat hésita puis reprenant du souffle, il pointa un doigt lourdement bagué sur la foule :

–Irez-vous dimanche prochain à la messe pour y recevoir son corps dans la sainte communion ? Tous sans exception ?

–Nous irons ! dirent certains.

–Nous communierons ! dirent d'autres.

–Nous ferons exception ! cria un plaisantin.

Le légat n'y prit pas garde et poursuivit :

–Moi Henri de Marsiac, cardinal d'Albano par la grâce de Dieu et du Saint-Père, légat du seigneur pape et mandaté par lui pour châtier les hérétiques et les méchants, ayant entendu votre repentir...

–Nous nous repentons ! cria la foule en s'amusant.

–Vous vous en repentirez... poursuivit le plaisantin.

–Et en vertu des pouvoirs à moi conférés par la sainte Église catholique, apostolique et romaine je vous absous de vos péchés et de vos erreurs inspirées par Satan et son Église de Babylone. Maintenant vous allez jurer de ne plus retomber dans le bourbier de vos erreurs.

–Nous jurons ! reprit la foule en joie.

– Nous retomberons ! cria en écho le plaisantin.

Un brouhaha joyeux clôtura le sermon du légat. Mais il n'avait pas fini. Il leva sa crosse chargée d'or, d'ivoire et de pierres précieuses. La foule se tut.

– Et pour pénitence chaque foyer donnera un sou au seigneur évêque d'Albi en signe de repentance, pour sceller la nouvelle alliance du peuple de Lavaur avec la sacro-sainte Église romaine !

– Nous donnerons ! cria la foule rigolarde.

– Des noix ! ajouta l'un.

– Des figues pourries ! dit un autre.

– Des queues de violettes !

– Le fond de la barrique !

La foule riait, grimaçait, gesticulait, heureuse et dissipée. Le cardinal d'Albano, sentant qu'il ne reprendrait plus en main l'auditoire, se résigna et redescendit par l'échelle du gabion après avoir lancé en bas sa crosse à son camérier qui la manqua, et s'assomma.

Ce n'était pas fini. Ce fut au tour de Roger de demander l'indulgence de l'Église et, comme le fils prodigue, le retour dans son sein.

On le déshabilla. Pieds nus et en chemise il fut mené par le légat, la corde au cou, jusqu'au prieuré Saint-Alain situé hors les murs. Roger marchait à grands pas puissants, rogneux, tirant sur la corde. Le légat se laissa tirer et l'arrêta essoufflé sur le seuil de l'église. Il lui fit jurer de lutter sur ses terres contre l'infection hérétique, et d'en exterminer les diaboliques suppôts. Roger jura d'une voix cassée par la fureur, la bouche déviée dans un sourire mauvais. Ses yeux noirs flamboyaient.

Il fut rhabillé en hâte et entouré de douze prêtres portant chacun un cierge allumé. Ils entrèrent tous ensemble dans la pénombre de l'église. Les prêtres chantaient à tue-tête des hymnes d'allégresse, menant de loin le repenti jusqu'au chœur, une gerbe d'osier à la main pour le flageller. Aucun n'osa s'en servir.

Après la messe le prélat repartit vers Toulouse à la poursuite de l'armée du roi d'Aragon. En gâtant le pays toulousain, après le Comminges, le roi Alfonse enfreignait gravement la protection de l'Église sur les biens des croisés.

Au contraire de Roger que la cérémonie du repentir avait laissé rogneux et amer, les barons de la croisade manifestaient une humeur joyeuse en voyant la bonne tournure des événements. Le soir même, tous réunis dans la salle grande du château, Roger les apostropha, campé dans une allure guerrière :

– Amis, vous allez rentrer chez vous en remontant la vallée de l'Agoût. Sachez qu'après Castres un château bâti dans la conque de Burlats vous ouvrira ses portes. Un banquet vous y sera servi demain soir sans faute, et le meilleur vin de ma vicomté coulera dans vos coupes jusqu'à ce que votre bras retombe de fatigue. Celui qui n'en sera pas restera mon ennemi.

Ils vinrent tous. Ainsi fut ordonné par Roger Trencavel l'envahissement guerrier de mon minuscule royaume l'an mil cent quatre-vingt et un de l'Incarnation du seigneur Christ, au soir de la Saint-Jacques. Sans mon consentement.

XXXI

Le comte Guilhem de Montpellier était un homme de forte corpulence, grand, fort en gueule aussi, gros mangeur et grand buveur. Le comte de Turenne au contraire était maigre et sec, fébrile. Ses yeux sombres avaient un éclat guerrier qui ne s'éteignait jamais. Il parlait peu sinon pour jurer. Il était tout le contraire de mon frère Raimon, et les trois comtes qui entouraient Roger formaient avec mon mari l'attelage le plus dissemblable et le plus mauvais-aller que l'on puisse trouver.

J'étais à la droite de Roger, mon frère Raimon à ma droite, sous ma protection aurait-on dit. Les autres comtes autour de nous avaient réclamé mes donzelles à la table haute, car il y avait peu de femmes dans ce banquet de guerriers.

Tout autour de la salle grande s'alignaient les barons de moindre paratge, et les chevaliers bannerets venus commander les conrois des comtes. Il y avait aussi quelques abbés peu pressés de retourner manger leur brouet dans leur abbaye, et les châtelains de Lavaur, Guilhem-Bernat et Pierre, que Roger voulait honorer. Ils avaient sauvé la cité.

Almodis et Saurimonde, les deux amies de mon frère, offraient leur poitrine blanche au jugement des chevaliers. Le corps pris dans des bliauds soyeux qui leur étaient comme une seconde peau, fendus à la taille où se voyait la finesse de leur chemise, elle-même ajourée pour prouver la finesse incomparable de leur peau, elles riaient sans raison de toutes leurs dents.

Les compagnons de Roger, réapparus avec lui, participaient au service des comtes. Roquefort servait le vin avec une brusquerie d'ivrogne. Saissac coupait les viandes d'un geste vif de soldadier sur le champ de bataille, et Aimeri de Laurac les servait maladroitement à la haute table, le regard captivé par les yeux de bleuet de ma cousine Alis.

J'avais fait enlever les volets des fenêtres ouvrant sur la rivière. L'air de la nuit entrait à grandes bouffées orageuses, apportant une tiédeur lourde chargée des parfums du verger et des senteurs boisées de la berge.

L'éclairage à profusion révélait les fleurs essaimées sur les tentures et les bouquets tombant des ramures, suspendues aux poutres du plafond. J'avais fait asperger les planchers d'eau de rose, et parsemé le sol de romarin en fleur.

Mais le mélange viril des vins du Bédérès avec ceux du pays de Gaillac, offerts par l'abbé de Saint-Michel, et ceux du Roussillon connus pour leur chaleur, avait libéré les esprits de toute retenue et de tout souci de courtoisie. Chacun ne pensait qu'à lui-même, mettant en avant de tout ses propres exploits, guerriers et amoureux, et se glorifiant de sa cruauté.

Guilhem de Montpellier, le visage écarlate, s'en prenait aux hérétiques, oubliant que la moitié de l'assistance leur était acquise. Il était bruyamment approuvé par les abbés et les clercs, les officiers apostoliques qui n'avaient pas suivi le légat allant punir les troupes du roi d'Aragon, et les chevaliers étrangers à notre pays.

L'arrivée d'un nouveau service marqua une pause. On présenta des plats de blanc-manger aux pétales de roses fraîches, avec des pâtés de merle et des perdrix aux noisettes envoyés par l'évêque d'Albi. Ogive s'était engagée à préparer des canards aux figues qui se surajoutèrent à la table comtale.

Mes compagnes avaient prévu aussi quelques divertissements. On amena un grand pâté en forme de château. À la surprise de l'assistance, il rappelait étrangement le château de Lavaur. Soulevant le couvercle, Douceline laissa s'échapper des colombes qui montèrent voleter au plafond, répandant sur les invités une bruine d'eau de rose dont on avait humecté leur plumage. Elles bousculèrent les fleurs en bouquets et s'enfuirent par les fenêtres sous une pluie de pétales.

– Vive la paix ! criai-je pour être sûre que le message serait compris de tout le monde.

Il n'inspira que de l'indifférence, mais fut le prétexte bienvenu à une nouvelle tournée à boire.

Comme les moines du prieuré voisin avaient une petite école de chant, le préchantre vint avec ses jeunes élèves, des oblats donnés par leur famille. L'apparition de ces moinillons en surplis, les joues roses, tonsurés de frais, mit l'assistance en joie.

Avec des gestes importants le préchantre les guida pour chanter des cantiques, des hymnes, et quelques chansons de toile qui plaisaient par leur mélodie. Ils allèrent ensuite en bas dans la cour où les chevaliers de moindre paratge étaient servis. Parmi eux, il y avait Aimeric avec Cornus, Mondine, et mes chevaliers Guilhem de Trenis, Raimon Garcie, et Jean de Montaigu. C'est avec eux que j'aurais voulu être.

La cour était éclairée par des centaines de torches qui répandaient jusqu'à nous une odeur forte et enivrante de résine. Quand s'y joignit le chant mélodieux des enfants on sentit dans la salle comme une pause dans les interpellations brutales des hommes.

Profitant de cette accalmie je fis monter Arnaut de Mareuil. Quand il apparut la salle s'était déjà réchauffée, attisée par les rires criards des deux amies de mon frère. Arnaut entra dans un brouhaha qui aurait découragé un sonneur de cloches.

À côté des comtes et des chevaliers sanguins il paraissait plus maigre encore. Il avait la fragilité du verre côtoyant dangereusement des marmites de fer. Sur son visage buriné se reflétait l'état de son âme tourmentée, fêlée par trop d'intimes souffrances, trop d'élans bridés, trop d'amour celé.

Je pensai : « Il va pleurer ! »

C'était mal le connaître. La difficulté l'enflammait comme l'étoupe, et comme les chevaux têtus et mal dressés qui s'appuient sur le mors qu'on retient, s'en servant comme d'une cinquième jambe, Arnaut s'appuyait sur les rebuffades et la grossièreté de l'assistance pour tirer fierté de sa différence, et s'engager à obtenir le silence. Mais ce soir-là la partie semblait dure à gagner.

– Où va-t-il celui-là avec ses chausses en vis de pressoir ? l'accueillit le comte Guilhem de Montpellier, l'œil rouge. « Et sa tête d'ours mal léché », ajouta-t-il en considérant son abondante chevelure noire qui tombait sur ses épaules comme une meule de foin, lui cachant à moitié le visage.

Arnaut se campa devant lui sans rien dire et fit sonner son luth, improvisant une courte mélodie. Puis, le regardant droit dans les yeux avec insolence, articulant comme on parle à un enfant, à un innocent, il commença sa belle chanson :

En joi ai mon esper...
Fin cor e ferm voler
E joi non posc aver[1]...

« J'ai mon espérance dans la joie, et de la joie je n'en puis avoir. » Comme il avait bien exprimé mon propre état ! J'étais toujours étonnée de la vérité de ses *vers*. Chacun s'y reconnaissait, au moins une fois.

Ce soir-là pourtant je semblais être la seule à les apprécier. Le vicomte de Turenne s'était pris de querelle avec mon frère pour quelque

1. Dans la joie j'ai mon espérance / Le cœur fidèle et dure volonté / Mais de la joie je n'en peux avoir...

possession châtelaine disputée depuis des générations, et ronflait de colère. Raimon le raillait.

Arnaut s'interrompit. Marchant droit sur le vicomte de Turenne il brisa son luth sur sa table en criant :

– J'en ai assez des villains !

Personne ne prêta attention à l'esclandre et, découragé, il s'en alla en bousculant dans l'escalier les serviteurs qui apportaient des gigots de mouton aux raisins et au miel. Saissac se jeta sur la viande et la tailla avec une hargne de coutilier, tandis que Roquefort servait le vin à un barriquot qu'il avait sous le bras pour s'éviter les allées et venues. Le vin grenat répandit sur la table haute une nouvelle trêve.

Mais le comte de Turenne reprit rapidement l'offensive contre mon frère. Sa colère noire m'effrayait moins que l'ironie mordante de Raimon, dont on ne pouvait se guérir que dans le sang. Le comte de Montpellier vint mettre de l'huile sur le feu avec une jubilation diabolique, puis Roger qui se plaisait à contredire son beau-frère, quoi qu'il dise.

On allait vers une répétition de la croisade de Lavaur. Je fis sans tarder appel à ma bonne fée, celle qui m'avait sortie jusqu'à présent de toutes les embûches : Ogive. Je l'envoyai chercher.

Quand elle apparut en haut de l'escalier, rajustant sa guimpe à la hâte, l'œil interrogateur, d'un signe de la main je l'invitai à venir se camper au milieu de la salle grande. Elle s'avança vers la table haute, la figure échauffée d'avoir surveillé les rôtis dans la grande cheminée du donjon. Elle sentait la fumée et la graisse grillée.

Tendant le cou elle me demanda en aparté :

– Qu'est-ce qu'il a à rouscailler, le ratichon ?

Elle avait croisé Arnaut de Mareuil dans le donjon. Guilhem de Montpellier, qui riait en criant comme un porc qu'on égorge, s'intéressa tout à coup à la charpente puissante et massive d'Ogive, toute en rondeurs mouvantes. Il sembla attiré par ses épaules larges, son visage congestionné serré par la guimpe et encadré par un ample voile de veuve. Il lui fit des saluts d'ivrogne, les mots ne parvenant plus à se défaire de sa langue. Il rota, la paupière lourde, et finit par laisser tomber :

– Muse de Burlats, chante-nous-en une. Bien belle !

Ogive découvrit alors que la moitié de la salle était saoule, et comprit pourquoi je l'avais appelée. Ce n'était pas pour le timbre coloré de sa voix. M'envoyant un signe de connivence elle se campa devant le comte de Montpellier, dont la tête dodelinait sur sa main, puis se pencha vers lui et d'une voix douce qui amena habilement le silence elle chantonna :

La lune sort de derrière le soleil,
Qui est le parrain ?
Qui est le parrain ?
Le romarin !

Elle interpellait le comte à petits coups de menton, gloussant et sautillant comme une pucelle. Le comte affalé sur sa main avait du mal à garder les yeux levés.

Ogive continua :

Qui est la marraine ?
Le pot cassé.
Qui est le filleul ?
Le papillon.

Le comte de Montpellier se rejeta en arrière sur le dossier de sa cathèdre, emporté par le poids de sa tête. Il se méfiait, flairant quelque mauvaise farce.

Ogive continua, et moi avec elle, sa comptine :

La lune chargée de plumes
Le ciel chargé de miel
Qui est ton parrain ?
Qui est ton parrain ?

– Le romarin ! balbutia Guilhem de Montpellier, la bouche s'étirant dans une grimace de gargouille.

Ogive lui montra son contentement, les yeux baissés, comme on approuve la réponse d'un enfant peu dégourdi. Elle continua, la mine gourmande :

Qui est ta marraine ?
La Vierge Marie.

Guilhem de Montpellier gonfla ses joues. C'était difficile. Ogive continuait :

Qui est ton filleul ?
Le papillon
La lune jolie chargée d'or...

Je donnai de la voix pour entraîner la salle à reprendre le refrain :

Qui est ton parrain ?
Le romarin.
Qui est ta marraine ?
C'est la voisine.
Qui est ton filleul ?
Le rossignol.

Nous étions seules à chanter, avec mes filles. La salle somnolait. Par les fenêtres entrait un air lourd, orageux. Des chevaliers s'étaient endormis dans leur coude. Une odeur de mangeaille grasse et de vin renversé me suffoquait. Il n'était que temps de prendre quelques assurances avant d'aller me coucher. Je me tournai vers Roger, lui parlant à mi-voix :

– Seigneur Roger, j'ai bien rempli ma mission. J'attends ma récompense.

Roger se tourna vers moi avec vivacité. Le vin ne l'avait pas diminué. Il s'étonna :

– Laquelle ?

– Vous vouliez me rendre ma liberté.

– Vous l'avez.

– Elle n'est pas complète.

Il m'observa longuement.

– Que vous manque-t-il ?

– Pour moi c'est vivre selon mon cœur.

– Pour moi, c'est le droit que je vous abandonne de rester à Burlats autant que vous vous y plairez.

– Avec Aimeric ?

Ma voix avait chevroté. Roger ricana :

– Votre troubadour doit repartir sur Toulouse avec votre frère. Dès demain, ou je ne réponds plus de sa vie.

– Vous n'avez jamais répondu de sa vie, que je sache. C'est bien ce que je vous demande aujourd'hui en récompense !

Roger haussa les épaules et poursuivit :

– Je ne suis pas le seul à souhaiter sa mort.

– Je le sais. Mais vous êtes le seul à pouvoir la lui éviter.

– Et pourquoi le ferais-je ?

– Pour me remercier d'avoir sauvé Lavaur.

– C'était naturel.

– Pas pour moi. Et encore moins d'avoir protégé l'Église cathare.

Roger ricana :

– Dieu bon vous récompensera mieux que moi, à votre dernier jour.

Je compris que mon époux s'était servi de moi, joué de moi. Après m'avoir demandé de le débarrasser du légat du pape et de sa croisade armée, il me demandait maintenant de le débarrasser d'Aimeric. Eh bien – ma décision fut vite prise – j'allais le débarrasser d'Aimeric, pas plus tard que cette nuit. Et de moi aussi.

XXXII

Au petit matin je descendis dans la cour. Les flambeaux s'éteignaient un à un, laissant revenir l'obscurité. Des hommes dormaient sur les tables. J'allai droit à Aimeric qui reposait dans son coude au milieu de ses compagnons. Une chandelle était restée allumée à côté de sa main. La flamme vacillante, caressée par la brise, animait de luisances changeantes les boucles de sa chevelure. Je saisis mon amant par les épaules. Il leva la tête, tourna vers moi son visage qui devint en souriant un soleil chassant les dangers de la nuit.

– On s'en va, lui murmurai-je.

– Où ? demanda-t-il mollement.

– Où tu voudras !

Il laissa couler un petit rire consentant et se leva. Je jetai sur ses épaules une cape d'emprunt qui éteignit la chandelle. Prenant sa main je l'emmenai dans l'ombre des murs jusqu'à la portanelle qui donnait sur la rivière, restée ouverte pour l'agrément des invités.

Nous longeâmes la berge où des corps dormaient dans l'herbe fraîche, saouls. Personne ne nous prêtait attention. Je songeai : Je suis bien peu de chose pour tous ces gens.

J'aurais voulu devoir me battre, conquérir ma liberté par la force pour qu'ensuite elle ne me soit plus disputée, plus jamais remise en cause.

Au gué, là où la route de Saint-Gilles passait l'Agoût sur un amas de cailloux après le monastère, l'aube déjà faisait miroiter la rivière. Aimeric, pensai-je dans l'éclat argenté du ciel sur l'eau, préférerait mourir que de vivre sans moi. Je lui demandai :

– Où sont les chevaux ?

Il secoua la tête :

– Pas de chevaux. On serait vite rejoints. Il faut disparaître dans la montagne sans laisser de traces. Où allons-nous ?

– Loin de mon mari. C'est tout. Je n'ai plus rien à voir avec cet homme.

Aimeric me reprit la main pour attaquer le serpentement obstiné du chemin dans le massif du Sidobre. Des grosses gouttes commençaient à tomber et s'écrasaient sur le sol bruyamment. Un vent mouillé secoua les feuillages du bord du chemin. On s'abrita sous nos capuchons en quittant la route, prenant droit à travers la forêt. Nous tirant l'un l'autre, j'éperonnais l'air avec ravissement.

Au milieu des rochers géants Aimeric me montra en riant des girons de femmes rebondies, des oiseaux aux aguets, des monstres à demi enfouis, des rivières de boules pesantes figées dans l'effroi d'un antique chaos, des cascades sèches, des forteresses effritées et de longues pierres bleues et vertes qui sortaient du sol, comme apparut le dos de la baleine au pauvre Jonas.

Une cabane sans toit nous abrita du monde la première nuit. Pendant des jours on ne rencontra que de pauvres hameaux, si pauvres qu'en nous abandonnant tout ce qu'ils possédaient les bordiers qui y survivaient n'auraient pu nous donner assez contre une seule pièce d'argent. Je me sentais libre comme jamais auparavant. Un soir on s'arrêta dans un sous-bois tacheté de lumière. Je ris :

– Mon nouveau royaume !

Aimeric secoua la tête :

– Le royaume d'une fée follieuse !

Je lui pris les mains, la bouche :

– Oui, je suis folle de toi.

On entendait le bruit perpétuel d'une cascade. Je traversai les broussailles jusqu'à un ruisseau chutant lourdement du front d'un énorme rocher noir. L'eau en s'écartant formait une draperie blanche aux plis mouvants. Sans hésiter je me dévêtis de mes hardes couvertes de poussière et sentant la peine. J'apparus dans la pénombre forestière vêtue de ma seule chair, qui devint une source de lumière éclairant le regard d'Aimeric. Je passai sous la cascade. L'eau était froide, glacée. Je me plaquai contre le rocher. Le rocher était plus froid encore. Je revins sous la lame d'eau et y restai de force pour me laver brutalement des fatigues, des peurs, des rognes qui m'étaient venues tout le temps passé sous la loi de Trencavel.

Je n'étais plus au service de Trencavel, je n'étais plus au service de mon père le seigneur comte. J'étais ma propre souveraine. Quand le froid et le poids de l'eau m'eurent transformée en statue de glace, les membres bleuis, le crâne dans un étau, une douleur sourde dans les épaules, je me sentis perdre connaissance. Alors seulement je quittai la cascade. Aimeric me prit dans sa cape et me frictionna. Une bonne chaleur m'envahit et me fit rire de plaisir.

Je déshabillai mon compagnon en tremblant, malhabile, et le poussai sous l'abat d'eau. Il y resta peu de temps en sautillant et en ressortit comme un diable. Je l'enfermai dans mon mantel, l'enveloppant de mes bras, le frottant de mes dures mamelettes, de mon ventre doux, de mes cuisses froides comme le marbre, de tout mon corps exalté, dilaté par le fouettement violent de l'eau.

On alla nus sous les mantels au bout d'une corniche prendre les derniers rayons du soleil. Assis face à face dans l'herbe d'automne, auréolés d'insectes brillant dans la lumière du couchant nos regards se mirèrent l'un dans l'autre. Je chantonnais.

– Je voudrais être toi, dis-je à Aimeric.

– Je voudrais être toi, me répondit-il.

– Je voudrais n'être qu'un.

– En deux personnes.

– C'est encore trop. Sans toi en moi je suis une infirme.

Il sourit :

– À moins de deux c'est le désert, la solitude.

– C'est vrai. J'exagère. Je voudrais te demander une chose.

– Tu sais bien que tu peux tout me demander.

Il tenait ma nuque ruisselante.

– Je voudrais que jamais, jamais tu ne perdes confiance en moi. Quelles que soient les circonstances, même si tout laisse croire que je t'ai abandonné, promets-moi que jamais tu ne le penseras, que toujours tu chercheras à me rejoindre. Promets-le-moi.

Aimeric rit.

– Je te le promets... Mais pourquoi me demandes-tu cela ?

– Je ne sais pas. Notre fuite est si inattendue ! Tout peut arriver. Je ne pourrais pas être heureuse si je ne suis pas certaine que nous ne serons jamais séparés, quoi qu'il advienne, par l'esprit et par le cœur, même si nous devons un jour nous éloigner par le corps. Même si...

– Même si ?

Je m'efforçai de rire :

– Même si l'un de nous deux devait mourir.

Un sanglot m'empêcha de poursuivre. Aimeric essuya ma joue, dégagea mon visage des tortils blonds qui le barraient en tous sens et me dit d'un air grave :

– Nous ne serons jamais séparés.

Il prit ma bouche et, de ses mains, caressa mes boutons de rose. Mon cœur s'emballa. L'attirant vers moi je repoussai mon mantel pour m'allonger dans l'herbe sèche.

– Viens ! lui murmurai-je d'une drôle de voix. Viens mon aimé, dans mon puits d'amour.

Son visage transfiguré m'apparut dans le ciel profond enguirlandé de petits nuages blancs, que soulignait un liseré étincelant. La lumière du couchant révélait sans aucune ombre le cercle d'or de ses yeux, l'argent de sa cicatrice, l'éclat soyeux de sa barbe blonde, le feu de sa chevelure. Il était un homme, et il était très beau. Il m'aimait.

Par la force de mes bras je rentrai en lui, et lui en moi. Bouche contre bouche nous n'avions qu'un seul souffle. Je pensai au commandement de la Bible : « *De deux ils deviendront une seule chair.* » Nous n'étions qu'un.

Les reins creusés je criai jusqu'au ciel, jusqu'aux oiseaux qui s'élevaient en colonne au-dessus de la corniche :

– Je suis si heureuse ! Trop heureuse...

J'avais arrêté le temps.

*

Mais ailleurs le temps continuait à battre. Et il battait contre nous.

PETIT GLOSSAIRE

Albergue : droit de gîte. Obligation pour le vassal, en contrepartie de l'attribution d'un fief, de recevoir son seigneur et ses hommes un certain nombre de jours par an. L'albergue peut être une charge très lourde.

Amble : allure du cheval plus ou moins rapide dans laquelle l'antérieur et le postérieur du même côté se lèvent et se posent ensemble. Cette allure latérale qui évite les sursauts était très prisée au Moyen Âge par les femmes qui montaient, au moins en public, sur des selles ressemblant à des bâts, les deux jambes du même côté.

Assag : essai, épreuve dans laquelle la domna accepte de recevoir son amoureux dans son lit à la condition qu'il ne la touche pas. Il démontre ainsi qu'il l'aime de cœur.

Ayral, airal : aire, espace vacant devant une maison, un château. Place bien dégagée.

Bachelier : jeune homme noble aspirant à devenir chevalier. Par analogie étudiant de bonne famille aspirant à la maîtrise des arts.

Badaïre : badaud, qui baye aux corneilles.

Banneret : les chevaliers qui possédaient des fiefs importants devaient emmener à la guerre une dizaine ou plus de leurs vassaux, qu'ils réunissaient et commandaient sous une bannière à leurs armes. On les appelait les chevaliers bannerets. Les chevaliers sans grand moyen, de loin les plus nombreux, n'avaient droit qu'à un modeste pennon triangulaire sur leur lance.

Barri : faubourg, quartier au-delà du barri, justement, c'est-à-dire au-delà des remparts.

Barriquot : petite barrique, petit tonneau.

Bayle : délégué local du seigneur, sorte de fonctionnaire chargé dans le Midi d'administrer un domaine, percevoir les redevances et rendre la justice.

Blanc-manger : mets ou accompagnement très courant au Moyen Âge, consistant en un mélange de viandes à chair blanche hachée avec d'autres ingrédients blancs également : riz, amandes, lait, graisse, gingembre, etc. Le goût était doux.

Blanchet : désigné par de nombreuses expressions, dont le « petit-drap », le blanchet était un linge intime, une sorte de caleçon pour les hommes. Quand les chausses étaient attachées à la ceinture des braies, elles venaient par-dessus le blanchet.

Bliaud : le bliaud représente jusqu'à la fin du XIIe siècle la tunique du dessus pour les hommes et les femmes. Le bliaud se caractérise par un corsage assez étroit et une jupe ample plus ou moins longue. Le bliaud est plutôt court (au genou) pour les hommes, plutôt long (aux chevilles) pour les femmes.

Bordeau : bordel.

Bordier : la borde est la ferme, le domaine agricole plutôt tourné vers l'élevage. Le bordier est le fermier.

Bourdil : porcherie, bauge à cochon.

Bourras : toile grossière de chanvre.

Boute-hors : plat de friandises qui, comme son nom l'indique, précède le départ des invités.

Braies : sorte de pantalon court (en principe au genou) hérité des Gaulois et porté par les hommes sous la tunique. Les braies sont retenues par une ceinture, le braiel, auquel viennent se rattacher aussi les chausses qui remontent sous les braies. Les nobles portent les braies plus collantes et plus seyantes que les travailleurs.

Brassier : homme de peine qui n'a que ses bras pour travailler.

Broigne : Cuirasse de cuir renforcée d'anneaux, de rivets et de pièces de métal.

Busine : ancêtre de la trompette : simple tube droit s'élargissant en pavillon.

Cabrette : outre en peau de chèvre. Cornemuse.

Cale : coiffe portée par les hommes, de fine toile bien ajustée à la tête et tenue par une bride sous le menton

Canon : du grec *kanôn*, règle. Règle en matière de foi et de discipline ecclésiastique édictée par les conciles.

Caselle : cabane, abri bâti en pierre sèche par les bergers dans les causses.

Caune, caunette : grotte, caverne, cave naturelle.

Chapel : d'abord simple ruban qui ceint la tête au XIIe siècle. Brodé, fleuri, rehaussé d'or et d'argent, coloré, sa matière et sa décoration sont très variées. Le mot a aussi le sens de chapeau : chapel de fer, chapel de fautre (feutre).

Chaperon : au XIIe capuchon attaché à un camail sur les épaules. Seul le visage est apparent (sorte de passe-montagne pointu).

Chartier : armoire, coffre ou recueil de toutes les chartes et autres actes juridiques concernant une communauté (couvent ou paroisse) ou une seigneurie.

Chausses : bas de laine ou de lin prenant le pied ou non, parfois semellé, qui gainait la jambe des hommes comme des femmes. Les hommes les attachaient à la ceinture des braies par des cordons, les femmes les retenaient par des jarretières. On les laissait souvent retomber sur les chevilles pour travailler ou à cause de la chaleur.

Chifonie : ancêtre de la vièle à roue. Les cordes étaient frottées par une roue actionnée par un acolyte tandis que le musicien tirait des clés qui en appuyant sur les cordes donnaient la mélodie.

Clapas, clapièr : de clap, pierre, caillou en langue d'oc. Tas de pierre.

Conduit : sauf-conduit accordé d'abord aux voyageurs de marque, puis aux marchands moyennant une taxe. Le conduit garantit la sécurité du voyageur, éventuellement par une escorte.

Conroi : groupe de chevaliers réunis sous la même bannière. Plusieurs conrois forment une bataille, plusieurs batailles une armée.

Consolament : la religion cathare ne connaissait qu'un sacrement : le consolament. Il consistait dans l'imposition des mains par un Parfait sur la tête du croyant pour réaliser l'union mystique de l'âme et de l'Esprit saint qui avait seul pouvoir à l'heure de la mort de ramener au Ciel l'âme qui en était tombée. Sans le consolament le croyant cathare ne pouvait être sauvé. Comme le consolament impliquait le renoncement au monde terrestre, et donc imposait une vie ascétique jusqu'à la fin de ses jours, la plupart des gens ne le demandaient que sur leur lit de mort.

Convers : moines illettrés qui ne reçoivent pas les ordres cléricaux et accomplissent les tâches matérielles.

Cotte : tunique qui peu à peu remplace le bliaud en s'allongeant. La cotte colle au torse et s'évase à partir des hanches. Elle est très longue chez les femmes.
La cotte de mailles a la forme d'une cotte, en mailles de fer entrelacées. Elle peut être complète, allant de la tête jusqu'aux pieds et au bout des doigts.

La cotte d'armes est un vêtement armorié en tissu qui se porte sur la cotte de mailles pour se faire reconnaître et, en pays chaud, éviter l'échauffement du fer au soleil.

Coudières : bandes d'étoffe partant du coude et tombant parfois jusqu'à terre.

Coule : contraction de cagoule, de *cucullus*, capuchon. Manteau à capuchon, sans manches, porté par les moines.

Coursière : chemin de ronde en haut des murailles.

Culvert : terme péjoratif pour rustre, bouseux (Chanson de la croisade albigeoise).

Déduit : détente, loisir, distraction.

Derranquer : arracher violemment (langue d'oc).

Devantal, devantier : tablier noué à la taille (langue d'oc).

Devèze : réserve (de chasse, de bois...), terrain mis en défens, interdit d'accès.

Domna : contraction du latin *domina*, qui signifie maîtresse, patronne. Le terme est en pays de langue d'oc l'équivalent de « dame » en pays de langue d'oïl. Une autre contraction réduit le terme à Na (Na Louba, Na Lombarda) ou N' (N'Azalaïs) et s'applique surtout à des femmes ayant une position dominante ou une célébrité particulière.

Domnejar : courtiser les domnas.

Donzel : jeune homme de noble famille qui n'est pas encore chevalier ni marié. La donzelle est la jeune fille noble qui n'est pas encore mariée.

Espie : espion.

Farnac : désordre, foutoir (langue d'oc). Au sens propre : pâtée peu appétissante.

Fauchart : inspiré de la faux agricole le fauchart est une sorte de faux emmanchée droite en prolongement du manche.

Fief : le fief est un bénéfice composé de droits et de revenus. Il peut être donné sous la forme d'immeubles, terres et château, ou sous la forme d'un revenu en argent, régulier ou non. Il est attribué à ceux qui ont des charges publiques, et leur permet en principe d'assumer leur mission.

Finage : ensemble des terres exploitées par un village. Correspond à l'étendue d'une seigneurie.

Flageol : ou flageolet, sorte de flûte droite à trois trous (parfois plus). Se joue d'une seule main.

Flassade, flassèle : couverture assez grossière, couverture de bât.

Fournel : four, fourneau.

Fourrier : domestique chargé de transporter tous les objets nécessaires à la vie quotidienne d'une cour dans ses déplacements, et d'apprêter châteaux et logements.

Gabion : maçonnerie en surplomb au-dessus d'une porte de rempart, pour la protéger et loger la garde.

Gambison, gamboison : vêtement rembourré que l'on enfile sous la cotte de mailles pour éviter d'être blessé par les mailles ou meurtri par les coups.

Garniements : habits, vêtements.

Genette : monter à la *jineta* : façon légère de chevaucher venue des berbères zénètes par l'Espagne.

Gonelle : tunique de dessus, mi-longue, plutôt rustique.

Gueules (de) : couleur rouge vif en héraldique.

Guige : courroie de suspension de l'écu, au cou à cheval, à l'épaule à pied.

Guimpe : linge porté par les femmes mariées et veuves. Il couvre la tête et le cou, et tombe sur la poitrine.

Haubert : tunique ou cotte de mailles, le plus souvent avec capuchon.

Heaume : d'abord casque conique avec un large nasal jusqu'au XIIe siècle, le heaume deviendra au siècle suivant cylindrique et totalement fermé.

Honneur : dignité morale, droit de commandement sur tout le territoire de sa seigneurie. Le mot désigne au Moyen Âge tout ce qui représente la dignité seigneuriale : fief, seigneurie, château, forteresse.

Hoqueton, hauqueton, auqueton : toile de coton qui donna son nom à une sorte de gambison rembourré d'ouate de coton, porté sous la cotte de mailles ou la cuirasse.

Jouglar : musicien-chanteur dont le métier est de distraire. Il récite, joue et interprète le répertoire des troubadours. Il est aussi bateleur et fait des tours.

Joy (le) : mot clef du lyrisme des troubadours, le joy (joi) représente un état d'allégresse, d'emportement poétique, d'exaltation ou de félicité amoureuse absolue.

Lance : unité militaire de cinq à dix hommes composée d'un chevalier et autour de lui d'écuyers, archers, valets d'armes, pages, coutiliers, etc.

Lamière : cuirasse à lames de fer.

Lieue : variable selon les régions, elle est de l'ordre de 4 kilomètres.

Lige : le seigneur lige est le suzerain principal auquel le vassal rend un hommage préférentiel, dans le cas (fréquent) où il est le vassal de plusieurs seigneurs.

Luth : instrument à corde d'origine arabe, en forme de demi-poire, avec un manche court dont le chevillier est renversé à angle droit. Les cordes sont frappées avec un plectre souple (une plume).

Mage (adj.) : le plus important, majeur (château mage, juge mage, etc.)

Mascaré : barbouillé, noirci. De mascar : masquer, déguiser, cacher (langue d'oc).

Mainadier : la mainada est le troupeau, mais aussi la troupe, la compagnie de soldadiers, et la famille nombreuse. Le mainadier est le conducteur de troupeau, d'une troupe, et le chef de famille.

Massasse : énorme masse utilisée dans les mines pour casser la roche.

Maselier, mazelier : boucher ou charcutier.

Melhorier : dans le rituel cathare le melhorier est la triple salutation à un Parfait qui s'achève par : « et priez Dieu pour moi qu'il fasse de moi un Bon Chrétien et me conduise à une bonne fin. » C'était un engagement réciproque d'œuvrer au salut de son âme.

Ménine : grand-mère, aïeule, vieille femme (langue d'oc).

Melsat : grosse saucisse cuite dans l'eau, qui se mange en l'état ou grillée.

Méshaigné : meurtri.

Mesnie, maisnie : la famille et tous les familiers. Peut englober les domestiques et tous ceux qui vivent dans l'oustal.

Mur : au XIIe siècle « le mur » est la prison. Ce sera la punition la plus fréquente pour les hérétiques cathares condamnés au siècle suivant, après la création de l'Inquisition. La condamnation au mur large permet de recevoir des visites et d'acheter de la nourriture ; la condamnation au mur strict impose un régime de pain et d'eau, les fers au pied. On n'y survivait pas très longtemps.

Mussé, mucé : caché.

Navrer : blesser.

Office, officier : l'office était une charge publique et l'officier le tenant de l'office. Il était rémunéré diversement, par l'attribution des revenus d'un bien ou d'un droit (terres en fief, péages), par des dons ou directement par le maître qu'il représentait. Les officiers royaux étaient souvent rémunérés sur des revenus ecclésiastiques.

Ost : service militaire, armée.

Oustal : l'oustal est la maison, dans les sens d'habitation mais aussi de maisonnée, comprenant la famille, la mesnie, et tout le lignage. C'est le clan.

Oustalière : hôtesse, maîtresse de maison.

Palefroi : beau cheval qui n'est pas dressé pour la guerre. Sert le plus souvent pour se promener et parader.

Palenc : palissade faite avec des pieux (pals).

Parage, paratge : lignée noble. Représente la parité entre les familles de haute extraction. Ainsi les pairs de France. Chez les troubadours représente la parité entre les amants.

Parpaillol : papillon (langue d'oc).

Pèlegrin : du latin *peregrinus,* pèlerin (langue d'oc).

Péon : piéton. Soldat qui n'a pas de cheval.

Plaid : réunion des hommes libres en armes chez les Francs, puis des nobles. Au XIIe le plaid réunit les vassaux d'un seigneur pour le conseiller et rendre la justice. C'est la cour seigneuriale.

Plan, planel, plô, plagnol : place, esplanade.

Précenteur : ou préchantre, c'est le maître de chœur responsable de tout le déroulement de la liturgie. Il enseigne le chant aux enfants de l'école monastique ou épiscopale, et gère les livres, en particulier les missels et autres livres liturgiques.

Prieur : moine principal en dessous de l'abbé. C'est aussi le chef d'un prieuré, succursale de l'abbaye mère.

Prime (adj.) : premier. L'heure de prime est la première heure du jour, c'est-à-dire au lever du soleil. Elle varie donc selon les saisons.

Roncin, roussin : cheval de charge. Porte les bagages, les armes, etc., pendant les chevauchées.

Roque : piton rocheux souvent choisi pour y édifier une forteresse.

Routier : soldat mercenaire au chômage qui se regroupe avec d'autres pour former une route, une bande armée qui va écumer une région sans trop de risques, en attendant une nouvelle embauche. Les routiers furent nombreux dans le Toulousain pendant tout le Moyen Âge.

Seille : seau en bois ou en cuir.

Septentrion : Nord. Rappelle les sept étoiles qui composent la constellation de la petite Ourse, contenant l'étoile polaire.

Serre : crête de montagne ou de colline qui barre l'horizon. Coteau.

Sergent : servant d'armes.

Sirvent, sirvens : serviteur.

Sodomite : homosexuel masculin, par référence à Sodome et Gomorrhe, villes bibliques détruites par Dieu parce que l'homosexualité masculine y était largement répandue.

Soldadier : dans le Midi guerrier mercenaire qui touche une solde, un salaire.

Solier : étage.

Sommier : bête de somme harnachée d'un bât et spécialisée dans le transport de charges sur son dos.

Sotch : particularité du relief des Causses. Dépression circulaire due à la dissolution du calcaire par l'eau, transformé en argile. Doline.

Soulane : versant exposé au soleil (au contraire de l'ombrée).

Tisseyre, teysseyre : tisserand, artisan qui fait de la toile.

Touaille : serviette, morceau de tissu pour se laver, s'essuyer.

Trottier : trottaïre en langue d'oc, c'est un piéton légèrement armé qui accompagne les cavaliers pour les assister et protéger les chevaux.

Troubadour : « trouveur », celui qui a le talent de trouver (trobar) les beaux vers qui émeuvent, les mots qui font mouche et les belles phrases bien frappées. Le troubadour est d'abord un auteur, parfois un compositeur de mélodies (mais la musique reste très secondaire) et pas forcément l'interprète de ses chansons. Si le troubadour est une femme on dit « troubairitz ».

Troupelier : gardien de troupeau.

Umbo : plaque de métal ronde et saillante au centre du bouclier.

Vair : fourrure changeante d'un écureuil de Sibérie, le petit-gris, dont le dos est gris et le ventre blanc, bordé de noir. La pelisse faite avec le dos uniquement donne le petit-gris, et avec le ventre le vair. L'alternance des dos et des ventres, très prisée, donne le menu-vair.

Verdier : sorte de garde-forestier pour le compte d'un seigneur. Dans l'Albigeois est aussi un verger.

Vièle : nom générique donné au Moyen Âge à tous les instruments à cordes frottées. La vièle à archet était plus spécifiquement construite par l'assemblage d'éléments et un manche rapporté. Elle possédait trois à cinq cordes. Cet instrument était très populaire et très répandu car servant à danser comme à chanter grâce à ses possibilités mélodiques.

Villain, vilain : habitant d'un hameau de grand domaine agricole, la « villa ». À partir du XIIe siècle, avec la croissance urbaine, la distinction sera de plus en plus nette entre la population vilaine et celle qui vit dans la cité et qui ne cultive plus le sol.

Vireton : trait court d'arbalète, à fer conique. Syn. : carreau, à section carrée.

Volet : petit voile de femme.

CET OUVRAGE
A ÉTÉ REPRODUIT
ET ACHEVÉ D'IMPRIMER
SUR ROTO-PAGE
PAR L'IMPRIMERIE FLOCH À MAYENNE
LE 16 MAI 2002
COMPOSITION ET SUIVI DE FABRICATION
ATELIERS GRAPHIQUES DE L'ARDOISIÈRE

DÉPÔT LÉGAL : JUIN 2002
N° D'ÉD. : 136 - N° D'IMP. : 54372
IMPRIMÉ EN FRANCE